Nora Roberts
Licht in tiefer Nacht

Nora Roberts

Licht in tiefer Nacht

Roman

Aus dem Amerikanischen
von Christiane Burkhardt

DIANA

MIX
Papier aus verantwortungsvollen Quellen
FSC® C014496
FSC
www.fsc.org

Verlagsgruppe Random House FSC® N001967

Taschenbucherstausgabe 04/2019

Published by Arrangement with Eleanor Wilder
Die Originalausgabe erschien 2017 unter dem Titel
Come Sundown bei St. Martin's Press, New York

Dieses Werk wurde vermittelt durch die Literarische Agentur
Thomas Schlück GmbH, 30827 Garbsen
Redaktion: Claudia Krader
Umschlaggestaltung: t.mutzenbach design, München
Umschlagmotive: © Christine Amat / Trevillion Images; Lookphotos,
shutterstock_Christopher Meder; shutterstock_DarkBird_
Autorenfoto: © John Earle
Satz: Leingärtner, Nabburg
Druck und Bindung: GGP Media GmbH, Pößneck
Printed in Germany

ISBN 978-3-453-35998-7

www.diana-verlag.de

Dieses Buch ist auch als E-Book lieferbar.

Für Jason und Kat,
die besten Reisegefährten überhaupt

Teil I

Eine Reise

Wenn sengend Fieber in uns tobt,
und wir uns wälzen in der Not,
nur wenig Linderung kehrt ein:
die Lage neu, doch alt die Pein.

Isaac Watts

Prolog

Westmontana 1991

Alice Bodine erleichterte sich hinter einem spärlichen Sichtschutz aus Drehkiefern. Um dorthin zu gelangen, hatte sie durch kniehohen Schnee stapfen müssen.

Da sie auf der Nebenstraße knapp fünf Kilometer gelaufen war, ohne einem einzigen Auto oder Pick-up zu begegnen, fragte sie sich, wozu sie sich überhaupt die Mühe gemacht hatte.

Manche Angewohnheiten wird man einfach nicht los, dachte sie und zog ihre Jeans wieder hoch.

Sie hatte weiß Gott versucht, alte Gewohnheiten abzulegen, sich von Konventionen und Erwartungen zu befreien. Doch jetzt, keine drei Jahre nach ihrem laut verkündeten Ausbruch aus dem Alltag, ihrer Emanzipation vom Spießertum, kehrte sie kleinlaut und verfroren nach Hause zurück.

Sie hängte sich ihren Rucksack um und trat in ihre eigenen Fußstapfen, um zu der Straße zurückzukehren, die diesen Namen kaum verdiente. Der Rucksack enthielt ihre gesamte Habe. Eine Jeans zum Wechseln, ein AC/DC-T-Shirt, ein Grateful-Dead-Sweatshirt, das sie einem längst abgehakten Typen bei ihrer Ankunft in Los Angeles abgeluchst hatte, ein Stück Seife und Shampoo von ihrem zum Glück nur kurzen Job als Zimmermädchen im Holiday Inn in Rigby/Idaho, Kondome, Schminkzeug, fünfzehn Dollar und achtunddreißig Cent sowie einen Rest gutes Gras von dem Typen, mit dem sie auf einem Campingplatz in Ost-Oregon abgefeiert hatte.

Sie redete sich ein, dass sie nur deshalb heimkehrte, weil ihr das Geld ausgegangen war und sie nie wieder Bettwäsche mit Spermaflecken wildfremder Leute wechseln wollte. Außerdem ahnte sie, wie leicht es war, zu einer der Frauen mit leerem Blick zu werden, die sich in den dunklen Straßen so vieler Städte verkauften.

Sie musste zugeben, dass sie nicht weit von diesem Punkt entfernt gewesen war. Wenn man genug Hunger und Angst hatte und heftig genug fror, war die Vorstellung nicht mehr so abwegig, den eigenen Körper zu verkaufen, um etwas Anständiges zu essen und ein Dach über dem Kopf zu bekommen. Es war schließlich nur Sex.

Doch es gab einfach Grenzen, die sie nicht überschreiten wollte. In Wahrheit wollte sie zurück nach Hause. Zurück zu ihrer Mutter, ihrer Schwester und ihren Großeltern. Zurück in ihr Zimmer mit den Postern an den rosa Wänden und dem schönen Bergblick. Sie sehnte sich nach dem morgendlichen Duft von Kaffee und Speck in der Küche und danach, ein galoppierendes Pferd unter sich zu spüren.

Ihre Schwester war verheiratet. Im Grunde war es deren spießige, durch und durch traditionelle Hochzeit gewesen, die sie dazu bewegt hatte abzuhauen. Sie war der Tropfen, der das Fass zum Überlaufen gebracht hatte. Vielleicht hatte Reenie inzwischen sogar ein Kind – sehr wahrscheinlich sogar. Und wahrscheinlich war sie so verdammt perfekt wie eh und je.

Aber sie vermisste sogar Maureens verdammte Perfektion.

Deshalb marschierte sie weiter, weitere anderthalb Kilometer in der abgetragenen Fleecejacke, die sie gebraucht gekauft hatte und die sie nur unzureichend vor Kälte schützte. In den Stiefeln, die sie seit mehr als zehn Jahren besaß, den schneebedeckten Rucksack auf den mageren Schultern.

Sie hätte von Missoula aus zu Hause anrufen, ihren verdammten Stolz hinunterschlucken sollen. Dann wäre ihr Grandpa gekommen und hätte sie abgeholt. Der schimpfte nie. Doch sie hatte sich eingebildet, aus eigener Kraft zur Ranch zurückmarschieren zu müssen, stolz und hoch erhobenen Hauptes.

Sie hatte sich vorgestellt, wie alle erstarren und sie ungläubig anstarren würden.

Die verlorene Tochter kehrt nach Hause zurück.

Alice seufzte, und eine warme Atemwolke vertrieb die eisige Brise.

Sie hätte es eigentlich besser wissen müssen, aber als sie in Missoula eine Mitfahrgelegenheit bekommen hatte, war ihr das wie eine Art Zeichen vorgekommen. Außerdem hatte ihr dieses Angebot dazu verholfen, dass sie nur noch knapp zwanzig Kilometer von zu Hause entfernt war.

Gut möglich, dass sie es bis zum Einbruch der Dämmerung nicht mehr schaffen würde. Das machte ihr Sorgen. Sie hatte eine Taschenlampe im Rucksack, aber die Batterien waren schwach. Sie hatte ein Feuerzeug, aber bei der Vorstellung, ohne Zelt, Schlafsack oder etwas zu essen im Freien übernachten zu müssen, beschleunigte sie ihre Schritte. Ihre letzte Wasserflasche hatte sie bereits vor drei Kilometern ausgetrunken.

Sie dachte darüber nach, wie sie wohl reagieren würden. Sie würden sich riesig freuen, sie zu sehen, das ging gar nicht anders. Vielleicht waren sie sauer, weil sie einfach so abgehauen war und nur einen winzigen Zettel zurückgelassen hatte. Damals war sie achtzehn gewesen. Alt genug zu tun, was sie wollte. Sie hatte weder ein Studium noch die Zwangsjacke einer Ehe noch einen der Scheißjobs auf der Ranch gewollt.

Sie hatte sich nach Freiheit gesehnt und sie sich genommen.

Heute war sie einundzwanzig und entschied sich freiwillig dafür, nach Hause zurückzukehren.

Vielleicht würde es ihr inzwischen nicht mehr so viel ausmachen auf der Ranch zu arbeiten. Vielleicht würde sie sich sogar für ein Studium einschreiben.

Sie war eine erwachsene Frau.

Die Zähne der erwachsenen Frau klapperten, aber sie marschierte stur weiter. Hoffentlich waren ihre Großeltern zu Hause. Heftige Schuldgefühle plagten sie, weil sie nicht wusste, ob Grammy oder Grandpa überhaupt noch am Leben waren.

Klar sind sie das, redete sich Alice ein. Sie war nur drei Jahre weg gewesen. Grammy würde nicht sauer sein, zumindest nicht lange. Vielleicht würde sie ein bisschen schimpfen: »Schau nur, wie dünn du geworden bist. Was um alles in der Welt hast du mit deinen Haaren angestellt?«

Als sie sich das vorstellte, zog Alice ihre Mütze amüsiert tiefer über die Kurzhaarfrisur, die sie so platinblond gebleicht hatte, wie es nur ging. Sie mochte es, blond zu sein, mochte es, dass die glamouröse Haarfarbe ihre Augen tiefgrün wirken ließ.

Vor allem mochte sie die Vorstellung, von ihrem Grandpa in die Arme genommen zu werden und sich an einen reich gedeckten Tisch zu setzen. Schließlich stand Thanksgiving vor der Tür. Da würde sie ihrer Spießerfamilie von ihren Abenteuern berichten können.

Sie hatte den Pazifik gesehen, war wie ein Filmstar über den Rodeo Drive flaniert und hatte zweimal als Statistin an einem Spielfilm mitgewirkt. Echte Rollen in echten Filmen zu bekommen war schwieriger gewesen als gedacht, aber sie hatte es wenigstens versucht.

Sie hatte bewiesen, dass sie allein zurechtkam. Dass sie etwas auf die Beine stellen, rumkommen und etwas erleben konnte. Wenn sie sie zu sehr verurteilen würden, konnte sie jederzeit wieder aufbrechen.

Genervt blinzelte Alice ihre Tränen weg. Sie würde sie auf keinen Fall anflehen sie wiederaufzunehmen.

Meine Güte, sie wollte einfach nur nach Hause!

Am Stand der Sonne erkannte sie, dass sie es so nie rechtzeitig schaffen würde. Die Luft roch nach Schnee. Wenn sie querfeldein ging, durch den Wald und über die Felder, konnte sie es vielleicht bis zur Ranch der Skinners schaffen.

Müde und erschöpft blieb sie stehen. Es war sicherer auf der Straße zu bleiben, aber ein Querfeldeinmarsch wäre eine Abkürzung. Wenn sie sich nicht verlief, gab es dort außerdem mehrere Hütten für Natururlauber. Dort konnte sie einbrechen, den Ofen anheizen und vielleicht sogar ein paar Konserven finden.

Sie warf einen Blick auf die schier endlose Straße, auf die schneebedeckten Felder, die schneebedeckten Berge. Letztere ragten graublau in den Himmel auf, der von Dämmerung und Neuschnee kündete.

Später sollte Alice oft an diese Unentschlossenheit, dieses minutenlange Zögern im schneidend kalten Wind am Straßenrand zurückdenken.

Obwohl es das erste fremde Geräusch war, das Alice seit mehr als zwei Stunden hörte, nahm sie den Motorlärm zunächst gar nicht wahr.

Dann kämpfte sie sich zurück durch den Schnee und spürte, wie ihr Herz beim Anblick des Pick-ups freudig klopfte.

Sie machte einen Schritt nach vorn. Statt den Daumen rauszuhalten, winkte sie wild mit den Armen wie jemand, der in Schwierigkeiten steckt.

Sie war zwar drei Jahre weg gewesen, aber nach wie vor ein waschechtes Countrygirl. Niemand in dieser Gegend würde an einer Frau vorbeifahren, die auf einer einsamen Straße um Hilfe bat.

Als der Pick-up hielt, glaubte Alice nie etwas Schöneres gesehen zu haben als diesen rostigen blauen Ford mit den Gewehrhalterungen, der von einer Plane bedeckten Ladefläche und dem Aufkleber *Ich bin ein echter Patriot* an der Windschutzscheibe.

Als der Fahrer das Fenster herunterließ und sich herausbeugte, konnte sie ihre Tränen nur mit Müh und Not zurückhalten.

»Sieht ganz so aus, als bräuchten Sie Hilfe.«

»Eine Mitfahrgelegenheit wär nicht schlecht.« Sie schenkte ihm ein kurzes Lächeln und musterte ihn gründlich. Sie brauchte diese Mitfahrgelegenheit, aber sie war nicht blöd.

Er trug eine in die Jahre gekommene Schaffelljacke und hatte einen Cowboyhut auf dem kurzen dunklen Haar.

Er sah gut aus, fand Alice, das war ein Pluspunkt. Er war ein gutes Stück älter, bestimmt vierzig. Seine ebenfalls dunklen Augen machten einen freundlichen Eindruck.

Countrymusic kam aus dem Radio.

»Wohin müssen Sie denn?«, fragte er im typischen Akzent Westmontanas, der wie Musik in ihren Ohren klang.

»Zur Bodine Ranch. Das sind bloß …«

»Ich weiß, ich kenne die Ranch. Steigen Sie ein.«

»Danke, vielen Dank! Ich weiß das wirklich sehr zu schätzen.« Sie setzte ihren Rucksack ab und nahm ihn auf den Schoß, nachdem sie in die Fahrerkabine geklettert war.

»Hatten Sie eine Panne? Ich hab gar keinen Wagen auf der Straße gesehen.«

»Nein.« Sie stellte den Rucksack zwischen ihre Füße und war fast sprachlos vor Erleichterung über die Wärme der Autoheizung. »Ich komme aus Missoula und wurde ein Stück weit mitgenommen. Aber die Leute mussten vor knapp zehn Kilometern eine Abfahrt nehmen.«

»Du bist zehn Kilometer gelaufen?«

Als ihre zu Eis gefrorenen Zehen langsam auftauten, schloss sie beglückt die Augen. »Das ist das erste Fahrzeug in zwei Stunden! Ich hatte nie vor, den ganzen Weg zu Fuß zu gehen, und bin wirklich sehr froh, dass mir das erspart bleibt.«

»Ganz schön weit für ein so junges Ding, das ganz allein unterwegs ist. Bald wird es dunkel.«

»Ich weiß. Was für ein Glück, dass Sie vorbeigekommen sind.«

»Was für ein Glück«, wiederholte er.

Sie sah die Faust nicht kommen. Es ging alles so furchtbar schnell. Ihr Gesicht explodierte fast unter dem Schlag. Den zweiten Schlag spürte sie nicht mehr.

Froh über die Gelegenheit, die ihm da in den Schoß gefallen war, zog er sie rasch aus dem Pick-up und verstaute ihren schlaffen Körper auf der Ladefläche unter der Plane.

Er fesselte ihr Hände und Füße, knebelte sie und warf eine alte Decke über sie. Sie sollte schließlich nicht erfrieren.

Es lagen noch einige Kilometer vor ihnen.

1

Heute

Die Morgenröte tauchte die schneebedeckten Berge in ein zartrosa Licht. Elche röhrten auf ihrer Morgenwanderung im Nebel, und der Hahn krähte durchdringend.

Bodine Longbow stand in der Küchentür, genoss ihren letzten Schluck Kaffee und bestaunte den aus ihrer Sicht perfekten Start in den Novembertag.

Nur eine Stunde Schlaf mehr hätte ihr Glück steigern können. Seit sie klein war, wünschte sie sich einen Fünfundzwanzigstundentag. Sie hatte sich sogar notiert, was in diesen weiteren sechzig Minuten alles zu schaffen wäre.

Aber da die Erdrotation nicht auf sie hörte, löste sie das Problem, indem sie selten länger als bis halb sechs schlief. Bei Anbruch der Dämmerung hatte sie bereits ihr morgendliches, sechzigminütiges Fitnessprogramm erledigt, geduscht, sich zurechtgemacht, ihre E-Mails gecheckt, mit Granola aufgepeppten Joghurt gegessen und ihren Terminplan kontrolliert.

Da sie ihn ohnehin auswendig kannte, war das eigentlich überflüssig. Aber Bodine ging die Dinge gern gründlich an. Da der Teil vor Tagesanbruch bereits abgehakt war, konnte sie sich ein paar Minuten gönnen und ihren Morgenkaffee genießen. Einen Latte macchiato, bestehend aus Vollmilch, einem doppelten Espresso und einem Schuss Karamellsirup, den sie sich eigentlich längst abgewöhnen wollte.

Bald würden ihr Vater und ihre Brüder eintreffen, die nach dem Vieh gesehen und die Rancharbeiter eingewiesen hatten. Da Clementine heute frei hatte, würde ihre Mutter bald in die Küche kommen und gut gelaunt ein perfektes Montana-Ranch-Frühstück zubereiten. Nachdem die drei Männer satt waren, würde Maureen die Küche aufräumen und dann zum Bodine Resort aufbrechen, wo sie als Verkaufsleiterin arbeitete.

Maureen Bodine Longbow war ihrer Tochter ein Rätsel.

Bodine war sich nicht nur sicher, dass ihre Mutter sich keine extra Stunde wünschte. Sie brauchte sie auch gar nicht, um eine glückliche Ehe zu führen, zwei komplexe Firmen (die Ranch und das Resort) zu leiten und das Leben in vollen Zügen zu genießen.

Sie hatte den Gedanken noch nicht zu Ende gedacht, als Maureen hereinstürmte. Ihr kurzes kastanienbraunes Haar umrahmte ein hübsches Gesicht mit wachen grünen Augen.

»Guten Morgen, mein Schatz.«

»Morgen. Du siehst toll aus.«

Maureen strich sich über die schmale Taille im waldgrünen Kleid. »Ich habe heute jede Menge Besprechungen und muss einen guten Eindruck machen.«

Sie öffnete die alte Scheunentür, die zur Vorratskammer führte, und nahm eine weiße Metzgerschürze vom Haken. Kein Spritzer Fett würde es wagen, auf diesem Kleid zu landen.

»Machst du mir auch so einen Latte?«, bat Maureen und band sich die Schürze um. »Keiner macht ihn so gut wie du.«

»Gern. Ich treff mich gleich mit Jessie«, sagte Bodine. Damit meinte sie Jessica Baazov, die Eventmanagerin des Resorts, die seit drei Monaten für sie arbeitete. »Um über Linda-Sue Jacksons Hochzeit zu reden. Linda-Sue kommt um zehn dazu.«

»Verstehe. Dein Dad sagt, Roy Jackson weint in sein Bier, weil es so teuer wird, sein Mädchen zu verheiraten. Kein Wunder, denn Linda-Sues Mutter kennt wirklich keine Grenzen. Die würde ihre Tochter glatt zum Klang von Engelschören zum Altar schicken, wenn wir welche organisieren könnten.«

Bodine schäumte sorgfältig Milch auf. »Wenn der Preis stimmt, dürfte Jessie auch das hinkriegen.«

»Sie macht ihre Sache wirklich gut, nicht wahr?« In einer riesigen Grillpfanne auf dem achtflammigen Herd begann Maureen Speck auszubraten. »Ich mag das Mädchen.«

»Du magst jeden.« Bodine reichte ihrer Mutter den Latte.

»Das macht das Leben deutlich angenehmer. Wenn man sich bemüht, sieht man, dass jeder Mensch gute Seiten hat.«

»Du bist wirklich einmalig, Mom.« Bodine beugte sich weit hinunter. Bereits mit zwölf hatte sie ihre eins sechzig große Mutter überragt und war seitdem dreizehn Zentimeter gewachsen. Sie küsste Maureen auf die Wange. »Ich hab genug Zeit, um den Tisch für dich zu decken, bevor ich los muss.«

»Ach, Schätzchen, du musst doch was frühstücken.«

»Ich hab ein wenig Joghurt gegessen.«

»Du hasst das Zeug.«

»Ich hasse es nur, wenn ich es esse. Es ist gesund.«

Seufzend ließ Maureen den Speck abtropfen und gab neuen in die Pfanne. »Meine Güte, manchmal glaube ich, dass du dich besser bemutterst, als ich es je getan habe.«

»Du bist die Beste«, erwiderte Bodine und nahm einen Stapel schlichter Teller aus dem Schrank.

Sie hörten die Bande, noch bevor die Hintertür aufgerissen wurde. Die Männer der Familie zwängten sich samt zwei Hunden herein.

»Putzt euch bloß die Stiefel ab.«

»Ach, komm schon, Reenie, als ob wir das je vergessen hätten.« Sam Longbow nahm seinen Hut ab, denn niemand setzte sich mit Hut an Maureens Tisch.

Sam war über eins neunzig groß, mit ewig langen Beinen. Der schlaksige, gut aussehende schwarzhaarige Mann mit den grauen Schläfen hatte Lachfältchen um die dunkelbraunen Augen. Sein linker Schneidezahn stand schief, was sein Lächeln aus Bodines Sicht noch charmanter machte.

Chase, Bodines zwei Jahre älterer Bruder, hängte seinen Hut an den Haken und schlüpfte aus der Arbeitsjacke. Er hatte die Größe und Figur seines Vaters, wie übrigens alle Longbow-Kinder, ähnelte vom Teint und der Haarfarbe her allerdings eher seiner Mutter.

Rory, drei Jahre jünger als seine Schwester, war mit seinem tiefbraunen Haar und den lebhaften grünen Augen eine Mischung aus seinen Geschwistern. Mit einem Gesicht, das dem von Sam Longbow zum Verwechseln ähnlich sah.

»Ist genug für eine Person mehr da, Mom?«

Maureen sah stirnrunzelnd zu Chase hinüber. »Na klar. Um wen geht es denn?«

»Ich hab Cal zum Frühstück eingeladen.«

»Dann deck noch einen Teller«, befahl Maureen. »Es ist schon lange her, dass Callen Skinner bei uns am Tisch saß.«

»Er ist wieder da?«

Chase nickte Bodine zu und ging zur Kaffeemaschine. »Er ist gestern Abend angekommen und zieht in den Schuppen wie besprochen. Ein warmes Frühstück wird ihm guttun.«

Während Chase schwarzen Kaffee trank, gab Rory großzügig Milch und Zucker in seinen. »Er sieht gar nicht aus wie ein Hollywood-Cowboy.«

»Zur großen Enttäuschung deines Jüngsten«, sagte Sam, der sich die Hände an der Spüle wusch. »Rory hat wohl gehofft, dass er mit klirrenden Sporen, einem silbern verzierten Hutband und polierten Stiefeln herumläuft.«

»Er besitzt nichts davon.« Rory naschte vom Speck. »Und sieht nicht viel anders aus als bei seinem Aufbruch. Höchstens älter.«

»Er ist kein Jahr älter als ich. Lass uns ein bisschen Speck übrig, ja?«, beschwerte sich Chase.

»Ich hab noch mehr«, beruhigte ihn Maureen und hob das Kinn, als Sam sich zu ihr herabbeugte, um sie zu küssen.

»Du siehst einfach zum Vernaschen aus, Reenie, und duftest auch so.«

»Ich habe heute Vormittag viele Besprechungen.«

»Apropos Besprechungen.« Bodine sah auf die Uhr. »Ich muss los.«

»Och, Schatz, kannst du nicht bleiben und Callen begrüßen? Du hast den Jungen seit zehn Jahren nicht gesehen.«

Seit acht Jahren, dachte Bodine und musste zugeben, dass sie neugierig war. »Das geht leider nicht. Ich werd ihn bestimmt bald sehen.« Sie küsste ihren Vater. »Rory, ich hab ein paar Dinge mit dir im Büro zu besprechen.«

»Chef, ich komme gleich.«

Schnaubend ging sie in den Hausflur, wo sie die Aktentasche bereitgestellt hatte. »Am Nachmittag soll es schneien«, rief sie, während sie ihre Jacke zumachte, den Hut aufsetzte, Schal und Handschuhe anzog und in die kalte Morgenluft hinaustrat.

Sie war zu spät dran, deshalb marschierte sie zügig zu ihrem Pick-up. Sie hatte gewusst, dass Callen zurückkommen wollte, und war bei der Familienbesprechung dabei gewesen, auf der beschlossen worden war, ihn als Chefbereiter einzustellen.

Seit sie denken konnte, war er Chase' bester Freund und damit der Fluch ihres Lebens, aber auch ihre erste große Liebe.

Während sie über den gefrorenen Feldweg fuhr, wurde ihr

klar, dass er bei seinem Aufbruch aus Montana jünger gewesen war als Rory heute.

Um die zwanzig und mit Sicherheit stocksauer und frustriert, weil er um sein Erbe gebracht worden war. Um das Land, das ihr Vater den Skinners abgekauft hatte, als Callens Vater, höflich ausgedrückt, schwere Zeiten durchgemacht hatte.

Weil er alles verspielte.

Ein erbärmlicher Spieler, wie ihr Vater einmal gesagt hatte, vom Spiel genauso abhängig wie von der Flasche.

Als von seinem Grund kaum mehr als fünfzig Morgen, das Haus und ein paar Außengebäude übrig geblieben waren, war Callen Skinner aufgebrochen, um woanders sein Glück zu machen.

Wenn stimmte, was Chase so erzählte, war es Cal gut ergangen. Er hatte sich um Pferde beim Film gekümmert und sie trainiert.

Jetzt kehrte er zurück. Sein Vater war gestorben, seine Mutter Witwe, seine Schwester verheiratet und Mutter eines Kleinkinds, das zweite war gerade unterwegs.

Bodine wusste, dass das restliche Land der Skinners kaum etwas wert war, weil so viele Hypotheken darauf lasteten. Die Ranch stand leer, da Mrs. Skinner mit ihrer Tochter Savannah und deren Familie in ein hübsches Haus in Missoula gezogen war. Dort besaßen Savannah und ihr Mann ein Geschäft für Kunstgewerbe.

Bodine rechnete damit, dass man sich bald zusammensetzen würde, um ihm die restlichen fünfzig Morgen abzukaufen. Während der Fahrt überlegte sie, ob sich der Grund besser für die Ranch oder fürs Resort eignen würde.

Man könnte die Ranch renovieren. Sie an Gruppen vermieten oder für Events nutzen, für kleinere Hochzeiten, Firmenfeiern, Familienfeste.

Oder aber Zeit und Geld sparen, sie abreißen und neu bauen.

Sie ging die verschiedenen Möglichkeiten durch, während sie unter dem Bodine-Resort-Schild mit dem Kleeblattlogo hindurchfuhr. Sie bemerkte die Lichter im *Handelsposten*. Derjenige, der Frühschicht hatte, öffnete den Laden. In der kommenden Woche war ein Markt mit Lederwaren und Kunsthandwerk geplant, um Spätherbst-Touristen anzulocken. Oder dank Rorys Marketingkampagne auch Gäste von außerhalb, die in der *Futterkrippe* zu Mittag essen würden.

Sie hielt vor dem lang gestreckten, niedrigen Gebäude mit der breiten Veranda, in der die Rezeption untergebracht war.

Es machte sie jedes Mal stolz.

Das Resort war vor ihrer Geburt entstanden, nach einer Idee ihrer Mutter, ihrer Großmutter und ihrer Urgroßmutter. Damals hatte ihre Großmutter Cora Riley Bodine den Laden geschmissen.

Was als einfache Ferienranch für Naturburschen begonnen hatte, war inzwischen ein Luxusresort mit Fünf-Sterne-Küche, maßgeschneidertem Service, Abenteuer- und Verwöhnurlaub, Events, einem Unterhaltungsprogramm und vielem mehr. Das Ganze auf über dreißigtausend Morgen, zu denen zudem die normal bewirtschaftete Ranch gehörte. Das alles in der unbezahlbar schönen Landschaft Westmontanas.

Sie eilte ins Gebäude, wo bereits einige Gäste vor dem prasselnden Kaminfeuer Kaffee tranken.

Sie registrierte den Herbstduft von Kürbis und Nelken, winkte dem Empfang anerkennend zu und wollte in ihr Büro gehen und loslegen. Doch dann machte sie kehrt, als Sal, die kecke Rothaarige, die Bodine aus der Schule kannte, ihr ein Zeichen gab. »Linda-Sue hat gerade angerufen. Sie kommt später.«

»Sie kommt ständig zu spät.«

»Ja, aber diesmal kündigt sie es wenigstens an, anstatt einfach nicht zu erscheinen. Unterwegs holt sie ihre Mutter ab.«

Der erste Schatten auf Bodines perfekt geplantem Tag. »Ihre Mutter kommt mit?«

»Tut mir leid.« Sal schenkte ihr ein trauriges Lächeln.

»Das ist in erster Linie Jessies Problem, trotzdem danke.«

»Jessie ist noch nicht da.«

»Das passt schon, ich bin früh dran.«

»Das bist du immer«, rief ihr Sal hinterher, als Bodine schnurstracks das Büro des Resortmanagers ansteuerte. Ihr Büro. Es hatte genau die richtige Größe. Groß genug, um Besprechungen darin abzuhalten, und klein genug, um diesen Treffen einen intimen Anstrich zu geben.

Ein Doppelfenster bot einen Blick auf die natursteingepflasterten Wege und den Teil des Gebäudes, in dem die *Futterkrippe* sowie der exklusive Speisesaal untergebracht waren. Dahinter sah man hügelige Felder und im Hintergrund die Berge. Sie hatte den alten Schreibtisch ihrer Großmutter extra so hingestellt, dass sie dem Fenster den Rücken zukehrte, um nicht zu sehr abgelenkt zu sein. Im Büro standen außerdem zwei Ledersessel mit hoher Rückenlehne, die einst das Büro der Ranch geschmückt hatten, und ein kleines Sofa.

Sie hängte Jacke, Hut und Schal an die Garderobe in der Ecke und strich sich das Haar glatt, das genauso schwarz war wie das ihres Vaters. Sie trug es in einem langen Zopf, der ihr auf den Rücken fiel.

Sie ähnelte ihrem Großvater, wie seine Witwe stets betonte. Bodine hatte Fotos gesehen und musste zugeben, dass sie dem jungen, unglückseligen Rory Bodine, der vor seinem dreiundzwanzigsten Lebensjahr in Vietnam gefallen war, wie aus dem Gesicht geschnitten war. Er hatte leuchtend grüne Augen und einen vollen Mund gehabt. Sein schwarzes Haar war leicht gewellt gewesen, während ihres glatt herabhing. Dafür besaß sie seine hohen Wangenknochen, dieselbe vorwitzige Nase und die helle Haut, die literweise Sonnenschutz brauchte.

Sie wusste, dass sie zudem den ausgeprägten Geschäftssinn ihrer Großmutter geerbt hatte.

Als Erstes ging sie zum Sideboard mit der Pad-Maschine, die anständigen Kaffee machte, und nahm den Becher mit zum Schreibtisch, um ihre Notizen für die ersten beiden Besprechungen durchzugehen. Während sie gerade einen Anruf und eine E-Mail gleichzeitig beendete, kam Jessica herein.

Wie Maureen trug Jessie ein Kleid. Ihres war knallrot und mit einer kurzen cremebeigen Lederjacke kombiniert. Ihre hochhackigen Stiefeletten würden keine fünf Minuten im Schnee überstehen, dafür passten sie farblich perfekt zum Rot des Kleides. Bodine bewunderte sie für ihren Stil.

Jessica trug das blondgesträhnte Haar in einem straffen Knoten – wie so oft, wenn sie arbeitete. Wie ihre Stiefeletten passte auch der Lippenstift perfekt zum Kleid, zu ihren markanten Wangenknochen, der schmalen geraden Nase und den gletscherblauen Augen.

Bodine legte auf. Jessica nahm Platz, zückte ihr Handy und checkte etwas.

Bodine lehnte sich zurück. »Die Koordinatorin des regionalen Schriftstellerverbands wird sich wegen einer dreitägigen Klausur einschließlich Abschiedsbankett bei dir melden.«

»Gibt es schon ein Datum? Teilnehmerzahlen?«

»Sie gehen von achtundneunzig Personen aus. Am 9. Januar sollen sie eintreffen und am 12. Januar wieder fahren.«

»Diesen Januar?«

Bodine grinste. »Der vorherige Veranstaltungsort ist geplatzt, deshalb ist es so kurzfristig. Ich habe nachgesehen, wir können das schaffen. Direkt nach den Feiertagen wird es etwas ruhiger. Wir könnten die Mühle für ihre Besprechungen und das Bankett reservieren. Blockhütten gibt es für die zwei Tage auch genug. Die Koordinatorin, Mandy, scheint gut organisiert zu sein. Ich habe meiner Mutter, Rory und dir eine Mail mit den Details geschickt. Ihr Budget sollte reichen.«

»Gut. Ich werde mit ihr reden, einen Menüplan aufstellen, mich um den Personentransport, die verschiedenen Aktivitäten und so weiter kümmern. Schriftsteller?«

»Ja.«

»Ich werd den Saloon vorwarnen.« Jessie machte sich eine weitere Notiz auf dem Handy. »Schriftsteller haben immer eine große Getränkerechnung.«

»Umso besser für uns.« Bodine zeigte mit dem Daumen auf die Kaffeemaschine. »Bedien dich.«

Jessica hob einfach nur den mit Wasser gefüllten Thermotrinkbecher des Bodine Resorts, den sie dabeihatte.

»Wie kannst du nur ohne Kaffee überleben?«, fragte Bodine aufrichtig entsetzt. »Oder ohne Cola. Wie schaffst du es, nur mit Wasser auszukommen?«

»Weil es auch Wein gibt. Und Yoga und Meditation.«

»Lauter Sachen, die müde machen.«

»Nicht, wenn man es richtig anstellt. Du solltest wirklich mehr Yoga machen. Meditation würde dir helfen, mit weniger Koffein auszukommen.«

»Wenn ich meditiere, muss ich die ganze Zeit an Sachen denken, die ich lieber tun würde.« Bodine drehte sich auf ihrem Stuhl hin und her. »Die Jacke ist echt toll.«

»Danke. Ich war an meinem freien Tag in Missoula und hab richtig Geld ausgegeben. Sal hat mir erzählt, dass Linda-Sue zur Abwechslung später kommen und außerdem ihre Mutter dabeihaben wird.«

»Das hat uns gerade noch gefehlt. Aber sie buchen vierundfünfzig Blockhütten für drei Tage. Polterabend, Hochzeit und anschließender Empfang. Davor werden sie das Wellness-Village mehr oder weniger komplett mit Beschlag belegen, von den anderen Aktivitäten einmal abgesehen.«

»Bis dahin sind es gerade mal vier Wochen. Da ist nicht mehr viel Zeit für Programmänderungen oder Extras.«

Bodines volle Lippen verzogen sich zu einem breiten Grinsen. »Du kennst Dolly Jackson, oder?«

»Ich komm schon klar mit Dolly.«

»Besser als jeder andere«, gab Bodine zurück. »Schauen wir mal, was wir haben.«

Sie gingen die ganze Liste durch und waren gerade bei einer kleineren Party in der Weihnachtsvorwoche angelangt, als Sal den Kopf hereinsteckte. »Linda-Sue und ihre Mutter.«

»Wir kommen sofort. Moment, Sal, bestell Sekt mit O-Saft.«

»Gute Idee.«

»Sehr gut«, pflichtete ihr Jessica bei, nachdem Sal verschwunden war. »Je mehr Wind wir um sie machen, desto umgänglicher werden sie.«

»Linda-Sue ist gar nicht so schlimm. Chase war in der Highschool kurz mit ihr zusammen.« Bodine stand auf und zupfte ihre dunkelbraune Weste zurecht. »Auf in den Kampf.«

Die hübsche, kurvige und leicht nervöse Linda-Sue durchquerte die Lobby, die gefalteten Hände an die Brust gepresst. »Siehst du es nicht vor dir, Mom? Alles ist weihnachtlich dekoriert, die Bäume, die Lichter. Dazu Kaminfeuer, so wie heute. Außerdem hat Jessica gesagt, dass die Mühle nur so funkeln wird.«

»Das sollte sie auch! Aber wir brauchen unbedingt diese großen Kandelaber, Linda-Sue, mindestens ein Dutzend. Goldene wie in dieser Zeitschrift. In klassischem Mattgold.«

Währenddessen kritzelte Dolly etwas in ihren ziegelsteinschweren, brautweißen Hochzeitsplaner.

»Und einen roten Samtläufer, dunkelrot, nicht knallrot. Genau dort, wo der Schlitten hält. Das betont dein Kleid besser. Außerdem brauchen wir unbedingt eine Harfenistin, die etwas aus rotem Samt mit Goldbordüre trägt und spielt, während die Leute Platz nehmen.«

Jessica atmete tief durch. »Wir werden ein paar Flaschen Sekt brauchen.«

»Du sagst es.« Bodine setzte ein Lächeln auf und marschierte los.

***

Bodine gab der *stilvollen Riesenhochzeit* vierzig Minuten, bevor sie die Flucht ergriff. In den drei Monaten, die Jessica als Eventmanagerin für sie arbeitete, hatte sie bewiesen, dass sie einer durchgeknallten Mutter und einer unschlüssigen zukünftigen Braut absolut gewachsen war.

Bodine musste zu einem Treffen mit dem für das Catering zuständigen Manager und anschließend Fragen eines Fahrers beantworten. Außerdem wollte sie ein unangenehmes Gespräch mit einem der Pferdepfleger hinter sich bringen.

Die gewundene, über Hügel führende Kiesstraße von ihrem Büro zum *Bodine Activity Center* (BAC) war bestimmt achthundert Meter lang, aber sobald sie in die klare Luft hinaustrat, entschied sie sich, lieber zu laufen statt zu fahren.

Noch war der Himmel unter den sich zusammenballenden Wolken hellblau. Aber sie roch den Schnee in der Luft, der vermutlich am Nachmittag fallen würde. Sie ging an ein paar grünen Kleinwagen vorbei, die Gästen während ihres Aufenthalts für Fahrten auf dem Gelände zur Verfügung standen, und wandte sich wieder der Straße zu. Niemand in Sicht.

Zu beiden Seiten erstreckten sich schneebedeckte Felder. Sie sah drei Rehe darüberhüpfen, mit weiß aufblitzenden Wedeln und dunklem Winterfell. Der Schrei eines Habichts ließ sie nach oben schauen. Sie sah zu, wie er am Himmel seine Kreise zog. Der Wind wirbelte Schnee auf, der sie umstäubte, während ihre Stiefelabsätze auf dem gefrorenen Boden klapperten.

Sie sah ein paar Leute unweit des BAC, Angestellte mit ein paar Pferden auf dem überdachten Sattelplatz. Warmer Pferdeduft wehte zu ihr herüber, begleitet vom Geruch von geöltem Leder, Heu und Getreide. Sie hob grüßend die Hand, als ein Mann mit schwerer Arbeitsjacke und braunem Stetson zu ihr herübersah. Abe Kotter tätschelte die gefleckte Stute, die er gerade striegelte, und ging Bodine ein Stück entgegen.

»Gleich wird es schneien«, sagte sie.

»Gleich wird es schneien«, bestätigte er. »Ein Paar aus Denver wollte ausreiten. Sie wussten, was sie tun, also ist Maddie mit ihnen raus. Sie sind gerade zurückgekommen.«

»Sag einfach Bescheid, wenn du Pferde zur Ranch zurückbringen und austauschen willst.«

»Mach ich. Bist du vom Hauptgebäude hergelaufen?«

»Ich wollte mir ein bisschen die Beine vertreten. Weißt du was? Ich glaub, ich werd ein Pferd satteln, zurückreiten und anschließend nach den Ladies im *Bodine House* schauen.«

»Grüß sie schön von mir. Ich werd dir ein Pferd satteln, Bo. Three Socks kann etwas Bewegung gebrauchen. Und ich kann meine müden alten Knochen etwas ausruhen.«

»Von wegen alt.«

»Ich werde im Februar neunundsechzig.«

»Das findest du alt? Pass auf, dass meine Grannies das nicht hören, sonst gibt es eine Gardinenpredigt.«

Er lachte, trat einen Schritt zurück und streichelte noch einmal die gefleckte Stute. »Gut möglich. Trotzdem werde ich wie besprochen eine Winterpause machen. Ich will zusammen mit meiner Frau meinen Bruder in Arizona besuchen und bis Ende April dort bleiben. Direkt nach Weihnachten.«

Sie zuckte nicht mit der Wimper, auch wenn sie es gern getan hätte. »Wir werden Edda und dich sehr vermissen.«

»Mit zunehmendem Alter werden die Winter härter.« Er kontrollierte die Hufe der Stute und zog einen Hufkratzer hervor, um sie zu säubern. »Außerdem ist die Nachfrage nach Ausritten im Winter geringer. Maddie kann einspringen und die Pferde versorgen. Sie ist ein gutes Mädchen.«

»Ich rede mit ihr. Ist sie drinnen? Ich muss sowieso rein und mit Matt reden.«

»Ja. Ich werde Three Socks inzwischen für dich vorbereiten.«

»Danke, Abe.« Sie marschierte los, machte aber noch einmal kehrt. »Was zum Teufel willst du in Arizona?«

»Wenn ich das wüsste! Auf jeden Fall im Warmen sein.«

Sie betrat das Gebäude. Von Frühling bis Oktober war der große scheunenartige Raum für die Gruppen da, die sich auf Wildwasserrafting, Quad-Touren, Ausritte, Viehtreiben und geführte Wanderungen vorbereiteten.

Wenn es schneite, wurde es etwas ruhiger. Im Augenblick hallten ihre Schritte in dem großen Raum wider, während sie zur geschwungenen Theke des verantwortlichen Managers ging.

»Und, wie läuft's, Bo?«

»Gut, Matt, alles bestens. Und bei dir?«

»Auch gut, es ist ein weniger ruhiger, sodass wir ein paar Sachen aufarbeiten können. Morgen will eine zwölfköpfige Familie ausreiten, und ich hab Chase Bescheid gegeben. Er meinte, Cal Skinner ist wieder da und wird sich um sie kümmern.«

»Stimmt.« Sie sprach mit Matt über die Lagerbestände und darüber, welche Ausrüstungsgegenstände ersetzt werden mussten. Dann zückte sie ihr Handy, um weitere Aktivitäten anlässlich der Jackson-Hochzeit zu besprechen.

»Ich werde dir eine Mail mit sämtlichen Details schicken. Bitte plan schon mal die Zeit ein und such dir die Unterstützung, die du brauchst.«

»Okay.«

»Abe meinte, Maddie ist hier?«

»Sie ist gerade auf der Toilette.«

»Gut.« Sie kontrollierte die Uhrzeit, bevor sie ihr Handy verstaute. Sie wollte noch einen Ausritt zu ihren Grannies machen und musste dann dringend zurück ins Büro. »Ich warte so lang.«

Sie ging zum Getränkeautomaten. Jessica hatte recht, sie sollte mehr Wasser trinken. Aber sie hatte keine Lust auf Wasser. Sie hatte Lust auf was Süßes, Belebendes. Sie hatte Lust auf eine verdammte Cola.

»Ach, Jessie«, seufzte sie, steckte Münzen in den Automaten und zog eine Flasche Wasser. Genervt nahm sie einen ersten Schluck, als Maddie von der Toilette kam.

»Hallo, Maddie.«

Bodine ging der Bereiterin entgegen. Sie wirkte etwas blass und müde um die Augen, trotz ihres spontanen Lächelns.

»Hallo, Bo, ich komme gerade von einem Ausritt zurück.«

»Ich weiß. Alles in Ordnung? Du siehst ein bisschen erschöpft aus.«

»Alles bestens.« Maddie winkte ab und seufzte laut. »Hast du eine Minute Zeit?«

»Klar.« Bodine zeigte auf eines der Tischchen, die überall im Raum verteilt waren. »Stimmt was nicht?«

»Alles prima. Wirklich, fantastisch.« Maddie, eine Freundin, seit sie denken konnte, setzte sich und schob ihren Hut zurück, der auf sonnenblondem, kinnlangem Haar saß. »Ich bin schwanger.«

»Du bist … Maddie! Das ist ja toll.«

»Es ist toll, wunderbar und fantastisch, aber auch ein bisschen beängstigend. Thad und ich haben uns gedacht: Warum warten? Wir haben zwar erst letzten Frühling geheiratet und wollten uns eigentlich ein, zwei Jahre Zeit lassen. Aber dann haben wir es einfach versucht.« Sie lachte und zeigte auf Bodines Wasser. »Kann ich einen Schluck haben?«

»Trink es ruhig aus. Ich freu mich so für dich, Maddie. Geht es dir gut?«

»In den ersten Monaten hab ich dreimal am Tag gekotzt. Morgens nach dem Aufstehen, mittags und abends. Ich werde schnell müde, aber der Arzt hat gesagt, das ist ganz normal. Die Übelkeit sollte bald nachlassen, zumindest hoffe ich das. Vorhin war mir etwas fies, aber ich habe mich nicht übergeben, und das ist ein Fortschritt.«

»Thad muss Purzelbäume schlagen vor Begeisterung.«

»Das tut er auch.«

»In welchem Monat bist du denn?«

»Am nächsten Samstag werden es zwölf Wochen.«

Bo machte den Mund auf und wieder zu. Dann griff sie zur Wasserflasche und nahm einen großen Schluck. »In der zwölften Woche.«

Maddie seufzte und biss sich auf die Unterlippe. »Ich hätte es dir am liebsten sofort gesagt, aber es heißt, dass man die ersten drei Monate abwarten soll, das erste Trimester. Wir haben nur unsere Eltern eingeweiht, denen kann man so was einfach nicht verheimlichen. Selbst bei ihnen haben wir gewartet, bis der erste Monat um war.«

»Du siehst kein bisschen schwanger aus.«

»Das wird sich bald ändern. Offen gestanden ist meine Jeans in der Taille schon so eng, dass ich sie mit einer Sicherheitsnadel zusammenhalte.«

»Nicht dein Ernst!«

»Doch.« Um es zu beweisen hob Maddie ihre Bluse.

Maddie hob ihren Hut und beugte den Kopf, um zu zeigen, dass ihr blondes Haar mehrere Zentimeter dunkel nachgewachsen war. »Man soll sich nicht mehr die Haare färben. Ich werd meinen Hut erst wieder absetzen, wenn das Baby da ist, das schwör ich dir. Ich hab meine natürliche Haarfarbe nicht mehr gesehen, seit ich dreizehn bin. Du hast mir damals beim Färben geholfen. Mit so einer Tube aus dem Drogeriemarkt.«

»Und mir haben wir eine blonde Strähne gefärbt, die dann leider kürbisorange wurde.«

»Ich fand das total cool. Tief in meinem Herzen bin ich eine Blondine, Bo, werde aber eine schwangere Brünette sein. Eine fette, watschelnde Brünette, die alle fünf Minuten aufs Klo muss.«

Lachend gab Bodine ihr das Wasser zurück. Während Maddie trank, strich sie über ihren unsichtbaren Babybauch. »Ich fühle mich anders, wirklich. Es ist ein Wunder. Bodine, ich werde Mutter.«

»Du wirst eine fantastische Mutter sein.«

»Das habe ich zumindest fest vor. Aber es gibt etwas, das ich eigentlich nicht machen sollte.«

»Reiten.«

Nickend nahm Maddie einen weiteren Schluck. »Ich weiß, ich hätte es dir längst sagen sollen. Meine Güte, ich reite, seit ich ein Baby bin, aber die Ärzte sind da sehr streng.«

»Ich auch. Du warst heute mit Gästen draußen, Maddie.«

»Ich weiß. Ich hätte Abe einweihen sollen, aber ich fand, du solltest es zuerst erfahren. Und dann hat er mir erzählt, dass ich ihn während seiner Winterpause ersetzen soll. Ich wollte nichts sagen, sonst hätte er seinen Urlaub abgesagt.«

»Er wird ihn nicht absagen, und du wirst nicht mehr im Sattel sitzen, bis du die ärztliche Erlaubnis dazu hast. Keine Widerrede.«

Wieder biss sich Maddie nervös auf die Unterlippe und spielte mit dem Schraubverschluss der Flasche. »Und der Reitunterricht?«

»Wir werden einen Ersatz finden.« Ihr würde bestimmt etwas einfallen. »Pferde müssen nicht nur geritten werden, Maddie.«

»Ich weiß. Ich kann relativ viel Verwaltungskram erledigen. Ich kann striegeln, füttern, den Pferdeanhänger fahren und die Gäste zum Reitcenter fahren. Ich kann …«

»Du kannst mir vor allem eine Liste von deinem Arzt bringen, damit ich weiß, was du machen darfst und was nicht. Was nicht erlaubt ist, lässt du gefälligst bleiben.«

»Der Arzt ist übertrieben vorsichtig und …«

»Das bin ich auch«, unterbrach Bodine sie. »Du hältst dich an die Liste. Oder ich muss dich entlassen.«

Maddie ließ sich zurückfallen und schmollte. »Thad hat auch so was gesagt.«

»Du hast keinen Idioten geheiratet. Außerdem liebt er dich. Genau wie ich. Den Rest des Tages hast du frei.«

»Nein, ich muss nicht heim.«

»Du gehst heim«, befahl Bo. »Mach einen Mittagsschlaf. Nach deinem Nickerchen rufst du den Arzt an und sagst ihm …«

»Es ist eine Sie.«

»Egal. Du sagst ihr, dass sie diese Liste schreiben soll. Anschließend sehen wir weiter. Im schlimmsten Fall wirst du den Sattel gegen einen Bürostuhl eintauschen müssen, Maddie.« Bodine grinste. »Du wirst fett werden.«

»Ich freu mich schon darauf.«

»Prima, denn das kannst du schließlich nicht ändern. Jetzt geh nach Hause.« Bodine stand auf und nahm Maddie fest in den Arm. »Gratuliere noch mal.«

»Danke. Danke, Bo. Ich sag Abe Bescheid, bevor ich gehe, okay?«

»Mach das.«

»Offen gestanden werde ich es allen sagen. Darauf freue ich mich, seit ich auf dieses Stäbchen gepinkelt habe. Hallo, Matt.« Maddie stand auf und tätschelte sich den Bauch. »Ich bin schwanger.«

»Was?«

Bodine sah noch, wie er über die Theke sprang und zu Maddie rannte, um sie hochzuheben.

Eltern erfahren als Erste von den Babys, dachte Bodine, während sie wieder nach draußen ging. Aber dann gab es ja auch noch die Familie drumherum.

2

Auf der Fahrt überlegte Bodine, was sie erledigen musste. Sie hatte zwei ihrer wichtigsten Bereiter verloren. Einen bis zum Frühling und eine für ganze acht Monate. Also hatte sie ein Problem, das sich aber bestimmt lösen ließ.

Schnee fiel, noch spärlich und nur ein kleiner Vorgeschmack auf das, was kommen würde. Sie mochte den Geruch, die kühle Luft und die weiß verschneiten Felder.

Sie trieb Three Socks an und gewährte ihm dann einen schönen Galopp. Sie sah einen der Service-Pick-ups über die Straße zu den Blockhütten holpern und gönnte sich das Vergnügen eines kleinen Umwegs. Dorthin, wo sich der Blick auf die verschneiten Berge unter einem blassgrauen Himmel weitete.

Eine Weile dachte sie an gar nichts.

Sie ritt an den weißen Zelten des *Wellness-Village* vorbei, den Hang hinauf zu den geschützt liegenden Hütten und nahm dann die gewundene Straße zum Haus ihrer Grannies.

Es lag ein Stück zurückgesetzt, sodass genug Platz fürs Gärtnern blieb, das beide sehr liebten. Ein weiß-blaues Puppenhaus mit Panoramafenstern und zwei großzügigen Veranden nach vorn und hinten hinaus, auf denen man es sich gemütlich machen konnte.

Sie ritt mit dem Wallach auf die Rückseite des Hauses zur kleinen Scheune und stieg ab. Nachdem sie das Pferd lobend getätschelt hatte, band sie es fest. Über die dünne Schicht Neuschnee lief sie zur Hintertür, wo sie sich gründlich die Stiefel abtrat. Der Duft köstlichen Essens wehte ihr entgegen, sobald sie die Küche betreten hatte.

Noch während sie sich die Jacke aufknöpfte, ging sie zum Topf auf dem Herd, um daran zu schnuppern. Hühnchen mit Lauch. Genüsslich sog sie den Duft ein. Ein Eintopf, der bei ihrer Urgroßmutter *Cock-a-Leekie* hieß.

Sie sah sich um. Die Wohnküche ging in einen Essbereich mit einer gemütlichen Couch, ein paar Sesseln und einem großen Flachbildfernseher über. Die Grannies liebten ihre Fernsehsendungen. Es lief gerade eine Serie mit unfassbar schönen Menschen. Sie entdeckte zwar den Stickkorb von Grammy, ihrer Urgroßmutter Miss Fancy, und den Häkelkorb von Nana, ihrer Großmutter Cora. Von den beiden Frauen fehlte jedoch jede Spur.

Bodine schaute im Gäste- und Arbeitszimmer nach. Doch das war aufgeräumt und leer. Sie betrat ein Wohnzimmer, in dem ein Kaminfeuer prasselte und von dem zwei Schlafzimmer samt angeschlossenen Bädern abgingen. Sie wollte gerade nach den Frauen rufen, als sie von nebenan eine Stimme hörte.

»Ich hab dir doch gesagt, dass ich das reparieren kann.«

Cora kam aus ihrem Schlafzimmer, einen rosa Werkzeugkasten in der Hand. Sie schrie und fasste sich an die Brust.

»Himmelherrgott, Bodine! Du hast mich zu Tode erschreckt. Ma! Bodine ist da.« Mit schepperndem Werkzeugkasten eilte Cora zu Bodine und umarmte sie.

UGG-Slipper, der Duft von Chanel No. 5, eine Figur, die so schlank und rank war, dass sie deutlich jünger wirkte. Heute trug sie eine Jeans und einen weichen weiten Pulli, den vermutlich ihre Mutter gestrickt hatte.

Bodine sog ihren Duft ein. »Was hast du repariert?«

»Ach, das Waschbecken in meinem Bad hat geleckt.«

»Soll ich den Hausmeister verständigen?«

»Du hörst dich an wie deine Grammy. Ich pflege meine Reparaturen selbst zu erledigen. Das Leck ist beseitigt.«

»Klar.« Bo küsste Cora auf beide Wangen und schaute lächelnd in ihre klaren blauen Augen.

»Hast du auch was, das repariert werden muss?«

»Ich habe zwei Bereiter zu wenig, aber dieses Problem schaff ich selbst aus der Welt.«

»Darin sind wir gut, was? Verflixt, Ma, Bodine ist da.«

»Ich komm schon. Du brauchst nicht so zu schreien.«

Während Coras Haar, ein angeschrägter Pagenkopf, graumeliert war, leuchtete das von Miss Fancy so rot wie in ihrer Jugend. Mit knapp neunzig könnte sie es eigentlich ein wenig langsamer angehen lassen, aber sie war stolz darauf, alle Zähne im Mund zu haben, alles zu hören, was sie hören wollte, und nur eine Lesebrille für die Nähe zu brauchen. Klein und eher rundlich als dick, liebte sie T-Shirts und Baseballkappen mit Slogans, die sie im Internet bestellte. Auf der von heute stand: *So sieht eine Feministin aus.*

»Du wirst wirklich mit jedem Tag hübscher«, sagte Miss Fancy, als Bodine sie umarmte.

»Du hast mich doch erst vorgestern gesehen.«

»Das tut dem keinen Abbruch. Komm und setz dich. Ich muss nach der Suppe sehen.«

»Sie duftet köstlich.«

»Sie braucht noch mindestens eine Stunde. Falls du zum Essen bleiben möchtest …«

»Das geht leider nicht. Ich wollte nur kurz vorbeischauen.«

Miss Fancy rührte in ihrer Suppe, während Cora den Werkzeugkasten wegräumte.

»Dann wenigstens einen Tee und Plätzchen«, befahl Cora. »Was sein muss, muss sein.«

»Cora und ich haben gestern Abend Snickerdoodles gebacken.« Miss Fancy lächelte, als sie den Kessel aufsetzte.

Ausgerechnet Snickerdoodles, ihre Lieblingsplätzchen. »Dafür habe ich Zeit. Setz dich, Grammy, den Tee mach ich.«

Sie holte die Kanne, die Tassen und die Teesiebe, da Beuteltee unter der Würde der Damen war.

»Ihr verpasst eure Sendung«, sagte Bodine.

»Ach, die nehmen wir auf«, winkte Miss Fancy ab. »Es macht viel mehr Spaß, abends zu gucken und die Werbung vorzuspulen.«

»Wie ich hörte, ist der Skinner-Junge aus Hollywood zurück und arbeitet auf der Ranch?«, meinte Miss Fancy.

»Du hast richtig gehört.«

»Ich hab den Burschen immer gemocht.« Cora stellte eine Schale mit Plätzchen auf den Tisch.

»Besser kann man gar nicht aussehen.« Miss Fancy nahm ein Plätzchen. »Und er ist nicht langweilig.«

»Chase und seine ernsthafte Art haben ihm gutgetan. Und du warst verliebt in ihn«, sagte Cora zu Bodine.

»Nein, war ich nicht.«

Die Grannies sahen sich nur grinsend an.

»Ich war zwölf. Woher wollt ihr das überhaupt wissen?«

»Ich kann eben Gedanken lesen.« Miss Fancy legte die Hand aufs Herz. »Meine Güte, wäre ich etwas jünger oder er älter gewesen, hätte ich mich auch in ihn verliebt.«

»Was Grandpa dazu gesagt hätte?«, gab Bodine zu bedenken.

»Wir waren siebenundsechzig Jahre verheiratet, bevor er gestorben ist. Gucken war immer erlaubt. Anfassen geht nur, wenn man miteinander verheiratet ist.«

Lachend brachte Bodine den Tee.

»Sag diesem Jungen, dass er uns bald besuchen soll«, verlangte Cora. »Ein gut aussehender Mann hebt die Laune.«

»Versprochen.« Bodine warf einen Blick auf die Plätzchen. Gesund essen konnte sie später.

***

Als Bodine ihren Arbeitstag beendete, schneite es heftig. Sie war dankbar für die Plätzchen vom Nachmittag, da sie keine Gelegenheit zum Mittagessen gehabt hatte. Sie stellte ihren Pick-up vor der Ranch ab und war bereit, alles zu verschlingen, was man ihr vorsetzen würde.

Sie ließ ihre Outdoor-Ausrüstung im Hausflur, nahm ihren Aktenkoffer und ertappte Chase in der Küche dabei, wie er sich ein Bier aus dem Kühlschrank nahm.

»Auf dem Herd steht Rindereintopf«, sagte er. »Mom hat gesagt, dass ich ihn warm halten soll, bis du da bist.«

Dabei wollte sie eigentlich weniger rotes Fleisch essen.

Egal. »Wo sind die andern?«

»Rory ist verabredet. Und Mom hat gemeint, dass sie den Rest ihres Lebens in der Badewanne verbringen will. Dad dürfte ihr dabei Gesellschaft leisten.«

Sofort hielt sich Bodine die Ohren zu. »Musst du dieses Bild heraufbeschwören?«

»Sein Blick hat es heraufbeschworen. Wie heißt es so schön? Geteiltes Leid ist halbes Leid.« Er winkte mit der Flasche. »Auch ein Bier?«

»Lieber Wein. Ein Glas Rotwein am Tag ist gesund«, schickte sie hinterher, als er nur grinste. Gut möglich, dass sie eher großzügig einschenkte, doch es blieb bei einem Glas.

»Maddie ist also schwanger.«

»Woher weißt du das?« Sie schöpfte Eintopf in eine Schale.

»Maddie hat Thad informiert, dass sie es allen gesagt hat. Da hat er es mir erzählt. Ich hab damit gerechnet.«

»Warum denn das?«

»Ich hab ab und zu Bemerkungen von Thad zum Thema Vaterschaft aufgeschnappt.«

»Wenn du damit gerechnet hast, warum hast du ihn nicht darauf angesprochen?« Verärgert gab sie Chase einen Stoß zwischen die Rippen. »Hätte ich das ein paar Wochen früher gewusst, hätte ich eine der Saisonkräfte behalten können. Aber wenn man es mit Charles Samuel Longbow zu tun hat, heißt die Losung natürlich: *Kein Wort zu viel.*«

»In der Regel erfährt man alles früh genug. Ich nehm mein Bier mit nach nebenan und trink es am Kamin.«

Den Löffel im Eintopf, folgte ihm Bodine. Wie ihr Bruder ließ sie sich aufs große Sofa fallen und legte die Füße auf den Couchtisch. »Ich hab jede Saisonkraft angerufen, der ich das zutraue, und brauche mehr als einen Bereiter. Sie sind für den Winter alle ausgebucht.« Sie aß und dachte nach. »Es sind noch ein paar Wochen, bis Abe abhaut. Ich würde nur ungern jemandem eine Leitungsfunktion geben, den ich nicht kenne und nicht richtig einarbeiten konnte. Da wären noch Ben und Carol, aber die haben keine Führungsqualitäten.«

»Nimm Cal.«

»Cal?«

»Ja, er kann doch einspringen. Er kann super mit Pferden umgehen und hat Führungsqualitäten. Sonst wird es bei dir echt eng. Dad und ich können aushelfen. Oder Rory und Mom. Sogar Nana könnte Ausritte führen. Die reitet sowieso fast jeden Tag.«

»Ich war gerade bei ihr und Grammy. Ich bin auf Three Socks hin. Als Nana das hörte, wollte sie mit ihm zum BAC zurückreiten. Ich habe es ihr wegen des Schnees verboten. Sie sollte im Winter keine Ausritte führen.«

Chase nickte nachdenklich und nahm noch einen Schluck Bier. »Sie könnte Reitunterricht geben.«

»Ja, daran hab ich auch gedacht. Das dürfte ihr gefallen.

Gut, wenn ich Personal von der Ranch abziehen kann, solange Abe weg ist, muss ich niemand Neues suchen. Du bist doch nicht ganz nutzlos, Chase.«

»Ich?« Er trank von seinem Bier. »Ich hab jede Menge verborgene Qualitäten.«

»Ich fürchte, sie erstrecken sich nicht zufällig auf zehn Kilometer roten Samt, ein Dutzend goldene Riesenkandelaber sowie auf eine Harfenistin im roten Samtkleid?«

»Nein, nicht dass ich wüsste.«

»Linda-Sues Hochzeit. Ihre Mutter war heute dabei und hat so gut wie alles verkompliziert, verändert und verworfen. Der Sekt mit O-Saft hat rein gar nichts genutzt«, murmelte Bodine.

»Du wolltest Managerin werden.«

»Ja, und ich mag den Job immer noch, sogar an Tagen wie heute. Außerdem sind Samt, Harfenistin und Gold Jessicas Problem. Es war sehr schlau von mir sie einzustellen.«

»Ich hätte nie gedacht, dass sie es so lange aushält.« Die Füße hochgelegt, sah er zufrieden zu, wie es vor dem Fenster schneite. »Sie hat noch keinen Winter hier erlebt.«

»Sie packt das schon. Warum auch nicht?«

»Sie kommt aus der Stadt. Von der Ostküste.«

»Und ist die beste Eventmanagerin, seit Martha vor fünf Jahren in Rente gegangen ist. Ich muss sie kaum kontrollieren.«

»Du tust es aber trotzdem.«

»Nicht so oft wie vorher.« Wie Chase sah sie aus dem Fenster und betrachtete das Schneetreiben vor dem dunklen Himmel. »Es dürfte dreißig Zentimeter Neuschnee geben. Ich schreib Len eine SMS, dass er die Wege freischaufelt.«

»Du bist und bleibst ein Kontrollfreak.«

»Das gehört zu meinem Job.« Bodine sah zur Decke. »Glaubst du wirklich, die liegen da oben zusammen in der Badewanne?«

»Worauf du wetten kannst!«

»Ich glaube, ich kann da jetzt unmöglich hochgehen. Vorher brauch ich noch ein Glas Wein.«

»Bring mir bei der Gelegenheit ein Bier mit.« Er spähte ebenfalls zur Decke. »Ich gebe ihnen eine halbe Stunde.«

***

Bodine verbrachte fast den ganzen nächsten Tag damit, die Wege durchs Resort zu kontrollieren, Vorschläge unter die Lupe zu nehmen, Entscheidungen zu vertagen und Druck zu machen, damit schnellstens neue Leinenbettwäsche für die Hütten geliefert wurde. Sie war gerade dabei, die Winter-Aktionen in Broschüren, Serienmails, auf Webseiten, Facebook und Twitter durchzusehen, als Rory hereinkam.

Er ließ sich in einen ihrer Sessel fallen und streckte alle viere von sich, als plante er länger zu bleiben.

»Ich werfe gerade einen letzten Blick auf die Winterangebote«, hob Bodine an.

»Gut, denn wir können noch was anpreisen.«

»Was denn?«

»Eine neue Idee.« Er sah sich lächelnd um, als Jessica hereinkam. »Da ist ja meine Komplizin. Mom ist beschäftigt, kommt aber, sobald sie sich freimachen kann.«

»Worum geht es? Die Broschüren sollen morgen in Druck gehen, die Daten für die Webseite nächste Woche hochgeladen werden.«

»Ein paar Tage hin oder her spielen doch keine Rolle.«

Wohl wissend, dass das genau die falsche Strategie bei Bodine war, gab Jessica Rory einen sanften Stoß und kniff ihn sogar in den Arm, bevor sie sich setzte.

»Was haben wir den Leuten eigentlich im Winter zu bieten?«, meinte der daraufhin. »Schnee und noch mehr Schnee.

Die Leute kommen von der Ostküste oder Kalifornien hierher. Sie wollen Cowboy spielen, Ausritte machen und Büffelburger probieren.«

Der geborene Verkäufer. Rory schlug die Füße, die in coolen Frye Boots steckten, übereinander. »Die Leute, die im Winter herkommen, fahren ein bisschen mit Schneemobilen rum oder machen es sich in einer der Blockhütten gemütlich, wo sie sich massieren lassen. Aber zwei Meter Schnee schrecken sie ab. Damit verlieren wir potenziellen Umsatz. Warum sollten wir uns den Schnee nicht zunutze machen, um den Umsatz zu steigern?«

Bodine hatte gelernt, in Rory nicht nur den kleinen Bruder zu sehen, wenn es ums Marketing ging, auch wenn ihr das anfangs schwergefallen war. »Ich höre.«

»Ein Schneeskulpturen-Wettbewerb. Ein Wochenend-Event. Das Ganze läuft folgendermaßen. Wir bieten vier Kategorien an. Bis zwölf Jahre, zwölf bis sechzehn Jahre, Erwachsene und Familien. Wir loben Preise aus und sorgen dafür, dass die hiesige Presse darüber berichtet. Und wir geben Rabatt, wenn die Teilnehmer für zwei Tage eine Blockhütte buchen.«

»Die Leute sollen Schneemänner bauen?«

»Keine Schneemänner«, schaltete sich Jessica ein. »Schneekunst. Skulpturen. So wie bei den Sandskulptur-Wettbewerben in Florida. Wir bauen einen Kinderbereich auf und sorgen für angemessene Betreuung. Es gibt heiße Schokolade und Suppe.«

»Und Eiszapfen-Wassereis«, sagte Bodine.

»Eiszapfen-Wassereis.« Rory nickte anerkennend.

»Wir stellen das Werkzeug zur Verfügung. Schaufeln, Spaten, Palettenmesser und so«, fuhr Jessica fort. »Die Motive müssen sich die Teilnehmer selbst ausdenken. Am Freitagabend gibt es ein geselliges Beisammensein, danach teilen wir den Leuten ihre Unterkünfte zu. Am Samstag geht es um Punkt neun los.«

»Wir werden Aktivitäten für kleinere Kinder brauchen«, überlegte Bodine laut. »Die können sich nicht so lange konzentrieren. Außerdem müssen sie irgendwann ins Warme, was essen oder naschen. Das gilt auch für die Erwachsenen. Kein Muss, aber manche wünschen sich vielleicht Pausen.«

»Wir bauen ein Büfett in der *Futterkrippe* auf. Vielleicht auch ein paar beheizte Zelte für Nacken- und Schultermassagen. Für die Kleinen denk ich mir bis dahin was aus.« Jessica runzelte die Stirn. »Etwas, das zum Winterthema passt. Wir könnten gegen zusätzliche Bezahlung Schlittenfahrten anbieten. Und am Samstagabend eine Party steigen lassen, auf der wir die Gewinner verkünden und Preise verleihen.«

»Die Idee gefällt mir, aber sie muss noch ausgearbeitet werden, samt Werbeslogans und Preisen. Besorgt Fotos. Und *Schneeskulptur-Event* klingt besser als *Wettbewerb*.«

»Stimmt«, pflichtete ihr Rory bei.

»Kümmern wir uns um die Details.« Jessica verstaute ihr Handy und stand auf. »Rory, wie wär's, wenn wir uns in einer Stunde zusammensetzen und Nägel mit Köpfen machen?«

»Gern.« Er sah ihr nach und drehte sich anschließend lächelnd zu seiner Schwester um. »Wie gut sie riecht.«

»Tatsächlich?«

Mit seinem unwiderstehlichen Lächeln wackelte Rory mit den Brauen. »Tatsächlich.«

»Sie ist viel zu alt für dich und hat viel zu viel Stil.«

»Alter ist nur eine Frage der Einstellung, und ich hab jede Menge Stil, wenn es sein muss. Nicht, dass ich was mit ihr anfangen will. Ich sag nur, wie es ist.« Er sprang auf. »Weißt du, ich kann da eine riesige Marketingaktion draus machen.«

Allerdings, das konnte er. »Sieh zu, dass die Kosten gedeckt sind«, ermahnte sie ihn.

»Erbsenzählerin!«

»Tagträumer! Mach, dass du fort kommst, ich hab zu tun.«

***

Als Bodine am Abend Schluss machte, warf sie einen Blick in den Speisesaal und auf die Autos und Pick-ups auf dem Parkplatz. Kleinwagen des Resorts, viele Geländewägen, Pick-ups und Autos von auswärtigen Restaurantbesuchern.

Nicht schlecht.

Sie wollte endlich zu Abend essen, sich etwas ausruhen und niemandem mehr Rede und Antwort stehen müssen. Vielleicht würde sie heute früh ins Bett gehen.

Nachdem sie vor der Ranch angehalten, zu ihrem Aktenkoffer gegriffen und den Hausflur betreten hatte, stand ihr Abendprogramm bereits fest.

Ein Glas Wein.

Abendessen.

Eine lange, heiße Dusche.

Ein bisschen lesen.

Schlafen.

Ein perfekter Plan.

Wenn sie sich nicht täuschte, lag der Duft von Clementines Lasagne in der Luft. Es gab doch noch einen Gott!

Als Bodine in die Küche kam, lachte Clementine, schlaksige eins achtzig groß, gerade das für sie so typische herzhafte Lachen. Ihr Wahlspruch lautete: *Es wird gegessen, was auf den Tisch kommt.*

»Junge, du hast dich wirklich kein bisschen verändert.«

»Nichts auf dieser Welt kann meiner tiefen, unverbrüchlichen Liebe zu dir etwas anhaben.«

Bodine kannte diese Stimme und ihren Charme. Sie sah zu Callen Skinner hinüber, der an der Küchentheke lehnte und ein Bier trank, während Clementine die Spülmaschine einräumte.

3

Und ob er sich verändert hat, dachte Bodine. Er war ziemlich schlaksig gewesen, als er fortging. Inzwischen hatte er richtig Muskeln bekommen. Lange Beine und schmale Hüften, aber breite Schultern, auch sein Gesicht war markanter als früher. Er trug das dunkelbraune Haar länger, als sie es in Erinnerung hatte. Es lockte sich über den Ohren und fiel bis auf den Hemdkragen. Ob er immer noch sonnengebleichte Strähnchen bekam, sobald er seinen Hut länger als zehn Minuten absetzte? Er drehte den Kopf und musterte sie aus grauen Augen, die sowohl ins Blaue als auch ins Grünliche spielen konnten.

»Hallo, Bodine.«

Clementine wirbelte herum und stemmte die Hände in die knochigen Hüften. »Das wird aber Zeit. Glaubst du, ich bin deine Kantine? Du kannst froh sein, dass noch was für dich übrig ist.«

»Das ist allein Rorys Schuld. Er hat mir am Ende eines langen Tages noch mehr Arbeit aufgebürdet. Hallo, Callen.«

»Wasch dir die Hände«, befahl Clementine. »Und setz dich an den Tisch.«

»Zu Befehl, Madam.«

»Möchtest du ein Bier?«, fragte Callen.

»Sie will bestimmt ein Glas Rotwein, weil das angeblich Herzproblemen vorbeugt oder so. Den da.« Clementine zeigte darauf.

»Tatsächlich? Ich hol ihn dir.« Callen schenkte Bodine Wein ein, während sie sich pflichtschuldig die Hände wusch.

»Iss den Salat.« Clementine gab etwas in ein Schälchen und machte ihn an. »Und beschwer dich nicht übers Dressing.«

»Nein, Madam. Danke«, schickte Bodine hinterher, als Callen ihr das Glas gab.

Sie nahm Platz und den ersten Schluck Wein. Als Clementine eine Serviette über ihren Schoß breitete, griff sie zur Gabel. »Du leistest ihr Gesellschaft, Cal. Ständig kommt sie zu spät und muss allein essen. Wirklich ständig! Im Ofen hab ich ihr einen Teller warm gestellt. Sieh zu, dass sie alles aufisst.«

»Wird gemacht.«

»Möchtest du noch ein Stück Apfelkuchen?«

»Liebste Clem, dafür ist leider kein Platz mehr.«

»Dann nimm wenigstens ein großes Stück mit, wenn du gehst.« Sie kniff ihn in die Wange. Sofort blitzte sein Grinsen auf.

»Willkommen daheim. Ich gehe jetzt.« Bodine bekam einen Klaps auf den Hinterkopf, der in eine Liebkosung überging. »Brav aufessen, junge Dame. Wir sehen uns morgen früh.«

»Gute Nacht, Clementine.« Bodine wartete, bis sich die Tür zum Hausflur geschlossen hatte, bevor sie laut seufzte und wieder zu ihrem Weinglas griff. »Du musst nicht bleiben und mir beim Essen zusehen.«

»Ich hab's aber versprochen. Ich könnte diese Frau vom Fleck weg heiraten, allein wegen ihrer schlagfertigen Art. Und ihrer Kochkünste.« Er nahm einen vorsichtigen Schluck von seinem Bier, ohne den Blick von Bodine abzuwenden. »Du bist hübscher geworden.«

»Findest du?«

»Du warst schon früher hübsch, aber heute bist du noch hübscher. Und, wie geht's dir so?«

»Gut. Viel zu tun. Und du?«

»Ich freue mich, wieder hier zu sein. Ich war mir erst nicht so sicher, deshalb ist das ein erheblicher Pluspunkt.«

»Du hattest bisher gar keine Zeit, Hollywood zu vermissen.«

Er ließ die Schultern kreisen. »Die Arbeit hat Spaß gemacht. Sie war interessant. Härter, als die meisten Leute glauben. Härter, als ich mir das anfangs vorgestellt hatte.«

Aus ihrer Erfahrung galt das für jede Arbeit, die Spaß machte. »Hast du gefunden, was du gesucht hast?«

Wieder trafen sich ihre Blicke. »Ja.«

»Es ist ein paar Jahre her, trotzdem möchte ich dir mein Beileid wegen deines Vaters aussprechen. Bitte entschuldige, dass ich nicht auf der Beerdigung war.«

»Danke. Du hattest die Grippe oder so?«

»So was, ja. Drei Tage lang. So schlecht war mir noch nie, und ich möchte diese Erfahrung nur ungern wiederholen.«

»Wo wir gerade dabei sind: Auch von meiner Seite mein herzliches Beileid wegen deines Großvaters – Urgroßvaters. Er war ein guter Mann.«

»Allerdings. Wie geht es deiner Mutter, Callen?«

»Gut. Viel besser als früher, weil sie einen Enkel verwöhnen kann und sich auf den zweiten freut. Wir werden den Rest unseres Grunds an deinen Vater verkaufen.«

Bodine stocherte in ihrem Salat herum. »Ich weiß nicht, ob mir das leidtun soll.«

»Gib dir keine Mühe. Er bedeutet mir nichts. Schon lange nicht mehr.«

Gut möglich, dachte sie. Trotzdem war es sein Erbe gewesen. »Wir werden was Schönes daraus machen.«

»Bestimmt.« Er stand auf und nahm ihren Teller aus dem Ofen. »Und du, Bodine?« Er stellte den Teller vor sie hin. »Leitest das ganze Riesenresort?«

Da Clementine nicht da war, um sie misstrauisch zu beäugen,

gab Bodine ordentlich Pfeffer drauf. Sie mochte es scharf. »Ich bin nicht allein dafür verantwortlich.«

»Nein, aber nach allem, was ich so höre, wäre das auch kein Problem. Ich hab heute was für dich erledigt. Chase meinte, ich soll rübergehen und Abe helfen. Es ist schließlich ein paar Jahre her. Damit ich wieder ein Gefühl dafür bekomme.«

Das wusste sie bereits, weil Chase ihr eine SMS geschickt hatte. »Und, hast du ein Gefühl dafür bekommen?«

»Der Anfang ist gemacht. Ich kann dir gerne was dazu sagen, wenn es dich interessiert.« Er wartete kurz. Sie zuckte nur mit den Schultern und machte sich über die Lasagne her. »Ich bin wie Abe der Meinung, dass ihr einen weiteren Bereiter einstellen solltet. Natürlich könnt ihr Personal von der Ranch ausleihen, aber besser wäre jemand, der ständig vor Ort ist. Ich kann Abe locker ersetzen, wenn er nächsten Monat verreist, aber wir sind einfach eine Person zu wenig.«

Da sie das auch so sah und nichts gegen seinen Rat einwenden konnte, nickte sie. »Leider hab ich bisher niemanden gefunden.«

»Wir leben in Montana, Bodine. Du wirst bestimmt einen Cowboy finden.«

»Ich brauche mehr als nur einen Typen in Cowboystiefeln.« Sie gestikulierte mit der Gabel und ließ sich in diesem Punkt nicht beirren. »Wenn ich dich nicht kennen würde, hätte ich dich nie als Ersatz für Abe genommen.«

»Das ist auch gut so.«

»Vielleicht hast du ja einen Kumpel in Kalifornien, der Lust auf einen kleinen Tapetenwechsel hat?«

Er schüttelte den Kopf und starrte in sein Bier. »Tapetenwechsel hat man dort genug. Man geht dorthin, wo man gerade gebraucht wird. Der Verdienst ist auch extrem gut. Ich könnte jemanden um einen Gefallen bitten, fühle mich aber nicht gut dabei, denn hier wird deutlich weniger bezahlt.« Er sah ihr in die Augen. »Warum ich es dann mache?«

»Danach hab ich gar nicht gefragt.«

»Indirekt schon. Weil es einfach Zeit wurde, nach Hause zurückzukehren.« Wieder dieses entwaffnende Grinsen. »Vielleicht hab ich dich und deine langen Beine vermisst, Bodine.«

»Logisch.« In ihrer Stimme schwang ironische Belustigung mit.

»Das hätte sehr gut sein können. Wenn ich gewusst hätte, dass du noch hübscher geworden bist …«

»Das kann ich nur zurückgeben. Wenn ich gewusst hätte, dass du nicht mehr so schlaksig bist wie früher …«

Er musste laut lachen. »Weißt du, was mir gerade klar wird? Ich hab dich vermisst. Wie diese Küche. Auch wenn sie etwas aufgehübscht worden ist, seit ich das letzte Mal da war.«

»Meine Grannies sind schuld, dass Mom regelrecht süchtig nach diesen Einrichtungssendungen geworden ist. Sie hat Dad fast in den Wahnsinn getrieben und ständig auf ihn eingeredet, doch bitte die Küche zu renovieren.«

»Ich habe die Menschen vermisst. Ich würde gern bei Nana und Miss Fancy vorbeischauen.«

»Das wird sie freuen. Hast du alles in deiner Hütte, was du brauchst?«

»Mehr als genug. Auch die ist deutlich aufgehübscht worden im Vergleich zu damals, als Chase und ich uns reingeschlichen haben, um uns Abenteuer auszudenken.«

»Und ihr mich ausgesperrt habt.« Sie merkte, dass sie deswegen immer noch ein bisschen sauer war.

»Na ja, du warst ein Mädchen.«

Sie lachte über seinen aufrichtig entsetzten Tonfall. Vielleicht hatte auch sie ihn ein wenig vermisst.

»Ich konnte genauso gut reiten wie ihr.«

»Ja. Das hat mich total geärgert. Chase hat mir erzählt, dass du Wonder vor ein paar Wintern verloren hast.«

Bodine hatte die gutmütige Stute geritten, geliebt und gepflegt, seit sie beide zwei Jahre alt gewesen waren. »Das hat mir fast das Herz gebrochen. Es hat ein halbes Jahr gedauert, bis ich mir ein neues Pferd kaufen konnte.«

»Du hast eine gute Wahl getroffen. Dein Leo ist schlau und mutig. Willst du noch ein Glas Wein?«

Sie überlegte. »Ein halbes.«

»Wozu halbe Sachen?«

»Weil sie besser sind als nichts.«

»Das klingt so, als wärst du erwachsen geworden.« Trotzdem stand er auf, holte die Flasche und stellte sie auf den Tisch. »Sieht ganz so aus, als hättest du aufgegessen, damit hab ich meine Pflicht erfüllt. Ich sollte jetzt gehen.«

»Willst du den Kuchen?«

»Nein, denn dann würde er mich so lange hypnotisieren, bis ich ihn esse. Um anschließend erst recht kein Auge mehr zutun zu können. Schön, dich wiederzusehen, Bo.«

»Danke, gleichfalls.«

Als er weg war, blieb sie eine ganze Weile sitzen, hing ihren Gedanken nach und spielte geistesabwesend mit dem Taschenmesser, das sie stets in ihrer Brusttasche herumtrug. Er hatte es ihr zu ihrem zwölften Geburtstag geschenkt.

Vielleicht war da ein bisschen Herzklopfen. Ein leichtes Herzflattern. Nichts, worüber sie sich Sorgen machen musste, nichts, was sie weiter vorantreiben wollte. Nur ein bisschen Herzflattern angesichts des Mannes, in den sie als Heranwachsende verknallt gewesen war. Es tat gut, sich das klar zu machen – und schnell wieder zu verdrängen.

Sie griff zur Weinflasche und schenkte sich genau ein halbes Glas ein.

Besser als nichts.

Er befahl ihr, ihn *Sir* zu nennen. Alice prägte sich jede Falte in seinem Gesicht ein, das genaue Timbre seiner Stimme. Nach ihrer Flucht würde sie der Polizei erzählen, dass er um die vierzig, weiß und etwa eins fünfundsiebzig groß war. Dass er um die fünfundsiebzig Kilo wog, sehnig und kräftig zugleich war, braune Augen und braunes Haar hatte. Eine wulstige, etwa zweieinhalb Zentimeter lange Narbe zierte seine linke Hüfte, ein großes braunes Muttermal die Außenseite seines rechten Oberschenkels. Meist roch er nach Leder, Bier und Waffenöl.

Sie würde mit einem Phantombildzeichner zusammenarbeiten.

Seit mehr als einem Monat hatte sie Zeit, sich dafür zu verfluchen, dass sie sich den Pick-up nicht besser angeschaut hatte. Nicht einmal die Farbe war ihr im Gedächtnis geblieben, obwohl sie meist ein rostiges blasses Blau vor Augen hatte.

Sie kannte das Autokennzeichen nicht, aber vielleicht war der Pick-up auch gestohlen. Doch ihn konnte sie ganz genau beschreiben, angefangen von seinem Cowboyhut bis hin zu den abgetragenen Stiefeln.

Vorausgesetzt es gelang ihr nicht, ihn vorher umzubringen.

Sie träumte davon, ein Messer, ein Gewehr oder ein Seil in die Finger zu bekommen und ihn zu töten, wenn sie das nächste Mal hörte, wie die Kellertür aufging und seine schweren Stiefel die Stufen zu ihrem Gefängnis herunterklapperten.

Sie hatte nicht die geringste Ahnung, wo sie sich befand. Ob in Montana, Idaho oder Wyoming. Genauso gut hätte er sie auf den Mond fliegen können.

Ihr Gefängnis hatte einen Betonboden und billige Holzvertäfelung. Es besaß keinerlei Fenster, nur eine Tür über ein paar ausgetretenen Stufen, dazu eine Toilette, ein Waschbecken und eine winzige Handdusche. Wie die Luft im Raum wurde auch das Wasser, das aus dem Hahn kam, nie richtig warm.

Als wollte er ihr ein wenig Privatsphäre gönnen, hatte er den Toilettenbereich mit einem alten Vorhang abgetrennt.

Der Rest maß zehn Schritte im Quadrat. Das wusste sie, weil sie ihn x-mal abgeschritten und an der Fußfessel gezerrt hatte, die an ihrem rechten Knöchel befestigt war und sie daran hinderte, mehr als die beiden untersten Stufen zu nehmen. Der Raum enthielt ein Bett, einen am Boden festgeschraubten Tisch und eine am Tisch festgeschraubte Lampe mit einer 40-Watt-Glühbirne.

Obwohl er ihr den Rucksack weggenommen hatte, ließ er ihr eine Zahnbürste, Zahnpasta, Seife und Shampoo. Er hatte ihr ein einziges kratziges Handtuch, einen Waschlappen und zwei zum Glück warme Decken gegeben. Sauberkeit war für ihn gleichbedeutend mit Frömmigkeit. Die Bibel lag auf dem Tisch.

Die Essensvorräte standen in einer alten Kiste für Anzündholz. Frühstücksflocken, ein halber Laib Weißbrot, kleine Gläser mit Erdnussbutter und Weintraubengelee sowie ein paar Äpfel, da Sir behauptete, dass sie den Arzt überflüssig machten. Sie besaß eine einzige Plastikschüssel und einen einzigen Plastiklöffel.

Das Abendessen brachte er ihr, woran sie erkannte, dass wieder ein Tag vergangen war. Normalerweise war es ein Eintopf, manchmal auch ein fettiger Burger.

Anfangs hatte sie sich geweigert zu essen, stattdessen geschrien und getobt. Da hatte er sie bis zur Bewusstlosigkeit geschlagen und ihr die Decken weggenommen. Die nächsten vierundzwanzig Stunden, ein einziger Albtraum aus Schmerzen und Kälte, hatten sie davon überzeugt, dass sie etwas essen musste. Um bei Kräften zu bleiben und fliehen zu können.

Der Scheißkerl hatte sie mit einem Schokoriegel belohnt.

Sie versuchte es mit Betteln und Bestechung. Ihre Familie würde ihm Geld geben, wenn er sie freiließe.

Doch er sagte, sie gehöre ihm. Obwohl sie eindeutig eine Hure gewesen sei, als er sie am Straßenrand aufgelesen und gerettet habe, werde er Verantwortung für sie übernehmen, mit ihr machen, was er wolle. Er legte ihr nahe, in der Bibel zu lesen, denn dort stehe, dass die Frau dem Manne untertan sei und dass Gott sie aus der Rippe Adams geschaffen habe, damit sie ihm eine Stütze sei und ihm Kinder gebäre.

Als sie ihn als total gestört, als verdammten Feigling bezeichnete, stellte er die Schüssel mit Eintopf beiseite und brach ihr mit der geballten Faust die Nase, bevor er sie weinend und in ihrem eigenen Blut zurückließ.

Als er sie das erste Mal vergewaltigte, wehrte sie sich wie verrückt. Obwohl er sie schlug und würgte, bis ihre Kräfte nachließen, kämpfte, kreischte und flehte sie bei jeder Vergewaltigung, Tag für Tag, bis einer mit dem anderen verschwamm.

An einem dieser Tage brachte er ihr eine Scheibe gebratenen, in Würfel geschnittenen Speck, einen Klacks Kartoffelbrei mit Bratensauce, Erbsenpüree und einen Keks. Er zauberte sogar eine rot karierte, zu einem Dreieck gefaltete Serviette hervor, was ihr die Sprache verschlug.

»Das ist unser Weihnachtsmahl«, sagte er, als er sich auf die Stufen setzte, um seine Portion zu sich zu nehmen. »Ich möchte, dass du zu schätzen weißt, was ich mit so viel Mühe zubereitet habe.«

»Weihnachten.« Alles in ihr erschlaffte und zitterte. »Heute ist Weihnachten?«

»Ich halte nichts von dem ganzen Geschenkewahnsinn, dem Baumschmuck und so. An diesem Tag feiern wir die Geburt Jesu. Eine anständige Mahlzeit ist eine angemessene Art, dieses Fest zu begehen. Und jetzt iss!«

»Es ist Weihnachten. Bitte, bitte, lassen Sie mich um Himmels willen gehen. Ich möchte nach Hause. Ich habe Sehnsucht nach meiner Ma. Ich möchte …«

»Schweig und behalt deine Wünsche für dich«, zischte er, und ihr Kopf zuckte zurück, als hätte er sie geschlagen. »Wenn ich aufstehe, bevor ich aufgegessen habe, wird dir das leidtun. Hör auf mich und iss, was ich dir gegeben habe.«

Sie nahm ihren Löffel und schaffte es, etwas Schinken zu kauen. Obwohl ihr Kiefer nach wie vor schmerzte von der Tracht Prügel, die er ihr einige Tage zuvor verpasst hatte.

»Ich mache Ihnen so viel Arbeit.« Seit über einem Monat bin ich in diesem Loch, dachte sie. Mit diesem Geisteskranken. Über einen Monat! »Hätten Sie nicht lieber eine echte Stütze, wie es in der Bibel heißt? Die für Sie kocht?«

»Das wirst du noch lernen«, sagte er und aß mit dieser trügerischen Gelassenheit und Geduld, die sie bereits zu fürchten gelernt hatte.

»Aber … ich kann kochen. Ich bin eine ziemlich gute Köchin. Wenn Sie mich nach oben lassen, könnte ich für Sie kochen.«

»Ist mit deiner Mahlzeit was nicht in Ordnung?«

»Nein, nein.« Sie aß ein paar matschige Kartoffeln. »Ich sehe, dass Sie sich sehr viel Mühe gegeben haben. Aber das Kochen und Putzen könnte ich doch übernehmen.«

»Hältst du mich etwa für so dumm, Esther?«

Sie hatte vor Wochen aufgehört, ihn anzubrüllen, sie heiße Alice. »Nein, Sir. Natürlich nicht.«

»Glaubst du, ich bin so blöd, so verführbar durch eine Frau, dass ich dich raufgehen lasse, nur damit du sofort die Flucht ergreifst?« Sein Mund verzerrte sich, und seine Augen wurden ganz schwarz. »Vielleicht würdest du als Erstes versuchen, mir ein Küchenmesser in die Eingeweide zu rammen.«

»Niemals würde ich …«

»Halt deine verlogene Klappe! Ich werde dich nicht dafür bestrafen, dass du offen zugegeben hast, für wie dumm du mich hältst. Ganz einfach, weil heute Jesu Geburt ist. Aber stell meine Geduld nicht länger auf die Probe.«

Als sie nachgab und schweigend aß, nickte er. »Du wirst das alles lernen. Wenn ich der Auffassung bin, dass du genug gelernt hast, lass ich dich vielleicht nach oben. Bis dahin hast du hier unten alles, was du brauchst.«

»Darf ich Sie vielleicht um einen Gefallen bitten?«

»Bitten darf man, aber das heißt noch lange nicht, dass einem die Bitte erfüllt wird.«

»Wenn ich die Handschuhe und das zweite Paar Socken haben könnte, die in meinem Rucksack waren. Ich bekomm immer so kalte Hände und Füße und hab Angst, krank zu werden. Dann mache ich Ihnen noch mehr Arbeit.«

Schweigend musterte er sie ausgiebig. »Ich werd's mir überlegen.«

»Danke.« Die Worte blieben ihr genauso im Halse stecken wie das Essen, trotzdem brachte sie sie hervor. »Danke, Sir.«

»Ich werd's mir überlegen«, wiederholte er. »Wenn du mir den nötigen Respekt erweist. Steh auf.«

Sie stellte den Pappteller auf das Tischchen neben dem Bett und stand auf.

»Zieh dich aus und leg dich auf das Bett, das ich dir zur Verfügung gestellt habe. Ich werde mir nehmen, was mir rechtmäßig zusteht, und diesmal wirst du dich nicht wehren.«

Sie dachte an die Frostbeulen an ihren Händen und Füßen, an die ständige Kälte. Er würde sie ohnehin vergewaltigen. Was brachte es, sich zusätzlich zusammenschlagen zu lassen?

Sie zog ihr Sweatshirt aus und das Hemd, das sie darunter trug. Sie hatte keine Tränen mehr. Dann zog sie die Socken aus, die schon ganz dünn waren vom vielen Auf-und-Ab-Laufen. Sie ließ ihre Jeans herunter, zog den Fuß aus dem linken

Hosenbein und ließ den Rest dort fallen, wo die Fußfessel an ihrem Knöchel befestigt war.

Sie legte sich aufs Bett, wartete darauf, dass er sich auszog, sich mit seinem ganzen Gewicht auf sie legte und in sie eindrang, um zu stöhnen und zu grunzen, zu grunzen und zu stöhnen. Vermutlich war das der Moment, in dem etwas in ihr zerbrach. Als sie sich für ein Paar Socken vergewaltigen ließ.

Als sie an jenen Abend zurückdachte, nachdem ihr eine Woche lang jeden Morgen übel und schwindelig geworden war, als sie sich über die Toilette beugte, wusste sie, dass es nicht damals passiert war.

Etwas war in ihr zerbrochen, als sie begriffen hatte, dass sie sein Kind erwartete.

Sie hatte Angst, es ihm zu sagen. Angst, es ihm nicht zu sagen. Sie dachte an Selbstmord, was sicherlich die humanste Lösung für sie und das in ihr heranwachsende Lebewesen gewesen wäre. Aber sie hatte weder den Mut noch die Mittel dazu.

Vielleicht erledigt er das ja für mich, dachte Alice, während sie sich auf dem Bett zusammenkauerte. Wenn er erfuhr, dass sie schwanger war, würde er sie vielleicht einfach zu Tode prügeln, und dann wäre alles vorbei.

Sie dachte an ihre Mutter, ihre Schwester, ihre Großeltern, ihre Onkel, Tanten und Cousins. Sie dachte an die Ranch. Daran, wie sie jetzt im Januar wohl aussah, nämlich wie ein verschneites Postkartenidyll.

Man wird nicht nach mir suchen, rief sie sich in Erinnerung. Diese Tür hatte sie eigenhändig hinter sich geschlossen, als sie alle Brücken abgebrochen hatte. Außerdem würde man sie in diesem Rattenloch ohnehin niemals finden.

Wie gern hätte sie ihnen gesagt, wie leid es ihr tat, dass sie sich davongestohlen hatte. So wütend und überheblich, dass ihr völlig egal gewesen war, wie es ihnen damit ging. Sie hatte nicht geglaubt, dass es ihnen etwas ausmachen würde.

Sie wünschte, sie könnte ihnen irgendwie mitteilen, dass sie auf dem Heimweg gewesen war.

Als sie hörte, wie die Tür aufging, als sie die schweren Stiefel auf der Treppe hörte, schauderte sie. Weniger vor Angst als vor Resignation.

»Schieb deinen faulen Hintern aus dem Bett und iss.«

»Mir ist übel.«

»Dir wird gleich noch viel übler werden, wenn du nicht tust, was ich dir sage.«

»Ich brauche einen Arzt.«

Er packte sie an den Haaren und riss sie daran hoch.

Schreiend hielt sie die Hände vors Gesicht. »Bitte, bitte. Ich bin schwanger. Ich bin schwanger.«

Der Griff um ihr Handgelenk verstärkte sich, als er grob ihr Kinn hob. »Versuch bloß nicht, mich reinzulegen, du Drecksnutte!«

»Ich bin schwanger.« Sie sagte es ganz gelassen, fest davon überzeugt, dass ihr Tod unmittelbar bevorstand. »Ich musste mich sechs Tage hintereinander übergeben. Seit Sie mich hierhergebracht haben, hatte ich keine Periode mehr. Sie ist im Dezember ausgefallen, und jetzt, im Januar, müsste es eigentlich längst wieder so weit sein. Ich hatte kein Zeitgefühl mehr, bis Sie mir gesagt haben, dass Weihnachten ist. Ich bin schwanger.«

Als er ihr Haar losließ, ließ sie sich aufs Bett zurücksinken.

»Dann bin ich sehr erfreut.«

»Sie … Wie bitte?«

»Hast du Tomaten auf den Ohren, Esther? Ich freue mich.«

Sie starrte ihn an und schloss die Augen. »Sie wollten mich schwängern.«

»*Gehet hin und mehret euch*. Es ist unsere Aufgabe auf dieser Welt, Kinder zu kriegen.«

Sie lag einfach nur da, kämpfte gegen die Resignation an

und klammerte sich an den einzigen Hoffnungsfunken: »Ich muss mich von einem Arzt untersuchen lassen, Sir.«

»Dein Körper ist wie dafür gemacht. Ärzte ziehen den Leuten bloß unnötig Geld aus der Tasche.«

Er will das Kind, dachte sie. »Wir wollen doch, dass das Kind gesund ist. Ich brauche Vitamine und gute Pflege. Wenn ich krank werde, wird das Kind in mir auch krank.«

Die Wut, diese sengende Wut in seinem Blick. »Glaubst du etwa, so ein Quacksalber kennt sich besser aus als ich?«

»Nein, nein, ich will nur das Beste für das Baby.«

»Ich sag dir, was das Beste ist. Du stehst auf und isst, was ich dir gebracht habe. Wir werden jeglichen Verkehr einstellen, bis wir uns sicher sein können, dass es sich gut eingenistet hat.«

Er brachte ihr eine kleine Elektroheizung und einen bequemen Sessel. Er stattete den Raum auch mit einem kleinen Kühlschrank aus, in dem er Milch, frisches Obst und Gemüse lagerte. Er gab ihr mehr Fleisch als vorher und zwang sie, täglich Vitamine einzunehmen.

Als er das Gefühl hatte, dass sie einigermaßen gesund war, gingen die Vergewaltigungen weiter, wenn auch nicht mehr so oft. Wenn er sie schlug, dann nur mit der flachen Hand ins Gesicht.

Als sie einen dicken Bauch bekam, kaufte er ihr weite Wallekleider, die sie hasste, sowie ein Paar Pantoffeln. Als sie die sah, weinte sie vor Dankbarkeit. Er hängte einen Kalender an die Wand und strich die Tage aus, sodass sie zusehen konnte, wie unendlich langsam ihr Leben voranschritt.

Bestimmt würde er sie nach oben lassen, wenn das Baby da wäre. Er wollte das Baby, also würde er sie und das Kleine nach oben lassen.

Und dann …

Ich werde mir Zeit lassen müssen, dachte Alice, während sie

neben der sengenden Heizung im Sessel saß und das Baby in ihr strampelte. Sie würde ihn davon überzeugen müssen, dass sie bleiben, gehorsam sein würde. Dass er ihren Willen gebrochen hatte. Sobald sie einen Fluchtweg gefunden hätte, würde sie weglaufen. Ihn umbringen, wenn sich die Gelegenheit dazu böte, aber auf jeden Fall weglaufen.

Das hielt sie aufrecht, die Geburt des Kindes. Des Kindes, das ihr eine Fluchtmöglichkeit eröffnete. Ein Mittel zum Zweck, mehr nicht, ein Ding, das er ihr aufgedrängt hatte.

Wenn sie erst einmal oben und wieder zu Kräften gekommen wäre, wenn sie wusste, wo sie sich befand, wenn Sir unvorsichtig wurde, dann würde sie fliehen.

Nächstes Weihnachten würde sie zu Hause und in Sicherheit sein. Dann wäre der Mistkerl tot oder im Gefängnis. Das Baby … Sie wollte nicht daran denken, ließ es nicht zu.

***

Ende September, im elften Monat ihrer Gefangenschaft, begannen die Wehen als bohrender Schmerz im Rücken. Sie ging auf und ab, um ihn zu lindern, setzte sich in den Sessel und rollte sich auf dem Bett zusammen, aber der Schmerz ließ einfach nicht nach. Er breitete sich bis zu ihrem Bauch aus, kam in immer heftigeren Schüben.

Als ihre Fruchtblase platzte, begann sie zu schreien. Sie schrie wie seit den ersten Wochen im Keller nicht mehr. Genau wie damals ließ sich niemand blicken.

Verängstigt krabbelte sie aufs Bett, während die Schmerzen schlimmer wurden, sie in immer kürzeren Abständen überrollten. Sie hatte unglaublichen Durst, zwang sich zwischen den Wehen aufzustehen, um etwas Wasser zu trinken.

Zehn Stunden nach Beginn der Schmerzen öffnete sich die Tür am Ende der Stufen.

»Helfen Sie mir. Bitte, bitte, helfen Sie mir.«

Er kam herbeigeeilt und runzelte die Stirn, bevor er seinen Hut zurückschob.

»Bitte, es tut so weh. Ich brauche einen Arzt. O mein Gott, ich brauche Hilfe.«

»Die Frau gebiert Kinder unter Blut und Schmerzen. Das ist bei dir nicht anders. Es ist ein guter Tag, ein schöner Tag. Mein Sohn erblickt das Licht der Welt.«

»Bitte nicht gehen«, schluchzte sie, als er begann, die Stufen zu erklimmen. »O Gott, bitte lassen Sie mich nicht allein.« Dann wurde der Schmerz so stark, dass sie nur noch ein schrilles Wimmern ausstoßen konnte.

Er kehrte mit einem Stapel alter Handtücher zurück, die kaum mehr als Lumpen waren. Mit einem Zinkeimer voller Wasser und einem Messer, das er in einem Futteral am Gürtel trug.

»Bitte rufen Sie einen Arzt. Da stimmt was nicht.«

»Alles ist in bester Ordnung. Das ist nur die gerechte Strafe Evas.« Er schob ihr Kleid hoch und steckte seine Finger in sie hinein, woraufhin neuer Schmerz explodierte.

»Sieht ganz so aus, als wärst du so weit. Schrei, so viel du willst. Niemand wird dich hören. Ich werde meinen Sohn zur Welt bringen. Eigenhändig, auf meinem eigenen Land. Ich weiß genau, was ich tue. Ich habe in meinem Leben genug Kälber auf die Welt gebracht. Bei dir ist das auch nichts anderes.«

Es würde sie entzweireißen, dieses Monster, das er ihr eingepflanzt hatte. Halb wahnsinnig vor Schmerzen, schlug sie auf ihn ein, versuchte wegzurollen. Dann weinte sie einfach nur erschöpft, als er erneut fortging.

Sie kämpfte und kämpfte, schrie sich heiser, als er mit einem Seil zurückkehrte und sie ans Bett fesselte.

»Das ist nur zu deinem Besten«, sagte er. »Jetzt wirst du

meinen Sohn austreiben. Pressen, hörst du? Sonst werde ich ihn aus dir herausschneiden.«

Schweißgebadet und zu Tode erschöpft, presste Alice. Sie hätte dem Drang ohnehin nicht widerstehen können, nicht solange sie solche Schmerzen zerrissen.

»Ich hab seinen Kopf, schau nur, was für ein schöner Kopf! Er hat sogar ein paar Haare. Los, pressen!«

Sie nahm all ihre Kräfte zusammen, schrie durch den letzten, unaussprechlichen Schmerz. Als sie vor lauter Erschöpfung erschlaffte, hörte sie ein maunzendes Wimmern.

»Ist es da? Ist es da?«

»Du hast ein Mädchen zur Welt gebracht.«

Sie fühlte sich wie betäubt von ihrem eigenen Körper, sah durch einen Film aus Tränen und Schweiß, dass er ein zappelndes Baby hielt, ein blut- und schleimverschmiertes Baby.

»Ein Mädchen.«

Als sein Blick sie traf, war er kalt und gefühllos. Sofort wallte neue Angst in ihr auf.

»Ein Mann braucht einen Sohn.«

Er legte ihr das Kind an die Brust und zog eine Schnur aus der Tasche. »Leg sie an«, befahl er, während er die Nabelschnur abband.

»Ich – ich kann nicht. Meine Arme sind gefesselt.«

Sein Gesicht war nur eine eiskalte Maske, als er das Messer aus dem Futteral am Gürtel riss. Instinktiv bog Alice den Rücken durch, kämpfte gegen die Fesseln und wollte nichts sehnlicher, als die Arme um das Baby zu legen und es zu schützen.

Aber er durchtrennte die Nabelschnur und dann das Seil.

»Die Nachgeburt muss noch raus.« Er holte einen weiteren Eimer, während die Schreie des Babys lauter wurden und Alice die Hände um den Säugling legte.

Der erneute Schmerz traf sie unerwartet, aber er war nicht mehr ganz so schlimm. Er warf die Plazenta in den Eimer.

»Sieh zu, dass das Gejaule aufhört. Mach sie sauber und dich danach auch.«

Er lief die Stufen hoch und sah sich noch einmal um. »Ein Mann braucht und verdient einen Sohn.«

Nachdem er die Tür zugeknallt hatte, lag Alice im verschmutzten Bett, das weinende, zappelnde Baby neben sich. Sie wollte es nicht stillen, wusste ohnehin nicht, wie sie das anstellen sollte. Sie wollte nicht damit allein sein und es auch nicht ansehen. Dann sah sie doch hin. Wie hilflos es neben ihr lag, sich an sie schmiegte. Dieses Ding, das in ihr herangewachsen war.

Dieses Kind. Diese Tochter.

»Ist ja gut. Alles wird gut.« Sie drehte sich und zuckte zusammen, als sie sich aufsetzte, das Baby wiegte und an ihre Brust legte. Es suchte eine Weile, die schmalen Augen noch ganz blind. Dann spürte sie ein Ziehen und Zupfen, als das Baby saugte.

»Siehst du, ja, siehst du, prima, alles wird gut.« Sie strich über das winzige Köpfchen und spürte eine grenzenlose Liebe. »Du gehörst mir und nicht ihm. Du gehörst nur mir. Du heißt Cora. Das ist der Name deiner Großmutter. Du bist meine Cora, und ich werde auf dich aufpassen.«

Er ließ sie drei Tage allein. Sie hatte schon Angst, er würde nie mehr zurückkommen. Wegen ihrer Fußfessel konnte sie die Tür nicht erreichen, jede Flucht war unmöglich.

Hätte sie etwas Scharfes gehabt, hätte sie vielleicht sogar versucht, sich den Fuß abzusäbeln. Die wenigen Vorräte begannen zu schwinden, aber sie hatte Handtücher für das Baby, den Waschlappen, den sie nass machte und immer wieder einseifte, um die kleine Cora sauber zu halten.

Sie setzte sich in den Sessel, das Baby in den Armen, sang ihm etwas vor und beruhigte es, sobald es unruhig wurde. Sie trug das Baby, küsste sein flaumiges Köpfchen, bewunderte seine hübschen Finger und Zehen.

Da ging die Tür wieder auf.

Alice presste das Baby an sich, als er herunterkam, einen Sack mit Lebensmitteln im Arm.

»Ich hab, was du brauchst.« Er drehte sich um und schaute auf das Baby in ihren Armen herab. »Lass sie mal angucken.«

Selbst wenn sie ihm die Kehle hätte durchbeißen können, die Fußfessel war nicht zu knacken. Sie musste ruhig bleiben, ihn umgarnen, deshalb lächelte sie.

»Ihre Tochter ist wunderhübsch und einfach perfekt, Sir. Sie ist so ein liebes Baby. Sie weint kaum, nur wenn sie hungrig oder schmutzig ist. Aber wir könnten ein paar Windeln und ein paar …«

»Ich sagte, lass sie mich angucken.«

»Sie ist gerade erst eingeschlafen, ich glaube, sie hat Ihre Augen und Ihr Kinn.« Nein, das hatte sie nicht, aber eine Lüge konnte die Wogen glätten. »Ich hätte Ihnen danken müssen, dass Sie mir bei der Geburt geholfen haben.«

Als er grunzend in die Hocke ging, entspannte sich Alice ein wenig. Sie übersah die Gewaltbereitschaft in seinen Augen.

Er entriss ihr das Baby so schnell, dass Cora mit einem erschreckten Schrei aufwachte und Alice vom Sessel aufsprang.

»Sie sieht ganz gesund aus.«

»Das ist sie auch. Sie ist perfekt. Bitte, ich kann sie beruhigen, lassen Sie mich …«

Er wandte sich ab, marschierte zu den Stufen, während Alice hinterhereilte und die Fußfessel auf dem Beton klapperte, bis sich die Kette spannte. »Wo wollen Sie denn hin? Wohin bringen Sie sie?« Halb wahnsinnig sprang ihm Alice auf den Rücken, doch er schüttelte sie ab wie eine lästige Fliege und ging dann die Stufen hinauf. Drehte sich noch einmal um, während sie vergeblich an der Fußfessel zerrte.

»Ich hab keine Verwendung für Töchter. Andere Leute sehr

wohl, und die werden mir ein hübsches Sümmchen dafür zahlen müssen.«

»Nein, nein, bitte. Ich werd mich um sie kümmern. Sie wird Ihnen kein bisschen zur Last fallen. Bitte bringen Sie sie nicht fort, bitte tun Sie ihr nichts.«

»Sie ist mein eigen Fleisch und Blut, also werde ich ihr nichts antun. Aber ich kann keine Töchter gebrauchen. Du solltest mir lieber einen Sohn schenken, Esther, das möchte ich dir geraten haben.«

Alice zerrte an der Fessel, bis ihr Knöchel blutete, schrie, bis ihr Hals brannte, als wäre er mit Säure verätzt.

Als sie auf dem Betonboden zusammenbrach und vor Verzweiflung weinte, als sie wusste, dass sie ihr Kind nie wiedersehen würde, kam der Moment, an dem erneut etwas in ihr zerbrach.

4

Heute

Da die Schriftstellerkonferenz und das Schneeskulpturen-Event dazukamen, außerdem die verschiedenen Feiertagsaktivitäten und Spezialangebote, um die Nachfrage am Valentinstag zu steigern, sah sich Bodine verschiedene Bewerbungen samt den Empfehlungen ihrer Manager durch. Sie markierte ihre Präferenzen.

Die Uniabsolventin, die im Service arbeiten wollte. Die Frau, deren Kinder gerade aus dem Haus waren und die Erfahrung in Haushaltsführung hatte. Der junge Bereiter, der nach einer Voll- oder Teilzeitstelle suchte. Die Bewerbung eines jungen Mannes um eine Stelle im Service. Eine erfahrene Masseurin, die gerade aus Boulder hergezogen war.

Eine weitere Haushälterin war notwendig, da Abes Frau Edda eine Lücke hinterlassen würde, wenn sie mit ihrem Mann nach Arizona ging. Die Bewerberin machte einen guten Eindruck. Außerdem konnten sie definitiv einen weiteren Cowboy und Serviceleute gebrauchen. Sie zog die Collegeabsolventin in die engere Wahl, die sich verschiedene Positionen vorstellen konnte. Ein überzeugender Lebenslauf, gute Noten, ein Mädchen aus der Gegend. Mit ihrer Bewerbungsmappe machte sie sich auf die Suche nach Jessica.

Bodine fand sie im Speisesaal vor, wo sie gerade etwas mit

dem Restaurantmanager besprach. »Toll. Genau euch beide brauche ich. Jake, ich hab mir die Bewerbung für den Service angesehen, die du mir gegeben hast.«

»Carrie Ann hat ihr Okay bereits gegeben«, sagte er und meinte damit die superaufmerksame Chefkellnerin, die seit zwölf Jahren für sie arbeitete.

»Verstehe. Von mir aus darfst du den Mann einstellen. Dann siehst du, wie er sich macht, bevor die Feriensaison beginnt.«

»Prima. Sind wir fertig, Jessica?«

»Ja.«

Als er ging, wandte sich Bodine an Jessica. »Wie wär's, wenn du eine Assistentin oder Praktikantin bekämst?«

»Ich hab Will.« Die kühlen blauen Augen flackerten alarmiert auf. »Du willst doch Will nicht abziehen?«

»Nein, sondern dich zusätzlich verstärken. Es geht um die Nichte einer Freundin meiner Mutter«, sagte Bodine. »Sie hat eine Ausbildung zur Hotelfachwirtin gemacht und danach in einer Pension in Billings gearbeitet. Leider ist ihre Mutter letzten Monat gestürzt. Sie ist zurückgekommen, um ihr zu helfen. Sie ist jung, hat aber ausgezeichnete Referenzen. Das gefällt mir«, sagte Bodine. »Du kannst ihr bestimmt beibringen, wie wir das im Bodine Resort so machen.«

»Du bist der Chef.«

»Das stimmt, und ich habe ohnehin vor sie einzustellen. Wenn du sie nach Durchsicht ihres Lebenslaufs nicht in deinem Bereich haben willst, werde ich sie bitten, uns beim Organisieren von Aktivitäten oder im Verkauf zu helfen.«

»Ich werd mir ihre Mappe ansehen.« Jessica nahm sie Bodine ab. »Und sie zu einem Vorstellungsgespräch einladen.«

»Gute Idee. Bitte gib mir so bald wie möglich Bescheid.«

»Wird gemacht. Hast du mit Rory gesprochen?«

»Nicht seit dem Frühstück, warum?«

»Wir haben zwei Buchungen für das Schneeskulpturen-Event.«

»Jetzt schon? Das wurde doch erst heute Vormittag auf die Webseite gestellt?«

»Ganz genau.« Mit einem zufriedenen Grinsen prostete Jessica ihr mit ihrer Wasserflasche zu.

Bodine tippte auf ihrem Tablet herum. »Sieht ganz so aus, als müsste ich weitere Aushilfen für den Winter einstellen. Darf ich dich was fragen?«

»Klar.«

»Warum trägst du jeden Tag hohe Schuhe, obwohl du genauso viel rumlaufen musst, wie du am Schreibtisch sitzt? Vielleicht sogar noch mehr. Dir müssen doch abends die Füße wehtun.«

Jessica zog die Brauen hoch und schaute auf Bodines Füße. »Warum trägst du jeden Tag so fantastische Stiefel? Kleider machen Leute, Bodine.«

Bodine warf einen Blick auf ihre rauchgrauen Dingos, die seitlich mit Nieten verziert waren. Sie waren wirklich ziemlich toll. »Meine Stiefel sind ein Teil von mir.«

»Wie deine Jeans und deine schicken Westen. Ich bewundere deine Sammlung an schicken Westen.«

Amüsiert zupfte Bodine am Saum der schmalgestreiften blaugrünen Weste. Man konnte sie durchaus als schick bezeichnen. »Das ist mein Kompromiss zwischen Kostüm und Jeans.«

»Der ausgezeichnet funktioniert.«

»Na ja.« Bodine warf ihr Haar zurück. »Ich werd mich samt meinen tollen Stiefeln und der schicken Weste zu Abe begeben. Ich habe eine Bewerbung, die er sich ansehen soll, außerdem eine für unser Wellness-Village.«

Sie marschierte los, holte ihre Jacke und ihren Hut aus

dem Büro. Laut ihrem Zeitplan müsste Abe gerade mit einer Reitstunde im Reitcenter fertig werden. Sie sprang in ihren Pick-up, um sich zehn Minuten durchs Resort zu schlängeln.

In der großen Manege atmete sie Pferdeduft und hörte ein nervöses Kichern.

»Du machst das gut, Deb, wirklich gut. Fersen runter, Jim. So ist es richtig.«

Stirnrunzelnd trat sie näher und sah, dass Callen statt Abe Unterricht gab. Eindeutig Anfänger, aber Callen hatte sie gut im Griff. Dieser Mann wusste wirklich, wie man reitet. Er saß zu Pferd wie andere in einem bequemen Sessel.

Er hatte den Anfängern verlässliche Schulpferde zugeteilt, auch wenn der Wallach namens Biff so faul sein konnte wie ein pubertierender Junge in den Schulferien. Er trottete unter dem Mann dahin, während die Frau mit dem nervösen Kichern die gefügige Maybelle ritt.

»Seid ihr so weit, dass ihr es mit dem Traben versuchen wollt?«, fragte Callen.

»Oje, ich denke schon.« Die Frau sah zu Jim hinüber. »Oder was meinst du?«

»Ja, wagen wir's.«

»Gebt ihnen zu verstehen, was ihr wollt«, erklärte Callen.

Hintern trafen mit einer solchen Wucht auf Sättel, dass Bodine regelrecht zusammenzuckte, aber beide Reitschüler schafften es, eine Runde durch die Manege zu traben.

»Jetzt die Richtung wechseln, prima, ihr habt den Bogen raus. Sporn ihn etwas an, Jim, der steht lieber, als dass er geht. So ist es gut.«

Callen beschrieb mit seinem Pferd, einem fantastischen Falben, den Bodine nicht kannte, einen engen Kreis um beide Reiter, um sie im Blick zu behalten. Als er Bodine sah, tippte er sich kurz an den Hut.

»Wollt ihr es mit Galoppieren probieren? Ellbogen runter,

Deb«, wies er sie an, als sie erneut in Kichern ausbrach. »Du schaffst das. Zeig ihr, was du von ihr willst.«

»Ich bin ein bisschen – na gut.« Die Lippen zu einem schmalen Strich zusammengepresst, bewegte sich Deb im Sattel und schrie laut auf, als die Stute in einen sanften Galopp fiel. »O mein Gott, ich galoppiere, Jim!«

»Ich seh dich, Schatz. Wir reiten.«

Sie drehten zwei Runden. Obwohl die Frau wie ein Metronom im Sattel hin und her schwang, hatte sie ein breites Grinsen im Gesicht.

»Und jetzt wieder langsamer, genau, bis sie wieder Schritt gehen. Das habt ihr toll gemacht.«

»Dürfen wir noch mal? Die Zeit ist um«, setzte Jim mit einem Blick auf die Uhr nach. »Aber …«

»Noch eine Runde.«

»Juhu«, rief er und schaffte es, Biff mit seiner Begeisterung dazu zu bringen, widerwillig eine weitere Runde zu drehen.

Mit einer Aufstiegshilfe marschierte Bodine durchs Sägemehl, während Callen gerade abstieg. Er gab seinem Pferd mit erhobener Hand ein Zeichen, das schnaubte und blieb dann neben ihm stehen, die Zügel über dessen Hals geworfen.

Ein wenig atemlos und rot im Gesicht sah Deb strahlend zu Callen hinunter. »Jim hat mich dazu überredet, indem er mir ein Paar Stiefel geschenkt hat, die ich im Laden des Resorts entdeckt hatte. Ich kann gar nicht glauben, wie viel Spaß das gemacht hat. Wie komm ich wieder runter?«

Lachend hielt Callen Debs Pferd. »Einfach das Bein rüberschwingen und runterrutschen. Die Aufstiegshilfe kommt gleich.« Langsam und ungeschickt erreichte Debs Fuß den Holzblock. Beim Absteigen lächelte sie Bodine an. »Hallo. Arbeiten Sie für Cal?«

»Das ist die Chefin, Lady«, klärte Callen sie auf. »Wir arbeiten alle für sie.«

»Ach. Wie schön, Sie kennenzulernen.« Deb gab ihr die Hand. »Wir haben uns wahnsinnig amüsiert, stimmt's, Jim? Ich habe noch nie auf dem Rücken eines Pferdes gesessen und hab gerade – wie heißt das noch gleich, Cal?«

»Gekantert.«

»Ganz genau. Bestimmt wird mir der Hintern tagelang wehtun, aber ich kann es kaum erwarten, diese Erfahrung zu wiederholen. Lass uns einen Ausritt machen, Jim.«

»Merken Sie uns bitte vor.« Etwas geschickter als seine Frau stieg Jim ab. »Aber ich kann das auch selbst machen, ich hab die Resort-App auf dem Handy. Das ist eine Superidee. Jim Olster.«

»Bodine Longbow.«

»Sogar Ihr Name klingt nach Montana. Mir gefällt es total gut. Wir sind erst gestern angekommen, und ich bin begeistert. Würden Sie so nett sein und ein Foto von uns machen?« Deb zückte ihr Handy. »Von Jim, mir, Cal und den Pferden? Ihr Hut ist toll. So einen brauch ich unbedingt. Ich mag die flache Krempe. Wir werden shoppen gehen, Jim, und dann im Saloon feiern. Ich bin geritten!«

Bodine machte Fotos, zuletzt eines, auf dem Deb ihre Wange an die der Stute schmiegte.

Als sie gingen, Deb nach wie vor in höchsten Tönen schwärmend, führte Bodine die Stute zur Einzäunung, um ihr den Sattel abzunehmen. »Wieder ein paar zufriedene Kunden mehr.«

»Allerdings. Sie muss echt scharf auf diese Stiefel gewesen sein. Ihr haben die Hände gezittert, als sie reinkamen.«

»Wir haben auch wirklich schöne Stiefel. Wo ist Abe? Er war für den Olster-Termin eingetragen.«

»Ach, du weißt es noch gar nicht.« Callen hob seinen Sattel vom Pferd zum Geländer. »Seine Frau hatte Schmerzen in der Brust …«

»Edda? Schmerzen in der Brust? Was ist passiert? Wo ist sie?« Noch während sie ihn mit Fragen bombardierte, griff Bodine zum Handy.

»Immer mit der Ruhe! Ich bekam während der Reitstunde eine SMS von ihm. Anscheinend hatte sie eine kleinen Herzinfarkt.«

Bodine bekam fast selbst einen. »Einen … einen kleinen Herzinfarkt?«

»Einen leichten, soweit ich das verstanden habe. Sie behalten sie im Krankenhaus, aber ihr Zustand ist stabil. Ich war hier, als Abe den Anruf bekam. Sie war gerade mit ein paar Freundinnen unterwegs. Heute ist ihr freier Tag, stimmt's? Da hat sie Schmerzen in der Brust bekommen. Ich hab ihm gesagt, dass er sofort zu ihr fahren soll und ich ihn vertrete.«

»Danke, das weiß ich sehr zu schätzen. Jemand hätte mir Bescheid geben sollen.«

»Abe war ein wenig zerstreut und ist sofort verschwunden. Und ich musste mich darum kümmern, dass mir die Kundschaft nicht in Ohnmacht fällt.«

»Du hast recht.« Um sich zu beruhigen, nahm sie ihren Hut ab und trommelte damit gegen ihren Oberschenkel, während sie nervös auf und ab lief. »Ich … ich will nur alles ganz genau wissen. Ihr Zustand ist stabil? Bist du sicher?«

»Abe meinte wortwörtlich: *Sie jammert, dass sie nach Hause will. Aber sie behalten sie über Nacht da und machen ein paar Untersuchungen.«*

»Was für Untersuchungen? Ach, was verstehst du davon«, fuhr sie fort, bevor er etwas erwidern konnte. »Ich finde raus, was sie machen, und ruf ihn dann an.«

Mit einem Plan vor Augen wurde sie sofort etwas ruhiger und setzte erneut ihren Hut auf. »Was steht auf Abes Terminplan?«

»Ein Ausritt«, sagte er, bevor Bodine auf ihrem Handy nachschauen konnte. »Den kann Carol übernehmen. Und eine wöchentliche Reitstunde um vier.«

»Das dürfte Lessie Silk sein, sie ist zwölf. Die kann ich machen.«

»Ich hab alles im Griff«, versicherte er ihr. »Chase weiß, wo ich bin.«

»Na gut, ich stell jemanden ein. Es kommt einer zum Vorstellungsgespräch. Ich wollte mit Abe drüber reden, aber ich werde den Kandidaten antanzen lassen. Wenn er sich nicht als totaler Idiot entpuppt, nehmen wir ihn.«

Sie würde sich also mit Abe in Verbindung setzen, um Näheres über Edda zu erfahren, danach den Bewerber anrufen und ein Vorstellungsgespräch vereinbaren. Da Edda fürs Hauspersonal zuständig war, würde sie vorläufig höchstpersönlich die Dienstpläne machen.

»Wer ist dieser gut aussehende Kerl?« Bodine tätschelte den Hals des ungewöhnlich gelbbraunen Wallachs.

»Das ist Sundown, meine bessere Hälfte. Sundown, darf ich dir Bodine vorstellen?«

Callen zeigte nach unten, und das Pferd winkelte die Vorderbeine an, als verbeugte es sich.

»Was für ein schlauer Kerl.«

»Das schlauste Pferd, dem ich je begegnet bin.« Callen klopfte Bodine auf die Schulter. Sundown kam näher und legte seinen Kopf dorthin, wo eben noch Callens Hand gewesen war.

Lachend legte Bodine einen Arm um Sundowns Hals. »Wie lang hast du ihn schon?«

»Seit seiner Geburt bei Sonnenuntergang. Daher auch der Name. Im Mai werden es vier Jahre. Ich hab damals zwischen zwei Aufträgen gerade einem Freund geholfen, als seine Stute ihn hier bekommen hat. Es war Liebe auf den ersten Blick. Ich hab ihn vom Fleck weg gekauft.«

Callen wickelte die Zügel fest um den Sattelknauf. »Willst du mal angeben, Sundown?« Kopfschüttelnd trottete der Wallach in die Mitte der Manege. »Klapperschlange?«

Auf Callens Kommando ging Sundown auf die Hinterbeine, die Vorderhufe in der Luft. »Dolchstoß!« Sundown kam auf die Vorderbeine und schlug mit den Hinterbeinen aus. »Tanzen.« Das Pferd wackelte mit dem Hinterteil. »Schönes Mädchen.«

Amüsiert und beeindruckt sah Bodine, wie sich ein Glänzen in die Pferdeaugen stahl, bevor das Tier männlich-breitbeinig auf Bodine zumarschierte.

»Küss das Mädel.« Sundown senkte den Kopf und strich schnaubend mit den Lippen über Bodines Wange.

»Was für ein Charmeur.« Bodine presste die Lippen auf die Wange des Wallachs. »Hast du ihn trainiert? Darin warst du immer gut, aber der ist was ganz Besonderes.«

»Ich hab auf meinen Reisen das ein oder andere aufgeschnappt. Aber bei so einem vorzüglichen Schüler …«

»Das kann man wohl sagen.«

Bodine spürte die tiefe Zuneigung zwischen ihm und seinem Pferd. »Machst du noch Kunstreiten wie früher?« Das spontane Grinsen Callens hatte aus Bodines Sicht durchaus etwas Anzügliches.

»Soll ich jetzt vor dir angeben?«

»Ich muss nur daran denken, dass wir viele Familien bei uns zu Gast haben. An den Wochenenden und vor allem im Sommer. Eine kleine Show auf der Koppel beim BAC, ein bisschen Kunstreiten samt den Tricks, die er kann … Die Kinder dürften sich nur so darauf stürzen.«

»Kann sein.«

»Sagen wir eine halbe Stunde und plus noch eine halbe, in der die Kinder Fragen stellen und das Pferd streicheln können. Das bekommst du selbstverständlich extra bezahlt. Während du darüber nachdenkst, überlege ich in der Zwischenzeit, wo sich das am besten einschieben lässt.«

Sundown stupste Callens Schulter an, als wollte er sagen: *Also, ich bin dabei.*

»Ich werd drüber nachdenken.«

»Gut, wir reden ein andermal weiter. Brauchst du Hilfe mit den Pferden?«

»Ich schaff das schon.«

»Dann muss ich wieder zurück.« Sie marschierte los, machte aber noch einmal kehrt. »Du bist ein guter Lehrer, Skinner. Ich hätte nie gedacht, dass du so viel Geduld hast.«

»Ich habe viel Zeit gehabt, das zu lernen.«

»Sehr viel, würde ich sagen.«

Als sie sich wieder umdrehte, bewunderte Callen ihre langen Beine, bis sie aus seinem Blickfeld verschwunden war.

»Geduld ist nicht alles«, sagte er zu seinem Pferd. »Vielleicht sollte ich das Mädel beim nächsten Mal lieber küssen.« Sundown stieß einen Laut aus, der eindeutig einem Lachen glich.

***

Bodine machte die Bürotür hinter sich zu, was nur selten vorkam. Nur so konnte sie ungestört Dienstpläne aufstellen.

Als Bodine endlich nach Hause kam, hatte sie erneut das Abendessen versäumt. Sie nahm das Schweinegulasch von der Warmhalteplatte und setzte sich damit vor den Laptop, um sich noch einmal die Leute anzusehen, die sie einstellen wollte.

Mit der einen Hand aß sie, mit der anderen tippte sie, um mit vollem Mund aufzusehen, als ihre Mutter die Küche betrat.

»Mhm«, machte Bodine.

»Wusst ich's doch, dass du zurück bist. Du solltest nicht so viele Überstunden machen, Schätzchen.«

Bodine schluckte. »Heute ging es drunter und drüber. Ich versuch gerade zu retten, was zu retten ist.«

»Also alles wie immer. Ich habe gerade mit Edda telefoniert. Sie klingt ein wenig erschöpft und verlegen.«

»Diese Sache hat mir einen Riesenschreck eingejagt. Sie hat immer so – robust gewirkt. Sie muss nicht operiert werden, braucht aber Medikamente. Und ihren Lebensstil sollte sie ändern: Diät, Sport.«

»Wir werden drauf achten, dass sie sich mehr um sich kümmert.« Maureen setzte sich. »Dasselbe gilt für dich. Du solltest mehr schlafen und regelmäßiger essen. Ma, dein Dad und ich haben das Bodine Resort nicht gegründet, damit du jeden Tag bis Mitternacht arbeitest.«

»Das war eine Ausnahme.«

»Gibt es die nicht immer?«, sagte Maureen behutsam.

»Nein, im Ernst. Ich bin gerade dabei, die Wogen zu glätten. Morgen werde ich fünf Vorstellungsgespräche führen und übermorgen noch eines.«

»Sechs? Jessie hat mir von ihrem heutigen Gespräch mit Chelsea erzählt. Dazu möchte ich etwas anmerken«, meinte Maureen.

»Ich weiß, dass sie Lee Pucketts Nichte ist und du Mrs. Puckett schon ewig kennst.«

»Jane Lee ist wie eine Schwester für mich, seit meine – seit meine Schwester am Tag meiner Hochzeit verschwunden ist und unserer Mutter das Herz gebrochen hat.« Maureen holte tief Luft. »So gesehen gehört sie zur Familie. Ich muss dir nicht erklären, dass sie die Windeln von Chase, Rory und dir genauso gewechselt hat, wie ich die ihrer Kinder. So sieht Familie aus, und Familie ist das Wichtigste.«

»Das weiß ich doch, Mom.«

Maureen sah sie nur an. Mit einem Blick, der jeden Protest oder jede Ausrede im Keim erstickte. »Ich bin noch nicht fertig. Chelsea ist intelligent, schnell von Begriff und gut erzogen. Sie hat eine attraktive Stelle gekündigt, um heimzukommen, als ihre Familie sie gebraucht hat. Das ist ein herausragender Charakterzug. Allein deshalb wäre es aus meiner Sicht dumm, sie nicht einzustellen.« Sie hob abwehrend die Hand, bevor Bodine etwas sagen konnte. »Es ist deine Entscheidung. Wir haben dich zur Chefin gemacht, weil du intelligent, schnell von Begriff und ebenfalls ziemlich gut erzogen bist. Und du hast hart dafür gearbeitet. Nichtsdestotrotz wollte ich es gesagt haben.«

»Ich finde es wichtig, dass Jessica das Vorstellungsgespräch führt und auch ein Wort mitzureden hat. Sie muss schließlich mit ihr zusammenarbeiten.«

»Auch deshalb bist du die Chefin. Weil du diesbezüglich vollkommen recht hast. Ich gehe davon aus, dass Jessie nicht dumm ist und nichts gegen Chelsea haben wird.«

»Callen wird ab heute Abes Reitstunden übernehmen«, sagte Bodine. »Ich bin gestern am Ende einer Stunde zufällig dazugestoßen und habe gestaunt, wie gut er ist.«

»Verborgene Qualitäten?« Maureen lächelte.

»Gut möglich. Vor allem aber hat mich sein Pferd beeindruckt, ein junger Wallachfalbe. Er kann Tricks.«

»Davon hab ich gehört. Das würde ich gern mit eigenen Augen sehen.«

»Ich hab ihn gebeten, Vorstellungen im BAC zu geben. Die Erwachsenen werden begeistert sein, die Kinder erst recht.«

»Dir scheinen die Ideen nie auszugehen, Bodine.«

»Deshalb bin ich ja auch die Chefin.«

***

Am nächsten Morgen traf sich Bodine Punkt neun mit der Bewerberin, die das Haushaltspersonal anleiten sollte. Die

Frau gefiel ihr, deshalb rief sie eine der Reinigungskräfte. Sie sollte der Bewerberin eine leere Blockhütte zeigen.

Bodine ging in den Speisesaal, wo ihr Manager mit dem hoffnungsfrohen jungen Kellner sprach. Der wirkte deutlich jünger als seine einundzwanzig Jahre. Er trug ein weißes Hemd mit einer schwarzen Fliege über seinem nervös auf und ab hüpfenden Adamsapfel.

Carrie Ann, die erfahrene Chefkellnerin, saß ihm gegenüber, die Arme vor der Brust verschränkt und die Augen zusammengekniffen. »Wir organisieren die Dinge hier auf eine ganz bestimmte Art und arbeiten hart. Muss gerade niemand bedient werden, wird ein Tisch abgeräumt oder Salz, Pfeffer, Senf und Ketchup nachgefüllt. Auf keinen Fall wird gebummelt.«

»Ich bin harte Arbeit gewohnt, Madam.«

»Wir werden sehen. Faulenzer überleben bei mir nicht lange. Warum möchten Sie bei uns arbeiten?«

»Ich brauche einen guten Job, Madam, um Geld zu verdienen, aufs College zurückzugehen und meinen Abschluss zu machen.«

»Wieso zurück? Warum haben Sie das Studium unterbrochen?«

Er wurde ein wenig rot unter seinem strohblonden Haar. »Meine Familie hat mich unterstützt, so gut es ging. Wie Sie meinem Lebenslauf entnehmen können, hab ich im *Bigsby Café* gearbeitet. Aber das Studium ist teuer, und ich muss dafür arbeiten. Das Bodine Resort ist ein toller Arbeitsplatz und außerdem nicht so weit weg von zu Hause wie Missoula.«

Bodine sah, wie Carrie Ann weich wurde.

»Ihre Noten sind gut?«

»Natürlich, Madam.«

»Was studieren Sie?«

»Pädagogik. Ich möchte an einer Schule unterrichten. Als Grundschullehrer.« Er wurde noch röter. »Ich möchte junge Menschen erziehen und ihnen etwas beibringen.«

»Tatsächlich?«

»Ja, Madam.«

Carrie Ann gab einen ihrer typischen Hmpf-Laute von sich und sah zu Bodine herüber. »Ich nehm Sie mit zur *Futterkrippe* und zeig Ihnen, wo's lang geht. Wenn Sie sich nicht ganz blöd anstellen, werden Sie anschließend mit Sylvia aus der Personalabteilung über Ihren Vertrag sprechen.«

»Ich – äh – ich bin also eingestellt?«

»Wenn Sie sich nicht ganz blöd anstellen. Ziehen Sie Ihre Jacke an, es ist kalt draußen.« Sie stand auf und ging zu Bodine hinüber. »Der passt.«

»Ich sag Sylvia, sie soll alles vorbereiten.«

Auf dem Weg dorthin begegnete sie Jessica, die gerade aus dem Zimmer stürmte. »Bo, gut dass du da bist. Ich möchte dir Chelsea vorstellen.«

»Wir kennen uns bereits«, sagte Chelsea.

Bodine musterte die hübsche Brünette mit den rehbraunen Augen. »Tut mir leid, aber ich kann mich nicht an dich erinnern. Aber ich kenne deine Eltern.«

»Ich hab meinen dreizehnten Geburtstag hier gefeiert. Du hast einen Ausritt mit uns gemacht.«

»Schön, dich wiederzusehen.«

»Bodine.« Jessica legte den Arm um Chelseas Schulter. »Ich bin begeistert. Ich möchte sie ganz für mich alleine haben.«

»Dann würde ich sagen, du bist eingestellt, Chelsea.«

»Danke, danke, ihr zwei. Man beachte, dass ich nicht laut kreischend auf und ab hüpfe, was nur beweist, wie erwachsen und gut erzogen ich bin.«

Bodine musste laut lachen.

»Ich kann es kaum erwarten für euch zu arbeiten. Ich glaube, hier kann man wirklich kreativ sein.«

Chelsea hielt inne, als Rory in Begleitung eines anderen Mannes auf sie zukam.

»Findet hier gerade ein Schönheitswettbewerb statt?«, fragte Rory.

»Das ist mein Bruder Rory. Sales und Marketing. Und das ist Chelsea Wasserman.«

»Du bist Jane Lees Nichte.« Rory gab ihr die Hand. »Sie hat mir erzählt, wie hübsch du bist, aber ich dachte, sie ist nur eine von diesen Tanten, die maßlos übertreiben.«

»Chelsea wird mich bei der Event-Organisation unterstützen«, erklärte Jessica.

»Das freut mich zu hören. Ach, Bo, das ist Esau LaFoy. Sal sagt, du hast ihn für zehn Uhr herbestellt?«

»Ja, das stimmt.«

»Ich bin etwas früh dran, warte aber gern in der Lobby, bis Sie fertig sind und Zeit für mich haben.«

Er war nicht viel älter als der neue Kellner, wie Bodine auffiel, aber nicht so verlegen. Seine haselnussbraunen, ins Grüne spielenden Augen hielten höflich Blickkontakt.

»Das ist nicht nötig. Kommen Sie ruhig mit in mein Büro.« Sie zeigte ihm den Weg.

Obwohl sie Gebrauchsspuren aufwiesen, hatte er seine Stiefel auf Hochglanz poliert. Er trug eine saubere Jeans, ein kariertes Hemd im Westernstil, eine mit Fleece gefütterte Jeansjacke und einen schwarzen Hut mit Kniff. Den nahm er höflich ab und legte ihn in seinen Schoß, nachdem er auf dem Stuhl Platz genommen hatte, den sie ihm anbot.

»Sie kommen also aus der Gegend um Garnet, Esau?«

»Ja, wie meine Vorfahren väterlicherseits. Die meisten nennen mich Easy, Miss Longbow.«

»Easy. Sie sind also ganz schön herumgekommen.«

»Ja, ich war eine Weile im Rodeo-Business und hab dazwischen ab und zu auf einer Ranch gearbeitet, wenn ich Geld gebraucht habe.«

»Warum sind Sie nicht mehr im Rodeo-Geschäft?«

»Ehrlich gesagt, konnte ich finanziell nicht mehr mithalten. Es ist teuer, wenn man nicht regelmäßig gewinnt, und ich musste einige Rückschläge einstecken. Außerdem wird Pa nicht jünger. Mir wurde bewusst, dass er niemanden hat, der ihm helfen kann, wenn mir was passiert. Wir besitzen ein bisschen Land südlich von Garnet. Er ist ein zäher Bursche und stolz darauf. Aber in ein paar Jahren wird er seine Arbeit nicht mehr alleine schaffen.«

»Die Arbeit fällt bei uns im Winter sporadisch an. Da kommen Sie vielleicht nicht mal mehr auf vierzig Stunden die Woche.«

»Ich nehme, was ich kriegen kann.«

»Haben Sie ein eigenes Pferd?«

»Im Moment nicht, ich musste meines leider verkaufen. Aber ich könnte eines organisieren, wenn Sie möchten.« Er lächelte und entblößte einen angeschlagenen linken Vorderzahn, der ihm einen lässigen, sympathischen Charme verlieh.

Er hat ein nettes, offenes Gesicht, dachte Bodine. Ein taffer Kerl mit rauer Schale wie viele Cowboys, die den ganzen Tag bei Wind und Wetter im Sattel verbringen. Die Hände lagen ruhig in seinem Schoß. Sie hatten Schwielen, was bei jemandem, der mit Pferden arbeitete, zu erwarten war.

Sie hatte seine Angaben bereits überprüft, alles schien stimmig zu sein. Er war ohne Abschluss von der Schule gegangen, wie im Lebenslauf stand. Die von ihm angegebenen Referenzen bestätigten, dass er mit Pferden umgehen konnte.

»Ein eigenes Pferd ist keine Voraussetzung. Wir haben genügend Tiere und werden für den Frühling weitere anschaffen. Haben Sie schon mal Reitunterricht gegeben?«

Er öffnete den Mund und schloss ihn wieder, ließ sich Zeit mit seiner Antwort. »Ich würde wirklich gern für Sie arbeiten, deshalb fällt es mir schwer, Nein zu sagen. Ich hab mal einem

Mädchen gezeigt, wie man reitet, eher so zum Spaß. Die meisten Leute, mit denen ich meine Zeit verbringe, können reiten.«

Er war vielleicht nicht gerade der Hellste, wirkte aber höflich, aufrichtig und liebenswert. Außerdem hatte sie dringenden Bedarf. »Es geht nicht nur darum mit Pferden zu arbeiten, Sättel und Zaumzeug zu pflegen, die Tiere zu füttern und zu striegeln. Wir bieten ein Freizeitprogramm für Gäste an, von denen einige noch nie oder seit Jahren nicht mehr auf einem Pferd gesessen haben. Ausritte sind sehr beliebt. Wer die leitet, muss wissen, zu wem welches Pferd passt, worauf beim Ausritt zu achten ist, damit keiner in Gefahr gerät, der ein Pferd nicht von einer Giraffe unterscheiden kann.«

»Pferde sind leichter zu durchschauen als Menschen, aber auch die lassen sich knacken, wenn man genau genug hinschaut.«

»Dem kann ich nicht widersprechen. Wie wär's, wenn wir zum Reitcenter gehen? Dann können Sie sich dort umschauen und unseren Chefbereiter kennenlernen.«

Er erhob sich. »Sehr gern.«

5

Bodine schaffte es pünktlich zum Abendessen zu Hause zu sein, ersparte sich so Clementines Ermahnungen und erzählte ihrer Familie eine geschlagene Stunde von den Neueinstellungen.

»Da hast du an einem Tag ganz schön viele zusammengetrommelt«, bemerkte ihr Vater Sam und nippte an dem Whiskey, den er sich allabendlich nach dem Essen gönnte

»Morgen kommt noch jemand, aber bisher wollte jeder Bewerber den Job, war gut vorbereitet und konnte den jeweiligen Manager überzeugen.« Sie sah zu Chase hinüber. »Da Abe ausfällt, habe ich Callen gebeten, sich LaFoy anzusehen.«

»Der weiß, worauf es ankommt.«

»LaFoy.« Sam runzelte die Stirn. »Ich glaube, ich kenne niemanden, der so heißt.«

»Er stammt aus der Gegend von Garnet.«

»Ich kann den Namen nicht zuordnen.«

»Na ja, wir werden sehen, wie er sich macht. Bevor ich ihn mit Callen allein gelassen habe, hab ich ihn mir selbst gründlich angeschaut. Wie er sich benimmt, mit den Pferden umgeht, mit Callen und Ben auskommt, der gerade Dienst hatte. Bevor ich ging, hab ich Callen gebeten mir Bescheid zu sagen, falls er Einwände hat. Da dem nicht so war, hab ich LaFoy eingestellt. Ich hab auf deinen Rat gehört, Mom, und Maddie zu einer wöchentlichen Reitstunde überredet.«

»Das funktioniert bestimmt prima. Ich freue mich, dass du Chelsea magst. Sie wird sich unentbehrlich machen, denk an meine Worte.«

»Ich mochte sie sofort. Und Jessie ist sowieso begeistert.«

»Du hast uns ja bereits gesagt, dass Mrs. Pucketts Nichte intelligent ist«, warf Rory ein. »Aber nicht, dass sie so scharf aussieht. Wirklich scharf!«

»Schalt einen Gang runter«, murmelte Bodine, während Maureen mahnend den Zeigefinger hob.

»Du behältst deine Finger bei dir, Rory Carter Longbow.«

»Die vielleicht. Aber mein Charme ist unwiderstehlich.«

»Ich hab viele Meter Seil, um ihn festzubinden, wenn es sein muss.« Chase beendete sein Mahl, wie er den Tag begann, nämlich mit einer Tasse schwarzen Kaffee. »Ich hab übrigens heute Abend mit Abe gesprochen.«

»Wie geht es Edda?«, erkundigte sich Bodine.

»Ganz gut, aber die Sache hat ihm einen ziemlichen Schrecken eingejagt. Edda und er überlegen, ihren Sohn und dessen Familie an Thanksgiving zu besuchen. Und an Weihnachten für mehrere Wochen ihre Tochter.«

»Mir gegenüber hat er nichts dergleichen erwähnt.«

»Lass mich bitte ausreden. Anscheinend machen die Kinder Druck. Außerdem ist ihm klar geworden, dass sie weiterarbeiten will, wenn er weiterarbeitet. Er weiß nicht, wie er sie davon abhalten kann. Dabei wäre ihm lieber, dass sie sich erholt. Das und die Reise nach Arizona sind eine gute Voraussetzung.«

»Ich kann das gut verstehen, aber …«

»Er hat sich zuerst an mich gewandt.« Chase betrieb wieder Dampfwalzenpolitik. »Weil er wissen wollte, ob ich damit einverstanden bin, wenn Cal für ihn einspringt. Schließlich haben wir Cal für die Ranch eingestellt, und jetzt ist es mit ein paar Mal Aushelfen nicht mehr getan. Cal wird den ganzen Laden bis zum Frühling am Laufen halten müssen.«

»Ja, aber …«

Chase hob mahnend den Zeigefinger, woraufhin Bodine nur die Augen verdrehte. »Ich hab ihm Folgendes gesagt: Wir brauchen Cal auf der Ranch. Aber so wie die Dinge stehen, wird er im Resort dringend benötigt. Also überlassen wir ihn euch für den Winter. Dad sieht das genauso. Vorausgesetzt, Cal ist einverstanden. Schließlich wurde er nicht dafür eingestellt.«

Bodine ließ eine lange Pause verstreichen. »Fertig?«

»Ja.«

»Kann ich was dazu sagen?«

Chase zuckte mit den Schultern. »Ja, aber das wird nichts ändern. Hätten wir Nein gesagt, wär's das gewesen. Und wenn Cal sagt: *Nein danke, ihr habt mich für was ganz anderes eingestellt,* gilt dasselbe. Danach kannst du was sagen.«

Bodine trommelte auf den Tisch. »Und was sagt Cal?«

»So weit bin ich noch nicht, da ich erst einmal mit Abe gesprochen habe und dann zum Abendessen gerufen wurde. Ich wollte morgen früh mit ihm reden.«

»Das lass meine Sorge sein.«

»Von mir aus gern. Auch wenn ich nicht weiß, was dich das eigentlich angeht.«

Bodine setzte ihr süßestes und gefährlichstes Lächeln auf. »Dann werde ich es dir erklären. Abe hätte zu mir kommen sollen, da er schließlich von mir verlangt, ihm zwei Führungspositionen von November bis April freizuhalten. Erstens. Zweitens hätte er zuerst mit mir besprechen müssen, ob ich überhaupt damit einverstanden bin, dass Skinner bis April Chefbereiter wird. Genau das hättest du ihm auch sagen müssen. Dann hätte ich die Entscheidung getroffen und mich im Fall eines Ja an Dad und dich gewandt und euch gebeten, mir Cal auszuleihen. Hättet ihr zugesagt, hätte ich Callen gefragt, ob er einverstanden ist.«

Chase zuckte erneut mit den Schultern. »Am Ende läuft es aufs Gleiche hinaus.«

»Darum geht es nicht.« Frustriert und ein wenig gekränkt warf Bodine die Hände in die Luft. »Ranch und Resort sind zwei getrennte Unternehmensbereiche. Diese intelligente, pragmatische Entscheidung wurde getroffen, als Nana beschlossen hat, die Ferienranch weiter auszubauen. Mit dem Wechsel zu uns ist viel Verwaltungskram verbunden.«

»Das fällt so oder so an«, rief ihr Chase in Erinnerung.

»Meine Güte, Bo ist bloß sauer, weil Abe zu dir gekommen ist statt zu ihr.«

Maureen warf ihrem jüngeren Sohn einen mahnenden Blick zu. »Und das zu Recht. Die Männer mögen den Frauen an diesem Tisch zwar zahlenmäßig überlegen sein, haben aber deswegen noch lange nicht mehr Gewicht. Korrekt ist korrekt. Abe hätte sich an seine Vorgesetzte wenden müssen, und das ist Bo. Ich will das auf den Stress und seine Sorge um Edda schieben und hoffe, du siehst das auch so, Bodine, und zeigst ein wenig Verständnis.«

Ihre Wut verrauchte ein wenig. »Ja, das tue ich. Aber …«

»Ranch und Resort sind in der Tat strikt voneinander getrennt.« Sam nippte weiter an seinem Whiskey. »Deine Großmutter war so klug, das vor vielen Jahren so zu regeln. Deine Onkel konnten unmöglich den gesamten Grund bewirtschaften«, sagte er mit Blick auf seine Frau. »Also hat sie sich das mit der Ferienranch ausgedacht, um die Ranch zu unterstützen.«

Er nahm sich Zeit und nahm erneut einen Schluck von seinem Whiskey. Keiner am Tisch hätte es gewagt ihn zu unterbrechen.

»Nachdem ich ins Spiel kam, haben deine Mutter und Großmutter die Köpfe zusammengesteckt und Pläne geschmiedet. Keine Frage, wir haben intelligente, weitblickende Frauen in dieser Familie und zwei Geschäftsfelder, die uns das Leben ermöglichen, das wir gerne leben wollen. Und zwar dort, wo wir es leben wollen. Beide halten das Erbe eures Großvaters in Ehren. Aber es sind eben nicht nur Geschäftsfelder, und das dürfen wir niemals vergessen.«

»Nein, Sir«, erwiderte Bodine. »Das würde mir auch im Traum nicht einfallen.«

»Ich weiß, aber manchmal vermisse ich dich auf den Koppeln, in den Ställen und in der Scheune. Ein Mann wird seine Tochter doch wohl noch vermissen dürfen.«

»Ach, Daddy.«

»Er darf sie vermissen und gleichzeitig stolz auf sie sein. Wir dürfen jedoch niemals vergessen, dass das, was wir geschaffen haben, eine Gemeinschaft ist, eine Familie. Abe macht sich Sorgen um seine Frau und tut alles, was er kann, um ihr zu helfen. Wie ich Edda kenne, wird sie sich gehörig dagegen sträuben. Ich glaube nicht, dass er respektlos sein wollte, als er zuerst mit Chase geredet hat.«

»Vermutlich nicht.« Trotzdem starrte Bodine böse zu Chase hinüber.

»Ich habe gerade erst mit dem Mann gesprochen und dir gesagt, was Sache ist. Gib mir Bescheid, wie du entscheidest.«

»Einverstanden.« Sie erhob sich. »Ich mache einen kurzen Spaziergang und überlege, wie ich das regle.«

Rory wartete, bis Bodine außer Hörweite war. »Meine Güte, was sollte das denn? *Muy sensitivo*. Dabei …« Er verstummte und duckte sich unter dem Blick seiner Mutter.

»Sich als Frau in einer Männerwelt zu behaupten ist nach wie vor nicht einfach. Du kannst darüber nachdenken, während du Clementine beim Aufräumen und Abspülen hilfst.«

»Yes, Madam.«

Keine fünf Minuten später saß Chase allein mit seinem Vater am Tisch. »Ich hab gerade erst mit dem Mann geredet«, sagte Chase erneut, »und biete ihr unseren besten Bereiter an, den wir erst vor vier Monaten eingestellt haben.«

»Es ist ein Balanceakt, mein Sohn. Die Frauen, die Arbeit, die Familie. Wie wär's, wenn wir draußen auf der Veranda eine Zigarre rauchen und uns über Frauen auslassen? Wenn man das hin und wieder macht, hilft das dem seelischen Gleichgewicht.«

»Ich hol nur schnell meine Jacke.«

***

Eingemummelt in ihre Jacke marschierte Bodine durch die kalte klare Luft, um den letzten Rest Ärger verrauchen zu lassen. Über ihr funkelten unzählige Sterne am blauvioletten Himmel. Der fast volle Mond segelte wie ein weißes Schiff über ruhige See.

Es wehte ein leichter Wind, der den Duft nach Kiefern, Schnee und Tieren mit sich brachte. Sie hörte, wie eine Kuh muhte und eine Eule rief, sah den geduckten Schatten einer der Scheunenkatzen. Die beiden lebhaften Mischlingshunde Clyde und Chester tobten eine Weile um sie herum, aber da sie kein Interesse daran zu haben schien, mit ihnen zu spielen, sausten sie davon und vergnügten sich anderswo.

Nachdem sich ihre Wut gelegt hatte, schmiedete sie Pläne für den nächsten Tag. Sie musste mit Abe und Edda reden. Da ihr Vater recht hatte, was Gemeinschaft und Familie betraf, sollte sie vorher ihren Ärger loswerden. Trotzdem musste sie ihnen klar machen, dass sie ihre Ansprechpartnerin war.

Sie würde jemandem aus dem Haushaltsteam die Leitung übertragen müssen, wenn sie sich nicht ständig selbst um Kleinigkeiten kümmern wollte. Und sie brauchte einen Plan B, da zwei ihrer Leute mit dem Gedanken spielten in Rente zu gehen und nach dem Winter vielleicht nicht zurückkehrten.

Bei dem Gedanken daran wurde sie ganz traurig. Abe und Edda hatten bereits zum festen Team der Ferienranch gehört, die ihre Großmutter aus der Taufe gehoben hatte. Durch sämtliche Veränderungen und Erweiterungen der Geschäftsfelder hindurch hatten sie der Familie die Treue gehalten. Sie würde qualifizierten Ersatz finden, wenn es sein musste. Aber das wären dann eben nicht mehr Abe und Edda. Aus irgendeinem Grund führte das dazu, dass sie sich einsam und traurig fühlte.

Sie ging zu den Ställen statt zur Hütte. Callen konnte warten. Nachdem sie das Tor entriegelt hatte, empfing sie der Duft von Pferden, Heu, Sägemehl, Getreide, Öl und Leder.

Während sie über die breite, geneigte Betongasse lief, hoben sich zu beiden Seiten Pferdeköpfe. Manche schnaubten zur Begrüßung, doch sie ging weiter dorthin, wo bereits jemand auf sie wartete. »Hallo, du, da bist du ja, mein Junge.« Sie kraulte die Wange des Appaloosas, den sie wegen seiner Leopardenflecken im weißen Fell Leo genannt hatte. Er stupste ihre Schulter an und musterte sie aus seinen blauen Augen.

Ein Vater darf seine Tochter vermissen, dachte sie. Und ein Pferd darf seine Reiterin vermissen.

»Tut mir leid, dass ich mich so selten blicken lasse und mich in den letzten Wochen nicht genug um dich gekümmert hab.«

Kopfschüttelnd betrat sie den Stall und griff zu einer Bürste, um ihm die Flanken zu striegeln. »Keine Ausreden, nicht bei dir. Weißt du was, morgen werde ich auf dir zur Arbeit reiten. Dann darfst du die Pferde im Resort besuchen. Am Abend gibt es dann einen schönen langen Ritt nach Hause. Du hast mir gefehlt.« Bodine zog eine Karotte aus der Jackentasche, an der Leo bereits knabberte. »Du merkst einfach alles.« Während Leo fraß, lehnte sie ihren Kopf an seinen Hals. »Ich find eine Lösung, okay? Ich hab's schon fast, obwohl ich Chase immer noch gern einen Tritt in den Hintern geben würde.«

Sie tätschelte Leo. »Wir sehen uns morgen. In aller Herrgottsfrühe, ja?«

Da ihr die Idee mit dem schönen langen Ausritt gefiel, ging sie zu den Ställen und kraulte noch mehr Pferdeköpfe, bevor sie ihre Schritte zur Hütte lenkte.

Klein und rustikal, mit Kieferschindeln und einer kleinen Veranda, stand sie nur einen Steinwurf vom Haupthaus und ein bisschen weiter von der Kantine entfernt. Mit ihrem spitzen Dach und den viereckigen Fenstern war sie ursprünglich für die Ferienranch gebaut worden. Ein paar andere Hütten, die früher zwischen den Bäumen gestanden hatten, waren abgerissen worden, um Baumaterial für das neu entstehende Resort zu liefern. Doch diese Hütte war für den ein oder anderen unerwarteten Gast als Lagerraum oder inoffizieller Aufenthaltsraum stehen geblieben.

Heute diente sie als Unterkunft für Callen Skinner.

Ein Türklopfer in Form eines Hufeisens zierte die Haustür im Scheunentorstil, aber Bodine klopfte mit den Knöcheln, während sie dem Rauch nachschaute, der aus dem Kamin aufstieg.

Callen machte auf und wurde von hinten beleuchtet. »Hallo, Nachbarin.«

»Hallo, Nachbar. Hast du eine Minute Zeit?«

»Ich habe jede Menge Zeit. Hast du schon gegessen?«

»Ja, ich hab gerade … Oh.« Als sie eintrat, sah sie den Teller auf dem Tisch. »Wir können das auch später besprechen.«

»Nein, nein, das passt schon.« Zum Beweis schloss er hinter ihr die Tür. »Möchtest du ein Bier?«

»Nein, danke.«

Er ging zurück zum Tisch, griff nach der Fernbedienung und schaltete den alten Schwarz-Weiß-Fernseher aus.

Es war ein kleiner, praktisch eingerichteter Raum mit einer offenen Küche, den ihre Mutter hübsch hergerichtet hatte. Das

Schlafzimmer ging von der Küche ab und hatte angrenzend ein Bad, das so winzig war, dass Bodine sich fragte, wie er es schaffte zu duschen, ohne sich Ellbogen und Knie anzuhauen.

»Willst du dich setzen?«

»Ich störe dich wirklich nur ungern beim Essen.«

»Das tust du nicht, wenn du dich zu mir setzt. Zieh deine Jacke aus. Der Ofen dürfte sie warm halten.«

Der kleine Kaminofen in der Ecke bullerte vor sich hin, und Bodine hängte ihre Jacke über die Lehne des Wohnzimmersessels.

Sie nahm gegenüber von Callen an dem Zweiertisch Platz. »Du kannst kochen?«

Er schnitt ein Stück von seinem Steak ab. »Ich komm über die Runden. Ich hätte in der Kantine essen können, aber ich wollte hier ein paar Dinge erledigen.«

Neben ihm lag eine inzwischen wieder geschlossene Mappe.

»Du bist zufällig in der Gegend?«, fragte er.

»Ja. Ich mag die Gegend.«

»Ich auch.«

»Du hast dich nicht gemeldet, um mir von LaFoy abzuraten, also hab ich ihn eingestellt.«

»Er kann gut mit Pferden umgehen, kennt sich aus und scheint zu befolgen, was man ihm sagt. Außerdem hat er sich gut mit den anderen verstanden. Ein Paar mit seinem Kind im Vorschulalter kam zum Pferdegucken vorbei, und er war höflich und kommunikativ. Das hat den Ausschlag gegeben, auch wenn er nicht besonders helle ist.«

»Den Eindruck hatte ich auch, das genügt.« Sie lehnte sich seufzend zurück. »Folgendes, Skinner: Sieht ganz so aus, als würde Abe bis zum Frühling fortbleiben. Er macht sich Sorgen um Edda und will, dass sie es ruhiger angehen lässt. Er möchte mit ihr Verwandtenbesuche machen, um sie abzulenken.«

Callen hörte ihr zu und säbelte weiter an seinem Steak herum. »Das klingt vernünftig.«

»Wir hatten ja gesagt, dass du zwischen Ranch und Resort hin und her pendelst und ab Januar öfter bei uns einspringst. Das dürfte jetzt nicht mehr genügen.«

»Du brauchst einen ständigen Ersatz.«

»Ja. Dad und Chase sagen beide, dass sie nichts dagegen haben, wenn du den Winter über das Resort verstärkst. Falls du das möchtest, können wir gern über dein Gehalt reden, weil wir dich dann offiziell anstellen würden. Wenn du das nicht möchtest und lieber mit den Pferden auf der Ranch arbeiten willst, ist das in Ordnung. In diesem Fall möchte ich dich nur bitten, so lange auszuhelfen, bis ich Ersatz gefunden habe.«

Er schob Kartoffelbrei auf die Gabel und spülte ihn mit einem Schluck Bier hinunter. »Hm«, machte er, aß weiter und dachte nach. »Kannst du mehr ins Detail gehen? Gehalt, ja. Aber was ist mit meinem Aufgaben- und Verantwortungsbereich? Wie selbstständig kann ich arbeiten, wenn ich offiziell angestellt bin? Auch wenn es zeitlich begrenzt ist.«

»Natürlich.« Es beruhigte sie, dass er nachfragte, statt einfach nur Ja oder Nein zu sagen. »Wenn du mir deine E-Mail-Adresse gibst, schick ich dir alles schriftlich.«

»Gern.« Er leierte sie herunter. »Ich würde glatt meinen Hut fressen, wenn du nicht ohnehin jedes Detail auswendig weißt. Dabei trage ich ihn eigentlich ganz gern.«

Sie überlegte kurz. »Hast du noch Bier?« Sie zeigte auf den Kühlschrank und winkte ab, bevor er aufstehen und ihr eines holen konnte. Schnell griff sie nach einem, öffnete es mit dem Wandflaschenöffner und nahm einen tiefen Schluck.

»Manchmal gibt es nichts Besseres als ein eiskaltes Bier.« Sie setzte sich wieder und beschrieb ihm seine Stelle mit allem, was dazugehörte. Es war eine lange Liste. »Bist du sicher, dass ich dir das nicht lieber schriftlich geben soll?«

»Ich hab's verstanden. Das meiste finde ich überzeugend.«

Sie nahm sich vor, ihm die E-Mail trotzdem zu schicken.

Als sie sein Gehalt nannte, aß er weiter sein Steak und überlegte. »Klingt gut.«

»Prima. Brauchst du Bedenkzeit?«

»Ich möchte vorher mit Sam und Chase reden.«

»Das habe ich doch bereits geklärt.«

»Ja. Aber du hast mich nicht eingestellt, sondern sie. Ich möchte mir ihre Erlaubnis gern persönlich abholen. Da ich davon ausgehe, dass sie sie mir geben werden, wie du bereits gesagt hast, brauch ich keine Bedenkzeit. Ich bin einverstanden, trotz der monatelangen Entbehrungen.«

»Entbehrungen? Wieso denn das?«

Er nahm einen großen Schluck Bier und sah sie über die Flasche hinweg mit seinen grauen Augen an. »Na ja, es dürfte schwierig werden dich anzumachen, wenn du meine Chefin bist. Schwester und Tochter meiner Chefs war schwierig genug, aber die direkte Chefin – da werd ich mir was überlegen müssen.«

Sie starrte zurück. »Es gibt viel zu viel für dich zu tun, als dass dir Zeit bleiben wird mich anzumachen. Ich bin auch zu beschäftigt, um vor dir herumzutänzeln.«

»So viel Arbeit kann es gar nicht geben.« Er musterte sie amüsiert. »Wie gut kannst du denn tanzen?«

»Ich bin äußerst wendig und schnell, Skinner. Das muss funktionieren, also mach es bitte nicht unnötig kompliziert.«

»Es ist nicht mein Fehler, dass du so hübsch geworden bist. Wie wär's denn damit? Wir beide verabreden uns für den 1. Mai, das ist doch ein guter Termin, oder? Im Frühling wirst du nicht mehr meine Chefin sein. Dann führ ich dich zum Tanzen aus, Bodine.«

Das Feuer prasselte im alten Kaminofen und beschwor das Bild flammender Leidenschaft herauf.

»Weißt du, Callen, wenn du mich mit knapp dreizehn so angesehen und mir Honig ums Maul geschmiert hättest, wär mir das Herz aus der Brust gesprungen, so verknallt war ich.«

Diesmal grinste er nicht, sondern lächelte breit und entspannt. »Tatsächlich?«

»Und ob! Du mit deiner schlanken Figur, deiner wilden, verwegenen Art und deinen geheimnisvollen Augen warst du wochenlang das Objekt meiner Begierde und meiner verrücktspielenden Hormone.« Sie gestikulierte mit ihrem Bier. »Dass ihr, Chase und du, mich nur nervig fandet, hat meine heimliche Sehnsucht eher verstärkt.«

»Ich fürchte, wir waren sehr oft sehr gemein zu dir.«

»Nein. Du hast mein pubertierendes Herz eher mit milder Verachtung gebrochen. Wie jede verliebte Zwölfjährige bin ich darüber hinweggekommen.«

»Dafür war ich mehr als nur ein bisschen an dir interessiert, als du knapp fünfzehn warst.«

Überrascht nahm sie einen vorsichtigen Schluck Bier und beschloss, genauso zu reagieren wie er. »Tatsächlich?«

»Es hat gedauert, bis du aufgeblüht bist, aber dann so richtig. Das ist mir durchaus aufgefallen.« Er stand auf, holte sich noch ein Bier und bot auch ihr ein zweites an. Sie schüttelte den Kopf. »Wie alt war ich damals, achtzehn? In diesem Alter hab ich längst davon geträumt fortzugehen und anderswo mein Glück zu machen. Außerdem warst du die kleine Schwester meines besten Freundes.«

»Das wird für immer so bleiben.«

»Nur dass du jetzt nicht mehr so jung bist, unser Altersunterschied von drei Jahren keine Rolle mehr spielt ... und ich wieder zurück bin.«

»Und, hast du dein Glück gemacht, Callen?«

»Ich hab mich ziemlich gut geschlagen. Außerdem hab ich getan, was ich tun musste, gelernt, was ich lernen musste. Jetzt bin ich wieder da, und diesmal für immer.« Als sie fragend die Brauen hochzog, schüttelte er nur den Kopf. »Ich muss nicht mehr fortgehen, ich brauch das nicht mehr. Hier ist meine Heimat, mein Land. Es geht nicht darum, es zu besitzen, sondern morgens aufzuwachen und zu wissen, wohin ich gehöre. Eine Arbeit zu haben, die mir Spaß macht, und von netten Menschen umgeben zu sein.«

Seine Worte sprachen ihr aus der Seele. »Du bist längst nicht mehr so verbittert wie früher.«

»Und auch nicht mehr so wütend, da beides Hand in Hand ging. Und, was ist jetzt mit unserer Verabredung?«

Leise lachend stellte sie ihr Bier ab und erhob sich. »Ich schick dir deinen Dienstplan. Er wird sich noch ändern, weil manche Gäste warten, bis sie hier sind, um eine Reitstunde oder einen Ausritt zu buchen. Außerdem kommen ab nächster Woche die Schlittenfahrten dazu.« Sie schlüpfte in ihre Jacke. »Solltest du Fragen haben, schick mir eine E-Mail. Oder komm in mein Büro.«

»Du hast nicht Ja oder Nein gesagt, was den 1. Mai betrifft.«

Sie lächelte. »Stimmt. Danke für das Bier«, fügte sie hinzu und ging hinaus.

Leise glucksend fasste sich Callen ans Herz. Das Reizvollste an einer widerspenstigen, schlagfertigen Frau mit einem messerscharfen Verstand war die Herausforderung, die sie darstellte. Und einer Herausforderung hatte er noch nie widerstehen können.

***

Als Billy Jean vor Sperrstunde des Saloons die Abrechnung machte, jaulten ihre Füße so lautstark wie der jähzornige Jack-Russell-Terrier ihrer Mutter. Sie konnte es kaum erwarten, sich ins Bett zu legen, das sie gerade mit niemandem teilte, weil sie ihrem untreuen, verlogenen Mistkerl von einem Freund vor ein paar Tagen den Laufpass gegeben hatte. Aber noch mehr freute sie sich darauf, das Trinkgeld dieses Abends in ihre Spardose für das rote Kleid zu stecken.

Sie hatte es beim Online-Shoppen entdeckt, sich Hals über Kopf darin verliebt und bewunderte es täglich in ihrem Einkaufswagen. Wenn sie sich nicht verrechnet hatte, würden es ihr die heutigen Einnahmen erlauben, auf *Kaufen* zu drücken.

Hundertneunundvierzig Dollar und neunundneunzig Cent.

Ganz schön viel Geld für ein Kleid, dachte sie, als sie die Lichter löschte. Aber es war eine Belohnung für harte Arbeit und ein Symbol für ihren neuen Singlestatus. Sie würde das rote Kleid an ihrem nächsten freien Abend tragen, vielleicht im *Roundup*, wenn sie auf einen Drink und zum Tanzen dort hinging. Dann würden die Jungs staunen! Mit Bitterkeit dachte sie an ihren Ex zurück.

Sie trat hinaus in die Kälte. Hörte, wie ihre Stiefel in der Stille auf dem Kies knirschten. Die letzten Gäste waren etwas länger geblieben als eigentlich erlaubt. Das Trinkgeld summierte sich. Und sie konnte morgen ausschlafen.

Sie übernahm gern die letzte Schicht.

Schnell stieg sie in ihren Wagen, einen Geländewagen aus zweiter Hand, den sie noch ewig abbezahlen würde. Doch er brachte sie zuverlässig wohin sie wollte.

Sie verließ das sogenannte Bodine Village mit seinen Lokalen, Läden und Büros, kurvte über Feldwege an Wäldern und dunklen Blockhütten vorbei. Die Piste war holprig und rüttelte sie so sehr durch, dass sie sich wünschte, vor dem Zusperren noch einmal aufs Klo gegangen zu sein.

Wenn sie erst die asphaltierte Straße erreicht hatte, konnte sie richtig auf die Tube drücken. Ihr Auto beschleunigte wie nichts, und zu dieser Uhrzeit waren die Straßen bestimmt frei. In einer Viertelstunde würde sie zu Hause sein. Doch plötzlich bockte ihr Wagen, gab eine Art Husten von sich und soff ab.

»Verdammt, was ist denn das?« Wütend drehte sie den Schlüssel im Zündschloss und trat aufs Gas. Als nichts passierte, schlug sie gegen das Lenkrad.

Was sollte sie jetzt tun?

Sie blieb einen Moment mit geschlossenen Augen sitzen, bis sie sich wieder gefangen hatte. Nachdem sie die Wagentür hinter sich zugeknallt hatte, riss sie die Motorhaube auf. Fluchend kehrte sie zurück, um eine Taschenlampe aus dem Handschuhfach zu holen.

Sie konnte einen Reifen wechseln, wusste, wie man Kühlwasser und Benzin nachfüllt und die Batteriekabel kontrolliert. Doch im Augenblick hätte sie genauso gut auf einen Raketenantrieb starren können. Sie ließ die Motorhaube offen stehen und trat gegen den Vorderreifen, bevor sie ihr Handy aus der Handtasche auf dem Beifahrersitz holte.

Instinktiv wollte sie Chad anrufen, den untreuen, verlogenen Mistkerl. Dann fiel ihr ein, dass sie sich getrennt hatten. Ihre Eltern wollte sie nicht stören, die waren geschieden und wohnten nicht gerade in der Nähe. Sie dachte an einen Rund-um-die-Uhr-Abschleppdienst oder ihre Freundin Sal. Sal wohnte nicht so weit weg, aber …

Da hörte sie Motorlärm, sah zwei Scheinwerfer und dachte: Gott sei Dank!

Als der Pick-up seine Fahrt verlangsamte und hinter ihrem Wagen anhielt, eilte Billy Jean zu seiner Fahrerseite.

»Sieht ganz so aus, als bräuchten Sie Hilfe«, sagte der Mann.

Sie schenkte ihm ihr schönstes Lächeln. »Ich wäre Ihnen wirklich sehr dankbar.«

1992

Noch ein Thanksgiving kam und ging. Alice wusste nur, welcher Tag gerade war, weil sie es den Feldern und Zahlen ihres Kalenders entnehmen konnte. Den hatte er ihr nicht weggenommen. Noch nicht. Sie notierte das Verstreichen der Zeit und versuchte sich mit aller Kraft vorzustellen, wie sie mit am großen Tisch im Esszimmer saß.

Wie Ma zwei große Truthähne zubereitete, einen für die Familie und einen für das Personal. Wenn sie sich ganz besonders anstrengte, glaubte sie förmlich zu riechen, wie ihr Duft die Küche füllte. Grandpa würde Steaks grillen, und Grammy einen Schinken glasieren, ihr Lieblingsessen.

Und dann die Beilagen! Kartoffelbrei, Süßkartoffeln mit Marshmallows, grüne Bohnen, Rosenkohl, Klöße und Bratensoße.

Sie würde die Cranberrysoße zubereiten. Sie liebte es, die Beeren platzen zu sehen, wenn sie kochten. Reenie würde gefüllte Eier machen. Die brauchten Zeit, und dafür hatte sie keine Geduld.

Wenn man glaubte, total satt zu sein, kamen die Pasteten. Sie sah sich als kleines Mädchen neben ihrer Schwester in der Küche stehen und kleine Törtchen aus übrig gebliebenem Teig backen. Während Ma summend noch mehr Teig ausrollte.

Obwohl sich Alice' Mund zu einem Lächeln verzog, verflogen diese Bilder sofort und verblassten, bis sie wieder in diesem schrecklichen Raum auf dem Bett lag. Am Bein die schwere Fußfessel, die Hände leer.

Er hatte ihr das Kind weggenommen. Obwohl ihre Milch versiegt war, blieb der Phantomschmerz in ihrer Brust.

Sie flüchtete sich in Schlaf, was blieb ihr auch anderes übrig? In ihren Träumen versuchte sie nach Hause zu kommen, zum Thanksgiving-Truthahn, im Galopp auf einem Pferd, während der Sonnenuntergang den Himmel rot färbte.

Würde sie jemals wieder die Sonne sehen?

Sie stellte sich vor, wie sie Lippenstift auflegte, ein neues Kleid kaufte. Unter dem sommerlichen Nachthimmel lag, mit einem jungen Mann, der sie begehrte.

Würde sie je wieder zärtlich und liebevoll berührt werden?

Sie stellte sich ihr Zimmer vor, die rosa Wände und Filmstarposter, die Fenster, die den Blick auf Himmel und Berge freigaben.

Schlug sie die Augen wieder auf, drohte sie die Realität schier zu erdrücken. Nein, sie würde nie wieder die Sonne sehen, weder Sonnenauf- noch Sonnenuntergänge.

Niemand würde sie je wieder zärtlich und liebevoll berühren. Denn für sie gab es nur noch Sir. Nur Sir würde Nacht für Nacht in sie eindringen. Wenn sie schrie, weil ihr Körper nach der Geburt noch nicht ganz verheilt war, stieß er nur fester zu und ohrfeigte sie, bis sie verstummte.

Sie würde ihr Zimmer nie mehr wiedersehen, das hübsche rosa Zimmer, und auch nie mehr um den großen Tisch der Ranch sitzen und zusammen mit ihrer Familie das Thanksgiving-Festmahl genießen.

Sie würde ihre winzige Tochter nie mehr im Arm halten. Ihre kleine Cora mit den winzigen rosa Fingern und Zehen.

Dieser Verlust, die innere Leere nach dem Verlust eines Kindes, das sie erst nicht hatte behalten wollen und dann doch so sehr geliebt hatte, erstickte jeden positiven Gedanken.

Sie aß, denn wenn sie sich weigerte, flößte er ihr mit Gewalt Suppe ein, riss ihren Kopf an den Haaren zurück und hielt ihr die Nase zu. Sie wusch sich, denn wenn sie es bleiben ließ, schlug er sie und schrubbte sie mit einer Wurzelbürste und eiskaltem Wasser ab, bis ihre Haut blutete.

Sie bettelte um ihr Baby. Sie würde alles tun, was er verlangte. Sie würde es versorgen und ihm in jeder Hinsicht zu Willen sein, wenn er ihr nur ihr Baby zurückgäbe.

Die hat jetzt jemand anders am Hals. Das waren seine Worte gewesen. Er hatte keine Verwendung für Töchter.

Alice hatte gehofft, dass er sie zu Tode prügeln würde, doch er schien genau zu wissen, wie weit er gehen konnte.

Er ließ nicht zu, dass sie starb. Dabei wollte sie nur sterben, einschlafen und nie mehr aufwachen, damit sie für immer draußen im Schaukelstuhl auf der Veranda sitzen, ihrem Kind etwas vorsingen und die Berge betrachten konnte.

Hätte sie einen scharfen Gegenstand gehabt, hätte sie sich damit die Kehle durchgeschnitten. Nein, zuerst seine, fantasierte sie im Dämmerzustand auf ihrem Bett.

Ja, zuerst würde sie ihn töten und dann sich selbst.

Sie überlegte, ob sie einen der Plastiklöffel schärfen konnte, die er ihr mit den Mahlzeiten brachte. Oder ihre Zahnbürste. Vielleicht ihre Zahnbürste?

Sie konnte es versuchen, hatte es fest vor, war aber unendlich müde, wollte nur schlafen.

Sie hing ihren Gedanken nach und überlegte, das Laken zu zerreißen, es zur Schlinge zu legen. Es gab nichts, woran sie sich hätte erhängen können. Wenn sie es an einer der Stufen befestigte und fest genug um ihren Hals schlang, konnte sie sich vielleicht erdrosseln.

Sie konnte so nicht weiterleben. Tag für Tag und Nacht für Nacht an diesem schrecklichen Ort aufwachen, wohl wissend, dass er diese Stufen herunterkommen würde.

Schlimmer als seine Brutalität und die Vergewaltigungen waren die endlosen Stunden der Einsamkeit. Eine Einsamkeit, die ohne ihr Kind größer, tiefer und schwärzer geworden war.

Sie zwang sich aufzustehen und musterte das Laken mit

einem erloschenen, teilnahmslosen Blick. Sollte sie es in Streifen reißen und diese zum Strang flechten? Wäre es dann stabil genug für ihre Zwecke?

Es war so schwer, sich mit einem benebelten Hirn zu konzentrieren. Sie spielte mit dem Laken, suchte nach Schwachstellen, an denen es sich einreißen ließ.

Die Idee, sich umzubringen, machte ihr nicht mehr Angst als die Lösung einer mathematischen Gleichung. Eher weniger.

Doch sie musste warten. Bald würde er herunterkommen. Warten, bis er wieder weg war. Es konnte eine Weile dauern, bis sie es schaffte, sich umzubringen.

Heute, dachte sie mit einem müden Seufzen. Heute konnte sie sterben.

Sie stand noch einmal auf, aber diesmal schwankte der Raum.

Nein, fiel ihr auf, sie schwankte. Außerdem tat ihr der Magen weh.

Sie schaffte es kaum zum Klo und fiel auf die Knie, als sie sich mit schmerzendem Magen übergab. Nass geschwitzt und geschwächt rang sie nach Luft und übergab sich erneut.

Ihr kamen die Tränen, als sie sich keuchend und zitternd auf dem Boden zusammenrollte. Tränen der Trauer und einer seltsamen Freude.

Sie hörte das Klirren der Schlösser. Sie hörte seine schweren Stiefelschritte. Mühsam kam sie zum Stehen, stützte sich aufs Waschbecken und sah ihn trotz ihres Schwindels an.

Sie fand ihren Hass wieder, als der ewige Nebel grausamer Klarheit wich. Während sie eine Hand auf den noch von der Geburt schlaffen Bauch legte, spürte sie neuen Lebenswillen.

»Ich bin schwanger«, verkündete sie.

Er nickte. »Diesmal wird es hoffentlich ein Sohn. Wasch dich und iss dein Frühstück.«

6

Heute

Bei Tagesanbruch, als sich der Himmel im Osten gerade rotgolden färbte, griff Bodine zu ihrer Umhängetasche und ging zu den Stallungen. Sie hörte die Hühner gackern, während Chester und Clyde vor der Kantine miteinander rauften. Die Hunde unterbrachen ihren spielerischen Kampf, um mit heraushängenden Zungen und funkelnden Augen auf sie zuzurasen, als hätten sie sie seit einem Monat nicht mehr gesehen.

Schöner als mit ein paar überglücklichen Hunden konnte ein Tag nicht beginnen. Also streichelte und kraulte sie sie, bis sie sich wieder balgten. Sie winkte ein paar Arbeitern zu und plauderte mit anderen, die gerade die Ställe ausmisteten.

Als sie Callen in seiner Schaffelljacke und seinen eingelaufenen, bequemen Stiefeln entdeckte, erstarrte sie. Er trug einen gelbbraunen Stetson und sattelte gerade den beeindruckend breiten Rücken Sundowns.

»Reitest du aus?«, fragte sie.

Er sah zu ihr herüber. »Sundown muss sich die Beine vertreten, und ich kann ihn heute im Resort gut gebrauchen.«

»Er ist ein echter Hingucker. Ich kann ihn auch für dich von der Steuer absetzen, wenn du willst.«

»Das ist nicht nötig.« Während Callen den Sattelgurt festzog, verrenkte sich das Pferd den Hals und nahm ihm den Hut ab. »He, was hab ich dir dazu gesagt?«

Sundown streckte den Kopf über die Stalltür und bot Bodine den Hut an.

»Oh, danke. Was für ein schöner Hut!«

»Nicht mehr lange, wenn er weiter damit spielt. Brauchst du was?«

»Nein, danke, ich hab alles, was ich brauche, nämlich ein eigenes Pferd, das sich die Beine vertreten muss. Ich werde heute zur Arbeit reiten.«

»Das Wetter ist ideal. Ich werd auf dich warten. Wir können zusammen rüberreiten. Krieg ich meinen Hut zurück, Chef?«

Sie gab ihn ihm und ging zu Leos Box, hörte, wie Callen frustriert rief: »Lass das!«

Während sie Leo sattelte, fragte sie sich, ob sie ihm wohl auch ein paar Tricks beibringen konnte. Bei seiner Vorliebe für Möhren und Minzesticks konnte es mit etwas Bestechung vielleicht sogar funktionieren. Sie hörte, wie die Stallburschen lachten. Als sie Leo hinausführte, sah sie auch warum. Sundown saß auf dem Betonboden wie ein Mensch, der sich gerade auf einem Sessel ausruht, während Callen an der Stalltür lehnte und etwas auf seinem Handy nachschaute.

»Dieses Pferd ist wirklich der Hit«, rief einer.

Callen sah zu Bodine herüber und lächelte. »Bist du so weit?«

»Ja, und du?«

Callen drückte das Tor auf und nahm Sundowns Zügel. »Auf geht's.« Das Pferd kam genauso lässig in die Gänge wie sein Reiter.

Nachdem sie sich kurz beschnuppert hatten, schienen sich die Pferde zu mögen.

Im Innenhof schwang sich Bodine in den Sattel. »Ich habe eine Route im Kopf, auf der sich Leo richtig austoben kann.«

»Gern.«

Sie ritten zunächst im Schritt, um die Muskeln aufzuwärmen. Währenddessen wurde es langsam hell, und der Himmel färbte sich zunehmend blau. Es wehte ein leichter Wind, der ihr übers Gesicht strich und duftete wie ein Winterpotpourri, nämlich nach Schnee und Kiefern.

»Konntest du einen Blick auf deinen Dienstplan werfen?«, fragte Bodine.

»Ja. Wie ich sehe, kommt morgen der Schmied vorbei und übermorgen der Tierarzt. Ich werde mich beiden vorstellen. Der Neue fängt morgen an, also werd ich ihn im Auge behalten und gucken, ob es eine gute Idee war, ihn einzustellen.«

»Nächste Woche ist Thanksgiving.«

»Das ist mir bekannt.«

»Übers verlängerte Wochenende kommen viele Gruppen und Familien. Ich dachte, wir könnten diese kleine Show ausprobieren, wenn du nichts dagegen hast. Als kleines Extra für bereits vorhandene Gäste.«

»Schauen wir, ob es funktioniert.«

»Ich setze es in den Kalender.«

Sie ritten einen Hang hinunter, durch eine schmale Schlucht und dann wieder bergauf. Rehe wechselten lautlos durch den Wald. Die Wipfel der Drehkiefern wiegten sich im Wind.

»Höchste Zeit, dass sie sich richtig die Beine vertreten.« Bodine trieb Leo zum Galopp.

Ihre Wangen brannten vor Kälte, als Leos Hufe über die Straße klapperten. Er hatte die Ohren gespitzt, trug den Kopf hoch und zeigte ihr so, dass er den Ritt genauso genoss wie sie. Callen war neben ihr, sein Pferd hielt Leos Tempo, als wären sie Teil eines Doppelgespanns.

Als sich die Straße vor ihnen gabelte, wandte sich Bodine nach rechts, verlangsamte den Galopp und fiel dann in Trab. Sie freute sich über den Ritt, die Luft, den Tagesbeginn und warf ihren langen Zopf über die Schulter.

»Wir können den Weg nehmen, der oben um den Gipfel herumführt.« Sie zeigte auf den durch die Bäume schimmernden Pfad, der mit dem Bodine-Kleeblatt markiert war. »Es ist ein schöner Winterritt, und wir können uns richtig austoben.«

»Zeig ihn mir. Chase und ich sind manchmal auf diesen Pfaden geritten, wenn dein Vater ihm ein paar Stunden freigegeben hat. Ich weiß noch, wann ihr diese Hütten gebaut habt, an denen wir gerade vorbeigekommen sind.«

»Hier ist es so ruhig, dass man sie fast gar nicht bemerkt.«

Sie ritten den Weg bis dorthin empor, wo hoher Schnee lag und die Zweige wie ein weißer Pelz umgab. Daneben entdeckten sie Spuren von Rehen und Füchsen.

»Man riecht nur den Rauch«, sagte sie. »Von den Hütten. Ansonsten nichts als frische Luft.«

»Warum hast du dich fürs Büro entschieden statt für die Pferde?«

»Weil ich dort am richtigen Platz bin.« Sie drehte sich im Sattel und sah ihn an. »Ich kann auch gut mit Pferden, aber das können viele. Ich mag es, ständig neuen Herausforderungen zu begegnen, dafür zu sorgen, dass Tag für Tag alles glatt läuft. Außerdem gefällt mir die Abwechslung, kein Tag ist wie der andere. Ich mach gern Listen, die ich dann abhake, um den Überblick zu behalten.«

Als der Pfad abschüssig wurde, drehte sie sich wieder im Sattel um. »Aber ich vermisse die Pferde, die tiefe Verbundenheit mit diesen Tieren. Deshalb habe ich mir vorgenommen, öfter zur Arbeit zu reiten.« Sie tätschelte Leos Hals. »Die Gäste werden begeistert sein. Die Chefin hoch zu Ross. Das vermittelt ihnen gleich den richtigen Eindruck.«

»Du denkst immer ans Geschäft.«

»Ja, das tue ich.«

Lachend drehte sie sich erneut um, als die Pferde die Straße erreichten. »Ich habe viel um die Ohren, Skinner. Das Reiten hilft mir, den Kopf frei zu kriegen. Lust auf einen weiteren Galopp?«

»Schätzchen, ich bin immer für einen Galopp zu haben.«

»Das denk ich mir. Tscha!«, rief sie, und Leo galoppierte los. Wieder gelang es Callen, genau ihr Tempo und ihren Rhythmus zu halten. Sie war froh, diesen Umweg und die lange Strecke zu reiten. Spontan nahm sie die Abzweigung, die vom Bodine Village wegführte.

Ein paar Minuten, bevor sie das Büro und damit ihren Arbeitstag, ihre Verpflichtungen anging. Obwohl sie wusste, dass es Zeit wurde Schluss zu machen und umzukehren, ritt sie weiter und entdeckte ein Auto am Straßenrand. Sie dachte sich nicht viel dabei, wäre fast daran vorbeigeritten.

Sie fiel in Trab. »Wir müssen – Moment! Das sieht ja aus wie Billy Jeans Auto.« Sie ritt mit dem Pferd direkt darauf zu. »Es ist ihr Auto.«

»Wer ist Billy Jean?«

»Sie arbeitet im Saloon. Als Bardame und Kellnerin.« Bodine stieg ab. »Sie muss gestern Spätschicht gehabt haben, wenn ich mich nicht täusche. Sieht so aus, als wäre ihr Auto liegen geblieben.«

Stirnrunzelnd spähte Bodine durchs Fenster und war sofort beunruhigt. »Ihre Handtasche liegt auf dem Beifahrersitz. Sie würde niemals die Handtasche dort liegen lassen.«

»Warte.« Callen stieg ab und gab Bodine die Zügel beider Pferde. Dann ging er einmal um den Wagen herum. Bodine zerrte das Handy aus ihrer Hosentasche und suchte nach Billy Jeans Nummer.

»Bo.«

»Warte, warte, ich ruf sie gerade an. Vielleicht ist sie nur ...« Sie verstummte, als sie das Eröffnungsriff von Michael Jacksons Hit hörte. Billy Jeans Klingelton. »Das ist ihr Handy. Das ist ... Was zum Teufel ...«

»Das Handy liegt dort drüben auf der Erde. Es sieht so aus, als wäre jemand durch den Schnee getrampelt, Richtung Bäume.«

»Das würde sie niemals tun.« Obwohl Bodine deutlich sehen konnte, dass da tatsächlich jemand Schnee und Zweige berührt hatte. Und nicht nur das.

Ihr Blick fiel auf die reglose Gestalt, die dunkelblaue Jacke, kurz bevor Callen sie ebenfalls entdeckte. Bodine rannte los, ehe er sie zurückhalten konnte.

»Bo, verdammt! Warte!«

»Sie ist verletzt. Sie ist verletzt.«

Er bekam sie zu fassen und zog sie zurück. Knietief im Schnee, befreite sie sich, bis sie ihm einen Stoß versetzen konnte.

»Lass mich los, du Mistkerl. Sie ist verletzt.«

Ihm blieb keine andere Wahl, als sie fest zu umschlingen. »Sie ist mehr als nur verletzt, Bo. Hör auf damit. Hör sofort auf. Du kannst ihr nicht mehr helfen.«

Wut und Angst durchzuckten Bodine. »Lass mich los, sonst bring ich dich um.«

Er verstärkte seinen Griff. »Du darfst sie nicht anfassen, verstanden? Das hilft ihr nicht weiter und könnte Spuren verwischen. Sie ist tot, Bo. Sie ist tot.«

Verzweifelt wehrte sie sich und hielt dann inne. Ihr Atem ging stoßweise, Wölkchen standen vor ihrem Mund, und sie zitterte am ganzen Körper. »Ich muss nach ihr sehen. Ich werd sie nicht anfassen, wenn – aber ich muss sie mit eigenen Augen sehen. Lass mich los.«

Er lockerte seinen Griff und stellte sich so hin, dass er ihr den Blick auf die Leiche nicht länger verstellte. »Es tut mir leid, Bo, es tut mir so leid.«

»Sie …« *Sie ist tot,* hallten ihr Callens Worte durch den Kopf, und die grausame Wahrheit drang langsam bis zu ihr durch. »Sie ist mit dem Kopf auf diesen Felsen aufgeschlagen. Da ist jede Menge Blut. Sie … Lass mich, es geht mir gut. Lass mich los!«

Als er sie losließ, wandte sie den Blick nicht von Billy Jeans Gesicht ab, und zückte erneut ihr Handy. »Rufst du die Polizei, Callen?« Vielleicht war ihre Stimme ein wenig heiser, aber doch klar und verständlich. »Bitte übernimm du das. Ich verständige unseren Wachdienst, damit er sofort die Straße sperrt.«

»Lass uns zur Straße gehen und das dort erledigen.«

»Ich werde sie nicht allein zurücklassen.«

Sie musste nachdenken und tun, was getan werden musste. Es war zwar Gott sei Dank zu früh für ankommende oder abreisende Gäste, aber viele Angestellte von außerhalb benutzten diese Straße, um zur Arbeit zu gelangen.

Sie befahl dem Wachdienst, die Straße von beiden Seiten für einen knappen Kilometer zu sperren und nur die Polizei durchzulassen. Dann rief sie einen Angestellten an und bat um die Schlüssel für die nächstgelegene Blockhütte.

»Ich glaube, den Grund nenne ich lieber nicht.« Nach wie vor knietief im Schnee, starrte Bodine auf ihr Handy. »Damit warte ich lieber noch. Stattdessen sollte ich meine Eltern anrufen. Sie müssen wissen, dass … Billy Jeans Eltern wohnen in … Helena. Nein, nein.« Sie musste die Finger an die Schläfen pressen, sich die Informationen regelrecht abringen. »Ihre Mutter wohnt in Helena. Die Eltern sind geschieden. Ihr

Vater – ich kann mich nicht erinnern. Sie hat einen Bruder bei der Marine.«

Als Callen schwieg, schnauzte sie ihn an: »Das ist wichtig.«

»Ich weiß. Ich kannte sie nicht, Bodine, aber das heißt nicht, dass ich nicht weiß, wie wichtig das ist. Der Sheriff ist unterwegs, du kannst ihm sagen, wie er ihre Angehörigen erreichen kann.«

»Ich muss mit ihnen reden.« Sie war wie ausgedörrt. »Sie hat für uns gearbeitet, sie war eine von uns. Ich muss mit ihnen reden. Jemand hat sie verfolgt, man sieht, wo …« Sie drehte sich um und sah die Spuren im Schnee.

Und wie Callen hinter ihr hergerannt war, um sie aufzuhalten. »Ich hab's versaut«, murmelte sie. »Ich bin mittendurch gestapft und hätte sie gepackt und umgedreht, wenn du mich nicht davon abgehalten hättest. Das ist ein Tatort. Ich weiß, dass man an einem Tatort keine Spuren zertrampelt.«

»Du hast eine Frau im Schnee liegen sehen. Und das Blut. Du hast an sie gedacht, nicht an einen verdammten Tatort.«

Ja, sie hatte an die Freundin und Angestellte, an die Frau mit dem lauten Lachen gedacht. Nur nachgedacht hatte sie nicht. Das durfte ihr kein zweites Mal passieren.

»Ich hab es schlimmer gemacht.« Sie musste tief durchatmen, bevor sie ihn ansehen konnte. Als sie es tat, sah sie den blauen Fleck unter seinem rechten Auge. »Tut mir leid, dass ich dich geschlagen habe. Ehrlich.«

»Da bist du nicht die Erste und wirst auch nicht die Letzte sein.«

Trotzdem strich sie behutsam über den blauen Fleck. »Du musst das kühlen … Die Blockhütte. Ich muss die Schlüssel haben. Die Polizei kann sie vielleicht verwenden, um Zeugen zu vernehmen, mit den Menschen zu sprechen, die sie zuletzt beim Verlassen des Saloons gesehen haben.«

Denk nach, denk nach, befahl sie sich und zitterte innerlich. Mach eine Liste, hak die verschiedenen Punkte ab.

»Und – keine Ahnung was noch. Ich kann keinen klaren Gedanken fassen.«

»Aus meiner Sicht funktioniert das ganz gut.«

»Vielleicht könntest du nachschauen, ob Mike die Schlüssel hat?«

»Du lässt sie nicht allein. Und ich lasse dich nicht allein, Bodine. Aber wenn wir zur Straße gehen, lassen wir sie nicht wirklich allein.«

Sie sah sich um. Sie hatten die Pferde einfach auf der Straße stehen lassen. »Du hast recht. Wir müssen die Pferde schützen und zum BAC bringen«, sagte sie. »Sobald die Polizei mit uns fertig ist, könntest du Sundown reiten und Leo am Zügel führen.«

»Ich werd mich um ihn kümmern.« Während er nach den Zügeln griff, drehte sich Callen um. Motorlärm. Er führte die Pferde an den Straßenrand und war froh, dass die Polizei schneller an Ort und Stelle war als erhofft. Am liebsten hätte er Bodine so schnell wie möglich weggebracht, es ihr erspart, im Schnee zu stehen und auf eine tote Freundin zu starren.

Der schwarze Geländewagen mit dem Sherifflogo hielt wenige Meter von Billy Jeans Wagen entfernt. Callen sah, wie der Fahrer ausstieg. Er sah breite Schultern, die robuste Statur eines Footballspielers, den cremebeigen Hut auf strohblondem Haar und die verspiegelte Sonnenbrille. Dahinter verbargen sich, wie Callen wusste, eiskalte blaue Augen. Ein markantes Kinn und dünne Lippen, als er den Kopf drehte, um Callen kurz zu mustern, bevor er auf Bodine zuging.

Scheiße, dachte Callen und befestigte die Zügel an einem Ast, bevor er erneut die Straße überquerte.

»Es ist Billy Jean Younger«, sagte Bodine. »Eine unserer Barfrauen.«

Garrett Clintok nickte. »Der Sheriff ist unterwegs. Ich muss euch beide bitten, nicht näher hinzugehen. Ich hab schon gehört, dass du wieder da bist, Skinner.«

Immerhin war er noch nicht Sheriff. »Ich wusste gar nicht, dass du Hilfssheriff bist. Bodine hat Schlüssel für die nächstgelegene Blockhütte angefordert. Ich werde sie und die Pferde dorthin bringen.«

»Du wirst so lange warten, bis ich dir etwas anderes sage.« Er sah an Callens Jeans und Stiefeln hinunter. »Du bist da herumgetrampelt und hast den Tatort verunreinigt.«

»Ich war das«, sagte Bodine rasch. »Ich hab sie gesehen und nicht nachgedacht, wollte einfach nur zu ihr. Callen hat mich zurückgehalten. Tut mir leid, Garrett, ich habe rein instinktiv reagiert.«

»Das kann ich gut verstehen. Hast du sie angefasst?«

»Callen hat das gerade noch verhindert. Ich hätte sehen müssen, dass sie tot ist.«

»Ihr Handy liegt auf der Erde, auf der anderen Seite des Wagens«, fügte Callen hinzu. »Das haben wir auch nicht angefasst, Deputy.«

»Ich würde wirklich gern in die Blockhütte gehen, mich setzen und vielleicht ein Glas Wasser trinken.« Bodine schob sich zwischen die beiden Männer und die dicke Luft zwischen ihnen. »Ich bin ein bisschen zittrig. Meinst du, Callen könnte zu Mike gehen, der gerade die Straße absperrt, um die Schlüssel zu holen? Die Hütte ist wirklich ganz in der Nähe, die *Big Sky Cabin*. Wir wollten sie nicht alleine lassen, aber jetzt, wo du da bist …«

»Geht nur. Aber zu niemandem ein Wort – nicht, bevor wir die Situation im Griff haben.«

»Danke. Danke, Garrett.«

Sie überquerten gemeinsam die Straße, holten die Pferde und führten sie die Straße entlang.

»Du hast ihn richtig um den kleinen Finger gewickelt.«

Bodine seufzte. »Ich mach eigentlich nicht gern auf schwaches Weibchen, aber ich hatte ganz vergessen, wie ihr aufeinander losgehen könnt.«

»Ich hab mich damals nur gewehrt, das ist was anderes.«

Der schneidende Ton, mit dem er das sagte, hätte sie fast laut aufseufzen lassen. »Gut möglich, aber ich fand es wenig sinnvoll, einen Machtkampf auszutragen, während Billy Jean nur wenige Meter entfernt tot im Schnee liegt. Da ich als schwaches Weibchen angesehen werde, führ du doch die Pferde bitte zu Mike. Sag ihm, er soll sie abholen lassen. Ich warte solange in dem verdammten Schaukelstuhl auf der Veranda.«

***

Es dauerte keine halbe Stunde. Der Schlüssel war da, sie hatte Kaffee gekocht und Feuer gemacht. Außerdem war sie im Wohnzimmer der Hütte ununterbrochen auf und ab gegangen. Es beruhigte ihre Nerven nicht gerade, dass Clintok statt des Sheriffs hereinkam.

»Ich weiß, das ist echt hart für dich, Bo. Wieso setzt du dich nicht? Ich werde gleich deine Zeugenaussage aufnehmen. Vorher unterhalten Skinner und ich uns draußen auf der Veranda.«

»Der Sheriff ist da. Ich hab den Wagen vom Fenster aus gesehen.«

»Das stimmt. Er tut, was getan werden muss, genau wie ich. Skinner?« Clintok zeigte mit dem Daumen zur Tür und ging wieder hinaus.

»Provozier ihn bloß nicht«, warnte ihn Bodine.

»Es reicht, dass ich atme, um ihn zu provozieren.«

Callen ging hinaus. Clintok lehnte sich an die Verandasäule und nickte auffordernd. »Dann erzähl mal deine Sicht der Dinge.«

»Das ist eine interessante Formulierung. Wir sind zur Arbeit, als …«, hob er an.

»Bodine und du? Macht ihr das öfter?«

»Das war das erste Mal. Ich bin erst vor Kurzem zurückgekehrt und arbeite seit gestern Abend offiziell fürs Resort.«

Clintok schob seine Sonnenbrille auf die Nasenspitze und musterte ihn kühl. »Soweit ich weiß, arbeitest du für die Ranch.«

»Jetzt nicht mehr.«

»Wurdest du gefeuert?«

Lass dich nicht provozieren, hatte Bodine ihn gebeten. Diese Gelegenheit war jedoch einfach zu verlockend. Da er ganz genau wusste, womit er Clintok treffen konnte, sagte Callen grinsend: »Jeder klar denkende Mensch würde in diesem Fall annehmen, dass man mich dann nicht unbedingt im Resort anstellen würde. Wir sind also zur Arbeit geritten«, nahm er den Faden wieder auf.

»Wessen Idee war das?«

»Wir sind beide auf die Idee gekommen. Ich hatte es ohnehin vor, und sie wohl auch.«

»Sieht ganz so aus, als hättet ihr einen Riesenumweg gemacht. Es gibt Strecken, die deutlich schneller von der Ranch zum Resort führen.«

»Wir hatten Lust auszureiten.«

»Wer hat die Route ausgesucht?«

»Bodine.«

Clintoks Lippen bildeten ein stummes: *Lügner!* »Aha. Wie gut kanntest du Billy Jean Younger?«

»Gar nicht. Ich bin ihr nie begegnet.«

»Ach ja?« Clintok legte die Hand auf seine Waffe. »Du arbeitest im Resort, bist ihr aber noch nie begegnet.«

»Ja, genau, schließlich hab ich dort gerade erst angefangen.«

»Wo warst du gestern Abend, Skinner?«

»Ich lebe auf dem Grundstück der Bodines, und da bin ich auch gewesen.«

»In der Kantine?«

»Nein, ich wohne in der alten Hütte.«

Bedächtig nickend trat Clintok näher und trieb Callen so in die Enge. »Das heißt, du warst allein.«

»Die meiste Zeit ja. Bodine und ich haben gestern Abend länger miteinander geredet und ein Bier getrunken, weil ich Abe Kotter ersetzen soll, solange er fort ist.«

Statt zurückzuweichen, machte Callen einen Schritt nach vorn. »Versuchst du ernsthaft, mir den Mord an dieser jungen Frau in die Schuhe zu schieben? Ist die alte Wunde so tief, Clintok?«

»Ich weiß, wer du bist, ich kenne dich. Hat dich Billy Jean erwischt, als du auf sie losgegangen bist? Hat sie dir das blaue Auge verpasst?«

»Ich habe Billy Jean nie kennengelernt. Bo hat nach mir geschlagen.«

»Tja, warum wohl?«

»Frag sie.«

»Worauf du dich verlassen kannst.« Clintok verzerrte den Mund zu einem Grinsen und bohrte seinen Finger in Callens Brust. »Du bist erst seit wenigen Tagen zurück, und schon gibt es eine Tote. Du willst mir weismachen, dass du nie einen Fuß in den Saloon des Resorts gesetzt und dich der gut aussehenden Frau hinter der Bar vorgestellt hast? Ich weiß genau, wenn etwas zum Himmel stinkt, Skinner, ich hab ein Gespür dafür.«

»Du scheinst ja knietief in der Scheiße zu waten, wenn du überall was witterst. Neben der Tür ist übrigens ein Stiefelkratzer. Für den Fall, dass du sie nicht länger mit dir herumschleppen willst.«

Clintoks Gesicht wurde puterrot, was in der Regel einem plötzlichen Faustschlag vorausging, wie Callen aus leidvoller Erfahrung wusste.

»Los, schlag zu.« Callens Tonfall war genauso eisig wie der Wind. »Wir sehen dann, wozu das führt.«

Clintok biss die Zähne zusammen, und Callen hätte schwören können, dass er sie knirschen hörte. Doch der Deputy trat den Rückzug an. »Du kannst zur Arbeit gehen. Aber mach lieber keine Reisepläne.«

»Ich werde erst gehen, wenn Bodine auch geht.«

»Ich hab gesagt, du sollst abhauen.«

Callen marschierte auf die Veranda und ließ sich demonstrativ in einem der Schaukelstühle nieder. »Sag mir bitte, gegen welches Gesetz ich damit verstoße.«

Clintoks Hand ballte sich zur Faust. »Ich brauch nicht lange, bis ich mit dir fertig bin. Wart's ab.« Mit diesen Worten ging er rein und ließ Callen im Schaukelstuhl sitzen.

»Ich hab Kaffee gemacht«, sagte Bodine sofort.

»Da sag ich nicht Nein.« Mit nach wie vor hochrotem Kopf nahm Clintok am langen Tisch der offenen Küche Platz. »Weißt du, ob Billy Jean gestern Abend Spätschicht hatte und wann sie etwa gegangen ist?«

»Ja, sie hat gestern Abend gearbeitet, aber wann sie gegangen ist, kann ich nicht sagen. Bestimmt nach Mitternacht. Wir überlassen es unseren Angestellten, wann sie Schluss machen. Hauptsache, sie stehen den Gästen bis Mitternacht zur Verfügung. Es kann auch eins gewesen sein. Danach muss die Abrechnung gemacht werden. Sie dürfte also zwischen halb eins und halb zwei gegangen sein.« Sie stellte ihm Kaffee hin und nahm ebenfalls Platz. »Ich muss meine Eltern verständigen, Garrett, und Teile der Belegschaft.«

»Gleich. Unsere Einsatzkräfte sperren die Gegend gerade ab, du kannst also deinen Leuten sagen, dass sie loskönnen, sobald ich deine Zeugenaussage aufgenommen habe.«

»Gut.«

»Wieso bist du mit Skinner diesen Weg entlanggeritten? Hat er dir diesen Umweg vorgeschlagen?«

»Nein. Ich wollte, dass sich mein Pferd ordentlich austobt. Ich bin über eine Woche nicht mehr mit ihm unterwegs gewesen. Deshalb bin ich extra früh aufgestanden. Als ich sah, dass Callen sein Pferd sattelt, sind wir gemeinsam aufgebrochen.«

»War das seine Idee?«

»Meine Güte, das weiß ich nicht mehr, Garrett.« Erschöpft und nach wie vor reichlich wackelig in den Knien strich sie sich das Haar zurück. »Es war einfach nur logisch. Wir brechen gleichzeitig auf und haben dasselbe Ziel.«

»Na gut, aber ...«

»Hör zu.« Sie hatte keine Lust mehr auf diese Spielchen. »Ich weiß, dass du Callen nicht ausstehen kannst, aber darum geht es im Augenblick nicht. Wir sind gemeinsam aufgebrochen, und ich habe bestimmt, welchen Weg wir zum Resort nehmen. Ich wollte ausreiten. Eigentlich wollte ich die kürzeste Strecke nehmen, bekam dann Lust auf mehr und hab diese Straße genommen, um noch mal richtig zu galoppieren. Da hab ich Billy Jeans Wagen gesehen. Ich hab gedacht, dass sie vermutlich eine Panne hatte und jemanden angerufen hat, damit er sie abholt. Dann hab ich gesehen, dass ihre Handtasche auf dem Beifahrersitz liegt. Ich hab mir große Sorgen gemacht und sie gleich angerufen. Und dann ...«

Sie brauchte eine kurze Pause, stand auf und schenkte sich ein Glas Wasser ein.

»Dann hörte ich … hörten wir ihr Handy klingeln. Ich kenne ihren Klingelton. Ihr Handy lag auf der Erde im Schnee. Anschließend sah ich … sah ich, dass jemand durch den Schnee gegangen oder gerannt ist, und schließlich ihre Jacke. Sie. Wie gesagt, ich hab instinktiv reagiert und bin losgerannt, wollte zu ihr hin. Da hat mich Callen gepackt und mich daran gehindert. Mir gesagt, dass ich ihr nicht mehr helfen kann.«

»Woher wusste er das?«

»Meine Güte, Garrett, das war offensichtlich.« Wut stieg in ihr auf, verdrängte ihre Erschöpfung und Übelkeit. »Ich wollte es nicht wahrhaben. Deshalb hab ich versucht, mich loszureißen. Ich hab ihm sogar einen Schlag versetzt, aber er hat mich festgehalten, bis ich mich wieder beruhigt habe. Keine Ahnung, warum du glaubst wegen einer dämlichen Highschoolfehde mit dem Finger auf ihn zeigen zu müssen. Eines kann ich dir sagen: Callen Skinner hat Billy Jean ganz bestimmt nichts angetan.«

»Ich mach nur meine Arbeit.« Clintok stand auf. »Solange du mir nicht sagen kannst, wo Callen Skinner gewesen ist, als Billy Jean das zugestoßen ist, zeige ich mit dem Finger, auf wen ich zeigen muss. Nimm dich vor ihm in Acht! Du kannst zur Arbeit gehen. Der Sheriff kommt zu dir, wenn er fertig ist.«

Nachdem er hinausgegangen war, nahm Bodine seinen Kaffee und schüttete ihn in die Spüle. »Dass sich Männer immer so aufplustern müssen.« Als Callen hereinkam, wirbelte sie herum. »Fang du jetzt bitte nicht auch noch damit an.«

»Ist ja gut.«

»Ihr beide wollt eure Kräfte messen? Eine Frau ist tot! Eine Frau, die ich eingestellt und sehr gemocht habe. Eine Frau mit Familie, Freunden und …«

»Ist ja gut«, sagte Callen tröstend, als Bodine die Hände

vors Gesicht schlug und anfing zu zittern. Er nahm sie in den Arm. Diesmal wehrte sie sich nicht, sondern erstarrte nur kurz. Dann entspannte sie sich und schmiegte sich an ihn.

»Sie war eine Freundin, eine echte Freundin.«

»Es tut mir so leid.« Er gab ihr einen Kuss auf die Schläfe und strich ihr über den Rücken. »Ich wünschte, ich könnte mehr sagen.«

»Ich muss etwas tun. Es geht mir besser, wenn ich weiß, was ich tun muss.«

»Lass dir ein wenig Zeit. Auch das ist etwas.«

»Weinen ist einfach nur doof. Weinen bringt nichts.«

»Das stimmt nicht. Du lässt was raus, um Platz für Neues zu machen.«

»Gut möglich, aber …« Sie drehte den Kopf, genau wie er. Ihre Lippen trafen sich, prallten förmlich aufeinander. Einfach so, dachte sie anschließend, rein zufällig, ganz aus Versehen. Auch wenn sie ein paar Sekunden so verharrten, war es bei Weitem kein Kuss. Trotzdem zuckte sie zurück.

»Das – das ist pietätlos.«

»So war das nicht gemeint.«

Frustriert und verlegen wischte sie sich die Tränen ab und marschierte davon. »Es ist einfach passiert. Was für ein schrecklicher Tag. Ich muss ins Bodine Village. Meine Mutter müsste inzwischen dort sein. Ich muss sie informieren. Meine Güte, wir müssen überlegen, wie wir es den anderen beibringen, sobald die Polizei die Informationen freigibt.« Sie presste die Finger gegen die Schläfen. »Du musst ins BAC. Wir sind knapp mit Personal.«

»Wie wär's, wenn ich Chase sage, was passiert ist? Dein Vater und er sollten zu dir kommen. Du willst deine Familie doch um dich haben, wenn du den Leuten Bescheid sagst.«

Sie atmete tief durch und ließ die Hände sinken. »Du hast

recht, ja, darauf hätte ich selbst kommen können. Mike soll uns abholen. Clintok hat gesagt, dass die Polizei die Straße bereits gesperrt hat.« Sie schloss kurz die Augen und straffte die Schultern.

»Gut. Ich weiß, was ich zu tun habe. Fangen wir an.«

7

Die Familie traf sich im Bodine House und nahm das hübsche Wohnzimmer mit den vielen gerahmten Fotos und dem prasselnden Kaminfeuer in Beschlag. Nachdem sie ihre Mutter dazu gedrängt hatte sich zu setzen, ließ Maureen Kaffee herumgehen.

Wären wir auf der Ranch gewesen, dachte Bodine, hätten alle um den großen Esstisch gesessen. Und ihre Mutter hätte sich um jeden gekümmert. Weil sie das beruhigte. Bodine konnte das gut verstehen, auch sie musste ständig in Bewegung bleiben.

Sie hatten sich für diesen Treffpunkt entschieden, weil die Familie in der Nähe sein musste und Bodine nicht länger als eine halbe Stunde von ihrem Büro wegbleiben wollte. Sie musste sich um ihre Angestellten kümmern, um das Entsetzen und die Trauer, die bereits im ganzen Resort zu spüren waren.

»Was können wir für ihre Familie tun?« Miss Fancy lehnte sich mit geradem Rücken in ihrem Lieblingssessel zurück. »Ich hab sie gekannt. Sie war eine fleißige junge Frau, mit der man jede Menge Spaß haben konnte. Bodine, du dürftest sie am besten gekannt haben. Was können wir für ihre Familie tun?«

»Das weiß ich noch nicht, Grammy. Ihre Eltern sind seit Längerem geschieden. Sie hat einen Bruder bei der Marine, aber ich weiß nicht, wo er stationiert ist. Ich kümmer mich drum. Ihre Mutter lebt in Helena, soweit ich weiß. Wo ihr Vater wohnt, weiß ich nicht.«

»Wenn ihre Familie herkommt, müssen wir sie so privat wie möglich unterbringen.«

»Keine Frage«, pflichtete ihr Cora bei. »Bodine, am besten reservierst du zwei Blockhütten für sie und buchst einen Fahrer.«

»Die zwei Hütten sind schon reserviert. Was den Fahrer anbelangt: Gut möglich, dass sie einen Mietwagen nehmen. Wenn nicht, sollte sie einer von uns fahren. Das ist besser, als einen Mitarbeiter damit zu beauftragen.«

»Gute Idee«, sagte Maureen. »Wir müssen uns auch um unsere Resortfamilie kümmern. Billy Jean …« In ihren Augen standen Tränen, und sie musste sich räuspern. »Sie war überall sehr beliebt. So ein extrovertiertes Mädchen! Noch wissen wir nicht, was passiert ist. Die Leute werden sich Sorgen machen.«

»Ich finde, wir sollten einen Trauerbegleiter engagieren.«

Auf Rorys Vorschlag hin drehte Chase abrupt den Kopf. »Ich wüsste nicht, warum die Leute mit einem Wildfremden darüber reden sollten.«

»Du vielleicht nicht«, erwiderte Rory. »Anderen mag das genauso gehen. Aber wieder andere haben vielleicht das Bedürfnis, und zwar mehr, als du denkst. Wir sind eine Firma, und als Firma sollten wir unseren Angestellten professionelle Hilfe zur Verfügung stellen.«

»Es mag Chase fremd sein, mit einem Psychologen zu reden«, hob Sam an. »Ich finde, Rory hat recht. Wir sollten uns jemanden suchen, der einen guten Ruf hat. Die Leute können selbst entscheiden, ob sie sich an ihn wenden wollen oder nicht.«

»Ich kümmer mich drum.« Schon stand auch dieser Punkt auf Bodines Liste.

»Nein.« Cora schüttelte den Kopf. »Du hast genug zu tun. Ich werde eine geeignete Person ausfindig machen.«

»Ich bin weder kaltherzig noch abgestumpft.« Rory starrte verbittert in seinen Kaffee. »Und ich bin genauso wütend wie traurig. Aber wir müssen über einen Pressetext nachdenken. Darüber, wie wir auf Journalistenanfragen reagieren wollen und vor allem auf Fragen unserer Gäste.«

»Ich mach das«, beruhigte ihn Bodine. »Bis wir wissen, was passiert ist, sollten wir einfach die Wahrheit sagen. Wir sind alle geschockt und tieftraurig über den Verlust unserer Angestellten. Und wir kooperieren voll und ganz mit der Polizei. Mehr nicht.«

»Ich kann mit den Angestellten reden. Nana hat recht«, fuhr Rory fort. »Du hast genug auf deiner Liste.«

Er würde wissen, was er sagen und wann er zuhören musste. Rory besaß so viel Einfühlungsvermögen, dass ihm klar war, was die Leute brauchten.

»Das wäre mir eine große Hilfe. In der Zwischenzeit werden Jessica und ich eine offizielle Presseerklärung herausgeben und festlegen, was alle und nicht nur wir Gästen und Journalisten sagen sollten. Dabei könntest du helfen, Rory.«

»Warum sie?«, fragte Chase. »Warum Jessica? Sie ist für Events zuständig, oder etwa nicht?«

»Weil sie klug ist und sich gut in andere hineinversetzen kann. Sie bleibt ruhig und sachlich, kann professionell mit unvorhergesehenen Dingen umgehen.« Bodine saß im Schneidersitz auf dem Boden und sah zu ihm und seinem Stirnrunzeln auf. »Oder hast du vielleicht einen besseren Vorschlag?«

»Ich wüsste nicht, warum jemand, der Billy Jean kaum kannte und Partys organisiert, mit dieser Aufgabe betraut werden sollte. Aber es ist deine Entscheidung.« Er zuckte nur mit den Schultern.

»Ganz genau.«

»Dad und ich müssen die Rancharbeiter informieren. Das ergibt doch alles überhaupt keinen Sinn.« Wut schwang in seiner Stimme mit. »Warum sollte jemand sie angreifen?«

»Wir wissen nicht, was passiert ist.« Bodine hob die Hand, bevor Chase etwas erwidern konnte. »Bis wir das wissen, müssen wir die Leute auf der Ranch genauso einweihen wie das Resortpersonal.«

Er starrte sie an, bis die Wut in seinem Blick nachließ. »Es muss schlimm für dich gewesen sein, sie so zu sehen. Ich bin froh, dass du nicht allein warst.«

Weil sie erneut Billy Jeans Leiche vor sich sah, schüttelte Bodine nur den Kopf und wandte den Blick ab. Als es klopfte, sprang sie rasch auf. »Ich geh schon.«

Sie machte die Tür auf und stand Sheriff Tate gegenüber, der sich draußen pflichtbewusst die Stiefel abtrat.

»Bodine, wie geht's dir, Liebes?«

Bob Tate war ein robuster Kerl mit einem verwitterten, rötlichen Gesicht. Sie kannte ihn von klein auf. Als Freund ihrer Eltern liebte er es, ihre Mutter damit aufzuziehen, dass er sie geküsst hatte, bevor ihr Vater dazwischengegangen war.

»Heute ist ein furchtbarer Tag.«

»Ich weiß.« Er drückte sie kurz und tätschelte ihr den Rücken. »Ich hab in deinem Büro vorbeigeschaut, aber da hat mir die hübsche Blondine von der Ostküste gesagt, dass du mit deiner Familie hier bist. Ich muss mit dir reden, Schätzchen.«

»Ich weiß. Ich nehm Ihnen nur schnell die Jacke ab.«

»Mach dir deswegen keine Gedanken.« Er betrat das Wohnzimmer. »Miss Fancy, Mrs. Bodine.« Er nahm seinen Hut ab. »Tut mir leid, so reinplatzen zu müssen.«

»Sie sind uns stets willkommen, Bob.« Cora erhob sich als Erste. »Ich hole Ihnen einen Kaffee.«

»Das ist sehr nett. Maureen, Sam, Jungs.«

»Rory, hol Sheriff Tate einen Stuhl.« Miss Fancy zeigte auf das Zimmer ihrer Tochter. »Wie geht es Lolly?«

»Sie hat mich gerade auf Diät gesetzt.« Tate lächelte, und seine Augen bekamen tausend Fältchen. »Sie lässt mich in meinem eigenen Haus verhungern. Danke, Rory.« Er nahm auf dem Stuhl Platz, den Rory gebracht hatte, und atmete tief durch.

»Gibt's schon was Neues?«, fragte Sam.

»Ehrlich gesagt, noch nicht viel. Wir tun, was wir können, aber ich darf nicht darüber reden. Ich muss Bodine einige Fragen stellen.«

Cora, die gerade mit einer Tasse Kaffee aus der Küche kam, blieb stehen. »Sollen wir gehen?«

»Nein, Madam, das ist nicht nötig. Nachdem Sie alle Billy Jean kannten, können Sie vielleicht auch etwas beitragen. Aber du hast sie gefunden, Bodine. Zusammen mit Cal Skinner.«

»Ja, Sir. Wir waren gemeinsam auf dem Weg zur Arbeit. Zu Pferd«, konkretisierte sie, obwohl er das bestimmt wusste.

»Ihr habt einen Umweg gemacht. Hat Cal das vorgeschlagen?«

»Nein, ich. Ich bin vorausgeritten«

Er runzelte die Stirn, nickte aber.

Sie erzählte ihm, was sie auch Garrett Clintok erzählt hatte. Tate unterbrach sie, als sie Billy Jeans Handy erwähnte. Nickend blätterte er in einem kleinen Notizbuch. »Cal hat vorgeschlagen, dass du sie anrufst.«

»Nein. Als ich ihre Handtasche im Auto sah, hab ich mir Sorgen gemacht. Also hab ich sie auf dem Handy angerufen. Sie hat keine Festnetznummer. Dann hab ich ihren Klingelton gehört. Ungefähr im selben Moment bat mich Cal, einmal um den Wagen herumzulaufen und zu gucken. Da haben wir ihr Handy auf der Erde entdeckt und die Fußstapfen im Schnee. Anschließend hab ich sie entdeckt und wollte zu ihr, weil ich dachte, sie wäre verletzt. Das hab ich mir zumindest eingeredet, aber es war offensichtlich, dass wir zu spät kamen. Callen hat mich zurückgehalten, mich festgehalten.«

Tate ließ sie nicht aus den Augen und klopfte mit einem Bleistiftstummel auf sein Notizbuch. »Ist er zu ihr hingegangen?«

»Nein. Er hat mich festgehalten und beruhigt, bis ich begriffen hatte. Ich wollte nicht wahrhaben, dass wir weder sie noch sonst was anfassen dürfen.«

»Ich hab gehört, dass Cal ein blaues Auge hat. Hatte er das bereits heute Morgen, als ihr zur Arbeit aufgebrochen seid?«

»Nein, das hat er von mir. Ich bin ausgeflippt und wollte mich losreißen. Da hab ich ihm ein Veilchen verpasst, bevor ich mich wieder im Griff hatte.« Ihre Stimme wurde kühl. »Und ich möchte gern was zu Ihren Fragen sagen.«

»Bitte sehr.«

»Ich habe Garrett klar und deutlich gesagt, was passiert ist. Genauso wie Ihnen jetzt. Sollte er Ihnen etwas anderes erzählt haben, lügt er.«

Tate hob beschwichtigend die Hand. »Na gut, Bo, ich weiß, dass Cal und Garrett nicht gut aufeinander zu sprechen sind.«

»Clintok findet einfach kein Ende.« Chase erhob sich gelassen. »Das Ganze fing an, als wir im Grunde noch Kinder waren. Da hat Clintok ihn ständig gemobbt. Er hat damit angefangen, und als er mit seinen drei Arschlochfreunden … Sorry, Grammy, aber anders kann ich das leider nicht sagen.«

Miss Fancy winkte ungeduldig. »Entschuldigen für deine Ausdrucksweise kannst du dich, wenn du fertig erzählt hast.«

»Denn das waren sie, als sie Cal und mich beim Zelten am Fluss überfallen haben. Die drei haben mich zu Boden gedrückt, damit Garrett Cal vermöbeln konnte. Doch am Ende hat Cal ihn vermöbelt, bevor Wayne Ricket – erinnert ihr euch an ihn?«

»Ja«, sagte Tate. »Den hab ich mehr als einmal einsperren müssen, als ich Deputy war. Als Sheriff hab ich dafür gesorgt, dass er fünf Jahre wegen schwerer Körperverletzung bekommt.«

»Bis Ricket sich eingemischt hat. Da waren es zwei gegen einen. Und ich hatte es nur noch mit zweien zu tun. Damals war ich wirklich sehr wütend. Wir haben sie fertiggemacht. Hinterher hat Clintok uns aufs Übelste beschimpft. Mehr blieb ihm nicht übrig, nachdem Cal ihm solche Magenschwinger versetzt hat, dass er gekotzt hat. Wenn Clintok Mittel und Wege findet, Cal fertigzumachen, wird er das tun. Selbst wenn er ihm dafür den Mord an einer Frau anhängen muss.«

Nachdem er gesagt hatte, was er sagen musste, setzte sich Chase wieder.

Tate schwieg einen Moment und schaute in sein kleines Notizbuch. »Danke für die Info. Gut, Bo.« Tate wandte sich wieder an sie. »Was ist dann passiert?«

»Cal hat Sie angerufen, während ich unseren Wachdienst verständigt habe, nachdem ich wieder bei Verstand war. Damit der die Straße sperrt. Clintok war als Erster da, und er wollte Callen eindeutig eine reinwürgen, deshalb …«

Sie atmete hörbar aus.

»Deshalb hab ich gesagt, dass ich mich hinsetzen muss, ein Glas Wasser brauche. Dass ich bereits die Schlüssel für die nächstgelegene Blockhütte organisiert habe beziehungsweise dass man sie mir bringt. Ich hatte keine Lust auf dieses Machogetue, während Billy Jean tot im Schnee liegt.«

»Eine sehr kluge Entscheidung. Ich muss noch ein paar Details klären, mit Billy Jeans direktem Vorgesetzten sprechen und mit den Leuten, mit denen sie gestern Abend gearbeitet hat.«

»Das wäre Drew Mathers. Ich habe bereits mit ihm und dem Barpersonal geredet. Sie müssen das natürlich auch machen, aber ich kann Ihnen sagen, dass Billy Jean die anderen gegen halb eins nach Hause geschickt hat. Zu diesem Zeitpunkt saßen drei Paare an der Bar. Vier der Leute waren gemeinsam unterwegs und haben sich mit dem anderen Paar angefreundet. Ich weiß nicht genau, wann Billy Jean zugesperrt hat, aber ich kann Ihnen die Namen der letzten Gäste geben.«

»Das wäre sehr hilfreich. Sie hatte einen Freund, oder?«

»Sie haben sich vor ein paar Wochen getrennt. Chad Ammon. Er ist einer unserer Fahrer, der auch als Page eingesetzt wird. Heute hat er frei.«

»Du meinst Stu Ammons Sohn?«

»Ja.«

»Weißt du, wer sich getrennt hat?«

»Sie. Er hat sie mit einer aus Missoula betrogen und davor mit einer aus Milltown, deshalb hat sie ihn rausgeschmissen. Chad hat zwar einen ziemlichen Frauenverschleiß, aber im Grunde seines Herzens kann er keiner Fliege was zuleide tun. Er war völlig fertig wegen der Trennung.«

»Hatte sie einen anderen?«

»Sie wollte gerade … Wie soll ich das sagen …« Sie schaute zu ihren Grammys hinüber. »Eine Pause einlegen, was gewisse Aktivitäten betrifft. Ich hab sie fast täglich gesehen. Sie hätte mir bestimmt erzählt, wenn sich da was geändert hätte.«

»Na gut. Danke für deine offenen Worte, Bo.« Nachdem er sein Notizbuch verstaut hatte, stand Tate auf. »Der Kaffee war köstlich, Mrs. Bodine, aber jetzt lass ich Sie allein.«

»Gehen Sie rüber?«, wollte Bodine wissen.

»Ja.«

»Könnte ich vielleicht mitkommen? Dann kann ich die Leute

zusammentrommeln, die Sie vernehmen müssen, und Ihnen einen geeigneten Befragungsraum zur Verfügung stellen.«

»Das wäre sehr hilfreich.« Er wartete, bis sie ihre Jacke angezogen hatte, und sie verließen den Raum.

»Ich weiß, dass Sie nicht über laufende Ermittlungen reden dürfen«, hob sie an. »Aber sie ist eindeutig vor jemandem geflohen. Ich weiß nicht, warum sie ausgerechnet dort stehen geblieben ist. Sie hatte auf jeden Fall genug Angst, um die Flucht zu ergreifen. Was bedeutet, dass sie vor etwas oder jemandem fortgerannt ist.«

»Ich muss ein paar Dinge klären, bis ich das offiziell bestätigen oder verneinen kann.«

»Ich frage nur, weil ich wissen will, ob ich den Wachdienst verstärken muss.«

»Ich weiß nicht, ob das nötig ist. Aber wenn so etwas passiert, haben die Leute Angst, bis der Fall aufgeklärt ist. Tu einfach, was du für richtig hältst.«

Eine Frau war in ihrem Resort tot aufgefunden worden. Wenn Bodine doch gewusst hätte, was richtig war!

***

Während er eine gefügige Stute in einen Anhänger verlud, sah Callen den Geländewagen des Sheriffs aufs BAC zufahren. Damit hatte er gerechnet. Er schloss die Klappe hinter den beiden Pferden und ging auf den Unterstand zu, wo Easy LaFoy ein anderes Pferd striegelte.

»Du kommst später dran«, sagte Easy zu dem Wallach. »Also ruh dich schön aus.«

»Easy, bitte bring diese Pferde zum Reitcenter. In einer Stunde beginnt der Reitunterricht. Maddie kommt direkt dorthin.«

»Ich bin noch nicht fertig, Chef.«

»Das macht nichts, ich kümmer mich drum. Du fährst die beiden Pferde hin, sattelst sie und sagst Maddie, dass sie sich an die Regeln halten soll. Während der Reitstunde kannst du Mittagspause machen.«

»Gut, Chef.« Er verließ gerade mit Callen den Unterstand, als Tate vorfuhr. »Ich nehme an, er kommt wegen der Sache mit der jungen Frau. Furchtbar, wirklich furchtbar.«

»Ja, fahr du los.« Cal ging zu Tate hinüber.

»Cal.« Tate nickte. »Wie geht es deiner Mutter?«

»Gut. Sie verwöhnt ihren Enkel für ihr Leben gern.«

»Ich erwarte selbst einen.«

»Das wusste ich gar nicht.«

»Ja, mein erster, im Mai soll er kommen. Meine Frau dreht jetzt schon durch und kauft Strampler und Teddys.« Tate verstummte, sah zu, wie Easy mit Pick-up und Anhänger rangierte. »Ist der neu?«

»Ja, aber das bin ich auch.«

»Nicht gerade ein Start, den man sich wünscht. Wie wär's, wenn du mir noch mal alles erzählst?«

»Kann ich dabei weiterarbeiten? Heute Nachmittag ist ein Sechs-Personen-Ausritt geplant.«

»Na klar.« Tate ging mit Cal zu dem Unterstand und den Pferden. Cal machte dort weiter, wo Easy aufgehört hatte.

Währenddessen erzählte er Tate alles. Angefangen von der Begegnung mit Bodine bei den Stallungen, bis hin zum Finden der Leiche.

»Ihr habt den White-Tail-Trail genommen?«

»Ja. Bei dem Wetter ist er filmreif. Einfach perfekt.«

»Du kennst dich ja mit Filmen aus.«

»Ich denke schon.«

»Warst du im Saloon, seit du hier bist?«

»Nö. Ich hab viel zu tun, und auf der Ranch gibt es genug Bier. Ich habe diese Frau nicht kennengelernt.« Trotzdem würde er sie nie mehr vergessen. »Ich kann nicht beweisen, dass ich nicht mitten in der Nacht diese Strecke genommen und eine mir völlig unbekannte Frau verfolgt habe. Das wäre aber ein sehr untypisches Verhalten für mich.«

Trotz der Umstände verzogen sich Tates Lippen zu einem leichten Lächeln. »Soweit ich mich erinnern kann, bist du früher in manche Rauferei geraten.«

»Mit Jungs und Männern«, gab Callen gelassen zu, auch wenn er eindeutig Clintok aus diesen Fragen heraushörte. »Raufereien mit Mädchen und jungen Frauen sehen bei mir anders aus und beruhen stets auf gegenseitigem Einverständnis.«

»Ich habe nie was Gegenteiliges gehört.« Tate zeigte auf Callens Auge. »Sieht so aus, als hättest du neulich wieder gerauft. Das ist ja ein Veilchen in deinem Gesicht.«

»Ich hatte schon dickere. Bodine … Sie wollte zu ihrer Freundin, aber ich durfte sie nicht loslassen. So gesehen haben wir gerauft, und sie hat mich voll erwischt. Sie hat einen bewundernswerten rechten Haken.«

»Das hast du auch meinem Deputy erzählt?«

»Ja.«

Tate wartete kurz. »Hast du dem noch was hinzuzufügen?«

»Nein.«

»Ich muss dir etwas erzählen.« Tate zog eine Packung Gummibärchen aus der Hosentasche. »Meine Frau hat so lange gejammert, bis ich mit dem Rauchen aufgehört habe.« Er bot ihm welche an, und Callen nahm sich ein paar. »Also, bei den Clintoks wurde eines Abends gepokert. Die Frau war gerade bei ihrer Schwester zu Besuch und hatte ihre Kleine dabei, sodass nur Bud Clintok und Garrett zu Hause waren. Er muss damals so um die zwölf gewesen sein. Dein Dad war auch da.«

Callens Augen blieben kühl und grau, während er nickte. »Wenn irgendwo gepokert wurde, durfte der nicht fehlen.«

Bei Wetten auf Pferderennen oder auf den Ausgang einer anderen Sportart ebenso wenig.

»Stimmt. Andererseits gab es auch Phasen, in denen er sich im Griff hatte. Ich rede nicht schlecht über Verstorbene, wenn ich sage, dass Jack Skinner gewisse Schwächen hatte. Aber er war nie bösartig. An diesem Abend hatte er eine Glückssträhne. Er gewann und gewann. Es wurde viel getrunken, geflucht, gewettet und geraucht – was ich wirklich vermisse.«

Tate seufzte und lutschte an seinem Gummibärchen.

»Zum Schluss spielten dein Dad und der von Garrett um den Jackpot. An diesem Abend hatte Bud ungefähr genauso viel verloren, wie dein Dad gewonnen hatte. Es war ein ziemlich fetter Jackpot, und Bud setzte weiter. Jack blieb im Spiel und legte fünfhundert Dollar auf den Tisch, als Bud das Geld ausging. Er meinte, er würde etwas anderes einsetzen. Da sagte dein Dad halb im Spaß, er könne doch den Welpen setzen. Dieser Hund, der damals kaum älter als vier Monate gewesen sein dürfte, hatte einen regelrechten Narren an Jack gefressen. Jack betrachtete ihn als sein Maskottchen. *Gut,* sagte Bud. Dann zeigten sie ihre Karten. Bud hatte einen Herz-Flush, von der Acht bis zur Dame. Und Jack? Vier Asse.«

Tate schwieg, schob seinen Hut in den Nacken und schüttelte nur den Kopf.

»Vier Asse! Damit war der Fall erledigt. Jack nahm den Jackpot, ließ den Welpen aber da. Der Welpe gehörte dem Jungen, und Jack war nicht bösartig. Stattdessen wollte er sich lieber von Bud auf ein Steak einladen lassen, und so sind die beiden auch verblieben. Alle gingen betrunken und, bis auf Jack und mich, um einige Scheinchen leichter nach Hause. Ich ging mit derselben Summe, mit der ich gekommen war. Unter diesen Umständen war das so, als hätte ich gewonnen.« Tate sah zu den Bergen hinüber und dann Callen direkt in die Augen. »Dann hörte ich, dass jemand den Welpen am nächsten Tag erschossen hat. Bud kann wirklich brutal sein, aber er würde nie im Leben einem Welpen eine Kugel in den Leib jagen.«

Callen verstand sofort. Er hatte diesen bösen Zug bei Clintok bereits gewittert, als sie zwölf Jahre alt gewesen waren.

»Warum haben Sie ihn als Deputy eingestellt, Tate?«

»Er war in der Armee und ist dann nach Hause zurück. Aus meiner Sicht hat Garrett seine Boshaftigkeit abgelegt. Damit schließe ich nicht aus, dass er manchmal ein bisschen übertreibt, aber bisher hatte ich nie Grund zur Klage. Nach dem heutigen Tag werden wir allerdings ein ernstes Wörtchen miteinander reden müssen. Diese Frau ist tot, und ich werde nicht zulassen, dass irgendjemandes Tod dazu benutzt wird, um alte Rechnungen zu begleichen.«

»Ich habe keine Probleme mit ihm. Solange er mich in Ruhe lässt, halt ich mich raus.«

»Dann bleibt es dabei. Bitte grüß deine Mutter von mir, wenn du sie das nächste Mal siehst.«

»Versprochen.«

Als Callen wieder mit den Pferden allein war, dachte er über die verbitterten Jungen nach, zu denen er auch einmal gehört hatte. Und über einen Vater, der zwar nie bösartig gewesen war, aber schwach genug, um alles zu verspielen. Sogar den Respekt seines Sohnes.

***

In ihrem Büro arbeitete Bodine ihre Liste ab, hielt aber sofort inne, wenn jemand vom Personal hereinkam, Trost suchte oder Fragen stellte. Die ganze Zeit über hatte sie einen Knoten im Magen und unterschwellig Kopfschmerzen.

Jessica blieb im Türrahmen stehen und klopfte dagegen. »Tut mir leid, dass ich störe.«

»Nein, das passt schon. Ich wollte dich sowieso holen. So muss ich nicht aufstehen.«

»Hast du was gegessen?«

»Wie bitte?« Verwirrt massierte sich Bodine den Nacken.

»Hab ich's mir doch gedacht.« Jessica griff zu Bodines Telefon und rief in der Küche an. »Hallo, Karleen, ich bin's, Jessica. Würdest du bitte die Tagessuppe und einen Kamillentee in Bodines Büro bringen lassen? Ja, das wäre nett. Danke.«

»Und wenn ich keine Suppe mag?«, sagte Bodine, als Jessica auflegte.

»Du wirst sie essen, weil du weißt, dass sie dir guttut. Dasselbe gilt für Rory und deine Mutter.«

Bodine rang sich ein Lächeln ab. »Bemutterst du uns?«

»Irgendjemand muss es ja tun. Du siehst erschöpft aus, und ich weiß rein zufällig, dass heute jede Menge Leute zu dir, Rory und Maureen strömen, um euch das Herz auszuschütten. Aber die meisten waren bei dir.«

»Bei der großen Chefin.«

»Genau. Sie brauchen deinen Trost, und du brauchst deine Suppe. So, jetzt sag mir bitte, wobei ich dir helfen kann.«

»Ich … Hast du nicht gerade eine Besprechung mit der Firma Rhoder? Und danach ein Vorstellungsgespräch?«

»Beides hab ich verschoben, das war kein Problem. Wir haben schließlich einen Todesfall in der Familie.« Sofort brannten Tränen in Bodines Augen. Während sie sie zurückdrängte, schloss Jessica die Tür. »Es tut mir so leid, Bodine. Ich kannte Billy Jean nicht gut, aber ich hab sie sehr gemocht. Bitte, ich möchte dich entlasten. Ich weiß, dass Sal normalerweise einspringt, aber – die ist das reinste Wrack.«

»Sie waren sehr eng befreundet. Ich könnte in der Tat Hilfe gebrauchen. Doch du hast im Moment viel um die Ohren.«

»Chelsea ist so toll, wie wir uns das gedacht haben. Indem sie mein Team verstärkt, bin ich deutlich entlastet.«

»Trotzdem, ich schaff das schon. Ich habe eine Presseerklärung formuliert und sie bereits bei zwei Reportern eingesetzt, die bei mir angerufen haben. Ich möchte gern sicherstellen, dass sie den richtigen Ton trifft.«

»Ich seh sie mir gerne an.«

»Wir brauchen auch eine für die Gäste. Für die, die da sind, und für die, die bereits gebucht haben und uns vielleicht deswegen anrufen. Der Entwurf ist bereits fertig. Du kanntest sie nicht sehr gut«, fügte Bodine hinzu. »Du bist also objektiver. Ich weiß nicht, ob ich zu knapp und zu kühl klinge, da sie meine Freundin war und ich bewusst nicht zu persönlich werden wollte.«

»Gut.«

»Außerdem müssen wir eine Gedenkveranstaltung für sie organisieren. Hier. Ich habe bereits mit ihrer Mutter gesprochen.« Bodine schwieg und seufzte laut. »Wir haben ihnen Hütten, Fahrer und alles angeboten, was sie brauchen. Aber sie wollen in Missoula bleiben und sie nach Hause holen, sobald es geht. Die Gedenkveranstaltung ist für uns vom Resort, von der Ranch und für die Leute aus der Gegend, die sie kannten und ihr die letzte Ehre erweisen wollen.«

»Lass mich das übernehmen. Ich meine das nicht respektlos, wenn ich sage, dass eine Gedenkveranstaltung auch eine Art Event ist. Das fällt also eindeutig in meinen Arbeitsbereich. Sag mir, wann und wo auf dem Gelände sie stattfinden soll, dann regle ich alles.«

Dankbar gab Bodine diese schwere Aufgabe ab. »Es sollte drinnen stattfinden, da das Wetter so unzuverlässig ist. Am besten in der Mühle.«

»Einverstanden.« Jessica stand auf, als es an der Tür klopfte. »Danke, Karleen, das ist perfekt.« Sie trug das Tablett zum Schreibtisch. »Und jetzt iss.«

»Ich habe einen Knoten im Magen.«

»Egal.«

Leise lachend griff Bodine zum Löffel. »Du hörst dich an wie meine Grammy.«

»Was für ein gigantisches Kompliment! Sag mir, wie du es dir vorstellst, dann kümmer ich mich um die Details.«

Blumen, denn die hatte Billy Jean geliebt. Und Countrymusic.

Während sie alles grob skizzierte, aß Bodine. Die Suppe war genau das Richtige. »Der Raum sollte vier, fünf Stunden geöffnet sein. Am besten ist jemand von der Familie dabei. Aber das überlegen wir uns noch«, sagte Bodine. »Einerseits möchte ich, dass alle Mitarbeiter die Möglichkeit haben, dort etwas Zeit zu verbringen. Andererseits haben wir keinen Tag ohne Buchungen. Vielleicht schließen wir für diesen Tag.«

Jessica, die sich Notizen machte, schaute gar nicht erst auf. »Das würde die Pläne derjenigen durchkreuzen, die nicht nur eine Hütte gemietet, sondern auch einen Flug gebucht und Urlaub genommen haben.«

»Das können wir nicht machen. Alle sollen die Möglichkeit haben zu kommen. Auf der Ranch ist das leichter, aber …«

»Sie hat zur Resortfamilie gehört.«

»Ich kann es immer noch nicht fassen.« Obwohl sie einen Kloß im Hals hatte, rang sich Bodine die Worte ab. »Nicht, dass es bei uns nie Probleme gegeben hätte. Ein Gast, der die Kontrolle verliert. Personal, das rumzickt. Die eine oder andere Rangelei bei einem Event. Aber so was?«

»Bo? Entschuldige.« Rory stand in der Tür. »Mom würde dich gerne kurz sprechen.«

»Klar, ich komm gleich. Jessie, vielleicht setzt du dich so lange an meinen Schreibtisch und schaust dir die Presseerklärungen an. Dann hätten wir wenigstens das erledigt. Ich bin gleich wieder da.«

Jessica setzte sich auf ihren Schreibtischstuhl und las sich die Presseerklärungen durch. Direkt und ohne Umschweife, vielleicht ein bisschen zu kühl und zu knapp.

Sie machte Verbesserungsvorschläge.

»Bo, ich möchte gern …« Schon halb im Büro, erstarrte Chase. »Ich dachte, es wäre Bo.«

»Sie musste kurz weg.« Jessica erhob sich. »Chase, es tut mir so leid.«

»Danke.« Er nahm seinen Hut ab und hielt ihn in den Händen. »Am besten, ich lass dich in Ruhe Mittagspause machen.«

»Das ist nicht mein Essen. Ich musste Miss Fancy und Bodine zwingen, etwas zu essen. Sie ist gleich wieder da, setz dich doch so lange. Ich hol dir Kaffee.«

»Ich habe heute schon genug Kaffee getrunken. Erstaunlich, dass ich so was überhaupt sagen kann.« Trotzdem ließ er sich schwer auf einen Stuhl fallen. »Hält Bodine durch?«

Er sah müde aus, vielleicht sogar ein bisschen blass. Jessica fiel auf, dass sie ihn noch nie so gesehen hatte. Sie umrundete den Schreibtisch und setzte sich in den anderen Besucherstuhl. »Entschuldige, wenn ich das sage, aber du wirkst müde. Bodine dagegen sieht eher fertig aus.«

»Das ist sie auch. Trotzdem glaube ich, dass die Arbeit ihr über den ersten Schock hinweghilft. Fakt ist, dass alle bei ihr Trost suchen. Sie wirkt erschöpft, hatte aber noch keine Zeit zu trauern, geschweige denn die Sache zu verarbeiten.«

Er schwieg eine Weile und starrte nur auf seinen Hut.

Er ist mehr als erschöpft, dachte Jessica. Er sah unsagbar traurig aus. »Hast du schon was gegessen?«

»Wie bitte?«

»Ich bin anscheinend heute die Suppenmutti. Ich kann welche für dich bestellen.«

»Nein, nein, ich …« Er starrte sie einfach nur an. »Alles

bestens. Ich – ich hab Bo ganz schön angefahren, und das deinetwegen.«

»Meinetwegen?«

»Als sie meinte, dass sie dich bei den Presseerklärungen und so um Hilfe bitten will.«

Jessica ließ seine Worte auf sich wirken und steckte eine verrutschte Haarnadel fest. »Weil ich nicht von hier bin.«

»Weil du nicht von hier bist, weil du noch nicht so lang dabei bist und …«

»Und was?«

»Egal, ich bin gekommen, um mich bei ihr zu entschuldigen. Es geht ihr schlecht, trotzdem bin ich auf sie losgegangen. Weil ich wütend war.« Wieder starrte er auf seinen Hut. »Einfach nur wütend. Ich bin es immer noch.«

»Siehst du so aus, wenn du wütend bist?«

»Hängt ganz davon ab.« Er sah auf. »Davon, worüber ich wütend bin. Bo findet, dass du die Richtige für die Aufgabe bist, also hab ich ihr da nicht reinzureden.«

Jessica nickte und schlug die Füße in den hochhackigen Schuhen übereinander. »Da du das Thema gerade anschneidest … Was hast du für ein Problem mit mir? Wir beide wissen, dass du eines hast.«

»Keine Ahnung. Vielleicht brauche ich einfach ein bisschen länger, um mich an Leute zu gewöhnen.«

»An Leute wie mich?«

»An Leute im Allgemeinen.« Er zögerte kurz und zuckte dann mit den Schultern. »Es gibt gute Gründe, warum ich auf der Ranch arbeite und Rory im Resort. Ich würde wahnsinnig werden, wenn ich den ganzen Tag mit Menschen umgehen müsste.«

»Nun, wenn du noch andere Probleme mit mir hast, außer dass ich ein Mensch bin, sag mir Bescheid. Vielleicht können wir sie ausräumen. Ich sage Bo, dass du auf sie wartest.«

Chase räusperte sich und machte Anstalten, das Büro zu verlassen. »Sollte ich mich vielleicht auch bei dir entschuldigen?«

Sie drehte den Kopf und sah ihn forschend an. »Hängt ganz davon ab«, sagte sie nur und ging.

Teil II

Ein Ziel

Halt dich ans Jetzt, ans Hier, durch das
alle Zukunft sich in die Vergangenheit stürzt.

James Joyce

8

1995

Alice, sie hieß Alice, egal wie er sie nannte, gebar einen Sohn. Er war ihr drittes Kind und das einzige, das sie behalten durfte. Das zweite Baby, ein Mädchen, war nur zehn Monate nach dem ersten geboren worden. Sie hatte es Fancy genannt, weil es mit rotem Haarflaum zur Welt gekommen war.

Als er ihr diese zweite Tochter weggenommen, sie die Stufen hochgetragen hatte, hatte sie sich fast eine Woche lang geweigert, etwas zu essen oder zu trinken. Obwohl er sie schlug. Damals versuchte, sie sich mit dem Laken zu erdrosseln, verlor allerdings nur das Bewusstsein.

Er zwang sie zu essen, und als sie spürte, wie ihr Körper nach Nahrung gierte, starb ein weiterer Teil von ihr. Er gönnte ihr drei Wochen nach der Geburt, bevor er sie erneut vergewaltigte. Nach sechs Wochen empfing sie einen Sohn.

Die Geburt des Jungen, den sie nach ihrem Vater Rory nannte, veränderte alles. Den Namensgeber hatte sie leider nie kennengelernt. Sir weinte und küsste das Köpfchen des Babys, während es wimmerte und schrie. Er brachte ihr Blumen, lila Kuhschellen, wie sie im April rund um die Ranch blühten.

Sie erinnerten sie an ihr Zuhause und sorgten dafür, dass sich das rostige Messer Hoffnung erneut in ihrer Wunde drehte.

Dieses Kind nahm er ihr nicht weg, stattdessen kaufte er ihr Milch, frisches Gemüse, sogar ein Steak. Für nahrhafte, gesunde Muttermilch, wie er sagte. Er sorgte für Windeln, Feuchttücher und Babylotion, für eine Plastikwanne und Babyshampoo. Als sie eine vorsichtige Bitte um weichere Handtücher für das Baby äußerte, bekam sie welche, dazu eine Spieluhr mit Arche-Noah-Motiv.

Monatelang schlug er sie nicht und zwang sie auch nicht, ihm zu Willen zu sein. Das Baby war ihre Rettung, ersparte ihr Schläge, Vergewaltigungen und schenkte ihr neuen Lebensmut.

So kam es, dass sie es wagte, um mehr zu bitten.

Er besuchte das Baby und brachte ihr Essen, drei Mahlzeiten am Tag. Das Mittagessen war nach Rorys Geburt eingeführt worden. Anhand von Sirs Besuchen konnte sie die ungefähre Tageszeit abschätzen.

Zur Vorbereitung auf den Frühstücksbesuch stillte sie das Baby, wusch es und zog es an. Am Vorabend hatte es seine ersten Schritte gemacht, und sie hatte vor Stolz geweint.

Neue Hoffnung flackerte in ihr auf. Sir würde sehen, dass sein Sohn laufen konnte, und ihnen erlauben, nach oben umzuziehen. Er würde ihr erlauben, mit dem Baby hinauszugehen, in der Sonne spazieren zu gehen. Dann würde sie sich einen Überblick über die Gegend verschaffen und Fluchtpläne schmieden. Ihr Kind, ihr kostbarer Sohn, ihre einzige Freude und Rettung, würde nicht in einem Keller aufwachsen.

Sie wusch sich, bürstete sich das Haar, das ihr jetzt haselnussbraun auf die Schultern fiel.

Als er mit Rührei und etwas verbranntem Speck die Treppe herunterkam, saß sie in ihrem Sessel und wiegte das Baby auf ihrem Schoß. »Danke, Sir.«

»Sieh zu, dass du alles aufisst. Spare in der Zeit, so hast du in der Not.«

»Ja, das werde ich. Ich habe eine Überraschung für Sie.« Sie stellte Rory auf seine süßen Knubbelbeinchen und küsste ihn auf den Scheitel. Kurz umklammerte er ihre Finger, ließ sie dann aber los und machte vier wacklige Schritte, bevor er sich auf seinen Hintern setzte.

»Er kann laufen«, sagte Sir leise.

»Ich finde das ganz schön früh, aber er ist ein so kluger, süßer Kerl.« Sie hielt die Luft an, als Sir zu Rory ging und ihn erneut auf die Füße zog.

Rory tapste fuchtelnd und glucksend durch den Raum.

»In kürzester Zeit wird er mit uns um die Wette rennen«, sagte sie und legte Freude in ihre Stimme. »Jungs müssen rennen. Es wäre gut, wenn er mehr Platz hätte. Natürlich nur, falls Sie das für richtig halten«, fügte sie rasch hinzu, als Sir sie mit seinen dunklen, kalten Augen ansah. »Wenn er an die Sonne könnte … Das ist wichtig, wegen der Vitamine.«

Er schwieg, beugte sich aber vor und nahm das Baby auf den Arm. Rory zupfte an dem struppigen Bart, den Sir sich in den letzten Monaten hatte wachen lassen. Jedes Mal, wenn er das Baby berührte, glaubte sie zu sterben. Ihr Magen verknotete sich. Aber sie zwang sich zu lächeln, als sie aufstand. »Ich geb ihm was von meinem Frühstück ab. Er liebt Eier.«

»Es ist deine Aufgabe, ihm Muttermilch zu geben.«

»Ja, und das tu ich auch. Aber er mag feste Nahrung. Nur ganz wenig. Er hat fünf Zähne, ein weiterer kommt gerade. Sir? Ich weiß noch, was meine Mutter über frische Luft gesagt hat. Dass man sie braucht, um groß und stark zu werden. Wenn wir hinaus an die frische Luft dürften, nur für wenige Minuten …«

Er hielt nach wie vor das Baby, und seine Züge erstarrten. »Was habe ich dir zu diesem Thema gesagt?«

»Ja, Sir, aber ich versuche doch nur eine gute Mutter für …

für unseren Sohn zu sein. Frische Luft ist gut für ihn, aber auch für meine Milch.«

»Du isst dein Essen. Wenn er noch mehr Zähne bekommt, geb ich ihm was, worauf er beißen kann. Tu, was ich dir sage, Esther, oder muss ich dich daran erinnern, wo dein Platz ist?«

Sie aß schweigend und ermahnte sich, eine Woche zu warten. Eine ganze Woche, bevor sie ihn erneut fragen würde.

Nach drei Tagen, sie hatte gerade zu Abend gegessen und das Baby gestillt, kam er erneut die Treppe herunter. Und überraschte sie damit, dass er ihr den Schlüssel für die Fußfessel zeigte. »Hör gut zu. Ich werde dich mit rausnehmen. Zehn Minuten und keine Sekunde länger.«

Sie zitterte, als ihr das rostige Messer Hoffnung ins Herz fuhr.

»Wenn du versuchst zu schreien, schlag ich dir alle Zähne aus. Los, aufstehen!«

Gefügig und mit gesenktem Kopf, damit er den Hoffnungsschimmer in ihren Augen nicht sah, stand sie auf. Die Hoffnung erstarb, als er ihr eine Schlinge um den Hals legte.

»Bitte nicht. Das Baby.«

»Halt den Mund. Wenn du versuchst davonzurennen, brech ich dir das Genick. Tust du, was ich dir sage, lass ich euch vielleicht einmal die Woche an die frische Luft. Wenn du mir nicht gehorchst, schlag ich dich blutig.«

»Ja, Sir.«

Das Herz sprang ihr förmlich aus der Brust, als er den Schlüssel ins Schloss steckte und sie nach vier Jahren zum ersten Mal vom Gewicht der Fußfessel befreite. Sie gab einen leisen, heiseren Laut von sich, wie ein gequältes Tier, als sie die blutig-rote Narbe an ihrem Knöchel sah.

Seine Augen waren zwei schwarz glänzende Monde. »Ich mach dir ein Geschenk, Esther. Nicht, dass es mir leidtun muss.«

Als er sie nach vorn schubste, macht sie ihren ersten Schritt ohne Fußfessel, und dann noch einen. Ihr Gang war schwankend, eine Art watschelndes Schlurfen. Sie drückte Rory an sich und kämpfte sich die Stufen hoch. Rennen?, dachte sie. Das klopfende Herz wurde ihr schwer. Sie konnte kaum gehen!

Oben an der Treppe zog er die Schlinge um ihren Hals enger. »Du tust, was ich dir sage, Esther.«

Er öffnete die Tür.

Sie sah eine Küche mit vergilbtem Linoleum, eine emaillierte Spüle an der Wand, daneben Teller in einem Abtropfgestell. Ein kleiner Kühlschrank und zwei Herdplatten. Es stank nach Fett. Über der Spüle befand sich ein Fenster, aus dem sie sah, wie es draußen dämmerte. Aus dem sie die Welt sah, die Außenwelt.

Bäume. Himmel.

Sie versuchte sich zu konzentrieren, sich alles einzuprägen. Das alte Sofa, den kleinen Tisch mit Lampe, den Fernseher, wie sie ihn nur von alten Fotos kannte … und eine Art Kiste mit Kaninchenohren. Holzdielen, kahle Wände, Holzwände und ein kleiner Kamin aus unterschiedlichen Ziegeln.

Er stieß sie zur Tür.

So viele Schlösser! Wofür brauchte er so viele Schlösser?

Er öffnete eines nach dem anderen.

Alles fiel von ihr ab, als sie hinaus auf die kleine, baufällige Veranda trat, all ihre Pläne, Hoffnungen, Schmerzen und Ängste.

Das Licht, oh, das Licht! Nur ein Hauch von Sonnenuntergang hinter den Bergen. Nur ein Hauch von Rot hinter den Gipfeln.

Der Geruch von Kiefern und Erde, das Gefühl des Windes, der über ihre Wangen strich. Warme Sommerluft.

Bäume umgaben sie und ein Stück Land, auf dem Gemüse angebaut wurde. Sie sah den alten Pick-up, denselben, in den sie leichtsinnigerweise gestiegen war. Außerdem eine alte Waschmaschine, eine Bodenfräse, ein geschlossenes, mit Stacheldraht umwickeltes Viehgatter, das einen gefährlichen Zaun um das bildete, was sie von seiner Hüte erkennen konnte. Staunend wollte sie die Veranda verlassen, als Sir sie zurückriss.

»Das reicht. Die Luft ist weiter vorn auch nicht anders.«

Sie hob das von Freudentränen überströmte Gesicht. »Ach, die Sterne kommen raus. Schau nur, Rory, schau, Schätzchen, schau dir die Sterne an.«

Sie versuchte das Kinn des Babys anzuheben, aber er packte ihren Finger und versuchte darauf herumzukauen.

Da musste sie lachen und küsste ihn auf den Scheitel.

»Hör nur, hör nur. Hörst du die Eule? Den Wind in den Bäumen? Ist das nicht schön? Es ist alles so schön.«

Während er vor sich hin brabbelte und kaute, versuchte Alice, sich alles genau einzuprägen.

»Das genügt. Rein mit dir.«

»Ach, aber …«

Das Seil schnitt schmerzhaft in ihren Hals. »Ich hab zehn Minuten gesagt, mehr nicht.«

Einmal die Woche, rief sie sich wieder in Erinnerung. Er hatte auch *einmal die Woche* gesagt. Ohne jeden Mucks ging sie wieder hinein, wobei ihr das Gewehr über dem leeren Kamin auffiel. War es geladen? Lieber Gott, mach, dass ich das eines Tages rausfinden werde, dachte sie. Sie humpelte die Treppe wieder hinunter, staunte, wie entzückt, aber auch ermüdet sie die zehn Minuten hatten.

»Danke, Sir.« Sie wollte nicht darüber nachdenken, was es bedeutete, dass ihr diese unterwürfigen Worte nicht mehr so schwer wie früher über die Lippen kamen. »Rory wird heute Nacht deutlich besser schlafen, weil er frische Luft schnappen war. Schauen Sie, ihm fallen schon die Augen zu.«

»Bring ihn ins Bett.«

»Ich sollte ihn erst stillen und wickeln.«

»Bring ihn ins Bett. Wenn er aufwacht, kannst du das immer noch machen.«

Sie legte ihn hin. Er quengelte kaum und verstummte, als sie zärtliche Kreise auf seinem Rücken beschrieb. »Sehen Sie? Sehen Sie, wie gut ihm das getan hat?« Wieder hielt sie den Kopf gesenkt. »Habe ich Ihre Anweisungen korrekt befolgt?«

»Ja.«

»Dürfen wir wirklich einmal die Woche raus?«

»Mal sehen. Vorausgesetzt, du tust weiterhin, was ich dir sage. Und zeigst dich dankbar für das, was ich dir schenke.«

»Das werde ich.«

»Dann zeig mir gleich, wie dankbar du bist.«

Nach wie vor mit gesenktem Kopf kniff sie die Augen zusammen.

»Du hattest nach der Geburt des Jungen mehr als genug Zeit, um zu heilen. Außerdem nimmt er inzwischen feste Nahrung zu sich, braucht deine Milch also nicht mehr so sehr wie früher. Höchste Zeit, dass du deinen ehelichen Pflichten wieder nachkommst.«

Wortlos ging sie zum Bett, zog sich das weite Kleid über den Kopf und legte sich hin.

»Du bist nicht mehr so straff wie früher«, sagte er, während er sich auszog. Er beugte sich vor und kniff in Brüste und Bauch. »Ich sehe großzügig darüber hinweg.« Sir wälzte sich auf sie. Er roch nach billiger Seife und Küchenfett, in seinen Augen wieder dieses bösartige Leuchten.

»Ich erfülle meine Pflicht. Spürst du meinen Stab, Esther?«

»Ja, Sir.«

»Sprich mir nach: *Ich möchte, dass mein Mann seinen Stab benutzt, um mich zu züchtigen.* Sag es!«

Sie weinte nicht. Was hatten diese Worte schon für eine

Bedeutung? »Ich möchte, dass mein Mann seinen Stab benutzt, um mich zu züchtigen.«

Er drang brutal in sie ein. Oh, tat das weh, es tat so weh!

»Sag: *Nimm dir, was du willst, denn ich bin deine Frau und Dienerin.*«

Sie sagte die Worte, während er grunzend in sie hineinstieß und sich sein Gesicht lustvoll verzerrte. Mit geschlossenen Augen dachte sie an die Bäume und die frische Luft, die letzten Sonnenstrahlen und die Sterne.

***

Sir hielt tatsächlich Wort, sodass sie einmal die Woche die Treppe hochging und die Veranda betrat.

Als das Baby ein Jahr alt war, nahm sie all ihren Mut zusammen und beschloss ihn zu fragen, ob sie ihm etwas kochen dürfe, um sich für seine Großzügigkeit zu bedanken. Um Rorys Geburtstag zu feiern. Wenn sie ihn überzeugen, ihm zeigen könnte, dass sie gehorchte, käme sie vielleicht an das Gewehr.

Er kam mit ihrem Abendessen und nahm wie immer das Baby auf den Arm. Aber diesmal trug er es wortlos die Stufen hoch.

»Gehen wir nach draußen?«

»Iss, was ich dir hingestellt habe.«

Vor lauter Angst wurde ihre Stimme ganz schrill. »Wo bringen Sie das Kind hin?«

»Es wird höchste Zeit, dass er entwöhnt wird und mehr Zeit mit seinem Vater verbringt.«

»Nein, bitte nicht. Ich hab alles getan, was Sie gesagt haben. Ich bin seine Mutter. Ich habe ihn heute Abend noch nicht gestillt. Lassen Sie mich …«

Außerhalb ihrer Reichweite blieb er auf den Stufen stehen. »Ich hab eine Kuh angeschafft. Er wird genug Milch bekommen.

Tu, was ich dir sage, dann darfst du einmal die Woche rauf und draußen sitzen. Ansonsten eben nicht.«

Sie fiel auf die Knie. »Ich werde alles tun, wirklich alles, was Sie wollen. Nehmen Sie ihn mir bitte nicht weg.«

»Aus Babys werden Jungen und aus Jungen Männer. Es wird Zeit, dass er seinen Daddy besser kennenlernt.«

Als die Tür zufiel und abgeschlossen wurde, kam sie schwankend zum Stehen. Etwas in ihr zerbrach. Es hörte sich an wie das Knacken eines trockenen Zweiges.

Sie ging zum Sessel, verschränkte die Arme und wiegte sich vor und zurück. »Pst, kleines Baby. Pst, schlaf schön.« Lächelnd sang sie ihren leeren Armen ein Schlaflied.

Heute

Mehr als feierabendreif trat Bodine ins prächtige Strahlen des Sonnenuntergangs. Früher als sonst, aber sie wusste, dass sie sich zu Hause besser auf die Berichte, Tabellen und Zeitpläne konzentrieren konnte. Sie schaffte es einfach nicht, noch mehr fremde Trauer zu schultern, ohne zusammenzubrechen.

Als sie unter dem goldrot-violetten Himmel stand, entdeckte sie Callen bei den Pferden. Er bespaßte gerade ein junges Paar und sein entzücktes Kleinkind.

»Pferdchen, Pferdchen, Pferdchen«, sang das Kind, zappelte auf der Hüfte seiner Mutter herum und griff nach Sundowns Hals.

Bodine bekam mit, wie Callen leise etwas zu dem Vater sagte, der wiederum der Mutter was ins Ohr flüsterte. Die schüttelte daraufhin den Kopf, biss sich dann aber auf die Unterlippe und musterte Callen gründlich.

»Ganz wie Sie wollen«, sagte Callen. »Ich versichere Ihnen, dass dieses Tier lammfromm ist.«

»Komm schon, Kasey. Es wird ihm nichts passieren.« Der strahlende Vater zückte bereits sein Handy.

»Nur kurz draufsetzen, mehr nicht«, beharrte Kasey.

»Natürlich.« Callen stieg auf, woraufhin das Kleinkind in die Hände klatschte, als hätte er soeben einen Zaubertrick vollführt. »Willst du zu mir raufkommen, Kumpel?«

Als Callen die Arme ausstreckte, wäre der kleine Junge am liebsten direkt hineingesprungen. Widerstrebend hob ihn die Mutter hoch und fasste sich anschließend ans Herz, als der Kleine vor Freude quietschte. »Pferdchen! Pferdchen reiten!«

»Lach deinen Daddy an, damit er dich fotografieren kann.«

»Pferdchen reiten, Daddy.«

»Aber klar, Ricky. Und wie!«

»Los«, rief Ricky. Sundown drehte den Kopf und sah Callen mit einem Gesichtsausdruck an, den Bodine nur als Grinsen bezeichnen konnte. »Los, Pferdchen.« Ricky verrenkte sich den Hals und sah Callen flehend an. »Los.«

»O Gott.« Kasey atmete auf. »Vielleicht ein paar Schritte. Geht das?«

»Na klar.«

»Kasey, mach Fotos. Ich schalt die Videofunktion ein. Das ist toll.«

»Leg deine Hand hierhin.« Callen führte die Rechte des Jungen und legte sie auf seine, die die Zügel hielt. »Sag ›Hopp, Sundown‹.«

»Hopp, Sunda.«

Als Sundown vorwärtsmarschierte, hörte der Junge auf zu quietschen. Kurz breitete sich Ehrfurcht auf seinem niedlichen Gesicht aus, und in seinen Augen stand stumme Freude. »Mama, Mama, Pferdchen reiten.«

Callen ließ Sundown ein paar kleine Kreise beschreiben, während der Junge auf und ab hopste, grinste und Jubelschreie ausstieß. Bei der letzten Runde zwinkerte Callen Bodine zu.

»So, und jetzt tschüs, Kumpel.«

»Mehr, mehr, ich will mehr«, beharrte Ricky, als Callen ihn aus dem Sattel heben wollte.

»Das reicht für heute, Ricky. Das Pferd muss nach Hause.« Als Kasey ihn nehmen wollte, wich der Junge zurück.

»Du bist jetzt ein echter Cowboy, Ricky«, sagte Callen. »Echte Cowboys hören auf ihre Mama. Großes Cowboyehrenwort.«

»Cowboy.« Nach wie vor widerwillig ließ sich Ricky seiner Mutter übergeben. »Pferdchen küssen.«

»Sundown mag Küsse.«

»Leo auch.« Bodine ritt näher. »Manche Pferde sind da etwas schüchtern, aber die beiden nicht.«

Kasey hielt Ricky so, dass er Leos Hals küssen konnte.

»Dieses Pferdchen reiten. Bitte, gleich.«

»Ich muss ihn heimbringen und füttern. Aber – seid ihr morgen auch da?«

»Noch zwei Tage«, sagte der Vater.

»Wenn Sie Ricky morgen zum Center bringen, schauen wir, was sich machen lässt.«

»Einverstanden. Hast du das gehört, Ricky? Morgen wirst du noch mehr Pferde kennenlernen. Bedank dich bei Mr. Skinner«, befahl ihm sein Vater.

»Danke. Danke, Cowboy. Danke, Pferdchen.«

»Gern geschehen.«

Bodine stieg wieder auf und ließ Leo wenden.

»Adiós«, sagte Callen und fasste sich an die Krempe seines Huts, während sie die Pferde wegbrachten.

»Adiós«, wiederholte Bodine.

»Man muss die Leute nehmen, wie sie sind.«

»Ich sag lieber erst gar nichts von Versicherungen, Haftung, Verzichtserklärungen …«

»Sehr gut. Bitte nicht.«

»Da ich darauf verzichte, sage ich stattdessen, dass ich genau das brauche. Nämlich dass die Pferde ab und zu ins Bodine Village kommen. Und dass ich fest vom Erfolg einer kleinen Show für Familien überzeugt bin. Ich hätte nicht gedacht, dass du die Pferde herbringst.«

»Ich hab vorher angerufen. Der Typ am Empfang hat gesagt, dass du gegen fünf Uhr Schluss machen wirst.«

»Ich hab mir eine Fahrgelegenheit organisiert, sie aber gerade wieder abgesagt, während du Ricky Glücksmomente beschert hast. Ich weiß das sehr zu schätzen. Das ist ein unerwartet schöner Kontrast an diesem schrecklichen Tag.«

Er musterte sie. »Du hast ihn überstanden.«

»Den morgigen werd ich auch überstehen. Außerdem möchte ich dich warnen. Garrett Clintok hat versucht, dich anzuschwärzen.«

»Das dachte ich mir bereits.«

»Er hat mir das Wort im Munde herumgedreht. Ich möchte, dass du das weißt. Ich hab nie gesagt, dass …«

»Bo.« Callen beschwichtigte sie gelassen. »Du brauchst mir nichts zu erklären.«

»Ich will das aber loswerden. Ich habe nie gesagt, was ich angeblich gesagt haben soll. Außerdem bin ich stinksauer, dass er mich und Billy Jean benutzt, um dich in Schwierigkeiten zu bringen. Ich hab das mit Sheriff Tate geklärt, aber wenn …«

»Tate weiß Bescheid. Ich hab ein gutes Verhältnis zu ihm.«

Wut funkelte in ihren Augen. »Klar, der Sheriff ist kein Idiot. Trotzdem bin ich stinksauer. Wenn ich Clintok das nächste Mal sehe, bekommt er was zu hören.«

»Lass es lieber bleiben.«

»Ich soll das bleiben lassen?« Wütend und schockiert wirbelte sie auf ihrem Sattel herum. »Ich lasse keine Lügner und Mobber davonkommen. Leute, die mir Dinge in den Mund legen, die ich nie gesagt habe. Leute, die meinen Bruder und seinen Freund überfallen, diesen Freund zu Boden drücken, damit Clintok ihn windelweich prügeln kann.«

Callen brachte Sundown zum Stehen. »Woher weißt du das?«

»Chase hat es uns heute erzählt, und das hätte er längst …«

»Er hat einen Schwur gebrochen.« Mit enttäuschter Miene setzte sich Callen kopfschüttelnd in Bewegung.

»Ich würde sagen, er hatte keine andere Wahl. Obwohl Schwüre heilig sind. Zumindest zwölfjährigen Jungen.«

»Das Alter spielt keine Rolle. Ein Schwur bleibt ein Schwur. Was passiert ist, ist passiert. Wir sollten die Vergangenheit ruhen lassen.«

Männer, dachte Bodine. Wie konnte sie sich nur von ihnen provozieren lassen, wo sie doch unter ihnen aufgewachsen war?

»Du kannst Chase gern dafür vermöbeln, dass er klargemacht hat, was für eine falsche Schlange Clintok ist, wenn du das willst. Aber wenn die Vergangenheit wirklich ruhen würde, würde Clintok nicht versuchen, dir was anzuhängen.«

»Das ist sein Problem, nicht meines.«

»Ach, vergiss es.« Bodine wollte nichts mehr davon hören und begann zu kantern.

Callen folgte ihr entspannt, schien aber nicht lockerlassen zu wollen. »Ich versteh nicht, warum du so sauer bist.«

»Ach, hör endlich auf damit. Männer.« Aufgebracht trieb Bodine Leo zum Galopp.

»Frauen«, murmelte Callen und ließ ihr einen gewissen Vorsprung, allerdings ohne sie auf dem Ritt zur Ranch auch nur eine Sekunde aus den Augen zu verlieren.

***

Er hatte sie nicht umbringen wollen. Als er wieder klar denken konnte, begriff er, dass sie sich im Grunde selbst umgebracht hatte. Sie hätte nicht davonrennen und schreien sollen. Hätte sie nicht nach ihm getreten, hätte er sie nicht geschubst. Dann wäre sie auch nicht so blöd auf den Hinterkopf gefallen. Wäre sie brav mitgekommen, hätte er sie mit nach Hause genommen. Sie wäre ideal gewesen. Sein Fehler bestand darin, dass er sie nicht gleich bewusstlos geschlagen und auf die Ladefläche seines Pick-ups geworfen hatte. Er hatte sie kurz ausprobieren wollen, mehr nicht. Um zu gucken, ob sie die Richtige für ihn war.

Er brauchte eine Frau im gebärfähigen Alter. Eine junge, gut aussehende Frau, die ihm Spaß im Bett und kräftige Söhne schenken würde. Vielleicht hatte er sich zu rasch für sie entschieden, aber er hatte diesen Spaß gebraucht.

Ansonsten hatte er alles richtig gemacht. Er hatte Benzin aus ihrem Tank gesaugt und gerade noch genug dringelassen, dass sie weit genug fahren konnte. Er war ihr mit ausgeschalteten Scheinwerfern gefolgt, um sie zu retten, nachdem sie mit dem Wagen liegen geblieben war.

Er hatte sie problemlos aus ihrem Auto bekommen, bis dahin war alles bestens gelaufen. Doch dann war er zu erregt gewesen, und das war sein Fehler gewesen. Er hätte sie nicht packen, sondern lieber warten sollen.

Er hatte seine Lektion gelernt. Beim nächsten Mal würde er die Frau niederschlagen, fesseln und zu seiner Hütte bringen.

Gut aussehende Frauen gab es mehr als genug. Diesmal würde er sich Zeit lassen. Die Barfrau war recht hübsch gewesen, aber er hatte hübschere Frauen gesehen. Wenn er genau darüber nachdachte, war sie vielleicht sogar älter gewesen, als er das gebrauchen konnte. Nach ein paar Jahren hätte sie ihm keine Kinder mehr schenken können.

Er würde sich eine Jüngere und Hübschere suchen. Gut möglich, dass sie eine Hure gewesen war, schließlich arbeitete sie in einer Bar. Gut möglich, dass sie eine Geschlechtskrankheit gehabt hatte. Er konnte froh sein, nicht seinen Spaß mit ihr gehabt zu haben.

Er würde die Richtige finden. Jung, superhübsch und rein.

Die würde er sorgfältig aussuchen, sich Zeit lassen, fesseln und mit zur Hütte nehmen. Das Zimmer war bereits vorbereitet. Er würde sie erziehen, ihr beibringen, was so viele Frauen vergaßen. Sie waren dazu da, dem Mann zu dienen, sich unterzuordnen und zu gehorchen. Es würde ihm nichts ausmachen, sie zu bestrafen. Fürs Bestrafen war er verantwortlich, das war sein gutes Recht. Er würde ihr seinen Samen einpflanzen. Damit sie fruchtbar werden und ihm Söhne gebären würde. Ansonsten würde er sich eine Neue suchen, die das konnte.

In der Hütte, in seinem Zimmer, strich er über die Bibel auf dem Pult neben dem Bett. Dann griff er unter die Matratze und zog ein Pornoheft hervor. Die meisten Frauen waren Nutten und Schlampen. Sie boten sich dar, führten Männer in Versuchung. Er leckte an Zeigefinger und Daumen, blätterte die Seiten um und fühlte sich völlig im Recht, als er einen Steifen bekam.

Warum sollte er auf solch leichte Mädchen nicht reagieren, bis er die Richtige gefunden hatte?

9

Vier Tage nach Billy Jeans Tod, den die Behörden als Mord eingestuft hatten, fuhr Bodine zur Beerdigung nach Helena.

Am nächsten Tag stand sie dann im Obergeschoss der Mühle und hörte zu, wie im Hintergrund Billy Jeans Lieblingsmusik lief. Tim McGraw, Carrie Underwood und Keith Urban. Die Leute erwiesen der Toten die letzte Ehre.

Anerkennend stellte sie fest, dass Jessica es fertiggebracht hatte, genau die richtige Atmosphäre zu schaffen. Fotos von Billy Jean allein oder mit Freunden in schlichten Metallrahmen waren überall im Raum aufgestellt. Farbenfrohe Blumensträuße ragten aus Milch- oder Einmachgläsern. Dazu gab es einfache Häppchen. Belegte Brote, frittiertes Huhn, Cheeseburger und Maisbrot auf einer langen Tafel mit Wachstuchtischdecke. Nichts Übertriebenes, aber alles sehr tröstlich und stilvoll.

Die Besucher konnten zum Mikrofon auf der Bühne gehen und ein paar Worte sagen oder Anekdoten über Billy Jean erzählen. Einige rührten die Anwesenden zu Tränen, aber die meisten brachten die Menschen zum Lachen, nahmen ihnen etwas von der Trauer. Ein paar hatten Gitarren, Geigen oder Banjos dabei und spielten ein, zwei Lieder.

Bodine wollte gerade gehen, als sie sah, dass Chad Ammon hereinkam und der Bühne zustrebte. Alle verstummten. Gemurmel erhob sich. Bodine blieb, wo sie war, und suchte den Raum nach Chase ab. Als sie ihn entdeckte, genügte ein Blick, um zu entscheiden, dass sie Chad reden lassen und sich anschließend um eventuelle Probleme kümmern würden.

»Ich weiß, dass viele denken, ich hätte gar nicht erst kommen sollen.« Seine Stimme brach. »Jeder, der mir etwas zu sagen hat, kann das im Anschluss gerne tun. Ich habe sie nicht gut behandelt. Sie hatte etwas Besseres verdient.«

Jemand rief: »Allerdings!« Erneut wurde Gemurmel laut.

»Ja, allerdings. Sie war – sie war eine tolle Frau und gute Freundin. Sie war liebenswert. Sie ließ sich zwar nicht gern was sagen, aber man konnte sich zu hundert Prozent auf sie verlassen. Auf mich hat sie sich leider nicht verlassen können. Ich habe sie betrogen und belogen. Ich habe zwar nie die Hand gegen sie erhoben, aber ich habe sie nicht mit dem Respekt behandelt, der ihr zugestanden hätte. Wäre ich ein besserer Mensch, wären wir vielleicht noch heute zusammen. Dann wäre sie vielleicht noch unter uns. Keine Ahnung.«

Tränen liefen ihm über die Wangen.

»Aber das werde ich leider niemals wissen. Ich weiß nur, dass ein so liebenswerter, guter Mensch, jemand, mit dem man lachen und tanzen konnte, jemand, der mir vertraut hat, nicht mehr lebt. Niemand in diesem Raum kann mir schlimmere Vorwürfe machen als ich mir tagtäglich selbst. Aber ihr dürft es trotzdem gern tun. Ich kann es euch schlecht verübeln.«

Er entfernte sich vom Mikrofon, und seine Beine zitterten sichtlich.

Bodine hatte die Wahl. Entweder sie ließ zu, dass aus dem Gemurmel und den bösen Blicken böse Worte oder Schlimmeres wurden. Oder sie versuchte etwas Versöhnendes zu sagen.

Sie bahnte sich einen Weg durch die Menge, sah, wie Chad

stehen blieb und sie tränenüberströmt anschaute. Als sie den Arm um ihn legte, brach er in Schluchzen aus.

»Ist gut, Chad. Komm bitte mit. Mach dir keine Vorwürfe, das würde sie nicht wollen. So war sie nicht.« Sie achtete darauf, mit fester Stimme zu sprechen, während sie ihn von der Bühne führte.

In dem gespannten Schweigen kam Jessica nach oben. Soweit Bodine das erkennen konnte, begann sich das Blatt zu wenden. Jessie würde versuchen dafür zu sorgen, dass das dabei blieb.

»Ich habe Billy Jean nicht sehr gut gekannt. Ich arbeite nicht so lange hier wie die meisten von euch. Aber ich weiß noch, wie ich nach meiner erste Woche in den Saloon gegangen bin. Die Arbeit hat mir zwar schon damals Spaß gemacht, aber ich hab mich ein wenig entwurzelt gefühlt. Vielleicht hatte ich auch Heimweh.« Sie strich sich das Haar zurück und löste ihren Knoten, sodass es ihr offen über die Schultern fiel. Das sah weniger streng aus. »Ich wollte mich einleben«, fuhr sie fort. »Also bin ich in den Saloon gegangen. Billy Jean stand hinter der Bar. Ich hab gefragt, was sie mir empfehlen kann, und ihr gesagt, dass ich erst seit Kurzem hier arbeite. Daraufhin meinte sie, dass sie das bereits weiß, weil Barleute früher oder später alles mitkriegen, meist eher früher. Sie hat mir eine Heidelbeer-Margarita empfohlen. Ich muss gestehen, dass sich das wenig verlockend anhörte.«

Jessica lächelte, als Gelächter laut wurde.

»An diesem Abend waren viele Gäste da, und ich hab gesehen, wie mühelos sie ihren Job erledigt hat. Dass sie für jeden ein Lächeln übrig hatte, auch wenn sie beide Hände voll zu tun hatte. Sie hat mir diesen Drink hingestellt. Ich hab bloß draufgestarrt und mich gefragt, warum die Leute in dieser Gegend um Himmels willen überall Heidelbeeren reintun müssen. Dann nahm ich einen Schluck und wusste, warum.«

Sie grinste, als erneut Gelächter laut wurde, und machte eine kurze Pause. »Ich hab meine erste Heidelbeer-Margarita getrunken. Und dann noch eine, direkt an der Bar, während ich Billy Jean bei der Arbeit zusah. Als sie mir eine dritte hingestellt hat, hab ich abgelehnt. Ich musste schließlich noch nach Hause fahren. Nur bis ins Dorf, aber mit drei Drinks konnte ich mich unmöglich ans Steuer setzen. Da hat sie zu mir gesagt: *Trink weiter, Schätzchen, und feier deine erste Woche.* Sie meinte, dass sie in einer Stunde ohnehin Schluss machen und mich dann nach Hause fahren würde. Genau so haben wir es gemacht. Es waren nicht die Heidelbeeren, die mir das Gefühl gegeben haben, dazuzugehören. Sondern Billy Jean.«

Jessica verließ die Bühne. Da sie den Eindruck hatte, dass die Stimmung gut war und sich das Blatt komplett gewendet hatte, beschloss sie, sich von nun an im Hintergrund zu halten.

»Das war super.«

Jessica schaute zu Chase hinüber. Sie hatte ihn gar nicht bemerkt. »Deine Schwester hat das Richtige getan. Ich hab die Sache nur zu Ende gebracht. Was ich da erzählt habe, ist genauso passiert.«

»Das war toll«, wiederholte er. »Wie überhaupt die ganze Gedenkveranstaltung. Ich wollte dir sagen, dass du alles perfekt organisiert hast. Vielleicht hast du sie besser gekannt, als du glaubst.«

»Ich hatte einen Eindruck von ihr und hab mit Leuten gesprochen, die sie gut kannten.« Sie sah sich um, musterte die Fotos, Blumen und Gesichter. »Auf diese Weise habe ich so einiges erfahren. Ich wünschte, ich hätte mehr Zeit an der Bar verbracht. Sie war, wie wir alle, Teil eines großen Ganzen, nicht nur irgendeine Angestellte. Bodine hat mir gesagt, dass manche Angestellte Saisonkräfte sind. Einige sind über hundert Kilometer weit gefahren, um an der Veranstaltung teilzunehmen. Genau das tut man, wenn man sich als Familie fühlt.

Dieses feine Gespür wurde in der Chefetage etabliert. Deine Familie lebt das tagtäglich vor, und es ist ansteckend.«

»Ich möchte mich gern bei dir entschuldigen.«

Sie schaute ihn mit ihren blauen Augen an und runzelte fragend die Stirn. »Tatsächlich?«

»Ich wollte dir nicht das Gefühl geben, dass du nicht dazugehörst.«

»Gehöre ich denn deiner Meinung nach nicht dazu?«

Er trat nervös von einem Fuß auf den anderen. »Hiermit entschuldige ich mich dafür.«

»Angenommen. Schwamm drüber.«

»Gut.« Sie fühlte sich wahnsinnig zierlich an, als Chase ihr die Hand schüttelte. »Ich muss wieder los, aber …«

»Miss Fancy sitzt da drüben, und Rory müsste auch gleich kommen. Du kannst ruhig gehen.«

»Dann werde ich – äh …« Da er nicht mehr wusste, was er sagen sollte, nickte er nur und verschwand.

Im Hinausgehen redete er mit Leuten, die draußen an gedeckten Tischen saßen, und sah, dass Callen eintraf.

»Ich hab's einfach nicht früher geschafft«, sagte Callen.

»Du hast noch jede Menge Zeit. Es gab einen kleinen Aufruhr, als Chad eine Ansprache gehalten hat.«

»Ach ja?«

Seufzend, weil er den Ton kannte, schob Chase seinen Hut in den Nacken. »Du bist sauer.«

»Du hast einen Schwur gebrochen.«

»Du warst nicht dabei. Tut mir leid, dass ich mich dazu habe hinreißen lassen, aber passiert ist passiert. Wenn du dich rächen willst, darfst du gern den Schwur brechen, den wir geschworen haben. Damals, als ich Whiskey in die Cola gemischt und die Flasche aus dem Haus geschmuggelt hatte, damit wir das Zeug am Lagerfeuer trinken können. Uns wurde hundeübel davon.«

»Vor allem dir.«

»Kann sein. Aber dir war auch ziemlich schlecht. Das kannst du gern überall rumerzählen, danach sind wir quitt.«

Nachdenklich hakte Callen die Daumen in die Gürtelschlaufen. »Wenn du mir sagst, welchen Schwur ich brechen darf, ist das lange nicht dasselbe. Ich sollte das selbst entscheiden dürfen.«

Weil sich dagegen nur schlecht was einwenden ließ, sah Chase stirnrunzelnd in Richtung Berge. »Na gut. Such dir selbst was aus, damit die Angelegenheit erledigt ist.«

»Vielleicht erzähle ich ja herum, wie du deine Unschuld verloren hast, als Brenna Abbott dich auf dem dreizehnten Geburtstag deiner Schwester auf den Heuboden gelockt hat?«

Chase zuckte zusammen. Darauf war er nicht gerade stolz, da seine gesamte Familie und fünfzig weitere Personen in Hörweite gewesen waren. Andererseits musste es wehtun.

»Wenn die Sache damit erledigt ist …«

Callen schaute mit seinem Freund auf die Berge, lauschte der Musik und den Stimmen aus der Mühle. »Herrgott, danach würd ich mich wie ein Arschloch fühlen. Außerdem würdest du dann aufhören, dich als solches zu fühlen. Mir ist lieber, du fühlst dich ein bisschen länger als Arschloch. Was ist eigentlich aus Brenna Abbott geworden?«

»Soweit ich weiß, lebt sie inzwischen in Seattle. Vielleicht auch in Portland.«

»Lang, lang ist's her. Na ja, Schwamm drüber.« Callen hielt ihm versöhnlich die Hand hin.

Chase starrte darauf und musste laut lachen. »Das ist das zweite Mal innerhalb von zehn Minuten, dass das jemand zu mir sagt. Ich scheine wirklich gut darin zu sein, Leute vor den Kopf zu stoßen.«

»Nein, nur ausnahmsweise.«

»Und noch etwas: Wenn Clintok weiter gegen dich intrigiert, holst du mich, bevor du das Problem allein löst.«

»Wegen Clintok mach ich mir keine Sorgen.«

»Dann holst du mich«, beharrte Chase und hob die Hand zum Schwur.

»Wow.« Gerührt, amüsiert und schwer bemüht, nicht an Bodines Bemerkung über Zwölfjährige zu denken, hob Callen ebenfalls die Hand zum Schwur. »Großes Indianerehrenwort.«

»Alles klar. Ich muss zurück.« Chase schlenderte davon.

Callen ging hinein, um der Toten die letzte Ehre zu erweisen.

***

Bodine würde sich nicht gerade als Spitzenköchin bezeichnen, denn sie war höchstens Durchschnitt. Aber an Thanksgiving half sie nach Kräften mit. Sie hackte, schälte, rührte und knetete. Und wie jedes Jahr beschwerte sie sich darüber, dass keiner ihrer Brüder mit anpackte.

»Das ist tatsächlich nicht fair.« Gelassen füllte Maureen den Truthahn. »Aber du weißt genauso gut wie ich, dass es in diesem Haus keinen Mann gibt, der in der Küche nicht nervt. Clementine und ich haben uns bemüht, es ihnen beizubringen, genau wie dir. Aber Rory schafft es sogar, Wasser anbrennen zu lassen, und Chase wird zum Elefanten im Porzellanladen.«

»Die machen das mit Absicht«, knurrte Bodine, während sie mit Cora bergeweise Kartoffeln schälte.

»Na ja, Schätzchen, das weiß ich auch, aber am Ende kommt es aufs Gleiche raus. Grammy, wirfst du mal einen Blick auf den Schinken?«

Miss Fancy, die eine Schürze mit dem Aufdruck *Gute Weine und Frauen werden im Alter immer besser* trug, spähte in den Ofen und nickte. »Ich würde sagen, es wird Zeit, dass ich die Glasur mache. Jammer nicht so rum, Bodine. Die Männer sind draußen und grillen. Außerdem schleppen sie nachher den zweiten Truthahn samt Beilagen rüber zur Kantine. Ich bin froh, dass sie uns nicht im Weg rumstehen.«

»Ich liebe den Duft und die Geräuschkulisse einer Thanksgiving-Küche«, stimmte Cora ihr zu, während sie eine weitere Kartoffel bürstete. »Weißt du noch, Reenie, wie ich immer extra Teig für Alice und dich …« Sie verstummte und seufzte laut. »Na ja.«

»Ja, das weiß ich noch, Ma.« Maureens Stimme klang barsch, als sie sich umdrehte und etwas auf dem Herd umrührte, das gar nicht umgerührt werden musste.

»Ich werd nicht traurig werden«, sagte Cora. »Ich stelle mir vor, dass Alice heute ebenfalls von Thanksgiving-Düften umgeben ist. Dass sie gefunden hat, wonach sie suchte. Etwas, das wir ihr nicht geben konnten.«

Miss Fancy öffnete den Mund und machte ihn wieder zu. Bodine schwieg. Wenn, was selten genug vorkam, der Name ihrer Tante fiel, schienen sich die Grannies in entgegengesetzte Reaktionen zu flüchten. Die eine wurde traurig, die andere verbittert. Ihre Mutter neigte ebenfalls zu Verbitterung.

Maureen ging zum Schrank und holte etwas heraus. »Bodine, wasch diese Kartoffeln und setz sie auf. Ma, die Süßkartoffeln können gleich von dir verzaubert werden.«

»Wir müssen nur noch ein paar normale Kartoffeln schälen.«

Maureen drückte kurz die Hand ihrer Großmutter. Als Reaktion darauf, straffte Miss Fancy die Schultern.

»Glaubt ihr etwa, ich weiß nicht, was ihr denkt?«, sagte Cora. »Hört auf, auf rohen Eiern zu gehen.«

Bodine zuckte zusammen, als es klingelte. »Da ist jemand an der Tür.« Erleichtert ging sie, um aufzumachen.

Es war Jessica. »Perfekt«, sagte sie zu ihr.

»Danke! Und danke für die Einladung.«

»Komm rein. Wann hat es denn angefangen zu schneien? Vor lauter Kochen und einem Familiengespenst hab ich gar nicht darauf geachtet. Du kannst bei Ersterem mithelfen und Letzteres verscheuchen. Aber du solltest doch nichts mitbringen«, fügte sie hinzu, als sie den Tortenbehälter in Jessicas Händen sah.

»Sollen ist Zwang. Dürfen zeigt meine Wertschätzung.«

»Dann danke. Komm, ich nehme dir die Jacke ab.«

Jessica nahm den Tortenbehälter erst in die eine und dann in die andere Hand, während sie sich im Flur umsah.

»Das ist ja fantastisch. Ich liebe die Deckenbalken und die Dielenböden. Und dann der Kamin.«

»Ich hab ganz vergessen, dass du noch nie hier warst. Wir machen gleich eine kleine Führung.«

»Das wäre toll.«

In ihrem schlichten blauen Kleid machte Jessica ein paar Schritte ins Wohnzimmer. »Und diese Aussicht.«

»Die lieben wir sehr. Sogar von der Küche aus. Komm mit.«

Das weitläufige Haus gefiel Jessie auf Anhieb. Alles daran wirkte auf eine lässige Art gemütlich. Viel Holz und Leder, viel Kunst und Deko-Objekte aus der Region, kombiniert mit Glaswaren und Porzellan aus Irland. Sprossenfenster ohne Vorhänge gaben den Blick auf Felder, Himmel und Berge frei.

Sie blieb vor einem Zimmer mit einem großen antiken Schreibtisch stehen und zeigte auf die Wand. »Ist das … ein *Papoose?*«

»So nennt man die Babys, die darin getragen werden. Das ist nur das Wiegenbrett. Es hat meinem Urgroßvater gehört.«

»Das ist ja wunderbar. Beneidenswert, dass man sein kulturelles Erbe auf beiden Seiten der Familie so weit zurückverfolgen und solche Kostbarkeiten sein eigen nennen kann. Geschichte zum Anfassen.«

»Wir sind eine wilde Mischung verschiedener Ethnien.« Bodine ging voraus. »Schaut mal, wer da ist.«

»Jessie, wie schön, dich zu sehen.« Maureen verließ den

Herd, um Jessica mit einer Umarmung zu begrüßen. »Du siehst entzückend aus.«

»Es würde dir nicht schaden, ab und an ein schönes Kleid anzuziehen, Bodine.« Miss Fancy rührte die Schinkenglasur an.

»Vielen Dank auch«, murmelte Bodine zu Jessica.

Jessica stellte den Tortenbehälter auf die Küchentheke. »Wie kann ich helfen?«

»Was hast du uns denn da Schönes mitgebracht?«, wollte Maureen wissen.

»Ptichye moloko.«

»Ich weiß nicht, ob ich das aussprechen kann. Besser ich riskiere einen Blick.« Cora hob den Deckel an. »Ah, das sieht köstlich aus.«

»Das ist ein russisches Dessert, Vogelmilchkuchen. Natürlich wird dafür keine Vogelmilch verwendet. Meine Großmutter hat ihn immer zu besonderen Anlässen gemacht.«

Bodine musterte die glatten, mit flüssiger Schokolade garnierten Cremeschichten. »Den hast du selbst gebacken?«

»Ich backe gern. Für einen allein macht das keinen Spaß. Umso mehr Freude hat es mir heute gemacht.«

»Ich hol die schicke Tortenplatte, und dann kommt dieses Dessert mit den gedeckten Kuchen und Mas Trifle aufs Nachtischbüfett.« Maureen eilte ins Wohnzimmer, um die Tortenplatte zu holen. »Setzt dich, Jessie.«

»Gern. Aber nur, wenn ich ein Küchengerät in die Hand gedrückt bekomme.«

»Lasst das Mädchen mithelfen«, befahl Miss Fancy. »Bald werden die Männer reinstürmen und uns im Weg stehen.«

Jessica faszinierte es, an so einem riesigen Familientreffen teilzunehmen. Vier Generationen von Frauen, die Hand in Hand arbeiteten und perfekt aufeinander eingespielt waren. Miss Fancy machte den Schinken, während Maureen sich um den Truthahn kümmerte. Für die Bratensoße war Cora zuständig. Was auch immer Bodine mit *Familiengespenst* gemeint haben mochte, es schien sich verflüchtigt zu haben, denn die Stimmung war überaus harmonisch.

Auch wenn sie sich nicht vorstellen konnte, jemals eine solche Soße zu kochen, bekam sie entsprechende Tipps von Cora. Automatisch dachte sie an die Stunden zurück, die sie mit ihrer eigenen Großmutter in der Küche verbracht hatte.

»Du wirkst ein wenig melancholisch«, sagte Cora leise. »Vermisst du deine Familie?«

»Ich musste gerade an meine Großmutter denken. Wie sie mir das Kochen beigebracht hat.«

»Lebt sie an der Ostküste? Vielleicht kann sie uns ja mal besuchen?«

»Sie ist letzten Winter gestorben.«

»Ach, Liebes, das tut mir so leid.« Instinktiv legte Cora den Arm um Jessicas Schultern, während sie weiter in der Soße rührte. »Hat sie dir gezeigt, wie man diesen Kuchen backt?«

»Ja.«

»Dann ist sie auf gewisse Weise unter uns, nicht wahr?« Cora drückte Jessica einen Kuss auf die Schläfe.

Chase kam herein und staunte, Jessica mit Tränen in den Augen vorzufinden, getröstet von seiner Großmutter.

Er räusperte sich. »Äh, wir könnten den Truthahn und so zur Kantine bringen.«

Diese Ankündigung führte zu einem perfekt organisierten Ansturm auf die Beilagen und Desserts für die Rancharbeiter. Einer davon, ein graumelierter, breitbrüstiger Mann mit Hut in den Händen, stand direkt hinter Chase.

»Wir wissen diese Köstlichkeiten sehr zu schätzen, Miss Fancy, Miss Cora, Miss Reenie, Bo und äh …«

»Jessica«, sagte sie.

»Madam. Es duftet einfach köstlich hier drin. Bitte nicht diesen schweren Topf heben, Miss Cora, ich nehm ihn schon.«

»Die Jungs und Sie sollen seinen Inhalt so richtig genießen. Vergessen Sie nicht, den Topf zurückzubringen, Hec.«

»Wird gemacht, da wird kein Fitzelchen Kartoffelbrei mehr drin sein. Mein aufrichtigster Dank. Noch ein schönes Thanksgiving, Ladies!«

Kaum hatte sich die Tür hinter ihm, Chase und bergeweise Essen geschlossen, stieß Bodine ein lautes Glucksen aus. »Er ist immer noch vernarrt in dich, Oma.«

»Hör auf damit, Bodine Samantha Longbow.«

»Dass du mich bei meinem vollen Namen nennst, ändert auch nichts. Hector ist verliebt in Oma, seit ich denken kann.«

»Du bist nicht alt genug, um dich so weit zurückerinnern zu können«, sagte Cora bissig.

»Alt genug, um zu wissen, dass du einen Freund haben könntest, wenn du nur wolltest.«

»Ich bin viel zu eingefahren, um Platz für einen Mann in meinem Leben zu haben. Außerdem sagt das genau die Richtige. Wann warst du eigentlich das letzte Mal an einem Samstagabend mit einem Mannsbild aus?«

Bodine biss in eines der Eier, die ihre Urgroßmutter gefüllt hatte. »Vielleicht bin ich ja auch zu eingefahren.«

»Ich wüsste jemanden, der das ändern könnte.« Miss Fancy sah grinsend aus dem Fenster. »Dieser Callen Skinner hat wirklich einen tollen Hintern in der Hose.«

»Grammy!«

Miss Fancy zwinkerte Bodine lachend zu. »Ich hab schließlich Augen im Kopf, und dafür brauch ich nicht mal eine Brille. Jawohl, ich sehe ausgezeichnet. Ich höre auch gut und habe durchaus mitbekommen, dass ihr fast allmorgendlich gemeinsam zur Arbeit reitet.«

»Das ist ganz harmlos.«

»Das kann sich ja noch ändern.«

»Ich bin nicht sein Typ«, gab Bodine zurück.

Cora tätschelte ihr die Schulter. »Das wird dir eine Lehre sein, überall herumzuerzählen, wer in wen verliebt ist.«

»Frag doch Jessica, wann sie das letzte Mal an einem Samstagabend mit einem Mannsbild aus war.«

»Wie das, Jessie?«, wollte Maureen wissen.

»Ihr wollt wohl vom Thema ablenken?«, bemerkte Jessica nur. Eine Antwort blieb ihr erspart, als die Männer ins Haus stürmten und, wie bereits befürchtet, überall im Weg standen.

Von Resort-Events einmal abgesehen, hatte Jessica noch nie so viel Essen auf einem Haufen gesehen. Neben dem traditionellen Truthahn gab es Schinken und Rindfleisch, Kartoffelbrei und Kartoffelgratin, literweise Bratensoße, Yamswurzelbrei mit Brandy, Yamswurzeln in Sirup, Füllung, jede Menge Gemüse und Salate, selbst gemachtes Apfelmus, Cranberry-Soße, Brötchen und warmes Sauerteigbaguette.

Während des Essens unterhielt man sich angeregt. Ihr fiel auf, dass das Thema Billy Jean bewusst ausgespart wurde, und war mehr als dankbar dafür. Kein Tag in der Arbeit verging, ohne dass darüber spekuliert und Fragen gestellt wurden. Da war das Festmahl eine willkommene Unterbrechung. Jessica saß zwischen Chase und Callen und teilte Schinken aus.

»Pass auf, dass du genug Platz für den Nachtisch lässt«, riet ihr Callen.

»Keiner hat Platz für so viele Köstlichkeiten. Wo soll das alles hin?« Sie zeigte auf seinen großzügig gefüllten Teller.

»Keiner macht so guten gedeckten Apfelkuchen wie Miss Maureen. Jedes Thanksgiving, an dem ich nicht mit an diesem Tisch saß, hab ich davon geträumt.«

Es war also feste Tradition, dass er mit dieser Familie Thanksgiving feierte statt mit seiner eigenen. Jessica speicherte die Information ab. »Bei deiner schweren Arbeit nimmst du bestimmt nicht zu. Ich hab's am Samstag leider nicht mehr zu deiner Show geschafft, aber gehört, dass deine Pferde und du eine Mordsattraktion wart.«

»Wir hatten viel Spaß.«

»Nächstes Mal möchte ich Fotos machen.« Bodine beugte sich auf der anderen Seite von Callen vor und zeigte dann auf Rory, der ihr gegenübersaß. »Wir sollten ein, zwei davon auf unsere Webseite stellen. Ein paar Bilder hab ich schon. Die Leute haben Sundown regelrecht aus der Hand gefressen. Und du warst auch nicht schlecht«, fügte sie an Callen gewandt hinzu.

»Er hat mir alles beigebracht.«

»So ein kluges Pferd hab ich noch nie gesehen«, warf Sam ein. »Ich würde mich nicht wundern, wenn er demnächst: *Hi, Sam, wie geht's?,* zu mir sagt, wenn ich an seinem Stall vorbeilaufe.«

»Daran arbeiten wir gerade«, erwiderte Callen.

»Ich muss dieses fantastische Pferd unbedingt kennenlernen.« Jessica nahm eine Gabel voll Kartoffelpüree.

»Darüber wird er sich freuen. Er mag schöne Frauen. Vor allem, wenn sie ihm eine Karotte mitbringen.«

Bodine rutschte nervös auf ihrem Stuhl hin und her, als Callen sie ansah. »Ich nehme an, er hat dir das erzählt.«

»Wir verstehen uns, Sundown und ich. Kommst du oft zum Reiten, Jessie?«

»Ich? Ach, ich reite nicht.«

Sämtliche Tischgespräche erstarben.

»Kein bisschen?«

»In Manhattan hatte ich dazu nicht viel Gelegenheit.«

»Aber du hast schon auf einem Pferd gesessen? Bei einem geführten Ausritt oder so.« Chase konnte sich die Frage nicht verkneifen.

»Ehrlich gesagt, nein. Ich habe noch nie auf einem Pferd gesessen.«

»Wie kommt es, dass wir das nicht wissen?«, sagte Rory.

»Ganz einfach: Es hat mich nie jemand danach gefragt.« Auf einmal fühlte sich Jessica, als wäre sie nackt oder hätte ein heimliches Verbrechen gestanden. Sie griff zu ihrem Wein. »Es stand nicht in der Stellenbeschreibung.«

»Nun, das werden wir ändern.« Sam nahm sich noch ein Brötchen. »Cora ist die ideale Lehrerin. Im Grunde könnte dir jeder am Tisch im Nu Grundkenntnisse im Reiten beibringen. Wir setzen sie einfach auf Maybelle, was meinst du, Bo?«

»Niemand ist sanftmütiger und geduldiger als Maybelle. Abe setzt sie bei absoluten Neulingen oder Ängstlichen ein.«

»Wirklich, macht euch keine Mühe. Ich habe nicht vor …«

»Hast du Angst vor Pferden?«, fragte Chase so vorsichtig, dass ihr ganz warm wurde.

»Nein.« Theoretisch nicht. »Gar nicht«, sagte sie mit fester Stimme.

»Wir kriegen dich bestimmt in den Sattel«, sagte Sam. »Mach dir deswegen keine Sorgen.«

Jessica lächelte nur und trank einen Schluck Wein. Sie hatte sich diesbezüglich bisher keine Sorgen gemacht. Von nun an würde sie sich über nichts anderes mehr Sorgen machen.

In der Pause zwischen Abendessen und Dessert räumten sie auf, spielten Karten oder schauten Football. Da Jessica sich mit Football besser auskannte als mit Kartenspielen, entschied sie sich dafür. Doch sie hatte sich kaum gesetzt, als Chase ihre Jacke und ein Paar Stiefel brachte.

»Mom meint, ich soll dich mitnehmen und mit den Pferden bekannt machen.«

»Wirklich, das ist nicht nötig.«

»Meiner Mutter widerspricht man nicht. Das ist reine

Zeitverschwendung, weil sie sich am Ende ohnehin immer durchsetzt.«

»Ja, das ist wirklich so«, bestätigte Rory und schrie angesichts des Spiels: »Meine Güte, wo bleibt denn die Abwehr? Machen die einen auf Urlaub, oder was?«

»Sie meint, die müssten dir passen.« Chase hielt ihr Stiefel hin. »Mit den hohen Hacken kannst du nicht über den Hof marschieren.«

»Gut.« Am besten sie brachte es hinter sich. Ihre Gastgeberin – und Arbeitgeberin – hatte einen Wusch geäußert. Sie würde rübergehen, sich die Pferde ansehen und damit basta.

Sie hatte schon viele Pferde gesehen, seit sie nach Montana gezogen war. Aus sicherer Entfernung. Jessica zog die Stiefel an, die einigermaßen passten, auch wenn sie lächerlich zu ihrem Kleid aussahen, und schlüpfte dann in ihre Jacke.

Chase führte sie zur Seitentür. Es hatte aufgehört zu schneien, aber unter den Laternen glitzerten mehrere Zentimeter Neuschnee.

Sie war dankbar für die Stiefel.

»Ich muss ja nirgendwo hinreiten«, sagte sie.

»Es kann nie schaden, wenn man es kann. Genau wie schwimmen. Kannst du schwimmen?«

»Natürlich kann ich schwimmen.«

»Ich war noch nie in Manhattan. Keine Ahnung, ob man dort Gelegenheit zum Schwimmen hat.«

»Manhattan ist eine Insel«, rief ihm Jessica ins Gedächtnis, als heisere Schreie aus der Kantine drangen.

»Sie schauen sich das Spiel an.«

»Das würdest du bestimmt auch gerne«, sagte sie. »Wir bringen das schnell hinter uns, damit du wieder zurückkannst.«

»Ich mag Football, aber es ist nur ein Spiel.«

Er öffnete die Stalltür und machte das Licht an.

Wie gut die Pferde riechen, dachte Jessica. Es fühlte sich anders an, als wenn man nur an ihren Koppeln oder der Manege vorbeilief.

Chase lief über die Betonrinne und blieb dann stehen. »Das ist Maybelle. Sie ist eine gute Wahl für den ersten Ritt.« Bei seinen Worten hob das Tier den dunkelbraunen Kopf mit der weißen Blesse und schaute über die Stalltür. »Hätte sie Wolle, wäre sie das reinste Lämmchen, stimmt's, Maybelle?«

Ihre Ohren zeigten nach vorn, während er ihre Wange liebkoste. Sie schenkte Jessica einen ausführlichen Blick.

»Du darfst sie ruhig streicheln, sie mag das. Hast du schon mal ein Pferd gestreichelt?«

»Nein.«

»Ich behaupte nicht, dass Pferde nicht beißen, denn manche tun das tatsächlich. Aber nicht dieses hier. Sie ist ein braves Mädchen. Bitte sehr.«

Noch bevor Jessica begriffen hatte, was er da tat, hatte er ihre Hand bereits gegen die Wange der Stute gedrückt. Sie war ganz zart, genau wie ihr Duft. Weich und warm. Jessicas Puls beruhigte sich, sodass sie es genießen konnte.

»Sie hat schöne Augen.«

»Ja.« Chase wartete, bis sie genug Vertrauen gefasst hatte, um Maybelle über den Hals zu streichen.

»Bist du mal abgeworfen worden?«

»Eigentlich nicht. Einmal bin ich gestürzt, aber da sind wir ohne Sattel geritten. Cal und ich. Das ist lange her«, fügte er hinzu, als Jessica ihn ansah.

»Deine Familie will wirklich, dass ich das mache.«

»Niemand zwingt dich zu etwas, wenn du Angst davor hast oder einfach nicht möchtest.«

»Ich sollte es versuchen«, schickte sie hinterher. »Ich werd drüber nachdenken.« Als es hinter ihr schnaubte, zuckte sie ein wenig zusammen und drehte sich um. »Wer ist das?«

»Das ist der berühmte Sundown.«

»Sundown, das Wunderpferd.« Vorsichtig ging sie auf ihn zu. »Er ist schön. Und groß – riesig!«

»Ein Meter zweiundsiebzig Widerristhöhe, damit ist er größer als die meisten. Und klug, wie Dad gesagt hat. Er kann auch ziemlich gerissen sein, ist aber null hinterhältig.«

Gewissermaßen als Mutprobe trat sie näher. Auf halber Höhe erstarrte ihre Hand in der Luft. Konnte ein Pferd amüsiert wirken? Sie zwang sich, seine Wange zu berühren.

»Okay, beim zweiten Mal hab ich es allein geschafft. Du bist riesig, sehr beeindruckend und äußerst gut aussehend.«

Sundown drehte den Kopf weg und senkte ihn, als wäre er auf einmal ganz verlegen. Chase lachte.

»Keine Ahnung, wie er das macht, wirklich nicht. Ganz so, als würde er jedes Wort verstehen.«

Lächelnd drehte sich Jessica um. »Vielleicht tut er das ja. Ich glaube …« Diesmal zuckte sie nicht nur zusammen, sondern sprang Chase förmlich in die Arme.

»Er hat nur an deinem Haar geschnuppert.« Um sie zu beruhigen, legte Chase den Arm um sie. Zumindest redete er sich das sein. »Schöne Frisur, und riechen tut es auch gut. Er wollte dir keine Angst machen.«

»Ich war nur etwas überrumpelt. Er hat mich überrumpelt.« Nach wie vor ein wenig außer Atem sah sie auf. Seine Augen waren so grün, intensiv grün, mit goldenen Sprenkeln darin.

»Schöne Frisur«, wiederholte Chase. »Wirklich.«

Und küsste sie auf den Mund.

Er duftete nach Pferd, war zart und warm. Ein sanfter Kuss, wäre da nicht ihr wildes Herzklopfen gewesen. Trotzdem war nichts leichter als sich vorzubeugen und den Moment zu genießen. Er löste sich von ihr und trat einen Schritt zurück. »Tut mir leid. Ich hätte … Ich hätte die Situation nicht ausnutzen dürfen.«

Die schillernde Seifenblase platzte. »Wie bitte?«

»Na ja, nicht dass du denkst, ich hätte dich hergelockt, um dich zu begrapschen.«

Jetzt runzelte sie die Stirn. »Ich glaube, ich hab dich zuerst begrapscht.«

»Das war …« Er verstummte, nahm seinen Hut ab und fuhr sich durchs Haar. »Ich weiß nicht, was – ich weiß einfach nicht …«

»Das sehe ich. Sag mir Bescheid, wenn du so weit bist. Wir sollten langsam zurückgehen.«

Er setzte seinen Hut wieder auf und holte sie ein. »Ich will nicht, dass du glaubst, ich hätte die Situation ausgenutzt. Dass du dich verpflichtet fühlst …«

Sie blieb abrupt stehen. Ein Blick genügte, um ihn zum Schweigen zu bringen. »Beleidige mich nicht.«

»Ich wollte dich nicht … Himmelherrgott, eigentlich bin ich doch sonst nicht um Worte verlegen. Auch nicht, wenn es um Frauen geht. Ich habe mich missverständlich ausgedrückt.«

»Wenn du auch nur eine Minute denkst, ich würde mich auf Körperkontakt oder eine sexuelle Beziehung mit dir einlassen, nur weil du zur Familie meiner Arbeitgeberin gehörst, beleidigst du meine Intelligenz und meine Menschenkenntnis. Damit hab ich mich wohl klar genug ausgedrückt.«

»Okay.«

»Wenn du dir einbildest, ich würd so ein Verhalten ermutigen oder zulassen, bist du wirklich ein Idiot.«

»Ich glaube, ich hab verstanden. Ich wollte mich bloß entschuldigen, falls ich eine rote Linie überschritten haben sollte. Das war nicht meine Absicht. Du riechst nur so gut.«

»Letzteres hatten wir bereits besprochen. Ich werd dir Bescheid geben, wenn du eine rote Linie überschreitest.«

»Gut.« Weil das das Sicherste war, hielt Chase ihr zuvorkommend das Stalltor auf.

Als er sich umsah, schien Sundown die Szene belustigt zu beobachten.

Chase machte das Licht aus und schloss das Tor.

10

Der Dezember brachte jede Menge Veranstaltungen und Festivitäten mit sich. Für Bodine begann die jährliche Frustration der Weihnachtseinkäufe. Sie hatte nichts gegen Shoppen, aber Weihnachten war eine echte Herausforderung. Sie war nicht bereit, sich mit Geschenken zufriedenzugeben, die passend, ganz okay oder nicht übel waren. Wenn es um Weihnachtsgeschenke ging, musste alles perfekt sein.

Für ihren Vater hatte sie schon was. Zwei Dutzend Cohiba-Zigarren und einen antiken Humidor, den sie auf *eBay* ersteigert hatte. Gekrönt wurde das Ganze von einer Flasche Single-Malt-Whiskey. Die Geschenke für ihre Brüder und ihre Grannies waren ebenfalls unter Dach und Fach. Sie hatte die Präsente für die Abteilungsleiter bestellt und würde demnächst die Karten unterschreiben, die in die Umschläge mit dem Weihnachtsgeld kamen und an die Angestellten verteilt wurden.

Dann waren da noch die Geschenke für Freunde und die Scherzartikel, mit denen die Strümpfe über dem Kamin gefüllt wurden. Das war eine alte Familientradition der Longbows. Letzteres machte ihr keine Sorgen, eher das perfekte Geschenk für ihre Mutter. Diese Sorge ließ sie schwach werden, als Jessica sie zu einem Shoppingtrip nach Missoula aufforderte.

Und so kam es, dass Bodine an einem ihrer seltenen freien Tage, an dem sie lieber ausgeschlafen und einen Ausritt mit

Leo unternommen hätte, in der Stadt nach einem Parkplatz suchte. Da offenbar sämtliche Töchter und Söhne der Gegend dieselbe Idee gehabt zu haben schienen, dauerte das eine Weile.

Wenigstens ist das Wetter gut, dachte sie, als sie ihren Pickup endlich parken konnte. Es war nicht mehr nur kalt, sondern bitterkalt. Dafür stand die Sonne an einem wolkenlosen Himmel. Nachdem sie ausgestiegen war und sich die Handtasche quer umgehängt hatte, schaute sie zu Jessica hinüber. »Sobald ich das perfekte Geschenk für meine Mutter gefunden habe, gehen wir eine Pizza bei *Biga's* essen.«

»Na gut.«

»Du warst schon mal da, oder?«

»Nein.« Jessica zückte einen Lippenstift und zog sich ganz ohne Spiegel perfekt die Lippen nach.

»Wie machst du das nur?«, fragte Bodine.

»Was?«

»Lippenstift auftragen, ohne zu gucken.«

»Ich weiß, wo meine Lippen sind.«

Nun, auch Bodine wusste, wo ihre waren, aber diesen Trick beherrschte sie nicht. »Hast du gerade gesagt, dass du noch nie bei *Biga's* essen warst?«

»Wenn ich was in Missoula esse, nehm ich meist einen Salat.«

»Wie traurig.« Bodine nahm die Treppe zur Straße. »Du warst mehrmals hier und kennst die beste Pizza von Montana nicht.«

Jessica warf ihr einen mitleidigen Blick zu. »Vergiss nicht, dass ich aus New York komme. Es gibt keine bessere als die New Yorker Pizza.«

»Warte, bis du sie probiert hast.« Auf dem Bürgersteig stemmte Bodine die Hände in die Hüften und ließ ihren Blick über das hübsche Städtchen mit seinen schönen Geschäften, Restaurants und Brauereien schweifen. »Ich hab mal wieder nicht die geringste Ahnung, was ich meiner Mutter schenken soll.«

»Irgendwann wird es bestimmt *klick* machen. Ich habe mich eigentlich für gut im Schenken gehalten, aber im Vergleich zu dir bin ich ein blutiger Laie. Wirklich, Bo.« Jessica, die immer für Shopping zu haben war, hakte sich bei Bodine ein. »Diese Fotos, die du für Cora vergrößert und koloriert hast, und der hübsche Dreifachrahmen … Das ist echt perfekt.«

»Der Rahmen stammt aus dem Laden von Callens Schwester. Die haben tolle Sachen bei *Crafty Art*.«

»Ich liebe diesen Laden. Der gehört Cals Schwester?«

»Ihr und ihrem reizenden Mann, ja.«

»Dort habe ich meine Kreditkarte oft genug zum Qualmen gebracht! Das Besondere sind eigentlich die Fotos.«

»Das Hochzeitsfoto von ihr und meinem Großvater ist echt der Hit. Und das von den beiden mit meiner Mutter total süß. Wie er sie beide so an sich gedrückt hat. Das mit Nana, Mom und Alice als Baby könnte allerdings für Aufregung sorgen.«

Als Jessica schwieg, fügte Bodine hinzu: »Du darfst gern nachhaken.«

»Ich weiß, dass es gemischte Gefühle in Bezug auf Alice gibt. Dass sie als Jugendliche von zu Hause abgehauen ist.«

»Am Tag von Moms Hochzeit. Sie ist auf und davon, hat nichts als einen Zettel hinterlassen. Soweit ich weiß, ist sie mit einem der Pick-ups weg. Nach Kalifornien, um Filmschauspielerin zu werden.« Bodine verdrehte die Augen. »Sie hat ein paar Postkarten geschickt, danach Funkstille. Nicht ein einziges Wort an ihre verwitwete Mutter.«

Jessica hakte tatsächlich nach. »Ich nehme an, sie haben versucht, sie zu finden?«

»Sie reden kaum über sie, weil sich Nana dann aufregt und mit Grammy streitet. Ich kann Grannies Wut gut verstehen.

Vor allem wenn sie mitbekommt, wie sehr ihre Tochter leidet. Aber Nana kann ich ihre Gefühle nicht vorwerfen.«

Sie kamen an einem Mann vorbei, der Rentier-Kniestrümpfe über der Jeans und Schlittenglöckchen um den Hals trug.

»Alice ist ihre Tochter, genau wie meine Mutter. Meine Mutter steht irgendwie dazwischen. Auch wenn nicht viel darüber geredet wird, kriegen Kinder so einiges mit. Deshalb wissen wir, dass Nana einen Detektiv beauftragt hatte. Der Pick-up ist in Nevada gefunden worden. Alice blieb spurlos verschwunden.«

»Für Cora muss das brutal sein.«

»Ja. Grammy wird mein Geschenk für Nana weniger gefallen, aber dem wirke ich entgegen, indem ich das Taufkleid ausgegraben habe, das ihre Großmutter für sie genäht hat. Um es restaurieren und rahmen zu lassen.«

»Das ist so toll gearbeitet. Und die kleinen Fotos von all den Babys, die es bisher getragen haben. Genial.«

Bodine blieb vor einem Laden stehen. »Manchmal fällt mir durchaus was ein. Aber da ich mir oft gedacht habe, dass ich Alice Bodine zu gern eine reinhauen würde, falls ich ihr jemals begegne, beenden wir das Thema lieber. Wollen wir es hier versuchen? Vielleicht finde ich ja was.« Sie fand nichts, dafür war der Laden von Callens Schwester die reinste Goldgrube. »Ich hätte gleich herkommen sollen. Ich hab eigentlich gehofft, dass Savannah heute arbeitet.«

»Ich komm jedes Mal her, wenn ich in Missoula bin. Ich habe sie bestimmt schon kennengelernt.«

»Im Moment ist sie hochschwanger.«

»Ja! Sie ist wunderbar. Ein Pluspunkt für Montana.«

Bodine hielt eine elegante Clutch aus Straußenleder hoch. »Das ist was für Sal. Lila ist ihre Lieblingsfarbe, und so etwas würde sie sich selbst nie kaufen. Weil es nicht praktisch ist.«

»Gut möglich, dafür ist sie schön.«

»Ich werd mit Sal herkommen. Sie mag Girlie-Sachen.«

»Das gilt für die meisten von uns, auch für Chelsea. Ich werd ihr diesen Schal kaufen.«

Bodine warf einen Blick darauf. Er hatte die Farben eines typischen Sonnenuntergangs in Montana.

»Der ist wahnsinnig hübsch, aber nicht sehr warm.«

»Darum geht es nicht.« Jessica schlang ihn um den Hals, drehte ein bisschen hier und zwirbelte da, bis sie aussah wie aus einer Modezeitschrift.

»Wie hast du das nur gemacht, ganz ohne Spiegel? Sag bitte nicht, du weißt, wo dein Hals ist.«

»Ich hab's eben mit Schals.« Jetzt ging sie trotzdem zu einem Spiegel und strich über die zarte, weiche Seide. »Ich würd ihn gern selbst tragen, also ist er ein gutes Geschenk.«

»Wenn das mein Maßstab wäre, würde ich erst recht keine Geschenke finden. Ich würde einfach nur … Ah!«

»Was ist denn? Ach, das Bild! Das ist euer Haus, oder?«

»Das Ranchhaus. In den Bergen liegt Schnee, aber in den Töpfen und Beeten blühen noch Herbstblumen. Und die Gingkobäume haben sich golden verfärbt.«

Die Verkäuferin, die ein gutes Geschäft witterte, kam zu ihnen. »Das stammt von einer hiesigen Künstlerin. Ich liebe die leuchtenden Farben der Gingkos, das Linienspiel des Ranchhauses und wie sich der Himmel hinter den Bergen rot färbt. Da möchte ich mich sofort auf die alte Bank unter den Bäumen setzen und mir den Sonnenuntergang live ansehen.«

»Wie hat die Künstlerin das Bild genannt?«

»Gelassenheit. Ich finde, das passt. Es handelt sich um die Bodine Ranch. Der Familie gehört das Bodine Resort, das sie selbst leitet. Eines der schönsten Urlaubsziele hier und wunderbar zum Essengehen. Die Familie lebt seit Generationen dort. Nur eine Stunde mit dem Auto von Missoula entfernt.«

»In der Ecke ist ein Stück von der Koppel zu sehen, und

Chester schläft auf der Veranda. Unser Hund«, erklärte Bodine der Verkäuferin. »Ich wohne dort. Gestatten? Bodine Longbow.« Sie gab ihr die Hand.

Die Verkäuferin errötete verlegen und erwiderte fest ihren Händedruck. »Ach, du meine Güte! Ausgerechnet Ihnen muss ich das erklären. Wie schön, Sie kennenzulernen, Miss Longbow. Stasha, die Künstlerin, wird begeistert sein, wenn sie hört, dass Sie ihr Bild bewundert haben.«

»Ich hoffe, sie ist auch begeistert, dass ich es kaufe. Ich möchte es meiner Mutter zu Weihnachten schenken. Bitte richten Sie ihr aus, dass ich Ihre Arbeit sehr bewundere. Die Gingkos haben den Ausschlag gegeben.« Bodine wandte sich an Jessica. »An einem kühlen Herbstabend, auf der Bank unter diesen Bäumen, hat mein Vater meine Mutter zum ersten Mal geküsst.«

»Ach du meine Güte«, sagte die Verkäuferin erneut, und ihre Augen wurden feucht vor Rührung. »Wie romantisch. Das ist Schicksal, nicht wahr? Ich muss gleich Stasha anrufen. Oder haben Sie was dagegen?«

»Nicht im Geringsten. Sagen Sie ihr, dass meine Mutter immer sagt, wenn sie die Geschichte von diesem ersten Kuss erzählt, es hätte sich angefühlt, als würde ihre ganze Welt in goldenes Licht getaucht. Wie die Blätter über ihrem Kopf auf dem Bild.«

Jetzt suchte die Verkäuferin nach einem Taschentuch.

»Wie lange sie wohl brauchen würde, die beiden dort hineinzumalen?«, sagte Jessica. »Entschuldigung, ich habe nur laut gedacht.«

»Meine Güte, Jessie, das ist die Idee überhaupt. Ginge das?«, fragte Bodine. »Es geht ja eher um den Eindruck aus der Ferne und weniger um eine detaillierte Abbildung. Ich könnte der Künstlerin Fotos besorgen.«

»Ich ruf sie gleich an. Sie wohnt im Ort. Sofort. Ach du meine Güte.«

»Jessica.« Bodine legte Jessica den Arm um die Schulter. »Ich hab nach dem perfekten Geschenk gesucht, und du hast den Vogel abgeschossen. Meine Mutter wird begeistert sein. Einfach nur begeistert. Die Pizza geht auf mich.«

Mit den Jahren hatte Bodine gelernt, das Shoppen zu genießen, zumindest mit ihrer Mutter und den Grannies. Doch sie musste zugeben, dass der Ausflug mit Jessica alles in den Schatten stellte. Sie deckte sich noch mit Scherzartikeln ein. Am besten gefielen ihr die Socken mit Cowboys, die nur Stiefel, Hüte und Unterhosen trugen. Euphorisch ließ sie sich von Jessica zu einer roten Lederweste überreden, eine Farbe, um die sie normalerweise einen Bogen machte. Außerdem zu einer weißen Bluse mit Rüschenmanschetten und zu einem neuen Lippenstift, obwohl sie ständig vergaß, welchen aufzutragen.

Die Einkehr bei *Biga's* sorgte für einen rundum gelungenen Tag. Bodine biss in ihr Stück Pizza und ließ Jessica nicht aus den Augen. »Na, was sagst du?«

»Die schmeckt gut.« Jessica nahm einen zweiten Bissen und ließ ihn sich auf der Zunge zergehen. »Richtig gut.«

»Sag ich doch. Auch wenn ich nicht verstehe, warum du Spinat auf deiner Hälfte haben wolltest.«

»Gesund und köstlich. Trotzdem, die Pizza ist wirklich lecker, aber …«

Während sie kaute, hob Bodine warnend den Zeigefinger. »Das ist nur dein New-York-Lokalpatriotismus.«

»Irgendwann fahren wir zum Shoppen nach New York.«

Kichernd biss Bodine in ihr Stück. »Na logisch.«

»Ich werd bestimmt eine Möglichkeit finden. Wenn es so weit ist, nehm ich dich mit zu *Lombardi's*. Andererseits …« Jessica aß weiter. »Ich muss zugeben, dass ich mit diesem Lokal New York deutlich weniger vermisse.«

»Vermisst du die Stadt wirklich so sehr?«

»Ab und zu schon. Ich weiß nicht, ob ich mich je an die Stille gewöhnen werde. Manchmal werde ich mitten in der Nacht wach, weil es draußen so leise ist. Oder ich schau aus dem Fenster. Statt Häuser und Verkehr nur jede Menge Natur.«

»Dass man so was vermissen kann. Lärm und Verkehr.«

»Tja.« Lachend nippte Jessica an ihrem Weinglas. »Manchmal vermiss ich das Tempo, die Energie einer Großstadt und meinen Thai an der Ecke. Dann denke ich wieder an die Berge, die frische Luft und den Job, den ich sehr liebe. An die Leute, die ich kennengelernt habe. Und jetzt lern ich sogar reiten.«

»Und, wie läuft's? Ich wollte längst mal gucken kommen, dachte mir aber, du übst vielleicht lieber ohne Publikum.«

»Da hast du richtig gedacht. Deine Großmutter ist toll und eine geduldige Lehrerin. Ich habe nicht mehr das Gefühl, mein Leben zu riskieren, sobald ich Maybelle besteige. Das ist gar nicht mal so schlecht für die dritte Reitstunde.«

»Bald wirst du mit uns das Vieh auf die Weide treiben.«

»Das schau ich mir gern von dir ab.« Jessica stieß mit ihr an. »Wart's ab.«

»Du wirst staunen. Ich möchte nicht übers Geschäft reden, aber du bist in kürzester Zeit zu einem unverzichtbaren Familienmitglied geworden. Ich kann mich voll und ganz auf dich verlassen und hab den Kopf für andere Dinge frei.«

»Das bedeutet mir viel. Ich arbeite gern für dich und deine Familie. Meine Güte, es macht mir wirklich Spaß, Events mit Rory zu kreieren. Er ist so schlau und kreativ, außerdem bringt er mich jeden Tag zum Lachen.«

»Er flirtet mit Chelsea, stimmt's?«

Jessica versuchte ein Pokerface zu machen, musste aber grinsen, als sie die Pizza zum Mund führte. »Wer weiß? Aber man kann es ihm schlecht verdenken. Sie ist toll, intelligent und voller Energie. Sie behält gut den Überblick, kann aber Details ausarbeiten, wenn ich das wünsche. Sie ist ein Grund mehr, meinen Job zu mögen. Obwohl ich anfangs skeptisch war.«

»Wenn man bedenkt, dass du dafür extra ans andere Ende des Landes gezogen bist, kann man sich das nur schwer vorstellen.«

»Ich hab den Sprung in einer schwierigen Phase meines Lebens gewagt. Ich hab mir eingeredet, dass es besser ist ihn zu wagen, und gemerkt, dass es genau das Richtige war.«

Mit dem Blick auf Bodine nahm Jessica noch einen Schluck Wasser. »Ich glaube, jetzt darf ich dich fragen, warum du mich eingestellt hast. Eine New Yorkerin, die nie westlich des Mississippi gewesen ist.«

»Na ja, dein Lebenslauf hat mich aufmerken lassen. Deine Referenzen waren fantastisch. Ich konnte allerdings schlecht abschätzen, ob du bei uns bleibst. Du warst sehr traurig.«

»Ja.«

»Wenn man so will, habe auch ich den Sprung gewagt. Ich hatte die ganze Zeit über ein gutes Gefühl. Unsere ersten Telefonate, dann das Vorstellungsgespräch, für das du zu uns geflogen bist. Ich habe irische und indianische Vorfahren. Die wiegen schwerer als die reine Vernunft der französischen Seite. Ich glaube an Gefühle und höre möglichst auf sie.«

»Deshalb sitzen wir heute hier.«

»Auf uns.« Bodine stieß mit Jessica an.

Auf der Heimfahrt ging die Sonne hinter den weißen Gipfeln unter, die aussahen wie von Gold überzogen.

Ihre Geschenke waren komplett, das Bild noch in Händen der begeisterten Künstlerin, damit sie ihm den letzten, romantischen Schliff verlieh. Nun konnte in den zwei Wochen vor dem großen Fest eigentlich nichts mehr schiefgehen.

»Ich bin so froh, dass du mich dazu überredet hast. Auch wenn ich die rote Weste für einen Fehlkauf halte.«

»Die steht dir super. Du kannst kräftige Farben tragen. Ich verstehe nicht, warum du nicht öfter Rot und andere Edelsteinfarben trägst.«

Der nachdenkliche Ton, in dem sie das sagte, ließ Bodine zu ihr hinüberschauen. Mit jedem Kilometer wurde Jessica schweigsamer und ihre Stimmung gedämpfter. »Alles okay?«

»Wie bitte? Jaja, alles bestens.« Doch sie verstummte erneut, schien nur noch aus dem Fenster starren zu wollen, während es draußen dämmerte. Dann richtete sie sich in ihrem Sitz auf. »Wir sind Freundinnen.«

»Na klar.«

Frustriert schüttelte Jessica den Kopf. »Ich war mein ganzes Leben lang vorsichtig mit Freundschaften. Ich habe viele gute Bekannte, lockere Freundschaften. Leute, mit denen man hin und wieder was trinken geht. Es gab auch Kollegen, mit denen ich befreundet war, aber ich bin vorsichtig, wenn es darum geht, Freundschaft mit Menschen zu schließen, die in keinen dieser Bereiche fallen.«

»Warum?«

»Weil ich ein Scheidungskind bin? Ich kann mich kaum daran erinnern, wie es war, als meine Eltern zusammen waren, und habe mit keinem von beiden viel Zeit verbracht. Im Grunde bin ich bei meinen Großeltern aufgewachsen. Anfangs hieß es: *Du bleibst nur bei uns, weil deine Mutter verreisen oder dein Vater arbeiten muss.* Doch irgendwann durchschaut man das, auch als Kind. Meine Eltern wollten mich einfach nicht.«

»Das tut mir leid. Das ist …« Bodine fehlten die Worte.

»Meine Großeltern wollten mich. Sie haben mich geliebt und mir das tagtäglich gezeigt. Aber daran, dass einen die eigenen Eltern ablehnen, hat man gehörig zu knabbern. Wahrscheinlich ist das der Grund, warum ich mit Freundschaften vorsichtig bin. Doch wir beide sind befreundet, und das möchte ich auf gar keinen Fall gefährden.«

»Warum auch?«

»Ich hab Chase geküsst. Besser gesagt, er hat mich geküsst. Sagen wir, am Ende haben wir uns beide geküsst.«

Um sich Zeit zum Nachdenken zu verschaffen, nahm Bodine kurz die Hände vom Lenkrad. »Wie bitte?«

»Das war nicht geplant, sondern hat sich so ergeben. Das Pferd hat mich in seine Arme getrieben. Na ja, das Pferd, Cals Pferd, hat an meinen Haaren geschnuppert, da hab ich mich vor Schreck in Chase' Arme geflüchtet. Es ist einfach passiert.«

»Wann? An Thanksgiving?«

»Ja.«

»Wusst ich's doch.« Bodine schüttelte triumphierend die Faust. »Nicht das mit dem Kuss, aber irgendwie hab ich's geahnt. Chase hat betont unauffällig getan. Wie immer, wenn bei ihm was im Busch ist.« Sie legte die Hände zurück aufs Steuer und merkte, dass sie instinktiv Gas gegeben hatte. Also nahm sie das Tempo wieder zurück. »Ihr habt euch richtig geküsst? Auf den Mund?«

»Ja. Dann ist mir eingefallen, dass er dein Bruder ist. Ich bin deine Freundin, aber auch deine Angestellte, so gesehen …«

»Ach, hör auf mit der Angestellten. Chase ist erwachsen und kann küssen, wen er will, vorausgesetzt, die Frau ist einverstanden. Wenn es euch gut damit geht, warum sollte ich was dagegen haben?«

»Ich weiß nicht, ob es ihm damit gut geht. Er hat die Sache abgebrochen und sich endlos entschuldigt, bis ich ihm am liebsten eine reingehauen hätte. Ich meine, welcher Idiot …« Sie verstummte. »Er ist dein Bruder.«

»Ich kann meinen Bruder lieben und zu ihm halten und

trotzdem wissen, dass er manchmal ein Idiot ist. Er hat sich dafür entschuldigt, dass er dich geküsst hat?«

»Dass er die Situation ausgenutzt hat.« Als sie merkte, dass sie auf Verständnis stieß, machte Jessica ihrem Herzen Luft. »Die Situation ausgenutzt? Seh ich aus wie eine Frau, die sich in Situationen bringen lässt, in denen sie ausgenutzt werden kann? Ich komme aus New York! Glaubt er, ich bin noch nie Männern begegnet, die mich bedrängt haben? Von denen ich nicht bedrängt werden wollte? Dann meinte er, dass ich mich zu nichts verpflichtet fühlen solle. Als würde ich bloß was mit ihm anfangen, weil ich das Gefühl habe, als Angestellte nicht Nein sagen zu dürfen. An solche Dinge denkt der, wenn ich ihn küsse? Dass ich mitspiele, weil ich meinen Job behalten will? Würde ich mich belästigt fühlen, hätte er es garantiert zu spüren bekommen.« Sie schnippte mit den Fingern. »Ich bin kein Häschen, das sich in solche Situationen hineinmanövrieren lässt. Ich lasse mich nicht ausnutzen oder erpressen.«

Bodine sagte freimütig, was sie davon hielt. »Dass er sich dafür entschuldigt hat, ist typisch Chase. Ich nehme an, er hat seit Längerem davon geträumt, dich zu küssen. Chase ist niemand, der impulsiv handelt. Außer er ist mit Skinner unterwegs, der diese Seite an ihm hervorholt. Er überlegt lange im Voraus, und anscheinend hatte er sich das mit dir nicht zu Ende überlegt. Deshalb fühlt er sich verantwortlich. Ich kann verstehen, dass du deswegen sauer bist, weil er es verbockt hat, und dass sein Verhalten durchaus als Beleidigung aufgefasst werden kann. Aber ich hoffe, du lässt ein bisschen Nachsicht walten – ganz einfach, weil er Chase ist.«

»Ich bemüh mich.«

Bodine gab Jessicas Arm einen Stups. »Ich halte in dieser Angelegenheit nicht ausschließlich zu ihm. Du wirst ihm bestimmt erklären, dass er dich damit beleidigt hat.«

»Ach, das hab ich längst getan.«

»Dann ist er verwirrt und frustriert. Wenn der Groschen fällt, wird er entsetzt sein, weil er Respekt vor Frauen hat. Aber er ist eben ziemlich ungeschickt im Umgang mit ihnen.«

Jessica musste laut lachen.

»Nicht so wie Rory, der früher oder später mehr als nur mit Chelsea flirten wird. Falls sie das möchte. Er besitzt gute Menschenkenntnis, deshalb ist er ein so guter Verkäufer.« Schweigend fuhr sie weiter und ordnete ihre Gedanken. »Ich würde mich nicht wundern, wenn Chase sich eine Entschuldigung für die Entschuldigung ausdenkt. Deshalb frage ich dich als meine Freundin: Magst du ihn?«

»Natürlich«, hob Jessica an. »Er ist ein sehr netter Kerl.«

»Das ist Rory auch. Hast du vor, ihn ebenfalls zu küssen?«

Jessica atmete hörbar aus. »Nein.« Sie ist eine Freundin, dachte Jessica. Nicht nur eine nette Kollegin oder gute Bekannte. Sie waren Freundinnen. Da konnte sie einen Schritt weitergehen. »Ich fühle mich zu Chase hingezogen. Ich bin interessiert an ihm.«

»Gut. Wenn du willst, dass sich die Szene wiederholt oder dass es weitergeht, wirst du den nächsten Schritt machen müssen. Er wird ein Jahr brauchen, bis er sich traut.«

»Nur damit das klar ist«, Jessica hob den Zeigefinger, »soll das etwas heißen, ich soll deinen Bruder anmachen?«

»Als Freundin und Arbeitgeberin weise ich dich nur darauf hin, dass ihr beide erwachsen und nicht gebunden seid. Als seine Schwester, die ihn in- und auswendig kennt, rate ich dir, aktiv zu werden, wenn du willst, dass sich an dieser Front was tut. Niemand wird schockiert, besorgt oder sonst was sein, wenn ihr miteinander ins Bett geht. Ich weiß auch nicht, warum die Leute bei Sex immer so kompliziert sein müssen.«

»Ich rede nicht von Sex.«

»Natürlich tust du das.«

Jessica seufzte. »Natürlich tu ich das. Ich muss drüber nachdenken. Keine Angst, es wird kein Jahr dauern. Ein, zwei Tage genügen mir vollauf. Bodine?«

»Ja?«

»Ich finde es schön, eine Freundin zu haben.«

Bodine grinste. »Du hast großes Glück mit mir. Ich bin eine wahnsinnig gute Freundin.« Als sie erneut aufs Gas trat, grinste sie immer noch.

Fast daheim, dachte sie, während sie an einem blauen Kombi vorbeifuhr, der ihnen entgegenkam.

***

Wäre Karyn Allisons Reifen zwei Minuten früher geplatzt, hätte Bodine sie am Straßenrand stehen sehen und angehalten, statt an ihr vorbeizufahren, denn Karyn fuhr in Richtung Missoula.

Zwei Minuten, die alles geändert hätten.

***

Mit Schnee wischte er sich das Blut von den Händen. Das hatte er nicht gewollt. Warum hatte sich das Mädchen nicht gefügt? Es war sein gottgegebenes Recht, ja seine Pflicht sich fortzupflanzen, seine Gene weiterzugeben.

Seinen Samen zu verbreiten.

Hatte Gott sie ihm nicht direkt in die Arme getrieben?

Sie hatte am Straßenrand gestanden, mit einem geplatzten Reifen. Ein eindeutigeres Signal für eine göttliche Fügung war nicht vorstellbar. Ein Mann hatte das Recht auf eine attraktive Ehefrau. Wäre sie zu alt zum Kinderkriegen gewesen oder zu unattraktiv, hätte er ihr wie ein guter Christ den Reifen gewechselt und seine Fahrt fortgesetzt.

Aber sie war jung. Jünger als die Kneipenhure und bildhübsch. Dass sie bereits begonnen hatte, den Wagen aufzubocken, bewies, dass sie Rückgrat hatte, und ein Mann will, dass seine Söhne Rückgrat haben. Und hatte sie sich nicht mit einem netten Lächeln bei ihm bedankt, als er angehalten hatte, um ihr die Arbeit abzunehmen?

Er wusste gutes Benehmen zu schätzen. Dass sie zurückgetreten war, um ihm die Sache zu überlassen, bewies, dass sie ihren Platz kannte. Dann war sie ein paar Meter weiter gegangen, hatte ihr Handy gezückt und gesagt, dass sie Freunde verständigen wolle, mit denen sie verabredet war.

Das hatte er nicht zulassen können und ihr das auch gesagt. Woraufhin sie ihn auf eine Art angesehen hatte, die ihm nicht gefiel. Respektlos. Er hatte sie geschlagen. Im Rückblick begriff er, dass er das angesichts des Unfalls mit der anderen lieber hätte bleiben lassen sollen. Der Schlag sollte sie eigentlich ausschalten, doch sie hatte wie wahnsinnig geschrien und sich gewehrt. Sie hatte ihm voll in die Eier getreten, bevor er ihr mit dem Schraubenschlüssel eins übergebraten hatte. Danach hatte sie noch geamtet und ein wenig gestöhnt, als er sie auf die Ladefläche seines Pick-ups verfrachtet und sie mit Klebeband geknebelt hatte, falls sie erneut schreien wollte. Er war gegangen, um ihr Handy aufzuheben und ihre Handtasche aus dem Auto zu holen. Weil die Polizei diese Dinge letztes Mal gefunden hatte.

Angesichts seines vermeintlich geglückten Vorhabens war er zu euphorisch gewesen. Bald würde sie in ihrem Zimmer aufwachen und lernen, wo ihr Platz und was ihre Pflicht war.

Doch als er zu seiner Hütte zurückgekehrt war und sie vom Pick-up ziehen wollte, war da mehr Blut gewesen als erwartet. Sein erster Gedanke hatte dem Umstand gegolten, dass er das alles aufwischen musste. Sein zweiter, dass sie ihm einfach auf der Ladefläche seines Pick-ups weggestorben war. Das verdarb ihm nicht nur die Laune, sondern jagte ihm einen gehörigen Schrecken ein.

Sofort hatte er die Plane über sie geschlagen und war weitergefahren. Er hatte die Hütte nicht betreten. Sein Zuhause war kein Ort für eine Tote, für eine dumme Kuh, die nicht gewusst hatte, wie man sich benimmt. Vor allem nicht jetzt, wo der Boden viel zu tief gefroren war, um ein Grab ausheben zu können. Verbittert über so viel Pech, fuhr er durch die Nacht und das Schneetreiben in die Wildnis. Es war mühsam, mit der Toten über der Schulter auf Schneeschuhen zu laufen, aber er musste nicht weit gehen.

Er begrub sie im Schnee, mit ihrem Handy und ihrer Handtasche. Vorher nahm er das Geld heraus und danach die Decke wieder mit, in die er sie gewickelt hatte. Er war schließlich nicht blöd. Vor dem Frühling würde man sie bestimmt nicht finden. Vielleicht auch gar nicht mehr. Eher würden die Tiere sie entdecken. Er überlegte, ein Gebet für sie zu sprechen, beschloss dann aber, dass sie es nicht wert war. Dass sie seiner nicht wert war.

Dann wusch er sich mit Schnee das Blut von den Händen und ließ sie in der Wildnis zurück.

11

Bodine liebte Weihnachten. Das Resort schloss am Mittag des 24. Dezember, nachdem die letzten Gäste abgereist waren, und blieb bis einschließlich des zweiten Weihnachtsfeiertags geschlossen. Der Wachdienst würde seine Runden drehen und die Pferde versorgt werden. Ansonsten hatten alle über die Feiertage frei, um Zeit mit Freunden und Verwandten verbringen zu können.

Die Grannies würden über Nacht bleiben. Die Rancharbeiter und die Angestellten, die nicht bei ihren Familien sein konnten, waren zu einem Festmahl samt Getränken eingeladen.

Bodine ritt mittlerweile bestimmt dreimal die Woche mit Callen nach Hause. So auch heute, während es weihnachtlich schneite. »Wirst du deine Mutter und Schwester besuchen?«

»Ja, morgen Abend zum Essen.«

»Dann grüß sie lieb von mir. Wie hast du eigentlich in Kalifornien Weihnachten gefeiert?«

»Ich habe mit Freunden abgehangen, und das werde ich auch heute Abend machen.«

»Es gibt genug Essen, um eine ganze Armee zu verköstigen. Ich bin sehr dankbar, dass die Frauen in meiner Familie vor Jahren beschlossen haben, die Resortküche mit der Zubereitung zu betrauen. Ansonsten müsste ich schälen und hacken, sobald ich nach Hause komme.«

»Du könntest dich in meiner Hütte verstecken und mir mit den Geschenken helfen, die ich morgen zu meiner Schwester schleppen werde.«

»Wie, heißt das, du hast sie noch nicht eingepackt?«

»Ich hab doch bis morgen Zeit, oder? Außerdem packe ich sie nicht ein. Dafür gibt es diese tollen Tüten.« Er sah zu ihr hinüber. Ihr Gesicht war vor Kälte und Freude gerötet. »Hast du schon alles verpackt?«

»Verpackt, mit Bändern und Schleifen versehen, beschriftet und unter den Baum gelegt.« Sie strahlte förmlich vor Stolz.

»Angeberin!«

Lachend legte sie den Kopf schräg und klimperte mit den Wimpern. »Klug vorauszuplanen hat nichts mit Angeberei zu tun. Außerdem muss ich zugeben, dass Sal mir geholfen hat. Sie liebt es, Geschenke einzupacken, und kann das tausendmal besser als ich, auch wenn sie ewig dafür braucht. Außerdem lenkt es sie von ihrer Trauer um Billy Jean ab.« Ihr Lächeln erlosch. »Sie vermisst ihre Freundin. Sie haben Weihnachten zusammen verbracht und Champagnercocktails getrunken. Und jetzt ist noch ein Mädchen verschwunden. Sal glaubt, dass es derselbe war, der Billy Jean umgebracht hat.«

Als Cal schwieg, sah Bodine zu ihm hinüber. »Siehst du das auch so?«

»Es waren beides Frauen ohne Begleitung mit einer Autopanne. Bei der einen war der Tank leer, bei der anderen der Reifen geplatzt. Schlussfolgerungen überlasse ich dem Sheriff.«

»Sie hatte den Wagen bereits aufgebockt, aber keinen Schraubenschlüssel dabei, wenn ich das richtig gelesen habe. Sie muss jemanden angerufen haben, denn laut ihrer Mutter hatte sie das Handy dabei. Vielleicht war ja der Akku leer. Höchstwahrscheinlich hat sie ein Auto angehalten und … Ich muss an ihr vorbeigefahren sein«, unterbrach Bodine sich selbst. »Das kann gar nicht anders sein.«

»Was willst du damit sagen?«

»Sie hat ihre Mutter besucht und ist dann zurück nach Missoula, wo sie Freunde vom College treffen wollte. Sie studiert an der University of Montana. Jessie und ich müssen ihr auf unserer Rückfahrt von Missoula begegnet sein. Ich hab dieselbe Straße genommen, an der ihr Wagen gefunden worden ist. Ständig frage ich mich, wie knapp ich sie verpasst habe.«

Sie schüttelte die düsteren Gedanken ab.

»Bei Billy Jean muss es meiner Meinung nach ein Fremder gewesen sein. Vielleicht sogar ein Gast, auch wenn ich die Vorstellung unerträglich finde. Dieses Mädchen dagegen ist bestimmt entführt worden. Das ist eine schreckliche Vorstellung, aber doch was anderes. Sie war erst achtzehn, also deutlich jünger. Billy Jean hat die Strecke genommen, die sie immer nahm. Karyn Alison war seit Wochen nicht zu Hause.«

Er verstand, warum sie das glauben wollte, und vielleicht hatte sie sogar recht. Aber dann würde sie keine Vorsichtsmaßnahmen ergreifen … »Es besteht natürlich theoretisch die Möglichkeit, dass zwei verschiedene Personen zwei Frauen mit einer Autopanne angegriffen haben. Im selben Monat, keine fünfzig Kilometer voneinander entfernt.«

Bodine atmete hörbar aus. »Das sage ich Sal auch immer, wenn sie sich deswegen Sorgen macht. Nicht zuletzt, um selbst ruhig schlafen zu können.«

Er nickte. »Solange du aufpasst und die Augen offen hältst. Etwas anderes würde ich von dir aber auch nicht erwarten.«

»Keine Ahnung, warum ich dieses Thema am schönsten Tag des Jahres angesprochen habe. Ich musste nur daran denken, wie sehr sich deine Mutter über deinen Weihnachtsbesuch freuen wird. Die andere Mutter dagegen hat keine Ahnung, wo ihre Tochter steckt oder ob sie überhaupt noch lebt.« Um sich zu beruhigen, beugte sie sich vor, um Leo zu streicheln. »Moment mal.« Sie richtete sich auf. »Ich soll die Augen offen halten? Ist das der Grund, warum entweder Rory oder du bei mir im Auto mitfahrt, wenn ich nicht auf Leo reite?«

Callen blieb ruhig. »Das spart Benzin.«

»Ihr denkt also bloß an die Umwelt?«, fragte sie mit sarkastischem Unterton.

»Das sollten viel mehr Menschen machen.«

Dagegen konnte sie schlecht etwas einwenden. Wenn sie darüber nachdachte, konnte sie ihm deswegen auch nicht böse sein. Zumindest nicht sehr. »Ich weiß eure Sorge um mich zu schätzen. Obwohl ich hervorragend allein klarkomme, finde ich eure raffinierten männlichen Schutzmaßnahmen äußerst rührend.« Sie strahlte übertrieben, als Callen sie sorgfältig musterte.

»Tatsächlich?«

»Ja. Ich finde es zwar nicht toll, dass die großen, starken Männer das für sich behalten haben, um meine Gefühle zu schonen. Doch ich weiß eure Sorge durchaus zu schätzen.«

»Es ging nicht darum, deine Gefühle zu schonen, sondern eher darum, mich vor deiner Sturheit und deinem Temperament in Acht zu nehmen.«

»Wieso ist das, was bei Männern als stark oder taff gilt, bei Frauen gleich Sturheit?«

»Das meine ich doch gar nicht.« Er schnalzte und ließ Sundown lostraben.

»Feigling«, sagte Bodine, lachte aber, als sie ihn einholte.

»Auf manchem Gebiet ja.«

Gemeinsam ritten sie auf dem Hof der Ranch ein.

»Ich muss kurz was aus der Hütte holen.«

Während Callen davonsauste, führte Bodine Leo schulterzuckend in den Stall. »Das war ein schöner Ausritt«, sagte sie, während sie ihn absattelte und ihm das Zaumzeug abnahm. »Jetzt wirst du schön gestriegelt und bekommst anschließend vielleicht noch eine Belohnung.« Sie nahm einen Hufkratzer und versorgte seine Hufe, bevor sie ihn mit einem Handtuch abrieb. Anschließend griff sie zur Kardätsche und hörte, wie Callen mit Sundown hereinkam. Da sie einen Vorsprung hatte, war sie zuerst fertig und trug ihren Sattel in die Sattelkammer. Dann holte sie den von Callen.

»Ich mach das gleich.«

»Ich hab ihn schon.« Trotzdem blieb sie vor dem Stall stehen. »Ich hab auch ein Glas mit Minzesticks …«

Noch während Callen »Nicht!« rief, stieß Sundown ein lang gezogenes, schrilles Wiehern aus und versetzte Callen einen begeisterten Stoß mit dem Kopf, bevor er zur Tür ging. Das Pferd strahlte Bodine regelrecht an.

»Das nächste Mal buchstabierst du dieses Wort bitte. Bestimmt wird er auch das bald rauskriegen, aber bis es so weit ist, sprich dieses Wort nicht laut aus. Los, aus dem Weg.« Callen schaffte es, Sundown zurückzudrängen und den Stall zu verlassen, bevor das Pferd erneut seinen Kopf herausstrecken konnte.

Bodine konnte nicht anders, sie musste es einfach ausprobieren. »Minzesticks.«

»Mensch, Bo.« Kopfschüttelnd nahm Callen Bodine den Sattel ab, während Sundown tänzelte und wieherte.

»Lacht er etwa?«

»Ich würde sagen, das ist seine Version von *Yippie-ja-yeah*.«

Fasziniert kehrte Bodine in Leos Stall zurück, während Callen sein Zaumzeug fortbrachte. Sie holte das Einmachglas mit den Minzesticks, die sie Leo zu Weihnachten gekauft hatte.

In ihrer Hosentasche wühlte sie nach dem Taschenmesser und durchtrennte das Siegel. Leo bekam zwei Sticks, die er zufrieden kaute. Danach küsste sie ihn auf die Wange. »Frohe Weihnachten, Leo.« Sie nahm zwei weitere Sticks aus dem Glas und verließ den Stall. Als Sundown sie sah, tat er so, als würde er schmatzen. »Der ist wirklich einmalig«, sagte sie, als Callen zurückkam. »Darf ich sie ihm geben?«

»Nicht, bevor er ›Bitte‹ gesagt hat.«

Daraufhin gab Sundown ein Geräusch von sich, und seine Augen sagten *Bitte,* wie es keine Stimme besser hätte sagen können. Sie hielt ihm die Sticks hin, und er nahm sie ihr aus der Hand. Seufzend schnaubte er an ihrer Wange.

»Gern geschehen. Leo teilt sein Weihnachtsgeschenk gern mit dir. Wie du siehst, sprech ich das Wort bewusst nicht aus! Hätte ich gewusst, dass du so scharf darauf bist, hätte ich gleich zwei Gläser gekauft.«

»Ich hab eines in der Hütte. Würde ich es in seiner Nähe aufbewahren, fände er bestimmt einen Weg, dran zu kommen. Apropos Weihnachten.« Callen öffnete erneut die Stalltür und holte eine Geschenktüte heraus.

»Ach.« Nervös starrte Bodine erst darauf und dann auf Callen. »Ich hab gar nichts … Du musst mir nichts schenken.«

»Wer sagt denn, dass das für dich ist? Bitte nicht vergessen: An Weihnachten geht es ums Geben, nicht ums Nehmen, Bodine. Das ist für Leo, und zwar von Sundown.«

»Das ist … Dein Pferd hat ein Geschenk für mein Pferd?«

»Sie müssen schließlich gut miteinander auskommen. Wirst du es ihm geben?«

»Natürlich. Ich fürchte, ich muss es auspacken, wenn Sundown nichts dagegen hat.«

»Heißt das ja?«, fragte Callen sein Pferd und erntete ein kurzes Nicken.

»Gut, dann schauen wir mal, Leo.« Sie ging zu Leo und fasste in die Tüte, spürte Leder. »Schau, Leo, du hast ein neues Halfter bekommen. Und ein so schickes. Ah, mit deinem Namen und dem Bodine-Logo drauf. Callen, was für ein tolles Geschenk. Und so durchdacht. Danke.«

»Bedank dich nicht bei mir.« An die Stalltür gelehnt, zeigte Callen mit dem Daumen nach hinten. »Das hat Sundown ausgesucht.«

»Natürlich. Danke, Sundown, das ist das schönste Halfter, das Leo je hatte. Wir werden es gleich anprobieren. Komm«, murmelte sie ihrem Pferd zu und zog es ihm über den Kopf. »Es sitzt wie angegossen. Schau nur, wie schön.«

Sie wandte sich wieder an Callen. »Danke, dass du Sundown beim Kauf beraten hast.«

»Nun, er war nicht davon abzubringen.« Als er sie so mit seinem und ihrem Pferd sah, fasste Callen einen Entschluss. »Siehst du das da oben?« Er zeigte an die Decke.

Sie sah hinauf, konnte aber nur Balken erkennen. »Was?«

»Den Mistelzweig da oben.«

Wieder schaute sie zur Decke. »Da ist kein Mistelzweig.«

»Du guckst nicht richtig hin.«

Während er sie ganz genau anguckte, zog er sie an sich.

Diesmal war es kein Versehen, dass sich ihre Lippen trafen. Diesmal wollte er es so und das gab er ihr eindeutig zu verstehen. Seine Hand glitt von ihrer Schulter zu ihrer Taille hinunter und blieb dort liegen, während er von ihrem Mund Besitz ergriff, genauso wie er sich das erträumt hatte. Langsam und genüsslich. Und so wie er sich das erträumt hatte, wich sie nicht zurück, sondern kam ihm sogar entgegen.

Sie war wirklich noch hübscher geworden. Ihre Lippen waren voll und warm und alles andere als schüchtern. Sie drängte sich an ihn, so dass er ihre Figur nie mehr vergessen würde.

Als ihre Hand nach oben wanderte und seinen Nacken packte, spürte er das mit jeder Faser seines Körpers. Sie hatte gewusst, dass das früher oder später passieren musste, denn dafür hatte auf ihren gemeinsamen Ritten viel zu viel Leidenschaft in ihnen geschlummert. Während sie sich fragte, wie sie reagieren würde, ob sie oder er den ersten Schritt tun sollte, hatte sie geglaubt, gut auf alles vorbereitet zu sein.

Doch da hatte sie sich gründlich getäuscht. Es war wunderbarer, überwältigender und atemberaubender als in ihren kühnsten Träumen. Die Reaktion ihres Körpers verblüffte sie.

Er schmeckte nach Leidenschaft und Geheimnissen, duftete nach Pferd, Leder und Mann und konnte noch viel besser küssen als gedacht. Als er sich von ihr lösen wollte, zog sie ihn erneut an sich. Er mochte zwar angefangen haben, aber sie würde es beenden. Erst als sie kaum noch Luft bekam, stieß sie ihn von sich. »Ein Mistelzweig. Von wegen.«

»Gut möglich, dass ich mich getäuscht habe.« Er sah erneut nach oben, schien zu überlegen und blickte ihr dann direkt in die Augen. Sie waren jetzt eher blau als grau. In ihnen lag ein vielsagendes Funkeln. »Ich wollte uns einen Vorgeschmack auf die Zukunft gönnen.«

»Und wie sieht die Zukunft aus, Skinner?«

»Das weißt du genauso gut wie ich. Aber wir werden es erst im Frühling herausfinden, wenn Abe wieder zurück ist. Egal, ich kann warten.«

Sie wandte sich ab, um die Jacke vom Haken zu nehmen. »Du scheinst dir deiner Sache sehr sicher zu sein.«

»Ich glaube fest daran, ja.« Er grinste anzüglich.

Sie musste laut lachen. »Gut möglich, aber ich hab da auch ein Wörtchen mitzureden.«

»Das hast du doch gerade.«

Sie beäugte ihn misstrauisch und schlüpfte in ihre Jacke. Sie wusste nicht recht, ob sie weiter herumplänkeln oder gleich einen freien Stall suchen sollte, um zu beenden, was er angefangen hatte. »Vielleicht war ich nur in Weihnachtslaune.«

»Das lässt sich nachprüfen.« Er machte einen Schritt auf sie zu. Sie hob warnend die Hand.

»Ich finde, wir sollten es vorerst dabei belassen.«

Er steckte einfach nur die Hände in die Hosentaschen. »Wie gesagt, ich kann warten.«

»Bis April kann viel passieren. Bis dahin können wir unsere Meinung ändern.«

»Das glaube ich nicht. Im Frühling sehen wir weiter.«

»Gut.« Sie nahm sich vor, die Sache als eine Art weiteren Termin zu betrachten. Im Frühling würden sie weitersehen.

»Kommst du mit ins Haus?«

»Ich will erst noch ein bisschen aufräumen.«

»Dann sehen wir uns nachher.« Sie marschierte über die Betonrinne. »Weißt du was, Skinner?«, sagte sie, ohne sich noch einmal umzudrehen. »Gut möglich, dass ich nur wegen deinem Pferd mit dir ins Bett gehe. Vergiss das nicht.«

Nachdem sich das Tor hinter ihr geschlossen hatte, sah Callen auf Sundown hinunter. »Du bist nicht der Grund.«

Sundown bewies, dass ein Pferd schallend lachen kann.

***

Linda-Sues Hochzeit erwies sich trotz des zusätzlichen Pomps als Riesenerfolg. Jessica konnte stolz auf sich sein. Sie hatte alles perfekt unter einen Hut gebracht. Beziehungsweise unter den Stetson mit der flachen Krempe, den Bodine ihr zu Weihnachten geschenkt hatte. Sie hatte sich um die Braut und die Organisation gekümmert und mit Chelseas Hilfe das größte Problem bewältigt. Die Brautmutter.

Von der Ankunft der Gäste über Garderobenprobleme bis hin zu Blumen-Deko, Musik und Harfenistin hielt die Hochzeit Jessica und ihr Team drei Tage lang voll auf Trab. Kaum war die Hochzeit vorbei, begannen die Silvestervorbereitungen.

Deshalb widersprach Jessica nicht, als Bodine ihr befahl sich anschließend zwei Tage frei zu nehmen. Am ersten wachte sie erst mittags um zwei auf. Benommen und desorientiert verließ sie das Bett. Auf dem Weg in ihre kleine Küche, aus der sie sich eine Flasche Wasser holen wollte, schaute sie aus dem

Fenster. Ihr fiel ein Pick-up auf, der am Straßenrand stand statt auf einem der Parkplätze. Vielleicht hatte Chelsea, ihre nächste Nachbarin, Übernachtungsbesuch? Aber wieso hatte der Wagen an der Straße geparkt?

Auf dem Rückweg ins Schlafzimmer stellte sie fest, dass der Pick-up verschwunden war. Ohne weiter darüber nachzudenken, schlüpfte sie ins Bett und schlief wieder ein.

Die Flaute zu Jahresbeginn wurde rasch von der Autorenkonferenz verdrängt, auf die sie ebenfalls stolz sein konnte. Danach kam das Schneeskulpturen-Event. Jedes Mal, wenn wieder eine Buchung reinkam, klopfte Rory an Jessicas Tür und führte einen Siegestanz auf. Dass lokale Medien darüber berichteten, war ein großes Plus.

Bodine war in einem regionalen Fernsehsender zu sehen. Hinter ihr waren zahlreiche Menschen, von Pferden gezogene und mit Glöckchen geschmückte Schlitten mit noch mehr Menschen und kleinere Kinder, die auf der nahe gelegenen Koppel auf Ponys ritten. »Wir freuen uns, Sie zu unserem ersten Schneeskulpturen-Event im Bodine Resort begrüßen zu dürfen. Die Gäste sind von weither gekommen, sogar aus Kanada. Ein Paar aus England verbringt die Flitterwochen bei uns, nur um heute dabei zu sein.« Aus dem Augenwinkel sah sie, wie Callen ein Kind auf die Schultern nahm, das darauf wartete, beim Ponyreiten an die Reihe zu kommen. Sie fragte sich, wie es kam, dass er so gut mit Kindern umgehen konnte.

Trotzdem konzentrierte sie sich auf die Kamera.

»Ich möchte nicht unerwähnt lassen, dass alle im Bodine Resort hart gearbeitet und sich dafür eingesetzt haben, dass dieses Event etwas ganz Besonderes und für alle Teilnehmer unvergesslich sein wird. Wir freuen uns, so viele Freunde und Nachbarn als Teilnehmer oder Zuschauer begrüßen zu dürfen.«

Als sie fertig war, ging Bodine zu Jessica hinüber.

»Du machst das toll«, sagte die. »Du bringst die Botschaft perfekt mit allen Details rüber und wirkst dabei vollkommen natürlich und entspannt.«

»Das war doch nur eine kleine Ansprache. Einige Skulpturen sehen ziemlich beeindruckend aus. Da drüben scheint eine ganze Schneemannfamilie zu entstehen. Außerdem werden ein paar Burgen errichtet. Das da könnte ein Pferd werden, ein richtig großes. Und – keine Ahnung, was das ist, dort auf zwölf Uhr.«

»Sieht aus wie eine Riesenschlange.«

»Ich mag keine Schlangen, aber warum nicht.« Lächelnd tippte sie an die Krempe von Jessicas Hut. »Der steht dir wirklich gut.«

»Ich bin auch begeistert. Wenn mir jemand vor einem Jahr erzählt hätte, dass ich in Montana leben, eine Stetson tragen und beim Bau einer Riesenschlange aus Schnee zusehen werde, hätte ich mich totgelacht. Trotzdem bin hier.«

»Und weil das so ist, befördern wir dich zur Event-Direktorin und geben dir eine Gehaltserhöhung.«

Jessica nahm ihre Sonnenbrille ab und kniff die Augen zusammen, weil der Schnee so blendete. »Wow! Darüber wollten wir doch erst nach einem Jahr sprechen.«

»Wir legen gleich was drauf. Das hast du echt verdient.«

»Danke.« Lachend zog Jessica Bodine in eine Umarmung. »Ich danke euch allen. Ich …« Sie verstummte, als ihr Handy eine SMS ankündigte. »Chelsea«, sagte sie. »Genau im richtigen Moment. Sie bereiten das Büfett in der Mühle vor. Ich geh am besten rüber und schaue nach dem Rechten.«

»Deswegen bist du zur Direktorin befördert worden.«

Gelächter brandete auf. Als Bodine zur Koppel hinübersah, entdeckte sie Callen und Sundown, die eine kleine Show improvisierten. Beim abschließenden Jubel tänzelte Sundown nach rechts und nach links und machte eine Verbeugung.

Callen sah zu Bodine herüber und zwinkerte ihr zu.

Heute ist ein guter Tag, dachte sie, als er mit Sundown immer kleiner werdende Kreise beschrieb. Ein wirklich guter Tag.

Während die Leute das Barbecue genossen, fand eine Fotografin, die die unberührte Wildnis festhalten wollte, die sterblichen Überreste von Karyn Allison. Für sie war es alles andere als ein guter Tag.

***

Vierundzwanzig Stunden später, kurz nachdem der Sheriff bei Karyns Mutter im Wohnzimmer Platz genommen hatte und ihr beibringen musste, dass ihre Tochter nie mehr zurückkehren würde, hielt Clintok auf dem Parkplatz des BAC. Er ließ sich nicht vorschreiben, wie er seinen Job zu erledigen hatte. Weder vom Sheriff, der ihm die Leviten gelesen hatte, noch von sonst jemandem.

Für ihn war der Fall klar. Er war lange genug Deputy, um zu wissen, wann etwas faul war. Bei der Armee hatte er das oft genug erlebt. Die meisten Probleme in dieser Region wurden durch Schlägereien, Alkoholmissbrauch oder einen Ehekrach verursacht, wobei die Frauen seiner Meinung nach ab und zu ruhig eine Ohrfeige verdienten. Oder aber verwöhnte Collegestudenten machten Blödsinn. Manchmal waren Drogen im Spiel.

Dass allerdings innerhalb von zwei Monaten zwei Frauen ermordet worden waren, passte wirklich nicht hierher. Bevor Callen Skinner zurückgekehrt war, hatte es das nicht gegeben. Aus seiner Sicht brauchte man da nur zwei und zwei zusammenzuzählen. Vermutlich war der Sheriff auf diesem Auge blind, weil er sich so gut mit dem Longbow-Clan verstand.

Aber nicht er.

Er ging zu Callen, der gerade Pferde aus einem Anhänger lud. »Sag deinem Stallburschen, dass er sich um die Pferde kümmern soll. Du wirst mich aufs Revier begleiten.«

Callen führte das gerade ausgeladene Pferd gelassen zum Unterstand. »Nein, warum sollte ich?«

»Weil ich es dir sage.«

»Easy, striegelst du das bitte? Ich hol die anderen.«

Clintok gebärdete sich wie ein eitler Pfau und gleichzeitig wie ein Stier, der jemanden auf die Hörner nehmen will. »Ich sagte, du kommst mit mir aufs Revier.«

»Nein. Nur mit Haftbefehl.« Callen führte das zweite Pferd die Rampe hinunter. »Haben Sie einen Haftbefehl, Deputy?«

»Ich kann einen besorgen.«

»Dann tun Sie das.« Callen sah zu Easy hinüber, der mit weit aufgerissenen Augen und heruntergefallener Kinnlade neben der Stute stand. »Striegeln, Easy.« Mit einer Hand am Halfter des Pferdes wandte sich Callen wieder an Clintok. »Wir haben zu tun. Wenn du einen Ausritt buchen willst, dann bitte im Center.«

»Du willst es auf eine Konfrontation ankommen anlassen?«

»Sieht ganz so aus.« Callen lächelte, aber ohne jeden Funken Humor. »Hiermit sage ich dir in Gegenwart dieses jungen Mannes, dass ich mich wehren werde, wenn du mich ohne Haftbefehl mitnehmen willst. Ist dir das Konfrontation genug?«

Er konnte sehen, wie Clintok zornesrot wurde, während er selbst blieb, wo er war, und ihm entspannt in die Augen sah.

»Wo warst du am 12. Dezember von vier Uhr nachmittags bis neun Uhr abends?«

»Mal überlegen.« Mit der freien Hand zückte Callen sein Handy und öffnete den Kalender. »Sieht ganz so aus, als wäre ich früh aufgestanden. Vor der Reitstunde hatte ich einen Privatschüler. Danach die Schlittenfahrten. Ich hab Futter bestellt. Und das Paint-Horse Cochise hat sich am linken Vorderbein verletzt. Wir hatten …«

»Der Mist interessiert mich nicht. Ab vier Uhr.«

»Da dürfte ich nach Hause gegangen sein.«

»Allein?«

Callen verstaute sein Handy. »Das ist über einen Monat her. Da du dich kaum für meine Freizeitgestaltung interessieren dürftest, fällt mir ein, dass seit dem 12. Dezember die Collegestudentin vermisst wird. Wenn das so ist, war ich allein, weil Bodine in Missoula war und ich früh mit der Arbeit begonnen habe, um mit Rory zurückreiten zu können.«

»Ach, dann hast du also kein mächtiges Mitglied der Longbow-Familie als Alibi?« Clintok sah sich suchend um. »Ich vermisse Bodine. Zu schade, dass du dich diesmal nicht hinter ihr verstecken kannst.«

»Vorsicht, Freundchen«, sagte Callen leise.

»Wir werden sehen, wer Vorsicht walten lassen sollte. Mit Geld kann man nicht alles kaufen. So wie es aussieht, vor allem keine Vernunft, denn sonst hätten dich die Longbows und Bodines niemals eingestellt. Ich bin gespannt, wie sie das rechtfertigen wollen, wenn du erst hinter Gittern sitzt.«

Auch wenn Wut in ihm aufstieg, ließ sich Callen nicht aus der Fassung bringen. »Wir beide wissen ganz genau, Clintok, dass du weder mit den Longbows noch mit den Bodines Probleme hast. Warum bleiben wir nicht bei uns beiden?«

»Da du diesmal keine Protektion von ihnen genießt … Hat dich am Abend des 12. Dezember jemand gesehen, der bezeugen kann, wo du gewesen bist?«

Keine Menschenseele, dachte Callen, während er Sundown in einen Anhänger lud. Er hatte ihn mit ins Center genommen, um dort mit ihm zu arbeiten. »Schwer zu sagen.«

Clintok hakte nach. »Was ist daran so schwer?«

»Äh, Chef?« Easy räusperte sich laut und trat einen Schritt vor. »Entschuldigung, aber ich habe gehört, wie Sie versucht haben, sich zu erinnern. An dem Tag, als Cochise am Vorderbein bandagiert wurde – haben wir da nicht angefangen das Zaumzeug zu kontrollieren, zu reinigen und zu reparieren? Wir beiden waren bis gegen sechs damit beschäftigt. Anschließend haben wir zur Feier des Tages ein Bier aufgemacht. Ich bin nicht vor sieben weg, da waren Sie noch da. Ich wollte nach Cochises Bein schauen, bevor Sie gehen. Das weiß ich ganz genau.«

Callen sah Easy durchdringend an. »Gut möglich.«

»Ich bin mir sicher. Wollten Sie das wissen, Deputy?«

Clintok drehte sich zu ihm. »Lügen Sie mich an? Es ist eine schwere Straftat, einen Polizeibeamten zu belügen.«

»Warum sollte ich?« Easy wich einen Schritt zurück. »Ich beantworte nur Ihre Frage. Wir waren bis gegen sieben hier, und es tat gut, nach einem langen Arbeitstag zusammen ein Bier zu trinken. Danach bin ich nach Hause.«

»Geh wieder rein, Easy«, befahl ihm Callen.

»Gut, Chef, ich wollte nur helfen.«

»Wie kommt es, dass der ganze Mist, den er gerade abgesondert hat, nicht in deinem Kalender steht, Skinner?«

»Ich kann meinen Dienstplan einsehen, und der war um vier zu Ende. Manchmal muss trotzdem noch was erledigt werden, und dann bleib ich eben länger. Ich werde mir ganz bestimmt nicht notieren, wann ich mit einem meiner Leute ein Bier trinke. Falls deine Fragen damit beantwortet sind, würde ich mich gern wieder um meine Pferde kümmern.«

»Zwei Frauen sind ermordet worden, Skinner. Seit du wieder da bist. Vielleicht stelle ich ja ein paar Nachforschungen in Kalifornien an.«

»Tun Sie, was Sie für richtig halten, Deputy. Für mich gilt

dasselbe.« Callen führte das Pferd zum Unterstand, nahm behutsam die Satteldecke ab und legte die geballten Fäuste auf seinen Widerrist. Noch zehn Sekunden oder vermutlich eher fünf, und er hätte diese Fäuste sprechen lassen. Viel länger hätte er sich nicht beherrschen können. Er zwang sich, die Fäuste zu öffnen, als Clintok mit heulendem Motor davonbrauste, sodass der Kies spritzte.

Er musste sich bei dem Jungen bedanken. Der hatte ihm eine Rauferei erspart. »Das hättest du nicht tun müssen, Easy.«

»Ich habe nur gesagt, woran ich mich erinnere. Wir mussten das Zaumzeug kontrollieren.«

»Wir haben erst Tage später damit begonnen. Das weißt du ganz genau.«

»Nein.« Easy sah ihn über die Pferderücken hinweg an. Sein stur vorgeschobenes Kinn wich unter Callens strengem Blick zurück. »Na gut, wenn ich es mir so recht überlege … Aber es hat mir nicht gefallen, wie er Sie bedrängt hat, Chef. Ich mochte seinen Ton nicht und auch nicht, wie er sich aufgeführt hat. Ich konnte nicht mit ansehen, wie er Ihnen Ärger macht.«

»Das weiß ich sehr zu schätzen. Aber nächstes Mal, und bei Clintok gibt es immer ein nächstes Mal, lass es lieber bleiben. Es bringt nichts, wenn er dich auf dem Kieker hat. Mich kann er nicht ausstehen, seit wir kleine Jungs sind, und das wird sich wohl nie ändern.«

»Manche Menschen sind widerlich. Hat er von dem Mädchen gesprochen, das vermisst wird? Heißt das, es ist tot?«

»So hat es sich für mich angehört.«

»Mist, Cal.« Easy atmete hörbar aus, während er die Stute striegelte. »Das ist ja schrecklich. Das ist einfach nicht in Ordnung. Der Deputy muss wirklich sehr dumm sein, wenn er tatsächlich glaubt, Sie wären zu so was in der Lage.«

»Wie gesagt, er hat es seit Langem auf mich abgesehen. Früher oder später würde er mich gern unter einem Vorwand umlegen.«

Früher oder später, dachte Callen, wird er mich dazu bringen, dass ich ihn umlege.

12

2012

Esther schrubbte so wie jeden zweiten Tag gründlich das Bad.

Sauberkeit bedeutete Frömmigkeit.

Ihre Hände, rot, rau und wund vom jahrelangen Kontakt mit heißem Wasser und aggressiven Seifen, brannten ein wenig, als sie die Bürste in den Eimer tauchte. Die Knie taten ihr weh, und sie spürte ein Stechen im Rücken.

Sie nahm es kaum noch wahr.

Sie war so stolz auf den weißen Linoleumboden, auf den Glanz, den sie Wasserhahn und Duschkopf verlieh. Sie sang während der Arbeit. Ihre Stimme war jung und stark wie einst. Wenn sie fertig wäre, würde sie das restliche Haus fegen und schrubben. Wenn Sir heimkam, würde er stolz auf sie sein. Er hatte es schließlich für sie gebaut, ihr sogar gesagt, womit sie es sich verdient hatte. Und er hatte sie gewarnt: Weil sie schwach und faul war, konnte er es ihr jederzeit wegnehmen, wenn sie es und ihn nicht genügend wertschätzte.

Er hatte ihr sogar erlaubt, einen Blümchenvorhang aufzuhängen, der das Bad abtrennte. Der zweieinhalb mal drei Meter große Raum enthielt ein Doppelbett, eine verrostete Stehlampe mit zerfetztem Schirm und den Sessel, den er aus ihrem Kellerraum hochgeholt hatte. Dazu kam eine Küchenarbeitsfläche aus Birkenstämmen und Sperrholz und eine Duschstange, an der sie auch ihre Kleider aufhängte. Gipskartonplatten bedeckten die Wände und ein brauner, ausgefranster Flickenteppich zierte den Estrich. Sie besaß zwei Schränke, einen für das Plastikgeschirr und einen für Lebensmittel. Außerdem eine Kühlbox für Verderbliches.

Das Schönste war, dass sie ein Fenster hatte. Es war klein und weit oben angebracht, aber so hatte sie Licht, wenn die Sonne schien. Sie konnte den Himmel und nachts die Sterne sehen. Wenn sie sich aufs Bett stellte, gab es noch mehr zu entdecken. Ein paar Bäume und die Berge oder zumindest eine Ahnung davon.

Der Raum war kleiner als der im Keller, aber sie hatte vor Dankbarkeit geweint, als Sir sie heraufgebracht und ihr gesagt hatte, dass sie hier wohnen dürfe. Sie trug keine Fußfessel mehr, auch wenn Sir sie an der Wand montiert hatte, damit sie nicht vergaß, was er tun musste, wenn sie ihn verärgerte.

Sie bemühte sich sehr ihn nicht zu verärgern.

In ihren vier Wänden konnte sie Wasser auf der Herdplatte erhitzen, sich einen Tee kochen oder Konservensuppe warm machen. Während der warmen Jahreszeit ließ er sie sogar ins Freie, damit sie den Gemüsegarten bestellen konnte. Natürlich musste er sie festbinden, damit sie sich nicht verlief oder von einem Bären angefallen wurde. Sie musste im Morgengrauen oder nachts arbeiten, neben sich den angeketteten Hund, der sie bewachte. Aber sie freute sich unbeschreiblich über die Zeit an der frischen Luft, in der sie in der Erde wühlen, Pflanzen versorgen oder Unkraut jäten konnte.

Ein-, zweimal glaubte sie, ein Kind weinen zu hören, und ein andermal war sie sicher, dass jemand um Hilfe rief. Sir sagte, das seien Vögel gewesen, sie solle gefälligst weiterarbeiten.

Sir sorgte für sich und die Seinen, wie er immer so schön

sagte. Mit den Hühnern im Hühnerstall, der Milchkuh im Pferch und dem Pferd auf der Koppel.

Der Gemüsegarten spielte eine wichtige Rolle für die Selbstversorgung, und eine Frau bestellte das Feld und kümmerte sich um eine reiche Ernte. So wie auch die Frau Samen empfing, um reiche Ernte zu bringen.

Sie hatte drei weitere Kinder bekommen, alles Mädchen. Dazu kamen zwei Fehlgeburten und ein tot geborener Jungen. Die Mädchen nahm er ihr weg. Obwohl sie um jedes kostbare Kind weinte, erlaubte sie sich zu vergessen. Über den Jungen hatte sie sich so gefreut – und dann dieser Schock und Schmerz!

Sir meinte, Gott habe sie für ihre Sünden bestraft, das sei eben Evas Fluch. Spätestens seit sie dieses reglose Bündel, dieses leblose Kind wie eine blassblaue Puppe im Arm gehalten hatte, wusste sie, dass Sir die Wahrheit sagte.

Gott straft die Sünder. Sie war eine Sünderin. Tag für Tag kämpfte sie dagegen an, bemühte sich um Erlösung.

Sie richtete sich auf und zuckte zusammen, als ihre Knie knackten. Sie trug ihr Putzkleid, ein Baumwollzelt, das ihr bis zur Wadenmitte reichte, dazu Pantoffeln mit dünnen Sohlen. Das Haar, das ihr bis über die Taille reichte, war zu einem dünnen grauen Zopf geflochten.

Sie hatte keinen Spiegel, da Eitelkeit eine Sünde war, die in jedem Frauenherzen lauerte, aber ihre Finger ertasteten tiefe Falten in ihrem Gesicht. Sie ermahnte sich dankbar zu sein. Sir wollte nach wie vor, dass sie ihre ehelichen Pflichten erfüllte. Zum Dank, dass er für sie sorgte.

Sie legte die Hand auf den Bauch, in dem ein weiteres Kind heranwuchs. Sie betete dafür, dass es ein Junge würde. Abend für Abend kniete sie sich hin und betete für einen Sohn. Für einen, den sie behalten durfte. Einen, den sie lieben, stillen, versorgen und unterrichten konnte.

Sie leerte den Eimer und füllte ihn erneut. Zeit, die Schränke zu schrubben, die Arbeitsfläche, die Kühlbox und die kleine Küchenspüle. Zeit, ihre Arbeit zu verrichten.

Nachdem sie den Eimer in die Küche getragen hatte, musste sie sich an die Wand lehnen. Das lag selbstverständlich an dem Baby, das in ihr heranwuchs, sich von ihr ernährte und sie so müde und fiebrig machte. Sie würde sich einen Tee kochen und kurz ausruhen, bis sie wieder zu Kräften gekommen war. Für das Baby, dachte sie, als sie das Einmachglas mit dem Löwenzahn aus dem Schrank nahm. Sir war so nett gewesen, ihr unwissenden Frau zu zeigen, wie man ihn trocknet.

Sie setzte Wasser auf und benutzte das heiße Seifenwasser im Eimer, bis das Teewasser kochte. Es war nicht gut, das Putzwasser kalt werden zu lassen. Spare in der Zeit, dann hast du in der Not. Als das Wasser kochte, war ihr glühend heiß und schwindelig. Der Tee würde dafür sorgen, dass es ihr wieder besser ging. Der Tee und eine kleine Pause.

Sie goss das kochende Wasser über den Plastiklöffel mit Tee, trug die Tasse zu ihrem Sessel. Im Sitzen schloss sie die Augen. »Wir ruhen uns nur kurz aus«, sagte sie zu dem Baby. »Nur ganz kurz. Heute Abend müssen Tomaten und Bohnen geerntet werden. Vielleicht auch Kürbis. Wir müssen …«

Sie verstummte, rang wegen der heftigen Krämpfe nach Luft.

»Nein! Nein, bitte nicht.«

Sie krümmte sich und fiel auf die Knie, während ihr die Tasse entglitt und sich Löwenzahntee über den alten Flickenteppich ergoss. Sie spürte, wie das Leben aus ihr wich, mitsamt Blut und Schmerz.

Gott straft die Sünder, dachte sie auf dem Teppich liegend und sehnte sich nach dem Tod.

Bodine schaffte es vor Einbruch der Dunkelheit und bevor erneut Februarschnee fiel nach Hause. Als sie sich aus ihren Winterklamotten schälte, witterte sie den Duft aus der Küche.

»Wow, riecht das gut. Es sind mehrere Zentimeter Neuschnee angesagt, Clementine. Vielleicht solltest du …« Als Bodine sah, wie sich die robuste, stoische Köchin Tränen aus den Augen wischte, verstummte sie und eilte zu ihr. »Was ist los? Was ist passiert? Ist jemand verletzt? Mom …«

Schniefend versuchte Clementine Bodine zu beruhigen und schüttelte den Kopf. »Deine Eltern sind ausgegangen. Alles in bester Ordnung. Ich hab bloß was ins Auge bekommen.«

»Erzähl keinen Unsinn. Du könntest einen Balken im Auge haben und würdest ihn rausziehen, ohne mit der Wimper zu zucken. Setz dich.«

»Siehst du nicht, dass dieses Huhn fertig werden muss?«

Sofort stellte Bodine den Herd ab. »Das geht nicht kaputt. Ich hab gesagt, setz dich, und das meine ich auch so. Sofort.«

»Seit wann erteilst du Befehle?«

»Ich erteile nur einen. Oder soll ich Mom anrufen?«

»Wag es bloß nicht.« Mit noch feuchten Wangen, aber geglätteten Zügen setzte sich Clementine. »So! Zufrieden?«

Obwohl sie gern ebenso schnippisch geantwortet hätte, hielt Bodine den Mund. Sie überlegte Tee zu kochen, aber das würde zu lange dauern, dann wäre der Moment vorüber. Stattdessen holte sie den Whiskey und schenkte zwei Fingerbreit ein.

Nachdem sie ihn Clementine hingestellt hatte, setzte sich Bodine. »Erzähl mir bitte, was los ist. Wie oft habe ich mich zu dir geflüchtet, wenn ich mir wehgetan, mich aufgeregt habe oder einfach nur weinen wollte?«

»Das geht dich nichts an.«

»Alles, was dich betrifft, geht mich was an.«

Ergeben hob Clementine das Glas und trank den Whiskey zur Hälfte aus. »Ich weiß auch nicht, was in mich gefahren ist. Ich habe soeben erfahren … Eine Freundin von mir aus dem Quilting Club … Du kennst doch Sarah Howard?«

»Klar. Ich bin mit ihrem jüngsten Sohn zur Schule gegangen. Ich … Oje, Clem, ist Mrs. Howard was zugestoßen?«

»Nein, nein, es geht ihr gut. Es ist nur so, dass …« Clementine rang um Fassung. »Sarah ist mit Denise McNee befreundet, der Mutter der armen Karyn Allison. Die hat nach der Scheidung wieder ihren Geburtsnamen angenommen. Sarahs Cousine Marjean hat Denises Bruder geheiratet, und Sarah und Denise haben sich mit der Zeit angefreundet.«

»Verstehe.«

»Wir wollten uns heute Abend mit unserem Quilting Club bei mir zu Hause treffen. Von acht bis zehn. Sarah hat gerade angerufen und abgesagt … sie wollte Kaffeekuchen backen.«

Aus ihren Worten wurde man einfach nicht richtig schlau. »Was ist mit Denise McNee passiert, Clem?«

»Sie hat Schlaftabletten genommen, Bodine. Eine Überdosis von denen, die ihr der Arzt gegeben hat, damit sie diese schwere Zeit durchsteht.«

»Ach, Clem!«

»Sarah wollte sich eine Kuchenform ausleihen und ihr etwas Gesellschaft leisten. Da hat sie sie gefunden und gleich den Krankenwagen gerufen.«

»Sie hat Selbstmord begangen?«

»Sie hat es zumindest versucht, und vielleicht hat es ja geklappt. Sie liegt im Krankenhaus. Laut Sarah lässt sich nichts Genaueres sagen. Sie hat am Telefon laut geschluchzt und war völlig außer sich. Da musste ich daran denken, dass die arme Frau nur sterben will, weil sie ihre Tochter auf so tragische Weise verloren hat. Das hat ihr das Herz gebrochen.«

»Es tut mir so leid, Clem.«

»Diese Mutter wird nie mehr froh sein können.« Mit zitterndem Kinn wischte sich Clem mit dem Schürzenzipfel über die geröteten Augen. »Wenn sie es überhaupt überlebt. Die Leute sehen mich an und denken, ich kann da nicht mitreden, weil ich nie Kinder gehabt habe, aber das stimmt nicht.«

»Nein.« Bodine nahm Clementines Hand. »Du hast Chase, Rory und mich. Im Grunde auch Callen.«

»Es hat mich so unvorbereitet getroffen.« Energisch wischte sich Clementine mit der freien Hand die Tränen ab. »Eine gute Freundin von mir weint am Telefon um eine Freundin. Das arme Mädchen ist tot, aus Gründen, die wir nicht kennen. Und da ist Cora, die seit Jahren nicht weiß, ob ihr Kind tot oder noch am Leben ist. Das hat mich einfach umgehauen. Ich hab mich gefragt, wie ich wohl reagieren würde? Wie ich das überleben soll, wenn einem aus meiner Familie so was zustößt?«

Sie wiegte sich vor und zurück und nippte am Whiskey.

»Es gibt keine größere Liebe als die einer Mutter zu ihrem Kind. Egal, wie dieses Kind in ihr Leben getreten ist. Nichts, was an einen solchen Verlust, eine solche Trauer heranreicht.«

»Wir passen auf uns auf und kümmern uns umeinander, das versprech ich dir. Ich lass Callen oder Rory auf dem Weg zur Arbeit schließlich nie aus den Augen.«

Clementine lächelte. »Du bist ein gutes Mädchen, Bodine.«

»Ja. Und jetzt sage ich dir, was du mir im umgekehrten Fall auch sagen würdest. Geh zu deiner Freundin ins Krankenhaus. Sie braucht dich.«

»Das Abendessen ist noch nicht fertig.«

»Ich krieg das schon hin. Geh! Es soll wieder schneien, also fahr vorsichtig. Schick mir bitte eine SMS, wenn du wieder zu Hause bist. Damit ich mir keine Sorgen machen muss«, schickte Bodine rasch hinterher.

»Ich bin Auto gefahren, da warst du noch gar nicht geboren. Aber es würde mir wirklich besser gehen, wenn ich für Sarah da sein könnte.«

»Also fahr.«

»Gut.« Clementine stand auf. »Das Huhn bitte auf mittlerer Flamme zwanzig Minuten weiterköcheln lassen. Nicht weggehen, sonst brennt es an.«

»Nein, Madam.«

»Möhren und Kartoffeln sind im Ofen.«

Bodine hörte sich wiederholt detaillierte Anweisungen an, während Clementine ihre Sachen zusammenpackte.

Kaum war sie allein, schaltete sie den Herd wieder ein, warf einen Blick in den Ofen und hob das Geschirrtuch vom Brot, das laut Clementine eine Viertelstunde gehen musste.

Sie dachte über die Verzweiflung von Müttern nach. Über die schwere Last, die sie tragen mussten. Eine hatte den Verlust nicht ertragen. Eine andere hielt eisern durch.

Sie sah aus dem Fenster, sah Licht in der Hütte brennen.

Spontan schickte sie Callen eine SMS.

Hast du schon zu Abend gegessen?

Es dauerte keine Minute, bis er reagierte.

Nö.

Komm rüber und iss mit uns. Ich spendier dir ein Bier.

Diesmal reagierte er innerhalb von Sekunden.

Mach es auf und deck den Tisch. Bin gleich da.

Sie ging zurück zum Herd, stocherte im Huhn herum und erkannte, dass sämtliche Ziehkinder Clementines heute Abend gemeinsam essen würden.

***

Ein Tag verging und dann noch einer, ohne dass Bodine das Gespräch mit Clementine vergessen konnte. Vielleicht wurde sie den Gedanken deshalb nicht los, weil Denise McNee ins

Koma gefallen war und zwischen Leben und Tod schwebte. Konnte sie sich entscheiden, welchen Weg sie einschlagen wollte? Hatte man überhaupt eine Wahl?

Sie ritt zum Reitcenter. Leos Hufe klapperten fröhlich auf der Straße. Ringsum nichts als verschneite Felder, da der Winter das Land nach wie vor fest im Griff hatte. Trotzdem gab es blauen Himmel, an dem Habichte ihre Kreise zogen. Vielleicht würden sich Anfang März erste Frühlingsboten zeigen.

Sie bemerkte den Pick-up ihrer Großmutter und Jessicas Geländewagen, stieg ab, öffnete das Tor des Centers und führte Leo hinein. Coras Stimme war zu hören. »Gangart wechseln. Du brauchst dich nicht am Sattelknauf festzuhalten, Jessie.«

»Ich würd aber gern.«

»Rücken gerade, so ist es gut. Wie wär's mit etwas Traben?«

»Gut. Meine Güte, ich muss morgen auf einem Kissen sitzen.«

Belustigt, weil Jessica das bereits zweimal gemacht hatte, band Bodine Leo an einem Geländer fest und lockerte den Sattelgurt. Als sie zur Manege ging, sah sie, dass Jessica die Stute zu einem gleichmäßigen Trab angetrieben hatte.

»Rücken gerade.« Cora, die auf ihrem Lieblingspferd saß, entging nichts. »Folge ihren Bewegungen, gib ihr das Gefühl, dass du bei ihr bist.«

Für Bodine sah ihre Großmutter zu Pferd am besten aus. Karierte Bluse, Jeans und knallrote Stiefel, das schöne Haar unter einer verkehrt herum aufgesetzten Kappe.

»Treib sie weiter an und wechsle die Gangart. Nicht so viel nachdenken, einfach machen.«

»Ich hab's geschafft.«

»Natürlich. Jetzt im Schritt gehen. Die Ellbogen zeigen nach unten.« Cora wendete ihr Pferd und entdeckte Bodine. Die legte den Zeigefinger auf die Lippen und erntete ein Grinsen.

»Merkst du, wie sie reagiert?«

»Ja.« Jessica hob die Hand, um ihre Kappe gerade zu rücken. »Anfangs hab ich nicht verstanden, was Sie meinen. Aber inzwischen schon. Ich kann echt nicht glauben, dass ich reite. Dass ich sie antreiben und anhalten, in Schritt oder Trab fallen lassen kann. Dass ich sie dazu bringe, erst in die eine und dann in die andere Richtung zu gehen.«

»Und dass du Spaß dabei hast.«

»Allerdings. Auch wenn mir nachher wieder Hintern und Beine wehtun – es fühlt sich toll an.«

»Es wird sich noch viel toller anfühlen, denn jetzt lässt du sie aus dem Trab heraus kantern.«

Selbst aus der Entfernung sah Bodine, wie sich Jessicas Augen weiteten. »Ach, Cora, ich glaub, ich bin noch nicht so weit. Ehrlich, ich bin mit Trab voll und ganz zufrieden.«

»Du bist so weit. Vertrau mir, vertrau ihr und vertrau dir selbst. Ein wenig traben, die Knie zeigen nach innen, die Fersen und Ellbogen ebenfalls. Zeig ihr, was du von ihr willst. Jawohl! Sie möchte dir gefallen. Gib ihr ein kleines Zeichen, bleib in Position und gib ihr die entsprechende Hilfe. Du wirst sehen, sie wird automatisch reagieren.«

»Was, wenn ich runterfalle?«

»Das wirst du nicht, und wenn, steigst du wieder auf. Eine kleine Hilfe, Jessie.«

Als sie das Entsetzen ins Jessicas Gesicht sah, befürchtete Bodine, dass ihre Großmutter es übertrieb. Doch Jessica biss die Zähne zusammen, gab der Stute mit den Fersen ein Signal und trieb sie zu einem schönen Kantergalopp an.

Das Entsetzen wich Erstaunen. »O mein Gott.«

»Folge ihren Bewegungen, ja genau! Die Ellbogen zeigen nach unten. Wenn du dich sehen könntest! Jetzt wenden. Wunderbar, Schätzchen, einfach prima. Wieder in Schritt fallen, langsam.«

Jessica brachte Maybelle zum Stehen und fasste sich ans Herz. »Ist das gerade echt passiert?«

»Ich hab alles gefilmt.« Bodine kam näher und hielt ihr das Handy hin. »Zumindest die letzten Sekunden. Toll gemacht.«

»Sie lernt schneller, als ich dachte«, sagte Cora. »Noch eine Runde: Schritt, Trab, Kanter-Galopp.«

»Na gut, ein letztes Mal«, gab sich Jessica geschlagen.

Bodine verfolgte die Reitschülerin auf der erfahrenen Stute mit dem Handy. »Ich schick dir das Video«, sagte Bodine, als Jessica die Stute erneut in die Mitte der Manege lenkte.

Atemlos und mit gerötetem Gesicht warf Jessica einen stirnrunzelnden Blick auf das Handy in Bodines Hand. »Werd ich mich freuen oder mich eher in Grund und Boden schämen?«

»Ich glaube, du wirst beeindruckt sein.«

Als Bodine eine Aufstiegshilfe holte, schüttelte Jessica den Kopf. »Die brauch ich nicht. Absteigen ist das, was ich als Reiterin am besten beherrsche. Aber mir tut der Hintern weh.«

»Wenn du mehr Zeit investierst und öfter reitest, hört das schnell auf.«

Cora stieg geschmeidig ab. »Lass sehen, ob du noch weißt, wie man ein Pferd absattelt.«

»Das übernehme ich«, sagte Bodine und nahm Maybelles Zügel. »Ich hab was mit Nana zu besprechen.«

»Dann geh ich heim und nehm ein heißes Bad.« Jessica tätschelte die Stute. »Danke, Maybelle. Und danke, Cora.«

»Gern geschehen. Du zeigst mir, wie schön es ist, jemandem das Reiten von der Pike auf beizubringen.«

Zusammen mit Bodine führte Cora die Pferde zum Stall. »Ich wollte sie hier absatteln, damit Jessica was lernt, und sie dann im BAC abreiben. Aber wir können das natürlich auch gleich machen, wenn du mit mir reden willst. Möchtest du eine Cola? In der Sattelkammer steht welche.«

»Ich hol sie.« Bodine räumte den Sattel auf und griff nach den Getränken.

Cora verstaute den zweiten Sattel und war bereits dabei, Wrangler abzureiben. »Was bedrückt dich, mein Kind?«

»Ich hab dich nie danach gefragt, weil ich dich nicht traurig machen wollte.« Bodine nahm ein frisches Handtuch und machte sich an die Arbeit. »Wenn du nicht drüber reden willst, hör ich sofort wieder auf.«

»Das klingt nach einer ernsten Angelegenheit.«

»Es geht um Alice. Ich glaube, ich weiß, warum Grammy und Mom wütend werden. Grammy ist wütend, dass jemand ihre Tochter verletzt hat. Dasselbe gilt für Mom, die sehen muss, wie ihre Mutter leidet. Abgesehen davon, dass es ihnen wehtut.«

»Ja, das ist so, und wir sollten nicht zu lange darüber reden, weil es mir auch an die Nieren geht.«

»Das möchte ich auf keinen Fall.« Während sie die Stute abrieb, sah Bodine zu ihrer Großmutter hinüber.

»Aber du machst dir Gedanken. Du hast Fragen und willst Antworten.« Während sie weiterarbeitete, sah sie Bodine in die Augen. »Also los, frag.«

»Vermutlich war es Karyn Allisons Mutter, die mich darauf gebracht hat, Nana. Außerdem hab ich damals persönlich mit Billy Jeans Mutter gesprochen. Obwohl sie ihrer Tochter nicht so nahe stand wie Karyn ihrer Mutter, war ihre Trauer unbeschreiblich. Da hab ich mich gefragt, wie es für dich ist, all die Jahre nicht zu wissen, ob Alice überhaupt …«

»Lebt. Ob sie noch lebt«, beendete Cora ihren Satz. »Tief in meinem Innern spüre ich, dass das der Fall ist. Ich muss einfach daran glauben.«

»Warum bist du nicht wütend? Ich kann verstehen, warum Grammy und Mom wütend sind. Ich kann auch verstehen, dass du glaubst, sie wäre am Leben. Aber warum bist du nicht wütend?«

Genau darum ging es, merkte Bodine. Sie hatte Alice Bodine nie gekannt, doch sie brauchte nur ihren Namen zu hören und wurde wütend. »Alice ist einfach abgehauen, hat euch aus ihrem Leben verbannt. Was für ein Mensch gibt kein Lebenszeichen, selbst wenn er inzwischen woanders lebt? Was für ein Mensch begreift nicht, dass seine Angehörigen halb umkommen vor Sorge?«

»Ich war wütend. Und das ist stark untertrieben.« Nach wie vor kämmte sie geduldig Wranglers Mähne. »Sie ist am Tag der Hochzeit ihrer Schwester einfach auf und davon. Am schönsten Tag im Leben ihrer Schwester. Am selben Abend, wie wir uns im Nachhinein zurechtgelegt haben. Sie hat nichts als einen Zettel hinterlassen, auf dem stand, dass sie nichts von den Fesseln einer Ehe und dem langweiligen Leben auf der Ranch wissen will. Sie hat nicht mit Seitenhieben gegen mich gespart. Dass ich sie nie verstanden hätte und nicht so lieben würde wie Reenie. Sie hat mir wehgetan, bewusst wehgetan. Alice hat immer gewusst, wie sie einen treffen kann.«

Insgeheim überlegte Bodine, ob Alice der Familie mit ihrem Verschwinden letztlich nicht einen Gefallen getan hatte.

»Ich wollte Maureen und Sam nichts sagen, ihnen die Flitterwochen nicht verderben. Aber sie haben in einer der Blockhütten übernachtet. Als sie sich verabschiedet haben, ist mir nichts anderes übrig geblieben, als was zu sagen. Anschließend musste ich sie zwingen zu fahren. Ich habe ihnen eingeredet, dass Alice nur Theater macht wie so oft und in wenigen Tagen zurück sein würde. Das hab ich damals auch geglaubt.«

»Aber sie ist nicht zurückgekommen.«

»Sie ist nicht zurückgekommen«, wiederholte Cora. »Eine Zeit lang hat sie Postkarten geschickt. Ich habe einen Detektiv beauftragt, obwohl ich nicht vorhatte, sie zur Rückkehr zu zwingen. Sie war achtzehn, konnte also tun, was sie wollte. Außerdem ist es nie eine gute Idee, jemanden halten zu wollen, der weg will. Ich wollte bloß wissen, ob es ihr gut geht. Doch wir konnten sie nicht finden.«

Cora atmete tief durch und streichelte Wranglers Hals. »Ich bin nicht mehr wütend, Bodine, weil es nichts hilft. Ich habe mich gefragt, ob ich zu streng mit ihr war oder strenger hätte sein müssen. Ich hatte mit der Ranch alle Hände voll zu tun. Dazu kamen die Ferienranch und das Resort. Vielleicht bin ich wegen der vielen Arbeit keine gute Mutter gewesen?«

Selbstvorwürfe würden ihr nicht helfen, da war sich Bodine sicher. Sie würde das auf keinen Fall zulassen.

»Nana, ich seh doch, was für ein Verhältnis du zu Mom hast. Deshalb weiß ich, dass du eine gute Mutter gewesen bist und nach wie vor bist. Ich hasse es, wenn du so an dir zweifelst.«

»Das tun Mütter nun mal, jeden Tag aufs Neue. Es ist erstaunlich, Bo, dass man zwei Kinder zur Welt bringen und sie genau gleich erziehen kann, nach denselben Regeln und Werten. Nur um dann festzustellen, dass zwei vollkommen unterschiedliche Menschen dabei herauskommen.«

Kurz schmiegte Cora die Wange an Wranglers Hals.

»Meine Alice war von Anfang an nicht einfach. Sie konnte so witzig und lieb sein und war weiß Gott charmant. Aber während Maureen auf der Ranch regelrecht aufgeblüht ist, hat sich Alice dort stets eingeschränkt gefühlt. Ich weiß, dass Alice fand, ich würde Reenie bevorzugen. Aber wenn sich ein Kind in der Schule anstrengt und das andere schwänzt, dann bekommt das eine Lob und das andere Ärger.« Cora seufzte laut auf, um gleich darauf leise zu lachen. »Alice hat nicht kapiert, wie das Leben funktioniert. Wenn sie mit sich im Reinen war, war sie hinreißend. Selbstbewusst, mutig und neugierig. Während Reenie manchmal zu ernst und zu besorgt war, alles richtig und es allen recht zu machen, hat Alice sie oft aus ihrem Trott gerissen und sie zu neuen Abenteuern gedrängt. So ähnlich wie bei Chase und Callen, nur dass Callen nie wirklich schwierig und Chase nie eifersüchtig auf ihn war. Oder darauf, wie er ist und was er hat. Das macht viel aus.«

»Das spielt keine Rolle«, sagte Bodine. »Egal, ob jemand schwierig ist, wütend, selbstbewusst oder neugierig. Sie war deine Tochter, du hast sie geliebt. Du liebst sie immer noch.«

»Ja, das stimmt. Aber der Verlust, das Wissen, dass sie beschlossen hat, mich und uns alle zu vergessen, ist genauso schmerzhaft wie eh und je.«

»Wie hältst du das aus?«

»Ich muss das große Ganze sehen, nicht nur die traurigen Dinge in meinem Leben.« Cora holte Minzesticks aus ihrer Hosentasche und gab sie den Pferden. »Als dein Großvater gestorben ist, den du leider nicht kennengelernt hast, lag meine Welt in Scherben. Ich habe ihn geliebt, Bodine. So sehr, dass ich nicht wusste, wie ich ohne ihn weiterleben sollte. Aber ich hatte deine Mutter, sie hat mich gebraucht, und ich war mit Alice schwanger. Ich musste nach vorn schauen.«

Nachdem sie Bodine über den Zopf gestrichen hatte, griff Cora zu einem Hufkratzer. »Was deine Grammy betrifft … Ich kenne Ma und bin nicht immer ihrer Meinung. Wenn zwei Frauen unter einem Dach leben, geht das gar nicht anders. Aber nichts auf der Welt wird je etwas an meiner Liebe und Dankbarkeit für sie und meinen Vater ändern. Sie haben ihr eigenes Haus verkauft, um hierherzuziehen. Weil ich sie gebraucht habe. Ohne sie hätte ich das nie geschafft. Dann hätte ich die Ranch vielleicht verloren, obwohl mir deine Onkel geholfen haben.«

»Du hättest sie aufgeben und verkaufen können. Niemand hätte dir einen Vorwurf gemacht.«

Cora sah unter ihrer breiten Krempe hervor. »Mein Rory, also dein Großvater, hat die Ranch geliebt. Er hat alles für sie gegeben. Ich durfte sie nicht verlieren, aber ohne die Hilfe meiner Eltern wäre genau das geschehen. Stattdessen hat sie sich prächtig entwickelt. Ich weiß, dass mein Rory stolz auf das Erreichte wäre.« Lächelnd lehnte sie sich gegen Wranglers Vorderbein und untersuchte seinen Huf, als er ihn hob. »Ich habe eine Tochter, die mein ganzes Glück ist. Einen Schwiegersohn, wie es keinen besseren geben kann. Und drei wunderbare Enkel, die mich Tag für Tag mit Stolz erfüllen. Ich habe ein erfülltes Leben, Bodine, weil ich mich dafür entschieden habe. Ich habe Leid erfahren, aber das gehört dazu. Ich vermisse meinen Mann, egal, wie viele Jahre vergangen sind, seit ich sein Gesicht gesehen und seine Stimme gehört habe. Er steht mir noch vor Augen. Das tröstet mich. Ich vermisse meine Tochter, mit ihren guten und schlechten Seiten. Deshalb darf ich mir wünschen, wieder ihre Mutter sein zu dürfen, ohne mein Glück deswegen gering zu schätzen.«

»Du hast ein erfülltes Leben, weil du beschlossen hast, es voll und ganz zu leben. Dafür hast du hart gearbeitet.«

»Ja. Aber deshalb darfst du nicht auf die Mutter dieses armen Mädchens herabsehen, Bodine, die von ihrer Trauer überwältigt wurde. Verzweiflung kann sehr gefährlich sein.«

»Nein, das tu ich auch nicht. Aber du steigst umso mehr in meiner Achtung, Nana. Weil du stärker warst als deine Verzweiflung und deine Trauer.«

»Ach, Liebes«, murmelte Cora.

»Ich sehe, wie stark du bist, Nana. Stark und klug, außerdem voller Liebe. Dasselbe nehme ich auch an Grammy und Mom wahr. Das bedeutet nicht, dass ich die Männer in unserer Familie weniger schätze, wenn ich sage, dass ich stolz bin, das Erbe der Rileys, Bateaus, Bodines und Longbows weiterführen zu dürfen. Für dich hoffe ich, dass Alice ein erfülltes Leben führt, wo auch immer sie sein mag.«

»Du bist ein Schatz, Bodine.«

Als Cora die Pferde umrundete, um sie zu umarmen, nahm Bodine sie ganz fest in den Arm.

Doch sosehr sie es ihrer Großmutter wünschte, konnte Bodine sich einfach nicht vorstellen, dass jemand, der seine Wurzeln verleugnete, wirklich ein erfülltes Leben führte.

13

Informationen, Klatsch, vage Andeutungen und wilde Spekulationen schossen zwischen Ranch und Resort ins Kraut. So falsch das auch sein mochte, blieben sie nicht ohne Wirkung.

Da Bodine nicht wusste, was sie davon halten sollte, beschloss sie, die Wahrheit herauszufinden. Sie hatte gleich zwei Gründe nach dem Abendessen an der Tür zur Hütte zu klopfen. Außerhalb der Arbeitszeit, was sie für wichtig hielt, da es vor allem um Callen ging und weniger um sie selbst.

»Komm ruhig rein«, rief er von innen.

Sie fand ihn auf dem Sofa vor, den Laptop auf dem Schoß, mit einem Bier auf dem Couchtisch, während im Fernsehen ein Baseballmatch lief. Ihr fiel auf, dass er inzwischen ganz schön viel Wintersonne abbekommen hatte. Man sah es an den hellen Strähnchen im braunen Haar. »Hallo.«

Er fuhr damit fort, auf seine Tastatur einzuhacken. Nicht im Adlersuchsystem wie Chase und ihr Vater, sondern so kompetent wie ein Büroangestellter. Wo hatte er das gelernt?

»Hol dir ein Bier und setz dich«, forderte er sie auf.

»Das Bier lass ich weg.« Doch sie setzte sich.

»Nur eine Sekunde, ich muss … So, das sollte funktionieren.«

Sie wartete, bis er die Datei gesichert und den Computer

verstaut hatte. Er wirkte entspannt, mit sich im Reinen und ein wenig zerzaust, was sie besonders attraktiv fand.

Sie verstand, warum er attraktiv und mit sich im Reinen war, aber entspannt?

Er streckte die Beine aus und legte die Stiefel auf den Couchtisch. »Und, wie läuft's?«

»Das wollte ich eigentlich dich gerade fragen.«

Er nickte und griff nach seinem Bier. »Ich kann nicht klagen. Ich hab mir die Buchungen für die nächsten Wochen angesehen, Dienstpläne ausgearbeitet und überlegt, wann welches Pferd eingesetzt wird. Deine Tabelle mit den Ausgaben habe ich bekommen. Ich gehe davon aus, dass sie steigen werden, wenn die Buchungen im Frühling zunehmen. Außerdem möchte ich dich bitten das Zaumzeug zu erneuern. Sobald wir eine freie Minute haben, machen wir Inventur.«

Er hatte deutlich mehr drauf, als mit zehn Fingern zu tippen, merkte Bo. »Schick mir bitte eine Erinnerungsmail. Ich wollte eigentlich wissen, wie es dir privat geht.«

Er zog die Brauen hoch und griff nach dem Bier. »Danke, ich kann mich nicht beschweren.«

»Ich wundere mich, dass du dich nicht über Garrett Clintok beschwerst, der dich weiter bedrängt. Auf dem Resortgelände und während deiner Arbeitszeit. Ich würde sagen, das rechtfertigt eine Beschwerde.«

Obwohl er nur mit den Schultern zuckte, sah Bodine den genervten Ausdruck in seinen Augen. »Vielleicht weil mir Clintok keine Sorgen macht.«

Ebenso neugierig wie frustriert schlug Bodine die Beine übereinander. »Du bist erstaunlich gelassen, Skinner, falls der Eindruck nicht trügt. Er ist während deiner Arbeitszeit ins BAC gekommen und hat dich des Mordes beschuldigt.«

»Nicht direkt.«

»Warum erzählst du mir nicht, was passiert ist, damit ich mir nicht alles aus Gerüchten zusammenreimen muss?«

»Zunächst einmal hätte Easy dir nichts sagen dürfen.«

»Das sehe ich ganz anders, aber ich kann dich beruhigen. Er hat nichts gesagt. Er hat nur Ben was erzählt. Wenn ich die Gerüchte zurückverfolge, hat der dich mit Clintok gesehen und etwas mitbekommen, das er als Streit empfunden hat. Dann sah er, wie Clintok wegfuhr, dass der Kies spritzte. Als Ben Easy gefragt hat, bekam er ein paar Details zu hören, die er weitererzählt hat, bis die Sache bis zu mir vorgedrungen ist.«

Sie musste tief durchatmen, denn sie ärgerte sich, dass Callen sich ihr entzog, nichts sagte und Gelassenheit verströmte. »Ich mag es nicht, Dinge über Dritte zu erfahren, Skinner. Erst recht nicht, wenn es sich um eine so heikle Angelegenheit handelt. Du hättest mir Bescheid geben müssen.«

Callen nickte langsam und zuckte dabei mit den Schultern, als würde er sich ihren Standpunkt durch den Kopf gehen lassen. »Das seh ich anders. Es ist etwas Persönliches, und ich hatte die Situation im Griff. Es hatte nichts mit der Arbeit, mit dir oder dem Resort zu tun.«

»Es ist zum zweiten Mal auf dem Resortgelände passiert.« Sie hob abwehrend die Hand, bevor er etwas sagen konnte. »Ich habe das Recht mich beim Sheriff zu beschweren, wenn einer seiner Mitarbeiter einen unserer Leute auf unserem Gelände belästigt. Es ist mir egal, wie du das siehst, weil es eine Tatsache ist. Wenn du jetzt behauptest, die Namen Bodine oder Longbow seien nicht gefallen, auch nicht indirekt, muss ich dich einen Lügner nennen, obwohl du eigentlich keiner bist.«

Endlich verflog seine Gelassenheit. Er stand auf und ging auf und ab. Diesmal zog sie eine Braue hoch und wartete. Anscheinend ließ er sich nicht mehr so leicht provozieren wie früher, aber sie merkte, dass langsam eine Mordswut in ihm hochstieg.

Abwarten.

»Du weißt verdammt gut, Bodine, dass die Sache mit Clintok weit zurückreicht. Er benutzt das nur als Vorwand, um mich zu provozieren. Den Gefallen werd ich ihm nicht tun. Und ich werd erst recht nicht zu dir rennen, wenn er mir Ärger macht. Das kannst du vergessen! Das ist ebenfalls eine Tatsache.«

Sie lächelte so reizend wie möglich. »Tja, Callen, ganz so gelassen scheinst du die Sache doch nicht zu sehen.«

»Wie gelassen wärst du denn, wenn dich jemand beschuldigt, zwei Frauen umgebracht zu haben?«

»Genau das meine ich! Immerhin, in diesem Punkt sind wir uns einig. Sheriff Tate hat ihn bereits verwarnt, und zwar zu Recht. Doch Clintok wollte nicht hören, hat dich eigenmächtig bei der Arbeit aufgesucht und zur Rede gestellt. Vor einem anderen Angestellten, der dir unterstellt ist. Ich glaube nicht, dass das den Sheriff freuen wird.«

»Überlass das bitte mir.« Er sah sie mit blitzenden Augen an. »Es ist nicht deine Aufgabe, zu Tate zu rennen. Genauso wenig ist es meine, zu dir zu rennen.«

»Wer regt sich jetzt auf? Ich werde nicht zum Sheriff gehen. Da ich mit Männern aufgewachsen bin, weiß ich, dass sie das als Beleidigung ihrer Männlichkeit empfinden. Aber …«

»Das hat nichts damit zu tun, dass wir be… Na gut.« In diesem Punkt hatte sie recht, und er war kein Lügner. »Na gut, das mag eine Rolle spielen. Ansonsten bleibt es bei dem, was ich gesagt habe. Es geht nur Clintok und mich etwas an.«

»Womit wir wieder beim Thema Männlichkeit wären. Das soll keine Beleidigung sein, Skinner, ich stelle nur fest. Ich werde also nicht zu Tate gehen, aber ich werde sagen, was ich weiß, wenn der Sheriff mich danach fragt.«

Auch wenn ihn das extrem aufregte, konnte er schlecht widersprechen. Deshalb ließ er sich wieder aufs Sofa fallen. »Von mir aus.«

»Als Managerin des Resorts und als gute Freundin bitte ich dich, mir Bescheid zu geben, wenn Clintok dich wieder bedrängt. Ich muss wissen, was in meinem Laden los ist.«

Callen nahm einen Schluck Bier. »Du machst das echt gut.«

»Ich kann das auch echt gut. Bitte, vertrau mir und hör auf, dich in so ein Machoverhalten reinzumanövrieren. Nur weil du mich informierst, heißt das noch lange nicht, dass du dich Hilfe suchend an eine Frau wendest. Sorg dafür, dass ich solche Dinge nicht über Dritte erfahren muss. Ansonsten kannst du damit umgehen, wie du es für richtig hältst.«

»Und ob du das gut machst.« Er seufzte laut. »Du argumentierst so rational, dass ich meine Position nicht aufrechterhalten kann, ohne wie ein Depp dazustehen.«

»Du bist kein Depp, Skinner, bist nie einer gewesen.« Sie beugte sich vor und versetzte seinem Bein einen Stoß. »Soweit ich das beurteilen kann, bist du verdammt gut darin geworden, mit Arschlöchern umzugehen. Also, abgemacht?«

»Jaja.« Jetzt fühlte er sich berechtigt, etwas Dampf abzulassen. »Herrgott, hat der mich genervt. Und beleidigt. Euch übrigens auch, da hast du ganz recht. Er hat alles daran gesetzt, mich so zu provozieren, dass ich ihm eine reinhaue.«

»Früher hättest du das zweifellos gemacht. Wann hast du eigentlich gelernt, dein gefürchtetes Temperament zu zügeln?«

Ihm fiel wieder ein, wie nah dran er gewesen war, Clintok nicht nur eine reinzuhauen. »Wenn man nichts dazulernt, verschwendet man seine Zeit. Eine Beschreibung, die übrigens hervorragend auf Garrett Clintok passt. Dieser Mistkerl hat rein gar nichts dazugelernt. Er ist nur zur Polizei gegangen, um einen Vorwand für sein aggressives Verhalten zu haben.«

Callen sah ihr direkt in die Augen. »Ich möchte unserer Abmachung etwas hinzufügen.«

»Unsere Abmachung ist längst getroffen.«

»Wir haben uns nicht die Hand darauf gegeben.«

Bodine verdrehte die Augen. »Und zwar?«

»Wenn er meinetwegen auf dich oder deine Familie losgeht, sagst du mir auch Bescheid.«

Wieder beugte sich Bodine vor und schlug ein. »Abgemacht.«

Callen ließ sich zurücksinken. »Ich werde dir was verraten. Ich koch seitdem vor Wut und werd diesen Stachel nicht los. Egal, was für ein Depp Clintok sein mag, ich hab das Gefühl, dass er mir die Morde echt zutraut. Der glaubt das wirklich.«

Bodine wollte widersprechen, überlegte es sich dann aber anders. »Da könntest du recht haben. Er hasst dich. Deshalb muss er das Schlimmste von dir annehmen. Keiner, der dich kennt, würde das für möglich halten.«

»Kann sein. Er war so von dieser Idee besessen, dass Easy sich verpflichtet gefühlt hat, mir ein Alibi zu geben, das zeitlich nicht hinkommt. Das gefällt mir ebenfalls nicht.«

»Ich kann mir vorstellen, dass Ben dasselbe getan hätte.«

»Gut möglich.« Er starrte mit finsterer Miene in sein Bier und musterte sie, wie sie ihn musterte. Sie hatte ihren Zopf aufgeflochten, sodass ihr das Haar leicht gewellt und tintenschwarz über die Schultern fiel. Eine Farbe, die die ihrer Wimpern aufnahm und ihre grünen Augen betonte. In diesen Augen fand er Verständnis, ja so etwas wie Mitgefühl statt der Härte von vorhin, als sie sich gekabbelt hatten.

»Soll ich dir was sagen? Nachdem ich mich bei dir aussprechen konnte, geht es mir gleich besser.«

»Du gehörst zur Familie, Callen.«

»Vielleicht, trotzdem betrachte ich dich nicht mehr als meine Schwester.«

Sie schnaubte. »Du hast mich nie als deine Schwester betrachtet.«

»Du warst die kleine Schwester meines besten Freundes. Das kommt aufs Gleiche raus. Wenn ich dich heute ansehe, kann das unmöglich so bleiben. In Kalifornien kannte ich einen Cowboy. Ich habe sonst keinen getroffen, der so mit Pferden umgehen kann. Aus meiner Sicht muss er in seinem früheren Leben selbst ein Pferd gewesen sein. Er liebte Pferde, ein schönes Glas Whiskey und die Gesellschaft anderer Männer. Doch ab und an hat er gesagt: *Skinner, ich sehne mich nach einer Frau.*«

Bodine schnaubte erneut, und Callen grinste. »Genau das waren seine Worte. Also suchte er sich eine und stillte seine Sehnsucht – bis zum nächsten Mal.«

Sie verstand die schlichte Logik dieser Methode. »Machst du das auch so?«

»Ein Mann hat seine Bedürfnisse.«

Sie musste lachen. »Eins zu null für dich.«

»Da ich gerade beim Beichten bin. Seit ich wieder da bin, habe ich ebenfalls Sehnsucht nach einer Frau.« Er sah, wie sie die Stirn runzelte und sich ihre hübschen Lippen zu einem Grinsen verzogen. »Allerdings nur nach dir.« Er sah, wie das Grinsen erlosch. »Da kann ich mir tausendmal in Erinnerung rufen, dass du die Schwester meines besten Freundes bist.«

Sie bekam Schmetterlinge im Bauch und wünschte, sie hätte ein Bier getrunken. »Das ist aber eine stolze Beichte.«

»Na ja, wie hast du so schön gesagt? Ich bin kein Lügner. Ich sehne mich danach, dich zu berühren, Bodine.«

»Ich bin über meine Teenagerverknalltheit hinweg, Callen.«

»Ich glaube, das sind wir beide.«

»Zwei zu null für dich. Vielleicht möchte ich mich ja gern von dir berühren lassen. Aber nur, um zu gucken, wie sich das anfühlt. Sex ist im Grunde ganz einfach, wenn man ehrlich ist.«

Er lachte. »Wenn du das glaubst, hattest du nie wirklich guten Sex. Ich freu mich darauf, das zu ändern.«

»Du sorgst für eine hohe Erwartungshaltung bei mir. Doch ich hatte noch einen Grund, heute Abend herzukommen.«

»Du willst mich feuern, damit ich dir zeigen kann, wie schnell ich über diese Bar gesprungen bin?«

»Nein, nein, im Gegenteil. Ich habe mit Abe gesprochen.«

»Wie geht es Edda?«

»Gut. Sie hat angefangen zu trainieren – nicht Kung Fu, sondern …« Bodine suchte nach der korrekten Bezeichnung und bewegte die Hand wellenförmig durch die Luft.

»Tai Chi?«

»Genau. Und Yoga. Laut Abe ist sie fast zur Vegetarierin geworden. Unvorstellbar.«

»Wenn's funktioniert«, sagte Callen.

»Das scheint es tatsächlich. Die beiden haben einen gehörigen Schreck bekommen, viel geredet und werden in die Nähe ihrer Tochter nach Bozeman ziehen. Sie kommen nicht mehr zurück, Callen.«

»Puh, da brauch ich noch ein Bier.« Langsam stand er auf. »Du willst echt keines?«

»Im Moment nicht. Er meinte, er würde für eine gewisse Zeit zurückkommen, damit ich mehr Zeit zum Suchen habe und jemanden anlernen kann. Der Job gehört dir, wenn du ihn willst. Wenn nicht, bitte ich dich, so lange als Chefbereiter zu arbeiten, bis wir Ersatz gefunden haben. Aber als eine der Eigentümerinnen und als Managerin des Bodine Resorts wäre es mir lieber, du übernimmst den Job.«

Er kehrte zurück und stellte sein Bier ab. Sie wunderte sich nicht, als er sie aus dem Sessel zog. Fragte sich aber, ob er sich wunderte, dass sie in seine Haare griff und mit ihrem Mund von seinem Besitz ergriff.

Sehnsucht! Dass ich nicht lache, dachte sie. Das war Verlangen, heftiges, quälendes Verlangen. Diese ständige Qual machte sie bereits kirre, seit sie vor einigen Monaten in die Küche gekommen war und gesehen hatte, wie er mit Clementine flirtete.

Egal, ob es vernünftig oder klug war. Es musste sein. Sie haute ihn schier um mit ihrer Leidenschaft, einem erotischen Funkenregen, der Bilder von ineinander verschlungenen, enthemmten Körpern heraufbeschwor. Und sie nahm sich weitaus mehr, als er erwartet hätte. Sie schürte das Feuer, ließ die Flammen hochschlagen … Alles nur mit einem einzigen, drängenden Kuss. Er verfluchte sie, sich und die komplizierte Situation und wich zurück. Sie packte sein Hemd. Ihr verschleierter Blick sagte ihm, dass sie noch nicht fertig war.

Ich auch nicht, dachte er, sah ihr in die Augen und löste ihre Hände. Rasch ließ sie sie sinken, und er wurde nicht aus ihrer Miene schlau. Erstaunen, Enttäuschung, Verletztheit schienen sich miteinander abzuwechseln.

»Du …« Sie verstummte und atmete tief durch. Jetzt nahm er Verachtung und eine gehörige Portion Hochmut wahr. »Du glaubst doch nicht etwa, dass ich dich mit Sex überreden will, als Chefbereiter zu bleiben?«

»Weißt du, Bodine, du magst zwar eine gute Reiterin sein. Aber wenn du vom hohen Ross fällst, wirst du dir gehörig wehtun. Würdest du bitte …« Er hob abwehrend die Hand und trat einen Schritt zurück.

Sie kniff kurz die Augen zusammen und begann, verschlagen zu grinsen.

»Gut.« Er wusste nicht, ob er sie wegen ihrer Arroganz

nicht noch mehr begehrte. »Ich habe meine Grenzen, und im Moment bin ich dabei, sie zu überschreiten. Deshalb werden wir …« Er verstummte erneut und schob sie von sich. »Eine gewisse Distanz wahren.«

»Du hast angefangen.«

»Kann sein, vielleicht habe ich – gewisse Eventualitäten mit einkalkuliert. Ich muss darüber nachdenken und mit Chase reden. Schließlich hat er mich eingestellt.«

»Gut. Wird dein Gespräch mit Chase auch – gewisse Eventualitäten beinhalten?«

So viel zu heiklen Situationen! Ein Mann kann seinen besten Freund unmöglich hintergehen. »Vermutlich schon.«

»Nun, die Entscheidung liegt ganz bei dir. Ich möchte dich und ihn daran erinnern, dass ich nicht auf seine Erlaubnis dafür angewiesen bin – mit wem ich ins Bett gehe.«

Unter anderen Umständen hätte er ihre direkten Worte zu schätzen gewusst, doch im Moment brachten sie nur seine guten Vorsätze ins Wanken. »Es geht nicht um seine Erlaubnis. Du solltest lieber …« Er zeigte auf die Tür. Als sie den Kopf schräg legte und die Augenbrauen hochzog, steckte er die Hände in die Hosentaschen. Hände, die sie dringend anfassen und dieses überhebliche Grinsen aus ihrem Gesicht streichen wollten. »Los, hau ab, Bo, bevor ich mich vergesse.«

»Na gut. Ich würde es sehr zu schätzen wissen, wenn du mir deine Entscheidung in den nächsten Tagen mitteilst.« Sie machte die Tür auf und blieb im Schein der Hoflampen in der Kälte stehen, was ihr eine geheimnisvolle Aura verlieh. »Eins merke dir. Egal, ob du den Job nimmst oder nicht. Ich werde dich kriegen, verlass dich drauf.«

Die dämliche Grenze begann sich in Luft aufzulösen. »Schau, dass du weiterkommst, Bodine.«

Sie ging mit einem Lachen, von dem er wusste, dass es ihn die ganze Nacht wachhalten würde. Er setzte sich wieder, nippte an seinem Bier und überlegte, ob er sich wie ein Held oder wie ein Idiot fühlen sollte. Im Moment konnte er da keinen großen Unterschied feststellen.

***

Callen hätte es feige gefunden, seine Antwort hinauszuzögern. Da sie von Chase abhing, beschloss er, den Stier bei den Hörnern zu packen.

Noch vor Sonnenaufgang fand er Chase mit einigen Rancharbeitern auf der Koppel vor, wohin sie ein paar Pferde gebracht hatten. »Morgen, Cal.« Chase gab dem braunen Wallach einen Klaps auf die Flanke, damit er durchs Gatter ging.

»Hast du einen Moment Zeit?«

»Jede Menge sogar.« Da Chase spürte, dass Callen in Ruhe mit ihm reden wollte, entfernte er sich von der Koppel. Als Chase das Gefühl hatte, dass sie niemand belauschen konnte, blieb er stehen. »Es sollen heute über vier Grad werden. Ich hätte gern mal einen Tag, an dem ich kurzärmlig raus kann.«

»Das würde mir auch gefallen.«

»Wie ich höre, kommt Abe eventuell nicht mehr zurück?«

»Bodine meint, der Entschluss sei bereits gefallen.« Callen hatte Atemwölkchen vor dem Gesicht. »Ein Herzinfarkt, selbst ein leichter, ist ein deutliches Alarmsignal, würd ich sagen. Kein Wunder, dass sie beschlossen haben, in Rente zu gehen.«

»Wir werden sie vermissen. Beide haben schon fürs Resort gearbeitet, als es noch gar keines war. Ich würde mich nicht wundern, wenn dir Bodine Abes Job dauerhaft angeboten hat.«

»Ja, das hat sie.«

»Und, nimmst du ihn?«

»Ich wollte erst hören, was du dazu zu sagen hast.«

»Das ist allein deine Entscheidung, Cal.«

»Vergiss es. Wo hätte ich sonst hingekonnt, als ich zurückwollte?«, fragte Callen. »Du hast mich eingestellt, sogar die Hütte für mich umgebaut.«

Chase, der solche Gefühlsausbrüche gewohnt war, zuckte nicht mit der Wimper. »Ich habe das aus Freundschaft zu dir gemacht. Aber es ist nicht so, dass wir dich unbedingt gebraucht hätten. Du bist ein Spitzenmann, Cal, der beste Chefbereiter, den ich kenne. Sogar besser als mein Vater, der dasselbe sagen würde. Du würdest überall einen Job finden.«

»Ich wollte aber nicht überall hingehen. Da war ich schon.«

»Deshalb bist du hier.« Da Chase spürte, dass der Sonnenaufgang kurz bevorstand, schaute er zum Himmel empor, wo ein paar Sterne erloschen. »Ich würde mich ja für dich mit Bo anlegen und es vielleicht sogar schaffen, sie zu überzeugen. Auch wenn sie weiß Gott mit harten Bandagen kämpft.«

»Ja, aber ich will nicht zwischen Bo und dir stehen.«

»Das tust du nicht. Ich könnte um dich kämpfen, aber das Resort ist Teil unseres Familienunternehmens, so gesehen ist es einerlei. Außerdem willst du genau das machen, Cal. So hart die Bandagen auch sein mögen, mit denen Bo kämpft, sie wird genau dasselbe sagen. Hat sie bestimmt schon.«

»Ich bin hergekommen, um für dich zu arbeiten, Chase.«

»Du bist hergekommen, um für die Bodine Ranch zu arbeiten. Das Resort gehört dazu.«

Die Nacht wich endlich dem Tag. Die Dunkelheit verschwand, ein wenig Wind kam auf. Pferde wieherten, Kühe muhten, und man hörte die Schritte der Arbeiter, die gerade eintrafen.

»Ich mag diesen Ort.« Cal atmete tief durch. »Fast so sehr wie dich. Von hier wegzugehen ist mir sehr schwergefallen. Aber das musste ich, sonst wäre nie etwas aus mir geworden.«

Weil er seinen Freund kannte, schwieg Chase und wartete, bis Callen ganz mit der Sprache herausrückte.

»Ich finde das Resort toll und das, was ihr euch dort aufgebaut habt. Diese Bodine- und Longbow-Vision ist echt fantastisch. Ich weiß, dass ich eine Spitzenkraft auf der Ranch sein könnte. Du könntest dich darauf verlassen, dass ich meinen Mann stehe, Sam und dich etwas entlaste. Beim Resort …« Er ließ sich Zeit, ordnete seine Gedanken. »Da kann ich, glaube ich, auch etwas zur Vision beitragen. Ich kann mir neue Strategien ausdenken.«

»Dann tu, was du nicht lassen kannst. Aus meiner Sicht ist es genau das, was du willst. Du würdest nur aus Pflichtgefühl bleiben. Das ist unnötig. Wenn wir dich brauchen sollten, regeln wir das. Bitte sei nicht sauer, aber wir werden nächsten Monat zwei Kräfte einstellen, um dich zu ersetzen.«

Callen spürte, wie eine große Last von ihm abfiel. »Drei wären besser.«

»So gut bist du auch wieder nicht. Klär das mit Bo, opfer mir ein paar Stunden deiner Zeit, bis wir Ersatz gefunden haben, und wir sind quitt.«

»Gut.« Wieder spürte er diese Last auf seinen Schultern. »Apropos Bodine.« Callen sah nach Osten und wartete auf den Sonnenaufgang. »Ich – wir …«, verbesserte er sich, da der gestrige Abend schließlich einen einvernehmlichen Entschluss herbeigeführt hatte. »Da ist was zwischen uns.« Er fuhr sich übers Kinn, das er sich an diesem Morgen noch nicht rasiert hatte. »Was ziemlich Intensives.«

»Was denn?«

Callen sah zu Chase hinüber, sah die verwirrte Neugier auf seinem Gesucht. »Du merkst nie etwas, wenn es um romantische und erotische Anziehungskraft geht, Longbow. Diesbezüglich bist du ein echter Holzklotz.«

»Ich hab mehr um die Ohren als …« In diesem Moment fiel der Groschen. »Wie bitte?«

»Wir fühlen uns zueinander hingezogen, Bo und ich.«

»Wie bitte?«, wiederholte Chase und trat einen Schritt zurück, als taumelte er noch unter dem Schlag. »Du – du hast mit meiner Schwester …?«

»Noch nicht. Aber nur, weil ich so heldenhaft bin und mich beherrsche. Weil ich in meinem Kopf ständig deine Stimme höre, die genau in diesem Tonfall *meine Schwester* sagt.«

»Du hattest nie Interesse an ihr«, hob Chase an und korrigierte sich dann. »Oder etwa doch?«

»Ach, verdammt, Chase, sie war mehr oder weniger ein Kind, als ich fortgegangen bin.« Auf einmal klang seine Stimme gereizt. »Vielleicht hab ich öfter hingesehen. Aber nur … Meine Güte, sie sah toll aus. Als ich weg war, ist sie erst so richtig aufgeblüht. Ich hab aber nie was gemacht. Nicht einmal daran gedacht. Aber heute ist sie kein Kind mehr und …«

Sie beide waren wie Brüder, rief sich Callen wieder ins Gedächtnis. Auch wenn eine Schwester zwischen ihnen stand.

»Sie ist klug. So wie sie das Resort leitet, handelt sie wirklich intelligent und, wenn es sein muss, äußerst raffiniert. Sie achtet darauf, dass sich alle anstrengen, und das macht ihr auch noch Spaß. Dafür bewundere ich sie.«

»Da ist also was zwischen euch, weil sie so intelligent ist und so tolle Führungsqualitäten hat?« Es kam nicht oft vor, dass Chase so sarkastisch klang.

»Das gehört dazu. Außerdem ist sie wunderschön.« Callen seufzte. »Keine Ahnung, was wäre, wenn sie nur hübsch aussehen würde. Wäre ich die ganze Zeit hiergeblieben, hätte der Blitz vielleicht nicht ganz so heftig eingeschlagen. Ich empfinde viel für sie. Ich weiß nicht, was sich daraus entwickelt. Wir werden es auf jeden Fall herausfinden. Das kann ich unmöglich hinter deinem Rücken und ohne dir zu sagen, was los ist.«

»Das tust du doch gerade. Du sagst mir, dass du mit meiner Schwester Sex haben willst.«

»Sagen wir mal so … Es ist mir peinlich, das zuzugeben, aber ich musste sie gestern Abend bitten, meine Hütte zu verlassen. Da hat sie sich gerächt.«

»Sie hat dich geschlagen?«

Callen musste so sehr lachen, dass er sich auf die Schenkel schlug. »Diesbezüglich bist du echt schwer von Begriff. Wie willst du so eine Freundin finden?«

»Du kannst mich mal, Mister Hollywood.«

Ganz außer Atem richtete sich Callen wieder auf. »Bevor sie gegangen ist, hat sie zu mir gesagt, dass es egal ist, ob ich den Job annehme oder nicht, weil sie mich auf jeden Fall – kriegen wird. Ich glaube, ich kann mich ihrer nur erwehren, wenn du grundlegend was dagegen hast. Vermutlich werd ich aber so oder so schwach werden.«

Chase schaute auf die Hügel und Berge in die Ferne, die zu Beginn des neuen Tages am Horizont auftauchten. »Mit so einem Gespräch hatte ich heute Morgen nicht gerechnet.«

»Da bin ich deutlich im Vorteil, schließlich konnte ich die ganze Nacht darüber nachdenken. Wenn ich ausnahmsweise nicht an sie gedacht habe. Das hat sie natürlich genau gewusst, denn sie ist raffiniert. Und das gefällt mir.«

Chase stand da und dachte nach, während sich im Osten die erste Morgenröte über die Gipfel stahl. »Sie ist eine erwachsene Frau, die ihre eigenen Entscheidungen trifft. Wenn sie sich dafür entscheidet, mit dir … Ich werde diesen Satz lieber nicht beenden, um mir das nicht detailliert vorstellen zu müssen. Ich mag dich wie einen Bruder. Es gibt Zeiten, da ärgert mich Rory dermaßen, dass ich dich mehr mag als ihn. Ich vertrau dir blind, aber eines sage ich dir. Solltest du ihr wehtun, wirst du es bitter bereuen. Dann bekommst du einen richtigen Tritt in den Hintern.«

»Das wäre nur fair.«

Einträchtig verharrten sie eine Weile so. Begleitet vom ersten Hahnenschrei sahen sie zu, wie die Sonne den Himmel violett färbte.

14

Weniger um Bodine aus dem Weg zu gehen, als um nicht von ihr in Versuchung geführt zu werden, ritt Callen früher zur Arbeit als sie. Allein und in Ruhe beendete er die Zaumzeuginventur, notierte sich, was aus seiner Sicht ersetzt werden musste und was sich reparieren ließ.

Am Vormittag würde er Easy mit ein paar Pferden für Maddie und ihre Reitstunden zum Center schicken. Gemeinsam mit Ben sattelte er weitere vier Tiere für einen Ausritt und bestellte Futter nach, wobei er eine Kopie an seine Chefin schickte.

Es war ein schöner Tag zum Reiten, vielleicht würde das Thermometer am Nachmittag sogar auf zehn Grad klettern. Bestimmt würden die Schneeskulpturen, die sich bis dahin gut gehalten hatten, am Ende des Tages dahingeschmolzen sein.

»Hallo, Cowboy.«

Er stand über einen Huf gebeugt und richtete sich auf, um Cora anzulächeln. »Madam. Und guten Morgen, Miss Fancy.«

»Wie ich höre, springst du für Abe ein«, sagte Miss Fancy und schob ihren Stetson in den Nacken, um Callen genauer in Augenschein zu nehmen.

»Ich helfe, wo ich kann.«

»Abe ist ein guter Mann. Und du warst früher ganz schön schwierig, Callen. Aber ich habe eine Schwäche für schwierige

Männer. Aus meiner Sicht musst du zwar noch ein Stück älter werden, bis ein richtiger Mann aus dir geworden ist, aber ich glaube, das dürfte dir gelingen.«

»Ma ist heute zum Feiern zumute. Wir hatten seit November keinen so schönen Tag mehr, und das wollen wir ausnutzen. Kannst du uns in ein, zwei Stunden zwei Pferde reservieren?«

»Wann Sie wollen, Miss Fancy. Mögen Sie immer noch diese braune Stute? Die, die Sie Della getauft haben?«

»Dass du dir das gemerkt hast.«

»Schöne Frauen und gute Pferde vergesse ich nie.«

Sie lächelte halb flirtend, halb nachsichtig. Kein Wunder, dass er vernarrt in sie war.

»Sie steht allerdings auf der Koppel. Wenn Sie wollen, hole und sattle ich sie.«

»Ich würde Della gerne nehmen, bin aber durchaus selbst in der Lage mein Pferd zu satteln.«

»Das bezweifle ich gar nicht, möchte Ihnen das jedoch gerne abnehmen. In der Manege sind Sie auf Wrangler geritten, Cora. Genau dort ist er gerade, in einer Reitstunde.«

»Schauen wir, wen wir noch haben.«

Sie sahen nach. Als Cora sich entschieden hatte, führte Callen die Braune und einen Fuchs-Wallach von der Koppel.

Die Hand in die Hüfte gestützt, in einer offenen Jeansjacke mit aufgesticktem Friedenszeichen, sah Miss Fancy zu, wie er die Stute sattelte. »Du hast zwei äußerst geschickte Hände, mein Junge. Wie wichtig das ist, kann ich gar nicht genug betonen. Wie kommt's, dass sie sich noch nie mit einem weiblichen Wesen befasst haben, soweit ich weiß?«

»Ma.« Cora verdrehte die Augen und sattelte den Wallach.

»Wenn ich keinen jungen Mann mehr aufziehen darf, den ich selbst gewickelt habe, wen dann? Du hast zwei äußerst geschickte Hände und ein hübsches Gesicht«, fügte Miss Fancy hinzu. »Du solltest nach einer Frau Ausschau halten.«

»Da ich sowieso nur Augen für Sie habe, Miss Fancy … Ist das ein unmoralisches Angebot?«

Sie johlte laut auf. »Zu schade, dass du fünfzig – ach was! – sechzig Jahre zu spät geboren wurdest.«

»Meine Seele ist sehr reif für ihr Alter.«

Sie lachte erneut und tätschelte ihm die Wange. »Ich hatte schon früher eine Schwäche für dich.«

»Miss Fancy.« Er nahm ihre Hand und küsste sie. »Ich bin bereits mein Leben lang in Sie verliebt.«

»Es ist aber nicht sehr mutig, das zu einer Frau zu sagen, die auf die neunzig zugeht.« Doch diesmal küsste sie ihn auf die Wange. »Hör auf mich zu beleidigen, indem du mir eine Aufstiegshilfe holst. Heb mich lieber hoch.«

Er faltete die Hände und staunte, wie gelenkig sie sich in den Sattel schwang. Hoffentlich würde er mit neunzig auch noch dazu in der Lage sein.

»Komm, Della, schauen wir, wie du heute drauf bist.«

Während Cora ihren Sattelgurt kontrollierte, ließ Miss Fancy Della wenden, ging von Schritt zu Trab über und begann dann zu kantern.

»Sie konnte es kaum erwarten rauszukommen.« Cora rückte den Hut auf ihrer graumelierten Kurzhaarfrisur zurecht. »Der Winter macht ihr immer mehr zu schaffen. Ein Tag wie heute ist Balsam für ihre Seele. Nein, ich mach das schon«, sagte sie, als er erneut die Hände faltete. »Wir werden in etwa zwei Stunden zurück sein. Ich bin sehr gespannt. Es ist eine Weile her, dass wir die Grundstücksgrenzen abgeritten haben.«

»Viel Spaß dabei. Bitte verstehen Sie mich nicht falsch, aber haben Sie ein Handy dabei?«

Kleine Silberstecker funkelten an ihren Ohrläppchen, als sie auf ihn herablächelte. »Wir haben beide eines dabei, und ich weiß deine Sorge sehr zu schätzen. Bist du so weit, Ma?«

»Und ob!«

»Ich mach das Gatter auf.« Callen lief über den Sandpfad und hielt es auf. Die Frauen ritten hindurch, in gemütlichem Schritt. Dann drehte sich Miss Fancy um, zwinkerte ihm zu und galoppierte los. Er sah ihnen bewundernd nach und machte sich wieder an die Arbeit.

Als es Zeit wurde zu gehen, ließ er Ben und Carol allein zurück und ritt mit Leo ins Bodine Village. Er band beide Pferde an, bevor er das Gebäude betrat, grüßte an der Rezeption und marschierte direkt in Bodines Büro.

Sie saß an ihrem Schreibtisch, den Hörer am Ohr, und sah auf ihren Bildschirm. »Ja, alles klar. Natürlich geht das, Cheryl. Wir haben eigene Gärten, Gewächshäuser und … Ganz wie Sie wollen. Ja, wir freuen uns auf Sie. Wir haben es bereits auf unserer Webseite und in unseren Broschüren, werden Sie und das Event aber Anfang des Monats richtig promoten.«

Während sie sich zurücklehnte, die Augen schloss und in regelmäßigen Abständen zustimmende Laute von sich gab, nahm Callen zwei Colas aus dem Kühlschrank. Er öffnete sie und stellte ihr eine hin.

»Ich kann Ihnen versichern, dass unsere Küche und unser Personal höchsten Ansprüchen genügen … Ich fürchte, das können wir nicht bezahlen. Wenn Sie Ihren eigenen Souschef brauchen, können Sie ihn auf eigene Kosten mitbringen … Ja, ja, das ist gebongt, so steht es in Ihrem Vertrag. Wie gesagt, wir freuen uns, Sie als Gastköchin begrüßen zu dürfen. Es wird bestimmt ausverkauft sein. Bitte geben Sie uns so bald wie möglich Ihre Reisedaten durch. Wir lassen Sie vom Flughafen abholen.«

Wieder hörte sie zu und kniff die Augen zusammen, wobei sie etwas verärgert wirkte.

»Tut mir leid, Cheryl, ich schau kurz in Ihren Vertrag, ob da was von einer Limousine steht. Hm … Wie wär's, wenn Sie mir eine E-Mail schicken? Dann leite ich sie an unsere Rechtsabteilung weiter. Wenn ich sonst etwas tun kann, was Ihren Aufenthalt bei uns angenehmer machen könnte, geben Sie mir bitte Bescheid. Auf Wiederhören.« Bodine legte sorgfältig auf und holte tief Luft. »So eine arrogante, hochnäsige Kuh.«

»Ich bewundere dich, dass du so höflich und sachlich bleiben kannst. Obwohl du Wut im Bauch hast.«

»Cheryl ist unsere Gastköchin beim Frühlingsbankett nächsten Monat. Sie ist Chefköchin in einem coolen Lokal in Seattle. Als wir sie eingeladen und den Vertrag gemacht haben, war sie begeistert und sehr kooperativ. Inzwischen ist sie in *America's Top Chefs* aufgetreten und führt sich auf wie eine Primadonna. Sie will ihre eigenen Leute mitbringen, die wir natürlich bezahlen sollen. Und ihre eigenen Kräuter. Sie hat mich vollgelabert, dass ihr eigenes Tittsoja …«

»Tatsoi, meinst du wohl. Ja, ich hab in Kalifornien gelebt«, rief er ihr wieder ins Gedächtnis, während sie ihn mit ihrem Blick durchbohrte. »Da lernt man das zwangsläufig.«

»Es ist mir egal, wie das Zeug heißt. Die Frau nervt mich und ist beleidigt, dass wir ihr für ihren Aufenthalt keine Limousine zur Verfügung stellen.«

»Sag ihr doch, sie soll bleiben, wo der Pfeffer wächst.«

Ihre Augen funkelten wütend. Auch das bewunderte er sehr.

»Ich werde ihr nicht kündigen und ihr damit einen Grund liefern, uns zu verklagen. Wenn sie kündigt, kümmer ich mich drum. Sie und ihr Tittdingens lassen sich locker ersetzen.« Sie nahm die Cola und trank. »Was kann ich für dich tun?«

»Darüber denke ich oft nach, aber im Moment tu ich was für dich. Ich würde dein Jobangebot gern annehmen.«

»Das freut mich zu hören. Wirklich, Callen!«

»Ich freu mich auch. Wobei ich ein paar Bedingungen habe.«

»Okay.« Sie griff nach ihrem Stift und zog ein Tablet zu sich ran, um Notizen zu machen. »Fragen kann man immer, außer man ist ein Arschloch aus Seattle.«

»Zum Glück bin ich das nicht. Auch wenn wir bestimmt ebenfalls einen Vertrag brauchen.«

»Ja. Unsere Manager bekommen Einjahresverträge mit vernünftigen Kündigungsfristen für beide Seiten, falls es nicht passen sollte. Ich kann dir ein Exemplar ausdrucken, das kannst du dir dann in Ruhe durchlesen.«

»Bitte nimm darin auf, dass ich Chase oder deinem Vater im Notfall unter die Arme greifen darf.«

Sie lehnte sich erneut zurück und nippte an ihrer Cola. »Das kann ich gerne machen, Callen, aber das müssen wir nicht extra schriftlich festhalten. Ich geb dir mein Wort darauf.«

»Gut.«

»Du hast also mit Chase geredet?«

»Heute früh.«

»Und über die … Eventualitäten?«

»Ja. Es hat etwas gedauert, bis der Groschen fiel.« Callen grinste. »Falls du dir wünschst, dass er mir einen Tritt in den Hintern verpasst, brauchst du ihm nur zu sagen, dass ich dir wehgetan habe.«

»Etwas anderes hätte ich von meinem Bruder nicht erwartet. Trotzdem ist es schön zu hören, dass ihm mein Wohlergehen so am Herzen liegt.«

»Das tut es. Ich würd mir gern die Beurteilungen der Saisonkräfte ansehen, die du erneut einstellen willst. Nicht um dir reinzureden, schließlich hast du bereits mit ihnen gearbeitet. Ich wüsste nur gern, mit wem ich es zu tun habe.«

Sie richtete sich auf und machte sich eine entsprechende Notiz. »Ich schick dir eine Mail.«

»Außerdem hab ich ein paar Ideen für Zusatzangebote.«

»Die da wären?«

»Manche Leute wollen aufs Pferd steigen, ein bisschen rumreiten, absteigen, was trinken. Andere wollen richtig was lernen, zum Beispiel wie man ein Pferd sattelt und pflegt.«

»Wir geben Kinderkurse rund ums Pferd. Im Sommer.«

»Ich meine nicht nur Kinder. In punkto Kochen bietet ihr doch auch ein vielseitiges Programm an, oder? Richtig einkaufen, Kochkurse, Weinproben. Wieso nicht rund ums Reiten? Reiten lernen, das richtige Futter, Pferde tränken, Pferde striegeln … Nicht nur reiten, die ganze Cowboy-Erfahrung.«

»Schreib mir das auf«, sagte Bodine.

»Gut, wird gemacht.«

»Wir sind nicht nur offen für neue Ideen, Skinner, wir sind begeistert. Hast du noch was in petto?«

»Ja, aber das braucht ein bisschen.«

»Gut. Ich druck also den Vertrag für dich aus.«

»Prima.« Er stand auf. »Ich hab Leo mitgebracht.«

»Ach, aber ich bin noch gar nicht …« Sie verstummte, sah auf die Uhr und merkte, dass sie eigentlich gehen sollte. »Ich brauch eine Viertelstunde.«

»Ich warte. Außerdem hab ich gesagt, dass ich dich im Mai zum Tanz ausführen werde.«

»Ich weiß.«

»So wie sich die Dinge entwickelt haben, brauchen wir eigentlich nicht mehr zu warten. Wie wär's mit Samstagabend?«

Sie lächelte und legte den Kopf schräg. »Redest du wirklich nur von Tanzen?«

»Von was sonst? Wenn du an Sex denkst, Bodine, kann ich dir das schlecht vorwerfen. Aber ich glaube, im *Roundup* wird samstags nach wie vor getanzt. Ich kann dich gegen acht abholen. Wir können auch sieben sagen und vorher was essen.«

»Essen und tanzen im *Roundup?* Gern.«

»Prima. Ich schau nach den Pferden.«

Essen und tanzen, dachte sie, kaum dass er weg war. Wer hätte gedacht, dass Callen Skinner so bodenständig werden würde?

***

Obwohl am Samstag viel Arbeit auf sie wartete, plante Bodine gegen drei Schluss zu machen, spätestens um vier. Nicht, dass sie viel Zeit brauchte, um sich fürs *Roundup* zurechtzumachen. Aber sie könnte ein Kleid anziehen. Sei es nur, um Callen zu überrumpeln. Sie tanzte gern und war schon lange nicht mehr ausgegangen, weder mit einer Verabredung noch mit Freundinnen. Sie konnte sich kaum daran erinnern.

So gern sie auch tanzte, sie wollte sich vor allem für das Danach zurechtmachen. Sie hatte vor, einen richtigen Auftritt hinzulegen, nachdem die Band zusammengepackt hatte. Den Schlüssel zur Halbmond-Hütte hatte sie bereits eingesteckt, ebenso eine Liste mit Dingen, die sie mitnehmen wollte.

Sie hatte ihre Wäsche für gewisse Stunden in der Schublade liegen. Sollte sich die Sache mit Callen weiterentwickeln, würde sie in neue Dessous investieren müssen. Vorerst dürften sie ausreichen. Sie hatte bereits nachgerechnet. Seit sie sie das letzte Mal angezogen hatte, war über ein Jahr vergangen.

Das lag an dem anstrengenden Jahr, aber nicht nur. Sex muss nicht kompliziert sein, aber als Frau hatte man Ansprüche. Es musste knistern, sie musste einen Mann wirklich mögen, bevor er verdiente, dass sie auch nur an Dessous dachte.

Bevor die Angestellten eintrafen, holte sie eine gute Flasche aus dem Weinkeller sowie mehrere Biere und Colas aus dem Saloon. Natürlich nicht, ohne die Entnahme zu vermerken und auf ihre Privatrechnung setzen zu lassen. Sie würde im Handelsposten Kaffee und ein paar Snacks kaufen, auch wenn sie die bestimmt nicht brauchen würden. Dann verstaute sie alles in einer Leinentasche, deponierte diese in ihrem Büro und begann gerade zu arbeiten, als Jessica hereinkam.

»Ich hab noch gar nicht mit dir gerechnet.«

»Ich will heute früher Schluss machen. Ich hab eine Verabredung.«

»Aha.« Jessica fühlte sich aufgefordert nachzuhaken und lehnte sich an den Schreibtisch. »Mit wem, wo und wozu?«

»Mit Callen Skinner, im *Roundup*, zu Essen und Tanz.«

»Gäbe es hier ein Wettbüro, hätte ich auf Callen gewettet. Was ziehst du an?«

»Weiß ich noch nicht. Vielleicht überrasche ich ihn ja mit einem Kleid. Ich hab nämlich durchaus Kleider.«

»Ist das euer erstes Date?«

»Ich denke schon.«

»Dann unbedingt ein Kleid. Das *Roundup* gehört zu den Empfehlungen, wenn Gäste ausgehen wollen. Eine eher lockere Kneipe, oder?«

»Ja, zum Burgeressen, Biertrinken und Tanzen, zumindest an den Wochenenden. Warst du noch nie dort?«

»Nein.«

»Da musst du unbedingt hin. Es kann nicht schaden, die Örtlichkeiten zu kennen, die auf der Empfehlungsliste stehen, und das Lokal ist wirklich nett.«

»Ah, Jess, da bist du ja. Entschuldige, soll ich später wiederkommen?« Chelsea blieb in der Tür stehen.

»Nein, nein.«

»Ich hab gerade zu Jessie gesagt, dass sie mal am Wochenende ins *Roundup* gehen soll.«

»Was, du warst noch nie dort?«

»Anscheinend hab ich privat einiges nachzuholen.«

»Das solltest du wirklich«, sagte Chelsea. »Es ist nett dort, auch das Essen schmeckt gut. Nicht so wie hier, aber echt okay. Und es treten lokale Bands auf. Ein tolles Lokal zum Ausgehen, wenn man nicht bis Missoula fahren will.«

»Was ist denn hier los?«, fragte Rory im Reinkommen.

»Was machst du denn im Büro?«, sagte Bodine. »Hast du nicht deinen freien Tag?«

»Carlou heiratet. Carlou Pritchett. Ich bin eingeladen, also dachte ich, ich komm rein und helfe bei der Organisation. Was ist ein nettes Lokal?«

»Wir haben gerade vom *Roundup* gesprochen.« Chelsea strich dezent ihr Haar zurück. »Jess war noch nie dort.«

»Das solltest du aber ändern. Heute Abend spielen die *Bitterroots.*«

»Ach, ich liebe die *Bitterroots.*« Jetzt klimperte Chelsea unauffällig mit den Wimpern. »Wenn die spielen, tanze ich was das Zeug hält.«

Ein breites Lächeln erschien auf Rorys Gesicht. »Gehen wir alle zusammen. Es ist eine Hochzeit im kleinen Kreis, nur am Nachmittag. Wir sind bestimmt früh fertig.«

»Na ja, ich würde schon gern, aber …«

Bodine lehnte sich in ihrem Stuhl zurück und sah zu, wie ihr Bruder Nägel mit Köpfen machte. »Kommt, das machen wir. Um etwas Dampf abzulassen. Cal und Chase sollten auch mitkommen. Los, Jessie, an einem Samstagabend gibt es nichts Besseres als das *Roundup* und die *Bitterroots.*«

»Ich – ich weiß nicht …«

»Ach, komm schon Jess«, beharrte Chelsea. »Lasst uns Party machen, ohne alles ewig vorher zu planen.«

»Wir bringen ihr Line Dancing bei.« Rory versetzte Chelseas Schulter einen sanften Stoß, und sie musste lachen.

Während Rory und Chelsea im Hinausgehen Pläne schmiedeten, sah Jessica Bodine betreten an. »Kein Problem«, versicherte ihr Bodine. »Das macht bestimmt Spaß.«

»Aber jetzt ist es mit deiner Zweisamkeit vorbei.«

Bodine zuckte nur mit den Schultern. »Dann nehmen wir eben einen größeren Tisch. Chelsea hat ganz vergessen, was sie wollte. Das liegt nur an Rorys Charme.«

»Ich krieg das schon wieder hin. Im Ernst, Bo, ich kann ihnen sagen, dass du mit Cal verabredet bist.«

»Nein.« Bodine hob abwehrend die Hand. »Auf gar keinen Fall. Das hängt die Latte viel zu hoch, und genau das möchte ich gern vermeiden. Außerdem war ich seit Monaten nicht mehr mit Chase und Rory im *Roundup*. Das ist überfällig. Bereit dich seelisch auf einen typischen Montana-Abend vor.«

Nachdem sie Jessica hinausgescheucht hatte, schickte Bodine Callen eine SMS.

Das mit dem Roundup *hat sich rumgesprochen. Statt zu zweit sind wir jetzt zu sechst. Mehr Tanzpartner! Mach keine Pläne für die Zeit danach – ich hab nämlich welche.*

Minuten später schrieb er zurück.

Ich hab nichts gegen viele Leute. Bis zur Sperrstunde.

»Na dann«, sagte sich Bodine und nahm sich vor, im *Roundup* anzurufen, um dem Manager einen Tisch für sechs abzuschwatzen.

***

Callen kam später nach Hause als geplant, aber mit genug Zeit, den Pferdegeruch abzuduschen und sich saubere Sachen anzuziehen. Er hatte sich zwar auf ein Treffen zu zweit gefreut, auf ein romantisches Abendessen, das Tanzen und das, was danach kam, war aber flexibel. Außerdem würde die Partyatmosphäre die Stimmung auflockern. Sie hatte von Plänen gesprochen. Er konnte es sich vorstellen, wie die aussehen würden.

Morgens hatte er sich extra Zeit genommen die Bettwäsche zu wechseln. Eines war klar. Wenn ihre Pläne übereinstimmten, würde er seine erste Nacht mit Bodine nicht bei ihr verbringen. Das wäre respektlos der Familie gegenüber.

Er betrat die Hütte und sah sich um. Die Bettwäsche war in Ordnung, und auch sonst gab es nichts mehr aufzuräumen, bevor er Damenbesuch empfangen konnte. Er wusste, wie man eine kleine Wohnung in Ordnung hält, indem man schmutziges Geschirr sofort abwäscht und Kleider gleich wegräumt. Sein Feierabendbier ließ er ausfallen. Er würde im *Roundup* genug zu trinken bekommen. Da er fahren musste, würde er sich sowieso mäßigen. Auf dem Weg zur Dusche holte er das Handy aus der Hosentasche und schaute aufs Display.

»Hallo, Ma. Klar hab ich kurz Zeit. Jede Menge sogar.«

Er hörte zu, während er aus seiner Jacke schlüpfte und das Halstuch abband. Er warf seinen Hut auf den Sessel und fuhr sich durchs Haar. Sie verlangte nicht viel, hatte sie nie. Ein Sohn kann schlecht Nein sagen, wenn es gerade nicht passt.

»Am Montag hab ich Zeit. Ich könnte so gegen vier bei dir sein und dich zum Friedhof fahren. Wie wär's, wenn ich dich anschließend zum Essen ausführe? Nein, warum sollte mir das Umstände machen? Wenn Savannah und Justin nichts dagegen haben, lad ich euch alle ein. Sogar den Dreikäsehoch.«

Während er telefonierte, knöpfte er sein Hemd auf.

»Also gut, abgemacht. Nur wir beide. Wie geht es ihr? Sie haben sich ja nicht viel Zeit mit dem zweiten Kind gelassen.«

Er setzte sich und zog die Stiefel aus, während seine Mutter ihm von seiner schwangeren Schwester erzählte. Als sie fertig war, nicht ohne sich bei ihm zu bedanken, legte er das Handy weg. Sie verlangt nicht viel, hat sie nie, dachte er erneut. Also würde er sie zum Grab ihres Mannes fahren. Er würde ihre Liebe und Treue zu dem Mann, der sein Leben und das seiner Familie verspielt hatte, nie verstehen. Aber er würde sie hinfahren, damit sie Blumen aufs Grab legen und für ihn beten konnte, während er sich seinen Teil dachte.

Fast hätte er sich ein Bier geholt, ließ es dann aber bleiben. Das wäre bloß ein Zeichen von Schwäche gewesen, kein echtes Bedürfnis. Er schlüpfte aus seiner Jeans und betrat die Dusche im winzigen Bad. Dabei rief er sich ins Gedächtnis, dass der heutige Abend mit Bodine deutlich früher bevorstand als der Montag samt Friedhofsbesuch.

***

Während Callen die Dusche verließ und Bodine sich probehalber in dem Kleid, für das sie sich entschieden hatte, vor dem Spiegel drehte, legte Esther, die vergessen hatte, dass sie Alice gewesen war, ein möglichst kaltes Geschirrtuch auf ihren blauen Kiefer.

Sie hatte bereits ein wenig geweint, wusste, dass sie erneut weinen würde, aber die Kälte half gegen das Pochen.

Sir war so wütend gewesen, sie hatte ihn brüllen hören und auch gehört, wie jemand zurückbrüllte, bevor er auf sie losgegangen war. Sie hatte nicht fertig geputzt, was ihn noch wütender gemacht hatte. Er hatte die Hand schon lange nicht mehr gegen sie erhoben, sie aber diesmal an den Haaren hochgerissen und ihr mitten ins Gesicht geschlagen, in den Unterleib, um anschließend ihre ehelichen Pflichten brutal einzufordern. Viel brutaler als sonst. Jemand hatte ihn wütend gemacht, das wusste sie. Sie machte sich selbst Vorwürfe.

Sie hatte nicht fertig geputzt, weil ihre innere Uhr und der Stand der Sonne, die sie durch ihr winziges Fenster erkennen konnte, angezeigt hatten, dass es zu früh für seinen Besuch war. Ihr Haus war nicht in Ordnung gewesen. Das Haus, das er ihr zur Verfügung gestellt hatte. Sie verdiente es, bestraft zu werden.

Dann war er verschwunden, sie hatte ihn mit dem Pick-up

wegfahren hören, und auch, dass jemand gegangen war, bevor Sir zu ihr hereinstürmte. Die Person, die zurückgebrüllt hatte.

Sein Gesicht rot vor Wut, die Augen schwarz vor Zorn und Aggression. Die Hände brutal und grausam.

Dabei wäre das ihr Tag gewesen, an dem sie für eine Stunde nach draußen an die frische Luft gedurft hätte, um sich auszuruhen. In der sie dasitzen und den Sonnenuntergang hätte bewundern dürfen. Sie sah wehmütig zur Tür. Zu der Tür, die er hinter sich zugeknallt hatte, nachdem er sie als faule Schlampe beschimpft hatte. Obwohl ihr Gesicht, Unterleib und auch sonst alles wehtat, schrubbte sie brav weiter, mit dem inzwischen kalten Wasser, das er verschüttet hatte.

Er hatte den Eimer umgestoßen. Oder sie? Vermutlich sie, denn sie war die Ungeschickte, Faule, Undankbare.

Sie zwang sich Tee zu machen und in der Bibel zu lesen, um für ihre Sünden zu büßen. Beim Blick auf die Tür füllten sich ihre Augen stets von Neuem mit Tränen.

Es war egoistisch von ihr, sich nach dieser Stunde im Freien zu sehnen. Danach, draußen zu sitzen und zuzusehen, wie sich der Himmel rot färbte, vielleicht sogar ein, zwei Sterne funkeln zu sehen. Sie hatte das einfach nicht verdient.

Trotzdem schlurfte sie zur Tür und strich mit den Fingern darüber, lehnte ihre heiße Wange daran. Wenn sie sich anstrengte, konnte sie die Vögel hören, aber niemals das Rauschen des Windes in den Bäumen wie auf der anderen Seite der Tür. Des Windes, der ihren schmerzenden Kiefer kühlen und sie trösten würde. Sie merkte gar nicht, dass sie den Türknauf berührt hatte, bis er sich bewegte. Entsetzt, ja panisch vor Angst wich sie zurück. Er hatte sich noch nie bewegt. Nicht einmal, wenn sie ihn schrubbte.

Langsam griff sie danach, übte ein wenig Druck auf ihn aus. Er bewegte sich erneut und gab dasselbe Klicken von sich, wie wenn Sir ihn drehte. Keuchend zog sie vorsichtig daran.

Die Tür ging auf.

Kurz war sie geblendet und sah Sir dort stehen, mit erhobenen Fäusten, um sie für ihre Frechheit zu bestrafen. Sie zuckte förmlich zurück und schlug die Hände vors Gesicht. Der erwartete Schlag blieb aus. Als sie die Hände wieder sinken ließ und nach draußen sah, konnte sie niemanden entdecken, nicht einmal Sir. Ein leichter Wind umwehte sie, schien sie förmlich ins Freie zu ziehen.

Als die Tür hinter ihr zufiel, zuckte sie zusammen, drückte dagegen und zog dann daran, rannte wieder hinein. Mit wild klopfendem Herzen fiel sie auf die Knie und murmelte Gebete.

Der Sog war zu stark, die Luft so lieblich, dass sie zurückkroch und erneut die Tür öffnete. Langsam stand sie auf. Hatte Sir sie absichtlich offen gelassen? Um sie zu belohnen oder auf die Probe zu stellen? Sie warf einen Blick auf die verschneite Erde. Dorthin, wo sie im Frühling im Garten arbeiten würde. In der Nähe schlief der Hund in seiner windschiefen Hütte. Sie machte zwei Schritte und wartete.

Mehrere Hennen pickten im Auslauf, die alte Kuh käute wieder. Das Pferd mit dem Hohlkreuz schlief im Stehen. Sonst war nichts und niemand zu sehen. Sie hörte Vögel, den Wind in den Bäumen und machte noch einen Schritt auf dem frei geschaufelten Weg, der von ihrem Haus zu dem von Sir führte.

Sie ging weiter, wie benebelt, vergaß vor lauter Freude, draußen zu sein, die Schläge und Schmerzen. Ohne Fußfessel konnte sie jede nur erdenkliche Richtung einschlagen. Sie beugte sich vor, hob Schnee mit der bloßen Hand auf und rieb sich damit übers Gesicht. Wie gut das tat!

Sie nahm noch eine Handvoll und leckte daran. Ihr entrang sich ein Laut, der so fremd klang, dass sie nicht wusste, woher er kam. Sie merkte gar nicht, wie sie lachte.

Aber der Hund hörte es und wachte mit wildem Gebell auf,

machte einen Riesensatz auf sie zu. Aus Angst rannte sie humpelnd weg. Sie rannte, bis ihre Lunge brannte, bis dieses furchtbare Bellen leiser wurde. Die Anstrengung machte ihr schwer zu schaffen. Sie stolperte und fiel in den Schnee.

Nach Luft ringend drehte sie sich auf den Rücken und schaute durchs Geäst zum Himmel empor. So verharrend staunte sie über die Formen der Wolken, darüber, wie die Äste sie schraffierten. Etwas weckte alte Erinnerungen, die sie dazu brachten, Arme und Beine zu bewegen, über diese Erfahrung zu lachen. Als sie wieder hochkam und zu Boden sah, entdeckte sie einen Engel im Schnee. Er schien nach Westen zu zeigen. Ja, nach Westen, wo die Sonne untergehen würde.

Sir würde wollen, dass sie dem Engel gehorchte.

In ihrem langen Baumwollkleid und den Pantoffeln humpelte sie Richtung Westen. Während sie nach Engeln suchte, begann der Himmel rot zu glühen, violett und golden zu schimmern. Fasziniert schleppte sie sich vorwärts. Der von den Ästen tropfende Schnee war wie Musik in ihren Ohren. Engelsmusik, die ihr den Weg zeigte. Sie erreichte einen Ort mit kleinen Steinen, die in den Schnee gestreut waren. Kies, sagte ihr Gedächtnis. Sie merkte nicht, dass der Kies in Lehm überging und sich die Straße gabelte. Sie hatte einen Vogel gesehen und seinen Flug eine Weile wie hypnotisiert beobachtet.

Vögel flogen. Engel flogen.

Die Luft wurde kalt, sehr kalt, als sie Sonne verschwand. Über ihr stand der Mond, also trottete sie weiter und lächelte zu ihm auf. Mehrere Rehe wechselten vor ihr über den Weg. Sie taumelte zurück, wieder hatte sie wildes Herzklopfen, als ihre im Dunkeln gelb leuchtenden Augen sie anfunkelten.

Teufel? Teufelsaugen funkelten gelb.

Sie fuhr herum und merkte, dass sie nicht wusste, wo sie war. Sie wusste nicht mehr, in welcher Richtung ihr Haus lag.

Sie musste schnell zurück, schnellstens zurück und die Tür hinter sich schließen, die sie nie hätte öffnen dürfen. Sir würde extrem wütend auf sie sein. Wütend genug, um sie mit dem Gürtel zu schlagen wie schon so oft, ihr Gehorsam einzubläuen.

In nackter Panik rannte sie los, da sie seinen Gürtel bereits auf ihrem Rücken spürte. Sie rannte humpelnd, mit einem taub gewordenen Fuß. Als sie ausrutschte und stürzte, brannten ihr die Knie und die Handballen bluteten. Sie musste zu ihrem Haus zurück, für ihre unbeschreibliche Sünde büßen.

Tränen liefen ihr über die Wangen. Ihr Atem ging nach wie vor keuchend, bis sie vor lauter Schwindel und Erschöpfung stehen bleiben musste, damit die Welt endlich aufhörte, sich zu drehen. Sie rannte weiter, ging, rannte, humpelte. Wirr im Kopf und völlig verzweifelt fiel sie erneut in den Kies. Auf den Knien sah sie, dass der Kies einer glatten Fläche wich. Einer Straße. Sie wusste noch, was eine Straße ist. Darauf reiste man. Eine Straße würde sie nach Hause zurückbringen.

Hoffnung flammte in ihr auf, und sie humpelte weiter, während ihr das Blut von den aufgeschürften Knien über die Waden lief. Die Straße würde sie nach Hause zurückbringen. Dann würde sie Tee machen und in der Bibel lesen, darauf warten, dass Sir zurückkehrte. Sie würde ihm nicht sagen, dass er vergessen hatte abzuschließen. Es war keine Sünde, ihm das nicht zu sagen. Es ihm zu sagen wäre respektlos, denn das würde bedeuten, dass er einen Fehler gemacht hatte.

Sie würde sich Tee kochen und sich davon wärmen lassen. Sie würde den Schneeengel, den Vogel und Himmel vergessen. Ihr Haus, das Haus, das Sir ihr zur Verfügung stellte, war alles, was sie brauchte.

Aber sie lief und lief und konnte es nicht finden. Sie lief und lief, bis ihre Beine nachgaben, bis ihr erneut schwindelig wurde. Sie würde sich ausruhen und dann nach Hause finden.

Doch bevor es so weit war, kreiste der Mond über ihr, schien auf sie zuzutaumeln und vom Himmel zu stürzen, bis alles um sie herum schwarz wurde.

Teil III

Ein Sonnenuntergang

Es gibt Sonnenuntergänge, die tanzen zum Abschied.
Wehende Tücher fast bis zum Horizont,
zum Horizont und über den Horizont hinaus.
Bänder an den Ohren, Schärpen an den Hüften,
tanzen, tanzen sie zum Abschied.
Danach treiben den Schlaf die Träume um.

Carl Sandburg

15

Das *Roundup,* eine zur Tanzbar umfunktionierte große Scheune, gab sich bewusst schlicht. Samstag- und manchmal auch freitagabends spielte von November bis April eine Band. Von Mai bis November wiederum gab es mittwochs zusätzlich Abende mit Auftrittsmöglichkeit für jedermann. Ansonsten legte der Barmann Musik für seine Gäste auf, die entweder bei ihm am Tresen saßen oder an einem der Tische Nachos und Burger aßen. Meist Countrymusic, ab und an auch Crossover. Rock war weniger angesagt, wurde aber in kleinen Mengen toleriert.

Callen war mit Countryklängen aufgewachsen, den typischen Klageliedern und Balladen. Aber durch seine Reisen hatte sich sein Musikgeschmack gehörig weiterentwickelt. An diesem Abend hätte die Band allerdings ruhig Disco spielen können. Hauptsache, er konnte einen Blick auf Bodines Beine erhaschen.

Die waren genauso fantastisch, wie er sich das vorgestellt hatte. Sie trug ein Kleid, das genau richtig ausgeschnitten war, in der Taille schmaler wurde und dann wieder weit, um knapp über ihren entzückenden Knien zu enden.

Er hatte eine Schwäche für schöne Knie, auch wenn er nicht sagen konnte, warum. Es hatte ein wenig gedauert, bis er den Stoff wahrnahm, mit dem ihr Kleid gefüttert war. Ihm gefiel das intensive Blau mit den rosa-grünen Pünktchen. Genauso wie ihre Stiefel, die das Grün aufnahmen. Sie trug die Haare offen, die ihr lang und glatt über die Schultern fielen.

Er hatte nichts dagegen, dass sie als Erste da waren und mit einem Bier anstoßen konnten, bevor die anderen eintrafen. Nicht, wenn er die Zeit zum Flirten nutzen konnte.

»Ich glaube, ich hab dich nicht mehr in einem Kleid gesehen, seit du vierzehn warst. Bei einer Hochzeit oder so, von einem deiner Cousins.«

»Wenn das Alter stimmt, muss es die von Corey gewesen sein. Danach hatte Mom bei meiner Garderobe nichts mehr mitzureden.«

»Du füllst dieses Kleid deutlich besser aus als damals.«

»Es hat etwas gedauert, bis ich in die Pubertät kam. Du hast dich auch gemacht.«

Er trug Jeans und ein Batisthemd, das seine blauen Augen betonte. Heute Abend roch er nicht nach Pferd, sondern nach Wald, was mindestens genauso gut war.

»Bevor Rory und die anderen kommen, wollte ich dir sagen, wie toll ich es finde, dass du deswegen nicht verärgert bist. Zumindest merkt man es dir nicht an. Es hat sich so ergeben.«

»Ich bin nicht verärgert und mag die Leute. Chelsea kenn ich nicht sehr gut, aber sie wirkt sympathisch.«

»Rory hat ein Auge auf sie geworfen. Das scheint auf Gegenseitigkeit zu beruhen.«

»Sie ist mir auch aufgefallen. Kein Wunder, dass Rory sie attraktiv findet.«

»Da ich glaube, dass Jessica und Chase gerade um einander rumschleichen, könnte man das als Dreifach-Date bezeichnen.«

»Da es sich um Chase handelt, könnte das mit dem um einander Rumschleichen noch fünf bis zehn Jahre dauern.«

»So wie ich Jessie kenne, dürfte sie den Prozess gehörig abkürzen. Vorausgesetzt, sie hat echtes Interesse an ihm.«

»Dann wünsch ich ihr viel Glück. Dafür sind wir beide schon viel zu lange umeinander rumgeschlichen, Bo.«

»Hallo, Bo, dich hab ich ja ewig nicht mehr gesehen.« Eine Kellnerin kam an den Tisch und legte liebevoll die Hand auf Bodines Schulter. »Wollt ihr was essen? Es kommen noch Leute, oder? Am besten, ich lass gleich mehrere Speisekarten da.« Ihr Blick fiel auf Callen, und sie schaute zweimal hin. »Callen Skinner! Ich hab gehört, dass du wieder im Lande bist.« Sie beugte sich vor und küsste ihn direkt auf den Mund. »Willkommen daheim.«

»Danke. Es tut gut zurück zu sein.« Verzweifelt suchte er nach dem Namen, der zu diesem Gesicht gehörte.

»Eines Tages musst du mir alles über deine Zeit beim Film erzählen. Das muss aufregend gewesen sein. Als wir noch in deinem alten Pick-up rumgefahren sind, hätten wir uns nie träumen lassen, dass du auf Du und Du mit Filmstars sein würdest. Bist du Brad Pitt begegnet?«

»Nein, das nicht.«

»Du weißt bestimmt noch nicht, dass Darlie geheiratet hat, stimmt's, Callen? Sie heißt nicht mehr Darlie Jenner, sondern Darlie Utz«, schaltete sich Bo ein.

»Wie die Kartoffelchips.« Darlie lachte. »Aber wenn wir mit denen verwandt wären, würde ich nicht im *Roundup* arbeiten. Ist ja gut, Lester, ich hab dich gesehen. Ich werd wohl mit einem alten Freund quatschen dürfen, also reg dich bitte wieder ab.« Nachdem sie den ungeduldigen Stammkunden zurechtgewiesen hatte, strahlte sie Callen an. »Ich bin seit drei Jahren verheiratet und habe eine kleine Tochter.«

»Gratuliere, Darlie. Wie geht es deinem Bruder? Ist Andy noch bei der Armee?«

»Ja. Er hat es bis zum Sergeant geschafft. Wir sind sehr stolz auf ihn. Jetzt muss ich mich um Lester kümmern. Lasst euch Zeit. Soll ich euch noch 'ne Runde Getränke bringen?«

»Wir warten lieber auf die anderen, danke, Darlie.«

»Danke, dass du mich gerettet hast«, sagte Callen, als die Kellnerin zu Lester marschierte. »Ich wusste erst nicht, wer sie ist. Ich war ein paarmal mit ihr aus.«

»Sie färbt sich die Haare nicht mehr blond, sondern rot. Und macht sich Locken, die ihr wild ums Gesicht hüpfen. Ich mein das nicht böse, aber sie sieht kein bisschen mehr so aus wie mit sechzehn oder siebzehn. Sie hat Zulie geheiratet.«

Callen musste an die Feuerspringer denken, die während der gesamten Saison Waldbrände bekämpften. Er tippte auf die Speisekarte. »Hast du Hunger?«

Sie stützte das Kinn in die Hände und strahlte ihn an. »Ich hab ziemlich Appetit.«

»Du bringst mich um den Verstand, Bodine.«

»Skinner, ich hab noch gar nicht richtig angefangen. Ah!« Sie richtete sich auf und winkte. »Rory ist da, mit Jessica und Chelsea im Schlepptau. Sag bloß nicht, dass Chase kneift.«

Während Rory die Frauen zum Tisch führte, stand Callen auf.

»Seid ihr noch versorgt?« Rory zeigte auf ihre Getränke und schälte sich aus seiner Jacke. »Ich bestell an der Bar.«

»Wir brauchen nichts, oder?«

Callen nickte Bodine zu. »Alles bestens.«

»Eine Minute«, sagte Rory.

»Ich komm mit.« Chelsea warf ihre Jacke über die Stuhllehne und begleitete Rory.

»Ich wusste gar nicht, dass das so ein riesiger Laden ist.« Jessica sah sich um, während Callen ihr aus dem Mantel half. »Das ist die längste Theke, die ich je gesehen habe.«

»Bier in Hülle und Fülle«, sagte Bodine. »Jede Menge Sorten von lokalen Brauereien. Und der Wein?« Sie wedelte mit der Hand, um anzudeuten, dass er eher so lala war.

»Nur gut, dass ich mich für eine Heidelbeer-Margarita entschieden habe. Ich bin ein echter Fan davon geworden. Eigentlich könnte man hier Events organisieren.«

»Nicht heute Abend.« Bodine versetzte ihr einen sanften Stoß. »Im *Roundup* wird nicht gearbeitet.«

»Okay.«

»Was ist mit Chase?«

»Ach, Rory hat mich abgeholt und gemeint, dass Chase noch ein paar Sachen erledigen will. Er hat ihn gebeten, ihm ein *Green Flash* und den Spezialburger des Tages zu bestellen, falls er es nicht rechtzeitig schafft. Was muss ich mir denn darunter vorstellen?«

»Das ist ein hiesiges Bier und ein Büffelburger mit Speck, Pfefferkäse und Jalapeño-Soße«, erklärte ihr Bodine. »Chase liebt das Zeug. Wie willst du in diesen Schuhen tanzen?«

Jessica warf einen Blick auf ihre scharfen roten Stilettos. »Sehr elegant.«

»Ich find sie schön.« Callen zwinkerte ihnen zu. »Und, wie war die Hochzeit?«

»Alles problemlos. Die Braut hatte ein schulterfreies Spitzenkleid mit Fransensaum und weiße Stiefel an, dazu einen weißen Stetson mit Glitzerhutband. Die Deko war … na ja, übertrieben westernmäßig. Silberne Hufeisen, Wildblumen in Cowboystiefeln und Hutvasen. Glasstiefel auf dem Tisch, um daraus zu trinken. Bandanas statt Servietten, Tischläufer aus Sackleinen. Der Karamellkuchen war braun gefleckt wie ein Kuhfell. Der absolute Hit war das Brautpaar zu Pferd. Doch es hat funktioniert.«

»Ich hätte nichts dagegen, aus einem gläsernen Cowboystiefel zu trinken«, sagte Callen.

»Vielleicht ist ja einer übrig?« Jessica warf einen Blick auf die Speisekarte. »Was sind denn *Screaming Nachos?*«

»Bei denen schreist du vor Glück«, sagte Bodine. »Gute Idee, wir sollten welche für den ganzen Tisch bestellen.«

»Ich kann nirgendwo Salate entdecken.«

Bodine musste kurz blinzeln, dann warf sie den Kopf in den Nacken und lachte laut. »Jessie, hierher kommt man, wenn man Lust auf Rindfleisch, scharfe Soßen, Bier und Musik hat. Kaninchen hätten vielleicht Platz auf der Speisekarte, aber Kaninchenfutter? Keine Chance.« Sie grinste Rory und Chelsea an, die mit ihren Getränken an den Tisch kamen. »Bestell ein, zwei Drinks, dann rutscht es leichter.« Bodine winkte Darlie herbei und orderte eine große Portion von den Nachos.

Als Chase kam, waren die Nachos schon weg. Jessica befürchtete, dass ihr das schwere Zeug lange im Magen liegen würde. Dabei kam das eigentliche Abendessen erst noch.

»Tut mir leid, ich musste ein paar Sachen erledigen.«

»Du hast die Nachos verpasst. Die sind echt genauso mächtig, wie ich sie in Erinnerung hatte.« Callen prostete ihm mit seinem Bier zu, an dem er nach wie vor nur nippte. »Zeit zum Abendessen.«

»Ich bin so weit, langsam wird es voll hier.«

Die meisten Barhocker waren bereits besetzt. Ein paar Tische waren frei, aber überall aßen, tranken und unterhielten sich Leute so laut, dass sie die Musik fast übertönten.

Die Band würde erst in knapp einer Stunde auf die Bühne kommen, trotzdem drehten sich bereits Paare auf der Tanzfläche. Die wies Flecken von unzähligen verschütteten Bieren auf und einen verblassten Blutfleck von einer berüchtigten Rauferei vor etwa zehn Jahren. Angeblich war es dabei um eine Frau gegangen. Die Tänzer drehten sich unter drei riesigen Wagenradlampen. Wenn die Band auf die Bühne kam, würde der Inhaber das grelle Licht runterdimmen.

Auch wenn sich Callen den Abend anders vorgestellt hatte, hatte er nichts daran auszusetzen, mit Freunden um einen großen Tisch zu sitzen. Nah genug neben Bodine, um den Duft ihres Haars zu riechen, sobald sie den Kopf drehte. Während seiner Abwesenheit hatte er ähnliche Kneipen besucht, mit Freunden getrunken und mit Frauen geflirtet. Trotzdem gab es für ihn keinen Zweifel, dass nichts über die Heimat ging.

Es war egal, worüber sie redeten. Wenn Rory dabei war, geriet das Gespräch ohnehin nicht ins Stocken. Irgendwann kam das Thema auf Callen und seine Hollywood-Erfahrungen.

»Das hatte was«, sagte er, als Chelsea ihn mit großen Augen fragte, ob es aufregend und glamourös gewesen sei.

»So sehr auch wieder nicht. Brad Pitt hat er nie kennengelernt«, warf Bodine ein.

»Nein.«

Rory zeigte mit dem Finger auf ihn. »Die attraktivste Frau aus der Filmwelt, die du je getroffen hast.«

»Ganz eindeutig Charlize Theron.«

Jetzt bekam Rory große Augen. »Meine Güte, du hast Charlize Theron kennengelernt?«

»Ja. Bei *A Million Ways to Die in the West.* Von Seth MacFarlane. Ein witziger Typ.«

»Vergiss MacFarlane. Du hast Charlize Theron getroffen. Wie ist sie so? Warst du richtig nah an ihr dran?«

»Sie ist schön, intelligent und interessant. Vielleicht habe ich sie im Rahmen meiner Arbeit sogar angefasst. Wir haben vor allem über Pferde geredet. Sie kennt sich gut aus.«

»Bevor Rory in Ohnmacht fällt …« Bodine schluckte den letzten Bissen ihres Burgers hinunter. »Der attraktivste Mann aus der Filmwelt, den du je getroffen hast?«

»Das ist nicht besonders schwer. Sam Elliott. Er ist vielleicht nicht schön, aber intelligent und interessant. Und ich kenne keinen Schauspieler, der besser reiten kann.«

Chase ahmte seine markante Stimme nach.

»Moment, das kenne ich. Aus welchem Film ist das?«

»*The Big Lebowski*. Da hat er die Erzählstimme gesprochen.«

»Er kann so gut wie jeden nachahmen«, verkündete Rory. »Mach doch mal Val Kilmer, Chase. Doc Holliday!«

Grinsend zuckte Chase mit den Achseln. Und sagte mit typischem Südstaatenakzent: »*Es gibt kein normales Leben. Es gibt immer nur das Leben.*«

Jessica sah ihn fasziniert an. Chase wandte verlegen den Blick ab und griff nach seinem Bier.

»Woraus ist das?«

»Hast du etwa nie *Tombstone* gesehen?«, fragte Rory ungläubig.

»Nein.« Beim Blick in die Runde schaute Jessica in entsetzte Gesichter. »Oje, bin ich jetzt raus, oder was?«

»Diesen Film muss man gesehen haben«, erwiderte Chase.

Während sie von allen ausgequetscht wurde, welche Western sie bisher angeguckt hatte, gab Chase Filmzitate von John Wayne bis Alan Rickman zum Besten. So amüsant das war, war Jessica doch sehr erleichtert, als die Band unter lautem Geklatsche und Gejohle die Bühne betrat. Endlich war das Verhör vorbei.

Die Band legte sofort los. Mit einem Song, den Jessica genauso wenig kannte wie viele Filmzitate.

»Wir sind dabei.« Rory nahm Chelseas Hand und zog sie auf die Tanzfläche.

»Ich hab dir gesagt, dass ich dich zum Tanzen ausführe.« Callen stand auf und hielt Bodine die Hand hin.

»Schauen wir mal, wie gut du tanzen kannst.«

Er tanzte verdammt gut. Er hielt sie genau richtig, bewegte sich auf sie zu und wieder weg. Beide wussten, dass das nur ein

Vorgeschmack auf das war, was später kommen würde. Lachend ließ sich Bodine von ihm herumwirbeln und gab ihm ihrerseits einen Vorgeschmack, indem sie sich so eindrehte, dass sie ihren Rücken an ihn schmiegte.

»Du hast Schritte dazugelernt«, flüstere er ihr ins Ohr.

Sie legte den Kopf in den Nacken, sodass sich ihre Lippen fast berührten. »Das ist längst nicht alles.« Wieder drehte sie sich, ließ sich von ihm an sich ziehen und schlang den Arm um seinen Nacken, während sie ihre Schritte seinen anpasste.

»Das kann ich mir vorstellen. Was hast du nur getrieben, während ich weg war, Bodine?«

»Ich habe geübt.«

Am Tisch sah Jessica den Tänzern zu. Viel Gestampfe und Gedrehe sowie eine Art Schlittern. Während Bodine und Callen sich austobten, strahlten sie eine unglaubliche Erotik aus.

Dabei hatte sie Westerntanz nie sexy gefunden.

Als der zweite Song begann, räusperte sich Chase. »Ich bin kein besonders guter Tänzer.«

Sie drehte sich zu ihm. »Da haben wir was gemeinsam. So was hab ich noch nie getanzt. Wieso bringst du mir nicht ein paar Schritte bei?«

»Na ja … ich kann's ja versuchen.« Er stand auf und nahm ihre Hand. »Danach wirst du vermutlich einen Drink brauchen.«

»Das Risiko geh ich ein.« Als sie die Tanzfläche erreichte, drehte sie sich und legte ihm die Hand auf die Schulter. So?«

»Ja, und …« Er legte ihr den Arm um die Taille. »Wir werden einfach … Kannst du in diesen Schuhen rückwärtsgehen?«

»Ich kann sogar rückwärts rennen.« Sie übernahm die Führung, hob ihre verschränkten Hände, drehte sich aus und wieder ein. »Nur keine Angst.«

»Du tanzt jetzt schon besser als ich.«

Sie lächelte. Die beiden glitten mühelos über die Tanzfläche. »Wenn's sein muss, bring ich es dir bei.«

***

Als die Frauen zu *Save a Horse (Ride a Cowboy)* tanzten und Jessica ihren ersten Line Dance lernte, machten sich Jolene und Vance Lubbock gerade auf den Heimweg. Sie hatten einen Abend ohne ihre Kinder verbracht, was selten genug vorkam. Eigentlich hätte es ein romantisches Abendessen werden sollen, eine vage Erinnerung an die Zeit, als sie keine drei Kinder unter sechs Jahren gehabt hatten. Anschließend war der Besuch eines Films ohne Zeichentrickfiguren oder sprechende Tiere geplant. Doch unterwegs wurde Jolene klar, was sie wirklich mit den kostbaren vier Stunden anfangen wollte, für die sie einen Babysitter bestellt hatten. Sie dirigierte Vance zu einem Motel unweit der Autobahn.

Er wehrte sich nicht.

Seit einem Jahr hatten sie endlich wieder wilden, leidenschaftlichen, ungestörten Sex. Zweimal hintereinander. Dann noch ein drittes Mal, nachdem Vance vom Lokal nebenan etwas zu essen besorgt hatte. Obwohl sie es kein viertes Mal schafften, genossen sie eine lange, heiße Dusche, ohne dass jemand nach Mommy oder Daddy rief. Beseelt fuhren sie nach Hause und schworen sich, regelmäßig Motelsex zu haben.

»Wir müssen uns etwas mehr bemühen.« Jolene, die so entspannt war, dass sie sich wunderte, nicht vom Sitz zu rutschen, strahlte den Vater ihrer Kinder an und wusste wieder ganz genau, warum sie ihn geheiratet hatte.

»Nächstes Mal nehmen wir eine schöne Flasche Wein mit.« Vance küsste ihre Hand.

»Und ein paar sexy Dessous.«

»O Baby.«

Sie lachte und seufzte. »Ich liebe unsere Babys, Vance. Ich kann mir ein Leben ohne sie nicht vorstellen. Aber es tut einfach nur gut, ein paar Stunden nicht vor allem Mama sein zu müssen. Einmal im Monat, das müssten wir doch hinkriegen.«

»Abgemacht.« Er küsste erneut ihre Hand, ganz verliebt in seine Frau. Da sah er ein graues Etwas am Straßenrand, vermutlich ein überfahrenes Tier. Er war bereits daran vorbei, als er begriff, was seine Augen wirklich gesehen hatten.

»Vance.«

»Ich weiß, ich weiß. Warte.« Er stieg auf die Bremse und legte den Rückwärtsgang ein.

»Da ist eine Frau. Ich schwör dir, da ist eine Frau.«

»Ich sehe sie.« Er hielt am Straßenrand. »Du bleibst hier.«

»Das werd ich nicht.« Jolene stieg schon aus, als er noch das Warnblinklicht einschaltete. »Meine Güte, Vance, sie ist halb erfroren. Hol die Decke aus dem Pick-up.«

»Ich wähle den Notruf.«

»Erst die Decke. Noch hat sie einen Puls. Sie lebt, Liebster, aber sie wird erfrieren. Ich kann nicht erkennen, ob sie verletzt ist. Sie hat ein paar üble Kratzer, und sie hat sich den Kopf gestoßen beziehungsweise Schläge auf den Kopf bekommen.«

Er warf seiner Frau die Decke zu und machte eine Taschenlampe an. »Ich ruf einen Krankenwagen.«

Jolene versuchte, die kalten Hände mit ihren zu wärmen. »Sie sollen gleich die Polizei informieren.«

Kurz nach Mitternacht machten die Lubbocks bei dem diensthabenden Beamten eine Zeugenaussage, während die Sanitäter die bewusstlose Frau in einen Krankenwagen verfrachteten.

***

Chase fuhr Jessica nach Hause. Das habe ich bestimmt Rory zu verdanken, dachte sie. Nicht weil er sie verkuppeln, sondern weil er mit Chelsea allein bleiben wollte.

»Dein Bruder und Chelsea bleiben bestimmt bis zum Schluss.«

»Rory geht erst, wenn man ihn rauswirft.«

»Danke, dass du mich heimbringst. So lange würde ich nicht durchhalten.«

»Kein Problem.« Er sah zu ihr hinüber. »Du scheinst dich ja gut amüsiert zu haben.«

»Und wie! Ich habe zwei Line Dances gelernt, mit einem Mann namens Spunky getanzt und *Screaming Nachos* gegessen.«

»Das dürfte ein ziemliches Kontrastprogramm zur Ostküste sein.«

»Allerdings.«

»Was würdest du an so einem Abend zu Hause machen?«

»In New York, meinst du?« Sie schloss die Augen und dachte nach. »Wahrscheinlich würde ich mit ein paar Kollegen essen gehen, asiatisch vermutlich, und anschließend einen Club besuchen. Wahrscheinlich Techno. Dort kostet ein Martini so viel wie heute Abend zwei Runden. Ich würde mit Wildfremden tanzen, so tun, als würde mich interessieren, was sie beruflich machen oder welchen Stress sie mit ihrer Ex haben, um mir dann ein Taxi nach Hause zu nehmen.«

»Was ist Techno?«

Sie schmolz dahin, so gerührt war sie, und lächelte ihn an. »Elektronische Musik. Was machst du abends, wenn du nicht ins *Roundup* gehst?«

»Ach, ich geh nicht sehr oft aus. Aber ich liebe Filme.«

»Western.«

»Nicht nur Western. Ich geh generell gern ins Kino. Vor ein paar Jahren hab ich Cal in Kalifornien besucht und durfte mit ans Filmset. Es war kein Western, sondern ein Historiendrama über eine Frau, die versucht, nach dem Tod ihres Mannes ihre Farm zu retten. *Fourteen Acres* hieß der.

»Den hab ich auch gesehen. Ein toller Film.«

»Gehst du gern ins Kino?«, fragte er, als er vor ihrem Haus hielt.

»Ich mag zwar große Bildungslücken in punkto Western haben, aber ansonsten liebe ich Kino.«

»Du solltest dir *Tombstone* unbedingt anschauen.«

»Das werde ich.«

Wieder war sie ganz gerührt, als er ausstieg, um ihr die Beifahrertür zu öffnen. Sie wollte schon sagen, das sei nicht nötig, aber insgeheim freute sie sich darüber. Sie hatten den ganzen Abend getanzt, geredet und geflirtet, wenn sie sich nicht täuschte. Obwohl sie eine Frau mit klaren Regeln war und nach Clubbesuchen stets ein Taxi nahm, war es heute anders. Das *Roundup* war kein Club und Chase kein Fremder.

»Hast du dich schon eingelebt?«

»Chase, ich bin seit über einem halben Jahr hier. Ich habe mich eingelebt.« Sie sperrte die Tür auf, drehte sich zu ihm um und traf eine Entscheidung. »Wieso kommst du nicht mit rein und überzeugst dich selbst?«

»Äh, ich möchte mich nicht aufdrängen.«

Sie stellte sich auf ihre inzwischen schmerzenden Zehenspitzen und gab ihm einen sanften Kuss. Manchmal muss man als Frau einfach den ersten Schritt machen, dachte sie, packte ihn am Hemd und zog ihn in die Wohnung. Es dauerte keine zehn Sekunden, und er hatte seine Schüchternheit überwunden.

***

Auf der Heimfahrt ließ Bodine die Arme baumeln und die Schultern kreisen. »Das war eine Superidee, Skinner. Essen und tanzen gehen, meine ich.«

»Ich hab noch ganz andere Ideen.«

»Die sind bestimmt auch super. Bieg da ab zum Resort.«

»Das ist ein Umweg.«

»Kommt ganz darauf an, was das Ziel ist.«

Er wusste, wo er hinwollte. Zwischen diese schönen frischen Laken. Trotzdem nahm er die Abzweigung.

»Die Dunkelheit und die Stille sind einfach nur herrlich. Bitte links abbiegen. Keine Ahnung, wie die Leute in der Stadt bei den Lichtern und dem Lärm Schlaf finden.«

»Das Leben dort hat auch seine Vorteile.«

Neugierig sah sie ihn an. »Sehnst du dich danach zurück?«

»Man soll niemals nie sagen, aber es zieht mich nichts dorthin. Ich glaube, ich habe die Dunkelheit und die Stille wirklich vermisst.«

»Davon gibt es jede Menge. Langsam und gleich links einbiegen.«

»Das ist keine Straße, Bo.«

»Nein. Da steht eine Blockhütte. Schau mal.« Sie zog einen Schlüssel hervor und hielt ihn hoch.

Er sah erst den Schlüssel an und dann sie. »Du bist wirklich eine kluge, interessante Frau.«

»Ganz deiner Meinung.«

Er hätte ihr bestimmt die Wagentür geöffnet, doch sie gab ihm keine Gelegenheit dazu. Deshalb nahm er ihre Hand, als sie über den Kiesweg auf die Veranda zugingen. »Ich war so schlau, ein paar Snacks und Getränke mitzunehmen, falls wir Hunger kriegen. Und Kaffee für morgen, falls wir länger bleiben.«

»Du wirst von Minute zu Minute interessanter.«

Sie schloss auf und machte das Licht im Wohnzimmer an. »Komm, ich zeig dir alles.« Sie legte den Schlüssel weg, dann ihre Jacke. »Am besten fangen wir mit dem Schlafzimmer an.«

Er folgte ihr.

»Das Bodine Resort bietet rustikalen Luxus. Auf der hinteren Veranda gibt es einen Whirlpool, dazu eine große Badewanne mit Regendusche und Massagedüsen sowie feinste Bettwäsche.« Das Bett war bereits aufgeschlagen. Es hatte vier massive Bettpfosten und bot einen Blick aufs Fenster, von dem aus man tagsüber bestimmt eine herrliche Aussicht hatte.

Trotzdem interessierte ihn die Aussicht in nächster Nähe im Moment deutlich mehr.

»Es gibt eine vollständig eingerichtete Küche, die wir sogar mit Lebensmitteln füllen, wenn der Gast es wünscht, einen Kamin, Flachbildfernseher und alles, was man sonst braucht, um einen unvergesslichen Aufenthalt zu erleben.«

»Dann wollen wir zusehen, dass wir einen unvergesslichen Aufenthalt erleben.«

»Du kannst damit anfangen, mich aus diesem Kleid zu schälen.«

»Das ist ein schönes Kleid. Aber ich träume die ganze Zeit davon, es dir auszuziehen.«

»Nichts hält dich davon ab.«

Er trat näher, nahm ihr Gesicht in beide Hände und küsste sie. Erst ganz sanft, dann immer leidenschaftlicher, während er ihre Hüften packte. Wie auf der Tanzfläche wirbelte er sie herum und brachte sie zum Lachen. Während er ihr einen Kuss auf die nackte Schulter presste, zog er den hinteren Reißverschluss des Kleides auf. Ein langer, glatter Rücken, halbiert von einem dünnen, mitternachtsblauen Strich.

Sie kickte ihre Stiefel von sich, während das Kleid zu Boden glitt. Auch was darunter war, war lang und schlank, dazu sanfte Kurven und noch mehr Mitternachtsblau über schmalen Hüften. »Schau einer an.«

»Willst du etwa nur schauen?«

»Nein. Aber diesen Anblick muss ich genießen.« Er strich mit einem Finger über ihre Brüste und spürte, wie sie Gänsehaut bekam. »Ja, du bist eindeutig hübscher geworden.«

»Jetzt möchte ich aber auch was sehen.« Sie knöpfte sein Hemd auf, fuhr über seine nackte Brust. »Du hältst dich gut in Form.«

»Ich tu, was ich kann.«

Um mehr zu sehen, schob sie das Hemd zur Seite. »Aha.« Sie strich über seinen muskulösen Bauch. »Schau einer an. Damals konnte man jede Rippe einzeln zählen.« Sie sah unter langen Wimpern zu ihm auf und öffnete grinsend seinen Gürtel.

»Bodine!«

Während sie bereits die Knopfleiste seiner Hose öffnete, riss er sie an sich, presste seinen Mund auf ihren und spürte, wie sich in ihm alles zusammenzog, als sie die Arme um seinen Nacken und ihre Beine um seine Taille schlang. Er fiel mit ihr aufs Bett. Glühende Körper und kühle Laken. Hände, die sich in seinen Rücken gruben und dann an seiner Jeans zerrten.

Er trat seine Stiefel von sich, die polternd zu Boden fielen. Half ihr mit seiner Jeans.

Sie hob die Hüften und schmiegte sich an ihn, bis er fast umkam vor Begehren.

Er rang nach Luft, versuchte verzweifelt, sich zu kontrollieren. »Das war ein langes Vorspiel heute Abend.«

Ungeduldige Hände zerrten an seinen Boxershorts. »Jetzt kommt die Hauptvorstellung, Skinner. Jetzt, o Gott, ja, jetzt!«

Seine Hände zitterten, als er ihr das Höschen auszog und ihren BH aufhakte, um von diesen wunderbaren Brüsten zu kosten. Er hätte gern gewusst, ob sich in ihr auch alles so zusammenzog. Jedenfalls würde er gleich dafür sorgen.

Dann war er in ihr und hatte das Gefühl, die Erde würde unter ihnen erbeben.

Sie stieß einen Schrei aus – nicht vor Schreck, sondern fast triumphierend. Ihre Hände packten seine Hüften und feuerten ihn an.

Er musste sie über ihrem Kopf aufs Bett drücken, damit es nicht vorbei war, ehe es überhaupt begonnen hatte.

»Warte«, brachte er gerade noch hervor. »Nur eine Minute.«

»Wenn du jetzt aufhörst, bring ich dich um.«

»Aufhören? Kommt gar nicht infrage. Das ginge auch gar nicht. Meine Güte, Bodine.« Er küsste ihren Hals, ihre Brüste. »Wo hast du dich nur so lange versteckt?«

»Ich kann es nicht mehr aufhalten.« Sie spürte, wie sie dem Höhepunkt entgegenging, die Kontrolle über sich verlor, von dieser intensiven, dunklen Lust mitgerissen wurde und sich um ihn schloss. »Echt nicht.«

Sie loderten in ihr auf, diese wunderbaren Flammen der Leidenschaft, dieser wilde Herzschlag, bis zum darauf folgenden langsamen freien Fall.

***

»O Gott, o Gott, ich bekomm kaum Luft.«

»Du atmest noch«, flüsterte er, und beide begannen erneut abzuheben. Er wurde schneller, brachte sie fast ins Delirium, während ihre Leiber rhythmisch gegeneinander schlugen. Seine Augen, in denen ein Tornado zu toben schien, waren dunkelgrau umwölkt, mit grünen Sprenkeln darin.

Er war ein Sturm in ihr.

Als er losbrach, für sie beide losbrach, ließ sie zu, dass er sie endgültig mit fortriss.

16

Sie sollten nicht mehr dazu kommen, den Wein aufzumachen oder ein Bier zu trinken. Als die Erschöpfung über ihre Lust siegte, schlief Bodine, alle viere von sich gestreckt, auf Callen ein, während er die Hand nach wie vor in ihrem Haar vergraben hatte.

Trotzdem sorgte Bodines innere Uhr dafür, dass sie vor Tagesanbruch wach wurde. Ansonsten fühlte sich ihr Körper entspannt, warm und herrlich benutzt an. In den wenigen Stunden der Nacht, in denen sie nicht aktiv gewesen waren, hatten sie ihre Position geändert. Bodine, die eigentlich keine große Kuschlerin war, stellte fest, dass sie sich eng an Callen schmiegte.

Doch da sein Arm um ihre Taille geschlungen war und eines seiner Beine auf ihrem lag, schien ihm das nichts auszumachen.

Sie schloss die Augen und schnurrte wie ein Kätzchen, in der Hoffnung, noch ein Stündchen schlafen zu können.

Sie spürte seinen ruhigen, gleichmäßigen Herzschlag. Roch den Duft seiner Haut. Erinnerte sich, wie seine männlichen, gelehrigen Hände ihre geheimsten Wünsche erfüllt hatten.

An Schlaf war nicht mehr zu denken. Da sie nicht wusste, ob sie noch eine Runde Sex schaffen würde, löste sie sich von ihm, um ihren Tag zu beginnen.

Callen träumte von ihr, träumte davon, nackt mit ihr auf einer Wiese zu liegen. Sternförmige weiße Blüten zierten ihr

Haar. Sie bewegten sich wie in Zeitlupe. Als hätten sich Begehren, Lust und Ungeduld nicht bereits Bahn gebrochen. Nur dass auf der Wiese die Liebe stärker war als das Begehren.

Er konnte ihr Gesicht sehen, sah, wie das Grün ihrer Augen intensiver wurde, wie ihre Atmung schneller ging. Wie sie die Hand hob und an seine Wange schmiegte. Regen fiel und brachte das Gras zum Glänzen, das genauso grün war wie ihre Augen.

Feuchtes Gras, feuchtes Haar, feuchte Frau.

Beim Aufwachen tastete er nach ihr.

Benommen blieb er, wo er war, und merkte am Licht, dass die Sonne längst nicht aufgegangen war.

Der Regen in seinem Traum? War in Wahrheit das Rauschen der Dusche nebenan.

Der Traum und seine Deutung erstaunten ihn, machten ihn fast ein bisschen verlegen. Erotik war ja gut und schön, aber eine Blumenwiese samt Regendusche? Das war wirklich romantisch.

Er beschloss, ein andermal darüber nachzudenken. Da hörte er, wie die Dusche abgestellt wurde und die Tür aufging.

»Es ist Sonntag«, sagte er.

»Ach, du bist wach. Ja, ein ganzer Sonntag liegt vor uns.«

Er hörte, wie sie durchs Zimmer tapste, sah ihren Schatten im Dunkeln. »Warum bist du aufgestanden?«

»Meine innere Uhr. Manchmal kann ich sie abschalten, manchmal nicht. Ich brauch dringend einen Kaffee. Schlaf ruhig weiter. Ich weiß, dass du heute arbeiten musst, aber du hast noch ein paar Stunden Zeit. Ich leih mir nur kurz dein Hemd aus, bis ich eine Tasse Kaffee intus habe.«

Als sie verschwunden war, starrte er an die Decke. Wie sollte ein Mann nach so einem romantischen Traum Schlaf finden? Erst recht, wenn eine Frau aus der Dusche kam, die den ganzen Raum mit ihrem Honigduft füllte. Wenn er wusste, dass diese Frau unter seinem Hemd nackt war?

Das schwache Geschlecht? Von wegen. Frauen hatten die absolute Macht, allein dadurch, dass sie Frauen waren. Er stand auf, ging nackt ins Bad und nahm ebenfalls eine Dusche. Auf der Ablage entdeckte er eine frische Zahnbürste und eine Reisetube Zahnpasta. Sie hatte an alles gedacht.

Als er das Bad verließ, duftete es bereits nach Kaffee. Sie hatte Feuer im Kamin gemacht, stand am großen Panoramafenster und trank ihren Kaffee. Mit nichts als seinem Hemd bekleidet.

»Die Elche röhren«, sagte sie. »Sie kommen zum Äsen ins Tal. Bald geht die Sonne auf. Wir können es von hier aus beobachten, ein herrliches Schauspiel.« Sie drehte sich um, mit ihren langen nackten Beinen, während sein Hemd in der Mitte von nur wenigen Knöpfen zusammengehalten wurde. Ihre Haare waren nass, glatt und schwarz wie die Nacht.

Was für eine Macht sie über ihn hatte!

»Es gibt griechischen Joghurt und Granola, wenn du willst.«

»Warum sollte ich so was essen wollen?«

»Ich weiß.« Lachend kehrte sie zur offenen Küche zurück und machte den Kühlschrank auf. »Ich versuche mir einzureden, dass es schmeckt, aber so langsam glaub ich nicht mehr daran. Ich hab eine Tüte Chips da. Für den Fall, dass wir gestern Abend Hunger bekommen hätten.«

Er warf einen Blick darauf. Was soll's?, dachte er und riss sie auf. Er brauchte noch ein paar Minuten, bis er wirklich wach war. An die Theke gelehnt, sah er zu, wie sie etwas Joghurt mit einem Löffel Granola verrührte.

»Ich muss nur Bettwäsche und Handtücher wechseln, das Bad putzen und das Geschirr abspülen.«

»Ich helfe dir.«

»Das dauert nicht lang. Ich kann mit dir ins BAC fahren und dann zu Fuß ins Büro gehen. Sonst fehlt mir mein Frühsport.« Sie nahm einen Löffel und verzog das Gesicht. »Es wird einfach nicht besser.«

Callen hielt die Tüte Chips hoch.

Sie kämpfte und verlor. »Nur einen.« Sie griff in die Tüte. »Warum ist alles, was gut schmeckt ungesund?« Stirnrunzelnd musterte sie den Joghurt. »Vielleicht sollte ich Chips reinkrümeln?«

Callen nahm ihr das Schälchen weg und stellte es beiseite. »Ich möchte dir etwas sagen.«

Ein amüsierter, aber auch misstrauischer Blick schlich sich in ihre Augen. »Okay.«

»Ich weiß nicht, wie sich das mit uns weiterentwickelt, wie wir uns weiterentwickeln. Aber solange wir gemeinsam diesen Weg eingeschlagen haben – das haben wir doch?«

»Nachdem wir uns die halbe Nacht nackt im Bett herumgewälzt haben, am nächsten Morgen zusammen Kaffee trinken und Chips essen? Ich denke schon.«

»Gut. Solange wir also gemeinsam diesen Weg eingeschlagen haben, gibt es keine anderen Wegbegleiter.«

Sie musterte ihn und aß noch einen Kartoffelchip. »Soll das etwa heißen, dass wir nebenher nicht mit anderen rummachen?«

»Ja, genau.«

Den Blick nach wie vor auf ihn gerichtet, nahm sie einen Schluck Kaffee. »Du hast gemerkt, dass ich Sex gut finde.«

»Ja, das habe ich. Du bist wirklich gut im Bett.«

»Das will ich hoffen.« Sie genoss es, eine weitere Sünde zu begehen, und knabberte einen weiteren Chip. »Nur weil ich Sex mag, heißt das nicht, dass ich nicht wählerisch bin.«

»Etwas anderes hab ich nie behauptet. Ich rede nicht nur von dir. Ich bin schließlich auch noch da.«

Sie nickte nachdenklich. »Gut. Abgemacht. Keine Trittbrettfahrer – für keinen von uns.«

Nachdem sie ihren Becher abgestellt hatte, klopfte sie sich das Salz von den Fingern. »Sollen wir einen Schwur leisten?«

Wieder dieses Grinsen. »Nö.«

Er legte die Chipstüte weg und drängte sie gegen den Kühlschrank. »Ich hab an was anderes gedacht.«

Er nahm sie an Ort und Stelle, wilder als geplant, während die aufgehende Sonne die Szene in rotes Licht tauchte.

***

Obwohl Bodine eigentlich nicht ins Büro musste, beschloss sie, ein, zwei Stunden vorbeizuschauen, um Papierkram zu erledigen. Sie überlegte, ihre stets gepackte Sporttasche mitzunehmen und eine Runde im Fitnesscenter einzulegen. Aber sie hatte sich in den letzten vierundzwanzig Stunden genug verausgabt. Deswegen widersprach sie nicht, als Callen darauf bestand, sie vor der Tür abzusetzen, statt sie vom BAC hinüberlaufen zu lassen.

Sie hatte ihm die Leinentasche mit Wein, Bier und Kaffee überlassen und ihn ermahnt, die Sachen stets griffbereit zu halten. Dann hatte sie ihn und sich überrascht, indem sie ihm einen denkwürdigen Abschiedskuss gegeben hatte.

Wozu die Scheu, gesehen zu werden, wenn man mit einem Mann schlief und vorhatte, das auch in Zukunft zu tun?

Leise vor sich hin summend betrat sie ihr Büro. Kaum saß sie am Schreibtisch, als Jessica reinkam und sofort zurückwich. »Ich wusste nicht, dass du heute arbeitest.«

»Nur ein, zwei Stunden. Du kümmerst dich um den Brunch der gestrigen Hochzeitsgesellschaft?«

»Das hab ich an Chelsea delegiert, überwache aber das Ganze. Bisher läuft alles nach Plan. Das Motto wird mit Western-Omeletts und Frühstücks-Burritos fortgeführt. Mit Heidelbeer-Mimosas und so.« Jessica legte den Kopf schräg. »Du musst dieses Kleid wirklich sehr gern mögen.«

»Stimmt. Betrachte es als Zeichen, dass ich mich kein bisschen schäme.«

»Gut. Er ist echt toll. Ich hab es sehr genossen, ihn und die anderen besser kennenzulernen.« Jessica kam herein und schloss die Tür. »Ich habe mit deinem Bruder geschlafen.«

»Mit Rory oder mit Chase? He, ich mach bloß Spaß«, sagte Bodine lachend, als Jessica die Kinnlade herunterfiel.

»Ich habe den ersten Schritt gemacht.«

»Ich kenne ihn mein ganzes Leben.« Bodine tippte sich an die Brust. »Deshalb erstaunt mich das kein bisschen.«

»Du hast also nichts dagegen.« Erleichtert fuhr sich Jessica über das locker hochgesteckte Haar. »Ich weiß, dass wir theoretisch drüber gesprochen haben, aber jetzt ist es passiert. Ich bin erleichtert, dass du nichts dagegen hast.«

»Ich gehe davon aus, dass du auch nichts dagegen hattest.«

»Ich – ich bin erschöpft«, gestand Jessica lachend. »Ich will nicht zu sehr ins Detail gehen, deshalb sage ich nur: Wenn Chase in Fahrt kommt, hat er großes Durchhaltevermögen. Puh, es fühlt sich seltsam an, das seiner Schwester zu sagen.«

»Im Gegenteil, das macht mich stolz. Ich liebe ihn, Jessie. Es ist nichts komisch daran zu wissen, dass er Interesse an einer Frau hat, die ich mag und respektiere.«

»Du findest leicht Freunde.« Jessica lächelte ein wenig wehmütig. »Aber du pflegst deine Freundschaften auch. Ich möchte dir sagen, wie sehr ich dich als meine Freundin schätze. Jetzt lass ich dich aber weiterarbeiten und hab die nächste Stunde ein Auge auf Chelsea. Anschließend geh ich heim. Ich brauch dringend etwas Schlaf.«

»Würdest du einer Freundin einen Gefallen tun?«

»Na klar.«

»Komm vorbei und fahr mich heim, bevor du dein Schläfchen machst.«

»Gern.«

Kaum war sie wieder allein, dachte Bodine: Wenn Jessica

nicht bis über beide Ohren in Chase verliebt ist, ist sie zumindest auf dem besten Wege dazu.

»Süß«, sagte sie und wandte sich wieder ihrem Computer zu.

***

Sheriff Tate stand vor dem Krankenhauszimmer, vor dem einer seiner weiblichen Deputys Wache schob. Er hatte sich gleich frühmorgens mit der diensthabenden Schwester kurzgeschlossen und erfahren, dass man der Unbekannten ein Beruhigungsmittel verabreicht hatte, weil diese beim Aufwachen hysterisch und fast aggressiv reagiert hatte. *Völlig verängstigt,* hatten die Worte der Krankenschwester gelautet.

Er hatte den Polizeibericht bereits gelesen, ebenso die Zeugenaussagen des Paars, das den Notruf gewählt hatte. Jetzt wollte er sich erst vom zuständigen Arzt informieren lassen, bevor er einen Blick auf die Frau warf.

»Ich war nicht im Dienst, als sie eingeliefert wurde.« Dr. Grove, ein Mann mit ernster Miene und sanften Händen, schaute in die Patientenakte. »Ich hab Rücksprache mit dem Notarzt gehalten, der sie untersucht und behandelt hat. Er hat einen Vergewaltigungstest gemacht, der ergab, dass sie wiederholt brutalen Sex hatte. Sie wird wegen Erfrierungen an den Füßen behandelt, war aber nicht besorgniserregend unterkühlt. Ihre Kleidung war nass. Schwere Abschürfungen an Händen, Knien und Ellbogen. Wunden von Kieselsteinchen und Kratzer. Schwere Prellungen und Wunden an der rechten Schläfe und Stirn, vermutlich von einem Sturz. Sie hat eine Gehirnerschütterung.« Er sah auf, Tate direkt in die Augen. »An ihrem linken Knöchel hat sie eine Narbe sowie Narben auf dem Rücken.«

»Von Fesseln vielleicht?«

»Ich würde sagen Ja. Die Narben auf dem Rücken dürften

von Schlägen stammen. Mit einem Gürtel oder einer Peitsche. Einige sind bereits Jahre alt, andere neueren Datums.«

Tate amtete hörbar aus. »Ich muss mit ihr reden.«

»Ja. Sie sollten wissen, dass sie bisher nichts als hysterisches Zeug von sich gegeben hat. Wir haben sie sediert, damit sie sich nicht noch mehr verletzt.«

»Ihren Namen hat sie nicht genannt?«

»Nein. Während das Beruhigungsmittel seine Wirkung tat, hat sie uns angefleht, sie gehen zu lassen, und gesagt, dass sie dringend zurück muss. Sie hat einen gewissen *Sir* erwähnt. Der würde sonst sehr wütend werden.«

»Wann wird sie vernehmungsfähig sein?«

»Bald. Ich kann Ihnen nur raten, mit größter Vorsicht vorzugehen. Wer auch immer sie ist, was auch immer ihr zugestoßen ist … Sie ist über Jahre hinweg missbraucht worden. Unser Psychiater wird ebenfalls mit ihr reden.«

»Haben Sie eine Psychiaterin? Wenn sie von einem Mann missbraucht wurde, könnte eine Frau mehr Erfolg haben.«

»Das sehe ich ganz genauso.«

»Gut. Ich möchte sie mir nur kurz ansehen. Sobald wir ihre Fingerabdrücke haben, schaue ich, ob sie bei uns im System sind. Das kann ein paar Tage dauern, zumal Sonntag ist und die bürokratischen Mühlen sehr langsam mahlen. Wenigstens ihren Namen möchte ich herausfinden.«

»Ich begleite Sie. Vielleicht kann ich mehr ausrichten, da sie mein Gesicht bereits kennt und mich nicht als Bedrohung empfindet.«

Gemeinsam betraten sie das Zimmer.

Die Frau lag reglos im Bett und schien kaum zu atmen. Die Monitore piepten. Ein Schlauch führte von einer Hand zum Infusionsbeutel. Im Dämmerlicht sah sie bleich aus. Durch das lange, grau gesträhnte Haar wirkte sie wie eine Hexe.

»Können wir etwas mehr Licht haben?«, bat Tate.

Er trat näher, als Dr. Grove das Licht aufdrehte. »Mein Deputy schätzt sie auf Anfang sechzig, aber sie ist jünger. Sie hat ein hartes Leben hinter sich, ich würde sie eher auf Anfang fünfzig schätzen.«

»Ich auch.«

Tate musterte den bandagierten Kopf und die bandagierten Wunden an den Händen, ihre Kieferprellung. »Die Prellung stammt nicht von einem Sturz.«

»Nein, entschuldigen Sie, das hab ich ganz vergessen. Sie ist vermutlich geschlagen worden. Mit der Faust.«

»Ja, ich habe so was oft genug gesehen.« Aus seiner Sicht war sein Deputy besser darin gewesen, ihre Größe und ihr Gewicht zu schätzen.

»Sie hat mehrere Kinder zur Welt gebracht«, verkündete Grove.

Ein hartes Leben, dachte Tate erneut. Es musste ein sehr brutales Leben gewesen sein, das so tiefe Falten in dieses Gesicht gegraben und ihr eine Art Gefängnisblässe verliehen hatte. Trotzdem sah er, dass sie einmal schön gewesen war. Eine gute Figur, ein wohlgeformter Mund und ein feines Kinn, zu dem die Prellungen einen harten Kontrast bildeten.

Etwas kam ihm bekannt vor, und er spürte ein Brennen in der Magengegend.

»Darf ich?« Grove nickte, und Tate hob das Laken direkt über ihrem rechten Knöchel. »Wie alt ist das Ihrer Meinung nach?«

»Wie gesagt, manche Narben sind neueren Datums, andere bestimmt zehn Jahre alt.«

»Sie könnte über einen längeren Zeitraum gefesselt gewesen sein?«

»Ja.«

»Welche Augenfarbe hat sie? Das hat der Deputy vergessen. Wie gesagt, sie ist noch jung.«

»Schwer zu sagen.« Grove trat neben ihn und zog sanft ein Lid hoch. »Grün.«

Das Brennen wurde stärker. »Hat sie ein Muttermal? Bitte schauen Sie doch in der linken Kniekehle nach.«

Grove ging ans Fußende, wobei er Tate weiterhin ansah. »Sie glauben zu wissen, wer sie ist.«

»Bitte schauen Sie einfach nach.«

Grove hob das Laken und beugte sich vor. »Ein kleines, ovales Muttermal in der linken Kniekehle. Sie kennen sie.«

»Ja. Allmächtiger, und ob ich sie kenne. Das ist Alice Bodine.« Während er das sagte, bewegte sie sich, und ihre Lider flatterten. »Alice.« Er sprach mit ihr wie mit einem unruhigen Baby. »Alice, ich bin's, Bob Tate, Bobby. Du bist in Sicherheit. Alles wird gut.«

Doch als sie die Augen aufschlug, stand reines Entsetzen darin. Sie kreischte schrill und stieß ihn von sich.

»Ich bin's, Bob Tate. Alice, Alice Bodine, ich bin's, Bobby Tate. Ich werde nicht zulassen, dass man dir wehtut.« Tate zeigte auf Dr. Grove. »Du bist in Sicherheit. Du bist zu Hause.«

»Nein. Nein. Nein.« Sie sah sich hektisch um. »Nicht zu Hause! Sir! Ich muss heim.«

»Du wurdest ganz schön verprügelt, Alice.« Tate redete leise und beruhigend auf sie ein. »Du bist im Krankenhaus, damit du behandelt werden kannst.«

»Nein. Ich muss heim«, jammerte sie erneut, während ihr die Tränen übers Gesicht flossen. »Ich war ungehorsam. Ich muss bestraft werden. Sir wird den Teufel austreiben.«

»Wer ist Sir? Ich kann versuchen, ihn zu finden. Wie lautet sein vollständiger Name, Alice?«

»Sir. Er heißt Sir. Und ich bin Esther. Ich bin Esther.«

»Er hat dich Esther genannt. Deine Eltern haben dir den Namen Alice gegeben. Erinnerst du dich an den Sommer, in dem wir beide nackt gebadet haben, Alice? Du warst das erste

Mädchen, das ich je geküsst habe. Ich bin's, Bobby Tate. Alice.« Er musste ihren Namen ständig wiederholen, leise und deutlich. »Ich bin's, dein alter Freund Bobby Tate.«

»Nein.«

Doch er sah etwas in ihren Augen, versuchte es zumindest. »Mach dir keine Sorgen. Du wirst dich erinnern. Ich möchte nur eines wissen … Würdest du mich bitte ansehen, Alice?«

»E-Esther?«

»Schau mich an, Liebes. Du sollst wissen, dass du in Sicherheit bist. Niemand wird dir wehtun.«

Diese Augen, diese grünen Augen, an die er sich so gut erinnern konnte, rollten in ihren Höhlen hin und her, huschten hektisch durch den Raum wie die eines gehetzten Tieres. »Ich muss bestraft werden.«

»Das wurdest du mehr als genug. Du wirst dich eine Weile ausruhen und zu Kräften kommen. Ich wette, du hast Hunger.«

»Ich – ich … Sir sorgt für mich. Ich esse, was Sir mir hinstellt.«

»Der Arzt wird dir bringen lassen, was du essen darfst. Danach wird es dir besser gehen.«

»Ich muss wieder nach Hause. Ich weiß nicht, wie ich dorthin zurückkomme. Ich habe mich bei Vollmond verlaufen, im Schnee. Kannst du mir sagen, wie ich dorthin zurückkomme?«

»Darüber reden wir später, wenn du etwas gegessen hast. Der Arzt passt gut auf dich auf. Er wird der Schwester sagen, dass sie dir was bringen soll. Hast du Hunger?«

Sie begann heftig den Kopf zu schütteln, doch ihr schwimmender Blick blieb auf ihn gerichtet. Sie biss sich auf die Unterlippe und nickte. »Ich kann Tee trinken, wann ich will. Tee aus den Kräutern.«

»Bestimmt gibt es Kräutertee. Vielleicht auch eine Suppe. Ich bleib bei dir und helf dir beim Essen. Ich setz mich zu dir, geh nur kurz weg, um mit dem Arzt zu reden.«

»Ich sollte nicht hier sein. Ich sollte nicht …«

»Alice«, unterbrach er sie im selben ruhigen Tonfall. Er berührte sie nicht, obwohl er gern ihre Hand genommen hätte. »Du bist in Sicherheit.« Als er vom Bett zurücktrat, faltete sie die verbundenen Hände, schloss die Augen und murmelte etwas, das er als Gebet identifizierte.

»Alice Bodine?«, sagte der Arzt. »Wie ist sie mit den Bodines verwandt?«

»Sie ist Cora Bodines Tochter. Maureen Longbows jüngere Schwester. Sie wird seit mindestens fünfundzwanzig Jahren vermisst. Bitte behalten Sie diese Information für sich. Das darf sich nicht herumsprechen.« Das Brennen in seiner Magengegend strahlte aus, bis es seine Kehle erreichte. »Guter Gott, was hat man ihr nur angetan? Kann sie essen?«

»Ich werde Tee und eine Brühe bestellen. Gehen wir die Sache vorsichtig an. Sie haben das sehr gut gemacht, Sheriff. Sie haben gewusst, wie Sie mit ihr sprechen müssen.«

»Ich bin schon fast so lange Polizist, wie sie vermisst wird. Da lernt man das.« Tate zog ein Tuch aus seiner Tasche und wischte sich damit den Schweiß vom Gesicht. »Ich muss ihre Mutter verständigen.«

»Ja. Ich muss erst mir ihr und den anderen Angehörigen sprechen, bevor ich sie zu ihr lassen kann. Sie ist sehr zerbrechlich, in jeder Hinsicht. Das wird Zeit brauchen.«

Tate nickte und hörte, wie Alice betete, während er sein Handy hervorholte.

***

Cora machte sich fürs Sonntagsessen zurecht. Sie liebte diese Familienmahlzeiten auf der Ranch und wusste es sehr zu schätzen, dass Maureen sie einmal im Monat organisierte, komme, was da wolle. Ihre Reenie brachte so schnell nichts aus der Ruhe. Cora konnte sich genau an das Sonntagspicknick mit

Kartoffelsalat, frischen grünen Bohnen und Tomaten aus dem eigenen Garten erinnern, bei dem Sam und Coras Vater Steaks und Huhn gegrillt hatten.

Der kleine Chase war mit den Hunden herumgetollt, als hätte er Hummeln in der Hose, und Bodine hatte sich nach Kräften bemüht mitzuhalten. Sie wusste noch, wie sie lachend um den großen Picknicktisch gesessen hatten, bis der Erdbeerkuchen und das Heidelbeerparfait aufgetischt worden waren. Da hatte Maureen seelenruhig mitgeteilt, man möge bitte die Hebamme rufen, ihr Kind käme gleich.

Was für eine Frau!, dachte Cora, während sie einen neuen rosa Lippenstift ausprobierte. Maureen war fest entschlossen gewesen, ihr drittes Kind zu Hause zu bekommen, und hatte seit drei Stunden Wehen gehabt, ohne sich das Geringste anmerken zu lassen. Um keine zwei Stunden später Rory in dem großen alten Bett zur Welt zu bringen, im Kreis ihrer gesamten Familie.

Gelassenheit gepaart mit eisernem Willen, dachte Cora und befand die neue Lippenstiftfarbe lächelnd für gut. Das war typisch Maureen. Cora war vom Leben reich beschenkt worden. Manchmal fehlte ihr das Leben auf der Ranch vielleicht ein bisschen. Manchmal wachte sie auf und glaubte zur Arbeit gehen, das Vieh versorgen zu müssen. Doch sie hatte es keine Sekunde bereut, die Ranch Maureen und Sam übergeben und mit ihren Eltern ins Bodine House gezogen zu sein. Man soll schließlich mit warmen Händen schenken. Bei ihrer Tochter und deren Mann war die Ranch in guten Händen.

Sie betrachtete die Fotos, die Bodine für sie bearbeitet und gerahmt hatte. Wie gut ihr Rory ausgesehen hatte! Wie stolz auf das, was sie sich gemeinsam aufgebaut hatten, auf ihre beiden Töchter. Sie legte einen Finger auf die Lippen und berührte damit die Liebe ihres Lebens, dann ihre erste und schließlich ihre zweite Tochter.

Wenn sie sich etwas wünschen dürfte, dann sollte ihre Älteste begreifen, dass ihre Mutter sie innig liebte, extrem stolz auf sie war und sich trotzdem nach der verlorenen Tochter sehnte. Cora verdrängte den Wunsch, schließlich konnte sie sich im Großen und Ganzen nicht beschweren. Sie musste noch den Kuchen einpacken, den sie mit ihrer Mutter gebacken hatte. Sie betrachtete sich ein letztes Mal im Spiegel.

»Du hast dich gut gehalten, Cora. Das wird weiß Gott nicht leichter, aber du hast dich gut gehalten.«

Sie musste über sich lachen, griff nach ihrer Handtasche und zuckte ein wenig zusammen, als in diesem Moment ihr Handy klingelte. Eine dunkle Ahnung stieg in ihr auf, doch sie verdrehte nur die Augen.

Und nahm den Anruf entgegen.

***

Miss Fancy saß auf der Bettkante und starrte auf ihre Stiefel. Sie mochte die roten Blitze, die den Schaft zierten. Sie hatte seit jeher eine Schwäche für schöne Schuhe gehabt und vermisste es sehr, sexy High Heels zu tragen.

»Die Zeiten sind vorbei«, sagte sie seufzend und wiederholte den Satz, als sie Coras Schritte hörte. »Ich muss mich damit abfinden, dass die Zeiten endgültig vorbei sind, in denen ich auf hohen Hacken herumstolziert bin.«

»Ma.«

»Früher konnte ich in meinen hohen roten Schuhen die ganze Nacht durchtanzen. Ich hatte diese Peeptoes und fast ein halbes Jahr gespart, um …«

»Ma. Ma. Mama.«

Als der Tonfall zu ihr durchdrang, sah Miss Fancy auf. Sie erschrak über das bleiche, schockierte Gesicht ihrer Tochter. »Was ist los, Liebes? Was ist passiert?«

»Alice«, brachte Cora nur heraus, als ihre Mutter aufsprang. »Sie haben Alice gefunden.«

Dann gaben ihre Knie nach, und sie brach zusammen.

***

Als Jessica vor der Ranch hielt, sagte Bodine zu ihr: »Du solltest dir das mit dem Abendessen überlegen. Das ist echt einmalig. Du könntest ein bisschen mit Chase flirten.«

»Das klingt verlockend. Aber ich brauch dringend meinen Schlaf«, beharrte Jessica. »Außerdem sollte ich es im Moment mit dem Flirten nicht übertreiben.«

»Aha, ich sehe, du denkst strategisch.« Bodine tätschelte anerkennend Jessicas Schulter. »Den nächsten Schritt soll Chase machen.«

»Das finde ich auch.«

»Danke fürs Mitnehmen.«

»Gern geschehen. Grüß alle von mir.«

»Wird gemacht.«

Da Jessica direkt vor dem Haus gehalten hatte, nahm Bodine den Vordereingang. Sie würde schnell nach oben rennen, sich umziehen und gucken, wobei sie ihrer Mutter helfen konnte.

Kaum hatte sie das Haus betreten, erstarrte sie. Ihre Mutter weinte sich in den Armen ihres Vaters aus. Es war mehr als nur Weinen, begriff Bodine in Sekundenschnelle und begann sofort zu zittern. »Was ist passiert?« Eine Faust drohte, ihr Herz zu zerquetschen, und ihr wurde schwindelig. »Ist was mit den Grannies?«

Sam schüttelte nur den Kopf und strich Maureen übers Haar, während er Bodine über den Kopf seiner Frau hinweg ansah. »Alles in Ordnung.«

»Es geht mir gut. Es geht mir wirklich gut.« Maureen wischte sich die Tränen ab und richtete sich auf. »Hab ich alles ausgemacht? Ich muss nachsehen, ob …«

»Alles ist ausgestellt«, versicherte ihr Sam. »Wir müssen fahren, Reenie.«

»Wohin denn? Was ist los?«, fragte Bodine.

»Alice.« Als ihre Stimme versagte, atmete Maureen tief durch. »Man hat Alice gefunden. Sie liegt in Hamilton im Krankenhaus.«

»Alice? Aber wo …?

»Nicht jetzt, Schätzchen.« Sam hatte den Arm fest um Maureens Schultern gelegt. »Wir müssen deine Granny abholen. Cora kann in ihrem Zustand unmöglich selbst fahren.«

»Ich … ich … hab in der Küche alles stehen und liegen lassen«, hob Maureen an.

»Ich kümmer mich drum, Mom.«

»Chase, Rory … Ich wollte ihnen eine Nachricht hinterlassen. Ich hab's vergessen. Ich muss …«

»Ich sag ihnen Bescheid. Ich mach das schon.« Bodine umarmte Maureen fest und spürte, wie sie zitterte. »Wir kommen gleich nach. Wir kommen nach.« Sie nahm das Gesicht ihrer Mutter in beide Hände. »Pass gut auf die Grannies auf.«

Das war genau das Richtige, stellte sie fest. Die Augen ihrer Mutter wurden wieder klar. »Das machen wir. Wir werden auf sie aufpassen. Chase und Rory …«

»Ich suche sie. Fahrt jetzt!«

Kaum war ihre Mutter weg, rannte Bodine hinters Haus und zerrte ihr Handy hervor. Als sie die Küche mit ihrem Duft von Sonntagsbraten und frischem Brot erreichte, blieb sie nicht stehen, sondern wählte Chase' Nummer und eilte wieder hinaus.

»Wo seid ihr?«, fragte sie, nachdem er sich gemeldet hatte.

»Wir haben Zäune kontrolliert und reiten gerade zurück. Wir sind doch nicht zu spät?«

»Du musst sofort heimkommen. Sofort, Chase. Man hat Alice gefunden, Moms Schwester Alice. Ist Rory bei dir?«

»Ja. Wir kommen.«

Erleichtert rannte sie wieder ins Haus und die Treppe hinauf. Sie schlüpfte aus ihrem Kleid, schnappte sich eine Jeans und eine Bluse. Sie hat die Handtasche vergessen, fiel Bodine auf. Halb angezogen sauste sie ins Zimmer ihrer Eltern, um sie zu holen. Sie überlegte, was ihre Mutter noch brauchen könnte, und dachte an den Zustand der Küche.

Sie zog sich vollständig an und rief Clementine an. Dann eilte sie nach draußen, um ihre Brüder zu treffen.

17

Es war, als träumte sie. Alles kam ihr so irreal vor. Maureen saß neben ihr und hielt ihre Hand. Das war real, das war echt. Wie ihre Mutter, die ihre andere Hand hielt. Cora fragte sich, ob sie das hinderte, vollends wegzudriften.

Sie hörte zwar, was der Arzt sagte, aber seine Worte schienen nicht bis zu ihr durchzudringen. Die Enkel kamen ins Zimmer. Lächelte sie ihnen zu? Sie brachten sie jedenfalls zum Strahlen durch ihre bloße Anwesenheit.

Bob Tate war da. Er hatte sie angerufen … Alice.

»Tut mir leid.« Cora versuchte einen klaren Gedanken zu fassen, sich auf die Worte des Arztes zu konzentrieren. »Ich bin nicht ganz da. Sie meinten, Alice weiß nicht, wer sie ist?«

»Sie hat ein schweres Trauma erlitten, Mrs. Bodine. Ein langjähriges Trauma. Körperlich, seelisch, emotional.«

»Langjährig«, wiederholte Cora mechanisch.

»Besser, Sie reden nicht lange um den heißen Brei herum.« Tate trat vor und ging in die Hocke, sodass er sich in Augenhöhe mit Cora befand. »Anscheinend ist Alice gegen ihren Willen festgehalten worden, vermutlich jahrelang. Jemand hat sie über einen großen Zeitraum hinweg misshandelt, Cora. Sie hat Narben davongetragen. Narben am Rücken, von vielen Schlägen. Eine Narbe am Knöchel, vermutlich von einer Fußfessel. Sie ist vergewaltigt worden, kurz bevor sie gefunden wurde. Sie hat Kinder geboren, Liebes.«

Ein Schauder durchlief sie. Ihr war, als würden sich spitze Nägel in ihre Haut bohren. »Kinder.«

»Der Arzt meint, sie hätte mehrere Geburten hinter sich.«

Ja, klare Ansagen, dachte sie. Nicht lange um den heißen Brei herumreden. Das ist mir lieber.

Furchtbar.

»Jemand hat sie entführt, sie angekettet, sie geschlagen und vergewaltigt. Meine Alice.«

»Einige der Narben sind sehr alt, andere neueren Datums. Er hat sie seelisch gebrochen. Eine Ärztin soll ihr diesbezüglich helfen, so wie sich Dr. Grove auf der körperlichen Ebene um sie kümmern wird.«

Jahre. Sie hatte selbst einige Jahre auf dem Buckel und wusste, wie schnell die Zeit vergehen und wie langsam sie sich hinziehen kann. Ihre Alice, ihr Kind, ihr Baby, war jahrelang festgehalten und misshandelt worden? »Wer war das?«, fragte sie und war krank vor Wut. »Wer hat ihr das angetan?«

»Das wissen wir noch nicht.« Bevor sie etwas sagen konnte, drückte Tate ihre Hand »Ich schwöre Ihnen bei meinem Leben, Cora, dass ich alles tun werde, um den Mann zur Strecke zu bringen. Ich versprech es Ihnen.«

Meine Wut kann warten, sagte sich Cora. Das Winseln und Jammern, das ihr bereits in der Kehle brannte, konnte warten. Denn … »Ich möchte meine Tochter sehen.«

»Mrs. Bodine.« Dr. Grove kam auf sie zu. »Sie müssen darauf gefasst sein, dass sie Sie nicht erkennt. Wappnen Sie sich gegen ihr verändertes Aussehen und ihren seelischen Zustand.«

»Ich bin ihre Mutter.«

»Ja. Es kann aber sein, dass sie nicht mehr weiß, wer Sie sind. Wenn Sie bei ihr sind, müssen Sie ganz ruhig bleiben. Sie werden sie instinktiv anfassen und ihr Fragen stellen wollen.

Das könnte sie aufregen. In diesem Fall müssen Sie sie in Ruhe lassen und ihr mehr Zeit geben. Schaffen Sie das?«

»Ich werde alles tun, was ihr hilft. Aber ich muss sie sehen.«

»Sie ist kaum wiederzuerkennen«, warnte Tate sie. »Machen Sie sich drauf gefasst, Cora. Sie sieht nicht so aus, wie Sie sie in Erinnerung haben, und redet auch nicht mehr so.«

»Ich komm mit.« Maureen stand auf. »Ich werde vor dem Zimmer warten, aber ich lass dich nicht allein.«

Cora drückte die Hand ihrer Mutter, stand auf und nahm die ihrer Tochter. »Es tut gut zu wissen, dass du da bist.«

»Ich bringe Sie zu ihr, Mrs. Bodine«, fuhr Grove fort und ging ihnen voraus. »Bitte fragen Sie sie nicht, was passiert ist, reagieren Sie nicht auf ihren Zustand. Bleiben Sie ruhig. Gut möglich, dass sie nicht angefasst werden will. Benutzen Sie ihren Namen. Sie nennt sich Esther.«

»Esther?«

»Ja, aber der Sheriff hat sie stur Alice genannt, und sie hat sich etwas beruhigt, als er mit ihr geredet hat.«

»Hat sie ihn erkannt?«

»Ich glaube nicht, zumindest nicht bewusst. Aber er konnte zu ihr durchdringen.« Grove blieb vor der Tür stehen. »Laut Sheriff Tate sind Sie eine starke Frau.«

»Da hat er recht.«

Mit einem Kopfnicken öffnete Grove die Tür.

In Coras Fantasie war Alice das hübsche, ungestüme junge Mädchen geblieben, das von zu Hause weggelaufen war, um Filmstar zu werden. Ein hübsches Mädchen, in allen Entwicklungsphasen. Das unruhige Baby, das sie spätnachts in den Schlaf gewiegt hatte. Das Kind, das zu ihr ins Bett gekrabbelt war, wenn es schlecht geträumt hatte. Das Mädchen in Rüschenkleidern und Cowboystiefeln. Der trotzige Teenager.

Die Frau im Bett mit dem blau-grün geschlagenen Gesicht, dem mausgrauen Haar, den tiefen Falten um Mund

und Augen hatte kaum noch Ähnlichkeit mit diesen kostbaren Erinnerungen.

Trotzdem erkenne ich meine Tochter wieder, dachte Cora.

Es zog ihr das Herz zusammen, und ihre Beine gaben nach.

Da nahm Maureen wieder ihre Hand. »Ich bin bei dir, Ma. Ich stehe direkt vor der Tür.«

Cora richtete sich auf und ging zum Bett. Die Frau im Bett zuckte zurück. Ihre Augen, so grün wie die ihres Vaters, huschten voller Angst durchs Zimmer. Manche Albträume lassen sich auch nicht durch Kuscheln vertreiben.

»Alles ist gut, Alice. Niemand wird dir etwas tun. Ich werde nicht zulassen, dass man dir je wieder wehtut.«

»Wo ist der Mann? Wo ist der …«

»Bob Tate? Er wartet draußen. Er hat mich angerufen und mir gesagt, dass du hier bist. Ich bin so froh, dich wiederzusehen, Alice. Meine Alice.«

»Esther.« Alice schlang die Arme um ihren Rumpf. »Ich will keine Spritzen mehr. Sir wird sehr böse auf mich sein.«

»Ich hatte eine Lehrerin namens Esther«, improvisierte Cora. »Esther Tanner. Sie war nett. Aber ich habe dich Alice genannt, nach der Mutter deines Vaters. Alice Ann Bodine. Mein verspieltes Straßenkätzchen.«

Lag es an ihrem verzweifelten Wunsch, oder flackerte da tastsächlich Erkennen in diesen verängstigten Augen auf? So behutsam wie möglich trat Cora ans Bett.

»So hab ich dich genannt, seit du ein Baby warst und gegen den Schlaf angekämpft hast. O ja, du hast gekämpft, als wäre er dein ärgster Feind. Meine Alice wollte nichts verpassen.«

»Nein. Alice war eine dreckige Hure und Schlampe. Gott hat sie für ihre Sünden bestraft.«

Wieder zog sich ihr Herz zusammen, diesmal vor siedendem Zorn, aber Cora riss sich zusammen. Das konnte warten.

»Alice ist, war und wird immer temperamentvoll und eigensinnig sein. Sie war nie ein schlechter Mensch. Ja, du konntest mich in den Wahnsinn treiben, Straßenkätzchen, zum Lachen bringen und unheimlich stolz machen. Wie damals, als du Emma Winthrop verteidigt hast, weil andere Mädchen sich über ihr Stottern lustig gemacht haben. Du hast sie geschubst und deswegen Ärger bekommen. Ich war stolz auf dich.«

Alice schüttelte den Kopf, und Cora wagte es sanft, ganz sanft die Hand an Alice' Wange zu legen. »Ich liebe dich, Alice. Deine Ma wird dich immer lieben.« Als Alice erneut den Kopf schüttelte, lächelte Cora nur und legte die Hände in den Schoß. »Weißt du, wer noch gekommen ist? Reenie und Grammy. Wir freuen uns alle so, dass du wieder daheim bist.«

Wieder huschte ihr Blick hin und her. Alice kniff die Lippen zusammen. »Sir sorgt für mich. Ich muss zurück. Ich habe ein Haus, das Sir mir gebaut hat. Ich halte es in Ordnung. Ich muss das Haus putzen.«

»Das würde ich zu gern einmal sehen.« Cora lächelte bewusst entspannt, obwohl sie Rachegedanken hegte. »Wo liegt es denn?«

»Keine Ahnung.« Ihr Blick huschte über Coras Gesicht. Es stand Angst und Verwirrung in ihren Augen. »Ich hab mich verlaufen. Ich habe gesündigt und mich in Versuchung führen lassen.«

»Darüber brauchen wir uns keine Sorgen zu machen. Nicht im Geringsten. Du siehst müde aus und musst dich ausruhen. Ich lass dir nur etwas da, eines meiner Lieblingsbilder.«

Im Aufstehen griff Cora in ihre Hosentasche. Auf der Herfahrt hatte sie den Schnappschuss bereits aus ihrem Geldbeutel gezogen. Wieder nahm sie ganz sanft Alice' Hand und legte das Foto hinein. Darauf war Cora zu sehen, umrahmt von ihren Töchtern im Teenageralter. Alle drei hatten die Wangen aneinandergeschmiegt und strahlten in die Kamera.

»Dein Grandpa hat es am Weihnachtsmorgen gemacht, als du sechzehn warst. Behalt es. Wenn du Angst bekommst, schaust du es dir an. Jetzt ruh dich aus, meine geliebte Alice.«

Sie schaffte es bis zur Tür, bis zu Maureen, bevor ihr die Tränen nur so übers Gesicht liefen.

»Alles gut, Ma. Du hast alles richtig gemacht.«

»Sie sieht so krank und verängstigt aus. Ihre Haare, ach Reenie, ihre schönen Haare.«

»Wir kümmern uns um sie. Wir werden uns alle um sie kümmern. Komm und setz dich. Chase«, sagte Maureen, als sie zum Wartebereich kamen. »Hol deiner Großmutter einen Tee und bitte auch einen für Grammy. Setz dich, Ma.« Miss Fancy schlang die Arme um Cora, wiegte und tröstete sie.

»Dr. Grove«, sagte Maureen. »Ich würde Sie gern sprechen.«

Sie gingen hinaus und suchten nach einem ungestörten Ort.

»Sie haben gesagt, dass sich jemand um ihren seelischen und emotionalen Zustand kümmern wird. Ich nehme an, Sie sprechen von einem Psychiater.«

»Jawohl.«

»Ich hätte gern den Namen und die Qualifikation dieses Arztes gewusst. Bitte verstehen Sie mich nicht falsch«, fuhr sie fort, ehe er etwas erwidern konnte. »Meine Mutter ist eine starke Frau. Aber sie braucht Unterstützung und meine Schwester erst recht. Ich werde das übernehmen. Ich muss alles über ihren Zustand und über ihre Behandlung wissen.« Sie zückte ihr Handy. »Ich werde das aufnehmen, wenn Sie nichts dagegen haben. Damit es später keine Missverständnisse gibt. Doch zuerst möchte ich Ihnen für alles danken, was Sie bisher für meine Schwester getan haben. Und für das

Feingefühl, das Sie meiner Mutter gegenüber an den Tag gelegt haben.«

»Ich werde versuchen, nichts zu vergessen. Ich glaube, es würde meiner Patientin guttun, wenn Dr. Minnow und wir beide uns unterhalten, bevor sie Alice untersucht.«

»Reden Sie von Celia Minnow?«

»Ja. Kennen Sie sie?«

»Ja, damit hat sich meine Frage nach ihren Qualifikationen erübrigt. Wir sollten uns so bald wie möglich zusammensetzen.« Sie schaltete die Aufnahmefunktion ein. »Kommen wir zu Alice' körperlicher Verfassung.«

***

Bodine nahm sich ein Beispiel an ihrer Mutter. Sie wartete, bis Tate hinausging, um einen Anruf zu machen, und schlüpfte hinter ihm aus dem Zimmer.

»Ich habe ein paar Fragen.«

»Das versteh ich gut, Bodine, aber …«

Sie packte ihn am Arm und zerrte ihn am Schwesternzimmer vorbei. »Sie meinten, sie wäre vergewaltigt worden. Wurden die Spuren forensisch gesichert?«

»Ja.«

»Gibt es DNA, seine DNA? Ich hab oft genug *CSI* gesehen.«

»Dann weißt du bestimmt auch, dass es in echt nicht so funktioniert wie im Fernsehen. Es dauert eine ganze Weile, bis die Ergebnisse da sind. Wenn DNA-Spuren gefunden wurden, müssen sie mit unseren Systemdaten abgeglichen werden.«

»Sie könnte den Mann identifizieren.«

Erschöpft massierte sich Tate den Nacken. »Sie kann im Moment nicht mal sich selbst identifizieren.«

»Ich weiß. Wie ist sie überhaupt hergebracht worden? Wo war sie? Wer hat sie gefunden?«

»Ein Paar hat sie auf der Heimfahrt von einem Ausgehabend am Straßenrand gefunden. Wir wissen nicht, woher sie gekommen und wie weit sie gelaufen ist, bevor sie dort zusammenbrach. Sie trug ein Hauskleid und Pantoffeln und hatte keinerlei Papiere bei sich. Nichts.«

»Wie weit kommt man in so einem Aufzug?« Sie lief auf und ab. »Ein paar Kilometer vielleicht.«

»In jede nur erdenkliche Richtung«, gab Tate zu bedenken. »Wir haben ihre Kleidung an die Staatspolizei geschickt. Die Spurensicherung wird sich damit beschäftigen. Das wird dauern. Vertrau mir, Bodine. Ich werde jeden Stein umdrehen, bis ich weiß, wer ihr das angetan hat.«

»Das bezweifle ich nicht. Ich möchte nur etwas haben, worüber ich nachdenken kann. Die Vorstellung, dass sie entführt und seit ihrem Aufbruch damals festgehalten wurde …«

»Das glaube ich nicht. Der Pick-up, mit dem sie damals weg ist, wurde in Nevada gefunden. Sie hat Postkarten aus Kalifornien geschickt.«

»Ja, das stimmt. Davon habe ich gehört. Sie muss irgendwann zurückgekehrt sein, Sheriff. Sie kann schlecht in einem Hauskleid und Pantoffeln bis hierher gelaufen sein.«

Ein Anhaltspunkt.

»Gut.« Sie nickte entschieden. »Darüber kann ich nachdenken.« Sie wandte sich wieder an den Sheriff. »Sie sagten, sie hätte Kinder bekommen. Wo sind ihre Kinder? Meine Güte, das wären dann meine Cousins.« Als ihr das klar wurde, bohrte sie die Finger in die Schläfen. »Sie ist meine Tante. So habe ich das eigentlich noch nie gesehen.«

Bodine warf einen Blick zurück in den Flur. »Ich habe, ehrlich gesagt, bisher keinen Gedanken an sie verschwendet.«

Das wird sich ändern, nahm sich Bodine vor.

***

Bodine überredete ihre Mutter, mit Rory und ihr heimzufahren. Sie benutzte Grammy, um sie davon zu überzeugen. Grammy sollte eine Weile auf der Ranch wohnen und brauchte Fürsorge.

Cora rührte sich nicht von der Stelle, deshalb blieben Sam und Chase bei ihr.

Sie würden sich abwechseln.

Da im Krankenhaus niemand was gegessen hatte, wärmte Bodine das Essen auf, das die treue Clementine warm gestellt hatte. Während zwei Frauen, die sie liebte, lustlos in ihrem Essen stocherten, ließ Bodine die Gabel sinken.

»Sieht ganz so aus, als wäre Rory der Einzige, der sich nach diesem späten Essen einen Whiskey gönnt. Dabei könnten wir alle einen gebrauchen. Allerdings nicht auf leeren Magen.«

»Das ist ein Argument.« Miss Fancy rang sich so etwas wie ein Lächeln ab und nahm einen Bissen Steak. »Dabei habe ich so einen Groll gegen das Mädchen gehegt.«

»Ich auch«, gestand Maureen. »Ich hatte so eine Wut auf sie. Von den Schimpfwörtern einmal abgesehen, die ich mir für unser Wiedersehen aufgehoben habe.«

»Hört auf damit.«

Mehr als nur ein wenig geschockt, richtete sich Rory auf. »Bodine.«

»Nichts da! Die Wut und die Abneigung, die ihr für sie empfindet, hat sie sich selbst zuzuschreiben. Sie ist damals einfach abgehauen. Ihre heutige Situation ändert daran nichts. Die Wut hattest du nur, weil du an Nana gedacht hast und daran, wie sehr ihre Tochter leidet. Alice hat getan, was sie getan hat, und einen gehörigen Fußtritt dafür verdient.«

»Herrgott, Bodine«, setzte Rory an, aber Bodine brachte ihn mit einem funkelnden Blick zum Verstummen.

»Was sie getan hat, rechtfertigt nicht das Leid, das ihr widerfahren ist. So was hat niemand verdient. Keiner an diesem Tisch ist dafür verantwortlich. Also hört auf damit und esst.«

»Ich mag deinen Ton nicht«, sagte Maureen streng.

»Und ich mag mir nicht anhören, wie meine Mutter sich an etwas die Schuld gibt, wofür sie nichts kann. Geschweige denn meine Grammy.«

»Ich mag den Ton auch nicht.« Miss Fancy nahm einen weiteren Bissen. »Genauso wenig wie die Tatsache, dass die junge Dame leider nicht ganz unrecht hat.«

»Das könnte man aber deutlich respektvoller vorbringen.« Trotzdem griff Maureen wieder zur Gabel.

»Wenn sie das sagen darf …« Rory sah in die Runde. »Nana, Schuldgefühle helfen nicht weiter. Uns hilft nur, dass die Familie zusammenhält. Schuldgefühle schweißen nicht zusammen.«

Er grinste seine Schwester an. »So formuliert man seinen Standpunkt auf respektvolle Weise.«

»Das ging nur, weil ich dir den Weg bereitet habe.«

Miss Fancy winkte ab. »Der Junge sagt tatsächlich ab und zu was durchaus Vernünftiges.« Sie streckte den Arm aus und tätschelte seine Hand. »Sie wird uns brauchen, Reenie. Alice und Cora werden uns brauchen.«

Maureen aß wie ein Spatz. »Der Arzt sagt, dass sie in ein paar Tagen körperlich in der Lage sein wird, das Krankenhaus zu verlassen. Bis sie emotional so weit ist, dürfte es wesentlich länger dauern. Sie wollen sie auf die psychiatrische Station verlegen, aber ich …«

»Was denn, Schätzchen?«

»Ich habe kurz mit Celia Minnow gesprochen. Sie wird sie behandeln. Sie muss zuerst mit Alice reden, um sich ein Bild zu machen und zu gucken, was für sie das Beste ist. Vielleicht können wir sie ja zu uns nehmen? Sie ist hier aufgewachsen.

Ihre Familie lebt hier. Wir nehmen eine Pflegerin, wenn es sein muss. Dann könnte Celia für die Sitzungen zu uns kommen. Oder wir bringen Alice zu ihr. Ich muss mit Sam reden und wollte wissen, was ihr darüber denkt. Es ist viel verlangt.«

»Selbstverständlich kommt sie zu uns.« Bodine sah Rory an, der nickte. »Bodine House ist zu klein, wenn wir die Pfleger und Ärzte berücksichtigen. Auf der Ranch ist jede Menge Platz. Außerdem kennt sie sich hier aus.«

»Das erleichtert mich sehr«, sagte Miss Fancy. »Bodine, so spät am Abend bring ich einfach nichts mehr runter. Aber ich glaube, ich hab mir einen Fingerbreit Whiskey verdient, der mir beim Einschlafen hilft. Ich will in mein Bett.«

Bodine stand auf, holte Gläser, goss Miss Fancy etwas ein und sah ihre Mutter fragend an. Maureen hielt zwei Finger hoch. Sie schenkte ihr, Rory und sich entsprechend ein.

»Also.« Maureen hob ihr Glas. »Egal, was sie Schlimmes durchgemacht hat und noch durchmachen muss. Trinken wir auf Alice. Auf die Rückkehr der verlorenen Tochter.«

Bodine überzeugte ihre Mutter davon, mit Grammy nach oben zu gehen, sie ins Bett zu bringen und sich ebenfalls hinzulegen. Rory und sie würden die Küche aufräumen.

»Wir dürfen Alice auf keinen Fall allein lassen«, sagte Rory. »Nennen wir sie eigentlich Tante Alice?«

»Ich glaube, Alice genügt«, sagte Bo. »Wir werden uns im Haus abwechseln und Pflegerinnen engagieren müssen, die sich mit psychisch Kranken auskennen. Mom wird sich darum kümmern. Es wird ihr guttun, aktiv zu werden und ihr zu helfen, das Ganze zu verarbeiten. Gut möglich, dass Nana und Grammy auch eine Weile bei uns wohnen werden.«

»Platz haben wir genug. Ich frage mich nur, seit wann Alice wieder in der Gegend ist.«

Während sie die Küchentheke abwischte, nickte Bodine. »Ich sehe schon, wir beide ziehen an einem Strang.«

»Man sollte meinen … Ich hab immer gedacht, sie wäre tot.«

»Ich auch. Ich konnte nicht verstehen, wie sie am Leben sein und nicht ab und an schreiben oder anrufen kann. Jahrelang nicht. Die Vorstellung, dass sie jemand gefangen gehalten und so grausam gequält hat – ganz in unserer Nähe. Meine Güte, Rory, wir hätten jederzeit dorthin fahren oder reiten können. Es kann nur wenige Kilometer entfernt liegen.«

»Es muss ein sehr abgelegener Ort sein, meinst du nicht?«

»Keine Ahnung. Wirklich nicht. Diese Frauen in … War das Ohio, wo dieser Mistkerl sie jahrelang festgehalten hat? Das war gar nicht so abgelegen. Trotzdem hat niemand was gemerkt.«

»Unvorstellbar. Unvorstellbar, dass ein Mann sich eine Frau wünscht, die er einsperren muss, damit sie bei ihm bleibt. Mir wird ganz schlecht, wenn ich daran denke.« Angewidert ließ er das Geschirrtuch fallen. »Ich geh nach oben. Morgen früh kann ich ins Krankenhaus fahren und Chase und Dad ablösen.«

»Mom wird sicherlich mitkommen. Vielleicht kann sie Nana überreden herzukommen, um sich frische Kleidung anzuziehen. Wenn das klappt, nehme ich Nana mit zurück.«

»Wir kriegen das hin.« Er umarmte sie. »Sooft du mich genervt hast … ich wär verdammt sauer, wenn du einfach abgehauen wärst.«

»Das geht mir ganz genauso.«

»Also, ruh dich ein bisschen aus.« Er küsste sie auf den Scheitel und ging nach oben.

Sie wusste, dass sie nicht zur Ruhe kommen würde. Sie brauchte dringend einen Spaziergang. Obwohl ihr klar war, wohin er führen würde, gestand sie sich das erst ein, als sie bereits an Callens Tür klopfte. Er machte so schnell auf, dass er sie eindeutig erwartet hatte.

»Weißt du es schon?«

»Clementine.« Er zog sie in die Hütte. »Ich war kurz drüben, weil ich was zu essen schnorren wollte. Geht's dir gut?«

»Keine Ahnung, wie's mir geht. Das ist im Augenblick mein geringstes Problem.«

»Aber mein größtes.« Er machte einen Schritt zurück, um sie genauer anzusehen. »Ich hab weder angerufen noch eine SMS geschickt, weil ich nicht stören wollte. Deswegen bin ich auch nicht zu euch rein, als in der Küche das Licht anging.«

Er hat auf mich gewartet, dachte sie. »Könntest du mich bitte kurz in den Arm nehmen?«

»Ja. Hält Cora durch?«

»Sie ist noch im Krankenhaus. Sie wollte einfach nicht gehen. Callen, können wir uns kurz hinlegen? Nicht, um Sex zu haben. Nur hinlegen? Dann erzähl ich dir alles. Ich kann kaum noch stehen vor Müdigkeit, und sitzen will ich auch nicht.«

»Ziehen wir dir die Stiefel aus.«

Sie ließ ihn daran zerren und legte sich aufs Bett. »Danke. Ich hab das Gefühl, nur Bruchstücke zu kennen. Ich würde sie gern in die richtige Reihenfolge bringen, vielleicht ergeben sie dann endlich einen Sinn.«

Er legte sich neben sie. »Dann mal los.«

»Als ich von der Arbeit gekommen bin, hab ich Mom weinend vorgefunden.« Stück für Stück erzählte sie ihm alles. Er unterbrach sie nur selten, hörte sich einfach an, was sie gesehen, gehört und gespürt hatte. »Mom will sie zu uns holen«, endete sie. »Schon bald oder erst in ein paar Monaten. Die Entscheidung ist bereits gefallen.«

»Das macht dir Sorgen?«

»Ich mach mir Sorgen, dass es Mom zu sehr belasten könnte.

Aber es wird sie ohnehin belasten. Ich mach mir Sorgen, dass dieser Mistkerl nicht gefasst wird. Dass die Sache wie eine dunkle Wolke über unseren Köpfen hängen bleibt. Ich mach mir Sorgen, dass ganz in der Nähe jemand lebt, der zu so was in der Lage ist. Kinder, Callen! Sie hat Kinder zur Welt gebracht. Vielleicht eines, das in meinem oder Rorys Alter ist. Werden sie genauso gefangen gehalten und gequält wie sie? Oder haben sie sich ebenfalls gegen sie gewandt? Wie bei einer Sekte oder so?«

Er strich ihr das Haar aus dem Gesicht. »Das sind viele Sorgen.«

»Es ist, als wäre das Böse über uns hereingebrochen. Zwei tote Frauen und Alice. Meine Welt liegt in Scherben. Würdest du mich noch mal umarmen? Ich möchte die Augen zumachen.«

»Klar.«

Er hielt sie fest, spürte, wie sie sofort einschlief. Er verstand ihre Sorgen, jede einzelne. Aber es gab eine viel dringendere Sache, die sie noch gar nicht bedacht hatte. Alice Bodine war nicht tot. Da sie lebte, konnte sie, sobald sie wieder zu Vernunft gekommen war, den Mann identifizieren, der sie gefangen gehalten, geschlagen und vergewaltigt hatte.

Er hatte Angst, dass dieser Mann nicht zögern würde, die Frau zu töten, die wusste, wer er war – und alle, die ihm dabei in die Quere kamen.

***

Als Bodine aufwachte, ruhte ihr Kopf an seiner Schulter, und sie lag nach wie vor in seinen Armen. Sie wusste nicht, wie sie ihm für diesen Trost und diese Geborgenheit danken sollte. Sie wollte sich von ihm lösen, aber er zog sie fester an sich.

»Schlaf weiter«, befahl er.

»Ich wollte nicht einschlafen. Ich muss wieder zurück, falls ich gebraucht werde.« Sie setzte sich auf.

Er kam ebenfalls zum Sitzen und strich ihr über das Haar. Sie wollte sich an ihn schmiegen, sich kurz anlehnen, aber …

»Geht die Uhr richtig?«

Er warf einen Blick darauf. Kurz nach halb vier. »Ja.«

»Es ist ein bisschen spät für dieses Thema, aber es könnte sein, dass du zwischen Resort und Ranch hin- und herspringen musst, bis wir alles geregelt haben. Ein paar von uns sollten immer im Krankenhaus sein. Wir wollen uns abwechseln.«

»Kein Problem.«

»Nicht gleich morgen – oder heute sollte ich wohl besser sagen.« Sie suchte nach ihren Stiefeln und zog sie wieder an. »Du fährst zu deiner Mutter.«

»Das kann ich absagen.«

»Nein, bloß nicht. Ich muss die Dienstpläne sowieso neu machen, und deine Mutter hat fest mit dir gerechnet.« Sie schmiegte sich kurz an ihn. »Danke, dass du für mich da bist, wenn ich dich brauche. Du bist ein echter Freund.«

»Ich bin immer für dich da. Nächstes Mal möchte ich wieder mehr als nur ein Freund sein und Sex mit dir haben.«

Er schaffte es, sie zum Lachen zu bringen. »Ich auch.« Sie nahm sein Gesicht in beide Hände und küsste ihn. »Ich auch.«

»Halt mich auf dem Laufenden, Bodine.«

»Ja.« Sie stand auf. »Ich fahr ins Krankenhaus. Da ich etwas geschlafen habe, werde ich Dad und Chase ablösen – ob sie wollen oder nicht. Auch Chase wird einen Freund brauchen.«

»Ich bin sein Freund, unabhängig davon, ob er mich braucht oder nicht. Aber ich werde keinen Sex mit ihm haben.«

Wieder musste sie lachen und ging zur Tür. »Alice und du, ihr seid beide weggegangen und verändert zurückgekehrt. Sieh zu, dass du auch etwas Schlaf bekommst, Skinner.«

Nach wie vor angezogen, ließ er sich wieder aufs Bett fallen, sobald er hörte, wie die Tür hinter ihr ins Schloss fiel. Doch er fand keinen Schlaf mehr.

18

Callen hatte zwar zu tun, half aber bei den Stallpferden mit.

Ich bin ohnehin wach, dachte er, während er eine Box ausmistete. Er hatte sich diesen Job ausgesucht, weil er Chase' Tagesablauf in- und auswendig kannte.

Zwanzig Minuten später kam Chase herein.

Er sieht müde aus, dachte Callen, richtig fertig.

»Stehst du heute auf unserem Lohnzettel?«, erkundigte sich Chase.

»Nö, ich vertreib mir bloß ein bisschen die Zeit.«

»Weil du so gern Pferdemist schaufelst?«

»Das ist mein einziges Vergnügen.« Callen stützte sich auf die Schaufel. »Wie kann ich euch sonst helfen?«

»Keine Ahnung. Noch heißt es warten. Dabei wissen wir nicht mal, worauf. Ich weiß nur, dass ständig einer von uns da sein muss, um Nana aufzufangen, falls sie zusammenbrechen sollte.«

Im Grunde ist sie auch meine Oma, dachte Callen. Seit ich denken kann. »Wie schlägt sie sich so?«

»Sie hat wirklich Rückgrat. Im Grunde weiß ich das, aber so ist es mir bisher nie vor Augen geführt worden. Sie hat darauf gedrängt, bei Alice im Zimmer übernachten zu dürfen. Ich hab mehrmals nach ihr gesehen, Dad auch. Sie schienen beide zu schlafen. Dann ist Bodine gekommen, heute Morgen gegen halb sechs. Sie war vorher bei den Grannies, hat Nana frische Anziehsachen mitgebracht und Dad und mir befohlen, nach Hause zu gehen. Widerrede zwecklos.«

»Der Apfel fällt nicht weit vom Stamm.«

»Ich weiß. Aber ich weiß nicht, wer Alice ist«, sagte Chase übergangslos. »Ich empfinde gar nichts für sie. Natürlich tut sie mir leid. Natürlich finde ich abartig, was sie durchmachen musste. Doch ich kenne sie nicht. Umso mehr muss ich an die Frauen denken, zu denen ich eine Beziehung habe.« Kurz versagte Chase die Stimme, und er fuhr sich mit beiden Händen über das Gesicht. »Grammy ist fast neunzig. Wie soll ich sie nur davon abhalten, stundenlang im Krankenhaus zu hocken?«

»Lenk sie ab. Gib ihr eine Aufgabe.«

Chase warf frustriert die Arme in die Luft. Er war kein Mann der großen Worte. »Was für eine Aufgabe?«

»Keine Ahnung, weiß ich doch nicht. Was Oma-mäßiges. Sie ist Alice' Oma, hat also im Gegensatz zu dir eine Beziehung zu ihr. Nur weil das bei dir nicht so ist, musst du kein schlechtes Gewissen haben, Kumpel.«

»Sie ist die Schwester meiner Mutter.«

»Na und? Du hast sie nie kennengelernt, Chase. Klamotten!« Ein plötzlicher Geistesblitz.

»Wie, Klamotten?«

»Bodine hat erzählt, dass Alice nur die Kleider besitzt, die sie am Leib trug. Und die wurden zur Untersuchung eingeschickt. Sie wird neue Klamotten brauchen, oder?«

»Ich denke schon, aber …«

»Pass auf. Du erwähnst beim Frühstück nebenbei, dass Alice nur einen Krankenhauskittel besitzt. Wetten, deine Ma und Miss Fancy greifen das Problem dankbar auf? Ich bin bereit, einen ganzen Wochenlohn darauf zu setzen.«

»Ich … Ja, klar, das würden sie machen. Auf die Idee wäre ich nie gekommen.«

»Sie bestimmt auch nicht.« Callen schaufelte wieder schmutziges Stroh in den Schubkarren. »Während ich ausmiste, löse ich ganz nebenbei sämtliche Probleme dieser Welt.«

Chase grinste, doch sein Lächeln erstarb rasch. »Cal, ganz in unserer Nähe lebt ein Mann, der anderen antun kann, was er Alice angetan hat. Hast du dafür auch eine Lösung?«

»Ich arbeite dran. Es gibt ja noch genug auszumisten. Kümmer dich um deine Familie und vergiss nicht, dass ich ebenfalls einen Platz im Wartebereich des Krankenhauses wärmen kann. Ich fahr heute Nachmittag nach Missoula, kann vorher aber gern in der Klinik vorbeischauen.«

»Das wäre toll.«

Callen nickte. »Abgemacht.«

***

Nachdem er den Dienstplan angepasst, Maddie für eine kurzfristig gebuchte Reitstunde angefordert und Ben die Leitung übertragen hatte, klopfte Callen am gleichen Nachmittag an die knallblaue Tür des hübschen Hauses seiner Schwester. Vor den Fenstern hingen chilirote Balkonkästen, die sein Schwager gebaut hatte. Stiefmütterchen mit lila-gelben Gesichtern sprossen daraus hervor. Die hatte bestimmt seine Schwester gepflanzt. Er wusste, dass im Garten ein Gewächshaus stand und daneben eine tolle Schaukel in Gestalt eines Raumschiffs. Die hatten die beiden zusammen gebaut.

So wie sie sich ein gemeinsames Leben aufgebaut, eine Familie und einen originellen Kunsthandwerkladen gegründet hatten. Im Garten stand ein Brennofen, sodass einige Töpferwaren in dem Laden die Signatur seiner Schwester trugen. Sie war immer sehr kreativ gewesen. Aus Dingen, in denen die meisten nur Abfall sahen, wurde unter ihren Händen ein interessantes Objekt.

Wie alle Geschwister hatten sie sich als Kinder gestritten, und er war lieber bei Chase auf der Ranch gewesen als zu Hause. Savannahs Kreativität hatte er jedoch stets bewundert. Genauso ihre fast durch nichts zu erschütternde Ruhe, auch wenn die ihn bei einem Tobsuchtsanfall wahnsinnig aufregte.

Als ihm Savannah mit ihren braunen Zöpfen aufmachte und ihm ihr Bauch in der karierten Bluse entgegenragte, spürte er nichts als wärmste Zuneigung für sie.

»Wie schaffst du es, damit überhaupt aus dem Bett zu kommen?« Sanft tätschelte er den Bauch.

»Justin hat eine Art Flaschenzug installiert.«

»Das trau ich ihm direkt zu. Und wo ist der Große?«

»Brody hält gerade Mittagsschlaf. Auch wenn diese kostbare Stunde fast um ist. Komm rein, solange Ruhe herrscht.« Sie zog ihn ins Haus, wobei ihre Bäuche bei der Umarmung gegeneinander prallten. Ein komisches Gefühl. »Der Welpe schläft bei ihm im Bett. Er möchte mir anscheinend zuvorkommen.«

Sie ging ins Wohnzimmer. Darin standen ein großes Sofa, gemustert mit roten Mohnblumen auf blauem Grund, dazu rote Sessel mit blauen Streifen, die sie auf dem Flohmarkt gefunden und neu gepolstert hatte. Die Tische und Lampen hatte Savannah vom Sperrmüll gerettet und neu gestrichen. Ein wildes Sammelsurium, nichts davon perfekt und doch alles, was man brauchte, um sich zu Hause zu fühlen. Savannah ließ sich in einen Sessel fallen und strich sich über den Bauch.

»Ma zieht sich gerade um. Du bist früh dran. Willst du einen Kaffee? Ich habe meine heutige Tasse schon intus, mehr ist nicht erlaubt. Aber ich kann dir gern einen machen.«

»Bleib sitzen.«

»Wie wär's mit einem Sassafras-Tee, Cowboy?«

Er grinste. »In diesem Leben ganz bestimmt nicht, du verrückte Hippiebraut. Warum bist du nicht im Laden?«

»Ich brauchte dringend einen freien Tag und musste ohnehin was in der Werkstatt erledigen. Justin fängt an, zu vorsichtig zu werden, was meine Schwangerschaft angeht.« Sie tätschelte sich erneut den Bauch. »Ich hätte mich heute auch um Ma kümmern können, Cal. Ich weiß, wie schwer das für dich ist.«

»Kein Problem.«

»Ich kann einen Babysitter rufen, wenn ich mitkommen soll.«

»Mach dir keine Gedanken, Vanna.«

»Ma freut sich sehr darauf, Zeit mit dir zu verbringen.« Sie schaute zur Decke, als über ihnen Gepolter, mehrere Hurrarufe und ein lautes kindliches Lachen ertönten. »Die Zeit ist um.«

»Ich hole ihn.«

Savannah winkte ab. »Das ist nicht nötig. Glaub mir, er kennt den Weg. Außerdem hab ich den Fehler gemacht ihm zu sagen, dass du heute kommst. Mach dich auf was gefasst.«

»Ich mag ihn. Wie du bastelt er die irrsten Sachen und sieht alles positiv. Da ist er wie Justin. Du hast ein wirklich tolles Kind.«

»Und bin dabei, das zweite nachzuschieben. Willst du wissen, was es wird?«

»Wie, was es wird? Ach so, Junge oder Mädchen? Ich dachte, ihr wolltet euch überraschen lassen?«

»Ja, wollten wir auch. So wie bei Brody, und das war die größte Überraschung überhaupt. Bis wir eines Abends darüber geredet haben, wie sein Kinderzimmer, das ursprünglich neutral war, zum echten Jungszimmer geworden ist. Wir wussten nicht, ob wir es so lassen oder wieder neutral streichen sollten. Brody hat ja das größere Zimmer bekommen, und in seinem alten wird bald ein neues Baby in der Wiege liegen. Also haben wir beschlossen, uns aufklären zu lassen.«

»Gut, und wie wird es?«

»Bonbonrosa.«

»Rosa? Ein Mädchen.« Er stupste sie mit dem Fuß an. »Ein Junge und ein Mädchen also. Gut gemacht.« Er sah, wie ihre Bauchdecke zitterte. »Schräg!«

»Sie weiß, dass wir über sie reden. Aubra oder Lilah. Diese beiden Namen stehen zur Wahl. Derjenige von uns, der sich durchsetzen kann, bestimmt den Rufnamen, der andere den Zweitnamen. Welcher gefällt dir besser?«

»Ich misch mich da ganz bestimmt nicht ein.«

»Ich verrate nicht, was mein Wunschname ist. Ich will nur wissen, was dir besser gefällt.«

»Na gut. Aubra.«

»Ja.« Sie schüttelte triumphierend die Faust. »Noch ein Argument für mich. Wenn ich ihn zu Aubra Rose überreden kann und Lilah für die nächste Tochter aufspare …«

»Du denkst schon über das Nächste nach?«

Der Welpe, ein lebhafter, anhänglicher Labrador, sauste die Treppe herunter, sprang Cal sofort auf den Schoß und stemmte die Vorderpfoten gegen seine Brust, während er Callens Gesicht abschleckte. Brody, dessen Haar noch vom Schlafen zu Berge stand, das Gesicht rosig und der Blick strahlend wie der des Welpen, kam mit einem Plastikeimer die Stufen herunter.

»Cal, Cal, Cal.« Was er sonst brabbelte, ging über Callens Kleinkind-Sprachkenntnisse hinaus. Als der Junge den Eimer fallen ließ und wie der Welpe auf Cals Schoß hüpfte, spürte Callen seine bedingungslose Liebe. Keine Ahnung, womit er die verdient hatte, aber es heiterte ihn deutlich auf.

Brody kletterte wieder herunter und suchte im Eimer nach einer Actionfigur. »Ronman.«

»Das seh ich. Ich dachte, du stehst auf Power Rangers.«

»Red Ranger. Hulk. Cap'n 'Merca. Sliver Ranger.«

»Silver Ranger«, verbesserte ihn seine Mutter. »Sil-ver.«

Er nannte die Namen seiner Figuren und zeigte sie Callen.

»Ich kann Ma nicht davon abhalten, ihm ständig neue zu kaufen.«

»Warum auch?« Katie Skinner kam die Treppe herunter. Sie trug ein dunkelgraues Kleid und flache, robuste schwarze Stiefel. Aber vor allem ein Lächeln im Gesicht. Soweit Callen sich erinnern konnte, hatte das viele Jahre nicht zu ihr gehört. Es stand ihr gut, dieses Lächeln, genau wie die grauen Haare und das Lachen, das sie lachte, als Brody auf sie zurannte, um ihre Beine zu umarmen.

»Cal«, verkündete er.

»Das sehe ich.«

»Cal spielen.«

»Spielt ruhig weiter«, sagte Katie zu Callen. »Wir haben genug Zeit. Ich werde Savannah einen Tee kochen.«

»Das wäre wirklich toll, Ma, danke.«

»Sie mag Sassafras-Tee«, sagte Callen, der sich zur Begeisterung von Kind und Hund zu Boden gleiten ließ.

»Stimmt genau.«

»Kommt sofort.«

Callen suchte sich ein paar Figuren für den Kampf aus. »Ihr bringt sie zum Strahlen, Vanna. Justin, der Junge und du.«

»Ich glaube, es ist von Dauer. Wenn du zu Besuch bist, ist sowieso alles perfekt. Und das mit dir und Bodine Longbow …«

Als er abrupt aufsah und die Augen zusammenkniff, legte Savannah die Hände auf den Bauch und lachte. »Du magst zwar fort gewesen sein, Cal, aber vergiss nicht, wie viele gemeinsame Bekannte wir haben. Wir wissen alles über deine sexy Tanzeinlage mit Bodine im *Roundup* letzten Samstag.«

»Sexy Tanzeinlage.« Callen hielt Brody die Ohren zu. »Redet man so vor einem Kind?«

»Sein Vater und ich sind bekannt dafür, dass wir vor ihm sexy tanzen.«

»Ich muss mir gleich selbst die Ohren zuhalten.«

Grinsend strich sich Savannah über einen ihrer Zöpfe. »Bodine und du.«

»Verschrei nichts!«

»Ich hab sie immer gemocht. Eigentlich die ganz Familie, aber besonders Bodine. Sie ist bestimmt zwei-, dreimal im Jahr mit einem Sack Kleider für mich rübergeritten und hat gesagt, so gut wie ich nähen kann, könnte ich sie vielleicht flicken. Dabei war alles in Ordnung. Es hat mal ein Knopf gefehlt oder der Saum war ausgerissen. Sie hat das nur gesagt, um mich nicht zu verletzen. Als Justin und ich den Laden eröffnet haben, war sie eine der ersten Kundinnen. Sie hat ein gutes Herz und Stil. Ich weiß nicht, womit du sie verdient hast.«

Sie lächelte.

»Frauen, Brody? Das sind seltsame Geschöpfe. Am besten, du lernst das gleich.«

»Faun.« Brody hielt Rosa Ranger in die Luft und johlte.

Eine Stunde mit seiner Schwester und seinem Neffen, danach eine Stunde, in der er seine Mutter zum Abendessen ausführte. Auftakt und Ende seines Besuchs waren ganz nach Callens Geschmack. Nur der Mittelteil gefiel ihm nicht. Er hielt an, als sie ihn darum bat, weil sie Blumen kaufen wollte, wartete geduldig, während sie welche aussuchte, und behielt für sich, dass die gelben Tulpen die Nacht nicht überleben würden.

Er hätte sie auch bezahlt, wenn sie ihn gelassen hätte.

Er fuhr zum Friedhof, parkte und begleitete sie zum Grab. Seit der Beerdigung war er nicht mehr da gewesen, hatte eigentlich nie mehr herkommen wollen. Heute wurde ihm bewusst, dass er sie begleiten würde, wann immer sie es wünschte. Er konnte froh sein, dass alles so gepflegt und die Wege geräumt waren. Der festgetretene Schnee ließ sich gut begehen.

Vorsichtshalber stützte er sie, während sie zwischen den Grabsteinen hindurch zu dem schlichten Gedenkstein ging, der den Namen seines Vaters trug.

JACK WILLIAM SKINNER
EHEMANN UND VATER

Das ist die Wahrheit, dachte Callen. Er war beides gewesen. Wie erfolgreich, war nicht auf dem Stein vermerkt.

»Ich weiß, wie schwer es dir fällt herzukommen«, hob Katie an. »Und wie unfair es von mir ist, dich darum zu bitten.«

»Das hat nichts mit Fairness zu tun.«

»Er hatte seine Schwächen«, fuhr sie fort, während der Wind ihr Haar zerzauste. »Er hat sein Versprechen dir gegenüber nicht gehalten.«

Nicht nur mir gegenüber, dachte Callen.

»Er hat dir das Leben schwer gemacht mit seinen Schwächen und dem gebrochenen Versprechen. Das wusste er genau. Ach, Callen, das wusste er. Er hat sich wirklich bemüht. Ich hätte ihn verlassen, Savannah und dich mitnehmen und gehen können.«

»Warum hast du es nicht getan?«

»Weil ich ihn geliebt habe, und Liebe ist eine magische Kraft.« Sie strich über den Grabstein. »Sie widersteht den größten Stürmen. Er hat uns geliebt. Deshalb hat er mehr gelitten als ich, wenn er seinen Schwächen nachgegeben hat. Er wollte alles wieder gutmachen, aber dann …«

Aber dann, dachte Callen. Er erinnerte sich an unzählige Abers. »Es gab Zeiten, da wusstet du nicht, wie du uns sattkriegen solltest. Zeiten, in denen sich die unbezahlten Rechnungen gestapelt haben.«

»Ich weiß, ich weiß.« Trotzdem fuhr sie mit ihrer behandschuhten Hand über den Grabstein, als wollte sie ein trauriges

Gespenst trösten. »Aber ich weiß auch, dass Spielsucht eine Krankheit ist, und er hat schwer damit gekämpft. Er hat sich große Vorwürfe gemacht und niemandem sonst die Schuld zugeschoben. Vergiss das nicht, Callen. Viele versuchen, anderen die Schuld für ihre Alkohol-, Drogen- oder Spielsucht zu geben. Und sie sind bösartig, gewalttätig. Dein Vater war nicht bösartig, hat nie die Hand gegen mich oder euch Kinder erhoben. Er war ein guter Mensch.«

Seufzend hörte sie auf, den Stein zu liebkosen, und griff nach der Hand ihres Sohnes. »Dich hat er aber enttäuscht.«

»Was ist mit dir?« Himmeldonnerwetter, es regte ihn wirklich auf, dass sie ihm den schwindenden Besitz, die Geldknappheit und die Erniedrigung niemals vorgeworfen hatte.

»Ach, Cal, er hat mich auch enttäuscht. Vor allem, weil er es so lange geschafft hatte, nicht rückfällig zu werden. Ich weiß, dass du mir insgeheim Vorwürfe machst, weil ich ihn nicht davon abhalten konnte.«

»Das war einmal«, gestand er. »Damals hab ich es dir tatsächlich vorgeworfen. Heute weiß ich es besser. Ich mache dir keine Vorwürfe, Ma, so wahr mir Gott helfe.«

Sie sah ihn forschend an und schloss dann die Augen. »Das erleichtert mich sehr. Da fällt eine Riesenlast von mir ab.«

Sein Vater war nicht der Einzige gewesen, der Fehler gemacht und Menschen enttäuscht hatte, wurde Callen bewusst. »Tut mir leid, dass ich dir diese Last nicht viel früher abgenommen habe. Ehrlich.«

»Ich habe Fehler gemacht. Es war falsch, ihn zu entschuldigen und vor Vanna und dir in Schutz zu nehmen.« Sie drückte seine Hand. »Das tut mir aufrichtig leid. Er hat sich eingeredet, dass er es im Griff hat. Dass er nur eine kleine Runde Poker spielt oder eine kleine Summe auf ein Pferd setzt, egal was. Dabei wusste er, dass er einen Rückfall erleiden würde. Trotzdem hat er aufgehört, zu diesen Treffen zu gehen.«

»Zu welchen Treffen?«

»Zu den *Anonymen Spielern*. Er hat Savannah und dir nichts davon erzählt, weil er sich geschämt hat. Er hat mir verschwiegen, dass er nicht mehr hingeht, obwohl ich so was geahnt habe. Das war seine einzige Lüge. Ich konnte ihm nur deshalb vergeben, weil lügen und spielen dasselbe war. Er war stolz auf Savannah und dich. Vielleicht wirst du das nie spüren können. Das ist seine Schuld. Gut möglich, dass du dich nicht an die guten Zeiten erinnern kannst, die es gegeben hat. Als er dich das erste Mal aufs Pferd gesetzt, dir deinen ersten Hund geschenkt, dir gezeigt hat, wie man einen Hammer benutzt und einen Zaun repariert. Das war auch er, Callen, und er war stolz auf dich. Dein Vater konnte sich nie verzeihen, dass er Savannahs und dein Erbe verspielt hat, die Ranch.«

»Sie war dein Zuhause.«

»Ich werde dir ein Geheimnis verraten.« Sie strich ihm über den Arm. »Die Ranch hat für mich nichts als Arbeit bedeutet. Sie war nur Mittel zum Zweck. Mir hätte ein Haus wie Vannas deutlich besser gefallen. Mit Nachbarn und einem kleinen Garten. Pferde und Rinder und Felder, die gepflügt und bepflanzt werden müssen – das ist eine echte Sisyphusarbeit. Dein Dad hat das geliebt. Du liebst es auch, aber ich nicht.«

»Aber du …« Er verstummte und schüttelte den Kopf. Vielleicht konnte man als Mann die Frauen nie verstehen, die unglaubliche Kraft, die sie haben. Ihre grenzenlose Liebe.

»Ich habe gelernt, eine Farmersfrau zu sein. Im Blut lag es mir nie. Mir gefällt es mit Savannah, Justin und dem Kleinen. Da kann ich mich nützlich machen, darin gehe ich auf. Ich kann ihnen das Leben erleichtern und freue mich jeden Tag über ihre Liebe. Daran, was für ein schönes Leben meine Tochter hat. Ich hab aber keine Ahnung, wie ich dir das Leben erleichtern kann. Wie ich wiedergutmachen kann, dass dein Erbe verspielt wurde.«

»Das brauchst du auch nicht. Ich nehme mein Leben selbst in die Hand. Ich bin nicht mehr auf das Erbe angewiesen.«

»Ich weiß. Du schickst mir schließlich jeden Monat Geld, obwohl ich gar keines mehr brauche und …«

»Ich will das aber«, schnitt er ihr das Wort ab.

»Du kannst dein Leben selbst in die Hand nehmen, Callen. Ich weiß, dass du glücklich sein wirst. Doch das Land hat dir gehört, und ich habe es nicht geschafft, es dir zu erhalten.«

»Ich möchte nicht, dass du darunter leidest, Ma. Ich möchte dir diese Last nicht länger aufbürden. Wäre es nur das Land gewesen, hätte ich es zurückkaufen können. Ich bin fortgegangen, um mir zu beweisen, dass ich das schaffe. Und ich bin zurückgekehrt, weil ich es geschafft habe und Heimweh hatte. Aber meine Heimat besteht nicht aus diesem Stück Land.«

»Du solltest mich heute auch deshalb begleiten, damit ich dir das sagen und die Sache endgültig aus der Welt schaffen kann. Als er schließlich begreifen musste, dass er das Land nie mehr zurückbekommen würde, hat er sich vor Verzweiflung das Leben genommen. Das konnte ich ihm nicht vergeben.« Katie warf erneut einen Blick auf den Grabstein, den eingravierten Namen. »Alles andere habe ich ihm verziehen. Als wir ihn beerdigt haben, war kein Funken Vergebung in mir. Nur Wut und Vorwürfe. Freunde und Nachbarn waren da, und ich habe gesagt, was von einem erwartet wird. Auch zu dir und deiner Schwester. Was ich insgeheim zu ihm gesagt habe, war voller Wut.«

»Du kommst her und legst Blumen auf sein Grab.«

»Ja. Er hat so viel mehr verloren als nur ein paar Morgen Grund, ein paar Gebäude und Tiere, Callen. Er hat den Respekt und die Liebe seiner Tochter und seines Sohnes verloren. Er hat die Zeit verloren, die er mit seinen Enkeln hätte verbringen können. Ich komme her, lege ihm Blumen aufs Grab und denke daran, dass wir schöne Zeiten hatten und uns geliebt haben. Wir haben Savannah und dich bekommen, allein das ist ein Wunder. Deshalb schaffe ich das und kann den Rest loslassen.«

Sie beugte sich vor und legte die Blumen ab.

»Ich verlange nicht von dir, dass du ihm vergibst, Cal. Doch ich würde mir wünschen, dass du verstehst und diese Sache endlich nicht mehr zwischen uns steht. Ich möchte miterleben, wie mein Junge ein schönes, selbstbestimmtes Leben führt.«

Viel zu lang und viel zu oft hatte er sie für schwach gehalten. Heute begriff er, dass Cora Bodine nicht die einzige Frau mit Rückgrat in seinem Leben war. »Da steht nichts mehr zwischen uns, Ma. Tut mir leid, wenn ich dir dieses Gefühl gegeben habe. Damals konnte ich allerdings unmöglich bleiben.«

»Ja, Callen. Es war gut, dass du gegangen bist.« Sie zückte ein Taschentuch. »Ich hab dich furchtbar vermisst, war aber froh, dass du deinen Weg gehst.«

Was er dann sagte, fiel ihm nicht leicht. Er spürte, dass sie es brauchte, auch wenn sie ihn nie darum bitten würde. »Ich liebe dich, Ma.«

Ihre ohnehin feuchten Augen schwammen in Tränen. »Callen. Cal.« Sie lehnte sich an ihn und vergrub ihr Gesicht an seiner Brust. »Ich liebe dich sehr, mein Junge, so sehr.« Er spürte, wie sie aufatmete, als hätte sie jahrelang die Luft angehalten. »Jetzt weiß ich, dass du heimgekommen bist.«

»Ich bin weg, weil ich nicht anders konnte. Und ich bin zurückgekehrt, weil ich es wollte. Ich hab dich auch vermisst, Ma«, sagte er und hörte ein ersticktes Schluchzen an seiner Brust. »Hör auf, dir Sorgen zu machen. Du erkältest dich noch. Komm, lass uns zum Wagen gehen und die Autoheizung anmachen.«

Katie betrachtete den Grabstein und die Blumen. »Ja, es wird Zeit zu gehen.«

»Gut, ich bin nämlich noch mit einer schönen Frau verabredet.« Er legte den Arm um sie. »Ich möchte sie schick zum Essen ausführen.«

Sie wischte sich die Tränen ab. »Ist ein Glas Wein drin?«

»Du magst Wein, oder?«

»Heute Abend habe ich wirklich Lust darauf.«

»Dann gönnen wir uns eine schöne Flasche.«

***

Als er zur Hütte zurückkehrte, sah er sofort die Spuren im Schnee. Die Wut, die fast verraucht war, flammte wieder auf, als er sah, dass die Tür des Schuppens nicht abgeschlossen war. Er tobte innerlich, war aber felsenfest davon überzeugt, sie dort vorzufinden. Sie würde es nicht wagen, sich ihm zu widersetzen. Aber die Behausung, die er ihr zur Verfügung gestellt hatte, war leer und nicht einmal richtig aufgeräumt.

Dafür würde sie büßen, aufs Heftigste büßen.

Er rannte wieder nach draußen und sah sich um. Der Mond spendete genug Licht, dass er die Spuren im Schnee erkennen konnte, auch wenn Wolken aufzogen. Diese undankbare Schlampe war bestimmt nicht weit gekommen. Sobald er sie eingeholt hätte, würde er ihr beide Beine brechen. Sie wollte weglaufen? Das war das letzte Mal, dass sie überhaupt gelaufen war.

Er marschierte zu seiner Hütte und schloss sie auf.

Er hatte Vorräte für ein Jahr angelegt. Säcke mit Bohnen, Reis, Mehl und Salz. Konserven vom Boden bis zur Decke. Brennholz, sowohl drinnen als auch draußen unter einer wasserfesten Plane. Seine Waffen bewahrte er im Schlafzimmer auf. Drei Gewehre, zwei Schrotflinten, ein halbes Dutzend Handfeuerwaffen und eine AR-15, für die er viel Geld hingelegt hatte. Er hatte das Werkzeug, um selbst Schrothülsen anzufertigen, und genug Munition für einen kleinen, aber tödlichen Krieg.

Er wusste, dass es eines Tages so weit sein und er in den Kampf ziehen würde. Darauf war er vorbereitet. Darauf, dass sich die mündigen Bürger eines einst so großen Landes erhoben, um die korrupte Regierung zu stürzen und ihr Land zurückzuerobern. Den Boden und die Bürgerrechte, die ihnen verwehrt und stattdessen Immigranten und Schwarzen, Schwulen und Frauen gegeben worden waren. Von einer Regierung, die sich keinen Deut um die Verfassung und die Bibel scherte.

Der Krieg stand bevor, und er betete allabendlich dafür, dass er nicht mehr lang auf sich warten ließ. Doch in dieser Nacht musste er eine Frau zur Strecke bringen. Eine Frau, die er zu seiner Ehefrau gemacht und versorgt hatte. Eine Frau, die bestraft werden musste.

Er entschied sich für einen guten, verlässlichen Colt, hergestellt in den Vereinigten Staaten von Amerika und bereits geladen. Er tauschte seine Jacke gegen eine Munitionsweste, füllte sie mit Kugeln und Patronenhülsen. Er befestigte ein Messer an seinem Gürtel, hängte sich ein Nachtsichtfernglas um und ein Gewehr über die Schulter. Er war ein erfahrener Fährtenleser und Jäger. Keine dumme Schlampe oder undankbare Frau würde entkommen, sobald er ihre Spur aufgenommen hatte.

Eine Spur, der lächerlich leicht zu folgen war, auch wenn feiner Schnee fiel. Er stellte fest, dass sie völlig ziellos umhergeirrt war, und beschleunigte seine Schritte. Als er sah, dass sie die Richtung geändert hatte, beunruhigte ihn das. Wenn sie so weiterging, würde sie die Zufahrt zu einer Ranch erreichen. Er hatte nichts mit diesen Leuten zu tun. Das schicke Haus lag knapp zwei Kilometer entfernt. Aber wenn sie in diese Richtung gegangen war …

Nein, war sie nicht. Dafür ist sie viel zu blöd, dachte er mit grimmiger Befriedigung, als er sah, dass sich ihre Spuren von der Ranch entfernten. Er verlor die Fährte kurz aus den Augen, ging davon aus, dass sie ein Stück die Straße entlanggelaufen war, und fand sie wieder, wenn sie durch Schnee gelaufen oder gestolpert war.

Der Himmel verdunkelte sich, er griff zu seinem Nachtsichtfernglas und setzte seinen Weg fort. Sogar auf dem Kies konnte er ihr folgen, weil sie das eine Bein so nachzog.

Blöde Schlampe, blöde Schlampe! Er murmelte die Worte vor sich hin wie ein Gebet. Langsam taten ihm die Beine weh. Wie hatte sie es bloß geschafft, so weit zu kommen? Er entdeckte ein wenig Blut, ging in die Hocke und musterte es. Bei dem nassen Schnee war das schwer zu sagen, aber es wirkte recht frisch und stammte vermutlich von ihr. Er ging weiter. Eine kleine Blutspur, nicht mehr als ein Tropfen hier und da. Trotzdem folgte er ihr schnell, bis er außer Atem geriet.

Es pochte in seinen Schläfen, als er begriff, wohin ihre Spur führte. Obwohl seine Lunge brannte, zwang er sich zu rennen. Das Gewehr schlug gegen seinen Rücken, und der Colt ruhte schwer auf seinem Schenkel. Er würde sie umbringen, und das war mehr als gerechtfertigt! Hatte er sich nicht oft genug gesagt, dass er sie einsperren, ihr die Fußfessel anlegen und sich eine neue Frau holen sollte? Eine Jüngere, die Kinder bekommen konnte. Eine Frau, die ihm Söhne statt überflüssiger Töchter gebären würde. Töchter, die er verkauft hatte.

Nachdem sie sich als so heimtückisch erwiesen hatte, würde er sich nicht länger die Mühe machen sie anzuketten und durchzufüttern. Er würde sie ausweiden wie ein Reh und den wilden Tieren überlassen. Bei seiner nächsten Frau würde er genauer hinschauen und nicht so freundlich sein.

Als er die Straße erreichte, wusste er, dass er keine Chance mehr hatte. Er konnte in beide Richtungen einen halben Kilometer weit sehen. Keine Esther.

Er redete sich ein, dass sie an Unterkühlung oder Entkräftung sterben würde, womit sich sein Problem ohnehin erledigt hätte. Selbst wenn sie überlebte, würde sie es nie schaffen, jemanden zu seiner Hütte zu führen. Er war sich sicher, dass es der korrupten Polizei nie gelingen würde, ihre Spur zu verfolgen. Trotzdem würde er Sicherheitsmaßnahmen ergreifen, die Spuren verwischen und falsche Fährten legen.

Als der leichte Schneefall in Regen überging, grinste er. Der Herr richtet einfach alles, dachte er und sprach ein stummes Gebet. Der Regen würde die Blutspuren genauso wegwaschen wie ihre Spuren im Schnee. Trotzdem trampelte er darüber hinweg und freute sich, dass es so schüttete.

Nachdem er sein Grundstück wieder erreicht hatte, zitterten ihm die Beine vor Erschöpfung, und seine Jeans war klatschnass. Trotzdem loderte noch so viel Wut in ihm, dass er dem Hund heftige Fußtritte verpasste. »Warum hast du sie nicht aufgehalten? Du hast sie einfach gehen lassen.«

Während der Hund jaulte und versuchte in seine Hütte zurückzukriechen, riss er seinen Colt aus dem Halfter. Er hatte den Finger bereits auf den Abzug gelegt. In seiner Fantasie steckte die Kugel bereits im Kopf des Tiers. Dann überlegte er es sich anders. Er würde den nutzlosen Hund morgen an die Leine nehmen und ihn über sämtliche Spuren rund um die Hütte rennen lassen. Danach würde er die alte Mähre satteln und ein bisschen mit ihr durch die Gegend reiten. Ein Mann zu Pferd, der seinem Hund Auslauf verschafft. Genau das würde er tun.

Er kehrte zurück in seine Hütte und machte Feuer. Er zog sich splitternackt aus und schlüpfte in Thermounterwäsche, um sich aufzuwärmen. Er spürte nagenden Hunger, aber Kälte und Erschöpfung gewannen die Oberhand. Mit nach wie vor pochenden Schläfen ging er ins Bett. Beim Einschlafen wünschte er sich, dass Gott Esther mit dem gerechten Zorn vernichtete, den er für gottlose Sünder bereithielt.

Während er sie verfluchte, verbrachte Alice ihre erste Nacht seit mehr als fünfundzwanzig Jahren in Freiheit. In einem durch Medikamente betäubten Schlaf.

Am nächsten Morgen zwang er sich trotz glühenden Fiebers, verengter Bronchien und Halsschmerzen sich anzuziehen, zu frühstücken und die alte Mähre zu satteln. Der Hund humpelte und wimmerte, lief aber über die verblassten Spuren.

Obwohl der Regen die Hauptarbeit erledigt hatte, dachte er an das Sprichwort: *Hilf dir selbst, dann hilft dir Gott.* Er ritt über eine Stunde lang durch die Gegend, bis er so sehr mit den Zähnen klapperte, dass er den Heimweg antreten musste.

Er machte sich nicht mehr die Mühe, den Hund anzuketten, wo sollte der schon hin? Schaffte es kaum, das Pferd abzusatteln. In der Hütte trank er die Medizin direkt aus der Flasche. Er musste sich in der Gegend umhören, ob über den Fund einer verrückten Alten gesprochen wurde, rausfinden, ob die hinterhältige Schlampe was zu sagen hatte.

Er kroch zurück ins Bett und fiel in einen unruhigen Fieberschlaf.

Erst um die Uhrzeit, als Callen seiner Mutter eine Flasche Wein bestellte, wurde er wach, sodass er wieder seine Medizin nehmen konnte.

19

Am dritten Tag hatte sich Bodine so sehr an den Krankenhausrhythmus gewöhnt, dass sie jede Schwester, die am Wartebereich vorbeiging, am Gang unterscheiden konnte.

Während sie Wache schob, versuchte sie, mithilfe von Notebook und Smartphone zu arbeiten. Ihre Mutter, die heute Vormittag ebenfalls da war, tat dasselbe. Der Wartebereich diente als mobiles Büro, Wohnzimmer und – Wartebereich.

Am Nachmittag würden Sam oder Rory mit Miss Fancy eintreffen. Dann könnten Bodine und Maureen heimfahren und dort weiterarbeiten. Sie würden versuchen, Cora zum Mitkommen zu überreden und eine Pause zu machen. Bisher hatte es keiner geschafft, Cora vom Bett ihrer Tochter wegzulotsen.

Bodine wusste, dass Callen mit Chase die ganze Nacht auf dem einigermaßen bequemen Sofa gesessen hatte. Er erwartete keine Dankbarkeit dafür, doch sie war ihm trotzdem dankbar.

Als sie kurz nach Sonnenaufgang mit ihrer Mutter eingetroffen war, hatte sie allen Kaffee in einer Thermoskanne mitgebracht, außerdem Bagels mit Rührei und Speck ausgepackt und herumgereicht. Callen hatte sie begeistert geküsst.

»Mom hat sie gemacht«, hatte sie nur erwidert, woraufhin er ebenso begeistert Maureen geküsst hatte. Es war das erste Mal seit drei Tagen, dass sie ihre Mutter lachen hörte.

Ja, sie war ihm echt dankbar.

Ihr in den letzten fünfundzwanzig Jahren so geruhsames Leben war völlig auf den Kopf gestellt worden. Ihr Arbeits- und Familienalltag ebenfalls. Ihre Welt bestand nur noch aus dem Krankenhaus, dem Kampf um etwas Schlaf und hektischen Mahlzeiten. Hinzu kamen der Job, die Menschen und Tiere, für die sie verantwortlich war, sowie ihre stille Sorge um Cora.

Wenn Alice' Rückkehr für so viel Tränen und Nervenzusammenbrüche gesorgt hat, dachte Bodine, welches Leid hatte sie dann durch ihr egoistisches Verschwinden verursacht?

»Ist es heute schlimmer als damals?«, fragte Bodine.

Maureen sah stirnrunzelnd von einer E-Mail auf. »Was soll schlimmer sein, Schätzchen?«

»Dass sie in diesem Zustand ist. Schlimmer als ihr Verschwinden. Ich weiß nicht, wie ich das formulieren soll.«

»Nein, nein, ich versteh schon. Diese Frage hab ich mir auch gestellt.« Um sie zu beantworten, legte Maureen ihr Tablet weg und ihre Brille darauf. »Ich war so wütend, dass ich mir anfangs kaum Sorgen gemacht habe. Es war kurz vor meiner Hochzeitsreise, und Alice tut was, womit sie wieder im Mittelpunkt steht. Wir wollten Ma in dieser Situation nicht allein lassen, aber sie hat uns gedrängt zu fahren. Weil sie sich sonst noch mehr aufregen würde. Da flog ich also als frisch verheiratete Frau mit meinem Mann nach Hawaii. An einen exotischen, romantischen und aufregenden Ort. Es war nicht nur der Sex. Ich habe mich nicht für die Ehe aufgehoben.«

»Tatsächlich? Ich bin schockiert, das zu hören.«

Maureen lachte kurz und lehnte sich zurück. »Ich war so stolz, weil ich verheiratet war. So verliebt und aufgeregt, weil ich mit meinem Mann in eine Gegend fliegen würde, die sich wie Ausland anfühlte. Doch Alice hatte wieder einen ihrer berüchtigten Ausraster, der alles überschattet hat.«

Bodine drückte die Hand ihrer Mutter. »Ich wär auch wahnsinnig wütend gewesen.«

»Ich bin geplatzt vor Wut«, gestand Maureen. »Ich machte mir keine Sorgen … bis zum Ende unserer ersten Flitterwoche. Ich war mir sicher, dass sie zurückkommen würde. Jeden Tag hab ich gehört, wie Ma angespannter geklungen hat, wenn wir angerufen haben. Deshalb sind wir einen Tag früher zurückgeflogen. Sie haben sehr gelitten. Ma, Grammy und Grandpa. Wir wollten damals ein Haus bauen.«

Da sie sich gerade das Leid, den Stress und ihre Gesichter vorstellte, verpasste Bodine den letzten Satz. »Was hast du gesagt?«

»Dein Dad und ich wollten damals ein Haus bauen. Das Grundstück hatten wir bereits ausgesucht. Nah genug, dass wir beide zur Arbeit reiten konnten. Wir hatten damals die ersten Anbauten für die Ferienranch gemacht und geplant, was inzwischen verwirklicht worden ist. Wir wollten ein Haus für uns bauen. Was wir dann nie getan haben.«

Diesmal nahm Bodine die Hand ihre Mutter und ließ sie nicht mehr los. »Weil Alice abgehauen ist.«

»Ich konnte meine Mutter nicht alleine lassen. Erst dachten wir, wir würden es verschieben, bis Alice zurückkommt und sich alles wieder einrenkt. Das erste Jahr war das schlimmste, jeder einzelne Tag. Als der Pick-up gefunden wurde, war die Batterie leer. Sie hatte ihn am Straßenrand zurückgelassen. Typisch Alice! Reparieren? Fehlanzeige. Lieber abhauen. Und die Postkarten? Eitel Sonnenschein, nichts als Angeberei. Der Detektiv, den Ma engagiert hat, konnte ihre Spur ein Stück zurückverfolgen, hat sie dann aber wieder verloren. Es war Grammy, die Ma davon abgehalten hat, noch mehr Geld zu verschwenden. Inzwischen war ich schwanger und bekam Chase. So gesehen, war es das glücklichste und schwierigste Jahr meines Lebens. Unseres Lebens. Alice war weg und gleichzeitig allgegenwärtig.« Maureen tätschelte Bodines Bein. »Und wieder sitzen wir da, wieder kreist alles nur um sie. Sogar meine Kinder, und das gefällt mir gar nicht. Genauso wenig passt mir, wie Mutter aussieht, wenn wir es schaffen, sie für zehn Minuten aus diesem Zimmer zu lotsen. So erschöpft und abgespannt. Sie ist leichenblass, Bodine.«

»Ich weiß«, sagte Bodine.

»Ich mag die Abneigung nicht, die ich gegen Alice verspüre. Aber sie ist da, obwohl ich weiß, dass ihr Schreckliches angetan wurde. Dinge, für die sie nichts kann und die sie nicht verdient hat. Jemand hat meiner Schwester wehgetan, ihr Jahre ihres Lebens gestohlen, und ich will, dass er dafür büßen muss. Trotzdem hege ich nach wie vor einen Groll gegen das egoistische Mädchen, das sich nicht mit mir freuen konnte und keinen Gedanken an seine Mutter verschwendet hat.«

Bodine stellte ihren Laptop weg und legte den Arm um Maureens Schultern.

»Ich muss ihr vergeben.« Maureen vergrub das Gesicht am Hals ihrer Tochter. »Ich muss einen Weg finden, ihr zu vergeben. Nicht ihr, sondern auch Ma und mir selbst zuliebe.«

»Dass Dad und du ein eigenes Haus bauen wolltet, ist mir völlig neu. Du musst ihr vor langer Zeit vergeben haben.«

Maureen richtete sich auf und versuchte, sich zu zusammenzureißen. »Na ja, irgendwann wollte ich auch mal eine berühmte Countrysängerin werden.«

»Du hast so eine schöne Stimme.«

»Ich habe nie bereut, nicht nach Nashville gegangen zu sein, und erst recht nicht, meine Kinder in dem Haus aufgezogen zu haben, in dem ich selbst aufgewachsen bin. Irgendwann wird alles so, wie es sein soll. Vorausgesetzt, man arbeitet darauf hin und trifft vernünftige Entscheidungen.«

Bodine hörte Schritte. Hohe Absätze, keine Gummisohlen.

Als sie sich im Wartebereich umdrehten, straffte sich ihre Mutter merklich.

»Celia.«

»Maureen. Und das muss Bodine sein.« Die Frau mit den markanten Zügen und dem gewellten, braunen langen Haar trat näher und gab Bodine die Hand. »Ich bin Celia Minnow.«

»Schön, Sie kennenzulernen. Sie sind eine von Alice' Ärzten?«

»Ja, Sie dürfen mich gern duzen.« Sie sah zu Maureen hinüber. »Können wir reden?«

»Ich mach einen Spaziergang«, bot Bodine an, aber Celia winkte ab.

»Sie können ruhig bleiben. Ihre Großmutter erzählt nur Gutes von Ihnen.« Celia setzte sich und glättete ihren dunklen Rock. »Ich hatte bereits drei Sitzungen mit Alice, neben dem Erstgespräch. Ich gebe euch gern eine kurze Zusammenfassung.«

»Bitte.«

»Ich weiß, du hast mit Dr. Grove über ihren körperlichen Zustand gesprochen und weißt über seine Einschätzung ihres geistigen und emotionalen Zustands Bescheid, Maureen.«

»Celia, ich hoffe, du kennst mich so gut, dass du dich nicht verpflichtet fühlst, um den heißen Brei rumzureden.«

»Ja.« Celia leckte sich kurz über die trockenen Lippen. »Alice hat über Jahre hinweg ein heftiges körperliches, seelisches und emotionales Trauma erlitten. Wie lange es gedauert hat, wissen wir nicht. Sie erinnert sich nicht. Kann sein, dass ihre Erinnerung zurückkehrt, vielleicht aber auch nicht. Wenn, dann vermutlich schrittweise. Meiner Meinung nach ist sie in diesen Jahren mit körperlichen Züchtigungen, Lob und Strafe regelrecht abgerichtet und indoktriniert worden. Deine Mutter hat mir erzählt, dass Alice nie religiös war.«

»Nein.«

»Sie zitiert aus der Bibel, aus dem Alten Testament, teils

wortwörtlich: *Ein rächender Gott ist der Herr. Die Frau sei dem Manne untertan. Evas Sünde.* Meiner Meinung nach sind diese Glaubenssätze Teil der Gehirnwäsche, die sie über sich ergehen lassen musste. Da sie von nur einem Mann erzählt, den sie Sir nennt, hat sie vermutlich in völliger Isolation gelebt.«

»Die reinste Folter«, sagte Maureen.

»Ja, über einen langen Zeitraum hinweg. Bis ihr Wille gebrochen war und sie begonnen hat, den ihres Folterers zu akzeptieren. Er ist ein sexueller Sadist, ein religiöser Fanatiker, ein Psychopath und ein Frauenhasser. Andererseits hat er für sie gesorgt. Er hat ihr Obdach, Nahrung und Gesellschaft gewährt. Er hat sie geschlagen, ihr aber Essen gebracht. Er hat sie vergewaltigt, ihr aber ein Dach über dem Kopf geschenkt. Er hat sie gefangen gehalten, aber für Basishygiene gesorgt. Sie war völlig von ihm abhängig. Sie fürchtet ihn zwar, ist jedoch völlig loyal. Sie hält ihn für ihren Ehemann, und der Ehemann, so grausam er auch sein mag, ist von Gott dazu bestimmt, über sie zu herrschen.«

»Niemand hat je über Alice geherrscht. Und Jungs … Sie mochte Jungs«, sage Maureen. »Sie hat ihren Sexappeal weidlich ausgenutzt. Nicht auf eine gemeine Art oder so, sie war nie böse. Eher gleichgültig oder stur. Sie hat keine hohe Meinung von der Ehe gehabt, in ihr eine Frauenfalle gesehen. Ständig hat sie mir in den Ohren gelegen, als wir meine Hochzeit geplant haben. Manches war Gerede, aber ein Stück weit war es ihre Vorstellung vom Leben als freie, begehrenswerte und irgendwann berühmte Frau. Sie war selbstbewusst, Celia. Impulsiv, störrisch, aber selbstbewusst.«

»Sie wollte das Krankenhauszimmer schrubben.«

»Sie wollte was?«

»Sie musste ihre Behausung jeden zweiten Tag schrubben. Sie ist ganz nervös geworden, weil sie unbedingt das Zimmer putzen wollte.«

»Alice hätte lieber gefastet, als einen Teller abgespült. Allein morgens das Bett zu machen war eine Zumutung für sie.« Maureen strich ihr kastanienbraunes Haar zurück und kratzte sich ratlos am Kopf. »Kann man einen Menschen wirklich so drastisch verändern? Sein genaues Gegenteil aus ihm machen?«

»Wenn du jeden Morgen geschlagen und getreten würdest, damit du dein Bett machst ...«

»Würde ich mich auch beeilen, es zu machen«, beendete Maureen ihren Satz.

»Darf ich dich was fragen?«

Celia sah Bodine an. »Natürlich.«

»Sie hat Kinder bekommen. Hat sie die erwähnt?«

»Sie hat gesagt, dass Sir sie ihr weggenommen hat. Sie ist sehr niedergeschlagen und wortkarg geworden, als wir das Thema vorsichtig angesprochen haben. Ich möchte da nicht nachbohren, bevor wir eine echte Beziehung aufgebaut haben. Deine Großmutter hat sie inzwischen akzeptiert. Nicht als ihre Mutter, aber als Gesellschafterin und Autoritätsperson. Sie hält den Blick, wenn Sheriff Tate mit ihr redet und scheint ihm zu vertrauen, insoweit sie überhaupt jemandem traut.«

»Bob und sie waren befreundet«, sagte Maureen. »Vielleicht sogar mehr als nur das.«

»Ja, das hat er mir auch erzählt. Alice hat Dr. Grove akzeptiert, obwohl sie bei den Untersuchungen nach wie vor nervös ist und die Schwestern unwirsch behandelt. Aber sie gehorcht. Sie isst, wenn sie was zu essen bekommt, schläft, wenn sie sich ausruhen soll, und duscht, wenn man sie dazu auffordert. Wer ist eigentlich auf die Idee gekommen, ihrer Mutter Häkelzeug mitzubringen?«

»Bo.«

»Das ist eine ideale Beschäftigungstherapie für beide. Cora zeigt Alice, wie man häkelt. Auf diese Weise verbringen sie in

Ruhe Zeit miteinander. Das tut beiden gut. Es wird dauern, Maureen. Ich wünschte, ich könnte dir sagen, wie lange.«

»Sie kann nicht ewig in diesem Zimmer bleiben. Meine Mutter auch nicht.«

»Richtig. Körperlich ist sie fit genug, um entlassen zu werden. Dr. Grove und ich haben über eine Reha gesprochen.«

»Celia, sie muss dringend nach Hause. Meine Mutter wird sonst bei ihr in der Rehaklinik übernachten wie hier im Krankenhaus. Wir können Alice zu Hause pflegen.«

»Häusliche Pflege ist angesichts ihres Zustands eine komplexe, zeitintensive Angelegenheit. Unterschätz nicht, was das für Alice und euch bedeutet.«

»Du könntest uns Pflegerinnen empfehlen, die uns dabei unterstützen. Du könntest sie weiterhin behandeln. Wir werden sie zu dir bringen, wann immer du es für nötig hältst. Ich habe mir das alles gründlich überlegt. Vielleicht ruft das alte Erinnerungen und Gefühle in ihr wach? Ihr altes Zuhause, die vertraute Umgebung. Clementine und Hec, die für uns arbeiten, seit Alice und ich Teenager waren. Würde das ihren Genesungsprozess nicht beschleunigen?«

»In ihrem jetzigen Zustand kann sie keine Sekunde allein bleiben. Sie könnte erneut weglaufen, Maureen. Sie muss Medikamente nehmen und darf vor allem nicht unter Druck gesetzt oder von zu vielen Eindrücken überwältigt werden.«

Maureen nickte und kratzte sich erneut am Kopf. »Ich lese, was ich zu diesem Thema finden kann, und glaube, ich habe im Großen und Ganzen begriffen, worum es geht. Du und Dr. Grove, ihr sagt mir bitte, was erlaubt ist und was nicht. Daran halten wir uns dann. Ich weiß, dass ich sie ohne deine Erlaubnis mitnehmen kann, aber das möchte ich nicht. Und ich möchte meine Schwester nicht in die Psychiatrie stecken, denn genau das meinst du mit *Reha*. Nicht, bevor ich nicht versucht habe, sie nach Hause zu holen.«

»Sie muss einwilligen. Sie muss das Gefühl haben, in einem gewissen Rahmen frei entscheiden zu können.«

»Okay.«

»Sie zu den Sitzungen zu fahren und wieder abzuholen dürfte sie überfordern. Wenn Alice und Dr. Grove nichts dagegen haben, stimme ich einer Probewoche zu. Ich muss täglich vorbeikommen. Ihr werdet Pflegerinnen mit psychiatrischen Kenntnissen brauchen, rund um die Uhr … bis ich mir sicher bin, dass sie sich eingelebt hat und nicht selbst verletzt.«

»Sich selbst verletzt?«

»Sie ist nicht selbstmordgefährdet«, sagte Celia. »Aber sie könnte sich aus Versehen verletzen. Deine Mutter Cora sollte immer in der Nähe bleiben.«

»Miss Fancy und sie werden auf die Ranch ziehen, so lange es nötig ist.«

»Gut, abgemacht.« Celia stand auf. »Kommt mit und besucht sie, redet mit ihr.«

»Ich … ich dachte, das darf ich nicht.«

»Jetzt schon.«

»Ach, ich … einen Moment bitte.« Maureen hielt abwehrend die Hand hoch. »Das kommt ein bisschen überraschend für mich.«

»Sie wird weitere Überraschungen für dich in petto haben.«

»Ich weiß, aber das kommt ein bisschen plötzlich.« Trotzdem stand sie auf. »Bodine …«

»Ich komm gleich nach. Ich ruf Clementine an und sage ihr, dass sie das Zimmer für Alice vorbereiten soll. Damit es fertig ist, wenn wir sie nach Hause holen.«

»Bodine, du bist mein Fels in der Brandung. Gut, Celia.« Der Gang über den Krankenhausflur kam Maureen endlos vor, war aber gleichzeitig viel zu schnell vorbei. »Ich bin nervös.«

»Das ist ganz normal.«

»Ich würde dich am liebsten fragen, ob ich okay aussehe, weiß aber gleichzeitig, wie doof diese Frage ist.«

»Du siehst okay aus. Du wirst über ihren Anblick erschrecken, Maureen. Versuch, dir nichts anmerken zu lassen.«

»Ich wurde bereits vorgewarnt.«

»Ja, aber es mit eigenen Augen zu sehen ist was anderes. Sprich leise mit ihr, nenn sie Alice und sag, wer du bist. Vermutlich wird sie sich nicht erinnern, Maureen.«

»Es wird dauern. Ich habe schon verstanden.« Maureen atmete tief durch und wartete, bis Celia die Tür öffnete und als Erste das Zimmer betrat.

Selbst wenn man es ihr hundertmal gesagt hätte, nichts hätte sie auf die Veränderung ihrer Schwester vorbereiten können. Der Schock traf sie wie ein Schlag in den Unterleib, sie konnte ein Stöhnen gerade noch unterdrücken. Weil ihre Hände zitterten, steckte sie sie in die Hosentaschen.

Die neue Alice richtete sich in ihrem Bett auf, das lange graue Haar fein säuberlich zu Zöpfen geflochten. Sie biss sich auf die Unterlippe, während sie mit grünem Garn konzentriert häkelte. Ihre Mutter saß in einem Stuhl und häkelte ein komplizierteres Muster in verschiedenen Blautönen.

Sie arbeiteten in einvernehmlichem Schweigen.

»Alice, Cora.«

Alice' Finger erstarrten und verkrampften sich beim Klang von Celias Stimme. Ihr Blick heftete sich auf Maureen. Sofort verspannten sich ihre Schultern, und sie senkte das Kinn.

»Ich hab Besuch mitgebracht.«

»Ich mache einen Schal, einen grünen Schal. Besuch ist verboten.«

»Jetzt nicht mehr.«

»Was für ein schönes Grün«, hörte sich Maureen sagen, bevor sie ein paar Schritte vorwärts machte. »Ich häkle auch gern. Ma hat es mir beigebracht.« Maureen beugte sich vor und küsste Cora auf die Wange. Während sie die Hand auf Coras Schulter gelegt hatte, lächelte sie die Frau an, die sie anstarrte. »Wie schön dich zu sehen, Alice. Ich bin deine Schwester, Maureen. Ich seh anders aus als früher.«

»Ich muss den Schal fertig machen.«

»Mach ruhig weiter. Ma hat dir das Haar geflochten, nicht wahr? Das sieht hübsch aus.«

»Frauen sind eitle Geschöpfe, die sich anmalen, um Männer mit ihrer Lüsternheit zu verführen.«

»Wir wurden alle nach Gottes Ebenbild geschaffen«, sagte Cora gelassen und häkelte weiter. »Ich glaube, Gott gefällt es, wenn wir uns mit unserem Erscheinungsbild etwas Mühe geben. Er hat auch gesagt: *Gehet hin und mehret euch.* Ein bisschen Lust ist da durchaus hilfreich, meinst du nicht auch? Diese Maschen sind aber schön gleichmäßig, Alice.«

Alice warf einen Blick darauf, und Maureen sah, wie ihre Lippen sich zu einem kaum merklichen Lächeln verzogen. »Ist das gut so?«

»Sehr gut sogar. Du hast eine schnelle Auffassungsgabe, das war schon immer so. Ich konnte dich, als du noch klein warst, nie dazu bringen, lange genug für Handarbeiten still zu sitzen.«

»Ich war böse. Wer sein Kind liebt, züchtigt es.«

»Sei nicht albern. Du warst einfach ein Wildfang. Du hast gern Blumen gepflanzt, warst in solchen Dingen sehr kreativ. Ich war begeistert, wenn Reenie und du euren *Schwesterngarten* angelegt habt.«

»Fleißige Lieschen und Geranien«, hob Maureen an.

»Reenie, Reenie, Reenie«, murmelte Alice. »Immer von oben herab, immer wusste sie alles besser.«

»Alice, Alice, Alice«, übertönte Maureen ihr lautes Herzklopfen. »Immer rücksichtslos, immer zickig.«

Mit zusammengekniffenen Augen sah Alice auf. Obwohl sie eine ganz trockene Kehle bekam, hielt Maureen dem Blick stand und lächelte. »Ich freu mich trotzdem dich zu sehen, Alice.«

»Reenie hat Alice nie gemocht.«

»Nie würde ich nicht sagen. Es gab Zeiten, da habe ich dich nicht gemocht. Aber du bist und bleibst meine Schwester. Ich leg in jedem Frühling das Schwesternbeet an. Fleißige Lieschen und Geranien, Strandsilberkraut und Gartenwicke.«

»Löwenmäulchen. Ich mag die roten.«

Jetzt brannten Maureens Augen, Tränen stiegen in ihr auf. »Die pflanze ich immer noch.«

»Ich muss das fertig machen, ich muss gute Arbeit leisten. Blumen machen niemanden satt. Es bringt nichts, Blumen zu pflanzen. Genauso eitel wie Frauen und genauso nutzlos.«

»Bienen brauchen sie. Vögel auch.« Cora streckte den Arm aus und drückte Maureens Hand. »Sie sind Geschöpfe Gottes.«

»Sir hat gesagt, keine Blumen«, zischte Alice böse. »Man baut Bohnen, Karotten, Kartoffeln, Kohl und Tomaten an. Man gräbt um, jätet Unkraut und gießt, wenn man weiß, was richtig ist. Bald ist Pflanzzeit. Ich muss zurück. Ich muss diesen Schal fertig machen.«

Celia legte die Hand auf Maureens Arm, aber Maureen war noch nicht fertig. »Ich könnte Hilfe beim Pflanzen gebrauchen. Mit dem Kräutergarten und den Blumen.«

»Sir hat gesagt, keine Blumen.« Eine Träne lief über Alice' Wange, während sie energisch weiterhäkelte. »Wenn man bitte sagt, muss er zuschlagen, damit man lernt, was Nein heißt.«

»Wir haben welche auf der Ranch. Würdest du gern heimkommen, Alice, und welche mit mir pflanzen? An einem Ort, an dem dich niemand schlagen wird?«

»Heim in mein Haus?«

»Heim auf die Ranch, in dein wahres Zuhause. Um mit mir einen Schwesterngarten anzulegen.«

»Gott straft die Sünder.«

Das wollte Maureen doch hoffen. »Aber keine Schwestern, Alice. Keine Schwestern, die gemeinsam Blumen pflanzen, sie versorgen und zusehen, wie sie gedeihen. Komm nach Hause, Alice. Niemand wird dir mehr wehtun.«

»Du hast mir wehgetan.«

»Normalerweise hast du mir zuerst wehgetan, aber sag Ma nichts davon.«

Weitere Tränen flossen, brachten etwas von der alten Alice zurück. »Ich weiß nicht mehr, was echt ist.«

»Das ist in Ordnung. Du bist echt. Mach nur weiter und arbeite an deinem Schal. Ich werd später wiederkommen und gucken, wie er aussieht.« Maureen trat einen Schritt zurück.

»Du hast dir die Haare geschnitten.«

Sie musste sich zusammennehmen, damit ihre Hand nicht zitterte, als sie sich durchs Haar fuhr. »Gefallen sie dir?«

»Ich … Frauen dürfen sich nicht die Haare schneiden.«

»Ist ja gut, Straßenkätzchen«, sagte Cora. »Glaub mir – nicht alle Regeln sind echte Regeln. Manche sind einfach erfunden. Reenie, könntest du dafür sorgen, dass man uns einen Tee bringt? Wir trinken gern unseren Vormittagstee, nicht wahr, Alice?«

Alice nickte und konzentrierte sich wieder auf ihren Schal.

Kaum war Maureen draußen, schlug sie die Hände vors Gesicht. Celia, die damit gerechnet hatte, legte den Arm um sie. »Das hast du toll gemacht. Viel besser, als ich gedacht hätte. Sie hat sich an dich erinnert.«

»Daran, dass ich sie von oben herab behandelt habe – was vermutlich stimmt.«

»Sie hat sich an ihre Schwester erinnert. Das ist ein Riesenfortschritt. An Löwenmäulchen. Sie wird sich an noch mehr erinnern. Das war fantastisch, Maureen.«

»Er hat die alte Alice umgebracht, Celia.«

»Er hat's versucht, aber sie ist noch da und wird wieder zum Vorschein kommen. Du hast gerade eine Therapiesitzung geleitet, Maureen. Mit großartigen Ergebnissen.«

»Sie darf also nach Hause?«

»Lass mich erst mit Dr. Grove sprechen. Wir müssen ein paar Regeln ausarbeiten, und du brauchst, wie gesagt, professionelle Hilfe. Aber wenn du vorsichtig und geduldig bist, könnte es eine gute Idee sein, den Heilungsprozess zu Hause fortzusetzen. Ich sag der Schwester wegen des Tees Bescheid. Hol deine Tochter und mach einen Spaziergang.«

»Den könnte ich wirklich gebrauchen. Ich werde mich dabei schwer auf Bo stützen müssen.«

»Ich bin mir sicher, sie hält das aus.«

Maureen nickte. »Sie ist irgendwo da drin, Celia. Alice ist da drin.«

In den nächsten vierundzwanzig Stunden drehte sich wieder alles um Alice. Diesmal, um ihre Rückkehr vorzubereiten.

***

In der Manege hielt Bodine die Stute am Zaumzeug.

»Ich weiß, du hast keine Zeit.« Jessica schnallte sich die Reitkappe unterm Kinn fest. »Du hast im Büro so viel nachzuholen. Wenn du eine Stunde frei hast, was leider im Moment nicht der Fall ist, solltest du sie lieber für ein Schläfchen nutzen.«

»Ich widerspreche Nana generell nicht. Sie hat drauf gedrängt, dass ich dir eine Reitstunde gebe und gesagt, dass du keine mehr verpassen darfst. Unser Leben steht Kopf, Jessie. Aber das hier ist Normalität. Im Moment brauche ich nichts dringender als Normalität. Nicht mal Schlaf.«

Bodine schmiegte ihre Wange an die der Stute. »Ich weiß nicht, ob es einfacher oder komplizierter wird. Mom und die Grannies bestehen darauf, dass Alice heute nach Hause kommt, und vermutlich haben sie recht damit. Die Ärzte sagen, das könnte dazu beitragen, dass ihr Gedächtnis zurückkehrt. Das wünschen wir uns weiß Gott, damit Sheriff Tate diesen Mistkerl finden kann. Ich hab sie noch gar nicht gesehen und weiß nicht, wie ich mich ihr gegenüber verhalten soll.«

»Das wirst du schon lernen.«

»Ich habe das Gefühl, völlig ahnungslos zu sein. Aber was ich jetzt zu tun habe, weiß ich. Aufsteigen.«

Jessica fiel gerade in einen hübschen Kanter-Galopp, als Chase hereinkam. Bei ihrem Anblick wurde ihm ganz warm ums Herz. Es schien eine Ewigkeit her zu sein, dass er sie gesehen hatte – und auch noch strahlend zu Pferd? Das war einfach fantastisch. Während der letzten Woche war er wie durch zähen Morast gewatet. Ein mühsamer Schritt nach dem anderen, dazwischen kurz schlafen und am nächsten Tag alles von vorn. Aber im Augenblick schien für ihn wieder die Sonne.

Auf Bodines Anweisung hin fiel Jessica in Schritt.

»Du hast Publikum«, sagte Bodine und grinste zu Chase hinüber.

»Ich will nicht stören.«

»Wenn du stören würdest, würde ich dich rausschmeißen. Wo du schon mal da bist, kannst du die Reitstunde übernehmen. Es wird Zeit, dass das Greenhorn die Reithalle verlässt.«

»Äh, aber …«

»Nana hat mich angewiesen, dich in der zweiten halben Stunde draußen reiten zu lassen. Geht das, Chase?«

»Ja, ich hab eine Stunde Zeit.«

»Toll. Dann reit ich zurück zum Büro.«

Bodine ritt los, bevor jemand sie aufhalten konnte.

»Sie hat dich einfach mir übergeben.« Chase kam herüber und hielt das Zaumzeug von Jessicas Pferd fest. Er ließ sich Zeit, schaute sie einfach nur an. Das honigblonde Haar, das unter ihrem Helm hervorkam. Die klaren blauen Augen. »Wie schön, dich zu sehen.«

»Wie geht es dir?«

»Ich bin ein bisschen müde und durcheinander. Mit dir auszureiten wird mir guttun und uns beiden helfen.«

»Na gut. Außerhalb der Manege werde ich ein wenig nervös sein, weil die Wände fehlen.«

»Es wird dir gefallen, an der frischen Luft zu reiten.« Er führte ihr Pferd zu seinem. »Tut mir leid, dass ich nicht … Seit wir … Ich möchte nicht, dass du denkst …«

»Dass ich dich ausgenutzt habe und du die Flucht ergriffen hast?«

Er sah abrupt auf, verblüfft und ein bisschen entsetzt.

»Chase, ich weiß, was deine Familie gerade durchmacht. Ich denke nichts dergleichen.«

»Das wäre auch schlimm.« Als er sich in den Sattel schwang, sah sie die lila Schwertlilien aus seiner Satteltasche ragen.

»Sind die Blumen für mich oder mein Pferd?«

Ein wenig ungeschickt zog er sie hervor. »Ich will nur, dass du weißt … Du sollst einfach wissen, dass … O Mann, ich bin echt nicht gut in so was.«

»Von wegen! Sie sind wunderschön, danke. Würde es dir was ausmachen, sie während unseres Ausritts zu behalten? Ich schaffe es nicht, Blumen und Zügel gleichzeitig zu halten.«

»Gern.«

Nachdem er die Blumen erneut in der Satteltasche verstaut hatte, streckte sie den Arm aus und packte sein Hemd. »Ich fürchte, ich muss wieder die Initiative ergreifen.« Sie zog ihn an sich und begann innerlich zu schweben, als er sie küsste. Weil sich die Stute bewegte, klammerte sie sich am Sattelknauf fest und lachte. »Das ist mein erster Kuss zu Pferd. Gar nicht schlecht für eine Anfängerin.«

»Warte.« Er nahm ihre Zügel, damit beide Pferde ruhig stehen blieben, und zog sie an sich. Dabei fiel ihr wieder ein, wie leidenschaftlich er sein konnte, wenn er in Fahrt kam.

»Das war besser«, sagte sie.

»Ich hab dich vermisst. Ich habe turbulente Tage hinter mir, die sich anfühlen wie Wochen, Jessie. Vielleicht darf ich dich ja heute Abend zum Essen ausführen? Nur zum Abendessen.«

»Musst du nicht nach Hause? Wegen deiner Tante?«

»Es heißt, wir sollen die Sache langsam angehen, sie nicht mit zu vielen neuen Gesichtern überfordern. Wir könnten ruhig ausgehen, wenn du nichts vorhast.«

»Okay. Aber ich hab einen viel besseren Vorschlag. Du kommst heute Abend zu mir, und ich koch was für uns.«

»Du kannst kochen?«

»Ich koche gern. Ich würde gern was für dich kochen. Außerdem würde ich mich freuen, wenn du zu mir kommst. Und ein bisschen Zeit in meinem Bett verbringst.«

Das Lächeln war typisch Chase. Es breitete sich langsam auf seinem Gesicht aus, begann aber bei seinen Augen. »Das klingt alles ganz toll.«

»Ich werd was machen, was wir jederzeit essen können. Komm einfach, wann es dir passt.«

»Du bist einmalig.«

»Da wären wir schon zu zweit.« Sie sah sich um und lachte. »Ich reite. Ich reite aus und hab es noch nicht mal gemerkt.«

»So ist das, wenn man sich auf einem Pferd wohlfühlt. Du zeigst wirklich Haltung.«

Sie schaute ihn an. »Tatsächlich?«

»In vielerlei Hinsicht. Willst du es mit Traben versuchen?«

»Gut.« Sie hob den Kopf und betrachtete zuerst den Himmel und die Berge, spürte die Luft, die bereits leicht nach Frühling duftete. »Ich reite gern aus. Na gut, Cowboy, dann zeig mir, wie das geht.«

20

Alice zitterte auf der ganzen Fahrt vom Krankenhaus zur Ranch. Sie erinnerte sich vage an ein Haus, das viele, viele Fenster hatte statt nur einem. An einen Hund, der nicht knurrte und nicht biss. An ein Zimmer mit rosa Wänden und weißen Vorhängen.

Entfernte Geräusche. Stimmen, die nach ihr riefen.

Alice, Straßenkätzchen. Hör auf, dich so anzustellen! Iss erst die Erbsen auf, wenn du Eiscreme willst.

Der Geruch von – Pferden und Essen. Eine Badewanne mit Schaum drin.

Das machte ihr Angst. Es bescherte ihr Herzrasen, als die Mutter ihre Hand nahm. Alles ging so schnell. Das Auto der Schwester fuhr, während die Großmutter …

Grammy, Grammy, hast du schöne rote Haare! Ich will auch rote Haare haben, sagte die Stimme eines kleinen Mädchens in ihrem Kopf, gefolgt von Gelächter.

Die Großmutter mit den roten Haaren saß vorn, sie mit der Mutter auf dem Rücksitz. Sie klammerte sich an deren Hand, weil das Auto schnell fuhr und die Außenwelt sich änderte.

Sie sehnte sich nach ihrem stillen Haus, ihrem ruhigen, stillen Haus. Sie fragte sich, ob sie wieder träumte. Ob das einer der Träume war, die sie vor Sir verheimlichte. Sir. Würde er dort sein? Würde er auf sie warten, sie wieder mit in ihr stilles Haus nehmen? An der Tür nichts als Schlösser und dann das winzige Fenster. Brutale Hände, die schlugen, gefolgt vom Auspeitschen mit dem Gürtel.

Sie senkte den Kopf, und ein Schaudern durchlief sie.

»Wir sind bald da, Schätzchen.«

Die Ärztin hatte gesagt, es sei völlig normal, nervös zu sein oder Angst zu haben. Sie sei sehr lange nicht mehr Auto gefahren, und alles werde neu und ungewohnt sein. Wenn Nervosität und Angst überhandnahmen, dürfe sie die Augen schließen und an etwas Schönes denken.

Zum Beispiel draußen auf der Veranda ihres stillen Hauses zu sitzen und den Sonnenuntergang zu betrachten.

Also schloss sie die Augen und dachte daran.

Als die Straße holprig wurde, schrie sie laut auf.

»Alles in bester Ordnung. Wir haben den Weg zur Ranch erreicht.«

Sie wollte nicht hinsehen, konnte aber nicht anders. Sie erblickte Felder und Bäume. Schnee, der in der Sonne schmolz. Keine mageren Kühe, sondern … *Vieh* hieß das Wort, das ihr wieder einfiel. Große, gesunde Tiere, die im schmelzenden Schnee nach Gras suchten. Gleich würde die Straße einen Bogen machen. War das ein Traum?

In ihrer Fantasie sah sie ein hübsches, junges Mädchen mit roten Strähnchen im Haar. Sie fuhr einen Pick-up und sang laut zur Musik aus dem Radio.

I see you driving by just like a Phantom jet.

Sie hörte die Stimme nicht nur in ihrem Kopf, sie kam auch aus ihrem Mund. Sie zuckte zusammen, die Hand der Mutter drückte ihre. Die Schwester sah sie im Rückspiegel an und sang weiter: »*With your arm around some little brunette.*«

Ihr entrang sich ein seltsames, heiseres Lachen. Die Felder, der weite Himmel und die Berge, die von ihrem kleinen Haus aus ganz anders ausgesehen hatten, jagten ihr längst nicht mehr so eine Angst ein, wenn sie weitersang.

Beide sangen sie den Refrain.

Neben ihr gab die Mutter einen kaum hörbaren Laut von sich, und als sie sie ansah, stellte sie fest, dass sie weinte.

Sie zitterte wieder. »Ich hab was Böses getan. Ich war böse. Ich bin böse.«

»Nein, nein.« Die Mutter küsste ihre Hand und Wange. »Das sind Freudentränen. Ich habe es immer geliebt, wenn meine beiden Töchter zusammen gesungen haben. Meine Mädchen haben so wunderschöne Stimmen.«

»Ich bin kein Mädchen. Und eine Frau ist …«

»Du wirst immer mein Mädchen sein, Alice, genau wie Reenie.«

Die Straße stieg an, und sie sah das Haus. Ein Gurgeln entwich ihr, als ihre Erinnerungen mit fünfundzwanzigjähriger Verdrängung konfrontiert wurden.

»Es hat sich viel verändert«, sagte die Mutter. »Wir haben angebaut und Wände eingerissen. Alles in anderen Farben gestrichen«, fuhr sie fort, als die Schwester anhielt. »Neue Möbel gekauft. Vor allem die Küche sieht anders aus. Aber im Großen und Ganzen ist es so geblieben, wie es war.« Während sie sprach, legte die Mutter einen Arm um sie und rieb sie warm. »Hinten sind die Scheune, die Stallungen und die Weiden. Es gibt Hühner, und irgendwann sind Schweine dazugekommen.«

Hunde rannten zum Wagen, und sie zuckte zusammen.

»Hunde – knurren und beißen.«

»Die nicht. Sie heißen Chester und Clyde und beißen ganz bestimmt nicht.«

»Schau nur, wie sie mit den Schwänzen wedeln.« Zu ihrem Entsetzen sprang die Großmutter einfach aus dem Wagen. Die Hunde umkreisten sie. Als die Großmutter die beiden streichelte, wedelten sie wie verrückt mit den Schwänzen.

»Schau nur, wie sie mit den Schwänzen wedeln«, wiederholte Alice.

»Möchtest du sie streicheln?«, fragte die Mutter. Sie versteifte sich sofort. »Du musst nicht, aber sie werden dir wirklich nichts tun.«

Die Mutter öffnete die Wagentür und stieg aus. Panik schnürte ihre Kehle zusammen. Die Mutter streckte die Hand nach ihr aus. »Komm, Alice, ich bin ja da.«

Als sie die Hand der Mutter ergriff, schob sie sich zentimeterweise über den Sitz. Und zuckte zurück, als einer der Hunde seine Schnauze hereinsteckte und sie beschnüffelte.

»Sitz, Chester«, befahl die Schwester. Zu ihrer Überraschung und etwas, das sie nicht als Entzücken identifizieren konnte, berührte der Hund mit dem Hintern den Boden. Seine Augen schienen zu lachen. Er hatte keine bösen Augen. Sie lachten! Sie schob sich ein paar Zentimeter weiter vor. Der Hund wackelte mit dem Hintern, blieb aber sitzen.

Sie stellte ein Bein auf die Erde, einen rosa Turnschuh mit weißer Spitze am Fuß. Kurz starrte sie wie hypnotisiert darauf, bewegte den Fuß, um sich davon zu überzeugen, dass er zu ihr gehörte. Sie stellte den zweiten rosa Turnschuh auf den Boden, atmete tief durch und richtete sich auf. Ihr wurde schwindelig, aber die Mutter hielt ihre Hand. Sie klammerte sich daran und setzte einen Fuß vor den anderen.

Sie trug einen Jeansrock, weil sie es nicht geschafft hatte, eine der Hosen oder Jeans anzuziehen, die die Frauen ihr gekauft hatten. Der Rock bedeckte den Großteil ihrer Beine, so wie es der Anstand gebot. Und die weiße Bluse ließ sich bis unters Kinn zuknöpfen. Der Mantel spendete eine Wärme, wie es die alte Stola, die sie in ihrem Haus trug, nie geschafft hatte. Alles war so weich und duftete so gut. Trotzdem zitterte sie, als sie die Veranda betrat. Sie starrte auf zwei Schaukelstühle und schüttelte den Kopf.

»Wir haben das Haus erst letztes Jahr gestrichen. Ich mag das Blau. Es sieht aus wie der Sommerhimmel.«

Jetzt starrte sie auf die offene Tür und wich einen Schritt zurück. Die Großmutter legte einen Arm um ihre Taille. »Ich weiß, dass du Angst hast, Alice. Wir sind alle bei dir. Im Moment nur wir Mädchen.«

»Wenn ihr brav eure Pflichten erledigt habt, bekommt ihr zwei Kekse«, murmelte sie.

»Ganz genau, mein Lämmchen. Meine Mädchen haben immer zwei Kekse bekommen, wenn sie ihre Pflichten erledigt hatten. Aber heute gibt es keine Pflichten«, fügte die Großmutter hinzu. »Nur Kekse. Wie wär's mit Tee und Keksen?«

»Ist Sir da?«

»Nein.« Die Stimme der Großmutter wurde wütend. »Er wird keinen Schritt in dieses Haus setzen.«

»Ma …«

»Ruhe, Cora.« Die Großmutter drehte sich zu ihr um. »Das ist dein Zuhause, Alice, und wir sind deine Familie. Drei Generationen von Frauen, die es mit allem aufnehmen können, was sich ihnen in den Weg stellt. Du bist stark, und wir sind da, um dir beizustehen, bis du wieder weißt, wie stark du bist. Lasst uns hineingehen.«

»Wirst du auch bei mir bleiben? Wirst du in dem Haus bleiben wie die Mutter?«

»Und ob ich das werde.«

Sie dachte daran, wie sie die unverschlossene Tür geöffnet hatte, und trat dann durch eine weitere offene Tür. Sie sah eine Blumenvase, Tische, Stühle, Sofas und Bilder. Einen Kamin, kein Lagerfeuer und auch keinen Holzofen. Ein echter Kamin! In dem Flammen loderten! Fenster!

Mechanisch lief sie von einem Fenster zum anderen und staunte nicht schlecht. Alles war so groß, so weit weg und gleichzeitig so nah. Gar nicht so beängstigend vom Schutz des Hauses aus. Im Haus schien sie in Sicherheit zu sein. Aber …

»Ein Zimmer mit rosa Wänden und weißen Vorhängen.«

»Dein Zimmer? Das ist oben.« Die Schwester ging zu einer Treppe. So viele Stufen, so viel Platz. »Grammy ist eingefallen, dass dir Rosa so gefallen hat. Also hab ich meine Söhne das Zimmer so streichen lassen wie früher. Komm rauf und sag uns, was du davon hältst.«

»Lass dir erst deinen Mantel abnehmen.«

Sie versteifte sich. »Darf ich den behalten?«

»Natürlich darfst du den behalten, Schätzchen.« Sanft half die Mutter ihr aus dem Kleidungsstück. »Er gehört dir, aber im Haus wirst du ihn nicht brauchen. Es ist schön warm, oder?«

»In meinem Haus ist es kalt. Tee hält einen warm.«

»Wir werden gleich Tee trinken.« Die Mutter führte sie zur Treppe. »Ich weiß noch, wie ich zum ersten Mal einen Blick in dieses Haus geworfen habe. Mit sechzehn, dein Daddy hat mir den Hof gemacht. Ich hatte noch nie eine so großzügige Treppe gesehen. Dein Urgroßvater hat sie selbst gebaut. Angeblich wollte er das schönste Haus in ganz Montana bauen, um deine Urgroßmutter davon zu überzeugen, ihn zu heiraten.«

»Sir hat mir ein Haus gebaut. Der Mann sorgt für die Frau.«

Die Mutter sagte nichts dazu, sondern führte sie durch einen breiten Flur in ein Zimmer mit rosa Wänden und weißen Vorhängen. »Ich weiß, dass es ein bisschen anders ist«, hob sie an. »Tut mir leid, dass ich nicht all deine Poster aufgehoben habe und …« Die Mutter verstummte, als sie sich von ihr entfernte und mit erstaunter Miene die Kommode, das Bett, die Lampen und die Kissen auf dem Erkersofa berührte.

»Das Fenster geht nach Westen hinaus. Damit ich den Sonnenuntergang sehen kann«, murmelte sie. »Ich durfte einmal die Woche draußen sitzen, wenn ich brav war. Eine Stunde, einmal die Woche, um mir den Sonnenuntergang anzusehen.«

»Hatte dein Haus ein Fenster?«, fragte die Schwester.

»Ein kleines Fenster, hoch oben an der Decke. Den Sonnenuntergang kann ich von dort aus nicht sehen, aber den Himmel. Er ist blau und grau und weiß, wenn es schneit. Nicht so wie das fensterlose Zimmer.«

»Hier kannst du den Sonnenuntergang jeden Abend ansehen«, sagte die Mutter. »Vom Haus aus oder draußen.«

»Jeden Abend«, wiederholte sie. Überwältigt von dieser Vorstellung drehte sie sich um und machte einen entsetzten Satz nach hinten, als sie einen Spiegel entdeckte. Die Frau darin trug einen langen Rock und eine weiße Bluse, dazu rosa Schuhe. Ihr Haar war grau wie ein bewölkter Himmel, zu einem Zopf geflochten und umschloss ein blasses, faltiges Gesicht.

»Wer ist das? Wer ist das? Ich kenne sie nicht.«

»Du wirst sie kennenlernen.« Die Mutter legte den Arm um sie, um die Frau. »Möchtest du dich ausruhen? Ich wette, Reenie bringt dir Tee und Kekse auch gern ans Bett.«

Sie taumelte zum Bett und ließ sich darauf sinken. Es fühlte sich so weich an, dass ihr die Tränen kamen. »Es ist weich. Gehört es mir? Es ist schön. Darf ich den Mantel behalten?«

»Ja. Siehst du? Auch du kannst Freudentränen weinen.« Die Mutter nahm neben ihr Platz, die Großmutter auf der anderen Seite. Die Schwester setzte sich auf den Boden. In diesem Moment fühlte sich Alice sicher.

***

Obwohl Bodine nach wie vor gemischte Gefühle hatte, wenn es um Alice' Rückkehr nach Hause ging, machte sie ein fröhliches Gesicht, als sie die Küche betrat. Sie fand ihre Mutter und Miss Fancy beim Kartoffelschälen vor.

»Ich hab eigentlich mit Clementine gerechnet.«

»Die hab ich nach Hause geschickt. Wir haben beschlossen, neue oder nur vage bekannte Gesichter am ersten Tag auf ein Minimum zu beschränken. Die Pflegerin ist bereits mit Alice und deiner Großmutter oben.«

»Wie ist es gelaufen?«

»Besser, als wir uns das vorgestellt haben, würde ich sagen. Sie war angespannt, hatte aber positive Erlebnisse. Wir hatten absolut recht, sie herzubringen, Reenie.«

»Jawohl, und Ma wirkt auch deutlich entspannter. Ich glaube, sie wird heute zum ersten Mal seit Langem wieder richtig gut schlafen. Clementine hat ein Huhn in den Ofen geschoben, bevor sie weg ist. Wir werden Kartoffelbrei, Bratensoße, die glasierten Karotten deiner Grammy und in Butter gedämpften Brokkoli dazu essen. Das war Alice' Lieblingsessen, deshalb …«

»Ich helfe dir.«

»Nein.« Maureen legte den Kartoffelschäler weg und wischte sich die Hände an einem Geschirrtuch ab. »Ich möchte, dass du sie kennenlernst.«

»Aber …«

»Wir haben beschlossen die Jungs und Sam außen vor zu lassen. Heute dürfen nur Frauen zu ihr. Wir werden ihr das Abendessen auf einem Tablett nach oben bringen, damit sie sich langsam eingewöhnen kann. Aber dich sollte sie kennenlernen.«

»Gut.«

Sie nahmen die hintere Treppe nach oben. »Wir haben beschlossen, es langsam angehen zu lassen.«

»Ich weiß, Mom.«

»Das ist bestimmt nicht leicht für dich, Bodine.«

»Es geht schon.«

»Ich möchte dir sagen, was ich allen sage: Wenn du eine Pause brauchst, nimm sie dir.«

»Was ist mit dir?«

»Dein Vater hat bereits angekündigt, dass er mich zwingen wird, regelmäßig Pausen zu machen.« Sie senkte die Stimme, da sie das Obergeschoss erreicht hatten. »Die Pflegerinnen werden das Wohnzimmer nutzen, das von Alice' Schlafzimmer abgeht. Das Bad gegenüber ist nur für sie und Alice gedacht. Celia wird morgen um elf herkommen. In der nächsten Zeit wird es hier von Leuten nur so wimmeln.«

»Mom.« Bodine zwang ihre Mutter, stehen zu bleiben. »Waren wir nicht auch alle da, als Grandpa krank geworden ist? Haben wir ihn nicht vom Bodine House hergebracht, um bei ihm zu sitzen und ihm vorzulesen? Haben wir nicht alles getan, was in unserer Macht stand? Auch wenn Pflegekräfte da waren? Damit er zu Hause sterben konnte? Alice liegt nicht im Sterben«, fuhr Bodine fort. »Aber es ist genau dasselbe. Wir tun, was wir können, um ihr einen Neustart zu ermöglichen.«

»Ich liebe dich so sehr, mein Schatz.«

»Ich dich auch. Jetzt stell mich deiner Schwester vor.«

Mutter und Tochter häkelten zusammen, in den beiden Sesseln, die Maureen extra dafür aufgestellt hatte.

Obwohl sich Bodine seelisch auf Alice' Aussehen vorbereitet hatte, hätte sie gewettet, dass diese zehn Jahre älter war als ihre Mutter, nicht zwei Jahre jünger.

»Alice.«

Alice' schaute abrupt auf, als sie Maureens Stimme hörte. Bei Bodines Anblick funkelten ihre Augen gestresst.

»Ist sie eine Ärztin? Eine Schwester? Ist sie von der Polizei?«

»Nein, das ist meine Tochter. Deine Nichte Bodine.«

»Bodine. Alice Bodine. Die Mutter sagt Alice Anne Bodine.«

»Ich hab sie Bodine genannt, um unsere Vorfahren zu ehren.«

»Sie hat grüne Augen. Du hast grüne Augen.«

»Wie die meiner und deiner Mutter.« Bodine versuchte ein lockeres Gespräch in Gang zu bringen: »Schöne Schuhe.«

»Sie sind rosa. Bequem. Ich hab meine Pantoffeln ruiniert, genauso wie die Strümpfe. Das war Sünde, reine Verschwendung.«

»Manchmal gehen Dingen kaputt. Wird das ein Schal?«

»Er ist grün.« Fast schon liebevoll strich Alice über das Garn. »Ich mag Grün.«

»Ich auch. Nur Häkeln hab ich nie gelernt.«

Mit zusammengepressten Lippen widmete sich Alice wieder ihrer Arbeit. »Die Schwester hat eine Tochter«, murmelte sie. »Ich hatte Töchter. Die Schwester durfte die Tochter behalten. Ich nicht. Ein Mann braucht Söhne.«

Bodine machte gerade den Mund auf, als sie sah, dass ihre Großmutter den Kopf schüttelte. »Das ist ein schönes Zimmer. Es wirkt so heiter in dem Rosa. Gefällt es dir?«

»Es ist nicht kalt hier. Ich brauche keine Stola. Das Bett ist weich. Das Fenster zeigt nach Westen, man kann den Sonnenuntergang sehen.«

»Das ist das Beste daran. Heute Abend ist der Sonnenuntergang einfach wunderbar.«

Verwirrt sah Alice zu ihr herüber. Das Häkelzeug fiel ihr in den Schoß. Ein lang gedehnter Seufzer entfuhr ihr, während sich ihr Gesicht veränderte. Cora nahm ihr Nadel und Garn ab, als Alice aufsprang.

Vor dem Fenster schien sich der Himmel mit den wildesten Farben zu füllen. Wolkenberge bekamen goldene Ränder, Lichtstrahlen stachen daraus hervor und färbten die weißen Berge bunt.

»Möchtest du rausgehen, um ihn dir anzuschauen?«, fragte Maureen.

»Raus.« Staunen schwang in ihrer Stimme mit, stand ihr ins Gesicht geschrieben. Dann schaute sie an sich herunter und schüttelte rasch den Kopf. »Leute. Da draußen sind Leute. Man darf nicht mit den Leuten reden. Wenn Leute dich sehen oder hören, wird Gott dich ganz und gar zerstören und zerschlagen und aus dem Lande der Lebendigen ausrotten.«

»Hier ist das nicht so.« Cora stand auf und trat zu ihrer Tochter. »Heute Abend werden wir ihn von hier aus bewundern. Ist er nicht schön, Alice?«

»Jeden Abend? Nicht nur einmal die Woche?«

»Ja, jeden Abend. Ein Gott, der uns so etwas Schönes schenkt wie einen Sonnenuntergang, ist ein liebender und viel zu weiser Gott, um jemanden auszurotten.«

Ob sie ihr nun glaubte oder nicht, die Worte und die Schönheit vor dem Fenster hatten eine tröstliche Wirkung. Alice lehnte den Kopf an die Schulter ihrer Mutter.

***

In der Hütte spülte Callen das Geschirr. Er hatte darauf gewartet, dass es an seiner Tür klopfte. Da das nicht passiert war, überlegte er zur Kantine zu gehen, dort einen Männerabend zu verbringen und vielleicht eine Runde zu pokern. Er spielte nicht oft, genoss es aber hin und wieder. Eines stand fest: Er hatte keine Lust, den Abend allein zu verbringen. Dann würde er nur zu viel grübeln und sich Sorgen um das machen, was sich gerade im Haupthaus abspielte. Zu viel an Bodine denken und an die Dinge, die ihm seine Mutter erzählt hatte.

Ihm war gerade nicht nach Denken zumute. Dann lieber ein Bier unter Männern und eine Runde Karten, mit der er vielleicht sogar seine Kasse auffüllen konnte.

Morgen würde er mit Bodine reden. Wenn sie gemeinsam

zur Arbeit ritten. Bis wieder etwas mehr Ruhe in ihr Leben eingekehrt war, konnte er es beim Reden belassen.

Dann klopfte es doch noch.

»Die Tür ist offen«, rief er.

Als sie hereinkam, waren ihr der Stress und die Erschöpfung deutlich anzusehen. »Ich brauche dringend eine kleine Pause.«

»Dann bist du bei mir richtig. Wie wär's mit einem Bier?«

»Nein.«

»Dann Wein. Ich hab noch die Flasche aus der Blockhütte.«

Sie wollte den Kopf schütteln, sagte dann aber seufzend: »Ja, das wäre toll.«

»Setz dich. Ich hab auch Heidelbeerkuchen.«

»Wo hast du den her?«

»Von Yolanda, der Dessertchefin. Ich habe ihrem Sohn erlaubt, auf Sundown zu reiten. Seit einer Woche schaut er mich nach der Schule so flehentlich an. Da bin ich weich geworden und hab mir einen Heidelbeerkuchen verdient.«

»Mit Schlagsahne?«

»Ohne die ist es kein richtiger Heidelbeerkuchen.«

»Prima. Sehr gern.« Sie zog ihre Jacke aus und setzte sich.

Er zückte sein Taschenmesser wegen des Korkenziehers. Erst als er den Wein geöffnet hatte, sah er, dass ihre Augen in Tränen schwammen. »Oje!«

»Ich werd nicht weinen, keine Sorge. Ich steh vielleicht kurz davor, mehr aber auch nicht.«

»War es so schlimm?«

»Ja. Nein. Keine Ahnung. Ehrlich gesagt kann ich das schlecht sagen.« Sie atmete ein paar Mal tief durch und presste die Finger gegen die Lider. »Sie sieht zehn Jahre älter aus als meine Mutter, teigig und mit tiefen Falten im Gesicht. Wie eine Frau, die ein hartes Leben hinter sich hat. Meine Güte, ich weiß genau, wie sich das anhört, dabei meine ich es überhaupt nicht böse.«

»Ich weiß.« Er schenkte ihr Wein ein. Obwohl er lieber ein Bier gehabt hätte, trank er aus Solidarität ein Glas mit.

»Ihr Haar ist verfilzt, strohig und reicht ihr bestimmt bis zum Hintern. Als wäre es seit Jahren nicht gepflegt oder geschnitten worden. Sie hat diese Panik im Blick, die man bei Tieren manchmal sieht, wenn sie mit Tritten oder Peitschenschlägen traktiert worden sind. Und dann hat sie den Sonnenuntergang gesehen, von ihrem Zimmer aus, das du mit angestrichen hast.«

»Ich hab erst ganz am Schluss mitgeholfen.«

»Du hast mitgeholfen«, beharrte Bodine, während ihr doch eine Träne entwischte. »Es lag eine solche Freude auf ihrem Gesicht, Callen. Ein Staunen wie bei einem Kind. Sie wollte nicht rausgehen, hat aber jede Minute des Sonnenuntergangs bewundert, als wäre er ein Feuerwerk.«

»Nirgendwo gibt es Sonnenuntergänge wie in Montana.« Er stellte ihr den Kuchen hin.

»Wow, Yolanda kann wirklich backen. Sal, ich und ein paar andere Mädchen sind übrigens nach dem Examen nach Oregon ans Meer gefahren. Dort gibt es eindrucksvolle Sonnenuntergänge. Mit denen in Montana können die aber nicht mithalten. Nicht aus meiner Sicht jedenfalls. Und für Alice … Callen, sie hat gesagt, dass sie nur eine Stunde pro Woche draußen sitzen durfte, bei Sonnenuntergang. Wenn sie brav war.«

»Ihre Erinnerung wird bald zurückkehren, sodass er gefunden wird, Bo.«

»Ein bisschen erinnert sie sich bereits. An die Grannies und Mom, vielleicht auch an das Haus. Sie hat gesagt, dass sie Töchter hat, sie aber nicht behalten durfte wie Mom. Das hat mir das Herz zerrissen.« Als ihre Stimme brach, schob sie sich Kuchen in den Mund. Sie rang nach Luft, schluckte und aß noch einen Bissen.

Callen schwieg, tröstete sie, indem er schweigend zuhörte, während sie sich alles von der Seele redete.

»Wir haben ihr, Nana und der Pflegerin ein Tablett raufgebracht. Eine herzhafte Mahlzeit, auf einem von Moms schönen Tellern, dazu eine Stoffserviette. Es war, als hätten wir eine Festtafel für sie gedeckt. Wir anderen haben unten gegessen. Dabei musste ich die ganz Zeit daran denken, wie sie das Huhn und den Kartoffelbrei angeschaut hat, als wäre es Sterneküche. Als wüsste sie nicht, wie man das essen soll.« Sie seufzte. »Deshalb hab ich eine kurze Pause gebraucht.«

»Es wird nicht leicht, dürfte aber mit der Zeit besser werden. Ich hab gehofft, dass du vorbeischaust.«

Sie rang sich ein Lächeln ab. »Na ja, hast du nicht gesagt, du willst Sex?«

»Darauf hab ich gehofft. Aber Wein und Kuchen sind auch nicht schlecht.«

»Der Kuchen ist echt super. Chase ist übrigens heute bei Jessica zum Abendessen.«

»Das hab ich schon gehört.«

»Er hat seine *Tombstone*-DVD mitgenommen.«

Callen lachte und freute sich, dass sie mitlachte. »Dem Mann ist einfach nicht zu helfen.«

»Vielleicht schauen sie sich sogar einen Teil an. Ich bin mir sicher, er hofft, über Nacht bleiben zu können. Er hat ihr heute Blumen gekauft.«

Callen grunzte nur und schob sich noch ein Stück Kuchen in den Mund.

»Er ist in sie verliebt.«

»Weil er ihr Blumen gekauft hat?«

»Sag du es mir! Ich weiß, dass du ein paar Jahre weg warst, aber du kennst ihn genauso gut wie ich. Also sag mir, ob du dich daran erinnern kannst, dass er jemals einer Frau oder einem Mädchen Blumen mitgebracht hätte.«

Callen nahm einen Schluck Wein. »Er hat Missy Crispen so ein – Blumendingens mitgebracht. Zum Frühlingsball.«

»Das ist Pflicht. Heute war ein ganz normaler Wochentag, er war nicht mit ihr verabredet und bringt ihr Blumen mit? Ich hab sie aus seiner Satteltasche ragen sehen, Schwertlilien. Er hat also extra welche gekauft.«

Callen fuchtelte mit der Gabel. »War jeder Mann, der dir Blumen geschenkt hat, verliebt in dich?«

»Wenn er sich die Mühe macht, weiß ich auf jeden Fall, dass er eine ernsthafte Schwäche für mich hat. Chase ist eher zurückhaltend bei Frauen. Blumen bedeuten bei ihm was.«

»Sie bedeuten, dass …«

»Sie kann das zwar nicht wissen«, fuhr Bodine fort. »Aber ich! Er ist in sie verliebt, dabei war er nie mehr als nur ein bisschen verknallt in eine Frau. Und weißt du, was?«

»Du wirst es mir bestimmt gleich erzählen.«

»Ich kenne sie noch nicht lange. Aber ich weiß, dass sie eine echte Schwäche für ihn hat. Vielleicht sogar mehr.« Sie schob den Teller beiseite. »Uff, jetzt geht's mir besser. Ich glaube, Rory geht heute mit Chelsea aus.«

»Ist er auch verliebt?«

»Nein, aber er steht definitiv auf sie. Was auf Gegenseitigkeit beruhen dürfte. Dad kümmert sich darum, dass Mom etwas zur Ruhe kommt, und den Grannies tut es gut, dass sie gerade auf der Ranch sind. So gesehen … Hast du noch eine Zahnbürste für mich?«

»Nein.«

»Egal.«

»Du willst dir die Zähne putzen?«

»Nicht gleich, aber morgen früh.« Sie trank ihren Wein aus und stand auf. »Jetzt würd ich gern dein Bett ausprobieren.«

»Es ist nicht so groß wie das, das wir bereits ausprobiert haben, aber es ist gut gefedert.«

»Na, dann lassen wir es wackeln. Macht es dir was aus, wenn ich die Haustür abschließe? Mir wäre recht, dass niemand reinkommt, wenn ich grade nackt auf dir liege.«

»Wer sagt denn, dass du oben liegen darfst?«

»Wir werden ja sehen.«

»Schließ ab.«

Die Federung hielt, was er versprochen hatte. Danach lag Bodine herrlich erschöpft da. »Ah, jetzt geht's mir besser.«

Er rollte sich erneut auf sie.

Ihre Erschöpfung verhinderte nicht, dass sie ihm ins Haar griff und nur lächelte. »Das ist aber eine rekordverdächtige Erholungsphase, Skinner.«

»Nicht ganz, denn wir werden etwas tun, das wir vorhin versäumt haben.«

»Ich wüsste nicht, was wir ausgelassen hätten.«

»Wir haben Zeit zum Genuss ausgelassen.« Er drückte ihr einen zärtlichen Kuss auf die Lippen und küsste dann ihr Kinn.

»Schnell und leidenschaftlich war auch nicht schlecht.«

»Mal sehen, was bei langsam und gründlich passiert. Ich mag alles an dir, Bodine.« Seine Finger glitten über ihre rechte Brust. »Du hast so schöne Gliedmaßen, schlank und muskulös.«

»Ich trainiere«, brachte sie heraus.

»Schöne feste Brüste.« Sein Daumen fuhr über ihre Brustwarzen. »Lange, glatte Haare, schwarz wie die Nacht. Sie riechen so gut, dass ich immer in deiner Nähe sein will. Außerdem schmeckst du gut.« Er küsste ihren Hals. »Augen in der Farbe dunklen Laubs. Deine Haut unter meinen Händen, so glatt wie Seide. Dein Mund, der perfekt auf meinen passt.«

Er kümmerte sich auch darum und hinterließ eine Spur von Küssen. »Ich mag alles an dir.«

»Du wirst mir völlig den Kopf verdrehen.« Sie konnte sich kein Lachen abringen, weil die Flammen der Leidenschaft immer höher loderten.

»Je öfter ich dich berühre, desto mehr möchte ich dich berühren. Diesmal musst du es einfach hinnehmen.« Ihr Herz schlug unter seinen Lippen, laut und wild, so wie er es mochte. Ihr Körper dehnte sich, wand sich unter seinen Händen und zitterte, bis er erschlaffte. Genau so wollte er es, nicht nur Erregung und Entspannung, sondern das volle Programm.

Seufzer und leidenschaftliche Küsse, leises Stöhnen und ein schmales Bett im Mondlicht. Reaktionen, langsam und genüsslich, ohne jede Hast. Schöne grüne Augen, dankbar für das, was er ihr gab. Er arbeitete sich weiter nach unten vor. Als sie diesmal seufzte, seufzte sie seinen Namen.

Sie schien zu schweben, sie beide schienen zu schweben, sich in einem angenehm warmen Nebel aufzulösen. Seine kräftigen, sonst so zupackenden Hände machten die zarten Liebkosungen nur noch erotischer. Als sie seinen Dreitagebart auf ihrer Haut spürte, während er über ihren Bauch leckte, erbebte sie. Seine Zunge glitt tiefer nach unten, brachte sie dazu, sich hin und her zu wälzen, verträumt und hilflos.

Trotzdem ließ er sich Zeit. Seine Hände verschafften ihr mehr Lust, und als sein Mund erneut von ihrem Besitz ergriff, hatte sie sich bereits völlig ergeben. Er drang in sie ein, hörte, wie ihr Atem stockte, sah, wie ihr Blick verschwamm.

»Das gefällt mir«, flüsterte er und spielte mit ihren Lippen. »Langsam. Ganz langsam.«

Wieder entrang sich ihr ein Stöhnen, aber er machte weiter, bewegte sich in ihr, um sie zu den höchsten Gipfeln zu tragen. Langsam, aber stetig und ohne jede Gnade, bis er spüre, wie sie nachgab und er mit ihr kam.

21

Bodine verschlief. Das passierte sonst nie. Eine halbe Stunde war zwar nicht viel, genügte aber, um ihren strengen Zeitplan durcheinanderzubringen. Sie sprang so schnell aus dem Bett, dass Callen sie nicht festhalten konnte. »Wozu die Eile?«

»Ich bin im Rückstand, bevor ich überhaupt angefangen habe. Ich kann mein Fitnesstraining abkürzen und den Pickup nehmen statt Leo. Möchtest du bei uns frühstücken?«

»Da gibt es bestimmt was Besseres als Rührei auf Toast.«

»Dann sehen wir uns in einer Stunde.« Sie zögerte, kam noch einmal zurück, beugte sich vor und küsste ihn. »Hätte ich gewusst, dass sich das mit uns so entwickelt, hätte ich darauf bestanden ein größeres Bett zu kaufen.«

»Es hat doch ganz gut funktioniert.«

»Ja, das schon. Ich muss los.« Sie sauste davon. Sekunden später hörte er, wie die Tür hinter ihr zufiel.

Die Frau hat wirklich Tempo drauf, dachte er und quälte sich aus dem Bett, um Kaffee aufzusetzen.

In weniger als einer Stunde hatte Bodine ein abgespecktes Work-out absolviert, geduscht, sich angezogen und E-Mails beantwortet. Der Rest konnte warten, aber nicht ihr Kaffee.

Da sie nach wie vor zehn Minuten im Rückstand war, würde sie die erste Tasse allein weglassen. Clementine stand bestimmt schon in der Küche.

Als sie die Treppe runterkam, duftete es bereits wie erhofft nach Kaffee. Clementine hatte Brötchenteig in einer Schüssel und rieb Kartoffeln. Maureen plauderte mit ihr und briet dabei Würstchen mit Speck. Bodine sah Alice am Küchentisch sitzen, tief über ihr Häkelzeug gebeugt. Sie verlangsamte ihre Schritte.

»Du bist spät dran.« Maureen legte zischenden Speck auf Küchenpapier und warf ihrer Tochter einen warnenden Blick zu.

»Nur ein bisschen. Morgen, Clem. Morgen, Alice.«

»Ich mach einen Schal.«

»Das geht ganz schön schnell.«

»Alice ist Frühaufsteherin, genau wie du. Grammy schläft noch, Nana steht unter der Dusche. Ich hab der Nachtschwester gesagt, dass sie sich ruhig Zeit lassen kann, weil Alice mit uns in der Küche bleibt, während wir Frühstück machen.«

»Cathy ist die Nachtschwester. Ich kenne sie aus dem Krankenhaus. Clementine backt Brötchen. Ich mag Brötchen.«

»Da sind Rosinen drin«, sagte Clementine leichthin. »Du hast Rosinen immer gemocht. Der Kaffee ist ganz frisch.«

»Ja.« Bodine goss sich einen Becher ein.

»Schwangere dürfen keinen Kaffee trinken. Er kann die Saat am Aufgehen hindern.«

»Das hab ich noch nie gehört.« Bodine lehnte sich zurück und nippte am Kaffee. »Das wäre die einfachste Empfängnisverhütung überhaupt.«

»Bodine«, flüsterte Maureen warnend.

Bodine hörte nicht auf zu grinsen und setzte sich zu Alice. »Ich glaube nicht, dass Kaffee das schafft. Aber ich bin ohnehin noch nicht bereit für ein Kind.«

»Du bist im gebärfähigen Alter.«

»Ja.«

»Eine Frau ist verpflichtet, ihrem Mann Söhne zu gebären.

Du solltest einen Mann haben. Einen Mann, der für dich sorgen kann.«

»Ich sorge selbst für mich. Aber ich habe nichts dagegen, mir irgendwann einen Mann zu nehmen. Er muss allerdings meinen Ansprüchen genügen. Die sind ziemlich hoch, schließlich ist mein Dad der Maßstab. Deshalb muss mein Zukünftiger gut aussehend, groß, stark, intelligent, zärtlich und humorvoll sein. Er muss mich so nehmen, wie ich bin, mich respektieren, wie Dad Mom respektiert. Und er sollte meine Interessen teilen, also gut reiten können. Außerdem muss er mich lieben und verehren, als wäre ich eine Königin, eine Kriegerin, ein Genie und die aufregendste Frau der Welt.«

»Der Mann trifft die Wahl.«

»Nein, Alice, Menschen entscheiden sich füreinander. Es tut mir leid für dich, Alice, dass dir jemand diese Entscheidungsmöglichkeit genommen hat.« Bodine nahm eine Bewegung wahr und sah die Frau in der Küchentür. Sie war etwa so alt wie ihre Mutter, hatte kurzes aschblondes Haar und einen strengen Zug um den Mund.

Die Nachtschwester, dachte Bodine und befürchtete, soeben eine Grenze überschritten zu haben. Aber die Frau nickte.

»Ich finde dich wirklich tapfer«, fuhr Bodine fort.

Alice' Lider zuckten wie immer, wenn sie Schwierigkeiten hatte, eine Information zu verarbeiten. »Frauen sind schwach.«

»Manche Menschen sind schwach. Du nicht! Meiner Meinung nach gehörst du zu den tapfersten Menschen, die ich kenne.«

Alice zog den Kopf ein und krümmte die Schultern, aber Bodine sah den Hauch eines Lächelns. »Ich mache einen Schal. Clementine macht Frühstücksbrötchen. Die Schwester …« Sie verstummte und stieß einen erstickten Schrei aus, als Callen aus dem Hausflur kam. Mist, dachte Bodine. Sie hätte Callen ausladen müssen.

»Morgen.« Callen blieb, wo er war. »Ich bin zum Frühstück gekommen. Sind das Rosinenbrötchen, Clementine?«

»Ja. Hast du dir die Hände gewaschen?«

»Gleich. Sie müssen Miss Alice sein.« Er sprach ganz normal, so wie Bodine ihn unzählige Male in Gegenwart nervöser Pferde erlebt hatte. »Wie schön Sie kennenzulernen, Madam.«

»Einer der Söhne. Einer der Söhne der Schwester.«

»Ein Ziehsohn.« Maureens Stimme klang vielleicht ein bisschen zu fröhlich, brachte aber Alice' nervöse Hände zur Ruhe. »Das ist Callen. Cal gehört mehr oder weniger zur Familie. Er ist ein guter Junge, Alice.«

»Mann. Kein Junge mehr.« Alice fasste sich an die Wange.

Als Reaktion darauf strich Callen über seine. »Ich hab ganz vergessen, mich zu rasieren. Was handarbeiten Sie denn da Schönes? Meine Schwester strickt. Ich würde mich nicht wundern, wenn sie demnächst ein ganzes Haus strickt.«

»Ein Haus kann man nicht stricken. Ich häkle. Ich mach einen Schal.«

»Wenn du was essen willst, gehst du rüber zur Spüle und wäschst dir den Pferdegeruch ab«, befahl Clementine, während sie die Brötchen formte. »Das Frühstück ist gleich fertig.«

»Zu Befehl, Madam.«

»Sie sagt dem Mann, was er zu tun hat«, flüsterte Alice Bodine zu.

»Nicht nur ihm, uns allen.«

»Ich hab mir die Hände gewaschen.«

Obwohl ihre Augen feucht wurden, nickte Clementine Alice zu. »Dann bekommst du auch dein Frühstück.«

Als sie Schritte auf der Treppe hörte, zuckte Alice erneut zusammen. Bodine legte beruhigend die Hand auf ihre.

Rory stürmte herein, das Haar feucht von der Dusche und frisch rasiert. »Ich hab verschlafen. Es riecht verdammt gut hier drin. Ich könnte …« Da entdeckte er die Frau am

Tisch neben Bodine. Wie die übrigen Familienmitglieder war er vorgewarnt worden und durch und durch Verkäufer. Er setzte ein Megawatt-Lächeln auf. »Guten Morgen, Alice, ich hatte noch keine Gelegenheit, dich kennenzulernen. Ich bin Rory.«

Alice' Züge entglitten. Bodine hörte, wie sie nach Luft rang, bevor unbeschreibliche Freude auf ihr Gesicht trat.

»Rory. Rory.« Tränen flossen, obwohl sie strahlte. Und während sie strahlte, stand sie vom Tisch auf und rannte auf ihn zu, schlang die Arme um ihn. »Mein Baby. Mein Rory.«

Während er verlegen Alice' Rücken tätschelte, starrte er seine Mutter schockiert an.

»Das ist mein jüngster Sohn, Alice«, sagte Maureen behutsam. »Mein Sohn Rory.«

»Mein Rory.« Alice löste sich so weit von ihm, dass sie ihm ins Gesicht schauen, ihm über die Wange streicheln konnte. »Wie gut du aussiehst. Du warst so ein schönes Baby, so ein hübscher Junge. Und wie groß du geworden bist! Riesig! Ma kann dich nicht mehr auf dem Schoß wiegen, Schätzchen.«

»Äh …«

»Alice«, sagte die Nachtschwester sachlich. »Das ist der Sohn deiner Schwester. Dein Neffe.«

»Nein, nein.« Alice umklammerte ihn erneut. »Mein Baby. Das ist Rory. Du darfst ihn mir nicht wegnehmen. Ich werde nicht zulassen, dass man ihn mir wegnimmt.«

»Ich gehe nirgendwohin«, sagte Rory. »Alles ist gut.«

»Ich hab für meine Babys gebetet. Für Cora, Fancy, Rory, Lily, Maureen, Sarah und für Benjamin, obwohl er gleich in den Himmel gekommen ist. Weißt du, wo meine Töchter sind, Rory?«

»Nein, tut mir leid. Setzen wir uns, ja?«

»Ich mach dir einen Schal. Er ist grün. Mein Rory hat grüne Augen.«

»Er ist schön, wirklich schön.« Als Rory sich Hilfe suchend nach seiner Mutter umsah, stand Bodine auf. Sie ging zur Treppe, um die weinende Cora zu umarmen und zu stützen.

***

Eine Woche lang fühlte er sich hundeelend. Er schaffte es kaum aus dem Bett, um auf die Toilette zu gehen, geschweige denn seine Medizin zu nehmen oder eine Konserve zu öffnen. Er hatte hohes Fieber und unglaublichen Schüttelfrost, aber das Schlimmste war der hartnäckige, bellende Husten. Er ließ ihn geschwächt und atemlos zurück. Die Brust wurde ihm eng, und der Hals war rau von dem zähen gelben Schleim, den seine Bronchien absonderten. Er machte Esther verantwortlich und verfluchte sie, während er zwischen schweißnassen Laken lag.

Sobald er wieder auf den Beinen wäre, würde er ihre Spur aufnehmen und sie zur Strecke bringen, sie blutig schlagen und sie würgen, bis kein Funken Leben mehr in ihr war. Sie hatte keine Kugel verdient.

Selbst wenn er es schaffte, ein paar Minuten aufzustehen, zwang ihn der Husten gleich wieder in die Knie. Als es ihm gelang sich hinauszuschleppen, sah er, dass der Hund halb tot war und mehr als nur das. Er warf etwas Futter in einen Eimer, pumpte Wasser in einen anderen, was eine erneute Hustenattacke auslöste. Er spuckte blutigen Schleim und stieß ein pfeifendes Keuchen aus, während er einen Blick auf die Kuh warf. Die war seit Tagen nicht mehr gemolken worden. Wie das Pferd hatte sie sich mit dem jungen Gras unter dem Schnee am Leben gehalten.

Den Hühnern ging es etwas besser. Das alles bewies ihm leider, dass der Junge kaum hier gewesen war. Und wenn, hatte er seine Arbeit nur halbherzig verrichtet.

Der Junge war genauso nutzlos wie seine verfluchte Mutter.

Wenn er wieder bei Kräften war, würde er dem Burschen eine gehörige Lektion erteilen. Sich eine junge Frau besorgen, eine, die Söhne gebären konnte, die ihren Vater ehrten, statt zu kommen und zu gehen, wie es ihnen gerade passte. Mit Esther hatte er einen Fehler gemacht, das konnte er sich nun eingestehen. Er hatte zu viel Zeit an sie verschwendet. Auch bei der Suche nach einer zweiten Frau hatte er Fehler gemacht. Noch einmal würde ihm das bestimmt nicht passieren.

Er musste nur wieder zu Kräften kommen, zumindest so weit, dass er sich neue Medizin und neue Vorräte besorgen konnte.

Schwindelig von der Anstrengung, die Tiere zu versorgen, stolperte er zurück in die Hütte. Er wollte ins Internet gehen, Trost aus den Worten eines Mannes ziehen, der Bescheid wusste und wirklich gläubig war.

Er hatte gutes Geld für die WiFi-Antenne, das ganze Zubehör und den Router ausgegeben. Und er hatte gelernt, wie er das Internet benutzen konnte, ohne Spuren zu hinterlassen.

Diese verdammte Regierung, die jeden ausspionierte, den Leuten das Land wegnahm und den eigentlichen Amerikanern ihre Schwulen, Schwarzen und Mexikaner aufdrängte.

Er war ein souveräner Bürger, ein Mann, der bereit und willens war Blut zu vergießen, um seine Rechte zu verteidigen.

Er würde Esther beseitigen und dem Blag, das sie ihm angehängt hatte, ein wenig Respekt einbläuen. Danach musste er eine Frau finden, die ihm die Söhne schenken würde, die er verdiente.

Doch im Moment blieb ihm nichts anderes übrig, als ins Bett zurückzukriechen, dort zähneklappernd liegen zu bleiben und pfeifend zu keuchen, weil seine Bronchien verstopft waren.

***

Callens Magen verknotete sich, als er sah, dass Sheriff Tate vorfuhr. »Gib mir Bescheid, wenn du was brauchst«, sagte er zum Hufschmied und ging auf Tate zu. »Ist noch eine Frau verschwunden?«

»Nein, nein, Gott sei Dank nicht. Wir haben bereits Tauwetter, obwohl erst März ist.«

»Das wird nicht so bleiben, aber ich bin zufrieden.«

Tate überflog die Koppeln, den Unterstand. »Bist du allein?«

»Wir haben gleich zwei Ausritte, heute Nachmittag noch zwei sowie mehrere Reitstunden im Center. Maiwetter bedeutet auch Buchungen wie im Mai.«

Tate nickte. »Kannst du kurz Pause machen?«

»Ich fürchte, das tue ich bereits.«

»Lass uns dort rüber gehen.« Tate zeigte auf die große Koppel. »Wunderschöne Tiere.«

»Wir haben heute ein paar mehr mitgenommen. Morgen dürfen sie auf die Weide, wenn das Wetter hält. Es ist eine Weile her, dass ich Pferde bei Tagesanbruch auf die Weide geführt und sie bei Sonnenuntergang wieder zusammengetrieben habe.«

»Das hört sich so an, als ob du dich darauf freust.«

»Ich denke schon. Ich arbeite gerne hier, auch wenn viel Bürokram damit verbunden ist.« Er streckte den Arm aus und strich einem neugierigen Braunen über die Nase. »Du bist bestimmt nicht hergekommen, um zu gucken, wie ich mit meinem Job klarkomme.«

»Nein. Ich bin auf dem Weg zur Bodine Ranch, um mit Alice zu sprechen. Sie dürfte eine Sitzung mit der Psychiaterin haben. Ich hoffe, dass ihr Gedächtnis besser geworden ist.«

»Ich kann dir sagen, dass sie etwas mehr verraten hat. Ich hab es gehört, als ich zum Frühstücken drüben war. Sie hält Rory für ihren Sohn und hat sieben Kinder aufgezählt.

Alles Mädchen bis auf einen Jungen namens Rory und einen, der bei der Geburt oder gleich danach gestorben zu sein scheint.«

»O Gott.«

»Ich glaube nicht, dass ich dir etwas verrate, das ich lieber für mich behalten sollte, wenn ich dir sage, dass sie sich regelrecht auf Rory gestürzt hat. Sie hat erzählt, wie sie ihn gewiegt, ihm etwas vorgesungen und Verstecken mit ihm gespielt hat. Wie er Laufen gelernt hat. Es war wirklich herzzerreißend. Haben Sie irgendwas über diesen Mistkerl rausfinden können, Sheriff?«

»Schön wär's! Wir arbeiten mit der Staatspolizei zusammen, haben ein Foto von ihr hochgeladen und es an die Medien gegeben, für den Fall, dass sie gesehen worden ist. Wir haben Hunde losgeschickt, versucht ihre Spur aufzunehmen, aber bei dem Regen und ohne zu wissen, wie weit sie die Straße rauf- oder runterlief, bevor sie zusammengebrochen ist, wissen wir nicht, wo wir anfangen sollen.«

»Du brauchst Informationen, darfst sie aber nicht drängen.«

»Ganz genau.« Als der neugierige Braune an seiner Schulter schnupperte, tätschelte Tate ihn geistesabwesend. »Jede Kleinigkeit, die sie erzählt, ist ein wichtiger Anhaltspunkt. Doch das ist nicht der Grund, warum ich vorbeischaue. Ich hab gehört, dass Garrett mit einem Polizeifahrzeug hier war, offiziell und in Uniform, um erneut auf dich loszugehen.«

»Clintok macht mir keine Sorgen.«

»Ich hab ihn beurlaubt.«

Callen drehte sich um und schob seinen Hut in den Nacken. »Meinetwegen hättest du das nicht tun müssen.«

»Ich hab es nicht deinetwegen getan.« Wut rötete Tates Gesicht. »Er hat sich klaren Anweisungen widersetzt. Er hat einen unbescholtenen Bürger bedrängt und bedroht. Ich habe ihn beurlaubt, statt ihn sofort zu entlassen, da er auch seine

Stärken hat. Und das passiert ausgerechnet jetzt, wo ich zwei Fahndungen laufen habe. Zwei Frauen sind ermordet worden, ohne dass es eine heiße Spur gibt. Und ich muss einen Mann finden, der eine Frau, für die ich eine Schwäche habe, wer weiß wie viele Jahre gefangen gehalten hat. Wenn Garrett die Grenze erneut überschreitet, verliert er aber trotzdem seinen Job, darauf kannst du Gift nehmen.« Tate tippte gegen Callens Brust. »Hast du hier das Sagen?«

»Ich denke schon.«

»Würdest du dulden, dass einer deiner Leute, der Ausritte leitet, Reitstunden gibt oder sich ums Vieh kümmert, genau das Gegenteil von dem macht, was du ihm gesagt hast? Dass er sich mit einem der Gäste anlegt und deine Autorität untergräbt?«

Callen seufzte. »Nein, natürlich nicht.«

»Also dann … Er ist natürlich total sauer. Wenn er dich noch mal bedroht, Cal, möchte ich das wissen. Ich will nicht hören, dass er dir keine Sorgen macht. Er ist einer meiner Leute. Ich kann keinen Mann gebrauchen, der Dienstmarke und Waffe trägt und sich so verhält. Verstanden?«

»Jaja, alles klar.«

»Also versprochen?« Tate hielt ihm die Hand hin.

Callen schlug ein. »Versprochen.«

»Dann wäre das geklärt. Ich werde mit Alice reden.« Tate starrte das Pferd noch eine ganze Weile an. »Sieben Kinder.«

»Sie hat sie der Reihe nach aufgezählt. Mit Namen.«

»Gütiger Gott«, murmelte Tate und ging.

Als er vor der Ranch hielt, hoffte er, zum richtigen Zeitpunkt zu kommen. Er erkannte Dr. Minnows Wagen. Gut, er wollte hören, was sie zu sagen hatte. Als er klopfte, machte Cora auf. »Ich hoffe, ich störe nicht, Mrs. Bodine.«

»Natürlich nicht. Im Krankenhaus haben Sie noch Cora gesagt, Bob. Ah, Alice spricht gerade mit der Ärztin. Mit

Dr. Minnow. Sie dürften jeden Moment fertig sein. Komm ruhig schon rein.«

Beim Eintreten nahm er seinen Hut ab. »Wie geht es Alice?«

»Aus meiner Sicht besser. Ma, schau mal, wer gekommen ist.«

»Ach, Bobby Tate.« Miss Fancy legte ihr Strickzeug beiseite und klopfte auf das Sofakissen neben sich. »Setzen Sie sich und erzählen Sie mir, was bei uns so los ist.«

»Wenn ich das bloß könnte, Miss Fancy.«

»Ich werde Ihnen auf jeden Fall einen Kaffee bringen.«

»Bitte machen Sie sich keine Umstände.«

»An dem Tag, an dem ich einem gut aussehenden Mann keinen Kaffee mehr bringen kann, trete ich vor meinen Schöpfer.« Ihr T-Shirt zierte der Aufdruck: *Frauen gehören ins Haus und ins Abgeordnetenhaus!* Miss Fancy war von beidem fest überzeugt.

»Sie werden ohnehin warten müssen«, schickte sie hinterher. »Alice redet mit der Ärztin. Setzen Sie sich, ich hol Kaffee.«

»Wir suchen nach Beschäftigungsmöglichkeiten«, sagte Cora, nachdem ihre Mutter das Zimmer verlassen hatte. »Ich nehme an, Sie wären gleich mit der Sprache herausgerückt, wenn Sie Neuigkeiten hätten?«

»Tut mir leid – äh – Cora. Wir tun, was wir können.«

»Das bezweifle ich nicht. Ah, Dr. Minnow, sind Sie fertig?«

»Wir hatten ein gutes Gespräch. Sheriff.«

»Dr. Minnow. Kann ich kurz mit ihr reden?«

»Geben Sie ihr ein paar Minuten Zeit. Sie schlägt sich wacker, Mrs. Bodine. Ich glaube, Ihr Instinkt, Maureens Instinkt, sie herzubringen, war genau das Richtige. Wir sind ganz am Anfang, aber sie bleibt ruhig.«

»Können Sie mir sagen, ob sie sich an ihren Entführer erinnert, an ihre Gefangenschaft?«

»Sie meidet das Thema, und das ist nicht weiter verwunderlich, Sheriff. Sie weiß nicht mehr, woran sie glauben soll. An das, was er ihr eingeredet hat, oder an die Realität. Ein Stück weit erinnert sie sich und fühlt sich sicherer, glücklicher. Sie hat von dem Haus erzählt, in dem sie gefangen gehalten wurde. Als ich sie gefragt habe, ob es größer ist als ihr Zimmer im Obergeschoss, meinte sie, etwa genauso groß, nur dass sie jetzt Fenster und schöne Wände hätte.« Celia wandte sich lächelnd an Cora. »So wie es gestrichen ist, gefällt es ihr sehr gut. Sie hat das Gefühl, dass es ihr gehört, auch wenn sie es nicht wirklich wiedererkennt.«

Dann sprach Celia mit Tate. »Ihr Entführer hat nicht mit ihr in dem Haus gelebt. Ich würde sagen, es war eher eine Art Schuppen. Sie konnte nicht über das reden, was sie gesehen hat, wenn sie raus durfte. Sie hat einen bösen Hund erwähnt, aber keine weiteren Details.«

»Ein Nebengebäude und ein Hund. Immerhin etwas.«

»Bitte schön, Bob. Ach, Dr. Minnow.« Miss Fancy brachte Tate den Kaffee. »Kann ich Ihnen auch eine Tasse anbieten?«

»Nein, danke, ich muss zurück. Morgen um diese Zeit bin ich wieder da. Fürs Erste bitte keinen Druck wegen Rory machen. Wir lassen ihr Zeit.«

»Ich hole Ihren Mantel und bringe Sie zur Tür.«

Tate hatte den Hut in der einen und den Kaffee in der anderen Hand. »Miss Fancy? Dann geh ich rauf zu ihr, wenn Sie nichts dagegen haben.«

»Die Pflegerin da oben heißt …« Miss Fancy fasste sich an die Stirn. »Ihr Name ist mir gerade entfallen.«

»Machen Sie sich deswegen keine Sorgen. Ich verabschiede mich von Ihnen, bevor ich verschwinde.«

Er ging davon aus, dass sie Alice in ihrem früheren Zimmer untergebracht hatten. Ein paar Monate lang hatte er öfter vor ihrem Fenster ausgeharrt. Manchmal war sie rausgeklettert, um ihn zu treffen. Heute saß sie, von den verlorenen Jahren schwer gezeichnet, am Fenster und häkelte.

Die Frau im zweiten Sessel las in einem Buch, stand aber auf, als er hereinkam. »Alice, Sie haben Besuch.«

Alice sah auf und lächelte scheu. »Ich kenne Sie. Sie waren im Krankenhaus. Sie waren sehr nett und haben mich besucht. Sie …« Sie blinzelte. »Sie können auf den Händen laufen.«

»Früher einmal.« Sein Herz schlug schneller, als ihm wieder einfiel, wie er sie damals zum Lachen gebracht hatte. Er war auf Händen über die Wiese gelaufen. Mit sechzehn und total verknallt in sie.

»Jetzt würde ich das wahrscheinlich nicht mehr schaffen.«

»Ich lasse Sie in Ruhe reden. Ich bin nebenan«, sagte die Pflegerin leise zu Tate.

»Sie trinken Kaffee. Ich soll keinen Kaffee trinken, aber Bodine tut es trotzdem. Sie ist die Tochter der Schwester. Sie ist auch nett.«

»Ich kenne Bodine. Eine reizende junge Frau. Darf ich mich zu dir setzen?«

»Der Mann muss nicht fragen. Der Mann macht, was er will.«

»Ein gut erzogener Mann fragt. Darf ich mich zu dir setzen, Alice?«

Sie wurde tatsächlich ein wenig rot. »Sie dürfen sich setzen. Ich mache einen Schal. Für Rory. Für meinen Sohn. Er hat grüne Augen. Er sieht so gut aus und ist groß geworden.«

»Wie lange hast du ihn nicht gesehen?«

»Wir haben zusammen gefrühstückt. Clementine hat Brötchen gebacken … Ich – ich mag ihre Brötchen.«

»Ich meine vor dem Frühstück. Wie lange nicht?«

»Ach, er war ein Jahr alt. Ein Jahr und so ein süßes Baby. Ich durfte ihn behalten, ihn stillen und baden, ihm zeigen, wie man in die Hände klatscht. Ich hab ihm das Laufen beigebracht und Mama zu sagen. Weil er der Sohn ist.«

»Du hattest auch Töchter.«

»Ja. Cora, Fancy, Lily, Maureen und Sarah.«

»Hast du ihnen gezeigt, wie man in die Hände klatscht?«

»Das ging nicht. Sir musste sie mitnehmen. Er hatte keine Verwendung für Mädchen. Sie erzielen aber einen guten Preis. Vielleicht können Sie sie finden.«

»Ich kann es gern versuchen.«

»Aber nicht Benjamin. Gott hat ihn zu sich genommen, bevor ich ihn zur Welt brachte. Und Rory auch nicht, denn den hab ich hier gefunden. Ich bin froh, dass ich hergekommen bin.«

»Waren die Kinder mit dir in deinem Haus? Ich meine, sind sie dort geboren worden?«

»Nur Lily, Maureen, Sarah und Benjamin. Sir hat mir das Haus gegeben, weil ich ihm einen Sohn geschenkt habe, wie es sich für eine Frau gehört.«

»Wo hast du Cora, Fancy und Rory bekommen?«

»In dem Raum im Keller.« Sie presste die Lippen zusammen. »Dort hat es mir nicht gefallen. Das Haus fand ich schöner.«

»Ist ja gut.« Er berührte ihre zitternde Hand. »Du wirst nie mehr in diesen Raum zurückkehren.«

»Ich darf mit Rory hierbleiben. Mit der Mutter, der Schwester und der Grammy … Grammy. Grandpa hat bunte Schokolinsen. Er riecht nach Kirschen und hat einen Bart.«

»Das stimmt.« Tate fiel ein, dass sie nichts vom Tod ihres Großvaters wusste. »Hat Sir einen Bart?«

»Überall, überall.« Sie fuhr sich über Wangen und Kinn.

»Riecht er nach Kirschen?«

»Nein, nein. Nach der Seife, die anfangs brennt. Manchmal nach Whiskey. Manchmal nach Whiskey und Schweiß. Das mag ich nicht. Ich finde es toll, den Schal zu machen, das gefällt mir. Ich arbeite gern daran, auch das Fenster und die Brötchen finde ich toll. Ich mag die rosa Wände.«

»Die machen wirklich gute Laune. Welche Farbe hatten die Wände in deinem Haus?«

»Grau mit Flecken und Strichen. Die hier gefallen mir besser. Ich bin undankbar. Ich bin undankbar, trotz allem, was Sir mir zur Verfügung gestellt hat.«

»Nein, bist du nicht. Du bist dankbar, wieder zu Hause bei deiner Familie zu sein. Kannst du mir was verraten, Alice?«

»Weiß nicht.«

»Kannst du mir sagen, wo du warst, als du Sir zum ersten Mal begegnet bist?«

»Das weiß ich nicht. Ich muss den Schal fertig machen, ihn für Rory fertig machen.«

»Gut. Ich muss gehen, komm aber wieder, wenn du nichts dagegen hast.«

»Gut. Ich wollte heimkommen«, sagte sie, als er aufstand.

»Du bist daheim.«

»Ich hätte Grandpa von Missoula aus anrufen sollen. Dann hätte er mich abgeholt. Er wär nicht wütend geworden.«

»Du bist aus Missoula gekommen?«

»Von – woanders. Keine Ahnung. Ich bin müde.«

»Ich hole die Pflegerin. Du kannst dich ausruhen.«

»An Thanksgiving machen sie Truthahn, aber Grammys Schinken mag ich lieber. Grammy macht Schinken an Thanksgiving, während wir für die Kuchen zuständig sind. Ich will schlafen.«

»Gut, Alice. Warte, ich helfe dir.« Er half ihr zum Bett, steckte die Decke um sie herum fest.

»Es ist weich. Alles ist so weich. Ist die Mutter da?«

»Ich hole sie für dich. Ruh dich aus.« Er verließ das Zimmer und verständigte die Pflegerin, bevor er nach unten zu Cora ging.

Ein Nebengebäude, ein Hund – irgendwo an der Straße von Missoula zur Ranch, ungefähr an Thanksgiving vor Gott weiß wie vielen Jahren.

Immerhin etwas.

22

Die Zeit verging. Zu Hause drehte sich fast alles um Alice. Was man sagen durfte und was nicht. Was man tun durfte und was nicht. Währenddessen kam der Frühling in all seiner Pracht, mit all seinen Anforderungen. Die Sonne ging früher auf, stand länger am Himmel, und der längere Tag brachte mehr Arbeit mit sich. Bodine empfand die Arbeit oft als Auszeit von den Sorgen zu Hause, wo alle wie auf rohen Eiern gingen. Kaum hatte sie das gedacht, bekam sie ein schlechtes Gewissen. Sie dachte an die Nächte, die sie mit Callen in seinem schmalen Bett oder einer freien Blockhütte verbracht hatte – auch eine Art Auszeit. Diesbezüglich hatte sie keinerlei schlechtes Gewissen. Weil er sie erdete, ein guter Freund und Zuhörer war. Mehr, als sie das jemals für möglich gehalten hätte.

Außerdem war der Sex mit ihm fantastisch.

Sie ging davon aus, dass er das genauso sah.

Fast täglich sattelten sie gemeinsam ihre Pferde, ritten zur Arbeit und wieder nach Hause. Wenn sie es einrichten konnte, ritt sie mittags ebenfalls nach Hause, um ihre Grannies bei Alice etwas zu entlasten.

»Ich mag sie.« Obwohl sie etwas vorhatte, ritt Bodine entspannt neben Callen her. »Ab und zu taucht sie kurz aus ihrem Trauma auf. Dann weiß ich, dass ich diesen Menschen gemocht hätte. Die Hunde mögen sie, und das ist ein gutes Zeichen.«

»Die Hunde mögen Alice?«

»Das beruht auf Gegenseitigkeit. Meist liegen sie ihr schnarchend zu Füßen, wenn sie häkelt. Heute Nachmittag war in meiner Gegenwart der Sheriff da. Er weiß sie gut zu nehmen.«

»Hat er was herausgefunden?«

»Wie sich herausgestellt hat, war sie einundzwanzig, als sie per Anhalter den Heimweg angetreten hat. Insofern lässt es sich zeitlich gut eingrenzen. Ich weiß nicht, wie er nach sechsundzwanzig Jahren was herausfinden will, aber anscheinend ist es wichtig. Sie wollte, dass ich dabei bleibe, wenn er mit ihr redet. Sie hat sich von sich aus geöffnet, als wären wir alle bei ihr zu Besuch. Sie macht noch einen Schal. Für mich. Rorys ist fertig.« Bodine schaute zum Himmel empor und schüttelte den Kopf. »Ich bin in ihrer Gegenwart unsicher.«

»Das merkt man nicht. Sie mag dich und vertraut dir. Und sie mag Tate. In meiner Gegenwart ist sie eher schüchtern, aber ich mache ihr zumindest keine Angst.«

»Bei Dad und Chase ist es ganz genauso. Sie ist schüchtern, nicht verängstigt. Trotzdem weigert sie sich, auch nur einen Schritt nach draußen zu machen. Weil da Leute sind.«

»Sie braucht Zeit.«

»Ich weiß, sie ist ja noch nicht so lange bei uns. Aber – wir müssen so vorsichtig sein, und das nervt, Callen. Dass Rory nicht ihr Sohn ist, wird sie irgendwann begreifen. Sie führt sich auf wie ein Muttertier. Für Rory ist das echt hart. Aber er geht besser damit um, als man erwarten könnte. Manchmal vergisst man, was für ein gutes Herz er hat.«

»Willst du wissen, was ich denke?«

»Natürlich.«

»Ihr steht euch sehr nahe. Herrgott, ich hab euch ein Leben lang dafür bewundert und darum beneidet. Ich kann mir vorstellen, dass Alice manchmal aus ihrem Trauma auftaucht, das dieses Arschloch ihr eingebrockt hat, weil sie diese Nähe in sich trägt. Ich weiß, wie es ist, achtzehn und wütend auf die ganze Welt zu sein. Mehr als du«, fügte er hinzu.

»Ich habe ziemliches Glück gehabt.«

»Mehr als nur Glück! Ich weiß, wie es ist, wenn man nach Hause möchte. Niemand hat mich davon abgehalten oder mir mein halbes Leben gestohlen. Trotzdem war es schwer zurückzukommen.«

»Darüber habe ich nie nachgedacht«, sagte sie leise. »Dass es dir schwergefallen sein könnte zurückzukommen.« Während sie langsam und gemächlich weiterritten, musterte sie sein Profil. »Das hätte ich wohl machen sollen.«

»Man weiß nie, was sich verändert hat. Ob man sich überhaupt wieder einfügen kann. Das ist das Risiko, wenn man fortgeht. Allein, dass sie Schals häkeln und mit Tate reden kann oder überhaupt mit Menschen. Allein, dass sie morgens aufstehen und abends einschlafen kann, das bedeutet, sie ist eine echte Bodine. Unabhängig davon, was dieses Arschloch versucht hat, aus ihr zu machen. Das spürt man einfach.«

Es dauerte ein wenig, bis sie etwas sagen konnte. »Willst du wissen, was ich denke?«

»Natürlich.«

»Ich denke, dass ich verrückt würde, wenn ich dich nicht zum Reden hätte. Alles, was wir im Moment auf der Ranch sagen, ist ein einziger Eiertanz. Mom und Granny machen sich Sorgen um Nana. Dad macht sich Sorgen um alle. Chase nimmt Rory öfter mit nach draußen, damit er ein bisschen Luft zum Atmen hat.«

»Du tust dasselbe.«

»Ja, auch wenn wir nicht groß drüber reden. Das geht nicht. Wetten, ich bin nicht die Einzige, die sich dir anvertraut?«

»Ich habe breite Schultern.«

»Das sehe ich auch so.«

Er drehte sich im Sattel und musterte sie gründlich. »Deshalb hast du die Richtung geändert und einen anderen Weg eingeschlagen. Wir befinden uns bereits auf dem Stück Land, das mir gehört hätte, wenn die Dinge anders gelaufen wären. Sind sie aber nicht. Jetzt gehört es mir nicht mehr.«

»Das tut mir leid.« Sie brachte ihr Pferd zum Stehen. Natürlich hatte er sie längst durchschaut. »Ich dachte, das ist eine gute Idee. War vielleicht ein Irrtum.«

Er kannte das Land so gut wie seine Westentasche. Doch im Moment war es okay für ihn, sich vom Pferd aus einfach nur umzuschauen. »Wir haben den Vertrag unterschrieben, und damit gehört es dir. Deiner Familie. Ich bereue es nicht.«

»Es würde mir das Herz brechen, wenn wir Land verkaufen müssten.«

Ihm auch, stellte er überrascht fest. »Für mich ist das anders mit diesem Land. Wahrscheinlich war es schon immer so. Eines Tages werde ich mein eigenes Stück Land haben wollen und auch bekommen.« Schulterzuckend lächelte er sie an. »Ich habe in Kalifornien gutes Geld verdient. Normalerweise traust du dich, solche Themen anzusprechen, nur bei mir anscheinend nicht.«

»Sich trauen ist eine Sache, unverschämt neugierig sein eine ganz andere. Was heißt das, du hast gutes Geld verdient?«

»Genug, um nicht verkaufen zu müssen. Ich hätte das Land behalten, meine Mutter und meine Schwester ausbezahlen können. Ich hätte Vieh kaufen und eine nette Ranch führen können.«

Das hörte sich nach mehr an, als sie erwartet hatte, was ihn für sie noch attraktiver machte. Sie wusste einen gewissen Geschäftssinn und finanzielle Sicherheit durchaus zu schätzen.

»Aber das hast du nicht gemacht.«

»Nein. Weil es nicht das ist, was ich will. Ich habe nichts dagegen eine eigene Firma zu leiten, das habe ich bereits sehr erfolgreich gemacht.«

»Was meinst du mit *eine eigene Firma leiten?*«

Da er wusste, was sie meinte, ritt er weiter. »Ich hab mich in Kalifornien mit einem Partner zusammengetan. Wir hatten unsere Cowboy-Firma, die gut gelaufen ist. Als ich nach Hause wollte, hat er meinen Anteil übernommen. Es macht mir nichts aus, für andere zu arbeiten. Ich bin mit dem Status Quo zufrieden.«

Noch etwas, das sie nicht gewusst hatte. »Mir war gar nicht klar, dass du eine eigene Firma hattest.«

»Ich wollte es ausprobieren.« Ja, im Grunde war es so simpel gewesen. Er hatte Verschiedenes ausprobieren, ein Gespür dafür entwickeln wollen. »Es hat eine Weile gut gepasst, aber zu dir scheint es besser zu passen. Ich habe eine Schwäche für Frauen in Führungspositionen. Vor allem für eine, die es möglich macht, mittags nach Hause zu kommen, weil ihre Familie für sie an oberster Stelle steht.«

»Meine Güte, Callen Skinner.« Mit großen Augen fasste sie sich an die Brust. »Ich werd ja richtig rot!«

»Das möchte ich mal erleben.« Da sah er das Haus. Das L-förmige, ebenerdige Gebäude, die leeren Koppeln, den überwucherten Innenhof, den verfallenen Hühnerstall, die leere Scheune, in der sich sein Vater erhängt hatte. Ein paar Wildblumen kämpften sich durchs Dickicht. In der Ferne ließen die Berge etwas Blau und Grün unter ihrer Schneehaube hervorblitzen. »Warum hast du mich hergelotst?«, fragte er.

»Wir überlegen, was wir damit machen wollen. Es gibt mehrere Möglichkeiten. Zunächst einmal die, das Land entweder in die Ranch oder ins Resort einzubinden. Wie du dir vorstellen kannst, wär ich eher fürs Resort.«

»Das schockiert mich jetzt aber«, erwiderte er.

»Chase ist auch interessiert. Ich denke, er wartet ab, weil er erst wissen will, was du dir wünschst.«

»Es ist nicht mehr mein Land.«

»Hör auf damit! Rory ist auf meiner Seite. Mom hat gerade zu viel um die Ohren, um einen klaren Gedanken zu fassen. Dad befürwortet eher die Ranchlösung, ist aber offen für alles. Die Grannies haben wir noch nicht gefragt.«

»Verstehe.«

»Je nachdem, wofür wir uns entscheiden, sieht die Sache anders aus. Im Moment scheint es sich eher in Richtung Resort zu entwickeln. Wir könnten das Haus und die Nebengebäude restaurieren und als kleine Ferienranch vermieten. An Familien, Gruppen oder Firmen. Oder wir reißen das Haus und die Nebengebäude ab und bauen etwas Neues. Eine kleine Ferienranch oder bequeme Blockhütten mit einer offenen Küche und Gemeinschaftsbereich für Luxuscamping. Wir könnten ein paar Stück Vieh herbringen und etwas für Jugendgruppen organisieren. Ihnen zeigen, wie man Pferde, Rinder und Hühner hält. Es gibt also mehrere Möglichkeiten.«

»Du wirst eine persönliche Vorliebe haben. Welche?«

Sie schüttelte den Kopf. »Alles ist machbar, alles lässt sich vermarkten. Ich möchte wissen, was dir gefällt.«

»Wie gesagt, es geht mich nichts mehr an.«

Genervt stieg sie ab. »Komm endlich runter von deinem hohen Ross, Skinner. In jeglicher Hinsicht.« Sie führte Leo auf die Koppel und warf seine Zügel über den Zaun. »Du bist in diesem Haus aufgewachsen. Du hast dieses Land bearbeitet, hier Pferde und Rinder gezüchtet. Du hast eine Meinung dazu. Gefühle.«

Er stieg ab, wollte sich aber heraushalten. »Es ist mir nicht so wichtig, wie du vielleicht denkst.«

»Quatsch! Das ist nichts als Quatsch! Ich frage dich: Sollen wir das Haus, die Scheune und alles andere abreißen oder restaurieren? Mehr möchte ich gar nicht wissen. Also raus mit der Sprache.« Wütender als beabsichtigt versetzte sie ihm einen Stoß gegen die Brust. »Sag mir, was du fühlst. Sag mir, was du willst.« Bodine ließ die Hand auf seinem Herzen liegen. Sie brannte sich förmlich hinein, während die Sonne langsam unterging und sie ihn nicht aus den Augen ließ.

»Reiß es ab. Alles. Ich …«

»Das genügt.«

»Bodine …«

»Das genügt«, wiederholte sie. »Mehr muss ich nicht wissen.« Er packte sie am Handgelenk, bevor sie weglaufen konnte. Die Wut auf beiden Seiten verflog, als sie die Hand auf seine Wange legte. »Mir ist wichtig, was du empfindest, Callen. Nicht nur mir. Es gibt verschiedene Möglichkeiten, alle sind gut. Warum sollte dein Wunsch keine Rolle spielen?«

»Weil das Land mir nicht gehört.«

»Aber es hat dir gehört.«

»Es hätte mir gehören können, aber dem war nicht so. Wenn ich zurückgekommen wäre, um mir dieses Land zurückzuholen, wäre ich nicht da, wo ich heute bin. Das sind nicht meine Wurzeln. Die Wurzeln, die es gab, haben nicht tief gereicht. Insofern war es nicht so schlimm, als sie gekappt wurden.«

Er zog sie an sich, und sie schauten gemeinsam aufs Haus. »Ich erinnere mich mit gemischten Gefühlen daran. Es gibt schöne und nicht so schöne Erinnerungen. Ich weiß noch, wie mein Vater sich in den Kopf gesetzt hat, den Anbau zu machen. Er wusste nicht, was er tat. Da ich erst zwölf war, hatte ich auch keine Ahnung. Aber er hat's zumindest versucht.«

Wieder hörte er die Stimme seiner Mutter und was sie am Grab seines Vaters gesagt hatte. *Er hat's zumindest versucht.*

»Er hat's versucht«, wiederholte Callen und konnte es endlich akzeptieren. »Meine Mutter hat sich darüber gefreut. Der Anbau ist schief und der Boden abschüssig. Trotzdem hat er's versucht und sie glücklich gemacht. So viel zu meinen gemischten Gefühlen.« Schweigend schmiegte sich Bodine an ihn, bot ihm Trost. »Meine Mutter wird dort nie wieder einen Fuß hineinsetzen. Nie mehr herkommen, zu dieser Scheune hinüberschauen und daran denken, wie er dort gebaumelt hat. Ich möchte aber nicht, dass du meinetwegen alles abreißen lässt.«

»Das genügt. Wie gesagt, ich habe mich bereits entschieden.« Sie drehte sich zu ihm und legte erneut die Hand auf sein Herz. »Vielleicht wird sie eines Tages zurückkehren und sich ansehen, was wir gebaut haben. Vielleicht wird sie das glücklich machen. Und dich auch.« Sie zeigte auf etwas und wartete, bis er ihr nicht mehr in die Augen sah, sondern sein Blick ihrem Finger folgte. »Da drüben stehen ein paar schöne Rosenbüsche. Die solltest du ausgraben und deiner Mutter bringen. Wetten, deine Schwester weiß, wie sie die zum Blühen bringt? Das würde deiner Mutter sicherlich viel bedeuten.«

Er bekam einen Kloß in der Kehle vor Dankbarkeit. »Manchmal weiß ich wirklich nicht, was ich sagen soll. Manchmal haust du mich einfach um.« Er zog sie an sich und hielt sie fest. »Ich werd sie ausgraben«, versprach er. »Das wird sie bestimmt freuen. Nie im Leben wäre ich auf diese Idee gekommen.«

»Wer weiß. Vielleicht irgendwann.«

»Ich hätte alles zerstört.« Über ihren Kopf hinweg betrachtete er, was ihm hätte gehören können. »Das wäre falsch. Hinten neben dem Haus stehen Narzissen, die versuchen, sich ans Licht zu kämpfen. Die könnte ich auch ausbuddeln. Savannah hat sie geliebt, als wir klein waren. Und …«

»Was?«

»Vielleicht rette ich ein paar alte Dielenbretter, bevor ihr alles abreißt. Justin und Savannah fällt bestimmt ein, was sie daraus machen können.«

»Siehst du.« Bodine küsste ihn. »Wie wär's, wenn wir uns ein bisschen umschauen und gucken, ob du noch was findest?«

Ehe er etwas darauf erwidern konnte, klingelte sein Handy. »Eine SMS von meiner Mutter.« Stirnrunzelnd las er die Nachricht. »Sie … Himmel, meine Schwester liegt in den Wehen.«

»Dann musst du sofort los.« Bodine packte seine Hand und zog ihn zurück zu den Pferden. »Du musst sofort zu ihr.«

»Sie will es zu Hause bekommen. Wie kann man nur. Das müsste verboten werden. Warum ist sie nur so …«

»Los, aufsteigen, Skinner«, sagte sie lachend und insgeheim entzückt über seine männliche Verstörung. »Du kannst in weniger als zehn Minuten bei deinem Pick-up sein, zu ihr fahren und dich selbst überzeugen, dass das sehr wohl geht.«

Er schwang sich auf sein Pferd. »Vielleicht will mich Vanna gar nicht im Weg haben.«

»Männer sind wirklich Idioten.« Bodine trieb Leo zum Galopp an, wohl wissend, dass Sundown sofort folgen würde.

***

Gut gelaunt betrat Bodine das Haus. Sie fand Clementine und Alice in der Küche vor, beide schälten Kartoffeln.

»Ich mach Kartoffelbrei. Clementine zeigt mir, wie das geht. Ich darf zusehen, wie sie das Huhn frittiert.«

»Und es anschließend essen«, sagte Bodine, sodass Alice den Kopf senkte und lächelte. »Es duftet köstlich.«

»Wir habe einen Schokokuchen gebacken. Ich koch gern mit Clementine. Mein Haus hat keinen Ofen. Ich konnte keinen Schokokuchen backen.«

»Mir läuft das Wasser im Mund zusammen.« Bodine schenkte sich ein Glas Wein ein, als ihre Mutter hereinkam. »Ich hab Neuigkeiten«, rief sie. »Callens Schwester bekommt ihr Baby.«

»Das sind ja tolle Nachrichten«, erwiderte Maureen. »Du darfst mir gern auch ein Glas einschenken, dann trinken wir auf ein gesundes Baby.«

»Ich hatte auch Babys.« Alice fuhr mit dem Kartoffelschälen fort, aber ihre Schultern verkrampften sich. »Es tut weh und blutet, und dann tut es immer mehr weh. Wenn es ein Mädchen wird, darf man es nicht behalten, wegen dem Geld. Die Schwester behält ihr Mädchen, aber ich darf das nicht.« Sie sah wütend zu Maureen hinüber. »Meine Mädchen sind bestimmt genauso hübsch wie deine. Viel hübscher. Das ist nicht fair.«

»Nein, ist es nicht«, hob Maureen an. »Es tut mir leid.«

»Ich will dein Mitleid nicht. Was soll ich damit? Ich will meine Babys. Ich will meinen Rory. Warum muss er dir gehören? Warum bekommst du immer alles?«

»Komm, setzen wir uns, Alice.« Bodine ging auf sie zu. »Zeig mir den Schal, den du gerade für mich häkelst.«

»Nein.« Zum ersten Mal hob Alice abwehrend die Hand und fuhr Bodine an: »Du bist die Tochter. Ich bin auch Tochter. Ich bin die Tochter. Warum kriegt sie immer alles?«

»Es reicht.« Maureen verlor die Geduld und ging dazwischen. »Es reicht, Alice.«

»Sei ruhig, sei endlich ruhig! Du hast mir gar nichts zu sagen. Reenie, Reenie, Reenie. Immer die Brave, immer die Nummer eins, immer, immer.« Alice gab ihr einen Schubs.

Zu Bodines Entsetzen schubste Maureen zurück. »Vielleicht solltest du endlich erwachsen werden. Vielleicht solltest du aufhören zu jammern und die Schuld bei anderen zu suchen.«

»Ich hasse dich.«

»Ja, sonst noch was?«

»Mädels.« Cora eilte in die Küche, dicht gefolgt von Miss Fancy. »Hört sofort auf.«

»Sie hat angefangen.« Alice zeigte auf Maureen. »Sie darf mich nicht so rumkommandieren, Ma. Immer ergreifst du für sie Partei. Das ist nicht fair. Wieso soll ich eine Woche lang den Abwasch machen und sie nicht? Nur weil sie gute Noten schreibt? Der Lehrer kann mich nicht ausstehen. Außerdem wollte ich ja mein Zimmer aufräumen, Ma, wirklich. Ich hab's bloß vergessen. Reenie Reenie, Reenie ist so eine schöne Braut. Na ja, dafür werd ich Filmstar. Ihr werdet schon sehen. Warum darf sie ihre Babys behalten, warum?« Tränenüberströmt hielt sich Alice den Kopf. »Warum, warum, warum? Ich versteh das einfach nicht: Warum immer ich? Wer bin ich? Nicht die Frau im Spiegel. Nein, nein, nein. Die alte Frau, wer ist die alte Frau im Spiegel? Wer bin ich?«

»Alice. Meine Alice.« Cora ging zu ihr. »Alice Ann Bodine. Beruhige dich.« Sanft wischte ihr Cora die Tränen ab. »Wer bin ich?«

Bodine schnürte es die Kehle zusammen, als sie Alice' innerem Kampf beiwohnte. »Ma. Ma. Ich – ich war auf dem Heimweg.«

»Ich weiß. Ich weiß. Und jetzt bist du zu Hause.«

»Ich fühl mich überall fehl am Platz. Darf ich zurück? Einfach zurück?«

»Wir machen einen Schritt nach dem anderen. Alles wird gut.«

»Reenie ist wütend auf mich.«

»Nein, bin ich nicht.« Maureen strich über den geflochtenen Zopf ihrer Schwester. »Ich bin nicht wütend. Ich bin froh, dass du wieder zu Hause bist, Alice.«

»Ich war wütend. Ich war wütend. Ich war wütend. Ich weiß nicht mehr, warum. Mir tut der Kopf weh.«

»Du kannst dich kurz hinlegen«, schlug Cora vor. »Ich setz mich zu dir.«

»Nein. Nein, ich mach Kartoffelbrei. Clementine zeigt mir, wie das geht. Clementine … Wenn du bei jedem Jammern einen Dollar kriegen würdest, wärst du längst Milliardärin.«

»Ganz genau.« Trotz feuchter Augen zeigte Clementine auf

eine halb geschälte Kartoffel. »Die schälen sich nicht von allein, Mädel.«

»Ich werd mich neben dich setzen und darauf achten, dass du es richtig machst.« Miss Fancy setzte sich auf einen Hocker.

»Grammy.« Alice lehnte ihren Kopf an Miss Fancys Schulter. »Grammy riecht immer so gut. Wo ist Grandpa?«

»Im Himmel, Liebling. Dort passt er auf deinen kleinen Benjamin auf.«

»Grandpa ist bei Benjamin. Ich muss mir keine Sorgen machen.« Als sie zum Kartoffelschäler griff, sah sie Maureen tieftraurig an. »Er ist nicht mein Rory. Sondern deiner.«

»Wir sind Schwestern. Wir teilen alles.«

»Ich hasse es zu teilen.«

Da musste Maureen laut lachen. »Das kommt mir bekannt vor.«

Hinter ihnen legte Bodine den Arm um Cora und sagte leise: »Komm, setz dich. Du zitterst ja. Ich mach dir einen Tee.«

»Ich hätte lieber einen Wein.«

»Erst setzt du dich.«

Bodine ging Wein holen und wartete, bis ihre Großmutter einen Schluck genommen hatte.

»Sie hat mich *Ma* genannt.«

»Ich weiß.«

»Zum ersten Mal. Sie hat mich *Ma* genannt, und als sie mich angeschaut hat, hat sie sich erinnert. Das hab ich gesehen. Sie kommt zurück. Die alte Alice kommt zurück.«

***

Erschöpft, verwirrt und überwältigt kehrte Callen in seine Hütte zurück. Er warf Hut und Jacke in die Richtung eines Stuhls. Obwohl er sich nach einem Bier sehnte, wollte er lieber schlafen. Er ging ins Schlafzimmer, ließ sich aufs Bett fallen, um seine Stiefel auszuziehen … und plumpste auf Bodine.

»O Mann«, rief er, bevor er das rätselhafte Hindernis nach ein paar Sekunden als seine Freundin identifiziert hatte.

Sie fuhr auf. »Schau gefälligst, wo du dich hinfallen lässt.«

»Hab ich mich erschreckt.« Er tastete nach dem Lichtschalter. Sie hielt sich schützend die Hand vor die Augen.

»Wieso liegst du vollständig angezogen auf meinem Bett?«

»Ich konnte nicht schlafen.«

»Du scheinst verdammt gut geschlafen zu haben.«

»Zu Hause. Da dachte ich, ich warte auf dich und bin eingeschlafen. Wie geht's Savannah und dem Baby?«

»Gut, und das Kleine ist absolut niedlich. Glaub ich zumindest. Es war die erste Geburt, bei der ich dabei war. Guck mal!« Er zückte sein Handy. »Mach dir selbst ein Bild.«

Bodine blinzelte und konzentrierte sich auf das Foto von einem winzigen, in eine rosa-weiße Decke gehüllten Bündel. »Absolut niedlich? Sie ist fantastisch. Wie heißt sie?«

»Aubra. Aubra Rose.«

»Hast du sie im Arm gehalten?«

»Ich muss zugeben, dass ich das erst nicht wollte. Da hantiere ich lieber mit Dynamit. Dann hab ich gelernt, wie's geht. Das war ein unvergesslicher Moment.«

Er wischte über das Display, um Bodine weitere Fotos von dem Baby zu zeigen. In den Armen seiner Mutter, seines Vaters, seiner Großmutter. Und schließlich in seinen Armen. Als Bodine seinen Gesichtsausdruck sah, während er seine Nichte hielt, fiel ihr nur ein Wort dazu ein: Verzückung.

»Vor allem frage ich mich, wieso sich Frauen das antun. Ich schäme mich nicht zu sagen, dass ich versucht habe, sooft wie möglich das Zimmer zu verlassen. Aber sie haben mich immer wieder reingerufen. Ja, es gab viele unvergessliche Momente.«

Endlich zog er seine Stiefel aus und streckte sich neben ihr aus. Beide waren nach wie vor vollständig angezogen. »Ich habe das Kind nicht zur Welt gebracht. Trotzdem fühle ich mich, als hätte ich einen Achttausender bestiegen.« Er schloss die Augen. »Dabei hab ich in einem schwachen Moment gesagt, ich würde Brody in dieser Woche betreuen, damit sie sich ein bisschen ausruhen können. Ich überlege, was ich mit ihm machen soll. Ponyreiten, ihn etwas Mist schaufeln lassen? Es gibt kaum etwas, das Jungen in diesem Alter mehr lieben.«

»Miranda, die das Kinderprogramm koordiniert, unterstützt dich bestimmt.«

»Meinst du?«

»Klar.«

»Das wird mir helfen, nicht durchzudrehen.« Er hing seinen Gedanken nach. »Und, wie war dein Abend?«

»Anstrengend. Mom und Alice haben vor dem Abendessen gestritten, sich angeschrien und geschubst.«

»Wie bitte?« Sofort war er wieder hellwach. »Was?«

»Ehrlich gesagt hat es mit Aubra Rose angefangen. Ich hab erwähnt, dass das Baby gerade kommt. Daraufhin ist Alice ausgeflippt, gefolgt von Mom. Es war sehr speziell zu sehen, wie die eigene Mutter mit ihrer Schwester streitet. So, wie man es selbst tun würde. Nana ist dazwischengegangen, und Alice hat sich wieder beruhigt.« Sie drehte sich, damit sie sich ansehen konnten. »Sie hat sich erinnert, Callen. An alles Mögliche – albernes, kleinliches, kindisches Zeug. Sie hat Nana *Ma* genannt. Sie hat meine Mutter *Reenie* genannt. Das war vielleicht ein Durchbruch, keine Ahnung. Nana glaubt das, aber ich habe Angst, dass sie sich zu große Hoffnungen macht. Gut möglich, dass Alice morgen aufsteht und sich nicht erinnert.«

»Es ist nichts falsch daran, sich Hoffnungen zu machen. Das solltest du auch tun.«

»Vielleicht. Chase, Rory und ich haben uns anschließend in der Scheune getroffen. Wir sind davon ausgegangen, dass Dad Mom auffängt. Tagsüber werden Rory und ich die Lage im Auge behalten. Chase kümmert sich um Grammy, Rory um Nana und ich mich um Alice. Mal sehen, wie das klappt. Heute war der erste Tag ohne Pflegerin, und schon hat's geknallt.«

»Du schaffst das. Wir sollten uns ausziehen und schlafen.«

»Ja, gleich.«

Doch bevor es so weit war, waren sie bereits eingeschlafen.

***

Der Mann, der sich mir Sir anreden ließ, machte sich einen dicken Stock aus einem stabilen Ast. Auf den stützte er sich, wenn seine Beine zu zittrig waren. Der Hund war gestorben, aber Hunde waren leicht zu kriegen. Er würde sich demnächst einen neuen holen. Er überlegte, das Pferd zu erschießen. Es machte bloß Arbeit. Andererseits war man ohne Pferd regelrecht gelähmt. Also rationierte er das Getreide und fütterte es sparsam. Mit der Kuh gab er sich mehr Mühe. Sie gab nach wie vor Milch, auch wenn ihn das Melken extrem anstrengte.

Er keuchte beim Gehen, aber er konnte gehen. Zumindest bis der Husten zuschlug. Dann musste er stehen bleiben und sich setzen, bis der Anfall vorüber war. Wenn er sich in ein paar Tagen besser fühlte, würde er neue Medikamente besorgen und Geld für Futter und Heu lockermachen. Sich auf die Suche nach einer neuen jungen Frau machen, die kräftig genug war das Land zu beackern und zu bepflanzen. Eine, die vital genug war, ihm Söhne zu schenken. Und hübsch genug, um Lust zu spenden.

Jetzt hieß es Geduld haben.

Jeden Abend beim Zubettgehen sagte er sich, dass er am nächsten Morgen bei Kräften sein würde. Um mit seiner Suche zu beginnen. Er hatte den Keller vorbereitet, und dort würde sie bleiben. So wie sie das Feld beackern würde, würde er sie beackern. Wenn das Feld Früchte trug, würde sie ein Kind unter dem Herzen tragen, aus seinem Samen.

Jede Nacht schlief er mit dem geladenen Revolver unter dem Kopfkissen, bereit jeden abzuknallen, der versuchte, ihn daran zu hindern, seine gottgegebenen Rechte zu verteidigen.

Teil IV

Eine Rückkehr

Du suchst, Joe,
nach Dingen, die es gar nicht gibt: Anfänge.
Enden und Anfänge, die gibt es gar nicht.
Es gibt nur Mitten.

Robert Frost

23

Wenn Jessica sich den ganzen Tag die Hacken ablaufen musste, dann wenigstens in tollen Schuhen. Laut ihrer Handy-App hatte sie heute mehr als siebentausend Schritte gemacht, dabei war es längst nicht Mittag. Ihr großes Wochenend-Event würde der Hit werden! Auf ihren scharfen rosa Stilettos ging sie gerade wieder von der Mühle zum Saloon zurück, als sie Bodine in einem der Resortautos vorfahren sah.

»Bitte sag, dass das Wetter übers Wochenende halten wird«, rief Jessica.

Bodine stieg aus dem Wagen und sah zum knallblauen Himmel empor. »Es sieht gut aus. Vielleicht gibt es heute Abend einen kurzen Schauer, aber morgen ist alles eitel Sonnenschein. Ich hab noch mehr gute Nachrichten. Wir bauen die Zelte auf.«

»Ich hab heute Abend Event-Gäste für den Campingplatz mit Flussblick und das *Adlernest.* Ist beides fertig, wenn sie einchecken wollen?«

»Der Campingplatz am Fluss ist fertig, und das Team kümmert sich gerade ums *Adlernest.* Keine Sorge, deine Gäste werden Luxuscamping vom Feinsten bekommen.« Sie klopfte Jessica auf die Schulter. »Du musst dich nicht mehr darum kümmern.«

»Gut, abgehakt. Ich will nur, dass alles glattläuft.«

»Es geht um das Familientreffen der Cumberlands, oder?«

»Das Familientreffen einschließlich Geburtstagsparty. Die Matriarchin wird hundertzwei. Faszinierend und ein bisschen beängstigend. Hundertzwei! Hast du die Torte gesehen?«

»Noch nicht.«

»Sie ist fast fertig. Riesig, köstlich und sehr originell. Ein Turm von Torte, bei der die Verzierungen wichtige Meilensteine aus ihrem Leben aufgreifen. Ich mach Fotos für die Webseite. Davon dürften achtundsiebzig Leute locker satt werden, im Alter von sieben Monaten bis hundertzwei.«

»Du kannst ja kaum an dich halten vor Begeisterung.«

»Ich weiß.« Lachend deutete Jessica auf die Mühle. »Ich finde, das ist was Besonderes: das Alter der Jubilarin, ihre große Familie, die bei uns zusammenkommt … Ihre Verwandten schicken mir seit Wochen Bilder und Andenken, damit ich ein originelles Familienmuseum einrichte. Für mich, die ich keine nahen Verwandten mehr habe, ist das eine fremde Welt.«

»Die Bodine-Longbows sind jetzt deine Familie.«

Gerührt gab Jessica Bodine einen liebevollen Stups. »Als Mitglied dieses Clans bin ich wild entschlossen, dieses Event zu einem weiteren Höhepunkt im Leben von Bertie Cumberland zu machen. Apropos Familie – wie läuft's so bei euch?«

»Es gibt Auf und Abs, aber im Moment können wir nicht klagen.« Bodine hakte die Daumen in die Gürtelschlaufen ihrer Jeans und schaute sich prüfend um. »Sieht ganz so aus, als wäre alles unter Kontrolle. Ich werd mich bald auf den Heimweg machen und zu Hause weiterarbeiten. Gott sei Dank konnte ich Nana und Grammy dazu überreden, sich ein paar Stunden freizunehmen und zum Friseur zu gehen. Clementine ist aber da. Wir beide werden es schon schaffen, auf Alice aufzupassen.«

»Da habt ihr euch ganz schön was aufgebürdet.«

»Ja, aber eine Familie muss zusammenhalten.«

»Ich erfahre hin und wieder was von Chase, aber du weißt ja, wie er ist.«

»Ja. Aber ich weiß auch, dass er glücklich ist. Obwohl er nicht viele Worte macht, erzählt er mir doch manchmal was. Gestern hat er Moms und Dads Pferde gesattelt und die beiden überredet, zusammen auszureiten. Sie legen nämlich viel Wert auf Zweisamkeit und haben seit Alice' Ankunft kaum Zeit für sich gehabt. Damit hat er das Problem gelöst. Außerdem haben Chase und Callen Rory gestern für eine Runde Poker in die Kantine gezerrt, damit er eine Verschnaufpause bekommt.«

»Chase sagt, sie hat akzeptiert, dass Rory nicht ihr Sohn ist?«

Nickend sah Bodine zu, wie Gäste versuchten, Hufeisen über eine Stange zu werfen. »Sie scheint sich damit abgefunden zu haben. Aber es ist keine Woche her, dass sie geglaubt hat oder glauben musste, er wäre ihr Sohn.«

»Wer sorgt dafür, dass du Pause machen kannst?«

»Das hier.« Bodine machte eine weit ausholende Geste. »Und Callen. Er ist ein guter Zuhörer, genau wie du.«

»Wenn du mich brauchst, bin ich für dich da.«

»Wir sollten mal wieder zu sechst tanzen gehen.« Der Abend im *Roundup* schien eine Ewigkeit her zu sein. »Rory trifft sich nach wie vor mit Chelsea.«

»Von mir aus gern. Nur dieses Wochenende nicht«, korrigierte sich Jessica. »Dieses Event wird …« Sie sah auf die Uhr. »O Gott, ich muss nach dem Willkommensbüfett schauen und dafür sorgen, dass der Flughafentransfer klappt.«

»Letzteres übernehme ich. Wenn ich dir sonst irgendwie helfen kann, bevor ich heimfahre, gib Bescheid.«

»Danke. Wenn du Unterstützung brauchst, Bo, weil du zum

Friseur oder zum Einkaufen willst, bin ich für dich da.« Jessica stolzierte auf ihren rosa Stilettos davon. »Aber nicht an diesem Wochenende«, wiederholte sie.

***

Als Bodine mit Bergen von Unterlagen aus dem Büro nach Hause kam, brauchte sie all ihre Überzeugungskraft, um die Grannies aus dem Haus zu bekommen. Kaum waren sie weg, betrat sie das Esszimmer, in dem Clementine den großen Tisch abwischte.

»Bist du sicher, dass sie nicht gleich wieder kehrtmachen?«

Bodine ließ sich seufzend auf einen Stuhl fallen. »Ich glaube, es hat geklappt. Aber ich warte lieber ein paar Minuten, bevor ich raufgehe und mich mit meinen Unterlagen beschäftige. Nana hat gesagt, dass sich Alice ausruht? Die Sitzung mit Dr. Minnow heute scheint gut gelaufen zu sein.«

»Das ist richtig, soweit ich das beurteilen kann. Es war wirklich eine geniale Idee, die Grannies aus dem Haus zu lotsen. Auch Alice braucht meiner Meinung nach etwas Abstand.«

Nachdem Clementine mit dem Tisch zufrieden war, widmete sie sich der großen Anrichte.

»Haben sie früher oft gestritten?«, fragte Bodine. »Alice und Mom? Als sie klein waren, meine ich.«

»Sie haben sich gekabbelt. Meist hat Alice angefangen, aber deine Ma konnte auch austeilen und hat ihre Position als Ältere gern ausgenutzt. Das hat sie Alice spüren lassen.«

Ebenso fasziniert wie amüsiert stützte Bodine das Kinn in die Hände. »Ach ja?«

»Na ja, sie hat gern raushängen lassen, dass sie zuerst da war. Und war beleidigt, wenn man mit Alice Nachsicht hatte, weil die das Nesthäkchen war. Umgekehrt hat Alice ständig gejammert, dass deine Mutter alles darf, nur weil sie älter ist. Bei deinen Brüdern und dir war das auch nicht anders.«

Clementine zeigte auf Bodine. »Du hast ebenfalls gern gejammert, dass du ein armes Sandwichkind bist, oder darauf bestanden, das einzige Mädchen zu sein.«

»Manchmal hat's funktioniert.« Bodine zuckte mit den Schultern. »Haben sich die beiden gemocht, Clem? Richtig gemocht, unabhängig davon, dass sie Geschwister sind und sich als solche lieben. Ich liebe Chase und Rory, aber ich mag sie auch. Ich kann mich über sie aufregen, mag sie aber wirklich.«

»Ich denke schon. Mal waren sie ein Herz und eine Seele, mal wie Hund und Katz.« Clementine wienerte und polierte weiter. Das Zimmer duftete wie ein Orangenhain. »Als deine Mutter mit Chase schwanger war, hab ich sie allein im Obergeschoss vorgefunden. Sie hat geweint und sich über ihren dicken Bauch gestrichen. Weil sie ihre Schwester vermisst hat. Sie haben sich Namen für ihre ersten Kinder ausgedacht.«

»Was? Wie das?«

»Als sie noch klein waren, haben sie gegenseitig den Namen für ihr jeweils erstes Kindes ausgesucht. Für Maureen war das Charles nach deinem Urgroßvater, sollte sie denn einen Jungen bekommen. Maureen hat den Namen dann mit Chase abgekürzt. Für Alice hat sie Rory ausgesucht, nach ihrem Vater. Bei Töchtern sollte Maureens Kind Bodine heißen und das von Alice Cora.«

Vorsichtig stellte Clementine den großen Kandelaber zurück. »Sie scheinen einander viel zu bedeuten, weil sie sich beide daran gehalten haben, obwohl sie keinen Kontakt hatten.«

»Das höre ich zum ersten Mal.«

»Ich wüsste nicht, wer das außer mir wissen sollte. Sie haben mich damals als Zeugin hinzugezogen, damit es offiziell ist.« Clementine drehte sich um und lächelte. »Sie dürften etwa zwölf und vierzehn gewesen sein.«

»Danke, dass du mir das erzählt hast. Das hilft mir, sie besser zu verstehen.« Bodine stand auf. »Ich schlepp meine Aktentasche hoch und fang an zu arbeiten. Vorher schau ich kurz bei Alice vorbei.« Sie sammelte ihre Sachen zusammen und ging nach oben, dachte daran, dass ihre Mutter mit vierzehn einen Pakt mit ihrer Schwester geschlossen hatte. Dass Alice mit zwölf von Kindern geträumt hatte, wie das Mädchen in diesem Alter häufig tun. Dass Alice diese Kinder allein im Keller irgendeines Geistesgestörten bekommen hatte. Und dass ihr diese Kinder weggenommen worden waren.

Sie nahm sich fest vor, geduldiger und liebevoller mit Alice umzugehen. Nicht nur ihren Grannies und ihrer Mutter, sondern auch Alice zuliebe, die einmal zwölf gewesen war. Dann sah sie ihre Tante – das graue Haar strähnig, die Augen weit aufgerissen und der Blick funkelnd vor Wut. In ihrer Hand glitzerte eine Schere, die auf und zu schnappte. »Alice«, brachte sie vor Angst nur mit Mühe heraus. »Stimmt was nicht?«

»Alles stimmt nicht. Alles. Ich mag sie nicht, ich mag sie nicht. Ich will sie nicht.«

»Gut. Was magst du nicht? Was willst du nicht? Vielleicht kann ich dir helfen.« In der Hoffnung, entspannt und gelassen zu klingen, machte Bodine einen Schritt nach vorn.

»Ich darf sagen, dass sie mir so nicht gefallen.« Alice fuchtelte so gefährlich mit der Schere herum, dass Bodine erstarrte. »Ich darf sagen, dass ich sie hasse. Das hat die Ärztin gesagt. Das hat sie gesagt.«

»Natürlich darfst du das, wenn du willst.«

»Ma und Grammy sind weg.« Alice ließ die Schere unablässig auf und zu schnappen. *Klick, klick, klick.* »Ma und Grammy sind weg zum Friseur.«

»Sie kommen bald wieder. Ich bin ja da. Clementine ist unten. Zeigst du mir den Schal, den du für mich machst?«

»Er ist fertig. Ich hab ihn fertig.« Mit zusammengebissenen Zähnen stach Alice mit der Schere in die Luft. »Ich kann einen für Chase machen. Für alle Kinder von Reenie. Alles ihre Kinder, allein ihre Kinder.«

»Ich würde ihn gerne sehen. Darf ich ihn anprobieren?« Bodine ließ Alice nicht aus den Augen und wagte einen Schritt nach vorn. Gleich würde sie sie am Handgelenk packen. Sie war kräftiger, schneller, konnte ihr die Schere sicherlich entwinden.

»Ja, ja, ja. Aber ich will sie nicht.« Mit der freien Hand packte Alice ihre Haare und zerrte heftig daran.

»Ist ja gut, ist ja gut. Du kannst …« Da begriff Bodine. »Deine Haare? Du möchtest zum Friseur?«

»Ich will sie nicht.« Mit zusammengekniffenen Augen zerrte Alice erneut daran. »Sir hat gesagt, dass es Sünde ist, wenn Frauen sich die Haare schneiden. Aber die Ärztin meint, ich darf das. Ich darf sagen, was ich will oder nicht will. Stimmt das? Ich weiß es nicht.«

»Du darfst es«, pflichtete ihr Bodine bei und machte einen weiteren Schritt nach vorn. »Das ist dein gutes Recht. Du kannst sagen, was du willst, denn es sind deine Haare, Alice.«

»Ich hasse sie.«

»Dann ändern wir deine Frisur, bis sie dir gefällt. Wir können dir die Haare schneiden lassen, Alice. Ich bring dich zum Friseur.«

»Nicht draußen. Nein, nein, nicht nach draußen.« Beim Blick auf Wände und Türen begann sie zu keuchen. »Nein, nicht nach draußen. Ich kann mir die Haare abschneiden. Er kann mich nicht davon abhalten, wenn ich im Haus bleibe, im Zuhause.«

»Ach, der kann dich mal.« Bei Bodines Worten riss Alice

verschreckt die Augen auf. »Der kann dich mal, Alice! Es sind deine Haare, oder etwa nicht? Niemand kann dich daran hindern. Wie wär's, wenn ich sie dir schneide?«

»Du?« Alice ließ die Schere sinken und starrte sie an. »Du kannst das? Kannst du das?«

»Na ja, einen Versuch wär es zumindest wert.« Bodines Herz schlug nach wie vor wild, aber sie lächelte, als Alice ihr die Schere reichte. »Sollen wir das Bad in einen Friseursalon verwandeln? Du kannst dich auf den Hocker setzen. Weißt du denn, wie kurz du die Haare haben möchtest?«

»Ich mag das nicht. Ich will das nicht. Abschneiden.«

Bodine führte Alice zum Hocker. »Ich überlege gerade. Ich kenne eine Frau, die wirklich lange Haare hatte, fast so lang wie deine. Sie hat sie einer Organisation gespendet, die Perücken für krebskranke Frauen herstellt. Wenn du möchtest, kann ich im Internet nachschauen, wie man das machen soll.«

»Man schickt die Haare einer kranken Frau? Die Haare?«

»Ja. Würde dir das gefallen?«

»Sie sind hässlich. Alt und hässlich.« Ihre Augen wurden feucht. »Wer will die schon?«

In dem Versuch sie zu trösten, strich Bodine über die unfassbar langen Strähnen. »Die machen sie bestimmt schön. Ich schau auf meinem Handy nach, während du sie dir kämmst.«

Bodine holte eine Bürste und sah, wie sich Alice stirnrunzelnd im Spiegel betrachtete.

Gemäß den Anweisungen aus dem Internet flocht Bodine ihr zuerst die Haare. »Wetten, die werden gleich zwei kranke Frauen glücklich machen? Ich muss dich ein wenig drehen, damit du dich von der Seite sehen kannst. Sollen sie so kurz werden?« Bodine hielt die Hand auf die Höhe von Alice' Schulterblättern.

»Kürzer.«

Zentimeter für Zentimeter ließ Bodine die Hand nach oben wandern, bis sie sich auf Schulterhöhe befand, dann erntete sie ein heftiges Nicken. »Schauen wir mal.« Sie fixierte das Zopfende mit einem Haargummi und atmete tief durch. »Ich bin nervös. Bist du dir sicher?«

»Ich will sie nicht.«

»Na gut, los geht's.« Insgeheim betete Bodine darum, dass Alice nicht mit Wut oder Tränen auf das Ergebnis reagieren würde, und begann zu schneiden. Als der schwere Zopf zu Boden zu fallen drohte, fing sie ihn auf. Alice starrte mit zusammengezogenen Brauen in den Spiegel. »Das wird noch schöner. Vielleicht hat Nana eine kleinere Schere oder …«

Langsam hob Alice die Hand und fuhr sich damit durchs Haar. »Scheußlich, aber besser. Es ist abgeschnitten, und er hat mich nicht daran hindern können. Du hast es abgeschnitten, und er hat dich nicht daran hindern können. Ich weiß nicht, wer das ist.« Sie zeigte auf ihr Spiegelbild. »Ich weiß es nicht.«

Bodine legte die Haare weg und ihre Hände auf Alice' Schultern. »Du bist meine Tante Alice, die mir meinen Namen gegeben hat.«

Ihre Blicke trafen sich im Spiegel, und Alice lächelte kaum merklich. »Du heißt Bodine, weil Reenie und ich uns das versprochen haben.«

»Ganz genau. Ich hab eine Idee. Deine Grammy hat Haarfarbe in ihrem Zimmer. Wie wär's, wenn wir dir die Haare färben?«

»Rot wie die von Grammy? Ich liebe Grammys Haare.«

»Ich auch. Komm, wir färben dir die Haare, Alice.«

Jetzt lächelte Alice, ein Lächeln, das auch ihre Augen erreichte. »Genau das will ich. Ich will rote Haare wie Grammy. Du hast eine rote Weste. Die sieht toll aus.«

»Gefällt sie dir?« Bodine strich über die rote Lederweste, zu der Jessica sie überredet hatte. »Du kannst sie dir gern ausleihen, wenn du willst.«

»Reenie hasst es, wenn ich mir Sachen von ihr ausleihe.«

»Ich bin da nicht so empfindlich. Außerdem hab ich es dir selbst angeboten. Warte, ich hol nur schnell die Haarfarbe.«

Zur Sicherheit nahm sie die Schere mit. Viel Arbeit würde sie heute nicht mehr erledigen, aber das ließ sich alles nachholen. Als Haar- und Make-up-Stylistin hatte Bodine wenig Übung, gab aber ihr Bestes. Ermutigt von ihrem Erfolg, überredete sie Alice zum ersten Mal seit deren Rückkehr eine Jeans anzuziehen, dazu eine schöne Bluse und ihre rote Weste. Sie förderte sogar ein Paar Ohrringe zutage.

Als Alice vor dem Ganzkörperspiegel stand und sich musterte, war das ein ganz besonderer Moment in Bodines Leben.

»Ich erkenne mich«, sagte Alice staunend. »Ich bin alt geworden. Ich erkenne Alice. Alice Ann Bodine.«

»Du siehst richtig hübsch aus.«

»Ich war hübsch.« Alice fasste sich an die Wange. »Ich war richtig hübsch. Er hat mich um meine Schönheit gebracht. Aber ich hab sie mir ein Stück weit zurückerobert. Ein bisschen zumindest. Mir gefällt meine Frisur. Mir gefällt die rote Weste. Ich trage sie gern, leih sie mir gern aus. Danke.«

»Gern geschehen. Komm, wir führen dich Clementine vor.«

Bodine streckte die Hand aus, und obwohl Alice den Kopf senkte, schlug sie ein.

Auf halber Treppe hörte Bodine die Stimme ihrer Mutter. Alice natürlich auch. Fest umklammerte sie ihre Hand.

»Ich werd den Tee hochbringen und ein Schläfchen machen«, sagte Maureen. »Nach dem Abendessen geh ich vielleicht noch mal ins Resort, um Jessie ein wenig mit dem Event zu helfen, aber …«

Maureen war gerade dabei, den Tee einzuschenken, als Bodine mit Alice in die Küche kam. Heißes Wasser spritzte über den Tassenrand, bevor Clementine ihr das Tablett abnahm.

»Alice.« Mit Tränen in den Augen schlug Maureen die Hände vor den Mund. »Alice. Alice.« Sie eilte auf sie zu, und obwohl Alice zurückzuckte und sich versteifte, schlang sie die Arme um sie. »Ach, Alice.«

»Ich wollte sie nicht. Bodine hat sie geschnitten. Eine kranke Frau darf sie haben.«

»Ach, Alice.« Maureen löste sich von ihrer Schwester und fuhr ihr durchs rote Haar, das Bodine zu einer Art asymmetrischem Bob gestylt hatte. »Ich bin begeistert, absolut begeistert. Ich liebe diese Frisur. Und dich!«

Erneut zog sie Alice an sich und streckte die Hand nach Bodine aus. Sie küsste die Hand ihrer Tochter, schloss die Augen und wiegte sich mit ihrer Schwester hin und her.

***

Da Jessicas Event Ausritte, Ponyreiten, Viehtreiben und Reitstunden beinhaltete, schob Callen Überstunden. Er musste morgen bei Sonnenaufgang wieder da sein, konnte aber für heute gemütlich nach Hause reiten. Dort hoffte er Bodine vorzufinden. Vielleicht konnten sie sich auf die Veranda setzen, ein Bier trinken und den Sonnenuntergang bewundern?

Wenn es ihr Terminplan zuließ, wollte er sie in den nächsten Tagen schick zum Abendessen ausführen. Dabei war er eigentlich gar nicht der Typ für schicke Abendessen. Aber mit ihr wollte er es gern ausprobieren. Außerdem wollte er sie wieder bei sich im Bett haben und diesmal nicht nur neben ihr einschlafen.

Er liebte einfach alles an ihr. Obwohl er nicht wegen einer Frau zurückgekehrt war, hatte er die richtige gefunden. Die Frau, mit der er sich ein gemeinsames Leben vorstellen konnte.

Vielleicht war sie noch nicht so weit, aber das würde bestimmt nicht mehr lange dauern. Die Frage lautete nur: Sollte er warten, bis sie so weit wäre, oder sollte er ihr einen Schubs in die richtige Richtung geben?

Darüber musste er in Ruhe nachdenken.

»Eigentlich könnte es nicht schöner sein.« Er beugte sich vor und tätschelte Sundowns Hals. »Stimmt's, mein Junge? Ein angenehm kühler Abend nach einem heißen Tag. Überall Wildblumen. Da drüben sind Rehe, siehst du? Die Felder werden grün. Auf den Gipfeln liegt noch Schnee, aber das lässt den Himmel umso blauer wirken.« Er brachte sein Pferd zum Stehen, um den Moment zu genießen, sah zu, wie die weißen Wedel der Rehe übers nahe gelegene Feld hüpften. Er überlegte abzusteigen und Bodine einen Wildblumenstrauß zu pflücken, ließ es dann aber bleiben. Er trieb das Pferd an. »Komm, toben wir uns ein bisschen aus.« Er hatte das Kommando kaum gegeben, als Sundown losraste. Er spürte ein Brennen in der Wade und hörte das Pfeifen einer Kugel. Sundown stieß einen Schmerzensschrei aus und strauchelte.

Rein instinktiv schrie er: »Los!«

Er spürte, wie sich sein Pferd quälte, aber sie waren auf freiem Feld, deshalb trieb er es bis zu einer Anhöhe, wo eine Hütte stand und Bäume Schutz spendeten. Er sprang ab, nicht ohne wegen der Schmerzen in seinem Bein laut zu fluchen. Und wegen des Bluts, das aus Sundowns Bauch tropfte.

»Ganz ruhig, ganz ruhig.« Er nahm sein Halstuch ab und drückte es auf die Wunde. »Alles wird gut, alles wird gut.«

Er hörte, wie ein Motor aufheulte, und riss sein Handy aus

der Hosentasche, während er das Waldstück und den Berggrat absuchte. Er schwor, sich an demjenigen zu rächen, der sein Pferd verletzt hatte.

***

Bodine trat ins Freie und hoffte, dass Callen inzwischen zurückgekehrt war. Bestimmt würde er begeistert sein, wenn sie ihm erzählte, dass sie Alice die Haare geschnitten und ihr einen neuen Look verpasst hatte. Sie wollte mit ihm draußen in der kühlen Abendluft sitzen und den Sonnenuntergang bewundern.

Vielleicht würden sie nach Einbruch der Dämmerung dann zusammen hineingehen und sich in seinem Bett austoben. Bei dem Gedanken daran musste sie lächeln, drehte aber abrupt den Kopf, als Chase schreiend aus dem Haus rannte. Ihr erster Gedanke galt Alice, aber auch ihr Vater und Rory kamen herausgerannt. Jedes einzelne Familienmitglied.

»Was ist? Was ist passiert?«

»Jemand hat auf Callen geschossen und sein Pferd getroffen. Etwa anderthalb Kilometer von der Black Angus Road entfernt.«

Chase rannte zum Pferdeanhänger. Rory raste in den Stall. Der Erste-Hilfe-Koffer für Pferde, dachte Bodine und eilte ihm nach. Sie griff nach einem Zaumzeug, hatte Leo innerhalb weniger Sekunden startklar gemacht.

»Was hast du vor?«, fragte Rory.

»Ich brech schon mal auf. Mit Leo bin ich schneller, ich kann querfeldein reiten.«

»Bleib da. Derjenige, der das getan hat, ist vielleicht noch dort.«

»Dann bleib doch selber da«, schnauzte sie ihn an, schwang sich auf Leos nackten Rücken und galoppierte davon. Jetzt fiel ihr ein, dass sie den Schuss gehört hatte. Beim Hinausgehen hatte sie sein Echo wahrgenommen, sich aber nichts dabei gedacht. Bei der Vorstellung, dass der Schuss Callen gegolten und dieses wunderbare Pferd getroffen hatte, geriet sie außer sich vor Wut. Geduckt trieb sie Leo ins Dickicht der Bäume und kürzte den Weg deutlich ab. Mit donnernden Hufen galoppierte sie über den schmalen, holprigen Pfad und wurde erst langsamer, als sie den Abhang hinunterritt. Sie sah, dass Callen und Sundown aufrecht standen, und sofort wurde ihr schwindelig vor Erleichterung. Doch dann entdeckte sie das Blut am Boden, und ihr wurde ganz anders.

Callen sah auf, das Gesicht wutverzerrt. Was sich nicht änderte, als er sie entdeckte. »Was zum Teufel machst du hier?«

»Wie schlimm ist es?«, rief sie und kam vorsichtig näher. »Die anderen sind unterwegs. Wie schlimm ist es?«

»Keine Ahnung. Meine Güte, Bodine, du solltest auf keinen Fall …« Er verstummte. Sie war da, und das ließ sich nicht mehr ändern. »Halt bitte Sundowns Kopf. Rede mit ihm. Er ist verletzt und völlig außer sich.«

Er zittert, dachte Bodine, als sie von Leos Rücken sprang und zu Sundowns Kopf ging, beruhigend auf ihn einredete. »Ist ja gut, ist ja gut. Wir werden dich nach Hause bringen und wieder gesund machen. Wurde sein Bauch getroffen?«

»Vermutlich ein Streifschuss. Aber er hat eine lange, verdammt tiefe Wunde hinterlassen, die heftig blutet.« Er zog das Hemd, das er zum Wechseln dabeihatte, aus der Satteltasche, weil das Halstuch bereits durchweicht war. »Hat jemand die Tierärztin verständigt?«

»Ja«, sagte sie, um ihn zu beruhigen. »Mach dir keine Sorgen. Alles wird gut. Da kommen sie.«

Sie hielt beide Pferde, während ihr Vater den Wagen samt Anhänger manövrierte. Rory sprang heraus, bevor das Auto zum Stehen gekommen war. »Die Tierärztin ist unterwegs, der Sheriff auch. Kann er laufen? Wir haben die Seilwinde dabei.«

»Er kann aus eigener Kraft in den Anhänger gehen.«

»Lass gucken, Junge.« Sam legte eine Hand auf Callens Schulter und ging in die Hocke. »Sieht nicht so aus, als wäre die Kugel tief eingedrungen. Es ist kein Durchschuss, nur ein übler Streifschuss. Alles wird gut.« Sam ging zu Sundowns Kopf und sah ihm in die Augen. »Wir bringen dich nach Hause.« Als Callen vorwärtshumpelte, senkte er den Blick. »Bist du getroffen worden?«, fragte er betont ruhig.

»Kann sein.«

»Meine Güte, du bist angeschossen worden.« Bodine packte Callen am Arm, der sie jedoch abschüttelte.

»Ich muss mich um mein Pferd kümmern.«

Es war ein langsamer und schmerzhafter Gang, als Callen Sundown in den Anhänger führte.

»Lass ihn lieber in Ruhe.« Sam tätschelte Bodines Arm. »Er ist verletzt und wütend. Fahren wir lieber nach Hause und kümmern uns dort um die beiden.« Obwohl Bodine ebenfalls verletzt und wütend war, hielt sie den Mund, schwang sich erneut auf Leo und ritt nach Hause zurück.

Sie ließ ihn in Ruhe. Sie hielt sich zurück, während die Tierärztin ihre Arbeit machte und Callen beruhigend auf das verwundete Pferd einsprach. Es brach ihr das Herz zu sehen, wie das Tier den Kopf auf Callens Schulter legte, wie dieser die Augen schloss, als die Tierärztin Sundown ein Schmerzmittel spritzte.

»Ich würde sagen, er hat Glück im Unglück gehabt.« Die Tierärztin zog sich die blutigen Handschuhe aus und warf sie in einen Plastiksack. »Die Kugel hat ihn nur gestreift. Er hat etwas Blut verloren und wird Schmerzen haben. Ich gebe dir ein entzündungshemmendes Medikament und werd morgen wieder nach ihm sehen. Er soll sich ausruhen und verwöhnt werden. Bitte achte darauf, dass die Wunde sauber bleibt.«

»Wird er wieder?«

»Er ist ein kräftiger, gesunder Bursche. Ich schreib dir auf, worauf du achten solltest. Keine Anstrengungen in den nächsten Tagen. Mindestens eine Woche lang Reitverbot. Danach sehen wir weiter. Es wird alles gut verheilen, Cal. Er wird bloß eine Narbe davontragen.«

»Das stört uns nicht weiter.«

Die Tierärztin rückte ihre eckige Brille zurecht und musterte Callen. »Wirst du heute hier übernachten?«

»Was glaubst du denn? Ich bin dir sehr dankbar. Sundown, bedank dich bei der Ärztin.« Auch wenn er nicht perfekt gehorchte, neigte Sundown doch den Kopf.

In diesem Moment trat Bodine einen Schritt nach vorn. »Würde es Ihnen was ausmachen, einen Blick auf Callens Verletzung zu werfen, bevor Sie gehen, Doc Bickers?«

Als sie auf Callens Bein zeigte, verdrehte Bickers nur die Augen. »Um Gottes willen! Zeig mir sofort das Bein. Chase Longbow, hilf diesem Idioten in die Küche, damit ich gucken kann, ob er ins Krankenhaus muss.«

»Ich lass mein Pferd nicht allein.«

»Dann hol dem Idioten was zum Sitzen, damit ich mir ein Bild machen kann.«

Chase holte einen Hocker und drückte Callen darauf. »Ruhe«, sagte Chase warnend. »Oder ich verpass dir höchstpersönlich eine Spritze.«

»Dann doch lieber ein Bier.«

Bickers schüttelte nur den Kopf und schob die Brille auf die Stirn. »Nicht, bevor ich mir das angeschaut habe.«

Sie zerrte an seinem Stiefel, und durch das schmerzhafte Rucken wurde Callen leichenblass. Bodine ballte die Fäuste. Etwa fünf Zentimeter über seinem Knöchel befand sich eine blutige Fleischwunde. »Tja.« Bickers schnupperte und zog sich frische Handschuhe an. »Dein Stiefel hat das meiste abbekommen.«

»Dabei habe ich diese Stiefel sehr gemocht.«

Bodine ging zu Callen und nahm seine Hand. »Stell dich nicht so an. Du kannst dir ein neues Paar Stiefel leisten.«

»Die Kugel hat etwas Haut mitgenommen. Es dürfte einen Tag höllisch brennen, mehr aber auch nicht. Wenn du was gegen die Schmerzen brauchst, geh zu einem Menschenarzt. Ich kann deine Wunde behandeln, aber du wirst eine Narbe zurückbehalten. Wenn du genäht werden möchtest, musst zu zum Menschenarzt. Luft anhalten: Ich werd die Wunde säubern. Das brennt richtig.«

»Brauchst du was zum Draufbeißen?«

Callen warf Bodine einen bösen Blick zu. »Ja.« Er zog ihren Kopf nach unten und küsste sie mitten auf den Mund. Als seine Wunde brannte, stockte ihm kurz der Atem, aber da packte sie ihn einfach am Kinn und küsste ihn umso leidenschaftlicher.

»Ich bin fast fertig«, sagte Bickers. »Bitte möglichst die Finger davon lassen. Eine Krücke dürftest du nicht brauchen, aber such dir ein Paar Turnschuhe, bevor du versuchst, dich in enge Stiefel zu zwängen. Es ist längst nicht so schlimm wie bei dem armen Pferd. Eigentlich nur ein Kratzer, mehr nicht.«

»Na ja, im Moment fühlt es sich eher an, als wäre ich gebrandmarkt worden.«

»Der Schmerz wird gleich nachlassen. Du bist ein gesunder Bursche.« Bickers tätschelte sein Knie. »Siehst fast so gut aus wie dein Pferd. Du kannst ein rezeptfreies Schmerzmittel nehmen. Wenn du was Stärkeres bunkerst, will ich das wissen.«

»Nein.«

Bickers nickte und warf die Handschuhe weg. »Ich wüsste gern, welches kranke Arschloch auf ein Pferd schießt. Vermutlich hat derjenige auf dich gezielt.« Sie griff nach ihrem Arztkoffer und nickte Tate zu. »Ihr Kunde.«

Der Sheriff trat näher. »Kannst du mit mir reden, Cal?«

»Ja. Aber ich hätte gern ein Bier.«

Rory gab ihm eines. »Bitte sehr. Ich muss zurück und den anderen Bescheid geben, dass es dir und Sundown gut geht.«

»Danke.« Callen nahm einen großen Schluck. »Also, ich hab Überstunden gemacht und bin dann nach Hause geritten. Nach der ersten Kurve der Black Angus Road wollte ich, dass Sundown sich so richtig austobt. Da ist er einfach losgerast. Ich hab gespürt, wie mich was trifft, und die Kugel gehört. Gleich darauf ist er gestolpert. Ich musste ihn antreiben, obwohl er Schmerzen hatte. Wir waren auf freiem Feld, und ich wusste nicht, ob man noch mal schießen würde. Deshalb sind wir weitergeritten, bis wir mehr Deckung hatten. Ich hab gehört, wie ein Quad angelassen wurde, das dann davongefahren ist.«

»Bist du dir sicher? Kein Pick-up, kein Motorrad?«

»Ich kenne den Unterschied. Ein Quad. Vermutlich auf dem oberen Weg. Der Kerl muss gewartet haben, bis wir um die Kurve gekommen sind. Warum hat er nicht geschossen, als wir Schritt geritten sind? Der Galopp scheint den Schuss ausgelöst zu haben. Er musste uns neu anvisieren. Ein guter Schütze ist er nicht.« Callen nahm einen weiteren Schluck Bier. »Garrett Clintok ist kein besonders guter Schütze. Ich wüsste gern, ob er ein Quad hat.«

»Überlass das bitte mir.«

Callen reichte Bodine sein Bier und stand auf. Wut verfinsterte seine knallblauen Augen. »Siehst du dieses Pferd? Ich liebe es wie einen Bruder. Irgendein Arschloch versteckt sich zwischen den Bäumen, lauert mir auf und schießt auf mein Pferd? Das kann ich keinem anderen überlassen.«

»Wenn du dich mit Garrett anlegst, werd ich dich wegen Körperverletzung einbuchten. Nachdem er dich gehörig vermöbelt haben dürfte, weil du dein Bein nicht belasten kannst.

Glaubst du etwa, ich lasse ihn davonkommen, wenn er das gewesen ist?«

»Nein. Aber ich werde ihn ebenso wenig davonkommen lassen.«

Tate seufzte und fuhr sich übers Gesicht. »Ich kümmer mich drum. Mach bloß keinen Unsinn.«

Weil sein Bein pochte wie ein schlimmer Zahn, setzte sich Callen, kaum dass Tate gegangen war.

»Ich regle das an deiner Stelle mit Clintok«, versprach Chase.

Doch Callen sah Chase nur kopfschüttelnd an. »Das muss ich leider selbst klären. Tate hat recht, im Moment dürfte ich eher vermöbelt werden. Ich warte, bis die Wunde verheilt ist.«

»Bis dahin hat ihn Tate eingebuchtet. Er hat ein Quad.«

Callen nickte. »Er wird sich früher oder später verraten. Ich kann warten.«

»Warte, ich hole dir eine Decke.«

»Hol zwei«, sagte Bodine, bevor ihr Bruder ging.

Callen sah sie an. »Willst du etwa auch hier übernachten?«

»Was glaubst du wohl?«

Er stemmte sich mühsam hoch und zog sie an sich. »Ich habe nicht die Kraft, dir eine Ohrfeige zu verpassen. Wie bist du bloß auf die wahnsinnige Idee gekommen, zu mir zu reiten?«

»Da bin ich aber froh. Ich würde ungern zurückschlagen. Lieber hol ich dir was von dem Essen, das Clementine im Ofen warm gehalten hat. Und ein Bier samt Schmerztablette.«

»Vier.«

»Vier«, willigte sie ein.

»Bodine.« Wie vorhin sein Pferd legte auch Callen den Kopf auf ihre Schulter. »Ich hab einen Riesenschreck bekommen.«

»Ich weiß.« Sie wusste, dass er nicht den Schuss meinte,

sondern die Vorstellung sein Pferd zu verlieren. »Ich hol dir dein Abendessen.«

Er ließ sie gehen und humpelte zu seinem Pferd zurück. Dann fiel ihm ein, wie er beinahe abgestiegen wäre, um Bodine Wildblumen zu pflücken. Hätte er das nur getan.

24

Bodine wachte eng an Callen geschmiegt auf. Daran hatte sie sich bereits gewöhnt. Dass sich beide an Sundown schmiegten, war dagegen neu. Sie hatte besser geschlafen als erwartet. Im Moment roch der Stall nach Heu, Pferd und Desinfektionsmitteln. Das Pferd schnarchte.

Bodine nahm es als gutes Zeichen und setzte sich auf. Auf ihrem Handy kontrollierte sie die Uhrzeit. Viertel nach fünf. Gar nicht so schlecht, aber ihre Stallgefährten konnten bestimmt noch eine Runde Schlaf vertragen. Wäre es nicht zugedeckt, hätte sie auch Callens Bein kontrolliert. Stattdessen umrundete sie ihn und ging in die Hocke, um Sundowns Wunde gründlich zu inspizieren. Das sieht böse aus, dachte sie. Beim Aufwachen würde er bestimmt Schmerzen haben. Aber die Wunde schien nicht entzündet zu sein. Zärtlich legte sie die Hand auf Sundowns Bauch. Er war warm, nicht heiß.

Nachdem sie zurückgekrabbelt war, setzte sie sich auf und musterte die beiden Schlafenden. Sie konnte einfach nicht wiederstehen und machte ein paar Handyfotos. Sie würde sie ausdrucken und für Callen rahmen lassen. Vielleicht würde sie sogar eines auf ihre Webseite stellen.

Beim Gedanken an Callens tolle Reitshow ging sie in die Hocke, um eine neue Perspektive einzunehmen. Ein schönes Freundschaftsbild von Callen und Sundown, der eine mit ausgestrecktem Arm, der andere mit gestrecktem Vorderhuf.

»Ist es schon hell?«, murmelte Callen. »Im Ernst?«

»Noch nicht ganz. Schlaf weiter, es geht ihm gut«, sagte Bodine, als Callen sich aufsetzte. »Ich hab die Wunde kontrolliert. Kein Fieber, nichts entzündet. Lass mich dich auch noch anschauen, bevor ich duschen gehe.«

»Alles gut.«

»Dann zeig's mir.« Er murrte, schlug aber die Decke zurück. Als sie den Verband öffnete, schimmerte die Wunde blaurot, wirkte aber ebenfalls nicht entzündet. Keine roten Streifen, kein beunruhigendes Fieber. »Etwas geschwollen, aber nicht mehr als gestern. Sieht so aus, als wärt ihr bereits auf dem Weg der Besserung. Den Rest des Tages habt ihr frei, damit ihr schnellstmöglich wieder auf den Beinen seid.«

»Ich fühle mich gut. Wir haben heute volles Programm.«

»Das andere übernehmen werden. Wenn Pferd und Reiter angeschossen werden, sind sie einen Tag krankgeschrieben.« Sie versetzte Callen einen sanften Stoß gegen die Brust. »Ich bin die Chefin! Außerdem willst du ihn nicht allein lassen.«

Sie ging wieder in die Hocke. »Ich war sauer auf dich.«

»Weil ich angeschossen worden bin?« Er strich ihr übers Haar. »Das ist nicht sehr nett.«

»Weil du mir nichts davon erzählt hast. Und weil du mich weggeschubst hast, als ich es gemerkt habe.«

»Dafür entschuldige ich mich.«

»Entschuldigung angenommen. Nach dem ersten Schrecken habe ich gemerkt, dass ich ganz genauso gehandelt hätte. Ich glaube, wir haben einiges gemeinsam.«

»Ich an deiner Stelle wäre auch sauer gewesen.«

»Dann hätten wir das ja geklärt. Versuch ein bisschen zu schlafen. Ich werd dir einen Kaffee bringen, wenn ich geduscht habe. Dann kannst du dich waschen und frühstücken. Dad, Chase, Rory, Mom oder einer der Rancharbeiter wird so lange bei Sundown bleiben.«

»Ich weiß.« Sie wollte aufstehen, als er sie an sich zog, um sie zu küssen. »Ich weiß eine Frau zu schätzen, die bei einem verletzten Pferd im Stall schläft.«

»Das dürfte weder das erste noch das letzte Mal gewesen sein.«

»Ich weiß es wirklich zu schätzen.«

Sie tätschelte sein Knie, richtete sich auf und schlüpfte in ihre Stiefel. »Finger weg von deinem Bein.«

Als er hörte, wie ihre Schritte leiser wurden, tätschelte er Sundown, der ebenfalls aufgewacht war, und sah ihm in die Augen. »Das tut weh, was? Na ja, dann stehen wir langsam auf und gucken, ob wir uns auf den Beinen halten können.«

***

Nur wenige Sekunden, nachdem Bodine die Tür hinter sich geschlossen hatte, schlich sich Alice leise hinaus. Wie damals als Mädchen, wenn sie Hausarrest gehabt hatte. Sie wusste von dem verletzten Pferd. Alle waren schreiend rausgerannt. Erst hatte ihr das Angst gemacht. Angst, Sir könnte gekommen sein, um sie wieder mitzunehmen. Angst, er könnte ihr wehtun, weil sie sich die Haare geschnitten und rot gefärbt hatte wie Grammy. Aber es war nicht Sir gewesen. Jemand war böse zu einem Pferd gewesen, und sie wollte das sehen.

Sie mochte Pferde. Sie konnte sich daran erinnern, dass sie auf ihnen geritten war und sie gestriegelt hatte. Sie konnte sich sogar erinnern, einem auf die Welt geholfen zu haben. Sie wollte das verletzte Pferd sehen, auch wenn alle sagten, sie solle sich keine Sorgen machen. Und wenn sie es sehen wollte, würde sie es auch sehen.

Dickkopf. Sturkopf.

Aus irgendeinem Grund musste sie über diese Worte lachen. Sie schlug die Hand vor den Mund, um das Gelächter zu dämpfen, und schlich die Hintertreppe hinunter. Sie erinnerte sich daran, welche Stufen knarzten. O Gott, sie wusste es noch. Sie mied die betreffenden Dielen, und ihre Augen wurden feucht. Sie war kein einziges Mal draußen gewesen. Nicht mal im Hausflur, weil sie wusste, dass von dort eine Tür nach draußen führte.

Der Bauch tat weh, das verletzte Bein tat weh, der Kopf tat weh. Sie sollte sich lieber einen Tee machen und an ihrem Schal weiterarbeiten. »Nein, nein, nein. Sei kein Angsthase. Sei kein Angsthase. Sei kein Angsthase.« Sie konnte nicht aufhören, die Worte zu wiederholen. Sie brachen aus ihr hervor. Als sie die Tür aufstieß, dachte sie daran, wie sie die Tür des Hauses aufgestoßen hatte, das Sir ihr zur Verfügung gestellt hatte. Ihr wurde so schwindelig, dass sie sich festhalten musste. Wind strich ihr übers Gesicht. Kühl und wohlriechend. Wie damals, vor einigen Wochen.

Sterne, so viele Sterne. Eine Welt voller Sterne. Sie war im Kreis herumgetanzt, die Arme weit ausgebreitet.

Hier stand die große Scheune und da die Kantine für die Arbeiter. Dahinter die Viehställe und der Hühnerstall. Ach, dort hatte Ma ihren Kräutergarten, dort war der Schwesterngarten. Sie erinnerte sich, erinnerte sich wieder.

Als die Hunde, die Bodine rausgelassen hatte, angerannt kamen, erstarrte sie. Sie bissen nicht, knurrten nicht und sprangen sie nicht an. Sie wedelten mit den Schwänzen und drängten sich gegen ihre Beine. Sie schliefen gern zu ihren Füßen, wenn sie handarbeitete. Nur weil sie draußen war, hieß das nicht, dass sie bissen.

»Brave Hunde«, flüsterte sie. »Ihr seid brave Hunde. Ich kenne euch. Ihr seid Chester und Clyde. Ihr dürft ins Haus und schlaft, wenn ich an meinem Schal arbeite. Wir werden nach dem Pferd sehen.« Sie ging unter dem Sternenhimmel zu den Ställen, während die braven Hunde um sie herum tollten.

Leise versuchte sie, das Stalltor zu öffnen, ganz leise. Sie erkannte den Geruch wieder. Nichts Angsteinflößendes, nichts Böses.

Pferde, Heu, Dung, Sattelseife und Leinöl. Getreide und Äpfel. Mucksmäuschenstill schlich sie in ihren Pantoffeln und dem kuscheligen Flanellpyjama weiter. Eine Stimme ließ sie erstarren, und sie fasste sich an ihr wild schlagendes Herz.

»Du nimmst deine Medizin, ohne zu jammern. Es bringt nichts, mich so traurig anzuschauen. Jammer ich und schau traurig drein? Nein? Also! Ich nehm meine zuerst.«

Als sie ein Stück weiterging, sah sie den Mann. Den Mann, der manchmal zum Sonntagsessen kam oder zum Frühstück. Sie hatte gesehen, wie er Bodine küsste. Bodine schien nichts dagegen zu haben. Auch wenn ihr der Mann ein wenig Angst machte, war das Pferd … Ach, war das Pferd schön! Das schöne Pferd legte den Kopf auf die Schulter des Mannes.

»Ich weiß, es tut weh.« Die Stimme des Mannes war zärtlich, voller Liebe und alles andere als boshaft.

»Sie haben dem Pferd nicht wehgetan.«

Der Mann drehte sich um, während er mit einer Hand nach wie vor den Hals des Pferdes kraulte. Er hatte ein verquollenes Gesicht und müde Augen, sein Haar war völlig zerzaust.

»Nein, Madam. Ich habe ihm nie wehgetan.«

»Wer dann?«

»Das weiß ich nicht so genau. Frieren Sie, Miss Alice? Darf ich Ihnen meine Jacke umlegen?«

Er zog die Jacke aus und machte einen Schritt nach vorn. Sie wollte zurückweichen, als sie sah, dass er hinkte.

»Ich hinke auch. Hat Sie jemand angekettet?«

»Nein. Ich wurde verletzt, als das mit Sundown passiert ist. Das ist Sundown. Sundown, das ist Miss Alice Bodine.«

Zu Alice' Entzücken und Callens Freude knickte Sundown mit den Vorderbeinen ein und machte eine Verbeugung.

»Er ist so schön.«

»Das sieht er auch so. Sie dürfen ihn gerne streicheln. Er lässt sich gern von schönen Frauen streicheln.«

»Ich war mal schön, jetzt bin ich alt. Bodine hat mir die Haare geschnitten und mir eine schöne Frisur gemacht.«

»Ach ja?« Callens Stolz wuchs. »Das sieht echt gut aus. Wie bei Miss Fancy.« Er redete weiter, während sie näher kam und die Hand hob, um Sundowns Wange zu liebkosen. »Sie müssen wissen, dass ich ziemlich verknallt in Miss Fancy bin.«

Alice lachte. Es klang ein wenig schrill und heiser. »Sie ist älter als ich.«

»Das spielt keine Rolle.«

»Sundown«, murmelte Alice. »Du heißt Sundown, Sonnenuntergang. Ich liebe Sonnenuntergänge. Der Himmel ist dann so schön, einfach magisch. Ich liebe Pferde, das weiß ich wieder. Manchmal bin ich etwas durcheinander, aber ich weiß wieder, dass ich Pferde liebe. Ich reite gern. Ganz schnell. Ich wollte Filmstar werden und eine Ranch in den Hügeln von Hollywood haben. Ich wollte auf dem Rodeo Drive shoppen gehen.«

»Hier, ziehen Sie das an.« Sie zuckte nicht zurück, als er ihr seine Jacke gab. »Wenn es ihm besser geht, möchten Sie dann vielleicht auf ihm reiten?«

Sie schlug die Hand vor den Mund, die Augen staunend aufgerissen. »Echt?«

»Sobald es ihm besser geht. Die Ärztin wird uns sagen, wann er so weit ist. Dann dürfen Sie ihn gerne reiten.«

»Ich … Ich weiß gar nicht mehr genau, wie das geht.«

»Das macht nichts. Ich bin Reitlehrer. Denken Sie darüber nach.«

»Ich kann darüber nachdenken. Niemand kann mich davon abhalten. Wo ist er denn verletzt worden?«

»Am Bauch. Da, sehen Sie?«

Sie stieß einen erstickten Schrei aus. Auch wenn sie nicht mehr wusste, wie man reitet, sah Callen, dass sie sehr wohl wusste, wie man mit Pferden umgeht. Sie ging in die Hocke, legte eine Hand beruhigend auf Sundowns Flanke, während sie die Wunde untersuchte. »Das ist grausam. Mit Grausamkeit kenne ich mich aus. Es ist grausam, jemanden anzuketten, mit Fäusten, mit Peitschen und mit Gürteln auf ihn einzuschlagen. Es wird eine Narbe zurückbleiben. Ich habe Narben.«

»Das tut mir leid.«

Ächzend richtete sie sich wieder auf, ging zu Sundowns Kopf zurück und streichelte ihn. »Es tut mir so leid, dass dir jemand wehgetan hat. Ein böser Mensch.« Als Sundown seinen Kopf auf ihre Schulter legte, schloss sie kurz die Augen. Als sie sie wieder öffnete, sah sie direkt in die von Callen. »Sie sind nicht böse. Ich weiß, was böse ist. Ich weiß, dass es das Böse gibt, und dass es schlimmer ist, als Sie sich das je vorstellen können. Aber wer Sie sind, weiß ich nicht.«

»Ich habe zu Ihrer Zeit noch nicht hier gelebt.«

»Ich bin fortgegangen.«

»Ich auch, ungefähr im selben Alter wie Sie damals.«

Sie legte den Kopf schräg und musterte ihn gründlich, während sie Sundown weiterhin liebkoste. »Wohin?«

»Nach Kalifornien, genau wie Sie. Nach Hollywood.«

Sie seufzte erneut, ein Leuchten trat in ihre Augen. »Waren Sie ein Filmstar? Sie sehen gut aus.«

»Nein, Madam, aber ich habe manchmal beim Film gearbeitet. Mit Pferden, die in Filmen eingesetzt wurden.«

Ihr Seufzen hatte etwas Staunend-Kindliches. »War es schön?«

»Mir hat's gefallen.«

»Aber Sie sind zurückgekommen.«

»Ich hab meine Heimat vermisst. Die Ranch, die Leute. Ich

habe eine Mutter und eine Schwester, die mich mehr brauchen, als ich mir das bei meinem Aufbruch vorstellen konnte.«

»Ich habe die Ranch und meine Familie auch vermisst. Ich war auf dem Rückweg. Sie hat niemand aufgehalten.«

»Nein. Es tut mir sehr leid, dass Sie aufgehalten wurden.«

»Ich bin alt geworden«, erklärte sie. »Alt, schwach und verrückt.«

»So sehen Sie mir nicht aus. Und Sie hören sich auch kein bisschen so an, wenn wir miteinander reden.«

»Miteinander reden«, sagte sie langsam. »Wir reden miteinander.«

»Ich sehe jemanden, dem sehr wehgetan wurde, der aber eine äußerst starke Persönlichkeit besitzt. Genau wie Sundown. Stark, intelligent und aufrichtig. Ein bisschen angeschlagen.«

»Ich habe keine Angst vor Ihnen.«

Er schenkte ihr ein Grinsen. »Ich auch nicht vor Ihnen.«

Sie lachte ein wenig, um ihm zu gefallen. »Mit den neuen Haaren fühle ich mich ein bisschen wie die alte Alice. Auch in Gegenwart von Sundown. Wenn ich auf Sundown reiten darf, wenn es ihm besser geht, und wenn ich nicht mehr genau weiß, wie das geht – helfen Sie mir dann?«

»Versprochen. Könnten Sie mir auch einen Gefallen tun?«

»Im Moment bin ich noch sehr schwach. Ich kann Ihnen einen Schal häkeln. Sie haben graue Augen, graublaue. Vielleicht hat Ma ein passendes Garn, dann kann ich Ihnen einen Schal häkeln.

»Das wäre schön. Vielleicht könnten Sie mir mit Sundown helfen? Er muss Medikamente einnehmen, will aber nicht. Die braucht er aber, damit es ihm besser geht und die Schmerzen verschwinden. Vielleicht können Sie ihn davon überzeugen?«

Er fing Sundowns Blick auf, der eindeutig besagte: Du hast es aber faustdick hinter den Ohren! Callen lächelte nur. Wenn jemand Zweifel daran hatte, dass dieses Pferd alles verstand, was man sagte, war das wirklich ein fantasieloser Holzklotz. Oder schlimmstenfalls ein Lügner.

***

Fertig fürs Büro, trug Bodine eine Thermoskanne mit schwarzem Kaffee zu den Stallungen. Sie hatte Callens Dienstplan bereits angepasst und Easy, der eigentlich frei hatte, in einer SMS gebeten einzuspringen. Auch Maddie bekam eine SMS mit der Bitte, eine von Callens Reitstunden zu übernehmen. Sie würde Sundowns Show absagen und suchte nach einem geeigneten Ersatz. Sonst war alles geregelt.

Ein neuer Tag brach an.

Sie hoffte nur, dass Garrett Clintoks Tag hinter Gittern begann. Als sie Alice im fahlen Morgenlicht auf sich zukommen sah, wäre sie beinahe über ihre eigenen Füße gestolpert.

»Alice? Alice, was machst du denn hier draußen?« Ihr fiel auf, dass ihre Tante Callens Jacke trug.

»Ich habe nach dem Pferd gesehen. Es ist verletzt. Und der Mann … Ich weiß gerade seinen Namen nicht …«

»Callen?«

»Callen. Cal. *Ich heiße Cal,* hat er gesagt. Er ist auch verletzt. Ich hab ihm geholfen, Sundown Medizin zu geben, und wir haben miteinander geredet. Er wird mir helfen, Sundown zu reiten, wenn es dem Pferd besser geht. Irgendjemand war böse. Ich hasse böse. Man kann sich daran gewöhnen. Ich war daran gewöhnt, aber jetzt hasse ich es. Die Sterne, sie sind weg.«

»Die Sonne geht auf.« Bodine zeigte nach Osten.

»Die Sonne geht auf. Schön. Die Männer kommen raus.«

Bodine merkte, wie Alice Panik bekam, und legte eine Hand auf ihren Arm. »Sie sind nicht böse.«

»Woher willst du das wissen?«, zischte Alice. »Er sah nicht böse aus, als ich in den Pick-up gestiegen bin. Woher willst du das wissen?«

»Weil ich sie kenne. Jeden einzelnen. Ich weiß, dass sie dich alle beschützen würden. Du erinnerst dich doch an Hec, oder? Er war nie böse.«

»Ich – ich muss nachdenken.«

»Ist gut. Es dauert noch, bis es richtig hell wird.«

»Ich werde Cal einen Schal häkeln. In der Farbe seiner Augen. Sind die blau oder grau? Das ist witzig. Ich werde Dr. Minnow sagen, dass ich draußen war. Die wird Augen machen.«

»Wenn ich von der Arbeit komme, möchtest du mich vielleicht zu Sundown und Callen begleiten? Dann lernst du auch mein Pferd kennen, Leo.«

»Gern. Ich will nicht länger verrückt sein.«

»Prima.«

Bodine setzte ihren Weg zu den Stallungen fort und fand, dass Callen mehr als nur einen freien Tag verdient hatte.

***

Die Sache sprach sich schnell herum. Obwohl Bodine damit gerechnet hatte, hoffte sie, nicht lauter Schwelbrände löschen zu müssen, sobald sie ins Büro kam. Kaum hatte sie die Lobby betreten, stürzte sich Sal regelrecht auf sie.

»Stimmt das, was ich gerade gehört habe? Ich bin allein«, schickte sie rasch hinterher.

»Ja, es stimmt. Callen und Sundown haben einen Streifschuss abbekommen. Wir wissen nicht, ob es Absicht war. Sheriff Tate geht der Sache auf den Grund.«

Sal ballte die Fäuste. »Bo, mir kannst du das nicht weismachen.«

»Ich würd es gern dabei belassen, zumindest offiziell. Die Gäste sollen möglichst nichts davon erfahren. Wenn man dich darauf anspricht, gib bitte diese Auskunft.«

»Was ist los, Bo? Billy Jean und dieses andere Mädchen sind ermordet worden. Und nun das? Hängt das alles zusammen?«

»Nein, das glaube ich nicht.«

»Aber deine Tante …«

»Sal, bitte. Ich wüsste wirklich nicht, wie das alles zusammenhängen sollte.«

»Die Polizei weiß immer noch nicht, wer Billy Jean ermordet hat.« Sals Augen wurden feucht. »Niemand redet mehr darüber.«

»Wir haben sie nicht vergessen, und das weißt du genau. Der gestrige Vorfall ist etwas ganz anderes. Nichts als Grausamkeit. Dummheit und Grausamkeit.«

»Du weißt, wer es getan hat.«

»Ich glaube schon. Das hat nichts mit den anderen Vorfällen zu tun.«

»Ich hab noch nicht gefragt, wie es Cal geht.« Sal wischte sich über die Augen. »Und dem Pferd. Alle lieben das Pferd.«

»Die Wunden verheilen gut.«

»Gut. Wie wär's, wenn ich Geld sammle und wir ein albernes Werd-bald-wieder-gesund-Geschenk kaufen?«

»Eine tolle Idee.«

Bodine hatte gerade an ihrem Schreibtisch Platz genommen, um sich einen Ersatz für Sundowns Show auszudenken, als Chelsea und Jessica hereinkamen. »Männer tratschen mehr als Frauen. Rory und Chase haben euch informiert, stimmt's?«

Jessica war so geistesgegenwärtig, die Tür zu schließen. »Sie sind angeschossen worden.«

»Ja, aber nur Streifschüsse. Ich möchte nichts verharmlosen«, schickte sie rasch hinterher. »Wir haben einen Riesenschreck bekommen, aber die beiden werden sich vollkommen erholen. Ich weiß nicht, ob ich Callen morgen davon abhalten kann, zur Arbeit zu kommen.

»Rory sagt, dass es Garrett Clintok war.«

Bodine sah Chelsea stirnrunzelnd an. »Rory sollte sich hüten, solche Anschuldigungen zu äußern.«

»Chase sagt dasselbe«, erwiderte Jessica. »So wütend hab ich ihn noch nie erlebt. Er hat mir einiges über Clintok erzählt. Wie er Cal früher gemobbt hat, als sie halbe Kinder waren.«

»Behalten wir diese Einschätzung bitte für uns, die ich übrigens teile. Nicht, dass es sich überall herumspricht.«

»Geht es Sundown gut? Und Cal?«, verbesserte sich Chelsea.

»Alles okay. Er ist verletzt, aber auf dem Weg der Besserung. Es wird ein wenig dauern, bis er wieder arbeiten kann. Was uns vor ein Problem stellt. Ich muss mir was einfallen lassen, wie wir seine Show ersetzen können. Ich weiß, dass sie fürs Wochenende eingeplant war.«

»Oje.« Jessica fasste sich an die Stirn. »Das hab ich ganz vergessen. Wir können einfach sagen, dass es dem Pferd nicht gut geht. Mir fällt bestimmt was ein.«

»Eigentlich könnten wir doch …«

Jessica legte den Arm um Chelseas Taille. »Hab ich dir nicht gesagt, dass diese junge Frau nie um eine gute Idee verlegen ist? Los, raus mit der Sprache.«

»Na ja, Carol macht Westernreiten. Easy und Ben sind bei Rodeos aufgetreten. Heute wird es noch nicht klappen, aber ich bin mir sicher, die könnten was auf die Beine stellen.«

»Gut. Chase kann Lassotricks.«

»Ehrlich?«

Bodine grinste Jessica an. »Ich staune, dass er dich noch nicht damit eingefangen hat. Er wird sich herausreden wollen, aber ich werde dafür sorgen, dass Mum ihm Druck macht. Wenn alle einverstanden sind, können wir ein Rodeo organisieren, das auch die Gäste deines Familientreffens glücklich macht.«

»Dann geh ich ins BAC und schlag es den Betreffenden vor.«

»Du hast in fünf Minuten eine Besprechung«, rief Chelsea Jessica in Erinnerung. »Und du wolltest das heutige Mittagsmenü besprechen. Lass mich das machen. In einer Stunde habe ich ein Programm zusammengestellt.«

»Komm bloß nie auf die Idee zu kündigen«, sagte Jessica.

***

Jessicas Vertrauen beflügelte Chelsea. Sie liebte ihre Arbeit, die Leute und das Resort. Sie liebte es, Vorgesetzte zu haben, die sie bewundern konnte, bei denen sie sich beweisen und Verantwortung übernehmen durfte. Auf der Fahrt zum BAC überlegte sie, wie sie das Alternativprogramm nennen sollten. Wäre die Zeit nicht so knapp gewesen, wäre sie zu Fuß rübergegangen. Aus ihrer Sicht gab es nirgendwo einen schöneren Frühling als in Montana.

Auf halber Strecke hielt einer der Service-Pick-ups an. Der Fahrer lehnte sich aus dem Fenster. »Ich hab gehört, Cal Skinner ist das Pferd unterm Hintern weggeschossen worden?«

Chelsea wiederholte, was Bodine ihr vor Verlassen des Büros gesagt hatte: »Es geht ihnen gut. Die beiden sind von einer Kugel gestreift worden. Aber es ist alles okay.«

»Wie ich hörte, muss das Pferd eingeschläfert werden?«

»Quatsch. Die Tierärztin hat es behandelt, es braucht nur ein paar Tage Schonzeit.«

Der Typ – wie hieß er noch gleich, Vance? – sah sie durchdringend an. »Bist du sicher?«

»Ich habe gerade mit Rory und Bodine gesprochen. Wir sammeln Geld, um Sundown ein Geschenk zu machen.«

»Wer organisiert das? Sal?«

»Ganz genau.«

»Da spende ich gern. Das ist ein verdammt gutes Pferd. Die Leute sollten nicht wild durch die Gegend ballern, ohne zu wissen, worauf sie da zielen. Wahrscheinlich so ein Zahnarzt-Greenhorn von der Ostküste. Hab einen schönen Tag, Chelsea.«

»Du auch.« Sie fuhr weiter und wünschte sich, dass es ein Greenhorn gewesen war. Rory war außer sich gewesen vor Wut und glaubte fest an Clintok als Täter. Der Schuss war bestimmt absichtlich abgegeben worden. So verstörend das auch war, konnte sie sich nicht vorstellen, dass Rory sich irrte.

Beim BAC sah sie, dass Easy ein paar Pferde auf die nahe gelegene Koppel führte. »Hi, Easy.«

»Hallo, Chelsea.«

»Ist Ben in der Nähe?«

»Der holt uns gerade Cola.«

»Und Carol?«

»Die macht einen Ausritt mit Gästen.« Er kniff die Augen zusammen, orientierte sich am Stand der Sonne. »Sie müsste in einer halben Stunde zurück sein. Kann ich was für dich tun?«

»Ja, kannst du, zusammen mit Ben und Carol. Wir müssen Sundowns und Cals Show ersetzen.«

»Ist Cal krank? Die Chefin hat mir heute eine SMS geschickt und mich gebeten einzuspringen. Ich dachte, es gäbe besonders viel zu tun.«

»Hast du noch nichts gehört?«

Er band die Pferde an und machte kehrt. »Nein, was denn?«

»Nun, bevor die Gerüchteküche alles verfälscht, sag ich dir lieber, wie es wirklich war. Jemand hat gestern oberhalb der Angus Road aus dem Wald auf Cal und Sundown geschossen.«

»Wie bitte?« Er packte ihren Arm. »Sie wurden angeschossen?«

»Nur ein Streifschuss. Es geht ihnen gut.«

»Verdammter Mist. Wie schlimm ist es? Cal ist ein guter Chef und dieses Pferd echt was Besonderes.«

»Cal hat es am Bein erwischt, Sundown am Bauch.«

Easys Züge verhärteten sich. »Der verdammte Hilfssheriff.«

Er ließ ihren Arm wieder los, doch jetzt hielt Chelsea ihn fest. »Wie kommst du darauf?«

»Ich war dabei, als er neulich auf Cal losgegangen ist. Wie der mit ihm geredet hat. Außerdem hab ich ihn gestern mit einem Quad rumfahren sehen, als ich mit einer Gruppe Reiter zurückgekommen bin. Er war in Zivil, trotzdem hab ich ihn sofort erkannt. Ich wüsste nicht, was er bei uns im Resort zu suchen hat. Weil ich Gäste dabeihatte, konnte ich ihn schlecht verwarnen.«

»Du hast ihn gesehen?«, wiederholte Chelsea. »Bei uns im Resort, auf einem Quad?«

»Ja. So gegen vier, würd ich sagen.«

»Das solltest du dringend dem Sheriff sagen.«

»Wenn das weiterhilft …«

»Sonst behalt es bitte für dich. Bodine möchte nicht, dass die Leute durchdrehen.«

»Ich dreh jedenfalls gleich durch. Total heimtückisch, aus dem Hinterhalt auf ein Pferd zu schießen«, murmelte Easy und streichelte die braune Stute. »Welcher Idiot macht so was?«

»Einer, der kein Herz hat, nehm ich an.«

Er musterte Chelsea. »Das seh ich genauso.«

»Ich muss zurück, aber heute Nachmittag könnten wir deine Hilfe echt gut gebrauchen.«

»Du kannst auf mich zählen.«

»Das Programm …« Sie erklärte, was ihnen vorschwebte.

»Das wird toll. Wir stellen was zusammen, klar. Ich werd mit Ben und Carol reden. Chase kenne ich weniger und den anderen auch.«

»Darum kümmern wir uns. Wenn du dir überlegen könntest, was du machen möchtest, wer wann auftritt und solche Sachen. Was ihr dafür braucht. Wenn du mir bis heute Nachmittag Bescheid geben kannst, sollten wir das hinkriegen.«

»Abgemacht. Ich freu mich schon.«

Als Ben laut schreiend angerannt kam, drehte er sich um.

»Meine Scheiße, jemand hat auf Cal und Sundown geschossen.«

Easy schob seinen Hut in den Nacken. »Fahr ruhig, Chelsea, ich sag ihm Bescheid.«

»Kein Wort über Clintok, kapiert? Noch nicht.«

Easy zwinkerte ihr zu und legte den Zeigefinger auf die Lippen. Er schaute ihr genießerisch nach und wandte sich dann an den atemlosen Ben.

»Pass auf Ben, ich weiß genau, was los ist.«

25

Easy überlegte, was er vorführen konnte. Er hatte noch nie so viel zu tun gehabt. Hinzu kam, dass Ben und er die alleinige Verantwortung hatten. Er musste die Pferde für den Unterricht einladen, einen Ausritt leiten und sich eine Show aus dem Ärmel schütteln. Die hübsche Chelsea hatte gesagt, dass er dem Sheriff Bescheid geben solle, und Ben meinte genau das Gleiche. So gesehen blieb ihm wohl nichts anderes übrig. Er wusste nur nicht, wie er das anstellen sollte – mit der ganzen Arbeit und der Show. Er wusste auch nicht, ob er erleichtert oder besorgt sein sollte, als Chase Longbow angeritten kam, ein zweites Pferd im Schlepptau.

Ben eilte auf ihn zu, bevor Chase absitzen konnte. »Haben Sie Cal gesehen? Geht es ihm gut? Was macht Sundown?«

»Beiden geht es gut. Doc Bickers hat sie gerade untersucht, als ich weg bin. Wie ich höre, habt ihr alle Hände voll zu tun? Meine Schwester hat uns allerdings heute für eine verdammte Show eingeplant. Ich kann euch vorerst aushelfen.«

»Werden Sie Lassotricks zeigen?«

Chase klopfte auf das zusammengerollte Lasso auf seiner Satteltasche. »Sieht ganz so aus. Wann findet der nächste Ausritt statt?«

»Carol ist gerade unterwegs«, erklärte ihm Easy. »Sie müsste jeden Moment zurück sein. Ich bin für den nächsten eingetragen. Um zehn. Ah, Maddie gibt gerade eine Reitstunde, wir müssen also zwei Pferde für sie einladen.«

»Dann los.«

»Warte«, sagte Ben. »Du musst Chase von Clintok erzählen.«

Chase' Blick wurde eiskalt, und Easy schluckte schwer.

»Was ist mit Clintok?«

»Äh …«

»Easy hat ihn gesehen, Chase. Er hat ihn gestern mit seinem Quad rumfahren sehen.«

Chase band die Pferde an einen Pfosten und drehte sich um. »Wann? Wo?«

»Es war …«

»Lass ihn doch selbst erzählen.«

Mit zusammengekniffenen Lippen versetzte Ben Easy einen Stoß mit dem Ellbogen.

»Na ja, ich war mit einer Gruppe von Gästen unterwegs, als ich den Hilfssheriff auf der Bear Paw Road gesehen hab. Ich hatte die Gruppe den Elch-Trail runtergeführt, als er unter uns vorbeigekommen ist.«

»Wann?«

»So gegen vier.«

»Sind Sie sicher, dass er das war? Clintok?«

»Ja, ich bin mir ganz sicher. Er hatte eine Schutzbrille auf, aber keinen Helm. Er war vorher mal da und hat Cal gedroht, deshalb hab ich ihn sofort erkannt.«

»Die Gruppe, mit der du unterwegs warst, hat die ihn auch gesehen?«

»Na ja, es blieb ihnen nichts anderes übrig.« Easy kratzte sich im Nacken und rückte seinen Hut zurecht. »Die Frau hinter mir hat sich beschwert, dass er zwar eine Schutzbrille getragen hat, aber ohne Helm fährt. Sie hat mich gefragt, ob der nicht Pflicht ist, weil ihr Sohn morgen beim Ausflug in die Geisterstadt mitmachen will. Also heute natürlich, wir reden ja über gestern.«

»Können Sie sich an den Namen der Frau erinnern?«

»Nein, aber sie hat zu der Geburtstagsgesellschaft gehört. Zu der großen Familie, die uns gerade alle auf Trab hält.«

»Gut. Einen Moment bitte.«

»Da kommt Carol mit ihrer Gruppe«, sagte Ben.

»Ben, hilf ihr bitte. Easy, Sie bleiben da.«

Chase zückte sein Handy. »Bodine, bitte schau nach, mit wem Easy gestern ausgeritten ist, so gegen vier. Sag mir, ob diese Gruppe noch bei uns zu Gast ist.«

Easy trat von einem Fuß auf den anderen, räusperte sich und sah Ben und Carol sehnsüchtig hinterher.

»Gut«, sagte Chase nach einer Minute. »Wir werden Easys Dienstplan ändern müssen. Halt eine Minute den Mund«, herrschte er seine Schwester an. »Er hat Clintok auf einem Quad gesehen, gestern Nachmittag, auf der Bear Paw Road. Ganz genau. Finde raus, wer bei dem Ausritt dabei war und wo diese Leute stecken. Ich kümmer mich um alles. Verdammt, Bodine, natürlich verständigen wir Tate. Ich geb dir Bescheid.«

»Wir haben viel zu tun«, hob Easy an, als Chase sein Handy sinken ließ.

»Ja, aber als Erstes rufen Sie Sheriff Tate an. Wenn er nicht kommen kann, gehen Sie zu ihm. Wir übernehmen hier.«

»Mist.« Easy lächelte verunsichert. »Ich soll den Polizeinotruf wählen?«

»Das ist nicht nötig.« Chase suchte in seinem Handy nach Tates Nummer, die er nach dem Mord an Billy Jean eingespeichert hatte. »Benutzen Sie mein Handy.«

»Ich weiß nicht, was ich sagen soll. Ich hab so was noch nie gemacht.«

»Sagen Sie ihm, wer Sie sind und was Sie mir gerade erzählt haben.«

»Gut.« Easy atmete tief durch und drückte die Wähltaste.

»Sheriff Tate? Hier spricht Easy, also Easy LaFoy. Ich arbeite im Bodine Resort. Chase, also Mr. Longbow, hat gemeint, ich soll Sie anrufen und Ihnen erzählen, was ich ihm gesagt habe.«

Bevor er seinen Satz beendet hatte, fuhr Bodine in einem der Kleinwagen vor. Easy hatte schweißnasse Hände, als er Chase das Handy zurückgab.

»Bist du sicher?«, fragte Bodine ohne Umschweife.

»Ja, Madam, natürlich. Der Sheriff kommt gleich. Er sagt, dass ich warten soll, aber ich habe einen Ausritt und …«

»Wir finden Ersatz. Die Gruppe, die du geführt hast, hat ihn auch gesehen?«

»Zwangsläufig. Ich hab sie eine Minute oder eine halbe Minute warten lassen, als er unter uns vorbeigesaust ist.«

Sie nickte und sah ihren Bruder an. Ihr Blick war nicht eiskalt, wie Easy auffiel, sondern er funkelte vor Wut. »Sie gehören zu den Wochenendgästen. Zwei sind gerade auf Quads nach Garnet unterwegs, einer lernt Viehtreiben und zwei sind für Behandlungen im Wellness-Village. Wenn Tate weitere Zeugen braucht, kann er sie vernehmen.« Sie sah auf die Uhr und seufzte. »Gut. Easy, kümmer du dich bitte um die Pferde, die gerade vom Ausritt gekommen sind. Ben, übernimm du den nächsten Ausritt, bitte.«

»Wenn der zurückkehrt, steht zehn Minuten später der nächste an.«

»Den übernehme ich«, sagte Chase wenig begeistert. »Wenn du mit Tate reden musst, spring ich für dich ein.«

»Sie wollen, dass wir gegen drei diese Show machen, also …«

Bodine fuhr sich durchs Haar. »Wir machen Folgendes.« Sie fasste ihren Vorschlag zusammen. Easy war schwer beeindruckt. Für ihn war es rätselhaft, wie jemand eine so schnelle Auffassungsgabe haben konnte.

»Dann das Ponyreiten«, fuhr sie fort und hakte ihre Liste Punkt für Punkt ab. »Wenn wir Unterstützung brauchen, kann ich den Grannies Bescheid geben. Und selbst einen der Nachmittagsausritte übernehmen. Du tust auf jeden Fall, was der Sheriff sagt.«

Easy kratzte sich am Hals. »Ja, Madam.«

»Wir sind dir sehr dankbar, Easy.« Sie tätschelte seinen Arm. »Das ist wirklich wichtig.« Sie überlegte, ob sie Callen anrufen sollte. Doch da fuhr Tate vor.

»Bodine. Easy.«

»Sie sind schnell«, bemerkte Bodine.

»Ich war mit Curtis auf der Black Angus Road. Du kennst doch Curtis Bowie?«

»Klar.«

»Er macht dort Fotos. Also, Easy, fangen wir an. Wieso erzählst du mir nicht von diesem Quad? Wie hat es ausgesehen?«

»Okay. Es war auf jeden Fall keines von unseren. Es war kleiner, sportlicher. Mit Tarnmusterlackierung. Ansonsten hab ich nicht weiter darauf geachtet.«

Tate nickte. Obwohl er eine dunkle Sonnenbrille trug, sah Bodine an seiner Körperhaltung, wie bestürzt er war. »Bodine, können wir irgendwo in Ruhe reden?«

»Gehen wir in mein Büro.«

Bodine ging vor. »Kann ich Ihnen etwas bringen, Sheriff?«

Während Tate den Kopf schüttelte, musterte Bodine Easy. Er sah aus wie ein kleines Kind, das zum Direktor gerufen wird. »Möchtest du eine Cola, Easy?«

»Das wäre toll. Ich hab eine ziemlich trockene Kehle.«

»Ich hol dir was und lass euch dann allein.«

Sie zog Colas aus dem Automaten, brachte sie den Männern und verschwand, bevor sie jemand mit Fragen bedrängen konnte.

Dann stieg sie in einen Wagen des Resorts und fuhr zur Ranch. Sundown stand verdrossen in seiner Box. Als er sie sah, lebte er auf und streckte seinen Kopf heraus. »Wo ist dein

Reiter? Langweilt er sich auch so wie du?« Sie hörte Geräusche und sah sich um. »Ist er da hinten? Ich seh mal nach.«

Als sie die Sattelkammer erreichte, sah sie, wie Callen Zaumzeug, Gurte und Halfter aufhob. Er sah genauso gelangweilt aus wie sein Pferd. »Solltest du das Bein nicht hochlegen?«

»Es heilt gut, und ich werde es gleich entlasten. Ich dachte, ich kümmer mich ums Zaumzeug. Aber wenn ich das tue, ist Sundown beleidigt.«

»Er ist sowieso beleidigt. Weißt du was? Wir werden dir dort einen Arbeitsplatz einrichten. Wenn du die Tür offen lässt, fühlt er sich nicht so allein.«

»Gute Idee. Was machst du denn hier?«

»Das erzähl ich dir gleich.« Gemeinsam trugen sie einen kleinen Tisch, einen Hocker, einen Wassereimer, Lappen, Schwämme, Bürsten und Öle nach draußen. »Was sagt Bickers?«

»Alles verheilt gut. Sie will nicht, dass er in der nächsten Woche gesattelt oder geritten wird, bis sie ihr Okay gegeben hat. Ich kann mit ihm rausgehen und ihn rumführen. Das habe ich bereits gemacht. Morgen schaut sie wieder vorbei.«

»Und, was macht der Zweibeiner?«

Wenigstens das entlockte ihm ein kurzes Lächeln. »Mir geht's in etwa so wie Sundown. Ich kann ab Montag wieder arbeiten, ein paar Stunden zumindest. Sie erwartet, dass ich vernünftig bin, damit sie es nicht bereut, mich nicht zu einem Menschenarzt geschickt zu haben. Bist du gekommen, um zu gucken, ob wir Dummheiten machen?«

»Nein. Setz dich bitte. Bei der letzten Fuhre hast du mehr als nur gehumpelt. Tate ist gerade im BAC und redet mit Easy.«

»Mit Easy? Worüber denn?«

»Über Clintok, der gestern auf seinem Quad gesehen wurde – etwa eine Stunde, bevor man auf Sundown und dich geschossen hat. Er war auf der Bear Paw Road unterwegs.«

»Wirklich?« Seine Stimme war gefasst, aber seine Augen funkelten gefährlich. »Woher will Easy das wissen?«

»Er hat ihn erkannt. Schutzbrille, aber kein Helm«, sagte Bodine. »Der Sheriff hat ihn gebeten, das Quad zu beschreiben. Ich kenne Clintoks Quad nicht, aber der Sheriff sehr wohl. Kleiner als unsere, mit Tarnmusterlackierung. Easy war mit einer Gruppe unterwegs. Die Gäste haben Clintok ebenfalls gesehen. Ich gehe also davon aus, dass Tate mit ihnen sprechen wird, um sich Easys Aussage bestätigen zu lassen.«

»Sieht ganz so aus, als ob ich Easy mehr als nur ein Bier schulde.« Callen nahm ein Zaumzeug auseinander, um es zu reinigen.

»Curtis, der andere Hilfssheriff, macht gerade Fotos vom Tatort. Ich gehe davon aus, dass Tate bereits mit Clintok geredet hat. Und der hat alles abgestritten. Jetzt gibt es jedoch Zeugen, die Clintok auf dem Resortgelände gesehen haben. Noch dazu in einem Gebiet, das sich hervorragend dafür eignet, aus dem Hinterhalt auf ein Pferd und einen Reiter auf der Black Angus Road zu schießen.«

Ungerührt, als hätte sie ihm gerade gesagt, was es zum Abendessen gibt, hängte Callen das Zaumzeug an einen Haken und säuberte es mit einem feuchten Tuch. »Das dürfte genügen.«

»Wetten, Tate feuert ihn? Ich hoffe sehr, es genügt, um ihn zu verhaften. Wie ich dich kenne, wirst du dich selbst um ihn kümmern, wenn er nicht schleunigst hinter Gitter kommt.«

Callen ging schweigend seiner Arbeit nach.

»Ich möchte dich nur um eines bitten, um eine winzige Kleinigkeit.«

»Und zwar?«

»Wenn du dich um ihn kümmerst, gibst du mir vorher Bescheid. Dann stell ich ein Bier für dich kalt.«

Callen legte das Tuch weg und sah auf. »Ich empfinde sehr viel für dich, Bodine. Du haust mich einfach um.«

»Vielleicht liegt es ja auch nur daran, dass man dir ins Bein geschossen hat?«

»Nein.« Nachdem er die Sattelseife befeuchtet hatte, erzeugte er mit einem Schwamm ein wenig Schaum. »Lust auf ein schickes Abendessen?«

Sie wollte gerade ihren Hut in den Nacken schieben, als ihr einfiel, dass sie gar keinen aufhatte. »Erst Clintok und seine bevorstehende Abreibung und dann plötzlich ein schickes Abendessen? Was ist denn das für ein Gedankensprung?«

»Ich persönlich kann nicht so viel damit anfangen, würde aber gern wissen, wie es ist, mit dir schick essen zu gehen.« Geduldig schäumte Callen das Leder ein. »Vielleicht bestellen wir ja einen edlen französischen Tropfen, was meinst du?« Er hob den Kopf und sah sie erwartungsvoll an.

»Ich kann eigentlich auch nicht so viel mit schicken Abendessen anfangen, probier es aber gern mit dir aus. Sobald deine Wunde verheilt ist.«

»Abgemacht. Falls ich beschließe, mir Clintok vorzuknöpfen, geb ich dir Bescheid.«

Hochzufrieden klopfte ihm Bodine auf die Schulter und streichelte Sundown. »Ich muss zurück. Soll dir jemand ein kühles Getränk bringen?«

»Ich bin zum Mittagessen im Haupthaus eingeladen. Bis dahin brauchen wir nichts.«

Nachdem sie gegangen war, säuberte er methodisch das Zaumzeug, während Sundown ihm zusah.

»Gut möglich, dass er hinter Gitter kommt. Gut möglich, dass er so lange dort bleiben muss, dass unsere Rechnung beglichen ist. Ansonsten werden wir sie selbst begleichen.« Er tätschelte Sundowns Nacken. »Versprochen.«

***

Tate bekam seine Zeugenaussagen und die Fotos. Obwohl es ihm schwerfiel, erfüllte er seine Pflicht. Er fuhr zu Clintoks abgelegener Hütte auf dem Grundstück seiner Familie. Clintoks Pick-up und Quad standen unter einem Dach neben der Hütte. Genau wie am Vorabend, als Tate bereits vorbeigeschaut hatte.

Genau wie am Vorabend trat Clintok auf die kleine Veranda. Er trug eine Jogginghose, ein an den Ellbogen abgewetztes Sweatshirt und war schweißbedeckt. Tate schloss daraus, dass er eine Weile Gewichte gestemmt hatte. Das war eine von Clintoks Lieblingsbeschäftigungen.

»Garrett.«

»Sheriff. Curtis«, schickte Clintok hinterher, als er sah, dass der Deputy die Beifahrertür öffnete. »Was kann ich für euch tun?«

»Nun, Garrett, Sie haben das Recht zu schweigen …«

»Was soll der Scheiß?«

Tate fuhr ungerührt damit fort, ihn über seine Rechte aufzuklären. »Wir wissen, dass du deine Rechte kennst, aber würdest du uns das bitte bestätigen?«

»Ihr könnt mich mal.«

Als sich Clintok abwandte und die Tür der Hütte aufriss, ging Curtis ihm nach. »Komm schon, Garrett, mach es uns nicht unnötig schwer.«

Er machte es ihm schwer, indem er Curtis einen Kinnhaken versetzte. Fluchend machte Tate einen Satz nach vorn, um Curtis zu helfen, Clintok niederzuringen.

»Du bist verdammt noch mal verhaftet«, zischte Tate. »Leg ihm Handschellen an, Curtis. Er hat sich der Festnahme widersetzt und einen Polizeibeamten angegriffen.«

»Ich bin Polizeibeamter.«

»Nein, nicht mehr. Du bist wegen Waffengebrauchs auf Privatgrund und außerdem wegen versuchten Mordes verhaftet.«

»Du bist ja nicht ganz bei Trost!«

»Ich hab Zeugen, verdammt.« Gemeinsam zerrten sie Clintok hoch. »Außerdem hast du eine Falschaussage gemacht. Als ich gestern bei dir war, hast du behauptet, du wärst seit einer Woche nicht mehr mit dem Quad gefahren. Es war blitzsauber, frisch gewaschen. Ich hab Zeugen, die gesehen haben, wie du oberhalb der Black Angus Road auf dem Resortgelände unterwegs warst, Garrett.«

»Skinner ist ein gottverdammter Lügner.«

»Sechs Leute haben dich gesehen. Sechs! Und wir haben die Kugel, die Bickers dem Pferd rausoperiert hat.« Das war zwar gelogen, aber Tate hatte die Nase voll von Fairplay. »Wenn die Ballistik deine Gewehre untersucht, was wird sie finden?« Er sah die Panik, die auflodernde Wut, den abgewandten Blick.

»Ich will einen Anwalt. Sofort. Vorher sage ich gar nichts.«

»Du wirst deinen Anwalt bekommen. Lad ihn ein, Curtis. Ich kann seinen Anblick nicht länger ertragen. Einer meiner Leute schießt aus dem Hinterhalt auf einen Mann.«

Bei diesem Vorwurf trat Clintok um sich. »Skinner hat diese beiden Frauen umgebracht, und Sie unternehmen nicht das Geringste. Er bringt sie um, und Sie beurlauben mich, weil ich ihm auf die Pelle rücke. Er hat es verdient, dass man ihm sein Pferd unter dem Hintern wegschießt.«

Tates Gesicht war eine steinerne Maske, als er Clintok gegen das Polizeifahrzeug drückte. »Du hast auf das Pferd gezielt? Ist das eine Aussage?«

»Sie haben nichts unternommen.«

»Ich tu es gerade.«

***

Es drehte ihm den Magen um. Im Beisein dieses Winkeladvokaten einen seiner früheren Deputys zu vernehmen … Da war es kein Trost, dass Clintok sich in Widersprüche verhedderte.

Dafür war es tröstlich, in der Küche der Longbows zu stehen und zuzusehen, wie Alice draußen das genesende Pferd über die Koppel führte, während Callen neben ihr her humpelte.

»Ihre Fortschritte sind bemerkenswert.« Celia Minnow stand neben ihm.

»Erinnert sie sich inzwischen an ihre Gefangenschaft?«

»Ich wünschte, ich könnte das bestätigen. Seelisch und körperlich ist sie stabiler geworden. Sie hat sich mit Callen Skinner angefreundet. Hauptsächlich wegen des Pferdes. Aber auch seinetwegen. Er ist von zu Hause fortgegangen und wieder zurückgekommen, genau wie sie. Jemand hat ihm wehgetan. Jemand hat ihr wehgetan. Wieder bei ihrer Familie zu sein hat dazu beigetragen, dass sie sich sicher fühlt und ihre Gehirnwäsche ein Stück weit vergessen kann.«

»Trotzdem muss ich sie vernehmen, sobald sie sich erinnert.«

»Sie vertraut Ihnen. Wenn Sie sie zu sehr bedrängen, könnte sich das ändern. Ich weiß, dass das frustrierend ist.«

»Ich frage mich, ob Sir tot ist. Ob sie deshalb fliehen konnte.«

»Falls Sie sich fragen, ob sie für seinen Tod verantwortlich ist, glaube ich nicht, dass sie dazu in der Lage gewesen wäre. Er hat sie beherrscht, sie sich gefügig gemacht. Außerdem redet sie von ihm, als würde er noch leben. Ihre Denke ist manchmal etwas schlicht, wie die eines Kindes. Schwarz-weiß. Das ist ihr Schutzmechanismus. In anderen Momenten zeigt sie sich erstaunlich intelligent.« Celia wies aufs Fenster. »Dass sie sich die Haare abgeschnitten hat, ist ein unglaublich symbolischer Akt. Ein Akt der Selbsterkenntnis. Kann sein, dass sie einen Rückfall bekommt. Darauf sollten alle vorbereitet sein. Aber sie macht gute Fortschritte.«

»Ich werde zu ihr gehen und mit ihr reden. Ganz unaufgeregt und freundlich.«

***

Callen merkte, dass Alice mit Sundown am liebsten weitergelaufen wäre, aber sein Bein tat höllisch weh. Er ärgerte sich, dass er die nachmittägliche Schmerztablette weggelassen hatte. Trotzdem brachte er es einfach nicht über sich, sie zu bremsen.

»Darf ich seine Mähne flechten?«

»Äh …« Callen warf einen Blick auf Sundown und überlegte, ob er sich wohl erniedrigt fühlen würde.

»Ich hab Venus immer die Mähne geflochten. Und ihr Möhren gebracht. Ich kann ihm eine Möhre bringen.« Sie blieb abrupt stehen und sah sich um. »Wo ist Venus?«

»Keine Ahnung. War das Ihr Pferd?«

»Sie gehört mir. Ich durfte sie mir aussuchen. Auch ein Falbe mit blonder Mähne und blondem Schweif. Außerdem … Aber das ist lange her. Das hab ich ganz vergessen. Dass es lange her ist. Bestimmt ist sie gestorben, genau wie Grandpa, als ich im Keller oder in diesem Haus war.«

»Ich hatte vor Sundown ein anderes Pferd. Ich hab es Charger getauft. Es war hart für mich, als es gestorben ist.«

»Sundown geht es besser. Er wird nicht sterben.«

»Ja, es geht ihm besser.«

»Wenn er wieder zu Kräften gekommen ist, darf ich ihn dann reiten?«

»Sobald es die Ärztin erlaubt.«

»Ich habe heute mit meiner Ärztin geredet. Mit meinen beiden Ärzten, dem Mann und der Frau. Sie meinen, dass es mir auch besser geht. Da ist Tate! Bobby Tate. Ich kenne ihn, er ist nicht böse.«

»Ich kenne ihn auch.«

»Alice Bodine«, sagte Tate mit einem freundlichen Lächeln. »Was für eine schöne Frisur.«

»Die hat Bodine gemacht. Ihr Vorname ist mein Nachname. Und das ist Sundown. Jemand hat ihm und Cal wehgetan, aber es geht ihnen schon besser.«

»Das sehe ich.«

»Sie sind Sheriff. Bobby Tate ist Sheriff. Sie finden die Leute, die anderen wehtun.«

Tate nickte und nutzte die Chance. »Ganz genau. Ich hab denjenigen gefunden, der Sundown und Cal wehgetan hat. Ich hab ihn hinter Gitter gebracht.«

Sie riss die Augen auf. »Muss er dort bleiben? Eingesperrt? Eingesperrt zu sein ist hart. Niemand lässt einen raus. Niemand hört, wenn man schreit.« Sie verbarg das Gesicht an Sundowns Hals. »Ich habe niemandem wehgetan.«

»Nein, natürlich nicht, Liebes. Aber Sir. Deshalb muss das Gesetz etwas gegen ihn unternehmen.«

»Du bist das Gesetz. Bobby Tate ist das Gesetz. Hast du Sir gefunden? Hast du ihn hinter Gitter gebracht?«

»Das würde ich gern. Ich versuche es.«

Sie legte den Kopf schräg. »Wir haben uns geküsst, oder?«

»Ja.«

»Aber jetzt küsst du mich nicht mehr.«

»Na ja, ich hab geheiratet.« Tate tippte auf seinen Ehering. »Bevor wir uns geküsst haben, waren wir Freunde. Wir sind immer noch Freunde, Alice.«

»Sir hat mich nicht geküsst. Ich wollte das nicht, er auch nicht. Du hast andere Sachen mit mir gemacht.«

Tate räusperte sich. »Äh ja, das haben wir.«

»Du warst nicht böse. Du hast mir nicht wehgetan. Wir haben gelacht, und du bist auf den Händen gelaufen. Sir lacht nicht. Er tut einem weh. Seine Hände sind grob und brutal, er hat mich vergewaltigt. Dr. Minnow sagt, das ist Vergewaltigung. Es gibt keine ehelichen Pflichten. Er hat mich so brutal vergewaltigt, dass es wehgetan hat.« Die Worte brachen nur so aus ihr hervor, und ihre Stimme wurde schriller. »Das ist Vergewaltigung, sagt Dr. Minnow, auch wenn ich mich nicht wehre. Wenn ich mich wehre, schlägt er mich, dann wird es noch schlimmer. Selbst wenn ich mich einfach hinlege und ihn machen lasse, ist es Vergewaltigung, sagt Dr. Minnow. Steht das so im Gesetz? Ja, oder? Du bist das Gesetz. Steht das so im Gesetz?«

»Ja. Es steht so im Gesetz.«

»Wenn du ihn findest, sperrst du ihn ein? Das würde mir gefallen.« Sie streckte den Arm aus und nahm Callens Hand. »Ich will, dass er eingesperrt wird. Dass er nie mehr rauskommt. Dass niemand seine Schreie hört. Das will ich.«

»Ich werde alles dafür tun, das versprech ich dir, Alice. Du hast gesagt, er hätte einen Bart und dunkle Augen gehabt?«

»Dunkle Augen. Ich mach meine zu, wenn er …«

»Vielleicht kannst du ihn mir so beschreiben, dass wir ein Phantombild von ihm anfertigen können?«

»Ich kann nicht zeichnen. Reenie auch nicht. Obwohl ich besser bin, kann ich keine Gesichter zeichnen.«

»Ich kenne jemanden, der das kann. Wenn du mir sein Aussehen besser beschreibst und mir sagst, wie du ihn in Erinnerung hast.«

»Ich weiß nicht.« Sie umklammerte Callens Hand. »Ich will sein Gesicht nicht sehen. Ich werde Cal einen Schal häkeln. Ich werde auf Sundown reiten, wenn es ihm besser geht.«

»Das freut mich.« Tate schluckte seinen Frust hinunter und blieb unverändert freundlich. »Es ist ein viel zu schöner Tag, um sich Sorgen zu machen. Vielleicht komme ich morgen wieder, Alice. Um dich zu besuchen.«

Sie nickte und schaute zu Cal hinüber. »Was würden Sie machen? Sie sind fortgegangen und zurückgekommen. Jemand hat Sundown und Ihnen wehgetan. Würden Sie sich an sein Gesicht erinnern, damit es gezeichnet werden kann?«

»Meiner Meinung nach hilft es, den Dingen ins Auge zu sehen. Weil sie dann nicht mehr so Furcht einflößend sind wie bei geschlossenen Augen. Außerdem sind Sie die tapferste

Person, die ich kenne. Aber wenn Sie die Augen noch ein bisschen geschlossen halten wollen, sollten Sie das tun.«

»Bodine hat gesagt, dass ich tapfer bin. Die Ärztin hat gesagt, dass ich tapfer bin. Sie haben gesagt, dass ich tapfer bin. Aber ich fühle mich nicht so. Ich will nicht wieder in dieses Haus. Ich will nicht, dass er mich findet. Ich will dableiben. Kannst du morgen wiederkommen und mich noch mal fragen?«, sagte sie zu Tate.

»Natürlich kann ich das. Es tut so gut, dich zu sehen. Alice.«

Callen zögerte, als Tate sich zum Gehen wandte. »Miss Alice, könnten Sie kurz auf Sundown aufpassen? Ich muss den Sheriff was fragen.«

»Wir warten hier.«

Callen holte Tate ein. »Hat er gestanden?«

Tate lehnte sich ans Tor. »Er seine Aussage ständig verändert. Dass er so ein Hitzkopf ist, hilft ihm nicht gerade. Auch nicht, dass er mich angelogen hat, was seine Anwesenheit auf dem Resortgelände oder die Benutzung seines Quads angeht. Er weiß, dass wir ihn überführt haben. Hat sich verplappert und behauptet dann, er hätte auf eine Schlange geschossen und den Querschläger nicht bemerkt, der das Pferd getroffen hat. Damit wird er nicht durchkommen. Nach allem, was ich herausgehört habe, steht allerdings eines fest. Er hat nicht auf dich geschossen.«

»Unsinn.«

»Sondern auf dein Pferd.«

Callen ging in die Hocke und wartete, bis er sich wieder beruhigt hatte. »Er hat auf Sundown gezielt?«

»Das ist meine Meinung. Vermutlich geht alles auf eine verdammte Pokerrunde und einen verdammten Hund zurück. Sein Vater hat deinem Vater einen Hund geschuldet, und Garrett hat ihn erschossen. Aus demselben Grund hat er versucht dein Pferd zu erschießen. Aus Rache.«

Callen sah zu Alice hinüber, die Sundown auf und ab führte und auf ihn einredete. Er sah die Bauchwunde. Nur wenige Zentimeter höher und sein Tier wäre tot.

»Du wirst ihn drankriegen.«

»Das ist Aufgabe des Staatsanwalts, des Richters und der Geschworenen. Eines kann ich dir jedoch versprechen. Ich werde ihn dazu bringen, seine Tat zu gestehen. Darauf kannst du Gift nehmen.«

»Gut.«

»Was du gerade zu Alice gesagt hast, wird mir helfen, meine Arbeit zu machen. Ich tue meine Arbeit, Cal. Wirklich. Ich sorge für Recht und Gerechtigkeit.«

Cal nickte. Als er zu seinem Pferd ging, dachte er, dass Recht und Gerechtigkeit leider manchmal nicht dasselbe sind.

26

Sonntagabend fuhr Jessica zur Ranch. Das verrückte Wochenende lag hinter ihr. Obwohl es sehr verlockend gewesen wäre, einfach zwölf Stunden durchzuschlafen, war sie froh über die Einladung zum Abendessen. Sie freute sich auf Chase in seinem familiären Umfeld. Außerdem hatte sie Callen nicht gesehen, seit er und Sundown verletzt worden waren. Inzwischen war sie ein Westerngirl geworden. Das merkte sie daran, dass sie sich inzwischen genauso auf das Pferd freute wie auf die Menschen. Was ihr Schuhwerk betraf, weigerte sie sich nach wie vor, dem Bild eines Cowgirls zu entsprechen. Als sie Sundown und Chase, der zu ihrem Entzücken ein Lasso schwang, auf der Koppel entdeckte, ließ sie ihren Heidelbeerstreuselkuchen im Auto und ging zu ihnen. Rory war auch da und saß auf dem Zaun. Neben einer Frau, deren rotes Haar zu einem kurzen Pferdeschwanz zusammengebunden war. Die Frau applaudierte begeistert, als Chase in das wirbelnde Lasso sprang und wieder hinaus.

Als Chase Jessica begrüßte, indem er sich mit der freien Hand an die Krempe tippte, drehte sich die Frau zu ihr um. Obwohl sie bereits davon gehört hatte, verschlug es ihr angesichts der Verwandlung, die Alice durchgemacht hatte, schier die Sprache.

»Da ist jemand«, murmelte Alice und griff nach Rorys Hand.

»Vielleicht erinnerst du dich, Alice. Wir sind uns schon mal begegnet. Ich bin Jessica Baazov. Ich arbeite für Bodine.«

»Bodine ist Reenies Tochter. Und das ist Rory. Nicht mein Rory, sondern Reenies Rory. Chase ist auch Reenies Sohn. Er zeigt mir seine Showeinlage, weil ich nicht dabei war.«

»Er ist echt gut, oder?«

»Onkel Wayne hat Lassotricks gemacht. Chase sagt, dass er sie von ihm gelernt hat. Sundown kann Tricks. Cal hat sie ihm beigebracht. Cal gehört nicht nur Reenie, sondern auch mir.«

»Ich wollte mich nach Sundown und Callen erkundigen.«

»Grammy hat darauf bestanden, dass Cal reingeht und sein Bein hochlegt. Bald darf ich auf Sundown reiten. Es geht ihm viel besser. Der Mann, der ihm wehgetan hat, ist weggesperrt worden.« Alice sah Bestätigung heischend zu Rory hinüber.

»Er ist weggesperrt worden?«

»Ganz genau. Wir müssen uns seinetwegen keine Sorgen mehr machen«, bestätigte Rory.

»Bobby Tate macht seine Arbeit.« Als Chase sich verbeugte, klatschte Alice erneut. »Das war eine gute Show«, sagte sie. »Jessica ist da. Ich erinnere mich. Sie ist deine Freundin.«

Chase senkte den Kopf und konzentrierte sich darauf, das Lasso aufzuwickeln. »Sieht ganz so aus.«

»Er ist schüchtern«, erklärte Alice Jessica. »Ich war früher nie schüchtern, heute schon. Kommt, wir helfen den anderen mit dem Abendessen.« Alice tätschelte Rorys Arm. »Damit Chase und seine Freundin allein sein können.«

Rory konnte ein Grinsen nicht unterdrücken, als er vom Zaun sprang und Alice herunterhob.

»Ich mag deine Schuhe«, sagte Alice.

Jessica brachte gerade noch ein Dankeschön heraus, bevor sich Alice mit Rory entfernte. »Ich kann nicht fassen, dass das dieselbe Frau ist, die aus dem Krankenhaus kam.«

»Sie hat eben Rückgrat.« Chase hängte sein Lasso an einen

Pfosten. »Wie alle Bodines. Dad hat mir gesagt, dass sie morgen mit einem Phantomzeichner reden wird. Um ein Bild des Mannes zu bekommen, der sie entführt hat.«

Er griff nach ihrer Hand und zog sie zu sich auf den Zaun. »Schicke Schuhe. Aber nicht zum Reiten.«

»Ich bin für ein Abendessen angezogen.« Dann lachte sie, als Sundown hinter Chase auftauchte und ihn nach vorn schubste. »Er ist wieder ganz der Alte.«

»Los, verschwinde, ich brauche keine Hilfe.« Zum Beweis legte Chase die Hand um Jessicas Hinterkopf und küsste sie.

Anschließend schaute er sie nur an und strich ihr sanft über die Wange. »Reiten kommt in diesem Aufzug nicht infrage.« Er sprang vom Zaun. »Wir können einen Spaziergang machen.«

»Ich hab deine Mutter noch nicht begrüßt.«

»Nur ein paar Minuten.«

Händchenhaltend, die warme Sonne im Gesicht, lief sie neben ihm her. Sie hörte das Muhen einer Kuh, das Rascheln eines Eichhörnchens. Aus dem offenen Küchenfenster kam Gelächter.

»Stiefmütterchen.« Sie schwieg und betrachtete die Töpfe auf den Verandastufen. »Meine Großmutter hat im Frühling auch immer Stiefmütterchen gepflanzt, auf der Küchenfensterbank. Damit sie sich beim Spülen daran erfreuen konnte.«

»Ich hätte nie gedacht, dass du den Winter durchhältst.«

Aufrichtig überrascht starrte sie ihn an. »Warum denn das?«

»Ich glaube, das hat mehr mit mir zu tun als mit dir.« Er zog sie zur Vorderseite des Hauses, zu der Bank zwischen den Ginkgobäumen. »Ich dachte, so wie die aussieht, verschwindet sie beim ersten Schneesturm nach New York. Dem war nicht so.«

»Hast du wirklich gedacht, ich hätte kein …« Welches Wort hatte er gerade bei Alice benutzt? »Kein Rückgrat?«

»Nein. Es ging eher um mich, und ich hab mir nicht unbedingt Sorgen um mein Rückgrat gemacht. Können wir uns kurz setzen? Ich muss das endlich loswerden.«

»Ja, das wäre vielleicht gut.«

»Jessica, du warst so was wie ein exotischer Vogel für mich. So schön, dass ich fast geblendet war. Und völlig unerreichbar, bereit, gleich wieder fortzufliegen.«

»Eine exotischer Vogel? Meine Güte! Ich hab mein Leben lang hart gearbeitet, ich …«

»Wie gesagt, ging es eher um meine Vorstellung von dir«, rief er ihr wieder in Erinnerung. »Als ich dich das erste Mal gesehen habe, hattest du ein rotes Kostüm an, deine Haare waren hochgesteckt, und du hast nach einem geheimnisvollen Tropengewächs geduftet. Du hast mir die Hand gegeben und gesagt: *Jessica Baazov, schön, Sie kennenzulernen.* Ich hab kaum den Mund aufbekommen und mir nur gedacht: Hoffentlich stellt Bo nicht ausgerechnet die ein.«

»Wie reizend von dir.« Sie wollte aufstehen, als er eine Hand auf ihre Schulter legte.

»Als sie dich eingestellt hat, hab ich sie gewarnt, dass das ein Fehler ist. Um dann zu merken, dass das ebenfalls mehr mit mir zu tun hatte als mit dir.«

Abwehrend verschränkte sie die Arme vor der Brust. »Wenn ich dir auf Anhieb so unsympathisch war, wundere ich mich, dass du Bodine nicht unter Druck gesetzt hast.«

»Du warst mir nicht unsympathisch, und wenn sich Bodine erst einmal entschieden hat, lässt sie sich nicht unter Druck setzen. Ich dachte, dass es ein Fehler ist, weil ich mir nicht vorstellen konnte, dass du uns erhalten bleibst. So eine hübsche, perfekte junge Frau! Ich konnte mir nicht vorstellen, dass du hierher passt. Da ich seit unserer ersten Begegnung mehr oder weniger geblendet von dir war, dachte ich, das verheißt nichts Gutes. Ich wollte Abstand halten, bis Bo eines

Tages nach Hause kommt und mir sagt, dass ich recht gehabt habe und du wieder an die Ostküste zurückgehst.«

»Also habe ich deine Erwartungen enttäuscht.«

»Nein, ich habe mich einfach geirrt. Ich habe Abstand gehalten, so gut es ging, aber immer wenn ich dich sah, wollte ich dich berühren. Hätte ich es getan, hätte ich noch viel mehr gewollt. Selbst wenn du zurückgegangen wärst, hätte ich dich nie vergessen können. Eigentlich wollte ich die rote Linie nie überschreiten, hab es dann aber doch getan.«

Sie schnaubte hörbar, wurde aber weich. »Ich hab dich über die rote Linie gezogen.«

»Als ich längst dabei war, sie selbst zu überqueren. In diesem Moment wusste ich, dass ich nie über dich hinwegkommen werde. Weil ich jede Frau mit dir vergleichen und sie den Kürzeren ziehen würde.« Er nahm ihre Hand und musterte sie. »Dabei wünsche ich mir eine Frau, ein gemeinsames Leben. Ich kann warten, aber ohne dich würde ich für immer warten.«

»Ich – ich hab Tombstone gesehen. Ich kann reiten. Ich besitze einen Stetson.«

Seine Lippen verzogen sich zu einem Lächeln, und er küsste ihre Hand. »Ich liebe dich. Ich glaube, ich habe dich schon geliebt, bevor das so war – falls man so schnell lieben kann. Ich bin froh, dass es dir bei uns gefällt.«

»Ich bin glücklich. In New York wartet nichts mehr auf mich. Ich habe mir hier ein neues Leben aufgebaut, neue Freunde gefunden, eine tolle Stelle. Ich habe meine Familie verloren, Chase, als ich meine Großeltern verloren habe. Heute habe ich eine neue Familie, was ich nie für möglich gehalten hätte. Ich habe noch nie eine so gute Freundin wie Bodine oder Chelsea gehabt. Und das sind ja nicht meine einzigen Freunde.«

»Ich frage dich, ob du dir vorstellen kannst, dir ein Leben

mit mir aufzubauen. Ob deine Liebe dafür ausreicht. Ob du eine Familie mit mir gründen willst.«

Heiraten. O Gott, er sprach vom Heiraten! Ausgerechnet der Mann, der es sonst eher langsam angehen ließ. Mit angehaltenem Atem dachte sie an ihre egoistischen, lieblosen Eltern, die sie im Stich gelassen hatten. An ihre liebevollen Großeltern, die sie ohne Vorbehalte aufgenommen hatten. Anschließend dachte sie an ihn. »Ich weiß nicht, wie ich jemanden lieben soll, der so blind ist, dass er nicht sieht, wie sehr ich ihn liebe. Und ja, ich kann es mir sehr gut vorstellen.«

Da zog er ihre Hand an seine Wange, hielt sie einfach dort fest, bevor er den Kopf drehte und einen Kuss hineindrückte. »Ist das eine raffinierte Art, Ja zu sagen?«

»Das war nicht raffiniert.«

»Es war auf jeden Fall sehr wortreich. Wie wär's, wenn ich es folgendermaßen ausdrücke? Wirst du mich irgendwann heiraten?«

»Irgendwann ist ziemlich vage.«

»Du entscheidest, ob du Ja sagst. Du legst das Datum fest.«

»Lass mich kurz überlegen.« Sie schaute auf das Land, die Berge und in den Himmel, der sich blau über ihnen spannte. Sie spürte, dass er wartete, gefasst und schweigend, wusste, dass er warten würde, bis ihr Verstand ihrem Herzen gefolgt wäre.

»Ich sage Ja. Im Oktober. Nach meinem ersten Sommer und vor meinem zweiten Winter.« Sie schmiegte erneut die Hand an seine Wange. »Allein dieses Ja, Chase, stillt eine Sehnsucht, von der ich gar nicht wusste, dass ich sie habe. Das hast du bewirkt. Du hast mir geholfen, diese Sehnsucht zu stillen.«

Er küsste sie, ein süßes Versprechen, und drückte sie an sich. »Hast du das rote Kostüm eigentlich noch?«

»Ich werde nicht in diesem roten Kostüm heiraten.«

»Ich dachte eher an unsere Hochzeitsreise.«

Sie lachte über diesen gelassenen, starken Mann, der sie immer wieder verblüffte. »Ja, ich hab es noch.«

***

Während das Sonntagsessen auf der Bodine Ranch zum echten Festmahl wurde, holperte ein Mann namens Sir in seinem Pick-up über die schmale Straße, die der Winter mit Schlaglöchern übersät hatte. Bei jedem einzelnen durchzuckte es ihn schmerzhaft. Er hielt an, stieg aus und öffnete das Tor mit dem Schild *Privatgrund, betreten verboten*. Das Metall der rostigen Türangeln quietschte. Er kletterte zurück in den Pick-up, fuhr hindurch, schloss es und legte die Kette vor.

Ein Hustenanfall erschütterte ihn, sodass er sich am Tor abstützte. Dann stieg er wieder in den Pick-up und holperte über den Pfad zur Hütte. Da er häufig stehen bleiben und sich ausruhen musste, brauchte er eine Stunde, um seine Vorräte auszuladen. Zuerst nahm er seine Medizin, den Hustendämpfer, die Kopfschmerztabletten. Er schien in letzter Zeit ständig Kopfweh zu haben. Dazu kam das Abführmittel. Aus allem mischte er eine Art Medizincocktail, den er mit Kaffee und Whiskey einnahm. Das waren aus seiner Sicht zwei weitere Heilmittel.

Er hatte etwas zum Essen mitgebracht, verspeiste die beiden Cheeseburger ohne echten Appetit. Er brauchte Fleisch, gutes rotes Fleisch, und zwang es Bissen für Bissen hinunter.

Mit rasselndem, pfeifendem Atem schlief er im Sessel vor dem Kamin ein, während sein Schweiß kalt wurde. Im Dunkeln wachte er auf. Fluchend entzündete er die Petroleumlampen und legte Scheite nach. Er schlief zu viel, musste besser planen. Er war den ganzen Weg bis nach Missoula gefahren, um sich zu beweisen, dass er sich von der verdammten

Plage erholte, mit der ihn Esther verflucht hatte. Er hatte Medikamente und Vorräte besorgt, es sogar geschafft sich umzuhören.

Er hatte jede Menge Frauen gesehen. Frauen, die viel Bein zeigten. Frauen, deren Brüste aus tief ausgeschnittenen Dekolletés quollen. Frauen mit grell geschminkten Gesichtern.

Ein, zwei davon könnten ihm gefallen und eine gute Ehefrau abgeben, nachdem er ihren Willen erst einmal gebrochen hätte. Aber ihm fehlte es noch an Kraft, sich eine zu nehmen. Deshalb nahm er seine Medizin und aß das rote Fleisch. Sobald er bei Kräften war, würde er die Nebenstraßen absuchen, die dunklen Gassen vor den Sündentempeln. Die Bars und billigen Motels.

Dort würde er die Richtige finden. Gott würde ihm eine Frau schicken. Aber nicht so eine wie Esther. Oder wie die, die er Miriam getauft und die es geschafft hatte, sich nach der Geburt einer Tochter mit dem Laken zu erhängen. Oder wie Judith oder Beryl. Er hatte sie alle begraben. Alle bis auf Esther. Er hatte ihnen eine christliche Beerdigung zukommen lassen, obwohl sie gesündigt und ihn enttäuscht hatten.

Er musste rasch eine Neue finden. Eine kräftige, junge, fruchtbare Frau, der er Gehorsam beibringen konnte. Die für ihn sorgen würde, denn seine Erkrankung hatte ihm gezeigt, dass er nicht mehr jung war. Er brauchte einen Sohn, der sein Erbe weiterführte und ihn im Alter ehrte. Und dafür brauchte er eine Frau, die ihn gebar.

Bald würden die Touristen kommen. Parasiten. Sie und alle, die gebraucht wurden, um ihnen Mahlzeiten vorzusetzen und die Betten zu machen. Im Eindösen träumte er von den vielen Möglichkeiten, die die nächsten Wochen für ihn bereithalten würden.

***

Callen wäre lieber zur Arbeit geritten, am allerliebsten natürlich auf Sundown. Da beides nicht sehr vernünftig gewesen wäre, fuhr er in Bodines Pick-up mit. »Ich hätte mit Rory fahren können.«

Sie sah ihn prüfend an. »Stimmt was mit meiner Fahrweise nicht, Skinner?«

»Ich würde lieber selbst am Steuer sitzen.«

»Man sollte sich mit dem zufriedengeben, was man hat.« Sie schaute erneut zu ihm hinüber. »Was bedrückt dich? Dein Bein?«

»Meine Güte, es war bloß ein Streifschuss.«

Sie zuckte mit den Schultern und fuhr schweigend zum BAC. »Los, raus hier, und nimm deine schlechte Laune mit.«

Er blieb sitzen. »Ich hab in den letzten Tagen viel Zeit mit Alice verbracht.«

»Das ist mir aufgefallen, und ich weiß es sehr zu schätzen.«

»Pass auf, dass dir die Zweige nicht ins Gesicht schlagen, da oben auf deinem hohen Ross. Ich hab die Zeit mit ihr sehr genossen, sie hat mich abgelenkt. Ich habe das Gefühl, dass sie mir vertraut. Leider kann ich nicht dabei sein, wenn sie heute mit Tate und dem Phantomzeichner zugange ist.«

»Schön, dass du dir Gedanken um sie machst. Wirklich. Aber Nana und Grammy werden sie begleiten und Dr. Minnow auch. Dr. Grove wollte auch rausfahren, um sie sich anzuschauen.« Sie sah zu, wie die Sonne über den Horizont kletterte und alles in ein schwachgoldenes Licht tauchte. »Du hast sie abgelenkt. Es klingt vielleicht komisch, aber du hast dir einen guten Zeitpunkt ausgesucht, um angeschossen zu werden.«

»So kann man das natürlich auch sehen.« Während der Himmel im Osten ein Farbfeuerwerk zündete, wandte er sich ihr zu. »Wie wär's mit diesem Samstag und einem schicken Abendessen?«

»Sieht so aus, als müsste ich mir ein neues Kleid kaufen.«

»Falls du mehr als eines haben solltest, dann hab ich das noch nicht zu Gesicht bekommen.«

Sie lachte und küsste ihn. »Raus hier, Skinner, ich hab's eilig.«

Als er gehorchte, lehnte sie sich aus dem Fenster. »Sollte ich aufgehalten werden, schick ich Rory vorbei, um dich von der Arbeit abzuholen.«

»Ich werd warten.« Er lief zum Fenster. »Komm heute Abend zu mir. Ich werd uns was aus der Kantine mitnehmen.«

»Na gut, aber nur wenn ich das Essen besorgen darf. Ich hab es nicht so weit bis zur Kantine.«

»Aber nichts zu Raffiniertes«, rief er, während sie den Rückwärtsgang einlegte. »Das heben wir uns für Samstag auf.«

Als Bodine ihn im Rückspiegel musterte, wurde ihr bewusst, dass er mehr war als nur eine Affäre. Sie waren echt zusammen.

***

Sie arbeitete länger als erhofft. Die Saisonkräfte kehrten zurück, andere mussten neu eingestellt werden. Das bedeutete Vorstellungsgespräche und Einarbeitungszeit. »Es sieht alles sehr gut aus«, sagte Bodine zu Jessica, als sie ihre Tasche packte. »Die Buchungen in diesem Frühling sind besser als letztes Jahr. Mit unseren vielen Aktivitäten und Urlaubspaketen kann es eigentlich nur aufwärtsgehen.«

»Du brauchst eine Vollzeitassistentin.«

Bodine machte ein nachdenkliches Gesicht. Jessica hatte recht. »Irgendwie war mir der Gedanke an eine Sekretärin bisher zuwider.«

Jessica zeigte mit einem perfekt manikürten Fingernagel auf sie. »Da spricht wieder der Kontrollfreak aus dir.«

»Ich denk drüber nach. Aber jetzt muss ich dringend was aus der Kantine holen. Ich hab eine Verabredung.«

»Ich auch. Es wird anscheinend höchste Zeit, dass ich *Silverado* sehe. Dafür hat sich Chase einverstanden erklärt, meine Pasta mit Zitronenabrieb und Rucola zu verkosten.«

Bodine hielt inne. »Meine Güte, er ist wirklich bis über beide Ohren verknallt in dich. Ihr werdet heiraten!«

»Ja.« Jessica legte die Hand aufs Herz. »Und du wirst meine Trauzeugin, oder?«

»Ich kann nicht fassen, dass du einen ganzen Tag gebraucht hast, um mich das zu fragen.« Bodine machte einen Satz nach vorn und umarmte Jessica. »Ich war Trauzeugin bei meiner Cousine Betsy, bin also nicht ganz unerfahren. Und ich verlass mich drauf, dass du mich nicht zwingst, himbeerrosa Organza mit Puffärmeln zu tragen.«

»Darauf schwör ich einen heiligen Eid.«

Da Jessicas Lächeln ein wenig panisch wirkte, legte Bodine den Kopf schräg. »Du wirst es dir nicht anders überlegen?«

»Ich überlege die ganze Zeit und komme jedes Mal zu dem Schluss, dass ich ihn liebe. Aber die Ehe macht mir Angst.«

»Er wird gleich verwelktes Grünzeug essen, und du wirst einen klassischen Western anschauen. Für mich bist du längst verheiratet. Es fehlt nur noch die Party.«

»Wirst du mir als Trauzeugin in den nächsten Monaten noch öfter solche Sachen sagen?«

»Na klar. So, auf zu unseren Cowboys!«

Als sie mit zwei halben Hähnchen und Callen neben sich nach Hause fuhr, überlegte Bodine laut: »Hast du schon mal verwelkten Rucola gegessen?«

»Wieso sollte ich?« Er musterte misstrauisch die Essensbehälter. »Das ist hoffentlich nicht da drin, oder?«

»Nein. Jessica setzt das heute Chase vor.«

»Der Mann muss wirklich krank vor Liebe sein«, sagte Callen mitleidig. »Er mag schon frischen Rucola nicht besonders.«

»Ganz meine Meinung. Sie hat eindeutig das bessere Los gezogen. Während er dieses Zeug runterwürgen muss, darf sie *Silverado* schauen.«

»Ein Klassiker.«

»Ein Augenschmaus für Frauen. Wir werden dagegen Cajun-Huhn, köstliche Rosmarinkartoffeln und Spargel zu uns nehmen.«

»Da bin ich aber sehr froh, dass ich nicht in Jessica verliebt bin.«

»Zum Nachtisch gibt's Heidelbeerkäsekuchen.«

»Vielleicht sollten wir auch heiraten?«

Lachend funkelte sie ihn an. »Vorsicht, Skinner, manche Frauen greifen nach jedem Strohhalm. Wie wär's, wenn wir auch *Silverado* schauen? Ich hab den Film auf DVD.«

»Hast du Popcorn?«

»Das dürfte sich auftreiben lassen.«

»Ich hab Bier.« Er legte die Hand auf ihren Arm. »Alice sitzt draußen auf der Veranda.« Er hatte die Worte kaum ausgesprochen, als Alice aufstand. Wie auf ein Signal hin kam Cora aus dem Haus. Bodine hielt direkt vor den beiden.

»Ich hab meiner größten Angst direkt in die Augen gesehen«, sagte Alice. »Ich hab Pete alles erzählt.«

»Pete ist der Phantomzeichner. Bob hat ihn heute mitgebracht.« Cora legte einen Arm um Alice' Schultern. »Alice hat auf dich gewartet, um es dir zu erzählen.«

»Und, wie geht es Ihnen jetzt?«, fragte Callen.

»Ich bin froh, dass es vorbei ist. Es war sehr schmerzhaft.« Sie legte die Hand auf den Bauch. »Ich musste öfter eine Pause machen. Sie müssen sich das Bild ansehen. Wir haben ein Exemplar bekommen. Bobby meint, wir sollen es alle anschauen. Vielleicht erkennt jemand Sir. Ma?«

»Ich hole es.«

»Ich bin gerne draußen. Ich bin gerne …« Alice verstummte und legte einen Finger auf die Lippen.

»Was denn?«, fragte Bodine.

»Ich will immer wiederholen, was ich gesagt habe, und versuche gerade, mir das abzugewöhnen. Ich bin trotzdem gerne draußen«, sagte sie leise. »Weil ich so lang drinnen sein musste. Rausgehen zu können, wann immer ich will, ist ein tolles Gefühl.« Sie presste die Lippen zusammen. Cora erschien mit der Zeichnung.

»Das ist Sir. Die Zeichnung trifft ihn nicht ganz genau, aber besser kann ich ihn nicht beschreiben. Er hat graues Haar wie ich. Meistens hat er einen Bart und manchmal nicht. Sein Gesicht ist alt geworden, wie meines. So sieht er aus.«

Bodine musterte die Zeichnung.

War sein Blick wirklich so irre, oder nahm Alice ihn nur so wahr? Auf der Zeichnung hatte er einen wilden, bohrenden Blick. Sein Haar wirkte dünn und zerzaust. Ein graumelierter Bart bedeckte das untere Drittel eines markanten, ausgemergelten Gesichts. Der Mund wirkte dünn und verkniffen.

»Kennt ihr ihn?«, fragte Alice. »Wisst ihr, wer das ist? Bobby meint, er hat einen richtigen Namen außer Sir.«

»Ich glaube nicht, dass ich ihn kenne.« Bodine schaute zu Callen hinüber.

»Ich auch nicht. Wenigstens wissen wir, wie er aussieht. Ich werde helfen, ihn zu finden, damit das endlich aufhört.« Weil er wusste, dass er das durfte, nahm er sie in den Arm. »Das haben Sie toll gemacht, Miss Alice.«

Seufzend legte sie ihren Kopf an Callens Brust und trat dann einen Schritt zurück. »Er ist nicht so groß wie Sie, aber größer als Bobby. Das hab ich Pete gesagt. Er hat kräftige Arme. Und große Hände, kräftiger als Ihre oder Rorys. Er hat eine Narbe in der Handfläche. In der hier.« Sie tippte auf ihre Linke. »Und hier so eine …« Sie beschrieb eine Kurve auf ihrer linke Hüfte. »Er hat ein Mal …«

Sie sah ihre Mutter an.

»Ein Muttermal.«

»Ein Muttermal, und zwar hier.« Sie fasste sich an die Außenseite des rechten Oberschenkels. »Wie ein Farbfleck. Ich hab mir geschworen, mir das alles einzuprägen, als er mich eingesperrt hat. Für den Fall, dass ich fliehen kann. Und ich habe es mir eingeprägt. Können wir Sundown besuchen? Ich möchte nicht mehr daran denken.«

»Natürlich. Haben Sie heute schon nach ihm geschaut?«

»Heute Morgen und nachdem ich bei der Phantomzeichnung geholfen habe. Ich hab ihm eine Möhre gegeben. Leo mit den schönen blauen Augen auch. Ich habe ihn gestriegelt und ihm was vorgesungen.«

»Das gefällt ihm bestimmt. Vielleicht können Sie uns allen was vorsingen, während wir nach ihm schauen?«

Er bot Alice seinen Arm und entlockte ihr ein Lächeln.

»Ich kann zusehen, wie die alte Alice zurückkehrt«, sagte Cora zu Bodine. »Heute musste ich mit ansehen, wie sie sich furchtbaren Erinnerungen und Ängsten gestellt hat. Er sieht aus wie ein Monster. Ein Monster, das meine Tochter all die Jahre in seiner Gewalt hatte.«

»Er wird sie nie mehr in die Finger bekommen, Nana. Er wird ihr kein Haar mehr krümmen.«

»Ich glaube nicht an Rache. Der Krieg hat mir den Mann, den Vater meiner Kinder genommen. Ich habe getrauert, aber nie Hass verspürt. Heute spüre ich den Hass, und zwar jeden Tag. Meine Tochter ist wieder da. Trotz der Freude darüber habe ich Hass in mir, Bodine. Dunkel leuchtenden Hass.«

»Nana, alles andere wäre auch ein bisschen viel verlangt. Ich weiß nicht, ob es dich tröstet, wenn sie ihn finden und er für den Rest seines elenden Lebens hinter Gitter muss.«

»Ich auch nicht.« Cora stieß einen langen Seufzer aus. »Ich muss mich zwingen, dankbar zu sein, dass sie wieder da ist. Am liebsten würde ich ein rostiges Messer nehmen und ihm die

Eier abschneiden.« Cora schüttelte sich und sah Bodine mit hochgezogenen Brauen an. »Das dürfte viele eher verstören.«

»Mich nicht.«

»Gut, beschäftigen wir uns mit anderen Dingen.« Sie steckte die Zeichnung ein. »Möchtest du Cal zum Essen mitbringen?«

»Offen gestanden hat er mich eingeladen. Ich hab Essen im Auto. Wir wollen uns in seiner Hütte einen Film anschauen.«

»Das freut mich.«

»Ich geh nur schnell nach oben, hol meine DVD und Popcorn für die Mikrowelle.«

»Vergiss die Zahnbürste nicht«, rief Cora.

»Wirklich, Nana.« Lachend drehte sich Bodine zu ihr um. »Ich hab längst eine bei Cal deponiert.«

***

Während Bodine nach oben rannte, untersuchte Callen Sundowns Wunde. Alice streichelte währenddessen das Pferd und sang *Jolene.* »Sie können wirklich gut singen«, sagte Callen, nachdem das Lied verklungen war.

»Ich hab mit Reenie gesungen und für meinem Rory, aber auch für mich selbst. Ich durfte kein Radio, keinen Kassettenrekorder und keinen Fernseher haben. Rory, Reenies Rory, hat mir einen geschenkt. Er ist winzig und hat Lieder drauf. Man steckt so Dinger in die Ohren und hört Musik.«

»Ein MP3-Player.«

»Ja, ein großartiges Geschenk. Rory ist so lieb, so ein lieber Junge. Das MP3-Dings ist magisch. Da geht jede Menge Musik drauf, und ich kann sie mir anhören, wenn ich nicht einschlafen kann.«

»Können Sie schlecht einschlafen, Miss Alice?«

»Nur manchmal, es ist besser geworden. Die Musik verscheucht meine Albträume. Selbst in den schlimmsten Träumen kann ich nicht mehr sehen, wie er aussah, als ich in den Pick-up gestiegen bin. War der Pick-up blau oder rot? Ich hätte nicht einsteigen dürfen. Wegen der Schlangen.«

»In dem Pick-up? Hatte er Schlangen im Pick-up?«

»Keine echten. Ein Bild. So einen Aufkleber. Er ist ein souveräner Bürger, ein echter Patriot. Die echten Patrioten werden sich erheben und die korrupten Föderalisten besiegen. Sie werden unser Land zurückerobern.«

»Haben Sie dem Sheriff von dem Aufkleber erzählt?«

»Hab ich das? Ich glaube schon. Vielleicht. Echte Patrioten werden eine Revolution anzetteln, weil der Baum der Freiheit mit Blut gegossen werden muss, um das Land wieder unter die Herrschaft des Volks und des einzigen Gottes zu bringen. Ein Mann braucht Söhne, die das Land verteidigen. Ich hab ihm bloß einen geschenkt, der überlebt hat. Einer reicht nicht aus, um zu kämpfen, zu arbeiten und das Land zu verteidigen. Ich glaube, er hatte mehrere.«

»Mehrere Söhne?«

»Ich weiß nicht, ich weiß nicht, ich weiß nicht. Mehrere Frauen. Meinen Sie, ich kann Sundown bald reiten?«

»Wir werden Doc Bickers fragen. Miss Alice, können Sie mir sagen, wie Sie darauf kommen, dass er mehrere Frauen hatte?« Er stellte sich innerlich darauf ein, das Thema zu wechseln. Er sah, wie ihre Hände zitterten, hörte die Angst in ihrer Stimme. Sie verbarg ihr Gesicht an Sundowns Hals.

»Er meinte, ich hätte nur den Wind gehört, kein Rufen, Weinen oder Schreien. Ich hätte mir das bloß eingebildet und soll den Mund halten.«

»Danke, das genügt.«

»Sundown geht es viel besser, Ihnen auch. Heute haben Sie noch gar nicht gehumpelt. Manche Dinge werden besser.«

»Ihnen geht es auch viel besser, Miss Alice.«

»Es geht mir besser, die Dinge sind besser. Ich kann rausgehen, wann ich will. Ma zeigt mir, wie man einen Pulli häkelt. Damals habe ich diesen Pick-up gehört, ich hab ihn gehört. Ich konnte nicht schlafen. Er hatte mir das Baby weggenommen, auch das nächste und übernächste. Er hatte mir den armen kleinen Benjamin weggenommen, der gleich in den Himmel gekommen ist. Ich konnte nicht schlafen, weil mir innen und außen, im Kopf und im Herzen, alles wehgetan hat.«

Mitfühlend legte Callen die Hand auf ihre Schulter. Sie griff danach. »Ich hab gehört, wie der Pick-up zurückkommt und hatte Angst, er könnte seine ehelichen Pflichten einfordern. Da habe ich den Schrei gehört. Das war nicht der Wind, keine Eule und kein Kojote. Es war nicht das erste Mal, aber damals habe ich es ganz deutlich gehört, ein- oder zweimal. Ihn auch. Wie er geschrien und geflucht hat. In dieser, der nächsten und der übernächsten Nacht ist er nicht zu mir gekommen.«

»Waren Sie damals im Haus oder im Keller?«

»Im Haus. Es war mitten in der Nacht, draußen vor meinem Fenster war es dunkel. Danach – nicht am nächsten oder übernächsten Abend, sondern später – habe ich es auch tagsüber gehört. Bei Tageslicht. Schreie. *Hilfe, Hilfe, Hilfe* oder so was Ähnliches. Ich konnte es nicht gut verstehen, aber ich habe es gehört. Später nicht mehr. Einmal hat jemand geweint. Manchmal habe ich Weinen gehört, wenn ich im Garten gearbeitet habe. Vielleicht waren es die Babys, die nach mir geweint haben. Ich musste innehalten und zuhören, weil ich nicht zu den Babys konnte. So bin ich verrückt geworden.«

»Sie sind nicht verrückt.«

Sie trat einen Schritt zurück und lächelte. »Ein bisschen schon. Ich glaube, damals war ich noch verrückter. Das ging gar nicht anders, sonst hätte ich mich umgebracht.«

Er nahm ihr Gesicht in die Hände und küsste sie sanft auf

die Wange. »Sie sind vielleicht ein bisschen verrückt, aber gleichzeitig die vernünftigste Person, die ich kenne.«

In ihren Augen standen Tränen, auch wenn sie lachte. »Sie müssen viele verrückte Leute kennen.«

»Gut möglich.«

Als sie ging und dabei leise vor sich hin sang, zückte er sofort sein Handy, um den Sheriff anzurufen. Vielleicht waren da noch mehr Frauen in einem Keller eingesperrt, die gerade in den Wahnsinn getrieben wurden.

27

Es dauerte noch eine Woche plus einen ganzen Tag, weil es so regnete, aber eines warmen Aprilabends sattelte Callen Sundown für etwas, das er *Den großen Befreiungsakt* nannte.

»Vielleicht sollten nicht alle zusehen.«

Er drehte sich um und musterte Alice in neuen Stiefeln, Jeans und knallrosa Bluse. Sie trug einen ockerbraunen Hut und eine braune Lederweste, die vermutlich Bodine gehörte.

»Sie sehen toll aus.«

Sie senkte den Kopf, doch er sah, dass sie lächelte.

»Ich lasse Sie keine Sekunde allein«, rief er ihr wieder in Erinnerung. »Aber wenn Sie lieber warten wollen …«

»Nein, das ist albern. Ich verhalte mich albern. Trotzdem, Sie bleiben bei mir.«

»Die ganze Zeit. Sind Sie so weit?«

Sie nickte und stellte ihren Fuß in seine gefalteten Hände. Als sie im Sattel Platz nahm, stieß sie einen glücklichen Seufzer aus. »Das tut so gut.«

»Wollen Sie die Zügel nehmen?«

»Noch nicht. Sie haben mich bisher immer herumgeführt. Sie könne mich doch weiter führen, oder?« Langsam ging er mit ihr zum Stalltor. »Dabei war ich früher so eine wilde Reiterin.«

»Das werden Sie auch wieder, wenn Sie wollen.« Nach einem langen Arbeitstag versuchte er, sie erstmals allein reiten zu lassen. Zu diesem *Befreiungsakt* gab es gegrillte Steaks, Maisbrot, Bier und jede Menge Leute, die sich um eine Frau mittleren Alters zu Pferd versammelt hatten.

Nicht nur Familienangehörige, sondern auch Rancharbeiter, die applaudierten.

Chase öffnete das Tor zur Koppel und schloss es hinter ihnen. Callen führte Alice auf Sundown im Kreis herum.

»Wir können einfach so weitermachen«, sagte er. »Oder Sie reiten los. Sie sagen mir einfach, wann Sie so weit sind. Es liegt ganz bei Ihnen.«

»Ich bin es nicht gewohnt, dass man mich so anstarrt«, gestand sie. »Das finde ich schwierig.«

»Es könnte Sie stolz machen.«

»Sie sagen so nette Sachen. Es tut mir gut, wenn Sie mit mir reden. Mein Benjamin ist in den Himmel gekommen, sonst wäre er vielleicht so wie Sie geworden.«

Die Zuschauer saßen auf dem Zaun oder hatten einen Stiefel aufs Geländer gestützt. Sie kannte ihre Gesichter und Namen. Trotzdem, alle sahen sie an.

»Sie sind stolz auf Sie.«

»Stolz auf mich«, murmelte sie, als dringe es langsam bis zu ihr durch. »Sie freuen sich, dass es Sundown gut geht.«

»Genau. Dazu haben Sie erheblich beigetragen.«

»Ich habe dazu beigetagen. Sie bleiben bei mir?«

»Natürlich.« Er reichte ihr die Zügel. »Los, reiten Sie, Miss Alice.« Sie spürte das Leder in ihren Händen, alte Erinnerungen und neue, spürte ein gutes Pferd unter sich und den frischen Frühlingswind im Gesicht. Sundown stand vollkommen still da, bis sie ihn antrieb. Callen blieb in der Nähe, aber sie ritt ganz allein und war stolz darauf. Sie musste daran denken, wie sie jung, in Sicherheit und frei gewesen war. Wieder stieg dieses Prickeln in ihr auf, das sie inzwischen als Glück identifizieren konnte.

Sie sah auf Callen hinunter. »Darf ich?«

»Geben Sie es ihm einfach zu verstehen.«

Als sie in Trab fiel, hörte sie Applaus, sogar Anfeuerungsrufe. Sie achtete nicht darauf. Sie war frei.

»Du hast mir gar nicht erzählt, dass sie schon traben kann«, sagte Bodine.

Callen zuckte nur mit den Schultern und blieb am Zaun stehen. »Du musst nicht alles wissen.«

Als Alice mit geröteten Wangen stehen blieb, direkt vor dem Zaun, wartete sie, bis Callen nickte. Sie nahm ihren Hut ab und hielt ihn hoch über ihren Kopf, während Sundown sich verbeugte. Callen half ihr beim Absteigen. »Darf ich morgen wieder reiten?«

»Sie dürfen reiten, so oft Sie wollen.«

»Alice, ich hab ein Video gemacht.« Rory hielt sein Handy hoch. »Ich habe gefilmt, wie du reitest.«

»Ein Film! Den will ich sehen.«

Während sie zu Rory eilte, wandte sich Callen an Bodine und ihre Mutter. »Ich würde gern einen einfachen Ausritt mit ihr machen. Wenn sie so weit ist, dürfte Rosie genau das richtige Pferd für sie sein. Sie ist sanft und schlau.«

»Ich weiß nicht, ob sie schon bereit ist, das Ranchgelände zu verlassen«, hob Maureen an.

»Mit Callen schon«, warf Bodine ein. »Oder mit Rory. Vielleicht auch mit mir. Rosie ist eine gute Wahl. Falls Alice bereit ist, es mit einem anderen Pferd als Sundown zu versuchen.«

»Ich würde vorher gern mit Celia und Ma reden.«

»Reenie, schau doch nur! Ich bin ein Filmstar.«

»Sie ist nur vorsichtig.« Bodine sprang über den Zaun. »Nana würde Alice bis zum Mond und wieder zurück reiten lassen, wenn sie hinterher so strahlt. Mom versucht, ein gewisses Gegengewicht zu schaffen.«

»Kein Problem. Vielleicht fragst du die Ärztin, ob sie erst

hier bei den Pferden mithelfen darf und später drüben im BAC?«

»Im BAC?«

»Eine Stunde hier und eine da, gemeinsam mit mir. Ich habe mich über Therapien schlaugemacht. Viele arbeiten mit Tieren. Bei Alice funktionieren Pferde, obwohl sie auch Hunde mag. Sie striegelt Sundown, als müsste er einen Schönheitswettbewerb gewinnen. Aber sie kann viel mehr als nur das.«

»Vielleicht.« Daran hatte Bodine nicht gedacht, erkannte aber sofort die Vorteile. »Bestimmt würde es ihr guttun, draußen im Freien und in den Ställen zu arbeiten. Bisher hat sie Clem in der Küche geholfen. Du bist echt schlau, Skinner.«

Sie versetzte ihm einen liebevollen Stoß.

»Manchmal schon.«

»Wenn sie arbeitet, fühlt sie sich nützlich, normal. Du solltest Dad davon erzählen. Schauen wir, wie sie sich so macht. Anschließend können wir dann gemeinsam Zeit im BAC verbringen, wenn sie das möchte.«

Alice genoss den Abend sichtlich. Sie sprach mit ihrer Mutter über den Pullover, den sie begonnen hatte, und mit Hec über Pferde. Rorys Video sah sie sich unzählige Male an.

Callen dagegen ließ sich Zeit. Da Chase zu Jessica gegangen und Rory mit Chelsea verabredet war, saß er mit Sam auf der Veranda. Mit Zigarren und Whiskey ging der Tag zur Neige.

»Du hast viel Zeit in Alice investiert«, sagte Sam nach einer langen, angenehmen Gesprächspause.

»Sie hat auch viel Zeit in mich investiert.«

»Bevor wir das vertiefen, möchte ich dich etwas fragen. Ich gehe davon aus, dass du mir eine ehrliche Antwort gibst.«

Callen bekam einen Knoten im Magen. Er hatte sich darauf eingestellt, Fragen zu Bodine beantworten zu müssen, war aber noch dabei, die richtigen Antworten zu finden. »Gut möglich, dass Chase und ich es ein paar Mal mit der Wahrheit nicht so genau genommen haben.«

»Nicht, wenn ich euch direkt gefragt habe.«

»Nein, dann nicht.« War er jemand, der ausweichend antwortete? Nein, er war vorsichtig. Lügen war etwas anderes.

»Also frage ich dich ganz direkt. Hast du vor, dich um Garrett Clintok zu kümmern?«

Der Knoten löste sich in Luft auf. Diese Frage ließ sich deutlich einfacher beantworten als die eines Vaters danach, was er mit seiner Tochter vorhabe. »Er ist auf Kaution draußen.« Gelassen zog Callen an der Zigarre und sah dem Rauch hinterher. »Meine Wunde ist verheilt. Es liegt an ihm, ob wir nur miteinander reden oder – handgreiflich werden. Ich kann die Sache unmöglich auf sich beruhen lassen. Selbst wenn du mich darum bittest, könnte ich das nicht.«

»Ich bitte dich nur darum, nicht allein in dieses Gespräch zu gehen. Ich bezweifle nicht, dass du dich im Griff hast, Cal, aber du wirst einen fairen Kampf liefern wollen. Das ist deine Art. Er nicht, denn das ist seine Art. Er hat etwas Böses an sich, immer schon.« Sam nippte an seinem Whiskey. »Inzwischen ist er in der Gegend ein für alle Mal erledigt. Niemand wird für ihn Partei ergreifen. Ich weiß nicht, wie das Gericht urteilen wird, aber hier ist er erledigt. Er wird nie wieder Deputy, egal, wo er hingeht. Wenn er nicht ins Gefängnis kommt, wird er fortgehen müssen. Deswegen wird er sich vielleicht mit einer blutigen Nase nicht begnügen.«

Sam zog an der Zigarre und stieß Rauch aus. »Darum bitte ich dich, dass du nicht alleine gehst. Nimm einen Vertrauten mit, einen Zeugen, der einen fairen Kampf garantieren kann.«

Auch wenn er es nicht gerne hörte, was Sam Longbow sagte war mehr als vernünftig. »Ich werde es nicht alleine machen.«

»Gut. Warum sagst du mir nicht, was du auf dem Herzen

hast? Wenn du um die Hand meiner Tochter anhalten möchtest, werde ich sie dir überlassen. Obwohl es mir das Herz brechen wird.«

»Weil ich … Wir sind noch nicht so weit.«

»Gut. Solltet ihr eines Tages so weit sein, meinen Segen habt ihr. Damit ist das Thema für mich erledigt.«

»Ich besitze kein Land«, hörte sich Callen sagen.

Sam legte den Kopf schräg und musterte Callen nachdenklich. »Hast du das ganze Geld, das du in Kalifornien verdient hast, für Whiskey und Frauen rausgeworfen?«

»Nur einen winzigen Bruchteil.«

»Du hast vor, weiterhin zu arbeiten, um dir den Lebensunterhalt zu verdienen, nehme ich an.«

»Solange du mich nicht feuerst, ja.«

»Nun, Bodines Großmutter hat mich auch nicht gefeuert, als ich mich mit ihrer Tochter zusammengetan habe. Wenn es nicht das ist, worüber du mit mir reden wolltest, was hast du dann auf dem Herzen?«

»Was hältst du davon, Alice einzustellen?«

»Alice?«

»Damit sie uns mit den Pferden hilft? Im Stall mitarbeitet? Sie ist eine gute Pferdepflegerin und könnte ausmisten. Sie ist kräftig. Das Hinken schränkt sie etwas ein, vor allem wenn sie müde ist, aber sie ist kräftig. Sie kann gut mit Pferden umgehen, inzwischen auch mit Hunden. Generell mit Tieren. Außerdem dürfte sie stolz auf sich sein, wenn sie Geld dafür bekommt. Es muss ja nicht viel sein.«

Während ein Nachtvogel sang, musterte Sam seine Zigarre. »Darauf wäre ich nie gekommen.«

»Ich habe das mit Maureen besprochen, sie will erst mit Nana und der Ärztin reden. Das ist der offizielle Weg. Aber da du die Ranch leitest …«

»Die Idee gefällt mir, Callen, wirklich. Nach allem, was ich in den letzten Wochen so gesehen habe, könnte das klappen. Da kommt jemand.« Noch ehe er die Scheinwerfer sah, hörte Sam den Motor in der stillen Nacht. »Das ist aber ein später Besuch«, sagte Sam und schlug die Cowboystiefel übereinander.

»Sheriff Tate«, sagte Callen, als der Pick-up näher kam.

Sie warteten, bis Tate geparkt hatte und ausgestiegen war.

»Guten Abend, Sam, Cal.«

»Guten Abend, Bob. Du siehst müde aus.«

»Das bin ich auch.«

»Wie wär's mit einem bequemen Sessel, einem Whiskey und einer Zigarre?«

»Wenn ich eine Zigarre annehme, muss ich wochenlang dafür büßen. Man könnte mich kärchern, und meine Frau würde den Qualm noch riechen! Aber zum Whiskey sag ich nicht Nein. Ich bin nicht mehr im Dienst.«

»Nimm den Sessel.« Callen stand auf. »Ich hol den Whiskey.«

»Vielen, vielen Dank.«

Bevor Callen an der Tür war, hatte Bodine sie bereits aufgemacht. »Sheriff.«

»Guten Abend, Bodine.«

»Ich hol ihm nur einen Whiskey.«

»Ich mach das schon.« Nachdem sie die Tür geschlossen hatte, griff Callen zur Zigarre, die er in den Aschenbecher gelegt hatte, und lehnte sich gegen den Verandapfosten.

»Ich war auf dem Heimweg und dachte, ich informiere euch über den Stand der Dinge. Ich bin den Informationen nachgegangen, die Callen von Alice bekommen hat. Hatte mit Leuten Kontakt, von denen wir wissen, dass sie paramilitärische Neigungen haben oder auf diesem Gebiet aktiv sind. Auch mit echten Patrioten. So hat sie ihn doch bezeichnet, oder?«

»Ja, mehrfach«, bestätigte Callen.

Tate verstummte, als Bodine rauskam. »Danke. Es war ein langer Tag.« Er nahm einen vorsichtigen Schluck. »Diese Leute sind in der Regel nicht kooperativ, wenn es um polizeiliche Ermittlungen geht, weil sie uns nicht anerkennen.« Er schwieg erneut und nahm noch einen Schluck. »Jedenfalls haben wir uns umgehört, das Phantombild herumgezeigt und verbreitet, was dem Gesuchten zur Last gelegt wird. Nur echte Hardliner halten dicht, wenn sie hören, was dieser Typ getan hat. Trotzdem sind wir nicht weitergekommen. Bis heute.«

Bei diesem Satz trat Bodine neben Callen.

»Heute hat mich jemand angerufen, dessen Namen ich leider nicht nennen darf. Er sagt, er hat den Mann erkannt, ihn ein paarmal bei Wehrsportübungen getroffen. Wie er genau heißt, weiß er nicht, nur dass er J. G. genannt wird. Er sagt, dass dieser Mann alle paar Monate mit ihnen trainiert. Er hat ihn lange nicht mehr gesehen. Die Treffen finden weit im Osten statt, aber der Typ glaubt, unser Mann würde bei uns ein Stück Land besitzen und dort mehr oder weniger inoffiziell leben. Wir werden der Sache mit der gebotenen Vorsicht nachgehen.«

»Würde eine Belohnung helfen?«

»Geld schadet nie«, sagte Bob zu Sam.

»Fünfzigtausend, wenn er dich zu diesem Mistkerl führt.«

»Zehntausend sind genug. Wenn ich ihm zehntausend Dollar anbiete, wird er bestimmt weitere Informationen liefern.«

»Dann nur zu.«

Bob nahm einen Schluck. »Das ist noch nicht alles. Alice meinte, es gibt vielleicht noch andere Frauen. Zumindest zu dem Zeitpunkt, als sie geglaubt hat, Schreie und Hilferufe zu hören. Damals, als sie in den Schuppen umziehen durfte. Ich habe nach Personen gesucht, die im passenden Alter waren und vermisst gemeldet worden sind. Eine von ihnen wurde nie gefunden. Eine Neunzehnjährige, die in der Nähe von Lolo wandern und Fotos machen wollte. Sie hat ihre Mutter und ihren Freund am 16. Juli aus Stevensville angerufen, direkt vom Bass Creek Trail. Sie wollte sich was zu essen besorgen, weiterwandern und dann ihr Zelt aufschlagen. Danach hat man nie wieder was von ihr gehört.«

»Vielleicht hat er in diesem Moment eine andere Frau in seiner Gewalt«, sagte Bodine.

»Ich hab mit dem Beamten geredet, der sich um diesen Fall kümmert, und war in Stevensville. Hab mit den Leuten gesprochen, die mein Kollege damals vernommen hat. Es war noch hell, als die junge Frau aufgebrochen ist. Alice meinte, es wäre dunkel gewesen, als sie den Schrei gehört hat. Wir werden versuchen, den Zeitpunkt näher zu bestimmen. Ich werde diesbezüglich noch mal mit Alice sprechen müssen.« Er atmete hörbar aus. »Außerdem muss ich euch leider sagen, dass es nicht den geringsten Hinweis gibt, was die Morde an Billy Jean oder Karyn Allison angeht. Die Spuren, die wir für interessant hielten, sind alle ins Leere gelaufen. Es gibt keine neuen Erkenntnisse. Das bereitet mir wirklich Bauchschmerzen. Und zu guter Letzt ...« Er sah zu Callen hinüber. »Wie du weißt, ist Garrett auf Kaution draußen.«

»Ich hab davon gehört.«

»Der Staatsanwalt wird ihn anklagen. Die Beweislage und Garretts eigene Blödheit dürften dafür sorgen, dass der Fall wasserdicht ist. Die Verteidigung wird eine Strategie fahren, aber er wird sitzen, Cal. Er kommt ins Gefängnis und wird nie wieder einen Dienstausweis tragen.«

»Sehr schön.«

»Halt dich bitte von ihm fern.«

»Ich rauche nur eine Zigarre auf der Veranda.«

Tate erhob sich kopfschüttelnd. »Halt dich von ihm fern! Danke für den Drink. Ich werde morgen mit Alice reden. Jetzt geh ich heim und hoffe, dass Lolly mir mein Abendessen aufwärmt.« Er ging die Verandastufen hinunter und sah zum

Himmel empor. »Eine sternenklare Nacht. Bei dem Anblick kann man noch so lange bei der Polizei sein und trotzdem nicht verstehen, wozu manche Leute in der Lage sind.«

Als Tate davonfuhr, griff Sam nach den leeren Gläsern. »Ich sollte besser deine Mutter informieren, Bodine.«

»Soll ich mitkommen?«

Er schüttelte nur den Kopf. »Ich mach das schon.« Er sah Tates Rücklichtern hinterher. »Die meisten von uns hatten einen langen, anstrengenden Tag.«

»Ich weiß nicht, was ich machen soll.« Bodine hob die Hände und ließ sie kraftlos fallen, als ihr Vater ins Haus ging.

»Es wird dir nichts anderes übrig bleiben, als die Dinge so zu nehmen, wie sie sind. Du weißt, dass ich mich wegen Clintok umhöre. Er verbringt gerade viel Zeit in der *Steigbügel-Bar*. In den nächsten Tagen werde ich dort vorbeischauen.«

»Wieso nicht gleich morgen?«

»Haben wir nicht eine Verabredung zum schicken Abendessen?«

Sie winkte ab. »Die verschieben wir auf nächsten Samstag. Bring es hinter dich, Skinner, sonst nagt es an dir. Wir gehen morgen gemeinsam dorthin.«

»Bodine, willst du etwa damit sagen, dass du lieber zu einer potenziellen Kneipenschlägerei gehst als zu einem schicken Abendessen?«

»Ich wüsste nicht, wer sich da anders entscheiden würde.«

Grinsend reichte er ihr die Hand. »Jetzt weiß ich wieder, warum ich dich so liebe. Komm, lass uns einen Nachtspaziergang machen.«

***

Er suchte sich seine Frau aus, hatte einen Plan. Diesmal würde er keinen Fehler machen. Abends kümmerte er sich um die Organisation, die Vorbereitungen. Um Material und Sicherheitsmaßnahmen. Die Frau musste so lange eingesperrt bleiben, bis sie die Machtverhältnisse begriff. Er hatte die Fußfesselbefestigung an der Wand festgedübelt und die Tür mit zwei weiteren, stabilen Riegelschlössern versehen. Wegen des Lärms, den manche Frauen machen konnten, nahm er sich die Zeit, die Wände mit Noppenschaumstoff zu verkleiden. Nicht, dass viele Leute in die Nähe seiner Hütte kamen, aber diese Vorsichtsmaßnahmen hätte er schon längst ergreifen müssen.

Als er damit fertig war, sah er sich gründlich um und stellte sich seine Frau auf dem Bett vor. Splitterfasernackt würde sie seinen Samen bereitwillig empfangen, dafür würde er sorgen. Bei dieser Vorstellung bekam er einen Steifen und war dankbar, nicht mehr lange warten zu müssen.

Der lange Winter war vorbei, der Frühling endlich da. Die Zeit der Aussaat. Es gab für alles eine Jahreszeit.

Die Saat, seine Saat, würde aufgehen. In einem jungen, fruchtbaren Leib heranwachsen. Noch etwas würde er ändern: Er würde den Sohn in der Obhut seiner Mutter lassen. Du sollst deinen Vater und deine Mutter ehren. Diesmal würde es beherzigt werden. Er würde ihr den Jungen bringen und vielleicht von ihr unterrichten lassen, wenn er älter wurde. Genau wie die Söhne, die nach ihm kommen würden. Sie würden eine Familie sein, mit ihm als Familienoberhaupt, der Frau als Stütze und seinem Sohn als Erben.

Siegessicher legte er sich auf das Bett, in dem er pflügen und pflanzen würde. Vielleicht würde er sich eine zweite Frau suchen, nachdem seine Saat aufgegangen war, um gleich darauf einen neuen Sohn zu zeugen. Er hatte Platz, konnte sie getrennt voneinander halten, bis sie lernten, Schwestern zu sein. Zwei Frauen, die ihm zu willen sein, seine Söhne großziehen, die Feldarbeit verrichten, das Vieh hüten, putzen und kochen würden. Zwei für die Frauenarbeit, während er sich um die Männerarbeit kümmern, seinen Interessen folgen würde. Er schloss die Augen und stellte sich alles ganz genau vor. Mein privates Königreich, dachte er und nickte ein, um davon zu träumen.

***

Callen plante, am Samstag nach der Arbeit schnell etwas zu kochen und gegen neun zur *Steigbügel-Bar* zu fahren.

Er arbeitete den ganzen Tag, an Frühlingswochenenden war viel los im Resort. Außerdem kümmerte er sich um Sundowns Fütterung und Pflege. Sorgfältig massierte er Vitaminöl in die grellrote Narbe am Bauch des Pferdes.

»Eine Kriegswunde.« Er richtete sich auf, und streichelte Sundown ausgiebig. »Ich kann dich nicht rächen, denn dafür müsste ich den Mistkerl erschießen. So jemand bin ich nicht. Aber ich kann ihm das Leben schwer machen.«

Sundown stampfte zweimal mit dem rechten Fuß auf, und obwohl Callen wusste, dass das Pferd nur auf seinen Tonfall reagierte, spielte er das Spiel mit. »Ja, ein Hieb für jeden von uns. Benimm dich«, befahl er, bevor er die Box verließ. Er ging zu Leo, kraulte Bodines Wallach zwischen den Ohren, was dieser besonders gern mochte. »Pass gut auf ihn auf.«

Er verließ denn Stall, wechselte ein paar Worte mit Rancharbeitern und lehnte dankend eine Einladung zum Poker ab. Da er mit Sundown länger gebraucht hatte als gedacht, beschloss er, sich nur schnell ein Sandwich zu machen.

Kaum hatte er die Hütte betreten, stieg ihm ein köstlicher Duft in die Nase. Bodine stand am Herd.

»Frau, ist das Abendessen etwa noch nicht auf dem Tisch?«

»Sehr witzig«, konterte sie, ohne sich umzudrehen.

»Was kochst du? Ich wusste nicht, dass du kochen kannst.«

»Kann ich auch nicht, aber ein Steak in die Pfanne hauen, Barbecuesoße drüberschütten und ein paar Kartoffeln kochen, das krieg ich hin. Genau das bekommst du gleich vorgesetzt.«

Es duftete weitaus köstlicher als ein Sandwich. »Da sag ich nicht Nein.«

»Davon geh ich aus. Möchtest du ein Bier?« Sie drehte sich zu ihm um. Als er den Kopf schüttelte, nickte sie. »Das hebst du dir für später auf, stimmt's? Ein paar Bier ergeben zwar eine spannende Schlägerei, aber es dürfte schlauer sein, einen klaren Kopf zu bewahren. Ich hätte gern eine Cola.«

Er holte zwei und machte sie auf. »Bodine?«

»Callen?«

Er musste grinsen und küsste ihren Scheitel. »In mir arbeitet es, ich versuche den Vorgang in Worte zu fassen. Wenn es so weit ist, möchte ich dir gern etwas sagen.«

»Und, wird es mir gefallen?«

»Nun, das wirst du mich dann schon wissen lassen. Ich muss mich waschen. Ich war bei den Pferden.«

»Du hast fünf, maximal zehn Minuten, dann steht das Essen auf dem Tisch.«

Als er zurückkam, gab sie ihm eine großzügige Portion Fleisch mit Soße, Kartoffeln und gemischtem Gemüse. »Das Gemüse habe ich von Clementine. Die hatte jede Menge übrig.«

Nachdem sie sich gesetzt hatte, kostete er. »Das schmeckt gut. Das hat richtig Pepp.«

»Das liegt an der scharfen Soße. Ich dachte, die kannst du vertragen.«

»Ich mag sie. Was ich dich fragen wollte: Da wir am Dienstag nicht fest verabredet sind, würde ich gern meine Mutter und meinen Neffen einladen. Brody liebt Pferde, und er bettelt ständig um einen Ponyritt.«

»Da musst du mich doch nicht fragen, Callen.«

»Ich stimme mich nur gern mit meiner Chefin ab.«

»Die Chefin sagt, dass du das jederzeit tun kannst. Schick mir einfach eine SMS, wenn sie da sind. Dann stoße ich dazu, wenn ich es zeitlich schaffe.«

»Wird gemacht. Ich hab ihr erzählt, dass unser altes Haus abgerissen wird.«

»Und, wie hat sie es aufgenommen?«

»Gut, es macht ihr nichts aus. Ich habe auch Savannah gefragt. Sie sieht das genauso. Ma hat keine Probleme damit. Dafür freut sie sich umso mehr über die alten Dielen, aus denen Justin Bilderrahmen baut. Und über die Rosenbüsche. Das war genau die richtige Entscheidung.«

»Hat dich das belastet?«

»Ein bisschen. Aber jetzt nicht mehr. Willst du heute Abend nicht doch lieber hierbleiben, wenn ich zu Clintok gehe?«

Sie spießte ein paar Kartoffeln auf die Gabel und sah ihn lächelnd an. »Du meinst, ich soll mit meiner Perlenkette spielen und nervös auf und ab laufen? Meinen Petticoat zerreißen, damit ich dich verbinden kann, wenn du heimkommst?«

»Ich hab dich noch nie mit einer Perlenkette gesehen, geschweige denn mit einem Petticoat, obwohl dir beides bestimmt gut stehen würde. Wie kommst du auf die Idee, ich müsste verbunden werden?«

»Grammys Perlen warten schon auf mich, ich könnte sie mir ausleihen, wenn ich damit spielen wollte. Einen Petticoat hab ich allerdings nicht. Dafür hab ich eine Packung Erbsen ins Gefrierfach gelegt, denn Clintok ist groß und ein echter Schläger. Ich zweifele nicht daran, dass du es ihm zeigen wirst, aber du wirst ganz schön was einstecken müssen.« Sie ließ ihn nicht aus den Augen und leckte sich die Finger. »Um deine Frage zu beantworten. Nur weil ich gekocht habe, erfülle ich noch lange nicht das Weibchenklischee.«

»Du passt in kein Klischee.«

»Eben! Ich werde dich begleiten, weil ich es mir nicht entgehen lassen will, wie du ihm eine blutige Nase verpasst.«

»Wie wär's, wenn wir nächsten Samstag nicht nur schick essen gehen, sondern danach auch in ein schickes Hotel?«

Sie aß ihren Teller leer und trank einen Schluck Cola. »Hast du zu viel Geld, Skinner?«

»So viel, dass ich was davon ausgeben kann.«

»Dann sollte ich wohl meine Reisetasche packen. Komm, lass uns abspülen und gehen.«

»Ich wollte dich gerade um eine zweite Portion bitten.«

Sie bohrte den Finger in seinen muskulösen Bauch. »Das dürftest du bereuen, wenn er dir ein paar Magenschwinger versetzt.«

»Dem kann ich schlecht widersprechen.« Er schob den Stuhl zurück.

28

Die *Steigbügel-Bar* lag neben einer winzigen Tankstelle, die vor allem Zigaretten, Kaugummi und Munition verkaufte. Man bekam dort auch Kaffee, wenn man kein Problem damit hatte, dass er die Magenwände verätzte. Limonade war eindeutig die bessere Wahl, vorausgesetzt es gab welche. Gegenüber vom mit Unkraut überwucherten Kiesweg lag ein Zwanzig-Zimmer-Motel, das für seine zweifelhafte Sauberkeit berüchtigt war, weshalb dort nur sehr verzweifelte Reisende abstiegen. Ein paar Einheimische genossen das heruntergekommene Ambiente und belagerten die Bar, um sich so richtig die Kante zu geben. Hatte man genug intus, nutzte das ein oder andere Paar das Motel als Stundenhotel. Die drei Läden konnten sich hauptsächlich mit durchreisenden Motorradfahrern über Wasser halten, die eine Vorliebe für billige Drinks, Poolbillard und Schlägereien hatten.

Bevor er nach Kalifornien gegangen war, hatte Callen Chase ein paarmal für die ein oder andere Saufrunde mit hergeschleppt, weil niemand Ausweiskontrollen machte und die Volljährigkeit überprüfte.

Als Callen beim flackernden Zimmer-frei-Schild des *One Shot Motels* abbog, sah er, dass sich seitdem nicht viel verändert hatte. Er hörte das Sirren des Neonlichts. Darüber ging am sternenübersäten Nachthimmel gerade der Mond auf, dem nicht mehr viel zum Vollmond fehlte. Er ließ die geparkten Motorräder hinter sich, parkte neben einem Pick-up und schüttelte den Kopf. Chase lehnte an dem Wagen, flankiert von Rory, Jessica und Chelsea.

»Ich wusste gar nicht, dass wir eine Party feiern.«

»Jetzt weißt du's«, sagte Bodine beim Aussteigen.

Callen verließ den Wagen und musterte das Begrüßungskomitee. »Danke für eure Unterstützung, aber so könnte man meinen, ich müsste mit einer ganzen Armee anrücken, um meine Ehre zu verteidigen.«

»Es ist mir egal, was die Leute meinen.« Chase stieß sich vom Wagen ab. »Clintok hat sich auf unserem Grund und Boden danebenbenommen. Wir werden weder dir noch ihm in die Quere kommen. Außer er wendet schmutzige Tricks an.«

»Er ist da drin.« Rory zeigte mit dem Daumen nach hinten. »Sein Pick-up steht da.«

Callen versuchte es ein letztes Mal. »Das ist nicht gerade das richtige Ambiente für ein romantisches Rendezvous.«

Rory grinste. »Du bist doch auch in Begleitung gekommen. Außerdem ... Los, sag es ihm, Chelsea.«

»Ich habe einen schwarzen Gürtel in Taekwondo.« Als sie eine Kampfposition einnahm, staunte Callen nicht schlecht.

»Und ich kann echt zickige Ohrfeigen austeilen«, meldete sich Jessica zu Wort. Da Callen nichts anderes übrig blieb, verließ er sich darauf, dass die beiden Brüder die Frauen beschützen würden, wenn es Ärger gab.

»Ich will ihm nur eine in die Fresse hauen. Damit ist die Sache für mich erledigt.«

Chase nickte. »Dann mal los, damit wir von hier wegkönnen.«

Callen ging mit seiner verdammten Entourage in die Bar und stellte fest, dass sich auch dort kaum etwas verändert hatte.

Die Einrichtung bestand hauptsächlich aus ausgestopften Tieren, Bären- und Hirschköpfe kamen aus der Wand, die ansonsten mit der gerahmten Flagge Montanas geschmückt war. Das einzig Neue war ein Schild mit der Aufschrift: *Waffen töten keine Leute, ich schon.*

Ein paar Motorradfahrer spielten Poolbillard, andere tranken Bier aus der Flasche und sahen zu. Das Lokal hatte zwei Nischen. In einer saß ein älteres Paar, das sich sauertöpfisch gegenüber saß, Bier trank und Karten spielte. Die andere schien von den Motorradjungs belegt zu sein, da leere Flaschen auf dem Tisch verteilt waren und Lederjacken über den Stuhllehnen hingen.

Sieben Hocker säumten die Bar, alle besetzt. Auf den ersten Blick kannte Chase bis auf Clintok keine Menschenseele, bis ihm dämmerte, wer der große Kerl in der Mitte war, der gerade Erdnüsse in sich reinstopfte.

Während sich die anderen hinter ihm hereindrängten, hörten die Billardkugeln auf zu klackern. Hintern rutschten nervös auf Hockern hin und her. Callen konnte nur hoffen, dass die Erhöhung des Frauenanteils nicht zusätzlich für Ärger sorgte.

Daran wie Clintok sich aufrichtete, sah er, dass zumindest ein Gast begriff, dass Ärger anstand.

»Skinner? Bist du das?« Der große Kerl zeigte auf ihn. »Scheiße noch eins, das bist echt du, Cal Skinner! Ich hab schon gehört, dass du wieder im Lande bist.«

»Sandy Rhimes«, murmelte Bodine, als ihr ein Licht aufging.

»Wie geht's dir, Sandy?«

»Ich kann nicht klagen. Da sind ja auch Chase, Rory, Bodine – Madam, Madam.« Er hatte ein großes, freundliches Gesicht und ein liebenswertes, fast engelsgleiches Lächeln. »Seid ihr irgendwo falsch abgebogen?«

»Nein. Wir wollten genau hierher.«

»Na ja, wenn ihr ein Bier wollt, solltet ihr euch lieber an das Flaschenbier halten. Slats wird dir genau dasselbe sagen.« Er zeigte mit seiner Flasche auf den untersetzten, gelangweilt dreinschauenden Barmann.

»Wir trinken nachher was. Vorher müssen wir was regeln.«

Sandy spähte die Bar entlang. »Clintok? Wenn du ein Hühnchen mit ihm zu rupfen hast, würde ich eher … Warte.« Die breiten Schultern strafften sich, und das liebenswerte Lächeln war wie weggeblasen. »Hat er auf dein Pferd geschossen? Davon habe ich gehört.« Mit einem lauten Knall stellte Sandy sein Bier ab und wuchtete sich von seinem Hocker.

»Das geht schon in Ordnung.« Meine Güte, er brauchte nicht noch mehr Verstärkung. »Keine Sorge, ich regle das.«

»Na hoffentlich.«

»Bleibt hier«, befahl Callen den anderen und ging zur Bar, wo Clintok saß. »Wir haben was zu klären.«

»Du kannst mich mal, Skinner.«

»Ich nehme an, du trägst eine Waffe. Wenn ich sehe, dass deine Hand dorthin wandert, brech ich dir das Handgelenk.«

Clintok begann rot zu werden. »Du drohst einem Polizeibeamten?«

»Ich drohe einem Arschloch – einem arbeitslosen, soweit ich weiß. Ich drohe einem Feigling, der sich im Wald versteckt hat, um auf ein Pferd zu schießen. Du solltest deine Hände also lieber dort lassen, wo ich sie sehen kann.«

Callen spürte eher, als dass er es sah, wie sich der Mann vom Hocker gleiten ließ. »Feigling?« Clintok sprang auf. »Du bist ein feiger Mörder. Du hast zwei Frauen umgebracht.«

Callen sah, wie sich die Motorradjungs umdrehten. »Das hättest du wohl gern. Du weißt genau, dass das nicht stimmt, aber es würde dir gut in den Kram passen. Wahr ist dagegen, dass du auf mein Pferd geschossen hast.«

Clintok rammte Callen den Zeigefinger in die Brust. Callen ließ ihn gewähren. »Ich hab auf eine Schlange geschossen.«

»So schlecht schießt nicht einmal du.«

»Du hast dich echt kein bisschen verändert.« Mit funkelndem Blick und gefletschten Zähnen stieß Clintok erneut mit dem Zeigefinger zu. »Du bist nichts als ein Nichtsnutz, der Sohn eines Losers, der sein letztes Hemd verspielt und sich aus Scham erhängt hat. Was willst du hier? Mit den Longbows im Schlepptau, um dich hinter ihnen zu verstecken.«

»Die sind nur als Publikum mitgekommen. Sollen wir uns drin prügeln oder lieber draußen? Du hast die Wahl.«

»Geht bitte raus.« Der Barmann zückte einen Baseballschläger und klopfte sich damit in die Handfläche.

»Lass uns vor die Tür gehen«, sagte Callen.

Er sah die Faust kommen, beschloss aber, den Schlag einzustecken. In seinen Ohren klingelte es, doch er wischte sich einfach nur das Blut von der Oberlippe.

»Los, weiter.« Callen ging rückwärts zur Tür.

Clintok machte zwei Schritte nach vorn. Während Callen sich innerlich wappnete, streckte Sandy seinen kräftigen Arm aus.

»Wonach greifst du da, Garrett?« Er riss ihm die .32er aus dem Holster. »Der Typ ist ein hinterhältiges Arschloch«, sagte er in Richtung Bar. »Er hat dem Mann das Pferd unterm Hintern weggeschossen. Das unterstützen wir nicht. Nein, Sir, das nicht. Auch nicht, einen Unbewaffneten niederzuschießen.« Er knallte die Waffe auf den Tresen. »Am besten, du verstaust das hinter der Bar, Slats. Verlässt du jetzt den Laden, um deine Angelegenheiten zu klären, Garrett, oder muss ich nachhelfen?«

»Finger weg, du dämlicher Säufer.«

»Mach die Tür auf«, murmelte Callen Chase zu. »Ich krieg ihn schon raus. Gehen wir, Clintok. Wenn du versuchst, durch die Hintertür zu entkommen, bin ich garantiert schneller.«

»Ich und entkommen?« Clintok machte einen Satz nach vorn, nahm eine Bierflasche von der Bar, zerbrach sie und fuchtelte mit dem scharfkantigen Glas herum. Callen wich aus und ließ zu, dass Clintok schwungvoll nach vorn sauste. Dann trat er ihm so fest in den Hintern, dass er durch die offene Tür flog.

Chase packte Clintoks Handgelenk und drehte es, bis die kaputte Flasche in den Kies fiel.

»Danke.« Callen rannte hinterher. »Jetzt halt dich da raus.« Er schlug den taumelnden Clintok zu Boden und freute sich, ihn über den Kies schlittern zu sehen. Dann machte er einen Schritt zurück und wartete.

Bodine trat die kaputte Flasche beiseite und sah gemeinsam mit Callen zu, wie Clintok langsam auf die Beine kam. Seine Hände bluteten von dem Sturz in den Kies. Im Schein des großen Mondes und des surrenden Motelschilds sah sie einen dunklen Fleck in Kniehöhe, der sich auf Clintoks Jeans ausbreitete.

Und ein hasserfülltes Funkeln in seinen Augen.

»Los, mach ihn fertig«, murmelte sie Callen zu.

Der blieb bemerkenswert kühl, weil er wusste, dass Worte schmerzhafter sein können als Fäuste. »Waffen und kaputte Flaschen. Das passt zu dir, Clintok. Wie jemandem im Wald aufzulauern, um auf ein Pferd zu schießen, oder einem hilflosen Hundewelpen eine Kugel in den Kopf zu jagen.«

»Er hat einen Welpen erschossen?« Das kam von einem der Motorradjungs, die herausströmten, um der Schlägerei zuzuschauen. »So ein Mistkerl.«

»Ja, das alles passt zu dir«, fuhr Callen fort. »Hinterhältig sein und Freunde engagieren, die deinen Gegner zu Boden drücken, damit du ihn verprügeln kannst. Nur diesmal ist es leider nicht gut für dich ausgegangen, was? Mal gucken, wie du dich in einem fairen Kampf Mann gegen Mann bewährst.«

»Ich hätte dich abknallen sollen.«

Callen grinste. »Wann denn? Als wir noch Kinder waren und du den kleinen Hund umgebracht hast? Oder kürzlich, als du auf mein Pferd geschossen hast?«

»Sowohl als auch.« Bei diesen Worten machte Clintok einen Satz nach vorn. Callen wich dem Kinnhaken aus, den windmühlenartig durch die Luft sausenden Fäusten, und konterte mit einer soliden Rechten, die Clintoks Kopf zurückschnellen ließ und ihm eine blutige Nase bescherte. Damit war es eigentlich genug, ein ordentlicher Fausthieb und eine blutige Nase. Nur dass sich jetzt eine Wut Bahn brach, die sich seit Jahren aufgestaut hatte. Bevor er richtig zu Ende gedacht hatte, versetzte er Clintoks Kiefer einen linken Haken.

Vielleicht sorgten diese beiden rasch aufeinanderfolgenden Schläge dafür, dass Clintok wieder einen klaren Kopf bekam, vielleicht reagierte er instinktiv. Auf jeden Fall musste Callen ein paar Schläge auf die Rippen einstecken, bevor er seinem Gegner ein blaues Auge bescheren konnte.

Hinter ihm drückte Jessica Bodines Hand. »Wir sollten dazwischen gehen.«

»Nein, kommt nicht infrage.«

Bodine zuckte zusammen, als Callen einen Hieb ins Gesicht bekam, und machte selbst einen Kinnhaken in die Luft, als er ein paar kräftige Magenschwinger austeilte, gefolgt von einem raffinierten Aufwärtshaken. Stiefel knirschten im Kies, während sie sich abwechselnd aufeinander stürzten und belauerten. Metallischer Blutgeruch vermischte sich mit dem Gestank nach Bier und Schweiß. Tierische Grunzlaute, aufeinanderprallende Fingerknöchel, Fäuste, die auf Knochen trafen … Jessica wurde immer nervöser und schlug die Hände vors Gesicht. »Sag mir Bescheid, wenn's vorbei ist.«

»Es ist fast so weit.« Da Bodine mit Cowboys und zwei Brüdern aufgewachsen war, hatte sie bereits einige Faustkämpfe und Raufereien gesehen und konnte das beurteilen.

Clintok war der Kräftigere von den beiden, Callen der bessere Stratege. Blinde Wut gegen einen kühlen Kopf. Mit jedem Treffer, den Callen landete, fiel Clintoks Reaktion schwächer aus. Gleich geht er k. o., dachte Bodine. »Los, Skinner, siehst du denn nicht, dass … autsch!«

Dann sah sie, wie Callen den Hieb gegen seinen Wangenknochen mit einer schnellen Geraden konterte, gefolgt von einem Magenschwinger und einem fiesen Aufwärtshaken.

Letzterer holte Clintok von den Beinen, und gleich darauf saß Callen auf ihm. Er schlug nicht auf seinen Gegner ein, obwohl sie ihn genauso respektiert hätte, wenn sein Temperament mit ihm durchgegangen wäre. Die Umstehenden rechneten nicht nur damit, sondern feuerten ihn sogar an.

Stattdessen drückte Callen seinen Gegner nur zu Boden und sagte laut und deutlich: »So, damit ist die Sache für mich erledigt. Wenn du mich oder Lebewesen, die mir nahe stehen, noch einmal angreifst, werde ich dich nicht nur zu Boden schlagen, sondern dich endgültig fertigmachen, das schwör ich dir.« Callen stand auf. »Sieh zu, dass du verschwindest.«

Er musste sich schwer zusammenreißen nicht zu humpeln und nahm von Bodine seinen Hut entgegen, der ihm während des Kampfes vom Kopf gefallen war. Er setzte ihn wieder auf.

»So, ich glaube, nun schulde ich euch allen einen Drink.«

»Du blutest«, sagte Jessica.

Nachdem er sich mit aufgeplatzten Knöcheln übers zerschrammte Gesicht gefahren war, zuckte Callen nur mit den Schultern. »Nur ein bisschen.«

»Ist das typisch Mann?«, fragte Jessica laut. »Ist das typisch für alle Männer oder nur für solche mit Cowboyhüten?«

»Lass uns das lieber bei einem Bier besprechen.« Amüsiert wollte Bodine ihre Freundin gerade zur Tür ziehen, als sie einen Warnschrei ausstieß.

Clintok stolperte wieder ins Licht, mit einer Waffe in der

Hand. Sofort stieß Callen Bodine zur Seite und entfernte sich rasch von der Gruppe, während Clintok die Waffe hob.

Bodine erstarrte, auf einmal schien die ganze Welt still zu stehen. Sie hörte Schreie, die hallten wie in einem Tunnel, spürte, wie sie jemand zurückhielt, als sie einen Satz nach vorn machen wollte. Dann spürte sie gar nichts mehr.

Zu ihrem Entsetzen sah sie, wie Clintok den Abzug betätigte. Einmal, zweimal, dreimal. Sonst passierte nichts.

Ihr verblüfftes Gesicht wäre komisch gewesen, hätte sie nicht den Boden unter den Füßen verloren. In diesem Moment eilte Callen herbei. Die Gäste kochten vor Wut, sorgten dafür, dass Clintok zu Boden ging und dort blieb. »Du hättest meine Frau treffen können, du elender Mistkerl.« Callen nahm die Waffe und kontrollierte sie. »Das Magazin ist leer.«

»Rory hat sich gedacht, dass er eine im Wagen hat.« Blass, aber noch aufrecht klammerte sich Chelsea an Rorys Arm. »Und deshalb lieber nachgesehen.«

»Ein guter Verkäufer hat eine gute Menschenkenntnis.« Rory ging gelassen auf Callen zu und nahm ihm die Waffe ab. »Deshalb hab ich die Munition rausgenommen.«

»Ich schuld dir was.«

»Quatsch, aber du darfst mich auf ein Getränk einladen.«

Callen sah wieder zu Clintok hinüber, der am Boden lag und total hinüber war. »Wir müssen was unternehmen.«

»Schon geschehen.« Jessica hielt ihr Handy hoch. »Der Sheriff ist unterwegs.«

»Ach, Jessie, warum denn?«

Sie sah Callen nur mit offenem Mund an. »Warum? Er hat versucht dich umzubringen.«

»Sie hat recht.« Chase zog sie an sich. »Ich weiß, was du darüber denkst, aber sie hat recht.«

»Und ob sie recht hat.« Bodine musste sich schwer beherrschen, keinen Tobsuchtsanfall zu bekommen. »Wenn Rory nicht so geistesgegenwärtig gewesen wäre, wärst du jetzt so gut wie oder ganz tot. Clintok ist nicht nur ein Arschloch, sondern ein total durchgeknalltes Arschloch. Er ist nicht nur ein Feigling, sondern ein Mörder …«

Weil er merkte, dass sie richtig hysterisch wurde, packte Callen ihren Arm. »Ist ja gut, ist ja gut. Tief durchatmen.«

»Erzähl du mir nichts von Durchatmen.«

Er küsste sie und flüsterte: »Nicht weinen, du wirst dich anschließend dafür hassen.«

»Es geht mir gut.«

»Freibier für alle«, sagte Callen zum Barmann, ohne Bodine aus den Augen zu lassen. »Ich würde sagen, ich hab mir ein Bier verdient.«

»Allerdings.« Mit einem letzten Blick auf Clintok klopfte der Barmann erneut mit dem Baseballschläger in die offene Hand. »Er hat nur bekommen, was er verdient hat.«

***

Gut möglich. Trotzdem war Tate alles andere als begeistert, als er zwanzig Minuten später vorfuhr. Er sah zu Clintok hinüber, der auf dem Boden saß, die Hände mit einem Kabelbinder hinter dem Rücken gefesselt, das Gesicht puterrot. Dann musterte er Callen, der am Tresen lehnte und mit den anderen ein Bier trank. Tate ging neben Clintok in die Hocke. »Ich hab dir gesagt, du sollst dich von ihm fernhalten.«

»Ich hab bloß ein Bier getrunken, als er mit seiner verdammten Bande aufgetaucht ist und Streit gesucht hat.«

»Und da hast du dir gedacht, du beendest das Ganze, indem du eine Waffe ziehst?«

»Das wäre nicht nötig gewesen, wenn du deinen Job erledigt und diesen Scheißmörder hinter Gitter gebracht hättest.«

»Ich habe meinen Job längst erledigt. Du hast eine Waffe getragen und damit gegen deine Bewährungsauflagen verstoßen. Curtis, schaff ihn in den Wagen. Wir werden ein paar Zeugen vernehmen und schauen, was Sache ist.« Er ging zu Callen. »Hab ich dir nicht gesagt, dass du dich von ihm fernhalten sollst?«

»Wir haben beschlossen, was trinken zu gehen«, sagte Bodine. »Wir wollten Jessica ein bisschen die Gegend zeigen.«

Nachdem Tate sie vorwurfsvoll angestarrt hatte, fuhr er sich mit der Hand übers Gesicht. »Bodine, willst du mich etwa beleidigen?«

»Ganz so falsch ist das nicht«, schaltete sich Callen ein. »Allerdings wusste ich, dass Clintok sich vermutlich hier aufhält, und ich hatte durchaus vor, ihm eine zu verpassen.«

»Ich könnte dich wegen Körperverletzung anklagen.«

»Na ja, das könntest du vermutlich«, sagte Chase nachdenklich und starrte in sein Bier. »Aber das dürfte nicht funktionieren, da Clintok zuerst zugeschlagen und dann zur Waffe gegriffen hat. Frag die Umstehenden, ob das stimmt. Wenn du mit Sandy Rhimes sprichst, wird er dir erzählen, dass er Clintok die Waffe abgenommen hat, die er bei sich trug.«

»Miss Baazov sagt, dass Clintok draußen auf Callen geschossen hat.«

»Die hat er aus seinem Wagen geholt, nachdem Callen ihn in einem fairen Kampf besiegt hat. Ich hatte vorher die Munition rausgenommen«, setzte Rory nach. »Hab mir gedacht, dass er eine im Wagen hat. Da er schon mal auf Callen geschossen hat, fand ich es nur vernünftig, Vorsichtsmaßnahmen zu ergreifen.«

Tate fuhr sich mit beiden Händen übers Gesicht. »Himmel Herrgott!«

»Du hast das mit der kaputten Flasche vergessen. Clintok

hat eine Bierflasche zerdeppert«, fuhr Chelsea fort. »Und Cal damit angegriffen. Er hat erst fair gekämpft, als er musste, und selbst da …«

»Weiß deine Mutter eigentlich, dass du hier bist und dich in Kneipenschlägereien verwickeln lässt?«, fragte Tate.

»Sie weiß, dass ich mit Rory unterwegs bin. Ich lebe im Village, telefoniere aber fast täglich mit ihr.«

»Ich bekomm nur Mist zu hören. Curtis, geh vor und fang mit Sandy Rhimes an. Nimm seine Zeugenaussage auf. Miss Baazov …«

»Jessica.«

»Jessica, wir gehen zum Getränkeautomaten, da ich mir keinen Whiskey genehmigen darf, obwohl ich einen gebrauchen könnte. Ich gehe davon aus, dass Sie die Vernünftigste sind. Also erzählen Sie mir bitte, was passiert ist.«

»Gern.«

Während die beiden den Parkplatz überquerten, nahm Callen einen Schluck Bier. »Er wird eine Weile sauer auf uns sein.«

»Er wird drüber wegkommen.« Bodine zuckte nur mit den Schultern. »Er wusste, dass du dir Clintok schnappen wirst. Unter den gegebenen Umständen hätte er dasselbe getan und dürfte enttäuscht sein. Nicht von dir, sondern von Clintok.«

***

Es dauerte mehr als eine Stunde, dann spürte Callen jeden blauen Fleck und jeden Kratzer. Er dachte sehnsüchtig an die Packung Erbsen in seinem Gefrierfach und wünschte sich, Bodine hätte ein halbes Dutzend hineingetan. Trotzdem war jedes Ziehen und Pochen, jeder Schmerz die Mühe wert gewesen. Garrett Clintok würde für lange Zeit hinter Gitter kommen.

Als er beim Aussteigen aus dem Wagen wegen seiner schmerzenden Rippen die Zähne zusammenbiss, brauchte er nur daran zu denken, dass es Clintok deutlich schlimmer ging.

»Möchtest du Sundown sagen, dass du ihn gerächt hast?«

»Das hat bis morgen früh Zeit.«

Mitfühlend legte ihm Bodine den Arm um die Taille. »Du kannst dich auf mich stützen.« Sie sah zum Mond empor und seufzte. »Ich muss sagen, das war bei Weitem die schönste Nacht für eine Schlägerei. Jessica hat ein paar künstlerische Bilder von der *Steigbügel-Bar* und ihren Gästen gemacht, als Tate dir die Leviten gelesen hat.« Sie machte die Tür auf, nahm ihm den Hut ab und warf ihn beiseite. Dann fuhr sie ihm mit den Fingern übers Gesicht und begutachtete den Schaden. »Du wirst in den nächsten Tagen nicht sehr hübsch aussehen, dafür hast du ihm die Nase gebrochen.«

»Das will ich doch hoffen.«

»Schubs mich nie mehr so beiseite.«

Jetzt zog er die Brauen hoch. Sogar das tat weh. »Ich kann dir garantieren, dass ich dich beiseiteschubse, sobald ein durchgeknalltes Arschloch mit der Waffe auf dich zielt.«

»Beim nächsten Mal werde ich vorbereitet sein und dich zuerst schubsen.« Sie gab ihm einen sanften Stups und zog ihn dann zurück, um ihm das Hemd aufzuknöpfen. »Schauen wir mal, wie du sonst aussiehst.«

Er packte ihre Hände. »Beim Gedanken daran, dass du getroffen werden könntest, ist mir das Herz stehen geblieben.«

»Ich fand es auch nicht toll, als du in sein Schussfeld getreten bist. Musstest du einen auf Gary Cooper machen?«

»Auf Clint Eastwood. Gary Cooper ist eher was für Chase.«

Er nahm ihr Gesicht in beide Hände und küsste sie so leidenschaftlich, dass Lust und Schmerz miteinander verschwammen.

Sie kam sofort auf Touren, sodass sie sich zwingen musste, nicht fest zuzupacken. »Du bist nicht in der Verfassung, mich heute in den siebten Himmel zu befördern, Skinner.«

»Ich muss einfach, ich muss.« Rasch zog er ihr die Bluse aus und drückte sie gegen die Tür. »Ich muss dich einfach haben, bitte, bitte …« Er hakte ihren BH auf, warf ihn beiseite und nahm ihre Brüste in die Hand. »Bitte, ich muss.«

»Ich wollte dir schon beim ersten Hieb die Kleider vom Leib reißen.« Sie widmete sich wieder seinem Hemd. »Beschwer dich bitte anschließend nicht, ich hätte dir wehgetan.« Als sie ihre Lippen auf seine presste, zog er sie zu Boden.

Sein Verlangen wuchs ins Unermessliche. Bis es ihn völlig hinwegfegte. Er spürte Schmerz, als ihre Hände gierig an seinen Kleidern zerrten, sich in seine Muskeln gruben. Aber nur entfernt, weil alles von seiner auflodernden Lust überrollt wurde. Er wartete nicht auf sie, sondern drang in sie ein, sobald sie nackt genug dafür war. Sie bog den Rücken durch, stieß einen leisen Schrei aus und klammerte sich an ihn, während seine Augen raubkatzenhaft grün schimmerten und sie regelrecht hypnotisierten. Ein Blitz durchzuckte sie. Sie wand sich unter ihm, feuerte ihn aber weiter an. Als der Blitz erneut einschlug, ritt sie ihn, bis sie beide verglüht waren.

Zitternd, von Schweiß und dem Blut aus seinen Wunden bedeckt, rang sie nach Luft, während sein Herz auf ihrem pochte. Sie musste daran denken, wie Clintok die Waffe gehoben hatte, daran, wie der Boden unter ihren Füßen nachgegeben hatte. Daran, dass es sich im Moment ganz ähnlich anfühlte.

»Du tust jetzt Folgendes.«

»Bodine, ich glaube, es gibt gute Gründe, warum ich mich im Moment nicht rühren kann.«

»Hab ich dir nicht gesagt, dass du dich nicht beschweren

sollst? Du machst Folgendes. Du gehst unter die heiße Dusche. Danach nimmst du Schmerztabletten, trinkst einen Whiskey, und wir legen Eis auf die Blutergüsse und verbinden dich.«

»Ich fühle mich gerade sehr wohl.«

»Das ist das Adrenalin vom Sex. Leider wird das sehr bald nachlassen.«

»Sex-Adrenalin?« Sie spürte, wie sich seine Lippen an ihrem Hals zu einem Lächeln verzogen. »Das sollte man in Flaschen abfüllen.«

»Du hast heute Abend jemandem eine Lektion erteilt und das Ganze mit dem schärfsten Fußbodensex getoppt, den ich je erlebt habe.«

»Danke, gleichfalls.«

»Besser kann man den Abend als Mann kaum verbringen. Aber du bist stärker verletzt, als du glaubst.« Sanft, ja zärtlich strich sie ihm über den Rücken. »Bitte Callen, mir zuliebe.«

So lieb wie sie ihn darum bat, blieb ihm keine andere Wahl.

Als er sich bewegte, stöhnte er.

»Deine Rippen haben am meisten abbekommen. Links.«

»Ich weiß.« Er sah an sich hinunter und entdeckte die schwarzblauen Flecken, die roten Striemen. »Mist!«

»Morgen wird es noch übler aussehen und sich auch so anfühlen. Dem sollten wir vorbeugen.« Im Aufstehen reichte sie ihm die Hand. »Ab unter die Dusche, Cowboy.«

Er nahm ihren Arm, kam langsam und unter großen Schmerzen auf die Beine. Dann schaute er sie an. »Du weißt, was kommt?«

Ihr Herz geriet ein wenig ins Stolpern. »Vielleicht, aber ich glaube, es gibt bessere Momente als diesen.«

»Wahrscheinlich hast du recht. Ich warte.«

Sie zog ihre Jeans an, während er zur Dusche humpelte. Das kann wirklich warten, dachte sie. Sie brauchte kein großes Theater, aber wenn ihr der Mann, auf den sie ihr ganzes Leben gewartet hatte, seine aufrichtige Liebe gestand, sollte er dabei nicht gerade bluten.

29

Das blaue Auge, der geprellte Kiefer, die Schürf- und Platzwunden an den Knöcheln machten ihm nicht viel aus. Die Rippenschmerzen waren deutlich unangenehmer, aber nach ein, zwei Tagen schrie er nicht mehr jedes Mal auf, wenn er eine falsche Bewegung machte. Für die Resortgäste dachte er sich eine Ausrede aus, die nah an der Wahrheit war, nämlich dass ihn ein hinterhältiger Schlägertyp angegriffen hatte.

Außerdem schaffte er es, Alice zu überreden, mit ihm auszureiten. Die überschüttete Rosie mit Liebesbekundungen, und die junge Stute ließ alles geduldig über sich ergehen.

Mit Maureen kümmerte sich Alice um den Schwesterngarten. In der Küche bereitete sie mit Clementines Hilfe einfache Mahlzeiten zu. Da es draußen wärmer wurde, saß sie oft mit den Grannies auf der Veranda und häkelte. Irgendwann willigte sie ein, mit den beiden alten Damen zum Bodine House zu fahren, um es sich zu überlegen, ob sie dort wohnen wollte.

Auf dem Rückweg hielten sie auf Alice' ausdrücklichen Wunsch hin beim BAC, wie Callen im Nachhinein erfuhr. Selbst aus der Entfernung sah er, wie nervös sie war. Deshalb ging er mit den beiden Pferden, die er für einen bevorstehenden Ausritt ausgewählt hatte, zu den Frauen hinüber. »Meine Damen, der Tag könnte gar nicht schöner sein, da Sie hier sind.«

»Ich mag Männer, die flirten können.« Miss Fancy zwinkerte ihm verschmitzt zu.

»Wir sind zum Haus gefahren, zum Bodine House. Ma und Grammy leben dort, wenn sie nicht auf der Ranch wohnen. Ich könnte auch dort leben. Ich weiß noch nicht.«

»Du musst dich nicht gleich entscheiden«, beruhigte sie Cora. »Wir wollten es dir nur zeigen.«

»Dort gibt es eine kleine Scheune. Rosie könnte dort untergebracht werden. Aber würde sie sich dann nicht einsam fühlen? Es ist hart, einsam zu sein.«

»Sie würde oft Besuch von so netten Burschen wie diesen bekommen«, sagte Callen. Alice musterte die beiden Pferde und trat näher, um sie zu streicheln.

»Auf der Koppel stehen viele Pferde. Viele. Wer ist das?«

Er sah sich um. »Das ist Carol. Sie arbeitet mit mir.«

»Mit den Pferden. Sie hat lange Haare, und sie arbeitet mit den Pferden. Hier sieht es nicht mehr so aus wie früher.« Sie schaute sich um, legte die Arme um ihren Oberkörper. »Ich kann mich kaum erinnern, wie es ausgesehen hat. Carol arbeitet hier. Sie arbeitet hier. Es ist nah beim Bodine House.«

»Ich schau in der Mittagspause öfter dort vorbei, wenn Ihre Mutter und Miss Fancy da sind. Wenn Sie sich entscheiden, zu ihnen zu ziehen, könnten Sie hin und wieder mitkommen und mir bei der Arbeit helfen.«

Ihr Blick flackerte nicht länger. »Ich soll kommen und aushelfen? Bei den Pferden? Wie auf der Ranch?«

»Ja, so in etwa. Ich kann immer jemanden brauchen, der sich so gut wie Sie mit Pferden auskennt.«

»Ich mag Pferde. Und sie mögen mich. Wer ist das?«

»Das ist Easy. Er arbeitet auch hier.«

»Ist das ein Name? Ich kenne diesen Namen nicht.«

»Nun, Easy heißt so«, sagte Callen und winkte ihn herbei. Alice wich zurück und griff nach Coras Hand. »Er soll nur schnell die Jungs hier auf die Koppel da drüben bringen. Gleich kommen Leute, die auf ihnen reiten wollen.«

»Er arbeitet auch hier«, wiederholte Alice flüsternd und klammerte sich an Coras Hand.

»Ladys.« Easy tippte sich zum Gruß an die Krempe des Huts.

»Easy, wie wär's, wenn du die Burschen hier mitnimmst und sattelst?«

»Klar, Chef.«

»Er arbeitet hier.« Alice starrte ihn an.

»Ja, Madam. Einen besseren Job gibt es nicht. Cal, Carol hat gesagt, dass sie Harmony für den Ausritt braucht. Ich wollte fragen, ob ich Sundown mit dem Anhänger zum Center fahren soll, wegen der Reitstunde, die Sie gleich haben.«

»Ich reite auf ihm hin. Das wird uns beiden guttun.«

»Sundown ist hier.« Alice zeigte auf ihn.

»Das ist ein tolles Pferd. Da kommt die Oberchefin«, sagte Easy, als sich Alice von seinem Anblick losriss und umdrehte.

»Bodine.« Alice' Hand entspannte sich in Coras. »Bodine arbeitet auch hier. Ganz nah beim Bodine House.«

»Ich werd die Burschen satteln. Ladys?« Easy tippte sich erneut an den Hut und führte die Pferde weg. Bodine kam näher.

»Bodine. Ich war im Bodine House. Hier sieht nichts mehr so aus wie vorher. Alles ist anders – riesig.«

»Ja, es ist riesig.« Entspannt legte sie einen Arm um Alice' Schultern. »Uns gefällt die Idee, dass für jeden etwas dabei ist, der einen Westernurlaub bucht. Vielleicht wirst du eines Tages mit mir einen Ausritt übers Gelände machen und dir alles anschauen. Meiner Meinung nach lässt sich das Bodine Resort am besten zu Pferd erkunden.«

»Wir können darin rumreiten?«

»Natürlich.«

»Jetzt gleich?«

»Ich …«

»Ich würde gern darin rumreiten. Mit dir.«

»Äh …«

Callen grinste, weil er wusste, dass Bodine eine ganze Liste mit Erledigungen im Kopf hatte. Mit Alice eine Besichtigungstour durchs Resort zu machen gehörte nicht dazu.

»Bodine hat bestimmt viel zu tun«, hob Cora an.

»Sie ist die Oberchefin.«

»Ja, das stimmt. Und die Oberchefin kann sich eine Stunde Zeit nehmen. Skinner, such ein Pferd für meine Tante aus.«

»Aber gerne doch.«

»Du nimmst Leo. Ich hab ihn auf der Koppel gesehen. Ich nehme ein neues Pferd. Ich habe keine Angst, ein neues Pferd zu reiten.«

»Am besten du suchst dir eines aus, das dir gefällt.«

Sichtlich erfreut nahm Alice Callens ausgestreckte Hand.

»Ich weiß, du hast viel zu tun, Bo«, sagte Cora und sah Callen und Alice hinterher.

»Ich tu das gern. Wieso fährst du mit Grammy nicht weiter und isst etwas zu Mittag? Ich schick dir eine SMS, wenn wir zurück sind.«

»Du bist ein liebes Mädchen, Bodine. Los, Cora, ich hab Lust auf ein Glas Wein zum Mittagessen.«

Sie würde Überstunden machen müssen, dachte Bodine, als sie Leo sattelte. Aber das hatte sie ohnehin vorgehabt.

Dafür war am nächsten Tag das schicke Abendessen geplant, auf das sie sich schon freute. Bis dahin würde Callen bestimmt die richtigen Worte gefunden haben. Wenn nicht, würde sie den Stier bei den Hörnern packen und selbst welche finden.

»Carol arbeitet hier«, sagte Alice so leise, dass Bodine sie kaum verstehen konnte. »Sie macht mit diesen Leuten einen Ausritt. Ihre Stiefel sind mit bunten Vögeln bestickt.«

»Sie reitet mit ihnen aus, ja. Und wir tun das auch, damit du einen besseren Überblick über das Gelände bekommst.«

»Wir reiten aus. Easy arbeitet hier. Er ist zu dünn. Er braucht eine Frau, die für ihn kochen kann.«

»Er könnte selbst kochen.«

»Er nennt Cal Chef, aber du bist die Oberchefin.«

»Was sie uns ständig in Erinnerung ruft.« Callen trat näher, um die Sattelschnallen zu kontrollieren. »Mit Jake haben Sie sich ein besonders schönes Exemplar ausgesucht. Soll ich Ihnen beim Aufsteigen helfen?«

»Nein, das schaff ich inzwischen allein.« Alice schwang sich in den Sattel, als hätte sie nie etwas anderes gemacht.

Er war stolz auf sie. »Eine schönen Ausritt, Miss Alice.«

»Ich kann das, weil Sundown und Sie es mir beigebracht haben. Sie haben eine Mutter, gehören aber zu meiner Familie. Sie sind wie ein Sohn für mich.«

Gerührt tätschelte Callen ihr Knie. »Ja, wir gehören zur gleichen Familie.«

»Wir können Du sagen. Nenn mich bitte Alice, nicht mehr Miss Alice, einverstanden?«

»Gern, Alice.«

Gemeinsam mit Bodine führte sie das Pferd durch das Gatter, das Callen ihnen öffnete.

»Wir könnten zum Fluss reiten«, schlug Bodine vor. »Dort gibt es ein paar Hütten und einen Zeltplatz.«

»Zeltplatz.«

»Luxuscamping, kein normaler Campingplatz oder so.«

»Müssen wir Leute treffen?«

»Nein.« Weil Bodine sah, dass Alice nervös war, setzte sie ein entspanntes Lächeln auf. »Gut möglich, dass wir jemandem begegnen. Du musst mit niemandem reden, wenn du nicht willst.«

»Ich werde nervös, wenn ich mit Fremden reden muss. Trotzdem, es geht besser. Deutlich besser.«

»Und ob, Alice, und ob.«

»Ich habe Carol und Easy kennengelernt.«

»Das reicht für heute.« Lächelnd sah Bodine zu ihr hinüber und entdeckte Tränen in Alice' Augen. »Was ist? Was stimmt denn nicht? Willst du umkehren?«

»Nein, nein. Ich hab mich so gefreut, dich zu sehen. Cal zu sehen. Ich freue mich, Chase und Rory zu sehen. Aber ihr seid nicht meine Kinder. Sir hat mir die Babys weggenommen, alle meine Babys. Sie sind meine Babys und gleichzeitig auch wieder nicht. Wenn Bobby sie findet, wenn ich sie finde, sind sie nicht mehr meine Babys. Sie sind alle erwachsen, haben eine andere Mutter. Eine gute Mutter wird ihnen niemals die Wahrheit über ihren Vater sagen. Ich kann sie nicht zurückbekommen. Denn dann müsste ich sie einweihen. Außerdem kennen sie mich gar nicht. Ich bin nicht mehr ihre Mutter.«

Sie stieß einen zitternden Seufzer aus. »Es zerreißt mir das Herz, aber noch schlimmer wäre es, sie einzuweihen. Cal sagt, ich bin tapfer. Es ist tapferer, nicht so genau hinzusehen, nichts zu sagen. Aber es tut so weh.«

»Ich kann mir nicht ansatzweise vorstellen, wie sich das anfühlt.«

»Bobby hat den Mann, der auf Cal und Sundown geschossen hat, hinter Gitter gebracht. Er wird auch Sir hinter Gitter bringen, wenn er ihn findet. Aber ich muss ihm sagen, dass er meine Babys nicht suchen darf. Um sie zu schützen.«

»Sollte ich jemals eine Tochter haben, werde ich sie Alice nennen.«

Alice blieb der Mund offen stehen, und in ihren Augen schimmerten Freudentränen. »Alice? Nach mir?«

»Nach meiner tapferen Tante, die sie nach Kräften verwöhnen wird.«

»Und in den Schlaf wiegen?« Diesmal folgte ein Seufzer des Glücks. »Ich kann ihr was vorsingen. Reenie und ich können ihr was vorsingen. Sie wird eine gute Mutter und einen guten Vater haben.« Deutlich beruhigter sah sie sich um. »Das ist eine schöne Gegend. Mein Zuhause, jeden Tag ein bisschen mehr.«

***

Auch wenn sie deswegen in Stress geriet, war Bodine froh, die Stunde für Alice erübrigt zu haben. Bei Sonnenuntergang ging sie nach draußen, um zu kontrollieren, ob das Jahresbankett des Fotoclubs zur allgemeinen Zufriedenheit verlief, und freute sich über das schöne Wetter. Zufrieden hielt sie nach den Stars des Abends Ausschau, einer Liveband, und begegnete dabei Jessica und Chelsea.

»Sorg dafür, dass die Kellner die Kerzen in einer Viertelstunde anzünden«, sagte Jessica. »Ich will, dass die Veranden, die Innenhöfe und Gärten miteinander um die Wette funkeln, sobald es dunkel ist. Außerdem brauchen wir mindestens zwei Leute vom Service da draußen.«

»Schon erledigt«, versicherte ihr Chelsea.

»Ich wollte gerade nach euch suchen, und da seid ihr«, sagte Bodine. »Chelsea, hast du die Muster für die Sommerdeko abgeholt? Die Servietten, Serviettenringe und Kerzen?«

»Gestern. Ich hab sie auf deinen …« Sie schlug sich mit der Hand gegen die Stirn. »Mist! Ich hab sie zu Hause in meiner Küche vergessen. Ich geh schnell zurück und hol sie dir.«

»Du bist im Moment beschäftigt. Das hat bis morgen Zeit.«

»Tut mir leid, Bo. Ich weiß, dass du sie dir ansehen, sie deiner Mutter und den Grannies zeigen wolltest. Ich brauche keine zehn Minuten, dann bin ich wieder da.«

»Du wirst hier in fünf Minuten ununterbrochen zu tun haben«, rief Jessica ihr in Erinnerung. »Aber ich kann in einer Stunde kurz weg.«

Das hat keine Priorität, dachte Bodine, stand aber für heute im Kalender. »Wie wär's damit?«, sagte sie. »Ich kann sie auf dem Heimweg mitnehmen. In der nächsten Stunde wollte ich ohnehin aufbrechen und schau dann im Village vorbei. Falls du nichts dagegen hast, mir deinen Schlüssel zu geben.«

»Ich hol ihn dir. Tut mir wirklich leid. Leg ihn einfach unter die Matte, wenn du wieder gehst. Bis gleich.«

»Sie wird sich wochenlang Vorwürfe machen.«

»Braucht sie nicht«, meinte Bodine. »Sie hat mir einen Gefallen getan, dass sie die Muster für mich abgeholt hat. Jedenfalls werd ich noch eine Stunde bleiben, zur Not auch länger, wenn ihr mich braucht. Sagt einfach Bescheid.«

Mit Chelseas Schlüssel in der Tasche betrat sie den Speisesaal, um einen letzten Blick auf alles zu werfen, und ging dann zur Mühle. Anschließend ging sie zu Callen, der mit den Pferden bereits unter dem gerade aufsteigenden, rötlichen Vollmond stand. Die Band begann mit dem erotischen *Nothing On but the Radio.* Eine perfekte Wahl.

»Ich dachte, du wärst längst zu Hause«, sagte sie.

»Ich dachte, ich warte, damit du mitkommen kannst?«

»Ich brauche noch eine Stunde. Kannst du Leo für mich heimbringen? Ich borg mir einen der Kleinwagen.«

»Dann sollte ich dir die lieber gleich geben.« Er zog einen Strauß Blumen aus der Satteltasche.

»Du hast mir Blumen gekauft?«

»Ich hab sie unterwegs gepflückt. Das muss am Sonnenuntergang gelegen haben, und der Mond hat das Seine dazugetan. Du hast mal erwähnt, dass du es magst, wenn dir ein Mann Blumen schenkt.«

»Allerdings.« Sie nahm sie strahlend entgegen. »Ich hätte nicht erwartet, dass du dich daran erinnerst.«

»Ich erinnere mich an alles, was dich angeht. Und besagte Worte weiß ich jetzt auch.«

»Ach, aber …«

»Ich habe vor, sie morgen nach dem schicken Abendessen zu Gehör zu bringen. Das dürfte eher den Konventionen entsprechen. Schau dir nur den Mond an, Bodine, diesen großen roten Mond am Himmelszelt. Der ist romantischer als jeder Champagner.«

Sie sah zu dem großen leuchtenden Ball am weiten Himmel empor. Ja, er hatte recht. Er kannte sie gut. Und sie ihn auch.

»Ich möchte, dass du weißt, dass ich das, was ich dir morgen sagen werde, noch nie zu einer Frau gesagt habe. Vielleicht zu meiner Mutter oder meiner Schwester, wenn auch längst nicht oft genug. Denn wenn man so was sagt, ändert das alles, man sollte also vorsichtig damit sein.«

Sie betrachtete die Blumen. Wildblumen. Nichts aus dem Gewächshaus. Dann ihn. Sein Gesicht war noch grün und blau von der Schlägerei. »Das sind ziemlich viele Worte, Skinner.«

»Die Wichtigsten kommen noch. Als ich zurückgekehrt bin und dich wiedergesehen habe, hat es mich voll erwischt. Ich hab nicht nur gemerkt, dass du älter und hübscher geworden bist, sondern mir auch eingestanden, dass ich während meiner Abwesenheit oft an dich gedacht habe. Die meisten Erinnerungen hatten irgendwie mit dir zu tun. Ich bin zwar nicht deinetwegen zurückgekehrt, aber du sorgst dafür, dass es sich richtig anfühlt. Wir haben schon damals etwas füreinander empfunden und dachten vielleicht, wir knüpfen da wieder an, haben eine Affäre. Aber das genügt mir nicht. Ich werde alles tun, damit mehr daraus wird. Ich liebe dich.«

»Na also«, flüsterte sie und trat einen Schritt näher.

Er hob die Hand und hielt sie auf Abstand. »Ich bin noch nicht fertig. Du bist die Erste und wirst auch die Letzte sein. Am besten du gewöhnst dich daran. So, fertig.«

»Ich wollte dir gerade sagen, dass ich dich auch liebe. Bitte erklär mir doch vorher, woran ich mich gewöhnen soll.«

»Eine so kluge Frau wie du sollte das eigentlich wissen. Wir werden heiraten.«

»Wir … Was?« Sie trat einen Schritt zurück.

»Du kannst dir ruhig Zeit damit lassen, aber …« Er zog sie erneut an sich. »Was wolltest du mir gerade sagen?«

»Du kannst doch nicht gleich so einen Riesenschritt …«

Er küsste sie. »Was wolltest du mir gerade sagen?«, wiederholte er.

»Dass ich dich auch liebe. Du kannst doch nicht einfach so verkünden, dass wir heiraten werden.«

»Doch. Ich kauf dir auch einen Ring, wenn du das willst. Aber ich darf ihn aussuchen.«

»Wenn ich ihn tragen soll, möchte ich ihn auch …« Sie stieß ihn fort. »Was, wenn ich gar nicht heiraten will?«

»Eine Frau wie du weiß, was dieses Versprechen bedeuten kann. Du wirst mir die Ehe versprechen, Bodine. Das fühle ich einfach. Aber, wie gesagt, du kannst dir ruhig Zeit lassen.«

Er küsste sie ein letztes Mal. »Wir reden zu Hause weiter.« Mit diesen Worten nahm er Leos Zügel und schwang sich auf Sundown. »Ich warte auf dich.« Kurz bevor er mit den Pferden davonritt, warf ihr Sundown einen Blick zu. Wäre er ein Mensch, hätte er eindeutig ein Grinsen gezeigt.

»Gut möglich, dass du lange warten musst.«

»Das glaube ich nicht.« Er trabte gemächlich davon.

***

Bestimmt wurde es deshalb so spät, weil Callen ihr so viel zum Nachdenken gegeben hatte. Wie sollte sie sich auf die Arbeit konzentrieren, wenn er ihr wie nebenbei sagte, dass er sie heiraten werde, ob ihr das gefiel oder nicht? Sie war auf eine Liebeserklärung gefasst gewesen, wenn auch eher nach dem morgigen Abendessen. Dass er ihr einen Antrag gemacht hatte, brachte sie gehörig durcheinander. Trotzdem stellte sie seine Blumen in eine Vase. Sie freute sich sehr über die Blumen und über vieles, was Callen Skinner anging. Aber nicht über vollendete Tatsachen oder darüber, dass man ihr sagte, wie sie den Rest ihres Lebens zu verbringen hatte. In einem hatte er recht gehabt. In ihrer Familie nahm man Heiratsversprechen ernst. Man band sich nicht aus einer Laune heraus, weil die Hormone gerade verrücktspielten oder die Stimmung romantisch war. Man nahm es ernst, weil es die Grundlage für alles andere war.

Mit Chelseas Schlüssel in der Tasche setzte sie sich ans Steuer des Kleinwagens, den sie sich für heute Abend auslieh. Genau das würde sie Callen sagen, beschloss sie. Sie würde sich nichts vorschreiben lassen. Sollte er ruhig warten. Sie ließ die Musik, die Lichter, die Gäste und das Personal hinter sich. Sie konnte die Stille gut zum Nachdenken gebrauchen. Als sie vor Chelseas Wohnung hielt, wünschte sie sich, Jessica um ihren Schlüssel gebeten zu haben. Dann hätte sie bei ihr in Ruhe nachdenken und auf eine Vertraute warten können. Vielleicht würde sie mit den Mustern einfach zurück ins Büro oder am Fluss entlangfahren. Oder sich zu Hause auf ihr Zimmer zurückziehen. Doch das wäre Kneifen, oder? Zum Teufel damit! Sie schloss die Tür auf und legte den Schlüssel unter die Fußmatte. Beim Betreten der Wohnung machte sie Licht.

Ein Arm legte sich um ihren Hals, nahm ihr die Luft und verwandelte ihren Schrei in ein schwaches Gurgeln. Sie trat instinktiv mit den Stiefeln zu und stieß den Ellbogen nach hinten. Der Schmerz im Bizeps bewirkte reines Entsetzen, während sie hilflos am Arm um ihren Hals zerrte.

Sie schien in einen endlosen Tunnel zu stürzen, während ihre Gliedmaßen erschlafften. Alles verlangsamte sich, um schließlich still zu stehen.

***

Obwohl es kurz vor Mitternacht war, als Jessica im Village ankam, fühlte sie sich aufgedreht. Alles hatte reibungslos geklappt, sodass sie Chelsea und Rory, der dazugestoßen war, bedenkenlos das Aufräumen überlassen konnte. Sie rechnete damit, dass Chase bereits schlafen würde. Auf der Ranch begann der Tag früh. Deshalb schickte sie ihm nur eine SMS, damit er gleich morgen damit aufwachte. Lächelnd und nach wie vor staunend, dass man so glücklich sein konnte, stellte sie ihren Wagen ab. Sie hatte die beiden Stufen vor ihrer Haustür genommen, als sie den Kleinwagen am Straßenrand entdeckte. Warum stand er nicht auf einem Parkplatz, sondern vor Chelseas Wohnung? War Bodine mehr als eine Stunde nach ihrem Aufbruch immer noch dort? Sie warf einen Blick in den Wagen. Bodines Tasche lag auf dem Beifahrersitz. Besorgt ging sie zu Chelseas Wohnungstür und klopfte. »Bo?«

Vielleicht hatte sie sich ja an den Deko-Mustern festgeguckt? Andererseits brannte kein Licht in der Wohnung.

Jessica hob die Fußmatte an und entdeckte den Schlüssel.

Da vergaß sie sämtliche Anstandsregeln und schloss auf. »Bodine?« Sie tastete nach dem Lichtschalter und drückte darauf, aber alles blieb dunkel. Mit dem Fuß stieß sie gegen ein Hindernis. Sie bückte sich und hob Bodines Hut auf.

***

Dass sie ihn warten ließ, beunruhigte Callen nicht. Sie gehörte zu den Frauen, die sich bitten lassen. Außerdem gefiel ihm die Vorstellung, dass er sie aus dem Konzept gebracht hatte. Was bei so einer Frau wirklich nicht einfach war. Er würde also warten. Es gab Schlimmeres, als an einem schönen Frühlingsabend unter dem großen roten Mond zu sitzen und auf die Frau zu warten, die man liebt. Er überlegte reinzugehen, sich ein Bier zu holen und vielleicht ein Buch, um sich die Zeit zu vertreiben. Da stürmte Chase aus dem Haus, und Callen sprang auf. Das Herz klopfte ihm bis zum Hals, bevor Chase ein Wort gesagt hatte. »Bo ist entführt worden.«

***

Irgendetwas stimmte nicht. Irgendetwas stimmte ganz und gar nicht. Sie sah nur verschwommen. Alle Geräusche kamen von weit weg. Ihr Seh-, ihr Denk-, ihr Hörvermögen … Sie wollte laut schreien, doch kein Wort kam über ihre Lippen. Sie spürte keinen Schmerz und keine Angst, sie spürte überhaupt nichts.

Mit der Zeit nahm sie ein Licht wahr, eine Art Lampe mit schmutzigem Schirm. Ein Geräusch, ein fernes Klicken. Keine Farben, nur schummrige Umrisse. Ihr fielen die Wörter nicht ein, die zu den Umrissen gehörten. Während sie danach suchte, überfiel sie ein heftig pochender Schmerz in den Schläfen.

Sie spürte das Stöhnen in ihrer Kehle genauso, wie sie es hörte. Einer der Umrisse kam näher.

Ein Mann, ein Mann. Der Umriss gehörte einem Mann.

»Du bist nicht die Richtige. Das war nicht deine Wohnung. Es ist deine eigene Schuld, nicht meine.« Er entfernte sich wieder, und trotz des unangenehmen Pochens in ihrem Kopf und dem lauten Herzklopfen, konnte sie andere Umrisse ausmachen, ihnen Wörter zuordnen. Wände, Spüle, Kochplatte, Boden, Tür, Schlösser. O Gott, o Gott. Sie versuchte sich zu bewegen, aufzustehen, und alles schwankte.

»… für Pferde«, hörte sie ihn sagen. »Ich hab nicht viel davon benutzt, nur ein bisschen, damit du den Mund hältst und ich dich herbringen kann. Aber du warst gar nicht gemeint, es sollte eigentlich eine andere sein.«

Chelseas Wohnung. Der Schlüssel unter der Matte. Darin nichts als Dunkelheit. Sie versuchte, die Finger zu bewegen, die Hände und Füße. Etwas Schweres und Kühles hing an ihrem linken Fuß, und als sie das Rasseln der Kette hörte, wusste sie Bescheid.

Sie zitterte innerlich. Wie Alice. Genau wie Alice.

»Machen wir das Beste draus.« Er kam zurück und setzte sich zu ihr auf die Bettkante. »Du bist jung, und du bist hübsch.«

Als er ihr über die Wange strich, drehte sie den Kopf weg.

»Du kannst viele Kinder kriegen. Wir werden jede Menge Söhne zeugen. Ich weiß, wie ich dich dabei glücklich mache.«

Sie stemmte sich gegen ihn, nach wie vor extrem geschwächt, während er ihr an die Brust fasste. »Hab dich nicht so! Du bist meine Frau und wirst mir zu Willen sein.«

»Nein, ich kann nicht deine Frau sein.«

»Das bestimmt allein der Mann. Wenn ich erst bei dir gelegen habe, wirst du schon sehen.«

Sie wehrte seine Hände ab, die ihre Jeans aufknöpften. »Übelkeit. Wasser. Bitte. Kann ich ein Glas Wasser haben?«

Seine Hände erstarrten. Laut seufzend ging er zur Spüle. »Das kommt von dem Pferdebetäubungsmittel, nehme ich an. Wir werden heute Nacht loslegen, ich habe lang genug gewartet.«

Trotz der Angst und der Übelkeit, die ihr den Magen umdrehte, zwang sie sich nachzudenken. Und verstand. Er musste sie stützen, damit sie trinken konnte, und von seiner Berührung wurde ihr noch schlechter. Dennoch trank sie in kleinen Schlucken. »Ich kann nicht deine Frau sein.«

Er ohrfeigte sie. »Keine Widerrede. Das dulde ich nicht.«

Das Brennen half ihr, endlich wieder klar zu denken. »Ich kann nicht deine Frau sein, weil wir Cousins sind.« Sie nahm all ihre Kraft zusammen, um sitzen zu bleiben. »Unsere Mütter sind Schwestern. Das macht uns zu Cousins, Easy.«

»Ich möchte dich nicht schlagen, aber das werde ich, wenn du weiterhin lügst und Widerworte gibst.«

»Ich lüge nicht. Meine Tante Alice ist deine Mutter.«

»Meine Mutter ist bei meiner Geburt gestorben. Das ist Evas Fluch.«

»Hat dein Vater dir das erzählt? Du hast von Alice Bodine gehört … Dass sie nach all den Jahren nach Hause zurückgekehrt ist. Jahre, die sie in diesem Zimmer verbracht hat.«

»Das ist ein Haus.«

»Hier war sie eingesperrt und angekettet, so wie ich jetzt. Du kannst das nicht gewesen sein. Du bist zu jung dafür.«

Nicht zu jung, um die beiden Frauen umgebracht zu haben. Oder um sie umzubringen, wenn sie ihm in die Quere kam. »Sie hat dich Rory genannt, spricht viel von dir. Wie sie dir vorgesungen, dich in den Schlaf gewiegt hat. Wie sie dich geliebt hat.« Seine Augen, haselnussbraun mit einem Funken Bodine-Grün darin, bohrten sich in ihre.

»Meine Ma ist tot, und zwar seit meinem ersten Atemzug.«

»Deine Ma lebt. Sie hat mir alles über diesen Ort erzählt. Ich weiß, dass der Noppenschaumstoff an den Wänden früher nicht da war. Ich weiß, dass sich dahinter kaum verputzter Gipskarton befindet. Hinter dem Vorhang sind eine Toilette und eine kleine Dusche. Woher sollte ich das wissen, wenn deine Mutter es mir nicht erzählt hätte?«

Er kratzte sich am Kopf. »Du versuchst mich durcheinanderzubringen.«

»Du hast sie kennengelernt. Ich glaube, sie hat dich wiedererkannt. Sie hat geweint, als sie nach der Begegnung weitergeritten ist. Sie hat geweint, von dir und von ihren anderen Kindern erzählt. Von den Babys, die ihr dein Vater weggenommen hat. Du musst sie gesehen haben. Wenn sie im Garten gearbeitet hat. Sie hat erzählt, dass er sie draußen angekettet hat, damit sie den Garten bestellt.«

»Das war nicht meine Ma. Und auch nicht die Frau im BAC.«

»Doch. Du durftest nicht raus, wenn sie draußen war. Oder zumindest nicht mir ihr sprechen.«

»Halt den Mund.«

»Wir sind miteinander verwandt, Easy.« Er schlug sie erneut und so fest, dass sie Blut schmeckte. Aber in seinen Augen standen Tränen. »Er hat dir gesagt, dass sie Esther heißt, aber ihr Name ist Alice. Du weißt, dass ich nicht lüge. Er hat gelogen. Er hat dich angelogen und dich ihr weggenommen.«

»Halt einfach den Mund.«

Er sprang vom Bett auf und lief nervös auf und ab.

»Es gab einen Hund, einen bösen Wachhund. Ein Pferd mit Hohlkreuz. Eine Milchkuh und ein paar Hühner. In der Nähe steht eine Hütte. Darin hat er sie zuerst gefangen gehalten, im Keller. Du bist dort zur Welt gekommen, hast mit ihr fast ein Jahr zusammengelebt, bis er dich ihr weggenommen hat.«

»Er hat gesagt, dass sie tot ist wie die anderen.«

Obwohl sich ihre Eingeweide bei den Worten *wie die anderen* schmerzhaft zusammenzogen, sorgte Bodine dafür, dass ihre Stimme nicht zitterte. »Er hat dich angelogen, du weißt, dass er gelogen hat. Er hat dir das Leben wahnsinnig schwer gemacht, nicht wahr?«

»Ich bin weg, als ich fünfzehn war.«

Mitleid zeigen, dachte Bodine. Verständnis. »Kein Wunder.«

»Immer diese Regeln, seine Regeln! Er hat mich bis aufs Blut ausgepeitscht, wenn ich dagegen verstoßen habe.«

»Ich kann gut verstehen, dass du gegangen bist.« Noch mehr Mitleid, befahl sie sich. Zeig ihm Mitgefühl, bring ihm Verständnis entgegen. Familiäre Gefühle. »Deine Mutter hätte dich beschützt, aber er hat sie eingesperrt.«

»Ich bin zurückgekommen. Weil das auch mein Land ist. Ich hab ein Recht darauf. Ich werde eine Familie gründen. Ich werde Söhne haben, Frauen und eine Familie.«

»Du hast eine Familie. Ich bin deine Cousine. Du musst mich gehen lassen, Easy. Ich kann dich zu deiner Mutter bringen.«

»Das wird leider nicht gehen. Ich bin doch nicht blöd. Vielleicht bist du ja die Lügnerin? Ich muss nachdenken.« Er ging zur Tür und schloss auf. »Wenn du lügst, muss ich dir wehtun. Dann muss ich dich dafür bestrafen.«

»Ich lüge nicht.«

Er ging, und sie hörte das Klirren der Schlösser. Einen Augenblick drohte sie zusammenzubrechen, zitterte und weinte. Doch dann erhob sie sich vom Bett, schaffte es schwankend zum Stehen zu kommen.

Sie griff in ihre hintere Hosentasche, ohne sich darüber zu wundern, dass er ihr das Handy abgenommen hatte. Aber nicht das winzige Taschenmesser, das sie immer bei sich trug. Sie setzte sich auf den Boden und riss die Noppenschaummatten hinunter. Sie begann, die Fußfesselhalterung aus der Wand zu schneiden.

30

Er würde nicht panisch werden, nicht wütend werden. Obwohl er es schon war, unterdrückte Callen diese Gefühle, während er in der Küche der Longbows stand. Der Sheriff war da gewesen und wieder gegangen. Callen wusste, dass Tate jeden Deputy losgeschickt, das FBI verständigt hatte und jede Menge Druck auf seine Informanten ausüben würde. Doch das spielte alles keine Rolle. Er hatte Chelsea weinen sehen. Sie hatte die Deko-Muster vergessen. Niemand zweifelte daran, dass derjenige, der Bodine in seiner Gewalt hatte, es eigentlich auf Chelsea abgesehen hatte. Doch Chelsea hatte keine Ahnung, wer ihre Entführung geplant haben könnte.

Tate behauptete, sie wären gut in der Zeit. Kaum mehr als eine Stunde konnte vergangen sein, seit Bodine entführt worden war und Jessica ihren Wagen und Hut gefunden hatte. Auch das spielte keine Rolle. Fest stand, dass er bei Tagesanbruch die Gegend absuchen würde, in der Alice gefunden worden war.

Er hörte zu und musterte die Karte, die Sam ausgebreitet hatte. Auch wenn er sah, wie Sams Hände zitterten, sagte er nichts dazu. Sämtliche Ranch- und Resortmitarbeiter hatten einen Abschnitt von dieser Karte bekommen und bildeten Suchstaffeln. Mit Pick-ups, Pferden, Quads.

Er plante seine eigene Suche.

»Dieses Gebiet ist bereits im weiten Umkreis abgegrast worden«, gab Sam zu bedenken.

»Es ist genug Land übrig, das nicht abgesucht wurde. Wetten, der Entführer von Alice hat sich auch Bodine geschnappt? Ich muss mir einen Anhänger für Sundown ausleihen. Damit fahre ich raus und suche zu Pferd weiter. So können wir ein größeres Gebiet abdecken.«

»Es gibt dort Teer- und Schotterstraßen.« Alice stand am Fuß der Hintertreppe, leichenblass und im Pyjama. »Zäune, Stellen, wo der Schnee tief ist. Ich habe einen Schneeengel gemacht. Sir hat Bodine entführt. Ich habe euch belauscht.«

»Mach dir keine Sorgen.« Cora erhob sich mühsam vom Tisch.

»Doch! Natürlich mache ich mir Sorgen. Hör auf damit, hör auf damit, hör auf damit!« Sie schlug die Hand vor den Mund. »Ich kann zurückgehen. Wenn ich wüsste, wo es ist, könnte ich zurückgehen. Ob er sie gehen lässt, wenn ich zurückkehre? Ich will nicht, dass er Bodine wehtut. Sie gehört zu meiner Familie. Wenn ich es schaffe, werde ich zurückgehen.«

Maureen legte die Hand auf Coras Arm, stand auf und ging zu Alice. Umarmte sie. »Ich weiß, dass du das tun würdest, aber wir werden sie finden. Wir werden sie finden.«

»Ich liebe sie, Reenie. Versprochen, versprochen!«

»Ich weiß.«

»Ich hätte nicht fortgehen sollen. Dann hätte er sie bestimmt nicht entführt.«

»Nein, das stimmt nicht, sag so etwas bitte nie wieder!«

»Weiß Rory Bescheid? Weiß er, wie man dahin kommt?«

»Wir werden suchen«, sagte Rory. »Wir werden sie finden.«

»Nicht Reenies Rory. Mein Rory. Weiß er Bescheid?«

»Komm, setzen wir uns. Jessica, würdest du uns bitte einen Tee machen? Ich kann gerade nicht.«

»Natürlich.«

»Ich will mich nicht setzen. Wenn Rory Bescheid weiß …

Ich wollte es ihm nicht sagen. Sein Vater ist böse. Sein Vater ist gemein. Er soll das nicht wissen. Er war noch ein Baby.«

»Alice, bitte.« Völlig aufgelöst ließ sich Maureen sinken und schlug die Hände vors Gesicht.

»Ich hab's Bodine gesagt. Ich hab ihr gesagt, dass ich ihnen nichts verrate, keinem meiner Babys. Nicht meinen Babys. Sie hat gesagt, dass ich tapfer bin. Aber wenn er es weiß ... Wir müssen ihn fragen, sonst wird Sir ihr etwas tun. Dann wird er sie vergewaltigen und ihr die Kinder wegnehmen. Er wird ...«

»Hör auf.« Maureen ging drohend auf Alice zu.

Callen zog Maureen fort und legte Alice beide Hände auf die Schultern. »Wie können wir ihn finden, um ihn zu fragen, ob er Bescheid weiß?«

»Das weißt du doch.«

»Mir fällt es im Moment nicht ein, Alice. Ich kann keinen klaren Gedanken mehr fassen. Bitte hilf mir.«

»Er kann gut mit Pferden umgehen. Er ist höflich und sagt Madam. Seine Augen haben einen grünen Schimmer und sein Haar einen leichten Rotstich. Er nennt dich Chef, Bodine ist die Oberchefin. Er wird uns helfen, Bodine zu finden, wenn er das kann. Er ist ein guter Junge.«

In diesem Moment begriff Callen. Er musste die Hände von ihren Schultern lösen, um sie nicht schmerzhaft zu umklammern.

»Ja, das stimmt. Easy LaFoy«, sagte Callen und drehte sich um. »Sie spricht von Easy LaFoy.«

***

Die Schrauben reichten durch die Gipskartonplatten bis tief ins Holz. Je länger sie mit dem Messer darin herumbohrte, desto stumpfer wurde es. Schweißbedeckt und mit blutigen Fingern zwang sich Bodine aufzustehen, nach etwas zu suchen, das sich als Waffe verwenden ließ. Plastikgabeln und Plastiklöffel, Plastikteller und Plastikbecher. Ein billiger Keramikkrug. Sie überlegte, ihn zu zertrümmern, in der Hoffnung ein paar spitze Scherben zu erhalten, verschob es aber auf später. Sie musterte das Bad, während die Fußfessel hinter ihr rasselte. Langsam drehte sie sich um, beäugte das Fenster. Wenn sie es schaffte, die Fußfesselhalterung aus der Wand zu bekommen, könnte sie sich vielleicht hochziehen und es einschlagen. Sie würde nur mit Müh und Not durchpassen, aber irgendwie würde sie es schaffen. Das Problem war, dass sie mit dem stumpfen Taschenmesser Tage brauchen würde, um die Halterung aus der Wand zu lösen.

Sie bezweifelte, dass sie so viel Zeit hatte. Wenn Easy ihr glaubte, war sie nicht länger von Nutzen für ihn. Dann würde er vermutlich Schadensbegrenzung betreiben. Wenn er ihr nicht glaubte, würde er sie benutzen … Man würde nach ihr suchen. Vielleicht würde man sie finden, bevor sie tot, windelweich geprügelt und vergewaltigt war, aber darauf konnte sie sich nicht verlassen. Sie warf einen Blick auf das Taschenmesser.

Ziel auf seine Augen, dachte sie. Aber selbst wenn das klappte, wäre sie nach wie vor an der Wand festgekettet.

Sie setzte sich wieder auf den Boden, stocherte zur Abwechslung mit dem Messer am Schloss ihrer Fußfessel herum. Sie hatte noch nie in ihrem Leben ein Schloss aufgebrochen, aber wenn sie Zeit hatte, es zu lernen, dann jetzt.

Ob sie ihn dazu überreden konnte, sie freizulassen? Indem sie sich auf ihre Blutsverwandtschaft berief? He, Easy, wieso zeigst du mir nicht, wie du lebst? Sie legte den Kopf auf die Knie, atmete ein und wieder aus. Der Mann war verrückt, genauso indoktriniert wie Alice. Doch im Gegensatz zu ihr war er nicht achtzehn Jahre lang normal aufgewachsen. Er liebte seinen Vater nicht, so viel hatte sie gemerkt. Konnte sie sich das zunutze machen? Worte konnten genauso verletzend sein wie eine Kugel oder eine Klinge.

»Ich werde nicht hier sterben«, verkündete sie laut. »Ich werde nicht zum Opfer werden. Ich komm heil wieder raus. Ich komme wieder nach Hause. Verdammt noch mal, Callen, ich werde dich heiraten. Ich hab mich entschieden.«

Mit diesen Worten wischte sie sich die Tränen aus den Augen und probierte weiter am Schloss herum. Irgendwann döste sie ein, zwang sich dann aber, wach zu bleiben. Wenn sie wieder zu Hause wäre, konnte sie schlafen. Duschen und literweise Kaffee trinken. Nein, literweise eisgekühlte Cola gegen ihre trockene Kehle. Eine warme Mahlzeit. Meine Güte, Alice, dachte sie. Wie hast du das bloß überlebt? Bei dem Gedanken, wie viele Jahre Alice das erduldet hatte, zwang sich Bodine, es weiter mit dem Schloss zu versuchen. Als sie ein Klicken hörte, wurde ihr Kopf ganz leer. Ihre blutigen Hände zitterten, als sie das Bein von der Fußfessel befreite.

Mit watteweichen Knien stand sie da und überlegte, wie sie zum Fenster gelangen konnte, als der Türriegel klirrte. Panik stieg in ihr empor, von Angstschweiß bedeckt klappte sie die Noppenschaummatte zurück, zog die Kette der Fußfessel hinter sich her und stellte sich mit klopfendem Herzen neben das Bett, das Taschenmesser in der hohlen Hand versteckt. Sie würde ihn überreden. Irgendwie würde sie ihn überreden, sie gehen zu lassen. Wenn das nicht klappte, würde sie kämpfen.

Die Tür ging auf, und ihr blieb beinahe das Herz stehen, als sie die bösen Augen des Mannes sah, der Alice sechsundzwanzig Jahre lang gefangen gehalten hatte.

Dass sie ihn überreden konnte, sie gehen zu lassen, war vollkommen ausgeschlossen. Das wusste sie genau.

***

Callen holte Sundown aus dem Anhänger. Obwohl er seit Jahren keine Waffe mehr benutzt hatte, trug er eine an seiner Hüfte. Genau wie Chase. Sie schwärmten aus. Familienangehörige, Freunde, Hilfssheriffs. Sie mussten ein großes Gebiet durchkämmen. Inzwischen hatten sie es genauer eingegrenzt. Easy war südlich von Garnet aufgewachsen. Tate hatte bestätigt, dass ein Mann, der als John Gerald LaFoy identifiziert worden war, südlich von Garnet eine Hütte besaß.

Ausgehend von dem Ort, an dem Alice gefunden worden war, hatte er sich das wahrscheinlichste Gebiet ausgesucht.

»Achtundzwanzig Mann sind unterwegs«, meinte Chase, als sie gemeinsam auf ihre Pferde stiegen. »Viel unberührte Wildnis, aber achtundzwanzig Mann können das schaffen.« Er sah zum Himmel empor. »Der Hubschrauber des FBI wird gleich da sein.«

Die Sonne ging auf, erstes Morgenlicht fiel über die Gipfel im Westen. »Darauf kann ich nicht warten«, sagte Callen und ritt los. Da LaFoy illegal lebte, ging Callen davon aus, dass er sein Quartier weitab von Ranches und Straßen aufgeschlagen hatte, sich hinter Bäumen und Hügelketten verbarg. Aber es musste einen Zufahrtsweg geben. Eine Zeit lang ritten sie schweigend über die Schotterstraße, suchten die Umgebung ab.

»Er wird sich von den Touristen und den Quad-Routen fernhalten.« Chase schaute durch das Fernglas.

»Der Mistkerl hat Clintok gesagt, dass wir zusammen ein Bier trinken waren. An dem Abend, als die Studentin ermordet worden ist. Das war gelogen, aber ich hab nichts dazu gesagt. Ich dachte, er gibt mir ein Alibi, dabei hat er sich selbst eines verschafft. Nie hätte ich ihm das zugetraut, Chase.«

»Keiner von uns hat ihm das zugetraut.«

»Er hatte es nicht auf Bodine abgesehen. Ich weiß nur nicht, ob das besser für sie ist oder ob …«

»Hör auf damit! Sie lebt. Sie kann sich verteidigen.«

»Sie kann sich verteidigen«, wiederholte Callen, weil ihm nichts anderes übrig blieb, als sich an diese Hoffnung zu klammern. »Ich werde sie heiraten.«

»Das hab ich mir schon gedacht.«

»Ja. Ich werde die Straße verlassen und nach Westen reiten. Wie wär's, wenn du ein paar hundert Meter nach Norden gehst und dann dasselbe tust? Die anderen sind im Osten unterwegs.«

»Wenn du irgendetwas siehst ...«

Nickend trieb Callen Sundown ein Gefälle hinunter und dann eine Anhöhe hinauf, zwischen Bäumen hindurch. Er sah Spuren, aber nur von Wildtieren. Rehe, Bären, Elche. Während die Sonne höher stieg, war Callen bald einen Kilometer unterwegs, ohne einen einzigen Menschen oder ein Fahrzeug zu Gesicht bekommen zu haben. Er roch Vieh, querte die Weide, auf der es graste, folgte dem Zaun weiter nach Norden, bis er ein Gatter fand. Noch eine Schotterstraße. Da Alice berichtet hatte, mehr als nur eine gequert zu haben, schöpfte er Hoffnung.

Er flehte Bodine insgeheim an, an ihn zu denken. Wenn sie es nur fest genug tat, würde er es vielleicht spüren.

Da, ein Rancher, der Zäune reparierte! »Haben Sie sich verirrt, junger Mann?« Der Kerl schob seinen Hut in den Nacken und musterte Callen samt seiner Waffe an der Hüfte kühl.

»Nein, Sir. Ist das Ihr Land?«

»Genau. Ich nehme an, Sie haben Gründe, es zu betreten?«

»Ja. Eine Frau ist entführt worden. Wir haben Grund zur Annahme, dass sie in dieser Gegend gefangen gehalten wird.«

»Haben Sie einen Dienstausweis?«

»Nein, aber andere, die nach ihr suchen. Es handelt sich um meine Freundin.«

»Nun, ich hab sie nicht in meiner Gewalt. Vielleicht ist sie ja abgehauen?«

»Nein. Sie heißt Bodine Longbow.«

Der kühle Blick wich aufrichtiger Besorgnis. »Ich kenne die Longbows. Bodine, die Tochter? Die das Resort leitet?«

»Ja. Ich suche nach dem Land der LaFoys. John Gerald LaFoy. Er hat einen Sohn, der Easy genannt wird.«

»Ich wüsste nicht, wo das sein soll. Der Name ist mir kein Begriff.«

»Er hat eine Hütte mit einem Nebengebäude. Ein altes Pferd, einen Hund, eine Milchkuh und ein paar Hühner. Er lebt total zurückgezogen. Zudem hat er mit den echten Patrioten zu tun.«

»Den Namen LaFoy kenne ich nicht. Aber es gibt da eine Hütte, etwa anderthalb Kilometer Luftlinie entfernt.« Er zeigte nach Nordwesten. »Mad Max, so hat ihn mein Sohn immer genannt. Mein Sohn und seine Freunde sind gern dorthin geritten, bis sie diesem illegalen Siedler in die Quere gekommen sind. Nichts anderes ist der Typ nämlich. Der hat sie verjagt. Ich hab deswegen mit ihm gestritten, aber das dürfte mindestens zehn Jahre her sein. Ein souveräner Bürger, halb verrückt, wenn Sie mich fragen. Aber wie heißt es so schön? Leben und leben lassen. Wir gehen uns aus dem Weg.«

Callen schöpfte neue Hoffnung. »Haben Sie ein Handy dabei?«

»Ja.«

»Sie müssen Sheriff Tate sagen, wie man zu dieser Hütte kommt.«

»Sie glauben, der Kerl hat sie sich geschnappt?«

»Er hat einen Sohn. Die beiden haben sie in ihrer Gewalt.«

»Warten Sie, bis ich ein Pferd geholt habe … Zu Pferd kommt man am schnellsten hin. Ich werde Sie begleiten.«

»Ich kann nicht so lange warten. Rufen Sie Tate an«, sagte Callen und trieb Sundown zum Galopp.

Als das Gelände rauer und der Wald dichter wurde, musste er das Tempo verringern. Noch im Reiten zückte er sein Handy und informierte Chase. »Ich werde von Norden aus dazu stoßen.«

»Ich habe noch achthundert Meter bis dahin«, sagte Callen, bevor er das Handy verstaute.

Gleich darauf hörte er einen Schuss.

***

LaFoy schloss die Tür und musterte Bodine gründlich. Ihr fiel auf, dass er sich dagegenlehnte, als suche er Halt. Er hatte eine ungesunde Gesichtsfarbe, und seine Augen waren rot geädert. Sie hielt die Hand mit dem Messer hinters Bein, schob die stumpfe Klinge zwischen ihren Fingern hindurch.

Sie würde kämpfen.

Er trug eine Waffe an der Hüfte und ein Messerfutteral am Gürtel. »Wusst ich's doch, dass er was im Schilde führt. Wie ich sehe, hat er die Wände isoliert. Vielleicht ist er nicht so dumm, wie ich dachte.« Sein Blick fiel aufs Bett und dann auf sie. »Sieht nicht so aus, als ob er sich genommen hätte, was ihm zusteht. Das ist gut so: Der Sohn ehrt den Vater. Ich bin das Oberhaupt in diesem Haushalt, den ich dir von nun an zur Verfügung stelle. Du bist Myra, meine Frau. Du wirst mich Sir nennen und mir absoluten Gehorsam schwören. Zieh dich aus und leg dich aufs Bett.«

»Sie sehen krank aus. Als bräuchten Sie einen Arzt.« Sie musste ihn näher an sich heranlassen, nah genug, dass sie das Messer benutzen und ihm die Waffe abnehmen konnte.

»Zieh dich aus.« Er kam auf sie zu. »Ich werde nehmen, was mir zusteht, und du wirst mir Söhne gebären.«

Sie blieb, wo sie war. Würde sie zurückweichen, würde er sehen, dass ihr Bein nicht mehr angekettet war. »Bitte.« Sie zeigte ein wenig Angst. »Bitte nicht. Tun Sie mir nicht weh.«

Mit einer Hand packte er ihre Bluse und ohrfeigte sie mit der anderen. Während es in ihren Ohren klingelte und ihre Augen tränten, holte sie aus und stach ihm mit dem Messer seitlich in den Hals. Vor lauter Schreck taumelte er zurück und zog sie mit sich. Während das Blut aus ihm herausschoss, schaffte sie es, den Knauf seiner Pistole zu packen. Eine heftige Hustenattacke ließ ihn nach vorn stürzen. Sie kam unter ihm zu liegen, fluchte, schrie und stach erneut zu, während sie darum kämpfte, die Waffe aus seinem Holster zu ziehen. Seine Hand schloss sich um ihren Hals, drückte mit erstaunlicher Kraft zu. Sie hörten einen Schrei, der nicht von ihr stammte. Auf einmal ließen das Gewicht und das Würgen nach.

Sie sah, wie Easy seinen Vater gegen die Wand drückte.

»Sie gehört mir!«

»Ich schlag dich zu Brei, mein Junge.«

»Du hast mich belogen.« Easys Hände legten sich um den Hals seines Vaters. »Ich hätte dich im Schlaf töten können.«

Während sie keuchend davonkrabbelte, sah sie, wie LaFoys Faust in Easys Gesicht landete. Dann fielen die beiden übereinander her wie zwei Tiere.

Sie rannte los. Unberührte Natur, ein Pferd mit Hohlkreuz, eine alte Kuh, die nicht gemolken worden war, eine Kette an einem Pfahl, daran ein altes Hundehalsband. Sie musste an Alice denken und hielt in Panik auf die Wälder zu. Eine Hütte, zwei Pick-ups. Sie zwang sich, die Richtung zu ändern, nicht blind drauflos zu rennen. Vielleicht steckte in einem von beiden noch der Schlüssel? Sie hörte den Schrei und rannte weiter, aber als sie Schritte hinter sich hörte, wirbelte sie herum und hob die Waffe. Sie zielte auf Easy, direkt auf sein Herz.

»Ich werd dich erschießen, das schwör ich dir. Ich werd keine Sekunde zögern.«

Er blieb stehen, sein Mund blutete. Er hob die Hände, lächelte sogar. »Ist ja gut. Ich hab ihn unschädlich gemacht. Er hätte nicht versuchen dürfen, sich zu nehmen, was mir gehört. Du kannst meine Frau werden. Ich hab mir das gut überlegt. Das ist so wie mit den Kindern von Adam und Eva. Wir werden eine Familie gründen. Bald hole ich Chelsea nach. Sie mag mich. Sie wird wie eine Schwester für dich sein.«

»Nein, das werden wir nicht. Auf die Knie!«

»Ich mach es dir schön. Ich weiß, wie das geht.«

Als er einen Schritt auf sie zu trat, stellte sie sich innerlich darauf ein, ihn notfalls zu töten.

»Zwing mich nicht dazu«, warnte sie ihn. Dann wirbelte sie mit der Waffe herum und zielte auf den Mann, der mit einem Messer in der Hand und mordlustigem Blick aus ihrem Gefängnis stürmte. »Ehre deinen Vater«, schrie LaFoy. Bodine schoss. Schoss noch einmal, als er seinen Schritt kaum verlangsamte, und ein drittes Mal, bevor er zu Boden fiel.

»Du hast ihn erschossen.« Neugierig trat Easy näher und trat mit dem Stiefel vorsichtig gegen seinen Vater. »Ich glaube, er ist tot.«

»Tut mir leid.«

»Er war ein gemeiner Mistkerl. Deshalb ist keine bei ihm geblieben. Dauernd musste er seine Frauen begraben. Ich wollte nicht böse zu denen sein, die ich mir vor dir ausgesucht habe. Es war nicht meine Schuld. Ich werde nicht böse zu dir sein.«

»Bitte zwing mich nicht, dich zu erschießen. Bitte nicht.« Bodines Hand zitterte so, dass sie Angst hatte, nicht mehr richtig zielen zu können. Er lächelte nur und ging auf sie zu.

Beide hörten sie das Pferd und drehten sich gerade noch rechtzeitig um, um zu sehen, wie Callen seine Waffe zückte, während Sundown über den Zaun sprang. »Runter auf den Boden, Easy, mit dem Gesicht nach unten.« Callen schwang ein Bein über Sundowns Hals und ließ sich zu Boden gleiten. »Sofort.«

»Das ist mein Land. Ich habe das Recht …«

Callen fackelte nicht lange und teilte zwei linke Haken aus. Besinnungslos blieb Easy liegen. Callen eilte zu Bodine.

»Gib mir das.« Er nahm ihr die Waffe aus der zitternden Hand und steckte sie in den Gürtel. »Wo bist du verletzt?«

»Das ist nicht mein Blut. Mit mir ist alles in Ordnung.«

»Bist du sicher?« Er verstaute seine Waffe im Holster, strich über den blauen Fleck in ihrem Gesicht, wo Easy sie geohrfeigt hatte.

»Ich hab geschossen, ich hab …«

»Pst.« Er zog sie an sich. »Alles wird gut.«

Er hörte Sirenen, galoppierende Hufe. »Alles wird gut«, wiederholte er.

»Meine Beine …«

»Ist ja gut.« Er fing sie auf. »Ich hab dich.«

»Ich hab geschossen, ihm in den Hals gestochen. Mit meinem Taschenmesser. Ich hab es nicht geschafft, die Fußfesselhalterung von der Wand zu lösen, aber ich hab auf ihn eingestochen. Mit dem Messer, das du mir geschenkt hast.«

»Ist ja gut.« Kein Wunder, dass sie unter Schock stand. Sie war leichenblass, und ihre Pupillen waren so groß wie Monde.

»Hab ich ihn umgebracht? Ist er tot?«

»Keine Ahnung. Er ist zu Boden gegangen, und das ist das Einzige, was zählt. Schau, da kommt Chase. Dein Dad und Rory sind unterwegs, zusammen mit Tate. Hörst du die Sirenen?«

»Ich wollte gerade aus dem Fenster klettern, als er reingekommen ist. Sir, nicht Easy. Ich versteh das alles nicht, ich kann nicht mehr klar denken.«

»Das kommt wieder.« Callen blieb, wo er war, während Chase von seinem Pferd sprang und sie beide umarmte.

»Sie ist nicht verletzt«, sagte Callen.

Nickend drehte sich Chase zu den beiden Männern auf dem Boden um. »Warst du das?«, fragte er Callen.

»Ich hab den einen erledigt, sie den anderen.« Er sah sich nach dem Wagen des Sheriffs um, der gerade über den Weg geholpert kam. »Du musst nicht gleich mit Tate reden. Er wartet, bis du dich etwas gefasst hast.«

»Es geht mir besser. Ich müsste wieder stehen können.«

Callen trug sie zu einem Hackklotz und nahm sie dort auf den Schoß. »Wir bleiben einfach eine Weile hier sitzen.«

»Gute Idee.«

Sie redete mit Tate, merkte, dass ihr das half, wieder klar zu denken. Und sah, wie Easy in Handschellen abgeführt wurde. Er behauptete nach wie vor, nichts falsch gemacht zu haben.

»Er glaubt das tatsächlich«, sagte sie. »Dass es sein gutes Recht ist, mich zu besitzen, obwohl er eigentlich Chelsea haben wollte. Dass es einfach nur Pech war, dass Billy Jean und Karyn Allison tot sind, und nicht seine Schuld. Er ist so erzogen worden. Ich hab ganz vergessen zu sagen, dass Sir – LaFoy – mehrere Frauen begraben hat. Ich glaube, Alice hatte recht. Es gab noch andere.«

»Wir werden das überprüfen.«

»Er wollte seinen Sohn umbringen, kam mit dem Messer nach draußen gerannt. Ich hatte die Waffe und hab sie benutzt.«

»Schätzchen, mach dir keine Gedanken.« Tate tätschelte ihr Knie. »Das war Notwehr und hat dem Mann das Leben gerettet, der dir diese Situation eingebrockt hat.«

»Ich hab auf ihn eingestochen. Im Haus. Er ist auf mich los, weil ich mich nicht ausziehen und aufs Bett legen wollte. Er musste näher kommen, damit ich das Messer benutzen konnte, das du mir geschenkt hast«, sagte sie zu Callen. »Zu meinem zwölften Geburtstag.«

Callen starrte sie einen Moment an. »Das hast du all die Jahre behalten?«

»Es ist ein gutes Messer. Ich hätte es gern wieder zurück. Kann ich es zurückhaben?«

»Im Augenblick ist es ein Beweismittel, später bekommst du es wieder.«

»Es ist ziemlich stumpf. Ich hab versucht, die Fußfesselhalterung von der Wand zu lösen, aber das hat nicht funktioniert. Also hab ich das Schloss damit aufgebrochen.«

»Das hat sich alles hier abgespielt?« Callen nahm ihre Finger und drückte sie an seine Lippen.

»Es hat ewig gedauert, aber ich hab es aufgekriegt, die Fußfessel abgemacht und wollte mich zum Fenster hochziehen, es einschlagen, rausklettern und dann davonlaufen. Aber besser war es, eine Waffe zu finden. Das war zumindest mein Plan.«

»Das kann ich mir vorstellen.« Callen vergrub sein Gesicht in ihrem Haar.

»Dann ist er reingekommen. Nicht Easy, sondern LaFoy. Easy hat mir ein paar Ohrfeigen verpasst, aber mit ihm konnte ich reden. Ich wusste, dass das bei LaFoy nicht funktioniert. Er sah schlecht aus und hatte einen Hustenanfall. Ich hab ein paarmal auf ihn eingestochen, und da ist er auf mich draufgefallen. Ich konnte ihm die Waffe wegnehmen, bevor Easy reinkam und ihn weggezogen hat. Ich bin rausgelaufen. Easy ist mir gefolgt. Ich dachte, ich müsste ihn erschießen. In dem Augenblick ist LaFoy mit dem Messer rausgekommen. Fast gleichzeitig ist Callen aufgetaucht.«

»Das reicht. Geh zu deinem Dad.«

»Dafür muss ich aufstehen und ihm zeigen, dass es mir gut geht.« Wenige Sekunden, nachdem Callen sie hatte aufstehen lassen, riss Sam sie wieder von den Füßen.

***

Bodine fürchtete sich davor, Alice alles zu erzählen. Aber das ließ sich nicht vermeiden. Sie fuhr mit ihrem Vater nach Hause und hielt die ganze Fahrt über seine Hand. Das brauchte er.

Alle Frauen standen bereits auf der Veranda, ihre Verwandten, Jessica, Clementine und Chelsea. Sie sah blasse Gesichter, Augenringe, frische Tränen. Ihre Mutter rannte auf sie zu und umarmte sie weinend.

»Wir bringen dich ins Haus und waschen dich.«

»Würdet ihr euch bitte vorher auf die Veranda setzen?« Sie sah ihren Vater an. »Ich brauche ein wenig Zeit mit ihnen.«

»Es fällt mir schwer, dich aus den Augen zu lassen.« Trotzdem küsste er sie und bedeutete den anderen, die Pferde auszuladen.

Bodine umarmte jede Einzelne, ganz fest. Sie sah die Fragen und die Hoffnung in Alice' Augen, spürte, wie es ihr fast das Herz zerriss. Clementines Kinn wogte, trotzdem schaffte sie es, sich folgenden Satz abzuringen: »Ich hab literweise Limonade gemacht. Die hol ich jetzt.«

»Clem, ich hätte wahnsinnig gern eine Cola, wenn das geht.«

»Kommt sofort.«

»Ich helfe dir.« Tränen rannen über Chelseas Wangen.

Clementine legte den Arm um ihre Schultern. »Ich kann etwas Unterstützung gebrauchen. Komm mit, Liebes.«

»Alice.« Bodine nahm ihre Hand. »Komm, setzen wir uns. Ich habe schlechte Neuigkeiten.«

»Hat man dich ins Gesicht geschlagen?«

»Ja, aber mehr auch nicht.«

Schluchzend ließ sich Alice auf die Verandastufen sinken. »Du bist entkommen. Du bist entkommen, bevor er dir wehtun konnte wie mir. Ich bin ja so froh. Bodine, ich bin ja so froh. Bobby wird ihn hinter Gitter bringen. Bobby ist das Gesetz. Bobby wird ihn einsperren.«

»Er ist tot, Alice.«

Alice blinzelte die Tränen weg. »Tot?«

»Du wirst ihn nie mehr sehen. Er wird keiner Menschenseele mehr etwas antun. Aber es war nicht Sir, der mich entführt und eingesperrt hat, Alice.«

»Sir macht so was.« Zitternd griff sie nach Bodines Hand.

»Callen hat mir erzählt, dass du gemerkt hast, wer dein Rory ist, nämlich Easy. Der Rory, den Sir dir weggenommen hat. Das hat ihnen geholfen, mich zu finden, Alice. Du hast geholfen, mich zu finden.«

»Ich wollte nicht, dass dir etwas Schlimmes zustößt.«

»Ich weiß.

»Mein Rory hat dich entführt und eingesperrt.«

»LaFoy, also Sir, hat ihm erzählt, dass du tot, bei der Geburt gestorben bist. Er hat nie gewusst, dass er eine Mutter hat. Sir hat ihm auf brutale Art brutale Dinge eingebläut.«

Cora strich zärtlich über Alice' Rücken.

»Er hat versucht, zwei andere Frauen zu entführen, weil Sir ihm das so beigebracht hat. Und die … sind gestorben.«

»Sir ist in ihm … Wie ist sein Name, sein richtiger Name?«

»John Gerald LaFoy.«

»John Gerald LaFoy ist in ihm, und er hat ihn mir weggenommen, bevor ich ihm beibringen konnte, was richtig und falsch ist. Er war so ein süßes Baby. Ich hab versucht, mich gut um ihn zu kümmern. Muss er ins Gefängnis?«

»Ja, aber ich glaube, er braucht Hilfe, und die wird er bekommen.«

»So wie ich von Dr. Minnow.«

»In ein paar Tagen darfst du bestimmt zu ihm und mit ihm sprechen.«

Ein Gurgeln entrang sich Alice, die die Hand vor den Mund schlug. »Ich will nicht, dass du mich hasst.«

»Das könnte ich nie.«

»Ich möchte ihn sehen. Ihm sagen, dass er eine Mutter hat. Er hat furchtbare Dinge getan, aber er hat eine Mutter. Ma …«

»Ich werde dich begleiten.«

»Ich auch«, sagte Miss Fancy und nahm Maureens Hand. »Reenie.«

»Ich fahr euch hin. Ich kann ihn nicht treffen, Alice, das schaff ich nicht. Aber ich werde euch hinfahren.«

»Weil du meine Schwester bist.«

»Weil ich deine Schwester bin.«

Alice küsste Bodines blaue Wange. »Tu etwas Eis drauf. Du wirst deine Cola bekommen, aber lass dir beim Waschen von deiner Mutter helfen. Ich liebe dich.«

»Ich liebe dich auch.«

Bodine stand auf, nahm die Hand ihrer Mutter und die von Jessica. »Wir sind wie Schwestern, und ich könnte ein wenig Hilfe gebrauchen. Außerdem hätte ich gern gewusst, wer zum Teufel gerade das Resort leitet.«

»Das haben wir alles organisiert«, beruhigte sie Jessica.

Seufzend ließ sich Miss Fancy neben Alice auf den Verandastufen nieder. »Ich werde mit euch im Bodine House leben«, sagte Alice. »Ich werde dort wohnen und manchmal mit Cal und den Pferden fürs Resort arbeiten. Ich werde kochen, häkeln und versuchen, Rory eine gute Mutter zu sein. Dann sind wir drei alte Damen in unserem hübschen kleinen Haus.«

»Wer ist hier bitte schön alt?«, sagte Miss Fancy empört, während Alice den Kopf an ihre Schulter sinken ließ.

»Ich werde rote Haare haben, genau wie du. Ich werde Kekse backen und ausreiten, gemeinsam mit meiner Schwester singen und keine Angst mehr haben. Weil ich entkommen konnte und wieder nach Hause zurückgekehrt bin.«

Sie legte den Arm um ihre Großmutter, zog sie an sich und setzte sich zufrieden hin.

Epilog

Bodine duschte, bis nur noch kaltes Wasser kam. Obwohl sie eigentlich vorgehabt hatte, gleich wieder nach unten zu gehen, wehrte sie sich nicht, als ihre Mutter und Jessica sie ins Bett steckten. Sie konnte auch schlecht widersprechen, als Jessica ihr befahl dort zu bleiben und sich den nächsten Tag freizunehmen. Sie hatte nicht vor zu gehorchen. Trotzdem war sie bereits eingeschlafen, bevor die anderen ihr Zimmer verließen. Sie schlief ganze fünf Stunden und merkte nicht, dass Callen sich eine davon neben ihr ausgestreckt hatte, um ihr nahe zu sein. Als sie wach wurde, aß sie, als hätte sie eine Woche lang gehungert.

Tate kam und ging den ganzen Horror erneut mit ihr durch. Ihr fielen Details ein, die sie vergessen hatte. Erneut schlief sie auf dem Sofa ein, während er mit Alice sprach.

Dann gab es ein großes Festmahl draußen auf der Ranch, zu dem auch alle Arbeiter eingeladen waren. Bei all dem Schlafen und Essen hatte sie keine fünf Minuten allein mit Callen verbringen können. Dabei hatte sie ihm so einiges zu sagen.

Deshalb kündigte sie an, einen schönen langen Ausritt zu machen und sah ihn vielsagend an. Sie sprachen nicht viel, als sie die Pferde sattelten. Bodine wählte die Route aus, denn sie hatte noch was vor. »Ich habe dich nie gefragt, wie du mich gefunden hast. Ich weiß, das Alice großen Anteil daran hatte, aber …«

»Ich hatte Glück und bin auf einen Rancher gestoßen, der den Ort kannte. Als ich den Schuss gehört habe, war ich nur etwa achthundert Meter entfernt.«

»Ich muss ihn besuchen, um mich zu bedanken. Wenn du nicht gekommen wärst, hätte ich zwei Männer umgebracht statt einen.«

»Wenn du deswegen auch nur den Hauch eines schlechten Gewissens hast, bist du dumm.«

»Ich bin nicht dumm, und wegen LaFoy hab ich kein schlechtes Gewissen. Ich kann das nicht einfach so abschütteln, aber ich habe keine Schuldgefühle. Hätte ich Easy erschießen müssen, wäre das anders gewesen. Er ist nicht ganz richtig im Kopf. Egal, was er getan hat. Außerdem ist er Alice' Sohn. Das hätte mich schwer belastet. Du hast das verhindert. Du hast mich gerettet.«

»Das hast dich selbst gerettet. Mit einem verdammten Taschenmesser.«

»Ja, aber du bist derjenige, der es mir geschenkt hat. Du hast mir das Werkzeug in die Hand gegeben, das ich benutzt habe. Noch ein Pluspunkt für dich, Skinner. Komm, lass uns ein paar Schritte machen, ich muss dringend etwas laufen.« Sie schwang sich aus dem Sattel und wartete, dass er ihr folgte.

Gemeinsam führten sie die Pferde über Land, wo Bäume im Wind knarrten, Gras hin und her wogte und Wildblumen blühten.

»Ich hatte solche Angst«, gestand sie.

»Ich auch.« Er blieb stehen und riss sie an sich. »Teufel noch eins, Bodine, ich hab gar nicht gewusst, dass man so eine Angst haben und trotzdem atmen kann.« Nie im Leben würde er vergessen, wie sie mit zerrissener Bluse, blutverschmiert und leichenblass dagestanden hatte, das Gesicht grün und blau.

»Ich wusste, dass du kommen wirst, aber ich konnte nicht so lang warten.«

»Du hattest eben einen Plan.«

Lachend küsste sie Callens Hals. »Ja.«

»Typisch, immer hast du einen Plan, eine Liste, die abgehakt werden muss. Zum Glück.« Er nahm ihr Gesicht in beide Hände und küsste sie. »Das mit dem schicken Abendessen kriegen wir auch noch hin, früher oder später.«

»Ich werd dafür sorgen, dass du es nicht vergisst. Bis es soweit ist … Das Stück Land hier gefällt mir. Die Aussicht ist unschlagbar.« Sie zeigte auf die Berge, während die Sonne langsam über den weiten blauen Himmel wanderte. »Jede Menge Platz, um sich auszubreiten.«

Bodine ging zu Leo und band seine Zügel an einen Ast. Callen tat dasselbe mit Sundown und begleitete sie.

»Eine Schotterstraße gibt es schon, und bis zum Resort ist es nicht weit, egal, ob mit dem Auto oder zu Pferd. Das Haus könnte ungefähr da stehen, mit Fenstern nach Westen, damit wir die Sonnenuntergänge bewundern können. Die Scheune kommt dort drüben hin, dazu eine Koppel. Solltest du ein echter Rancher werden wollen, kannst du ein paar Nebengebäude hinzufügen. Es gibt viel Weideland für Pferde oder Rinder. Ich hätte auch nichts gegen Hühner einzuwenden«, sagte sie nachdenklich. »Ich finde Hühner haben so was herrlich Beruhigendes.«

Vielleiht war sie immer noch durcheinander, denn er konnte ihr nur schwer folgen. »Du willst hier ein Haus bauen?«

»Nein, das ist dein Job. Ich habe allerdings Forderungen, über die nicht diskutiert wird. Ich steuere das Land bei. Meine Eltern haben jedem von uns Kindern fünfhundert Morgen versprochen, das ist mehr als genug für den Anfang. Wenn du dich in Kalifornien wirklich so gut geschlagen hast, solltest du dir ein Haus leisten können.«

So langsam kam er mit. Ihm gefiel sehr, was er da hörte. »Ja, das sollte ich.«

»Gut. Ich wünsch mir eine schöne große Veranda, die einmal ums ganze Haus herumläuft. Große Fenster und Kamine, sogar im Bad. Neulich hab ich das in einer Zeitschrift gesehen. So einen möchte ich auch.«

»Du willst einen Kamin fürs Bad?«

»Ja. Und eine von diesen großen Dampfduschen. Ich habe an einen Balkon gedacht, der allerdings nicht umlaufend sein muss. Außerdem … Ich werd dir eine Liste machen.«

»Typisch! Wie viele Zimmer soll ich bauen?«

»Ich denke, fünf dürften reichen.«

Er schüttelte den Kopf. »Sechs.«

Mit hochgezogenen Brauen warf sie ihm einen kühlen Blick zu. »Sehe ich aus wie eine Gebärmaschine?«

»Sechs Kinder. Plus ein Zimmer mit einem riesigen Flachbildfernseher zum Filme gucken.«

Ihre Augenbrauen wanderten noch ein Stück höher. »Wie gut hast du dich in Kalifornien tatsächlich geschlagen?«

»Du musst mich schon heiraten, um das herauszufinden.«

»Ich rede davon, ein Haus zu bauen. Nicht vom Heiraten.«

»Das solltest du aber.« Ein Blick zu Sundown genügte, damit ihr das Pferd einen ordentlichen Stups versetzte und sie in seinen Armen landete. »Du bist überstimmt, Bodine. Lass uns ein Haus bauen. Lass uns eine Familie gründen.«

»Ich wusste, dass du kommen würdest.« Sie legte die Hand auf seine Wange. »Manchmal frage ich mich, ob ich immer schon gewusst habe, dass du zu mir zurückkehrst. Der Gedanke gefällt mir jedenfalls. Eines steht fest: Als ich mit dem Messer versucht hab, das Schloss aufzubekommen, wusste ich, dass ich sofort zu dir will, wenn ich da rauskomme. Dass ich zu dir will und dich heiraten werde.«

Sie schlang die Arme um ihn, küsste ihn und glaubte förmlich zu spüren, dass sie hier Wurzeln schlagen würden.

»Ich liebe dich, Bodine. Das werde ich dir jeden Tag aufs Neue zeigen.«

»Ich liebe dich auch.« Sie sah ihm tief in die Augen.

»Hast du das gehört?« Callen hob sie hoch und wirbelte sie einmal herum.

Sundown wieherte zustimmend, sodass auch Leo schnaubte.

Lachend lehnte Bodine den Kopf an Callens Schulter. »Wir werden hier so manchen Sonnenuntergang bewundern.«

»Abend für Abend.«

»Apropos abends. Fünf Zimmer.«

»Sechs.« Er hob sie in den Sattel. »Dafür bekommst du auch einen Whirlpool auf dem Balkon, direkt vor dem Schlafzimmer.«

Bodine ließ den Blick übers Land schweifen und stellte sich das Haus vor. »Einen Whirlpool«, murmelte sie.

Grinsend schwang er sich in den Sattel, und die beiden ritten übers Land und schmiedeten Zukunftspläne, während sich der Himmel über ihnen langsam golden färbte.

Werkverzeichnis der im Heyne und Diana Verlag erschienenen Titel von Nora Roberts

› Zusatzmaterial

© Bruce Wilder

HEYNE ‹

Die Autorin

Nora Roberts wurde 1950 in Silver Spring, Maryland, als einzige Tochter und jüngstes von fünf Kindern geboren. Ihre Ausbildung endete mit der Highschool in Silver Spring. Bis zur Geburt ihrer beiden Söhne Jason und Dan arbeitete sie als Sekretärin, anschließend war sie Hausfrau und Mutter. Anfang der Siebzigerjahre zog sie mit ihrem Mann und den beiden Kindern nach Maryland aufs Land. Sie begann mit dem Schreiben, als sie im Winter 1979 während eines Blizzards tagelang eingeschneit war. Nachdem Nora Roberts jedes im Haus vorhandene Buch gelesen hatte, schrieb sie selbst eins. 1981 wurde ihr erster Roman *Rote Rosen für Delia* (Originaltitel: *Irish Thoroughbred*) veröffentlicht, der sich rasch zu einem Bestseller entwickelte. Seitdem hat sie über 200 Romane geschrieben, von denen weltweit über 500 Millionen Exemplare verkauft wurden; ihre Bücher wurden in mehr als 30 Sprachen übersetzt. Sowohl die Romance Writers of America als auch die Romantic Times haben sie mit Preisen überschüttet; sie erhielt unter anderem den Rita Award, den Maggie Award und das Golden Leaf. Ihr Werk umfasst mehr als 195 New-York-Times-Bestseller, und 1986 wurde sie in die Romance Writers Hall of Fame aufgenommen.

Heute lebt die Bestsellerautorin mit ihrem Ehemann in Maryland.

E-Books

Alle Romane in diesem Werkverzeichnis sind auch als E-Book erhältlich.

Besuchen Sie Nora Roberts auf ihrer Website
www.noraroberts.com

1. *Einzelbände*

Licht in tiefer Nacht *(Come Sundown)*
So lange Bodine denken kann, liegt ein Schatten über dem Familienanwesen. Ihre Tante Alice lief mit achtzehn fort und wurde nie wieder gesehen. Was niemand ahnt: Alice lebt. Nicht weit entfernt, ist sie Teil einer Familie, die sie nicht selbst gewählt hat …

Dunkle Herzen *(Divine Evil)*
Eine New Yorker Bildhauerin erlebt in ihren Albträumen eine »Schwarze Messe«, welche in ihrem Heimatort in Maryland stattfindet. Sie erinnert sich an den grauenvollen Tod ihres Vaters und entschließt sich zur Heimkehr in ihr Elternhaus. Dunkle Mächte werden daraufhin wiedererweckt.

Erinnerung des Herzens *(Genuine Lies)*
Eine alleinerziehende Mutter und erfolgreiche Autorin soll für eine Filmdiva die Memoiren verfassen. Sie erhält deshalb immer häufiger Drohbriefe, je mehr sich die Diva in ihren brisanten Informationen öffnet.

Gefährliche Verstrickung *(Sweet Revenge)*
Die schöne Adrianne führt ein Doppelleben: bei Tag elegante Society-Lady, bei Nacht gefürchtete Juwelendiebin. Doch all ihre Einbrüche sind bloß Fingerübungen für ihren größten Coup: Sie will jenen Mann bestehlen, der einst ihrer Mutter das Leben zur Hölle machte. Nur einer könnte ihre Pläne zunichtemachen: Philip Chamberlain, Ex-Juwelendieb und Interpol-Agent …

Das Haus der Donna *(Homeport)*
Eine amerikanische Kunstexpertin wird zu einer wichtigen Expertise über eine Bronzefigur aus der Zeit der Medici nach Florenz eingeladen, doch vorher wird sie überfallen und mit einem Messer bedroht. Die Echtheit der Figur und der Überfall stehen in einem gefährlichen Zusammenhang.

Im Sturm des Lebens *(The Villa)*
Teresa Giambelli legt die Führung ihrer Weinfirma in die Hände ihrer Enkelin Sophia und in die von Tyker, dem Enkelsohn ihres zweiten Mannes, beide charakterlich sehr unterschiedlich. Als vergiftete Weine der Firma auftauchen, erkennen beide, dass sie gemeinsam für ihre Familie und das Weingut kämpfen müssen.

Insel der Sehnsucht *(Sanctuary)*
Anonyme Fotos beunruhigen die Fotografin Jo Hathaway, und deshalb kommt sie nach Jahren zurück in ihr Elternhaus auf der Insel Desire. Dort findet sie ihren Vater und die Geschwister vor. Jo versucht herauszufinden, weshalb ihre Mutter vor langer Zeit verschwand.

Lilien im Sommerwind *(Carolina Moon)*
South Carolina. Tory Bodeen findet keine Ruhe, seit vor achtzehn Jahren ihre beste Schulfreundin Hope ermordet wurde. Heimlich stellt sie Nachforschungen an, unterstützt von Hopes Bruder. Sie stellen fest, dass Hope das erste Opfer einer Mordserie ist.

Nächtliches Schweigen *(Public Secrets)*
Der Sohn eines umjubelten Bandleaders wird entführt und dabei versehentlich getötet. Die Tochter Emma beobachtet die Untat, stürzt dabei und verliert jede Erinnerung an die Täter. Sie quält sich mit Vorwürfen und versucht mithilfe eines Poli-

zeibeamten, ihr Gedächtnis wiederzuerlangen. Dadurch gerät sie in große Gefahr.

Rückkehr nach River's End *(River's End)*
Auf mörderische Weise verliert die kleine Livvy ihre Eltern, ein Hollywood-Traumpaar. Die Großeltern bieten ihr im friedlichen River's End eine neue Heimat. Jahre später kommen die Erinnerungen und damit die Gefahr, dass bedrohlicher Besuch eintreffen könnte.

Der Ruf der Wellen *(The Reef)*
Auf der Suche nach einem geheimnisumwitterten Amulett vor der Küste Australiens wird James Lassiter bei einem Tauchgang ermordet. Dessen Sohn Matthew und sein Onkel sind weiter auf der Suche, zusammen mit Ray Beaumont und dessen Tochter Tate, und entdecken ein spanisches Wrack.

Schatten über den Weiden *(True Betrayals)*
Nach der Trennung von ihrem Mann erhält Kelsey einen Brief von ihrer totgesagten Mutter. Diese widmet sich seit ihrer Entlassung aus dem Gefängnis der Pferdezucht in Virginia. Kelsey entdeckt dort ihre Wurzeln, verliebt sich, beginnt aber auch in der Vergangenheit ihrer Mutter zu forschen: Weshalb wurde ihr ein mysteriöser Mord zur Last gelegt?

Sehnsucht der Unschuldigen *(Carnal Innocence)*
Innocence am Mississippi ist für die Musikerin Caroline Waverly der richtige Ort der Erholung nach einer monatelangen Tournee mit Beziehungskonflikten. Tucker Longstreet, Erbe der größten Farm in Innocence, verliebt sich in Caroline. Drei Frauen werden innerhalb einiger Wochen ermordet, eine von ihnen war die ehemalige Geliebte von Tucker.

Die Tochter des Magiers *(Honest Illusions)*

Roxanne teilt das geerbte Talent für Magie mit Luke, einem früheren Straßenjungen, den ihr Vater, ein Zauberkünstler, einst aufnahm. Allerdings erleichtern sie Reiche auch um deren Juwelen. Sie werden Partner in der Zauberkunst und in der Liebe. Ein dunkler Punkt in Lukes Vergangenheit lässt ihn verschwinden – Jahre später taucht er wieder auf …

Tödliche Liebe *(Private Scandals)*

Die erfolgreiche Fernsehmoderatorin Deanna Reynolds hat Glück im Beruf – und in der Liebe mit dem Reporter Finn Riley. Doch eine eifersüchtige Kollegin und anonyme Fanpost machen ihr das Leben schwer.

Träume wie Gold *(Hidden Riches)*

Philadelphia. Die Antiquitätenbesitzerin Dora Conroy kauft eine Reihe von Objekten und gerät damit ins Blickfeld von internationalen Schmugglern. Sie und der ehemalige Polizist Jed Skimmerhorn beginnen, Diebstähle und Todesfälle im Umkreis der geheimnisvollen Lieferung zu untersuchen.

Verborgene Gefühle *(Hot Ice)*

Manhattan. Auf der Flucht vor Gangstern landet der charmante Meisterdieb Douglas Lord im Luxusauto von Whitney. Dabei erfährt sie von Douglas' Plan, im Dschungel von Madagaskar einen sagenhaften Schatz zu suchen.

Verlorene Liebe *(Brazen Virtue)*

Zwei Schwestern. Während Grace unbekümmert alleine als Krimiautorin lebt, arbeitet Kathleen als Lehrerin an einer Klosterschule und verdient sich nebenbei Geld mit Telefonsex für den Scheidungsanwalt. Ein lebensgefährlicher

Job, denn Grace findet Kathleen mit einem Telefonkabel erdrosselt.

Verlorene Seelen *(Sacred Sins)*
Washington. Blondinen sind die Opfer eines Frauenmörders, die Tatwaffe immer eine weiße Priesterstola. Mithilfe der Psychiaterin Tess Court versucht Police Sergeant Ben Paris, die Mordserie aufzuklären. Doch nicht nur er hat ein Auge auf Tess geworfen.

Der weite Himmel *(Montana Sky)*
Montana. Der steinreiche Farmer Jack Mercy verfügte in seinem Testament, dass seine drei Töchter aus drei Ehen erst dann ihren Erbteil erhalten, wenn sie ein Jahr lang friedlich zusammen auf der Farm verbringen. Sie versuchen es, doch in dieser Zeit geschehen auf der Farm mysteriöse Dinge.

Tödliche Flammen *(Blue Smoke)*
Reena Hale ist Brandermittlerin und kennt durch ein schlimmes Kindheitserlebnis die Macht des Feuers. Neben Bo Goodnight interessiert sich noch jemand sehr für sie – allerdings verfolgt dieser Unbekannte ihre Spur, um die Macht des Feuers für seinen Racheplan zu benützen.

Verschlungene Wege *(Angels Fall)*
Reece Gilmore ist auf der Flucht: vor der Erinnerung und vor sich selbst. Als sie sich endlich in einem Dorf in Wyoming dem einfühlsamen Schriftsteller Brody anvertraut, glaubt sie, zur Ruhe zu kommen. Doch die Vergangenheit holt sie bald ein.

Im Licht des Vergessens *(High Noon)*
Phoebe MacNamara kennt die Gefahr. Geiselnehmer, Amokläufer – kein Problem für die beim FBI ausgebildete Expertin für Ausnahmezustände. Aber erst die Liebe zu Duncan hat sie unverwundbar gemacht. Glaubt sie. Bis sie von einem Unbekannten brutal überfallen wird. Fortan muss sie um ihr Leben fürchten.

Lockruf der Gefahr *(Black Hills)*
Tierärztin Lilian führt auf ihrer Wildtierfarm in South Dakota ein erfülltes, aber auch abgeschiedenes Leben. Fast zu spät erkennt sie die Gefahr, der sie ausgesetzt ist, als ein Mann sie und ihre Familie bedroht. In letzter Minute nimmt sie die Hilfe ihrer Jugendliebe Cooper an. Kann er sie retten?

Die falsche Tochter *(Birthright)*
Als die Archäologin Callie Dunbrook an den Fundort eines fünftausend Jahre alten menschlichen Schädels gerufen wird, ahnt sie nicht, dass dieses Projekt auch ihre eigene Vergangenheit heraufbeschwören wird.

Sommerflammen *(Chasing Fire)*
Die Feuerspringerin Rowan kämpft jeden Sommer erfolgreich gegen die Brände in den Wäldern Montanas. Doch seit ihr Kollege dabei ums Leben kam, plagen sie Schuldgefühle. Hätte sie Jim retten können?

Gestohlene Träume *(Three Fates)*
Tia Marshs Leben gehört der Wissenschaft. Dass das Interesse für griechische Mythologie ihr einmal zum Verhängnis wird, ahnt sie nicht – bis sie Malachi Sullivan begegnet. Der attraktive Ire ist dem Geheimnis dreier Götterfiguren auf der Spur, und nicht nur er will die wertvollen Statuen um jeden Preis besitzen …

Das Geheimnis der Wellen *(Whiskey Beach)*
Eli Landon wird unschuldig des Mordes an seiner Frau verdächtigt. Im Anwesen seiner Familie an der rauen Küste Neuenglands sucht er Zuflucht. Auch seine hübsche Nachbarin, Abra Walsh, will dort ihre schmerzhaften Erinnerungen vergessen. Doch während sich die beiden näherkommen, holt sie die Vergangenheit ein.

Ein Leuchten im Sturm *(The Liar)*
Nach dem Unfall ihres Mannes erfährt Shelby, dass Richard ein Betrüger war. Der Mann, den sie geliebt hat, ist nicht nur tot – er hat niemals existiert. Shelby flüchtet mit ihrer Tochter zu ihrer Familie nach Tennessee, wo sie Griffin kennenlernt. Doch Richards Lügen folgen ihr und werden zur tödlichen Bedrohung.

2. *Zusammenhängende Titel*

a) Quinn-Familiensaga

– Tief im Herzen *(Sea Swept)*
Maryland. Der Rennfahrer Cameron Quinn kehrt zurück in die Kleinstadtidylle an das Sterbebett seines Adoptivvaters. Dieser bittet ihn, sich mit den beiden Adoptivbrüdern um den zehnjährigen Seth zu kümmern. Er ist ein ebenso schwieriger Junge, wie es Cameron einst war. Hinzu kommt, dass sich die Sozialarbeiterin Anna Spinelli einmischt, um zu prüfen, ob in dem Männerhaushalt die Voraussetzungen für eine Adoption gegeben sind.

– **Gezeiten der Liebe** *(Rising Tides)*

Ethan Quinn übernimmt während der Abwesenheit seiner Brüder die Rolle des Familienoberhaupts. Seine Arbeit als Fischer und die Verantwortung für den zehnjährigen Seth binden ihn an die kleine Stadt. Außerdem liebt er Grace Monroe, eine alleinerziehende Mutter, welche den Haushalt der Quinns führt.

– **Hafen der Träume** *(Inner Harbour)*

Gemeinsam kämpfen die drei Quinn-Brüder um das Sorgerecht für Seth, denn sie wissen, dass Seths Mutter eher am Geld als an dem Jungen gelegen ist. Da kommt die Bestsellerautorin Sybill in die Stadt und will unbedingt verhindern, dass Seth von Philipp und seinen Brüdern adoptiert wird.

– **Ufer der Hoffnung** *(Chesapeake Blue)*

Seth Quinn hat sich durch die Fürsorge seiner älteren Brüder zu einem erfolgreichen Maler entwickelt. Als er aus Europa nach Maryland zurückkehrt, wird er von seiner leiblichen Mutter mit der Publikation seiner Kindheitsgeschichte erpresst. Seth lernt Drusilla kennen, welche sich auch nicht mehr mit ihrer leiblichen Familie identifizieren kann.

b) Garten-Eden-Trilogie

– **Blüte der Tage** *(Blue Dahlia)*

Tennessee. Die Witwe Stella Rothchild kehrt mit ihren kleinen Söhnen in ihre Heimat zurück. Die Gartenarchitektin beginnt, sich ein neues Leben in der Gärtnerei Harper aufzubauen, unterstützt von der Hausherrin Rosalind. Alles ist gut, bis Stella dem Landschaftsgärtner Logan Kitridge begegnet. Doch jemand will diese Verbindung verhindern.

– Dunkle Rosen *(Black Rose)*
Rosalind Harper hat sich in die Arbeit gestürzt, um den Tod ihres Mannes zu überwinden. Besonders der Gartenkunst widmet sie sich. Doch in dem harperschen Anwesen geht ein Geist um. Rosalind engagiert den Ahnenforscher Mitchell Carnegie, um zu erfahren, um welche übernatürlichen Kräfte es sich dabei handelt.

– Rote Lilien *(Red Lily)*
Hayley Phillips kommt mit ihrer neugeborenen Tochter Lily zu ihrer Cousine Rosalind Harper und findet dort ein neues Heim. Für Rosalinds Sohn Harper empfindet sie tiefe Gefühle, doch dann ergreift eine dunkle Macht von Hayley Besitz.

c) Der Jahreszeiten-Zyklus

– Frühlingsträume *(Vision in White)*
Gemeinsam mit ihren Freundinnen Parker, Laurel und Emma betreibt Mac eine erfolgreiche Hochzeitsagentur. Sie lebt und arbeitet mit den drei wichtigsten Menschen in ihrem Leben – wozu braucht sie da noch einen Mann? Doch als Mac Carter trifft, gerät ihr so gut ausbalanciertes Leben ins Wanken.

– Sommersehnsucht *(Bed of Roses)*
Freundschaft und Liebe – das geht nicht zusammen. Zu dumm nur, dass sich Emmas langjähriger Freund Jack völlig überraschend als ihre große Liebe erweist. Nun steckt Emma in der Klemme, zumal sie weiß, wie sehr Jack an seiner Freiheit hängt.

– Herbstmagie *(Savor the Moment)*
Laurel verliebt sich in den smarten Staranwalt Del, den Bruder ihrer Freundin Parker. Er ist für sie die Liebe ihres Lebens, aber sieht der heiß begehrte Junggeselle das ebenso?

– **Winterwunder** *(Happy Ever After)*
Parker ist anscheinend mit ihrem Beruf verheiratet – bis Malcolm in ihr Leben tritt. Aber wie soll sie mit ihm eine Beziehung führen, wenn er sich weigert, über seine Vergangenheit zu sprechen?

d) Die O'Dwyer-Trilogie

– **Spuren der Hoffnung** *(Dark Witch)*
Iona verlässt Baltimore, um sich im sagenumwobenen County Mayo auf die Suche nach ihren Vorfahren zu machen. Als sie den attraktiven Boyle trifft, bietet er ihr an, auf seinem Gestüt zu arbeiten. Schnell spüren beide, dass sie mehr verbindet als die gemeinsame Leidenschaft für Pferde. Doch dann droht ein dunkles Familiengeheimnis das Glück der beiden zu zerstören.

– **Pfade der Sehnsucht** *(Shadow Spell)*
Ionas Cousin Connor O'Dwyer hat die Frau fürs Leben noch nicht gefunden, doch auf wundersame Weise fühlt er sich immer mehr zur leidenschaftlichen Meara hingezogen. Das Glück wird getrübt, als Cabhan, der alte Feind der Familie, Meara benutzt, um sie alle zu vernichten. Hält der Kreis der Freunde dieser Herausforderung stand?

– **Wege der Liebe** *(Blood Magick)*
Branna und Fin waren schon mit siebzehn ein Paar, doch dann ist ihre Liebe zerbrochen. Branna liebt Fin zwar noch immer, sie fühlt sich aber von ihm verraten und misstraut ihm seither. Doch sie gehören beide zum magischen Kreis der Freunde und kämpfen gemeinsam gegen Cabhan, den unversöhnlichen Feind des O'Dwyer-Clans. Aber welche Rolle spielt Fin eigentlich in

diesem Kampf? Ist er in die Machtspiele seines Vorfahren verwickelt, oder steht er aufseiten von Iona, Connor und Branna?

e) Die Schatten-Trilogie

– Schattenmond *(Year One)*

Lana und Max verbindet eine große und außergewöhnliche Liebe. Als eine weltweite Seuche ausbricht und New York innerhalb kürzester Zeit ins Chaos stürzt, fliehen sie aus der Stadt und gründen mit Gleichgesinnten die Gemeinschaft New Hope. Doch auch hier rückt die Gefahr dem Paar bedrohlich nahe. Lana setzt alles daran, dem Inferno zu entkommen, denn sie trägt inzwischen ein Kind unter dem Herzen, die »Auserwählte«, ihre zukünftige Tochter, die als Einzige in der Lage sein wird, dem Leid der Menschheit ein Ende zu setzen.

– Schattendämmerung *(Of Blood and Bone)*

Lieferbar ab September 2019

Fallon trägt eine schwere Verantwortung: Sie wurde mit den Kräften geboren, die notwendig sind, um die postapokalyptische Welt vom Bösen zu befreien. Doch dafür muss sie ihrer geliebten Familie den Rücken kehren und von der kleinen Farmerstochter zur mutigen Kriegerin werden. Gleichzeitig tritt immer wieder Duncan in ihr Leben, mit dem sie etwas Tieferes verbindet, als sie sich eingestehen will. Um den dunklen Mächten und dem Mörder ihres leiblichen Vaters Einhalt zu gebieten, muss das junge Mädchen magische und nichtmagische Wesen zusammenbringen und Hinterhalt und Intrigen enttarnen, die die Gesellschaft noch vor der ersten Schlacht zu unterwandern drohen.

– **Schattenhimmel** *(The Rise of Magicks)*
Lieferbar ab September 2020
Die erste Schlacht ist bereits geschlagen, doch der große Kampf um Gut und Böse steht noch bevor: Die junge Fallon führt ihre Armee nach Washington D.C., um die schwarze Magie aus der Welt zu verbannen. Sie ist die Auserwählte, die nach der Apokalypse die Welt wiederaufbauen und ihre Bewohner vereinen soll. Auf der jungen Frau liegt eine große Last, denn die Familie des Mörders ihres Vaters sinnt auf Rache an ihr und ihren Liebsten. Doch ihre große Mission fällt Fallon mittlerweile leichter als die Deutung ihrer Gefühle für Duncan, dessen Schicksal unvermeidlich mit ihrem verwoben ist.

3. Sammelbände

a) Die Unendlichkeit der Liebe

(Drei Romane in einem Band)

Auch als Einzeltitel erschienen:

– **Heute und für immer** *(Tonight and Always)*
Kasey gewinnt das Herz von Jordan und seiner Nichte Alison, aber jetzt fürchtet Großmutter Beatrice, dass sie die Macht über ihre Familie verliert.

– **Eine Frage der Liebe** *(A Matter of Choice)*
Ein Antiquitätenladen im Herzen Neuenglands. Ohne Jessicas Wissen dient er einer internationalen Schmugglerbande als Umschlagplatz für Diamanten. Zu ihrem Schutz reist der New Yorker Cop James Sladerman nach Connecticut, wo ihm Jessica die Ermittlungen aus der Hand nimmt.

– **Der Anfang aller Dinge** *(Endings and Beginnings)*
Die beiden erfolgreichen Fernsehjournalisten Olivia Carmichael und T.C. Thorpe sind erbitterte Konkurrenten im Kampf um die neuesten Meldungen. Sie kommen sich näher, doch da gibt es einen dunklen Punkt in Olivias Vergangenheit.

b) Königin des Lichts
(A Little Fate)

(Drei Fantasy-Kurzromane in einem Band)

– **Zauberin des Lichts** *(The Witching Hour)*
Aurora muss den Königsthron zurückerobern, nachdem Lorcan ihre Eltern getötet und ihre Heimatstadt zerstört hat. Verkleidet gelangt sie an den Hof des Tyrannen. Dort trifft sie auf dessen Stiefsohn Thane und verliebt sich.

– **Das Schloss der Rosen** *(Winter Rose)*
Der schwer verletzte Prinz Kylar wird von Deidre, Königin der Rosenburg, auf welcher ewiger Winter herrscht, gerettet und gepflegt. Dafür will Kylar die Rosenburg von ihrem Fluch befreien.

– **Die Dämonenjägerin** *(World Apart)*
Kadra ist auf der Jagd nach den Bok-Dämonen. Dabei erfährt sie, dass sich der Dämonenkönig Sorak des Tors zu einer anderen Welt bemächtigt hat. Um beide Welten vor dem Untergang zu bewahren, folgt sie Sorak dorthin. Sie landet mitten in New York, in der Wohnung von Harper Doyle. Sie braucht seine Hilfe.

c) Im Licht der Träume
(A Little Magic)

(Drei Romane in einem Band)

– Verzaubert *(Spellbound)*

Der amerikanische Fotograf Calin Farrell begegnet im Schlaf der Hexe Bryna, welche ihn um Hilfe bittet, und wird dazu bewogen, nach Irland zu reisen, ins Land seiner Vorfahren. Dort kommt er dem Rätsel auf die Spur: Die Vorfahren von Calin und Bryna waren vor tausend Jahren ein Paar. Doch der Magier Alasdir hatte ihr Leben zerstört – und er versucht es aufs Neue.

– Für alle Ewigkeit *(Ever After)*

Allena aus Boston soll eigentlich ihrer Schwester in Irland helfen. Durch Zufall verbringt sie stattdessen einige Tage im Haus von Conal O'Neil. Die offenbar zufällige Begegnung scheint vom Schicksal vorbestimmt zu sein, denn die beiden fühlen sich stark zueinander hingezogen.

– Im Traum *(In Dreams)*

Die Amerikanerin Kayleen landet durch einen Sturm im Haus des Magiers Draidor. Kayleen verliebt sich sofort in Draidor, und er bereitet ihr einen im wahrsten Sinne des Wortes zauberhaften Aufenthalt.